RENACER

LOS DIOSES ÁUREOS

PEDRO URVI

Comunidad:

Twitter: https://twitter.com/PedroUrvi

Facebook Autor: http://www.facebook.com/pedro.urvi.9

Web: http://pedrourvi.com

Mail: pedrourvi@hotmail.com

Libros en esta serie:
Los Dioses Áureos:

Libro 1: GÉNESIS

Libro 2: REBELIÓN

Libro 3: RENACER

Otros libros de Pedro Urvi:

Trilogía El enigma de los Ilenios:
Libro I: MARCADO
Libro II: CONFLICTO
Libro III: DESTINO

DEDICATORIA

A mi padre, mi fan número uno, siempre.

Índice

Prólogo

—¡Atención! ¡Una embarcación se aproxima por el este! —avisó el centinela de guardia sobre el acantilado.

Ikai se giró y descubrió la nave entrando en la bahía a una velocidad que lo sorprendió. No era un navío Senoca; este era grácil y su velamen muy elaborado. Sobre la proa se distinguía un ornamento en forma de cabeza de serpiente marina. Le resultó vagamente familiar. De repente, algo en su interior le avisó de que debía huir. Y entonces lo vio: una figura esbelta en ricas sedas azuladas comandaba en mitad de la embarcación con rostro y brazos al descubierto, del color dorado de los Dioses.

—¡Es un navío Áureo! —exclamó Albana a su lado dejando a todos helados con su tono de alarma.

Ikai tragó saliva e intentó reaccionar. «Es un navío de los Dioses, estamos muertos».

—¡Corred! —gritó a sus hombres con toda la fuerza de sus pulmones.

La media docena de exploradores Senoca que acompañaban a Ikai y Albana echaron a correr en dirección al bosque como perseguidos por la propia muerte. El grupo alcanzó los primeros árboles al tiempo que el navío anclaba en la bahía. Entraron en la espesura y se ocultaron entre jadeos ahogados.

—Todos quietos y en silencio —demandó Albana.

Los Senoca obedecieron y se quedaron tendidos entre el boscaje cual cadáveres.

—¿Nos han visto? —preguntó Ikai a su amada en un susurro.

La morena escrudiñaba la playa de blancas arenas encaramada a un árbol.

—Están desembarcando.

—¿Desembarcando? Entonces han debido descubrirnos. ¿Cuántos son?

—El problema no es cuántos son. El problema es qué son...

—No te entiendo.

—Ha desembarcado un Dios. Por sus vestimentas y las insignias en el velamen del navío deduzco que es de la casa de Aru, la Casa del Agua.

—¿Un Dios menor con la misión de encontrarnos? Esto es nuevo, sólo habían enviado a Siervos hasta ahora.

—No, es mucho peor. Es un Dios-Lord. Un Noble. Y le acompañan sus guardaespaldas, dos enormes Dioses-Guerrero y una veintena de Custodios.

—¡No puede ser! Nunca pensé que se ensuciarían las manos y vendrían ellos mismos a buscarnos.

—Yo tampoco, algo está sucediendo en Alantres, algo que nos incumbe. Y hay algo más...

—¿Más?

—Han descargado dos jaulas enormes.

—Oh, no...

—Sí. ¡Corred! ¡Seguidme! —gritó Albana, y de un salto se bajó del árbol y se adentró en el bosque como una exhalación.

Ikai la siguió un instante después con una imagen grabada en su retina: cinco descomunales lobos del tamaño de caballos y ojos destellando oro. Corrieron en dirección este perseguidos por la manada de bestias, que no tardaron en dar con su rastro. Huían saltando sobre maleza y boscaje, sus piernas propulsadas por el miedo de sus corazones.

—¡Corred por vuestras vidas, y las de todos los Senoca! —les urgió Ikai.

Las bestias entraron en el bosque. Eran mucho más rápidas que ellos y ya los habían detectado.

—¡No podremos perderlos, tienen nuestro rastro! —le dijo Albana que lanzó una fugaz mirada a su espalda.

—¡El Confín está muy cerca, debemos llegar a él y cruzar, es nuestra única oportunidad! —le dijo Ikai señalando al suroeste.

—¡Si no lo conseguimos descubrirán el nuevo Refugio!

—¡Lo conseguiremos!

Las bestias fueron ganando terreno con cada paso y en un abrir y cerrar de ojos estaban casi sobre ellos. Salieron del bosque y cruzaron una explanada en dirección a los acantilados.

—¡Ahí delante! —señaló Ikai— ¡Vamos, ya estamos!

—¡Rápido, los tenemos encima! —gritó Albana.

Ikai y Albana llegaron hasta la barrera invisible y la cruzaron a la carrera. No experimentaron efecto adverso alguno. Se volvieron y observaron la persecución con la angustia perforándoles el pecho. Cinco de los Senoca cruzaron tras ellos como caballos desbocados pero el último tropezó y se cayó dos pasos antes de alcanzar la barrera.

—¡No! —gritó Ikai mirándolo lleno de impotencia.

Las dos primeras bestias estaban ya casi encima del desdichado.

—Voy por él —dijo Albana.

—¡No! —le dijo Ikai, pero la morena ya se había decidido.

Activó su Poder y desapareció, reapareciendo junto al caído que intentaba ponerse en pie. Lo agarró por los brazos y tiró de él hacia atrás con todas sus fuerzas. Las fauces de la primera bestia se cerraron sobre la bota del infeliz que gritó de dolor. La segunda bestia saltó a por Albana buscando con sus fauces el cuello de la morena. Con una frialdad absoluta, Albana dio un último tirón y cruzó la barrera. Los colmillos de la bestia rozaron su rostro y Albana y el explorador cruzaron de vuelta.

—¡Por un pelo! —exclamó Ikai.

Albana se puso en pie y observó a las bestias. Miraban en su dirección y rugían de rabia, pero sacudían la cabeza y se retrasaban.

—No pueden vernos ni oírnos detrás de la barrera —dijo Ikai a los suyos, que estaban muertos de miedo.

—Pero saben que estamos aquí. Por suerte la barrera repele a las bestias. Se irán retirando poco a poco —dijo Albana señalando la manada de descomunales lobos áureos que se había reunido frente a ellos.

Y no se equivocó. Entre rugidos y gruñidos, molestos pero temerosos, fueron retrasando su posición hasta situarse a unos diez pasos de la barrera.

—No deberías arriesgarte así —regañó Ikai a Albana.

—Si lo cazan, nos descubren a todos —dijo Albana, y señaló a su espalda.

Ikai se giró y contempló el Nuevo Refugio de los Senoca. Sobre una inmensa ensenada blanca y la costa adyacente se alzaban miles de diminutas casas de pescadores. Salpicando de blanco el azul inmenso de Oxatsi, la Madre Mar, los botes de pesca faenaban bajo el soplo de los vientos. Más al norte, tierra adentro, campos de cultivo y granjas se extendían hasta donde alcanzaba a ver. Sobre un acantilado, como un enorme faro, se alzaba un monolito translúcido Y protector que escondía a los Senoca de los Dioses Áureos.

Ikai asintió.

—Tienes razón.

—Pronto llegarán.

—Será mejor prepararnos para lo peor. Vosotros —dijo a los hombres — corred al Nuevo Refugio y volved con todos los hombres armados que podáis. ¡Daos prisa!

Ikai sabía que los refuerzos no llegarían a tiempo, pero era la opción más lógica así que la siguió. Albana y él se retrasaron hasta ocultarse tras una roca al borde del acantilado.

—Ya están aquí —avisó Albana.

Ikai los observó mientras se aproximaban. Avanzaban con los dos Dioses-Guerreros a cabeza y los Custodios rodeando al Dios-Lord. Caminaban como si todo les perteneciera, con un aura de poder incontestable. Llegaron hasta las bestias y se detuvieron. Las observaron. El Noble Áureo parecía contrariado, su frente dorada se arrugó y sus finas cejas se enarcaron. Dio una orden a los Custodios y estos azuzaron a las bestias que, en lugar de acercarse a la barrera, partieron en dirección contraria.

El Dios-Lord avanzó mostrando sospecha en sus ojos azules. De inmediato los dos Dioses-Guerreros se situaron a derecha e izquierda, protegiéndolo. Continuó avanzando hacia la barrera, hacia ellos. Ikai tragó saliva. «No puede vernos, no puede detectarnos, la barrera se diseñó para eso» se dijo intentando calmar los nervios que sentía. Si los descubrían sería el fin de todo el pueblo Senoca. El Áureo avanzó un paso más y se detuvo. Estaba a dos pasos de la barrera oteando el horizonte y algo parecía no convencerle.

Ikai aguantó la respiración. «Si da dos pasos más se acabó, para todos».

El Dios-Lord miró al cielo, luego al frente y sacudió la cabeza con una mueca de desagrado. Se volvió y se marchó por donde había venido con su escolta.

Ikai resopló tan fuerte que se tapó la boca con las manos.

—¡Por qué poco! —le dijo a Albana en un susurro con el corazón latiendo como un tambor.

—Sí, esta vez, ¿pero la siguiente?

Ikai observó el nuevo Refugio un instante, y luego la espalda de los Áureos que desaparecían internándose en el bosque.

—Tienes razón. Tarde o temprano nos encontrarán y moriremos todos.

—¿Qué vas a hacer?

—Convocaré al Consejo, es hora de afrontarlo.

***

Una semana más tarde, a la luz de las antorchas bajo el gran monolito translúcido, el Consejo de los Senoca se reunía alrededor de una tosca mesa redonda en el interior de una tienda de lona, con el Refugio de fondo. Las minúsculas luces de las casas brillaban como si de una copia del firmamento se tratase. Según iban llegando, los Consejeros fueron tomando asiento.

Presidía Ikai como líder de los Senoca. A su derecha estaba Albana y a su izquierda, Idana. Frente a él se sentó su hermana Kyra que acababa de llegar. Junto ella, inseparable, se sentó Adamis cubierto en capa y capucha para no ser reconocido. Finalmente llego Maruk y se sentó en el último asiento.

Ikai habló.

—Gracias a todos por haber acudido. En especial a ti, Adamis, sé que tu salud no es buena…

—Es importante, debo estar aquí —dijo el Dios-Príncipe que sufría las graves secuelas que había sufrido al ser ajusticiado por la traición a los Áureos.

—Vayamos al grano, no podrá aguantar mucho —dijo Kyra y sonrió con ternura a Adamis.

—De acuerdo —dijo Ikai—. Todos conocéis lo sucedido. Los Dioses nos buscan y ahora, finalmente, han venido. Esto es muy grave, han enviado a un noble… Están recorriendo toda la costa del continente en nuestra busca.

—Tarde o temprano nos encontrarán —apuntó Albana.

Adamis intervino.

—Algo debe ocurrir en Alantres para que los Dioses se rebajen a venir a buscarnos en persona. Algo grave.

—¿Guerra de poder entre las Casas? —preguntó Kyra.

—Sí, muy probablemente. La casa de Aru quedó muy debilitada con la pérdida de su Confín. Son aliados de la Casa de mi padre, pero él no podrá mantenerlos por largo tiempo sin debilitarse. Además, tienen que lavarse la cara ante las otras Casas. Por ello estarán buscándonos.

—Pero ¿por qué ahora después de más de un año desde la huida? —preguntó Ikai.

—Y ¿por qué en persona? Hasta ahora sólo habían enviado estúpidos Siervos tras nosotros a los que hemos conseguido evitar —quiso saber Kyra.

Adamis bajó la cabeza y se quedó pensativo.

—No lo sé. Tendré que descubrir qué sucede. No puedo contactar con Notaplo, casi pierde la vida al ayudarme con la construcción del monolito que nos esconde de los Áureos. Tengo que ser prudente —dijo señalando el objeto arcano que era la fuente de Poder que creaba el Confín que los protegía.

—¿Y el nuevo Refugio? —preguntó Idana con angustia.

Albana hizo una mueca.

—Si los Dioses han intensificado la búsqueda…

—Tenemos que hacer algo. Tenemos que proteger al pueblo de esos desalmados —dijo Maruk—. Después de todo lo que han pasado…

Ikai inspiró profundamente.

—Solo queda una solución, la que nos temíamos. Ya la discutimos cuando fundamos este Refugio.

—¿No hay otra? —preguntó Idana con el rostro lleno de preocupación.

Ikai miró a Adamis.

El Áureo negó con la cabeza.

—En ese caso, nos enfrentaremos a los Dioses —dijo Ikai.

—Y los venceremos —aseguró Kyra.

—Pero… —dijo Maruk.

—Es ellos o nosotros, no hay más. Lo sabéis —dijo Kyra.

—Quiero que todos entendáis lo que eso significa, pues el sacrificio será enorme, especialmente para los que estamos en esta mesa —dijo Ikai.

Albana intervino.

—Somos conscientes —le dijo mirándole fijamente a los ojos—. Implica separación, dolor y muerte. Muy probablemente no todos sobrevivamos.

Idana soltó una exclamación ahogada.

—Para tener éxito debemos unir a todos los hombres, los Senoca solos no pueden lograrlo —dijo Ikai.

—Liberaremos los otros Confines —dijo Kyra alzando el puño.

—Todos los hombres unidos como un pueblo —dijo Albana.

—Y necesitaremos algo más —dijo Adamis.

Todos lo miraron.

—Debemos dividir las Casas. Si los Dioses luchan entre ellos tendremos una oportunidad, si están unidos, pereceremos.

Ikai asintió.

—La decisión debe ser unánime pues la tarea a la que nos enfrentamos es monumental y nuestras vidas están en juego, y no sólo las nuestras, sino la de todo nuestro pueblo.

Hubo un momento de silencio. Todos recapacitaron la decisión que debían tomar.

Finalmente, Ikai habló.

—Aquellos que acepten enfrentarse a los Dioses que levanten el puño.

Kyra levantó el suyo de inmediato. Adamis la siguió. Ikai y Albana lo alzaron simultáneamente. Maruk tardó un momento, pero finalmente lo hizo.

—Por Liriana, por los caídos —dijo.

Todas las miradas se clavaron en Idana. La boticaria había comenzado a alzarlo pero se había detenido. Nadie habló, dejaron que tomase su propia decisión, sin presionarla. Con lágrimas en los ojos, finalmente, levantó el puño.

—Es unánime, queda decidido —dijo Ikai.

—¡Que la Madre Oxatsi nos proteja! —dijo Idana.

Y aquella noche el destino del pueblo Senoca, y el de los hombres quedó sellado.

Capítulo 1

Ikai se limpió la sangre de los ojos con el antebrazo en medio de la batalla sobre las campas de las Tierras Altas. Al aclarar la visión, se encontró con una afilada punta de lanza buscaba su cuello. Intentó desviarla con su acero por puro instinto, pero supo que había descubierto la amenaza un instante demasiado tarde. Su espada no terminaría el movimiento a tiempo de salvarlo.

«Voy a morir lejos de todos, de Albana, de Kyra, de los Senoca, después de todo, del sacrificio hecho…» pensó al ver que la lanza alcanzaría su cuello.

Un escudo redondo apareció ante su rostro. La lanza se clavó en la madera reforzada y no llego a su carne. La espada de Ikai terminó el movimiento golpeando la lanza, la quebró. El escudo se retiró e Ikai pudo ver al Guardia que lo había atacado. El soldado dio un paso atrás mientras desechaba su arma rota y desenvainaba la espada. Una lanza propulsada con tremenda fuerza se clavó en el pecho del Guardia atravesando la armadura metálica y lo derribó de espaldas.

—Gracias… —dijo Ikai girándose hacia el hombre que le había salvado.

Era algo más alto que él y de constitución mucho más fuerte. Tenía el cabello largo, castaño y enmarañado, mandíbula fuerte y tez blanca como la leche. Le observaba con unos ojos verdes intensos. No era mucho mayor que Ikai, quizás tres o cuatro años más. Vestía en pieles animales, como todos en aquel singular Confín. Sobre la espalda portaba una capa confeccionada con la piel de un enorme oso, cabeza incluida, que llevaba sobre la suya propia. La primera vez que Ikai lo había visto, lo había confundido en la distancia con una bestia real. Su aspecto era realmente amenazador e Ikai había comprobado que no era un ardid, aquel hombre era un luchador brutal.

El guerrero le sonrió tan tranquilo, como si matar Guardias fuera su trabajo diario. Frente a ellos, la batalla iba tomando un cariz cada vez más sangriento.

—No hace falta que me des las gracias, es mi obligación protegerte — dijo, y le guiñó un ojo mientras recuperaba su lanza del cuerpo del Guardia muerto.

—Gracias de todas formas, Burdin, me has salvado la vida.

—Te arriesgas demasiado. Lurama se enfadará y yo pagaré ese enfado. Ella dice que sin ti no venceremos —dijo sin mirarle, y dando un paso al frente se enfrentó a dos Guardias que se le venían encima.

—Y... ¿tú qué crees? —dijo Ikai defendiéndose de otro enemigo a su izquierda.

—Lo que yo crea no importa. Yo sigo a nuestra líder. Ella es la Matriarca Mayor y toma las decisiones. Además, yo soy un Guerrero-Oso, lo mío no es pensar, es luchar y matar defendiendo a mi pueblo —y tal como lo había dicho, despedazó a los dos enemigos con una brutalidad y fiereza remarcables.

Ikai acabó con el guardia que lo atacaba y oteó el campo de batalla. Miles de esclavos con vestimentas y capas confeccionadas de pieles animales luchaban sobre las faldas de las montañas, gritaban como animales rabiosos, abriéndose camino hacia los llanos donde un ejército de Guardias y Siervos estaba maniobrando para situarse en formación cerrada y hacerles frente. Los números que los rebeldes habían conseguido amasar habían dejado a Ikai atónito. Más de 50.000 mujeres y hombres armados descendían desde las colinas tapizando de pieles las inmensas laderas de hierba verde que se precipitaban al gran valle.

—No puedo quedarme de brazos cruzados mientras marcháis a la batalla.

—Lurama te quiere a salvo, y a salvo tienes que estar. Retrocede hasta los bosques altos.

—Pero tengo que liderarlos.

—De eso se encargan los Cabezas de Oso —dijo señalando con su lanza a un grupo de enormes guerreros con capas de oso como la suya—. En la batalla ellos liderarán a los nuestros.

Ikai respiró profundamente y estudió la situación. Los bravos guerreros habían despedazado a los primeros Regimientos de la Guardia que habían intentado frenar el ataque. Pero ahora la cosa se complicaría. Abajo, en el valle, la Guardia y los Siervos ya se habían dispuesto en formación: de rectángulo los primeros y de triángulo los segundos. Ikai sabía bien el estrago que aquellas formaciones militares podían causar contra los inexpertos rebeldes. Lo tenía fresco en la memoria aunque hubiera pasado ya mucho tiempo desde aquello. Recordaba bien los miles de Senocas que cayeron en su Confín.

—Está bien —dijo a regañadientes—. ¿Seguro que saben lo que tienen que hacer?

—Lo saben, no te preocupes.

—Que no se confíen. Hemos liberado las capitales de Comarca. Sólo queda esta batalla para tomar la capital.

Burdin se golpeó el pecho con fuerza.

—Somos el Pueblo de las Tierras Altas, fuertes y orgullosos, y lo daremos todo por alcanzar la libertad. No te preocupes, forastero, derramaremos la sangre del enemigo hasta que no quede uno en pie —le aseguró, y rugió como un oso.

Ikai asintió. Creía a Burdin. Aquel pueblo era mucho más tribal, salvaje y rudo que los Senoca. No eran tan avanzados en muchos aspectos pero en uno sobresalían, eran fuertes y salvajes. En aquel momento eso les daba una oportunidad. Con ello sería verdaderamente difícil vencer, debían extremar las precauciones.

—Esta es la parte más complicada de la estrategia, nos lo jugamos todo. Que los hombres no se confíen, las comarcas prácticamente nos han sido cedido para aplastarnos hoy aquí.

—Huyeron como liebres asustadas entonces, y volverán a huir hoy —dijo Burdin escupiendo sobre el cadáver de un Guardia.

—No estés tan seguro. Pasa la orden, que no se enzarcen, sólo golpear y salir. Golpear y salir —repitió Ikai enfatizándolo.

—Podríamos vencerlos si nos dejaras cargar contra ellos con todas nuestras fuerzas —dijo Burdin mirando a las formaciones enemigas en el valle.

—Quizás, pero el coste sería demasiado alto. Créeme, mi pueblo lo pagó en sangre. Lo pagó muy caro. No quiero que se repita aquí.

Burdin arrugó la nariz y resopló, no estaba muy conforme.

—Lurama dice que sigamos tus órdenes, y eso haremos.

Ikai asintió en un gesto de respeto y luego miró a su espalda. Las colinas forradas de hierba alta ascendían hasta los bosques. Una bruma matutina los cubría e Ikai sintió en sus huesos la humedad de aquella tierra en la que tanto llovía. No terminaba de acostumbrarse a las lloviznas constantes y el frío, pero tenía que reconocer que el paraje era de un verdor y belleza majestuosos.

La horda de guerreros descendía ahora a la carrera rugiendo a los cielos como un alud que fuera a enterrar en vida a los ejércitos enemigos. Aunque Ikai sabía que las formaciones aguantarían, romperían la avalancha.

—Ya están casi encima —avisó Burdin.

—¿Los preparativos están listos?

—Sí, tal y como ordenaste.

—Perfecto, entonces subiré.

—¿Funcionará? —preguntó Burdin con gesto de no estar del todo convencido.

Ikai miró a su alrededor.

—El terreno es propicio. Pero hace falta que muerdan el cebo. Esperemos que lo hagan...

—¿Y si no lo hacen?

—Entonces la rebelión morirá hoy aquí, y nosotros con ella.

—En ese caso me aseguraré de que lo hagan. Me aseguraré personalmente. ¡Por la madre tierra que me aseguraré!

Burdin saludó a Ikai con la cabeza y echó a correr colina abajo para unirse al resto de los rebeldes.

—Buena suerte —le deseó Ikai, y ascendió hacia los bosques cubiertos por la neblina.

Desde la altura la visión era espectacular. Ikai podía distinguir todo el campo de batalla, los llanos y, en el horizonte, la muralla y las torres de la Capital. Una docena de jóvenes Guerreros-Lobo se le unieron y aguardaron órdenes junto a él en el linde del bosque. Ikai trataba de distinguir a Burdin pero le resultaba imposible entre la horda rebelde.

—Primer embate —les dijo a los jóvenes guerreros.

Los rebeldes embistieron contra las formaciones enemigas con la furia de una estampida aullando y rugiendo como animales salvajes.

—Los van a arrasar —dijo el más joven lleno de júbilo al contemplar el arrojo y los números de los suyos. No tendría más de quince primaveras y su rostro estaba lleno de pecas. Sus compañeros se unieron a él con comentarios llenos de optimismo.

El mar de rebeldes rompió contra las estoicas formaciones y tal y como Ikai había previsto, aun pareciendo imposible, aguantaron. Las líneas no se rompieron. Los rebeldes chocaron contra un muro de metal y carne y fueron rechazados por escudo y lanza.

—¡No puede ser! —dijo el muchacho al ver que la avalancha era rechazada.

—Mucho me temo que sí. Y ahora viene la peor parte.

Los Guardias y Siervos comenzaron a dar muerte a los rebeldes, utilizando sus lanzas desde la segunda línea mientras la primera aguantaba el empuje de los correosos guerreros. Cada Guardia o Siervo que caía de las primeras filas era reemplazado por uno de las posteriores. Los rebeldes se lanzaban contra la primera línea pero se estrellaban contra un muro para ser atravesados y morir.

—Vamos, Burdin... hazlos retroceder...

El caos se apoderó de los rebeldes. Atacaban el frente y los laterales de las formaciones enemigas, intentando encontrar un resquicio por el que hacer cuña y romper las líneas. Los alaridos en el fragor del combate, el sonido del metal sobre el metal y los gritos de muerte se volvieron terroríficos. Todo el valle era un estrépito tumultuoso de horror.

—¡Retroceded, por Oxatsi, o estaremos perdidos!

Controlar a aquella multitud, parte enfurecida y parte aterrorizada, en medio de aquel caos de horror y muerte era un cometido muy difícil de ejecutar. Los rebeldes continuaron atacando sin orden ni control. Ikai lo veía todo perdido pero de pronto comenzaron a retirarse. Poco a poco fueron retrocediendo, separándose del enemigo y formando ante él bajo los gritos ensordecedores de Burdin y los Cabeza de Oso. Los rebeldes, emulando las formaciones enemigas, se situaron en frente cubriendo la parte baja de la colina.

—¿Se retiran? —preguntó contrariado el joven a Ikai.

—No, se preparan.

Las primeras tres líneas de rebeldes se lanzaron contra las formaciones enemigas. El resto esperó. Golpearon con fiereza, causando bajas y se retiraron de inmediato antes de que las segundas líneas enemigas los acuchillaran.

—Muy bien —musitó Ikai.

Los rebeldes repitieron la acción, golpeando y retirándose de inmediato, causando nuevas bajas al enemigo.

—Ahora viene el cambio —dijo Ikai.

Los jóvenes guerreros lo miraban con cejas alzadas y ojos como platos sin perder detalle de lo que decía.

Una nueva línea de rebeldes formó ante la Guardia y los Siervos. Todos portaban lanzas. Avanzaron unos pasos y, a la carrera, con todas sus fuerzas, lanzaron contra el enemigo. De inmediato se retiraron. Numerosos Guardias y Siervos cayeron alcanzados por las lanzas. Al ver la nueva estrategia de los rebeldes, los Siervos comenzaron a avanzar. Su triángulo de muerte se dirigió hacia la falda de la colina seguido por las formaciones de la Guardia. Los rebeldes no atacaron, comenzaron a retirarse colina arriba, de forma ordenada.

—Muy bien —animó Ikai—. Seguid así.

Los Siervos y la Guardia aumentaron el ritmo. Sus pisadas retumbaban según comenzaban a subir la ladera. Los rebeldes se retiraban, pero no con la suficiente rapidez y hombres de las últimas líneas fueron alcanzados. La presión aumentó. Los Siervos avanzaban pendiente arriba como si lo hicieran en llano, tal era el poderío de sus enormes cuerpos. La Guardia comenzaba a quedarse algo retrasada. Los rebeldes huían ahora en desbandada, subiendo por la colina tan rápido como podían. Muchos resbalaban sobre la hierba húmeda o tropezaban entre la horda, otros caían rodando, el espectáculo era descorazonador.

—¡Vamos, corred! ¡Poneos a salvo! —gritó Ikai.

Los rebeldes huían ahora por sus vidas hacia los bosques.

Ikai se giró hacia los jóvenes Guerreros-Lobo.

—¿Listos? ¿Sabéis que tenéis que hacer?

Los jóvenes asintieron con determinación.

—Muy bien, colocaos y esperad mi señal.

Los Siervos habían conseguido alcanzar la retaguardia y estaban causando estragos. La Guardia pronto se les uniría. Un millar de hombres se habían detenido a enfrentarse a ellos para permitir la huida del resto. La confrontación se producía a media ladera.

Ikai cogió un cuerno y lo hizo sonar de forma prolongada. Primero una vez, luego una segunda. Los rebeldes alcanzaron la parte superior de la colina y corrieron a esconderse en la neblina que cubría los bosques. Cuando los últimos hombres se habían internado, Ikai hizo sonar el cuerno una tercera y última vez.

Era la señal. Los jóvenes guerreros cortaron las cuerdas de contención. Ikai oteó entre la niebla y discernió las seis posiciones donde tenían amontonados los troncos de enormes árboles, unos sobre otros, hasta una altura de cuatro varas. Libre de las sujeciones, los descomunales troncos comenzaron a rodar pendiente abajo. Según rodaban los troncos ganaban inercia. Cerca de un millar bajaron por las laderas en medio de un estruendo ensordecedor. La tierra temblaba como si se estuviera produciendo un terremoto.

Los Ejecutores fueron los primeros en ser alcanzados. Habían acabado con los rebeldes que les hacían frente y vieron la amenaza venírseles encima. El Ojo-de-Dios al mando del triángulo intentó maniobrar, pero los troncos bajaban a una velocidad endiablada. El choque fue espeluznante. Los árboles, de un grosor de cinco palmos, destrozaron a los Siervos. Pasaron por encima llevándoselos por delante como si un rodillo gigante les hubiera pasado por encima. La Guardia corría por sus vidas intentando alcanzar el valle. Pero no lo consiguieron. Los troncos los alcanzaron en la parte baja de la colina y los pulverizaron.

Cuando los troncos alcanzaron el valle y por fin se detuvieron, sobre la colina sólo quedaban cadáveres. Unos pocos habían salvado la vida, pero de inmediato Burdin y sus hombres pusieron fin a su miseria.

Ikai resopló. «Ha funcionado».

Tras la batalla Ikai descansaba sentado con la espalda apoyada en un viejo roble, perdido en sus pensamientos, contemplando la luna apenas visible por las oscuras nubes que cubrían el firmamento. Se arrebujó en la capa de oso que le habían proporcionado y deseó que el fuego de campamento calentara algo más. El frío comenzaba a ser cortante. Cerró los ojos y pensó en ella. Al momento, el rostro salvaje y los ojos enigmáticos de Albana aparecieron en su mente. Permanecían grabados a fuego en su alma, y los sentimientos que por ella albergaba parecían acentuarse con la distancia. Recordó los tiempos pasados y felices, las intensas vivencias que los unieron, el amor que sentían el uno por el otro, y cómo se había acrecentado con cada día de lucha por la libertad, por la supervivencia de su pueblo.

«Ten cuidado, preciosa, no dejes que nada malo te ocurra». Suspiró. Recordó la tristeza de la despedida, cuando cada uno partió a su misión y l peso de la preocupación que arrastraba cada día en su pecho por no saber si Albana estaba bien. Ni ella, ni Kyra, ni los otros…

Una voz llegó hasta él.

—Un plan excelente. Te debemos la victoria, Liberador.

Ikai salió de su ensueño y alzó la mirada hacia la procedencia de la voz. Reconoció al instante a la mujer. Era Lurama, la líder del Pueblo de las Tierras Altas. Debía rondar los 60 años, pero su energía e inteligencia hacían que pareciera más joven.

—Podría haber salido mal. Hemos tenido suerte…

—Yo no creo en la suerte, creo en la sabiduría, la inteligencia y en el corazón valiente de los míos. Permíteme que te agradezca en nombre de mi pueblo lo que has hecho por nosotros.

—No es necesario, Lurama, estoy aquí para ayudaros.

—Sí que lo es. Puede que mi pueblo sea tosco y frío, pero sabemos reconocer el mérito de quienes lo merecen.

Ikai hizo un gesto de aceptación.

—Burdin me ha contado que casi te perdemos hoy.

—Por fortuna él estaba ahí para protegerme. Creo que eso tengo que agradecértelo a ti.

Lurama negó con la cabeza. Su rostro mostraba preocupación.

—No me lo agradezcas, lo que debes hacer es no ponerte en peligro. No podemos perderte. Sin ti no venceremos y mi pueblo sufrirá la ira de los Dioses. Sus despiadados Siervos causarán un sufrimiento tal que tardaremos mil años en reponernos.

La regañina afectó a Ikai pues le recordó a las de su madre Solma. Contempló el pálido rostro de Lurama donde las arrugas en su frente, al fruncir el ceño, eran ahora más patentes. Sus ojos azules, poco característicos entre aquellas gentes donde predominaban los castaños, estaban marcados por la preocupación.

—Tienes razón, tendré más cuidado —dijo Ikai bajando la cabeza y mirando el fuego.

—Hay demasiado en juego, te necesito a mi lado hasta el final. La vida de todo mi pueblo está ahora en nuestras manos, las tuyas y las mías, pues a nosotros siguen en busca de la libertad, y no podemos fallarles, y menos aún ahora, que estamos tan cerca de conseguirlo.

—No les fallaremos, tienes mi palabra.

—Tu confianza reconforta mi espíritu, Liberador.

—Sabes que no me gusta el título de Liberador, Ikai es suficiente.

—Tú nos has traído hasta aquí: tu conocimiento de los Dioses, de sus confines, de los Guardias y Siervos, de cómo tienen todo organizado y estructurado... has sido invaluable. Tú nos has traído la confianza que necesitábamos para rebelarlos. Tú planificas las batallas como un general magistral, mucho mejor que mis guerreros. Para nosotros eres el Liberador que cruzó la barrera de los Dioses para liberarnos de su yugo.

—No soy más que un hombre pero todo cuanto sé, todo cuanto he visto y he aprendido, lo pongo a vuestra disposición para ayudaros a alcanzar la libertad.

—Puedo ver que tú no eres un hombre normal, Liberador. Esta vieja mujer puede sentirlo en sus entrañas. Y como líder de mi pueblo en estos momentos tan críticos de nuestra historia, te lo agradezco.

—No me debéis nada. Vine con una misión y la cumpliré.

Lurama asintió.

—Liberar este Confín, como tú lo llamas.

—Así es.

—Si ya liberaste el tuyo, como me has contado, si tu pueblo vive libre de la tiranía de los Dioses, ¿por qué venir a ayudarnos? ¿Por qué arriesgar la vida? ¿No deberías estar con tus seres queridos? ¿No deberías estar disfrutando con ellos de la libertad?

—Mi pueblo vive libre pero oculto y con miedo de ser descubierto por los Dioses. Y tarde o temprano sucederá. Esconderse no es la solución. Ya lo intenté en el pasado y fracasé. No podemos escondernos, y menos de unos Dioses que son eternos, nos encontrarán, es cuestión de tiempo. Por eso estoy aquí, para liberar a los otros confines y unir a los Hombres en la lucha contra los Dioses. Esa es mi misión.

—Una misión muy ambiciosa... y peligrosa.

—Lo sé, lo sabemos. Daría mi brazo derecho por estar con mis seres queridos, pero ellos, al igual que yo, comparten esa misma visión. Por ello todos han aceptado cumplir el mismo cometido.

—¿Y dónde están ahora?

—Están en los otros confines, realizando la misma labor que yo aquí.

—¿Crees que conseguirán que los otros se rebelen contra los Dioses?

—Tengo que creer que sí, pues es la única forma. Debemos unirnos. Todos los hombres. Juntos podremos vencerlos.

Lurama miró a la luna y se quedó pensativa.

—Una cosa es rebelarse contra la tiranía de tus hermanos y los Siervos de los Dioses, otra muy distinta unirse para luchar contra los propios Dioses. ¿Estás seguro de que se unirán a nosotros?

Ikai suspiró profundamente.

—Eso espero por el bien de los hombres.

Capítulo 2

Kyra observaba las grandes llanuras erguida sobre su montura pinta. El sol brillaba con fuerza en un cielo completamente despejado y sus rayos teñían la tierra de un rojo tenue. Todo en aquel Confín era de color rojizo. Las montañas, las llanuras, y lo más sorprendente: sus habitantes. De un rojo como el líquido que se derramaría muy pronto sobre aquella tierra de estepas.

Se volvió hacia los dos jinetes que la acompañaban.

—Lobo Solitario, ¿a cuánto estamos de la Barrera de los Dioses?

El guerrero se llevó la mano a los ojos para protegerlos del sol. Era joven, muy fuerte y ejercía de su guardaespaldas personal. De piel roja y oscura, con ojos y cabello negros, tenía un rostro salvaje que transmitía fiereza. Daba la impresión de que en cualquier momento podría saltarle a uno encima y degollarlo. El cabello largo lo llevaba sujeto con una cinta de cuero sobre la frente. Montaba un caballo pinto del que cuidaba como si fuera su hermano pequeño.

—Dos días —dijo señalando hacia el oeste con su lanza.

—¿Es todo llanura?

—Sí.

El guerrero era parco en palabras y muy reservado. Decían que nadie podía vencerlo en combate, ni a pie ni a caballo. Las cicatrices que exhibía en brazos y costado así lo atestiguaban. Aquel era un Confín muy singular: permitían a los guerreros de las tribus competir entre ellos en combates a muerte como un deporte. Kyra no entendía por qué los Dioses lo permitían y menos aún por qué las tribus les seguían el juego. Las cosas eran muy diferentes en aquella tierra. Observó el este y todo lo que pudo discernir fue una gran manada de bisontes en la lejanía. Ahora los reconocía inmediatamente, si bien nunca los había visto antes de llegar allí pues aquellos magníficos animales no existían en el Confín de los Senoca.

—¿Hay algún lugar donde poder esconderse?

—No.

Kyra lanzó una mirada de súplica al guerrero para que elaborara la respuesta pero él la ignoró. No conseguiría sacarle dos palabras seguidas. Bajo el sol castigador de aquellos lares, los guerreros de la tribu sólo llevaban una ligera armadura hecha de huesos y cuero reforzado sobre pecho y espalda que dejaba a la vista costado y brazos. Vestía pantalones y calzado de cuero animal curtido. Por alguna razón en aquel Confín no se usaban las túnicas y preferían el cuero. Comparado con los Senoca, y a ojos de Kyra, el Pueblo de las Estepas era algo más primitivo y mucho más salvaje, al menos en costumbres y ritos.

—Las montañas están más al norte —intervino Alma Serena con una sonrisa.

Kyra se volvió hacia ella. La mujer-medicina era algo mayor que Kyra, quizás un par de primaveras más, y de una belleza extraordinaria. El suave rojizo de su piel en conjunción con un rostro delicado de rasgos muy finos e increíblemente delicados era la envidia de todas las mujeres de la tribu. Incluida Kyra. No había hombre que no se fijara en ella y apenas ninguno que no la deseara en secreto. Pero aquella no era la cualidad que más resaltaba en ella a ojos de Kyra: lo que más apreciaba de ella era su calma interior. Parecía estar en constante armonía con tierra, cielo y espíritus. Algo que para Kyra, por mucho que lo intentara, era inalcanzable. «Pero he mejorado mucho. Ya no soy ni la mitad de impulsiva que era, ni la mitad de cabezota» pensó, y sonrió.

—Gracias, Alma. Vuestras llanuras son preciosas, el colorido espectacular, pero sin un punto de referencia yo me pierdo —dijo a su compañera.

—Es natural. Para eso me tienes a mí.

—Para eso y para mil cosas más. Llevas ayudándome tanto tiempo que no sé qué haría sin ti.

—Más de tres años —dijo Alma—, desde que los espíritus del bien te trajeron desde el otro lado de la Barrera de los Dioses.

—No fueron los espíritus… vine por mi propia voluntad. Vuestras creencias son un poco raras…

—¿Más raras que creer en la Madre Mar?

Kyra rio.

—Viéndolo así puede que tengas razón.

Alma le dedicó una sonrisa que la llenó de paz.

—Sí, como pasa el tiempo… —recapacitó Kyra. Le había costado una eternidad ganarse la confianza de la tribu que la acogía y, mucho más, comenzar a plantar la semilla de la subversión entre aquel pueblo que luchaba entre sí en lugar de hacerlo contra los Dioses. Lo estaba consiguiendo, poco a poco, y ya no le quedaba mucho para lograr su objetivo. Pero le había llevado tres largos años de trabajo y paciencia. Su hermano Ikai se las había arreglado mejor, cosa que no le extrañaba, y su labor estaba más avanzada. Sólo se comunicaban cada seis meses y de forma muy breve, ya que se arriesgaban a que la comunicación fuera interceptada y trazada hasta su origen. Los Dioses los buscaban sin tregua, en especial Asu, y los riesgos que corrían eran enormes. Pero a Kyra el peligro no le importaba, seguiría adelante.

—¿En qué piensas, amiga?

—En que no me he metido en muchos líos, y es gracias a ti —le dijo a Alma y le guiñó el ojo.

—Para eso está Lobo Solitario. Para protegerte de los peligros de la tierra y de los espíritus.

Kyra se volvió hacia el guerrero.

—Solitario, ¿cómo me protegerías de los espíritus? No creo que tus músculos o tu habilidad con el hacha corta o la lanza te sirvan de mucho contra un espíritu. ¿No deberíamos buscar a uno de vuestros Hombres-Brujo para eso?

El guerrero le devolvió una mirada de contrariedad.

—Lobo Solitario —puntualizó con mirada torva.

—Es verdad, que no te gusta que te llame Solitario, pero precisamente por eso lo hago —sonrió Kyra al guerrero poniendo cara de inocente.

Lobo Solitario sacudió la cabeza con resignación.

—Mal día me encargó el Jefe Águila Plateada protegerte de todo mal…

—¡Uy, si ha dicho más de tres palabras!

Alma soltó una pequeña carcajada.

Kyra aprovechó la ocasión.

—En el fondo te gusta. De otra forma te aburrirías de lo lindo. Pasarías todo el día cazando para entregarlo luego a los malditos Procuradores y cumplir con sus cuotas de carne. Y no creas que no sé qué te revienta el estómago tener que hacerlo. Puede que hables menos que una culebra sin lengua, pero tu rostro lo dice todo.

Las cejas del guerrero se arquearon.

—¿Ves? ¡Te he sorprendido! —dijo ella triunfal—. Serías un espía horroroso, eso seguro.

El rostro de Lobo Solitario se ensombreció y su frente se arrugó.

—Kyra tiene razón —dijo Alma Serena—, lo que calla tu boca lo refleja tu rostro.

El guerrero suspiró profundamente como intentando calmarse.

—Yo protejo. Y no necesito Hombre-Brujo.

Alma Serena musitó.

—El mundo de los espíritus muy peligroso. Mejor seguir aquí, en el de los hombres.

—Yo no temo a hombre ni espíritu —dijo el guerrero alzando su lanza.

Kyra no pudo contenerse.

—¿Y qué me dices de una mujer?

Lobo Solitario puso los ojos en blanco y protestó algo entre dientes. Giró su montura para dar la espalda a las dos mujeres.

—Me volverán loco —se escuchó en un murmullo quejumbroso.

Kyra y Alma rieron llenas de buen humor. Kyra sabía que no debía incordiar al bueno de su guardaespaldas, pero a veces no podía evitarlo. Era tan reservado y tieso que casi lo iba pidiendo. Por suerte Alma le seguía el juego y aquella estampa del gran guerrero en su montura, erguido y tieso como una tabla y dándoles la espalda todo ofendido, se repetía con bastante frecuencia lo cual hacía las delicias de ambas.

—Será mejor que volvamos… —dijo Alma Serena.

—Sí, tienes razón, la gran reunión… —asintió Kyra.

Alma asintió.

—Es muy importante y tienes que estar allí.

—Vamos, hoy se decide el destino del Pueblo de las Estepas.

Los tres cabalgaron por horas recorriendo las bellas llanuras. Con el sol poniéndose a sus espaldas llegaron a los dominios de su tribu, los Osos Negros. Al igual que la mayoría de las tribus que habitaban aquel Confín, era una tribu nómada. Seguían a la caza y buscaban las mejores tierras para pasar los fríos inviernos, pero siempre dentro de las delimitaciones marcadas por los Dioses. Incluso allí, en las interminables estepas, el Confín estaba dividido en seis comarcas y las tribus que habitaban cada comarca tenían prohibido desplazarse a otra. Los Dioses mantenían el mismo diseño de Confín, con comarcas, procuradores, regente y siervos. Pero la gente allí vivía y entendía su existencia de forma muy diferente a la de los Senocas. Kyra había experimentado de primera mano la tremenda rivalidad y hostilidad existente entre las tribus de cada comarca. Si un cazador era sorprendido cazando fuera de su comarca, lo degollaban. Las peleas entre miembros de diferentes tribus, incluso pertenecientes a la misma comarca, eran habituales. Y eso no le agradaba lo más mínimo.

Kyra desmontó a la entrada del poblado y de inmediato aparecieron dos jóvenes de entre las tiendas-vivienda en forma de cono y se llevaron su montura al corral comunal adyacente a los pastos. Le dolían las nalgas y la parte baja de la espalda. Su cuerpo no parecía acostumbrarse a montar a pelo aquellos bellos caballos. Las distancias cortas las aguantaba bien, pero cuando montaba por horas, terminaba bien dolorida. «Algún día me acostumbraré. Espero. Porque me encanta cabalgar por las llanuras, pero me destroza el cuerpo» pensó mientras se estiraba.

Lobo Solitario desmontó a su lado con un grácil salto.

—No montas bien.

Kyra, que estiraba la cintura con las manos a la espalda, entrecerró los ojos y le sacó la lengua.

—Mala postura —apuntilló el guerrero.

Alma se les acercó acompañada de dos guerreros.

—Te reclaman en la tienda de Águila Plateada. Los otros Jefes ya han llegado.

—Muy bien, voy para allí. Rezad a vuestros espíritus para que todo salga bien.

Alma miró al cielo. —Los espíritus del bien te guían. No temas.

Kyra sonrió a su amiga y se dirigió a la enorme tienda en medio de la gran explanada. Centenares de tiendas se alzaban rodeando la del jefe de la tribu, formando una decena de círculos concéntricos cada una docena de pasos, con la tienda de su líder en el centro. Aquella singular distribución, y las pintorescas tiendas cónicas hechas de pieles de animales y largos palos de madera, hubieran hecho las delicias de Yosane. Recordar a su amiga le produjo un dolor agudo en el pecho. «Lo conseguiremos, por ti, mi querida amiga. Un día seremos libres, y vengaré tu muerte. El malnacido de Asu pagará con su vida. No lo olvido. No lo olvidaré nunca». El recuerdo y el dolor le ayudaron a centrar la cabeza en lo que tenía que hacer aquella noche. «Hoy tengo que conseguir que el Pueblo de la Estepas se una. Que olviden rencillas, desconfianzas y odios ancestrales para alzase todos como uno. Algo que no se ha conseguido en mil años. Ojalá mi hermano estuviera aquí para aconsejarme, pero estoy sola, y no puedo fallar».

Entró en la gran tienda y de inmediato una treintena de Jefes la atravesaron con miradas de desconfianza.

—Pasa y siéntate, Kyra de los Senoca. Te esperábamos —la recibió Águila Plateada abriendo los brazos.

Kyra los observó. Estaban sentados en el suelo con las piernas cruzadas formando un círculo alrededor del fuego que ardía en el centro de la gran tienda.

—Gracias, Gran Jefe —agradeció ella y fue a sentarse a su derecha.

—Es una mujer, no puede participar en el consejo —dijo uno de los Jefes con un rostro tan hosco como roja era su piel.

—Ella es mi invitada, Cuervo Gris, y esta es mi casa. Me respetarás a mí y respetarás a mi invitada —dijo Águila Plateada con tono calmado pero severo.

El Jefe gruñó. Luego murmuró: —es pálida como un espíritu maligno, no me fío —y escupió al fuego pero no dijo más. Otros lo imitaron, mostrando su repulsa por la presencia de Kyra. Sin embargo, no todos.

«Empezamos bien» pensó Kyra y agradeció a su anfitrión el gesto con una mirada.

Los Jefes eran hombres curtidos, de mediana edad, de rostros duros y ojos faltos de piedad. Vestían en pieles de animales y portaban pinturas en cara y brazos que establecían su condición de Grandes Jefes. A la cintura llevaban un cuchillo de caza. No se les había permitido portar más armas si bien todos habían exigido llevar una. La desconfianza entre aquellos hombres era tan notable que Kyra tuvo la sensación de que en cualquier momento se echarían los unos sobre los cuellos de los otros y las paredes de cuero de la tienda quedarían regadas de sangre. Las escoltas aguardaban fuera del poblado, no se les había permitido la entrada para evitar altercados.

—Bienvenidos todos a mi casa, Jefes de las tribus del Pueblo de las Estepas. La tribu de los Osos Negros os da la bienvenida. Espero que la comida haya sido de vuestro agrado. Sé que el viaje ha sido largo para muchos de vosotros. Cualquier cosa que necesitéis solo tenéis que pedirla —dijo señalando la puerta donde tres jóvenes aguardaban. Uno de los Jefes se volvió y pidió bebida. Varios más lo siguieron. El más orondo, pidió más comida. Los jóvenes partieron al instante.

—Veo a los Lanzas Rotas, de la Primera Comarca, ¿Quién más os acompaña hoy en consejo? —dijo Águila Plateada.

El Jefe de los Lanzas Rotas se puso en pie y presentó a los otros cuatro jefes de las tribus mayores de Primera Comarca que los acompañaban.

—Venimos en representación nuestra y en representación del resto de tribus menores de nuestra comarca.

Águila Plateada asintió varias veces con solemnidad.

—Veo a los Gacelas Veloces de la Segunda Comarca —continuó el Gran Jefe y uno por uno, el resto de Gran Jefes de cada comarca se fueron presentando. Cuando hubieron terminado, Águila Plateada agradeció a todos su presencia allí aquel día, pues todos eran conscientes de que aquel consejo representaba alta traición y de descubrirlo los Dioses o sus Siervos, morirían todos.

—Aquí están hoy representados las más de 2000 tribus que forman nuestra gran nación. Este consejo de tribus llevamos años intentando mantenerlo sin conseguirlo. Los Procuradores, esos traidores que sirven al Regente y a los Siervos de los Dioses siempre nos lo han impedido. Pero hoy hemos conseguido reunirnos a sus espaldas, para ponernos de acuerdo. Todos deseamos lo mismo. Todos queremos la libertad. Llevamos mil años siendo prisioneros de los Dioses. Ha llegado el momento de unirnos y levantarnos como uno.

—Tú lo has intentado —dijo el Jefe Zorro Pardo de la tribu de los Coyotes Rojos de la Primera Comarca—. No todos aquí estamos de acuerdo con tu visión.

Cuervo Gris de los Búfalos Salvajes de la segunda Comarca y más de la mitad de los otros líderes ratificaron entre murmullos.

Águila Plateada asintió varias veces. —Lo sé. Y por eso esta reunión es tan importante. Estáis hoy aquí los Grandes Jefes de las Seis Comarcas.

Representamos a todo el Pueblo de las Estepas. Esta noche tenemos que dejar de lado nuestras diferencias. Debemos hablar y llegar a acuerdo.

—Yo no pienso llegar a ningún acuerdo con esa víbora —dijo Puma Loco de la Sexta Comarca señalando acusador a Cuervo Gris.

—¿A quién llamas víbora, rata apestosa?

Ambos Jefes se llevaron las manos al cuchillo e hicieron además de lanzarse el uno sobre el otro. Al instante, los aliados y enemigos de ambos comenzaron a ponerse en pie.

—¡Quietos! ¡Quietos todos! —ordenó Águila Plateada.

—Te arrancaré los ojos —dijo Puma Loco.

—¡No tienes estómago, cobarde!

Ahora estaban todos en pie, las manos en los cuchillos. Si uno solo desenvainaba su arma, la sangre bañaría la tienda.

Águila Plateada se puso en pie.

—¡El que derrame sangre será degollado! —amenazó señalando con el dedo. —¡Guerreros! —llamó. De inmediato una docena de guerreros armados con lanzas entraron en la tienda. Entre ellos estaba Lobo Solitario.

—¡Nadie derramará sangre en mi casa! ¡Sentaos todos!

Los Jefes se miraron los unos a los otros, luego a los guerreros y poco a poco se fueron sentando. Kyra resopló. Había estado muy cerca de producirse una debacle.

—El siguiente que quiera empuñar su arma, lo hará contra mi campeón —dijo Águila Plateada señalando a Lobo Solitario. —Os aseguro que será todo un espectáculo, uno muy breve.

Los jefes miraron al guerrero y rápidamente fueron desviando la mirada. Nadie se enfrentaría a él.

—Eso me gusta más. Las disputas las solventaremos como lo hemos hecho siempre, con peleas entre guerreros.

Kyra intervino. —Deberías pelear contra el Regente y los Siervos de los Dioses no contra vuestros hermanos.

—¿Quién eres tú para hablarnos, mujer? —dijo Zorro Pardo.

—Escucha lo que mi invitada tiene que decir. Te aseguro que cambiara tu forma de pensar —dijo Águila Plateada.

—Ninguna mujer me hará cambiar de opinión y menos una tan pálida que parece venir del mundo de los espíritus.

Se produjo un murmullo creciente, querían que la mujer callara.

Pero Kyra no iba a acobardarse. No lo había hecho nunca y no iba a empezar ahora, por muy hostil que fuera el ambiente.

—Yo soy Kyra de los Senoca y he visto el rostro de los Dioses.

El murmullo cesó. Todos miraron a Kyra y callaron.

—Vengo de un Confín similar a este, uno donde mi pueblo se levantó contra los Dioses y consiguió la libertad.

—Eso es imposible —dijo Cuervo gris.

—Es posible, y por eso estoy aquí. He venido a ayudaros a lograr la libertad.

Kyra les narró todo lo sucedido en el Confín de los Senoca, con sumo detalle, incluyendo su cautiverio en la Ciudad Eterna. Les habló de los Dioses, de su mundo. Todos escuchaban sus palabras como traspuestos, como si les estuvieran contando una fábula increíble.

—No creo una palabra —interrumpió de pronto Zorro Pardo.

—Que siga hablando —dijo Puma Loco—. Quiero saber más.

Y para sorpresa de Kyra, los murmullos ya no eran en su contra, sino para que continuara. Y así lo hizo, relatando la rebelión y como derrocaron al Regente. Al finalizar los Jefes estallaron en exclamaciones y gesticulaciones. La tienda se volvió un caos de conversaciones cruzadas cada cual más altisonante. Águila Plateada esperó un buen rato a que los jefes descargaran sus opiniones y finalmente puso orden.

—¿Entendéis ahora que los espíritus de las estepas nos han enviado a esta mujer para que nos guíe en la batalla por la libertad?

—Si lo que la extranjera dice es cierto, el Regente, los Siervos nos engañan —dijo Puma Loco.

—Lo hacen —dijo Kyra—. ¿No os dais cuenta que os hacen pelear entre vosotros para que no os unáis? ¿Que competís entre vosotros de forma inútil en lugar de luchar contra los opresores? Lobo Solitario tiene el cuerpo lleno de cicatrices. Es un gran luchador. Dime, guerrero, ¿cuántas de esas cicatrices son de la Guardia, de los Siervos? Yo te lo diré: ninguna.

De nuevo los comentarios y exclamaciones llenaron la tienda. Unos apoyando el argumento de Kyra, otros protestando por semejante osadía.

—Mi pueblo, los Senoca —continuó Kyra—, es un pueblo de pescadores. Mis hermanos de piel pálida no saben luchar. No son fuerte y orgullosos guerreros como los hijos de las estepas —dijo barriendo con la mirada los rostros de los Jefes—. Su piel no es roja como la sangre que los guerreros derraman en sus peleas para demostrar honor y valentía. Pero aun así, mi pueblo se unió, e hizo frente a los opresores. Luchó con toda su alma y consiguió la libertad.

—Eres una embustera. Un pueblo de débiles pescadores que no saben luchar nunca podría vencer a los Siervos —dijo Cuervo Gris poniéndose de pie.

—Mentiras y más mentiras —apuntilló Zorro Pardo levantándose y escupiendo a los pies de Kyra.

Águila Plateada fue a intervenir, pero Kyra lo detuvo con el brazo. Miró a los dos hombres frente a ella y sonrió.

—Está bien, si soy una mentirosa y una débil pescadora, sin duda los dos grandes Jefes guerreros no tendrán problema en derrotarme.

—¿Nos retas? —dijo Cuervo Gris completamente sorprendido.

—Os reto.

Zorro Pardo comenzó a reír a carcajadas —¿Tú, una mujer?

—Yo, una mujer.

—Si Águila Plateada no te protegiera…

—No necesito de su protección. Aunque la agradezco —. Se volvió hacia el Jefe. —Permíteles luchar contra mí.

—¿Estás segura? No tienes por qué —dijo Águila Plateada intentando protegerla.

—Lo estoy. Y sí, tengo que hacerlo.

—Está bien, tenéis mi permiso.

Nada más terminar la frase, Zorro Pardo ya tenía el cuchillo en la mano y se abalanzaba sobre Kyra. Un momento después lo hacía Cuervo Gris. Kyra no se inmutó ni hizo ademán de defenderse. Se produjo un destello cristalino y Kyra se concentró en los dos atacantes. Zorro Pardo llegó hasta Kyra y se estampó contra la translúcida esfera protectora que ella había levantado. Salió rebotado, cayó de espaldas y se llevó a dos Jefes por los suelos con él. Cuervo Gris se detuvo al ver lo que había sucedido. Miró a Kyra, preparó el cuchillo, y con un latigazo de su brazo lo envió en dirección al corazón. Kyra se concentró en el vuelo del cuchillo y usó su Poder. Estiró el brazo derecho y el arma se detuvo en pleno aire. Quedo suspendida. Todos miraban boquiabiertos.

—Creo que este acuchillo es tuyo —dijo Kyra con total calma. Lo hizo girar en el aire y apuntar a Cuervo Gris con un movimiento de su muñeca.

—¡Por los espíritus! —exclamó Cuervo Gris.

El cuchillo avanzó hacia él y se detuvo a dos dedos de su ojo derecho, quedando suspendido en el aire.

—Será mejor que no te muevas —le dijo Kyra.

Zorro Pardo se levantó y saltó sobre Kyra como un gran felino. Kyra extendió el brazo izquierdo y uso el poder. El Jefe quedó suspendido en el aire a medio salto.

—¡Suéltame, perra! —gritó.

—Como desees —dijo Kyra y moviendo el brazo lo condujo sobre el fuego para dejarlo caer.

—¡Noooo! —gritó Zorro Pardo mientras las llamas lo quemaban.

Kyra lo levantó de nuevo con un movimiento de muñeca y lo dejo levitando sobre el fuego lo suficientemente cerca para que sintiera el calor de las llamas.

Todos observaban la escena anonadados. Kyra estaba manejando a dos de los Jefes más agresivos y salvajes como si fueran dos monigotes. A un gesto de Kyra ambos morirían.

Puma Loco se levantó. —Te creemos. Puedes dejarlos ir.

Kyra asintió y girando las manos dejó caer el cuchillo y el cuerpo de Zorro Plateado. Los dos Jefes dieron un paso atrás y observaron a Kyra asustados.

—Tú no eres alguien normal. Tú eres un espíritu, el espíritu que camina dos mundos —dijo Puma Loco.

—La que camina este mundo y el mundo de los Dioses —dijo Águila Plateada.

El resto dieron su aprobación entre murmullos.

Kyra se dirigió a ellos. —El pueblo de las Estepas es uno fuerte y noble, uno de guerreros bravos y llenos de coraje. ¿Me acompañará a la rebelión? ¿Se alzará conmigo contra los opresores, contra los traidores que sirven a los Dioses? ¿Luchará a mi lado para conseguir la libertad y que todos puedan cabalgar las llanuras libres y en paz?

Los Jefes lo meditaron un instante y asintieron.

—Te seguiremos —dijo Puma Loco.

—¡Por la libertad de nuestro pueblo! —dijo Águila Plateada.

Se pusieron en pie y empuñaron sus cuchillos.

—¡Por el Pueblo de las Estepas!

Capítulo 3

Ikai se despertó tiritando. Sentía frío y una humedad que le calaba hasta los huesos. La sensación no le abandonaba desde que había puesto pie en aquel Confín. Sacudió el cuerpo bajo la capa de piel de oso intentando entrar en calor y se sintió algo mejor, aunque no mucho. Sacó la cabeza por la abertura de la tienda de lona recubierta de pieles y contempló el gran bosque tapizado de un verdor bañado por el rocío. El olor a tierra y helecho mojados llegaron tan intensos que casi podía masticarlos.

Salió de la tienda, se puso en pie y estiró los músculos. No había dormido muy bien, muchas preocupaciones torturaban su mente. Se arrebujó en la capa buscando algo de calor. Le rodeaban miles de tiendas, improvisadas tejavanas de lona y pieles, y todo tipo de cubiertas que cubrían el bosque extendiéndose hacia el norte. Bajo ellas dormían los bravos hombres y mujeres de las Tierras Altas, descansando antes de la gran batalla que estaba por llegar.

Avanzó hasta el linde del bosque, pisando con cuidado de no hacer ruido y despertar a sus compañeros. Necesitaban aquel descanso. Pronto tendrían que combatir y precisarían hasta la última onza de energía que pudieran recobrar. Observó el gran valle a sus pies, de un verde intenso. Al fondo, en la lejanía, podía distinguir la capital. Debían tomarla, y no sería nada fácil. Nada. Escuchó un sonido a su lado y se volvió. Era Burdin.

—¿No descansas nunca? —le preguntó Ikai. La verdad era que nunca había visto al guerrero tomarse un respiro. Era el primero en levantarse antes de que despuntara el sol, para trabajar sin descanso todo el día, y era el último en retirarse a descansar.

—Nosotros somos el Pueblo de las Tierras Altas, no necesitamos descansar —dijo sacando pecho.

—Todos necesitamos descansar, más ahora que se acerca el momento final.

—Ya descansaremos cuando seamos libres. Ahora es tiempo de luchar —dijo cruzando los brazos sobre su fuerte pecho.

Ikai inclinó la cabeza y lo observó. Burdin era tan duro como hosco y un luchador excepcional. Había días en los que Ikai se preguntaba si aquella piel de oso con cabeza que el guerrero llevaba siempre no tendría poderes místicos y lo habría poseído, confiriéndole una fortaleza sobrenatural.

—Admiro tu fortaleza, Burdin. Inspiras a los hombres —reconoció Ikai.

—Y yo tu cabeza.

Ikai soltó una pequeña carcajada. No se esperaba aquel comentario tan franco.

—Lo mío es fuerza bruta. Así me hizo la Madre Tierra, a mí y a unos cuantos más de los nuestros. Lo tuyo sí que es especial. De poco sirve la fuerza si no se tiene cabeza. Yo no soy de mucho pensar, pero esto sí que lo sé.

—Para vencer necesitamos de ambas cosas.

—Entonces es una suerte que las tres diosas hayan querido que nuestros caminos se cruzasen.

—En eso estamos más que de acuerdo.

El guerrero señaló hacia la ciudad.

—He estado de reconocimiento. El Regente y sus fuerzas de élite se esconden tras las murallas de la capital. No son muchos, pero se han colocado bien para defender las murallas. No saldrán, tal y como tú dijiste que pasaría.

—¿Y los refuerzos de las capitales de comarca?

—No hay rastro de ellos. Esos cerdos se habrán desbandado como los cobardes traidores que son al descubrir la derrota de los ejércitos de la capital.

—No estés tan seguro.

Burdin se rascó la cabeza.

—No sé cómo siempre sabes lo que van a hacer, me deja confundido.

—Recuerda que esto yo ya lo he vivido en mi Confín. Es como revivir una sangrienta pesadilla.

—Pero con un final feliz.

—Sí, nosotros conseguimos liberarnos. Pero el coste fue altísimo. Miles de los míos dieron su vida. No quiero que eso se repita aquí. Intentaré salvar todas las vidas que pueda.

—Lo importante es la libertad —se volvió hacia el bosque y señaló a los suyos que ya despertaban y comenzaban a prepararse—. Todos y cada uno de los que están aquí darán su vida por alcanzarla. Morirán orgullosos. No te preocupes por las bajas. Mi pueblo está acostumbrado a la dureza, nacimos y morimos en las Tierras Altas y el sufrimiento está en nuestra sangre.

—Sois un pueblo duro, lo sé.

Burdin sonrió. Algo que rara vez hacía.

—Lo somos.

Volvió a mirar al frente, hacia la lejana capital.

—Mi pueblo ha sufrido por más de mil años. Merece algo mejor que sufrimiento y esclavitud. Merece la libertad. Condúcenos hacia la victoria, marca el camino que debemos seguir, eso es cuanto tiene que preocuparte. Mi pueblo hará el resto.

Ikai suspiró.

—Lo intentaré con todo mi ser. Te lo prometo.

—Sé que la responsabilidad es enorme—dijo inclinando la cabeza—, incluso yo me doy cuenta, no creas. Pero me tienes a tu lado. Lucharé contigo y te protegeré de esos bastardos traidores.

—Gracias, Burdin.

Los miles de guerreros que acampaban en el bosque se preparaban: hombres y mujeres fuertes que sabían empuñar lanza, hacha y espada. A diferencia de lo que había ocurrido en el Confín de los Senoca, en este, los rebeldes habían empleado años en prepararse para la guerra, en formarse para convertirse en guerreros antes de sublevarse.

—Todavía no me explico cómo han tenido el valor de arriesgarse… de aprender a luchar durante tanto tiempo, exponiéndose a ser capturados y ejecutados.

—Son duros y valientes. Las Tierras Altas no paren cobardes.

—¿Cómo lo habéis conseguido sin ser descubiertos por Cazadores, Guardias o Siervos? La verdad es que no me lo explico… no pensé que pudiera hacerse… al menos no en nuestro Confín. Yo descarté esa vía por imposible.

—¡Ja! Eso se lo debemos a Lurama. Ella lo ideó. Es una mujer muy especial. Una gran líder, sabia y muy lista. Los primeros intentos de armarnos y aprender a luchar fueron un desastre. Los Guardias y Siervos capturaron a nuestros hombres y los mataron sin piedad. Luego llegaron las represalias… Aun así, lo intentamos varias veces en diferentes comarcas, pero al final siempre daban con nosotros y corría la sangre. Yo mismo estuve a punto de morir en dos ocasiones. Sólo la gracia de la Diosa Luna me salvó. Tras el último intento, donde perdieron la vida los últimos líderes, todo pareció perdido. Por un largo tiempo no hubo más intentos, nadie se atrevió. Y fue entonces cuando llegó Lurama. Ella me buscó y me explicó lo que estábamos haciendo mal y lo que debíamos hacer.

—Y te convenció.

—No, al principio no. Yo había perdido a muchos amigos, y sus familias habían pagado las consecuencias. No quería perder más… no quería que más familias sufrieran... no creía que fuera posible hacerlo. Siempre daban con nosotros de una forma o de otra, y todos los bravos terminaban muertos.

Ikai inclinó la cabeza.

—¿Y cómo te convenció?

—«Utilizaremos lo que somos», me dijo ella —Ikai lo observó aún más intrigado—. «¿Quiénes somos?», me preguntó. «El Pueblo de la Tierras Altas», respondí yo. Y entonces me reveló «Exacto, eso somos y eso usaremos contra el enemigo».

Ikai bajó la cabeza y lo pensó un momento. Comenzó a entender el significado de aquellas palabras y una pequeña sonrisa apareció en sus labios.

—¡El terreno!

—Sí. Eso es. Yo no lo entendí al principio, pero ella me lo explicó —desenvainó la espada y señaló con ella las tierras más altas, hacia el norte, donde se distinguían montañas con picos entre las nubes y un terreno muy escarpado a sus pies—. Lo que hemos hecho ha sido utilizar nuestra tierra contra ellos. La mayor parte de nuestro Confín está compuesto de empinadas colinas, montañas al norte y grandes bosques con numerosos ríos que descienden hacia las tierras bajas. Las colinas, montañas y bosques, son nuestros aliados. Únicamente la capital y la parte sur son valles con amplias explanadas y terreno abierto. Las dos comarcas más al sur, donde no podemos escondernos, las usamos para conseguir armas y suministros. Las cuatro comarcas con tierras escabrosas y de difícil acceso las usamos para entrenar a los guerreros. Subimos a los bosques más altos y alejados, en el norte, y entrenamos en el interior de grandes cuevas en las entrañas de las montañas.

—Ya entiendo, la Guardia nunca iría hasta allí, demasiado costoso, ni siquiera los Siervos se atreverían sin un motivo claro.

—Eso mismo dijo Lurama. Había que extremar precauciones y nunca dar un motivo a la Guardia o los Siervos para que vinieran a buscarnos. Nos llevó mucho tiempo organizarlo. Fue lento y costoso. Yo perdí la paciencia en numerosas ocasiones —dijo resoplando con fuerza—, pero Lurama me hizo recapacitar, entender que era el camino a seguir. Tardamos largos años, pero fuimos consiguiéndolo. Cada pocos meses teníamos nuevas camadas de guerreros-lobo formados, listos para combatir. Con el tiempo fueron madurando y siguieron entrenando, convirtiéndose en guerreros-oso. Al cabo de algunos años tuvimos suficientes guerreros-oso como para iniciar la revuelta y lo que yo pensaba que no podría ser, se hizo realidad. Lurama se aseguró de que nadie levantara sospecha. Llegó incluso a sacrificar a aquellos que lo habían hecho para salvaguardar al resto. Antes de caer en manos de la Guardia, ordenó matarlos.

—Una mujer inteligente y fuerte. Se requiere de muchas agallas para hacer eso.

—Y esta fue la razón por la que la nombramos Matriarca Mayor.

—Ya veo —dijo Ikai y quedó pensativo—. ¿Qué significa ser Matriarca Mayor? Entiendo que ella es la líder de todos, ¿no es así?

—Ahora sí, pero inicialmente no. Ella era la Matriarca de la Primera Comarca. Cada comarca tiene una Matriarca como es tradición entre mi pueblo desde antes de que fuéramos sometidos. Una tradición que el Regente persigue con mano de hierro e intenta eliminar, al igual que nuestras creencias en la Madre tierra y sus hijas la Luna y el Sol.

Ikai asintió. Burdin se golpeó el pecho con el puño y su rostro se endureció.

—Pero nosotros nos resistimos, siempre lo hemos hecho. Elegimos a las Matriarcas a escondidas, mantenemos nuestras creencias y nuestra cultura a pesar de la persecución, a pesar de que va contra la Ley de los Dioses y está penado con la muerte.

—En mi Confín las creencias antiguas tampoco estaban bien vistas, pero no se perseguían de esta forma.

—Fuisteis afortunados. Aquí muchos han muerto por no renunciar. En nuestra cultura la Matriarca representa la mujer que da vida a su aldea, a su comarca, la que la guía, cría y protege.

—Ya me di cuenta al llegar de que ellas son las guías espirituales.

—Eso es. A espaldas de los Procuradores impuestos por el Regente.

—Se arriesgan mucho… ya han ejecutado a varias desde que estoy con vosotros.

—Esos cerdos lo pagarán, créeme, lo pagarán con sangre y dolor —dijo Burdin alzando un puño descomunal.

Ikai resopló y sacudió la cabeza. Burdin contempló su acero y pareció perderse en sus memorias.

—No sé si te han contado esto. Hace un tiempo hubo una ceremonia sagrada entre las Seis Matriarcas al amparo de las tres diosas, y en ella Lurama fue nombrada Matriarca Mayor de las seis comarcas. Desde entonces ella es nuestra líder y la seguimos sin dudar.

—No, no me lo habían contado.

—Lo único que necesitas saber de mi pueblo es que es de corazón fuerte y puro —dijo blandiendo la espada con fuerza—. No te fallarán.

Ikai asintió.

—Eso lo sé.

—Y ahora será mejor que vayas a ver a Lurama a su tienda, quiere hablar contigo —dijo envainando la espada.

—Muy bien.

Ikai dejó a Burdin con los preparativos de la contienda y cruzó el bosque hasta llegar a la zona más al norte, donde estaba ubicada la tienda de mando. A medida que cruzaba el inmenso bosque, iba observando aquel pueblo mientras se preparaban para la batalla. Eran tal y como Burdin los describía y ahora Ikai era capaz de entenderlos mejor. Pasó junto a un grupo de jóvenes, chicos y chicas, que sobre sus ropajes llevaban pieles de lobo y otros animales. Estaban cuidando de sus lanzas y escudos. «Guerreros-lobo» pensó, y los saludó. Los jóvenes dejaron lo que estaban haciendo y lo saludaron. Todos sabían quién era Ikai y lo trataban con el mayor de los respetos. Más arriba identificó a varios grupos de hombres y mujeres que no vestían pieles sobre sus ropajes. «No son guerreros pero se han unido a la rebelión, lucharán igualmente». Finalmente alcanzó la tienda de Lurama en lo más profundo y empinado del bosque. La rodeaban una veintena de guerreros-oso de guardia.

—Liberador —le saludó el que estaba al mando. Era más grande que Burdin y de aspecto aún más amenazador. Ikai observó a los otros y todos eran de tamaño similar. Aquellos hombres, con las capas de oso con cabeza que llevaban, atemorizarían al más osado. Ikai se alegraba en el alma de que estuvieran de su parte.

—Lurama quiere verme…

El guerrero-oso entró en la gran tienda y al cabo de un instante volvió a salir.

—Adelante —dijo abriendo la tienda para que Ikai entrara.

En el interior lo recibió Lurama con una cálida sonrisa de bienvenida.

—Entra y acomódate, Liberador —le dijo señalando una tosca banqueta de madera junto a un brasero.

—Gracias —dijo Ikai, y se sentó. Su cuerpo agradeció el calor tan agradable que desprendía el brasero.

—Una de las ventajas de ser Matriarca Mayor —dijo Lurama guiñándole el ojo.

Ikai sonrió, acercándose más al brasero.

—No consigo acostumbrarme a la humedad de estas montañas.

—¿Es más cálida tu tierra?

Ikai asintió.

—A todo se acostumbra el hombre, eso puede asegurártelo esta experimentada mujer.

—Pues esperemos que termine de acostumbrarme pronto.

Los dos rieron y Lurama le ofreció un vaso de vino caliente.

—Te hará bien, reconforta el espíritu y los huesos.

Ikai lo tomó y lo degustó.

—¿Querías verme?

—Sí, quería preguntarte algo, pero antes deja que te agradezca que nos hayas llevado hasta aquí, tan cerca de la libertad que la tenemos al alcance de la mano. Es algo que sólo me había atrevido a soñar.

—Tú y los tuyos ya preparabais la Rebelión desde hace años, yo sólo os he ayudado aportando lo que he aprendido en mi Confín.

Lurama sonrió.

—No olvides que nos aportas esa inteligencia brillante tuya. Sin tus planes no estaríamos hoy aquí por mucho tiempo que lleváramos planificando y preparando la revuelta. Y no tengo muy claro que lo hubiéramos conseguido. Mi pueblo es de brazo fuerte y espíritu enorme, pero pocos hay entre los míos con una mente como la tuya. Esta vieja mujer capta esas cosas, siempre he tenido buen ojo para las personas, para saber sus puntos fuertes y débiles, así que no intentes negarlo.

—Aceptaré el cumplido —sonrió Ikai—. Gracias.

—Es verdad que llevamos más de diez años preparando guerreros de forma clandestina, infundiendo valor al pueblo para que se alce contra la tiranía de los Dioses, pero no contábamos con un líder que nos guiara en el paso final, el día de la Rebelión. Y por ello esperé, esperé al momento oportuno, a la persona adecuada. Y llegaste tú, y el cielo se abrió ante mis ojos. No tuve duda de lo que debíamos hacer. Lo supe de inmediato. La espera, la preparación, habían terminado, era la hora de actuar y mira donde estamos. A las puertas de la capital, a las puertas de la libertad.

—Eres una mujer sabia, y una gran líder —le dijo Ikai. Cada vez admiraba más a aquella mujer. Prácticamente sola dirigía la revuelta, a todo su pueblo, y lo hacía con una templanza y una inteligencia sobresalientes.

Lurama se sentó junto Ikai. Vestía una gruesa túnica de lana gris y una capa con capucha de pieles. Su largo cabello liso, había perdido el rubio de su juventud y se había vuelto gris. Pero lo ojos seguían siendo jóvenes y sagaces.

—Mucho hemos trabajado, mucho hemos conseguido. No podemos fallar ahora que estamos tan cerca. El pueblo se ha alzado, como tú me dijiste que haría, y ya no podemos echarnos atrás. No estando tan cerca. Es la victoria o la muerte.

—Así es. Lo conseguiremos. Tu pueblo es fuerte. Lo lograrán.

Ella asintió con ojos cargados de esperanza.

—Dime, Liberador, ¿cuánto ha pasado desde que acudiste a mí?

—Tres largos años…

—A mí me ha parecido un pestañeo. El tiempo pasa muy rápido cuando hay tanto por hacer.

—Recuerdo que al conocerme a punto estuviste de mandar a Burdin que me decapitase.

Lurama rio una carcajada sincera.

—Pensé que eras un loco. Presentarte ante mí y hablar de libertad, de rebelión, de enfrentarse a los Dioses y sin ser de los nuestros... cuanto menos fue una locura.

—Tenía que arriesgarme. No había otra opción. Me llevó tiempo recorrer este Confín sin ser descubierto y analizar si funcionaba como el nuestro, si la organización, la estructura y el propio Confín eran similares. Si los Dioses repetían su diseño de esclavitud o sufría variaciones.

—Me convenciste de que sí lo eran.

—Son prácticamente idénticos. Los Dioses usan el mismo patrón para cada Confín, lo único que varía es la raza de los hombres en ellos y su ubicación dentro del gran continente. Mi Confín estaba en el nordeste, este está en el noroeste. Básicamente en extremos opuestos. Tuve que cruzar todo el gran continente para llegar hasta aquí. En el este el clima es más cálido y la tierra más llana. Aquí en el oeste el clima es mucho más húmedo y la región más montañosa.

—¿Qué hay más al oeste? Siempre me lo he preguntado.

—El mar. El gran continente está rodeado de mar. Al oeste de este Confín está el océano al igual que al este de mi Confín.

—Y ¿cómo llegaste hasta mí? ¿Quién te dio mi nombre? Hace años que llevo luchando en secreto, desde mi juventud, pero muy pocos sabían que yo lideraba a los que deseaban alzarse contra los Dioses. Nunca me lo has contado, ¿por qué?

—Llegar hasta ti fue complicado. Tuve que utilizar ciertos métodos… que no aprobarías… prefiero no revelártelos…

Lurama lo miró a los ojos, como leyendo el alma de Ikai en ellos.

—Sé que no hay maldad en ti. Lo que hiciste fue necesario. Pero sí me gustaría saber algo, por eso te he llamado.

Ikai suspiró. Temía la pregunta que fuera a hacerle.

—Tú no eres un hombre normal, Liberador, eso me lo dice mi instinto de Matriarca, y rara vez se equivoca. ¿Cierto?

Ikai meditó la respuesta. No podía perder la confianza de Lurama. Debía sincerarse.

—Es cierto, no soy como la mayoría de los hombres.

—La bruma… la que cubría el linde del bosque y ocultaba la trampa contra los ejércitos del Regente… no era una bruma natural. Conozco muy bien el clima de mi tierra, nunca había visto una bruma tan sólida y pesada en esta época. ¿Fuiste tú?

—Sí, fui yo. Tuve que ocultar los troncos, de descubrirlos no hubieran caído en la trampa.

—¿Cómo? No hay nadie entre mi pueblo que pueda hacer algo así. Sólo el Poder de los Dioses puede hacer algo imposible para los hombres.

—No te equivocas, lo hice usando el Poder de los Dioses.

Por primera vez desde que se conocían, Ikai vio la duda en los ojos firmes y seremos de Lurama.

—No, no desconfíes, no soy un Dios ni tampoco les sirvo.

—¿Entonces qué eres? Ayúdame a entender.

Ikai viendo que podría perder la confianza con la que Lurama lo había agraciado decidió contarle la verdad.

—Lo que voy a contarte no es fácil de aceptar, pero espero que lo hagas.

—Adelante. Te escucho.

Ikai le contó sobre los Dioses, sobre los híbridos, sobre lo que sucedía en Alantres, la Ciudad Eterna. Le explicó sobre las anomalías extraordinarias: los híbridos con Poder. Le habló de Adamis, de los Discos, del Poder. Lurama lo escuchó en silencio, sin interrumpir, atenta a cada palabra. Cuando Ikai terminó, Lurama se sirvió un vaso de vino y bebió despacio.

—Eres un híbrido con Poder...

Ikai asintió.

—El Poder corre en mi sangre, en la de mi familia.

—¿Puedes mostrármelo?

—Sí. Pero no te asustes.

Lurama se tensó, respiró hondo y relajó los hombros. Le hizo un gesto de asentimiento.

Ikai sacó el disco y lo situó sobre su mano.

Al verlo Lurama se tensó de nuevo.

—¡Los Ojos los usan contra nosotros!

—Y nosotros lo usamos contra ellos. Este disco es del Dios-Príncipe Adamis. Contiene su Poder. Creó cinco para nosotros y en cada uno, en su centro hay una pepita con su Poder.

—Hazme una demostración, por favor, quiero entenderlo.

—Muy bien.

Ikai activó el disco y éste se elevó sobre la palma de su mano. Se concentró y buscó el aura de Lurama. La percibió con nitidez en su mente. Era un aura fuerte y clara, aunque ya no irradiaba con la intensidad de la juventud. Con suavidad y medido cuidado, Ikai la levantó dos palmos del suelo. La líder del Pueblo de las Tierras Altas ahogó un gemido. Ikai la elevó un palmo más, hasta casi rozar el techo de la tienda.

—Voy a hacer algo, no tengas miedo —avisó.

—Adelante —dijo ella levitando sobre el suelo.

Ikai dio la orden al disco, éste resplandeció y Lurama comenzó a girar suavemente sobre sí misma, como si fuera una peonza. La Matriarca comenzó a reír y se dejó llevar. Ikai cambió la dirección de giro y la mantuvo rotando un momento. Después la depositó de vuelta en el suelo con delicadeza.

—Es... es... fascinante. Y las posibilidades...

—Me alegro de que lo veas así.

—No te voy a mentir, he pasado miedo, y ese Poder me asusta. Pero también veo las ventajas, las oportunidades que podría darnos de estar en buenas manos... de usarse contra los Siervos...

—Otros no lo verán así... temerán el Poder, porque viene de los

Dioses. Por eso lo mantengo oculto.

—Sí, es cierto. Muchos hay entre los míos que no lo entenderían ni aceptarían. Debemos ser precavidos y no usarlo abiertamente. Pero déjame asegurarte que de mí no debes preocuparte. Yo lo acepto, y te acepto a ti como eres.

—Tu pueblo no podría haber elegido una Matriarca Mayor mejor. Tu sabiduría y entendimiento son una bendición para todos.

—Tú sí que eres una bendición para mi pueblo, Liberador. ¿Cuánto más puedes hacer con ese disco?

—Todavía no tanto como me gustaría. Aprender a usar el Poder me ha llevado mucho tiempo de práctica y sólo he descubierto una minúscula parte de lo que creo podría llegar a hacer. No he tenido la suerte de tener un maestro que me enseñe. Cuanto sé lo aprendo experimentando, por prueba y error. Sigo ejercitando e intentando aprender cada día. Es una labor ardua, y muchas veces muy frustrante, pero cuando aprendo una nueva habilidad, es una sensación única y gloriosa.

—Y por tu rostro y la pasión que pones al hablar de ello, creo que te satisface mucho.

—Así es.

—Pues sigue ejercitando. En esta vida, todas las profesiones requieren de años de aprendizaje. Muy probablemente ese mismo sea el caso con el Poder. Sigue aprendiendo. Lo necesitaremos.

—Por desgracia, así es.

La puerta de la tienda se abrió y uno de los guerreros-oso entró con actitud decidida.

—Matriarca, todo está listo. Como pediste.

—Muy bien.

—¿Toco a llamada? —dijo mostrando un cuerno.

Lurama suspiró pesadamente.

—Sí, llama a todos, es hora.

—A tus órdenes —dijo el guerrero, y salió.

Un momento más tarde los cuernos clamaban por todo el bosque.

Lurama miró a Ikai.

—Seguiremos está conversación. Ahora es momento de luchar.

—Espero que sobrevivamos para continuarla.

—Tú nos guiarás a la victoria hoy, de eso estoy segura.

Ikai suspiró y calló. Él no estaba tan seguro y, en el fondo, Lurama tampoco. Pero la líder no quería mostrarlo.

—¡A la batalla! —dijo Ikai.

—¡Por las tres diosas! —dijo Lurama.

Capítulo 4

—¿Vendrán? —preguntó Kyra a Lobo Solitario.

El guerrero se encogió de hombros y no dijo nada.

—Vendrán —aseguró Alma Cálida.

Kyra volvió la cabeza y sonrió a su amiga.

—¿Ves? No pasa nada si dices alguna que otra palabra amable —le dijo Kyra a Lobo Solitario. El Guerrero suspiró profundamente y se fue a cuidar los caballos. Alma soltó una risita y se marchó tras él. Kyra los observó mientras se adentraban en la cañada donde las monturas descansaban mientras bebían de un pequeño riachuelo. Aquel pequeño boscaje de olmos era el único lugar a cubierto en leguas. Era el lugar elegido para el encuentro. Si es que se dignaban a venir.

Kyra oteó horizonte pero nada, ni rastro. Sólo estepas de hierba seca en todas direcciones con pequeñas colinas onduladas y dispersas en la distancia, adornadas por algunos árboles solitarios. Aquella tierra era bella pero le transmitía un singular sentimiento de soledad. Se sentía una extraña en medio de una inmensa llanura que no deseaba adoptarla. Para Lobo y Alma aquella estepa era su madre tierra pero para Kyra distaba mucho del embrace azul de la Madre Mar. O quizás era que se sentía sola. Sí, quizás era eso. Al ver a Lobo pasar a Alma el pellejo con agua que acababa de llenar en el riachuelo, sin siquiera atreverse a mirarla a los ojos, y la timidez con que ella la aceptaba y se lo agradecía apartando la mirada del cuerpo del guerrero, le hizo pensar en Adamis. Y el sentimiento de soledad volvió a caer sobre ella como un manto oscuro que apagaba su espíritu.

Recordó como el Príncipe-Dios casi perdía la vida por ayudarla y unos sentimientos intensos, dulces al tiempo que terriblemente amargos la desbordaron. Sentimientos dulces por el amor que Adamis le había demostrado no con sus palabras, sino con sus actos. Por sacrificarse por ella, por ayudarla cuando todo estaba perdido. No hubieran alcanzado la libertad de no ser por él, no hubieran sobrevivido a los Siervos. Pero también sentimientos amargos por las consecuencias de su sacrificio. Al ayudarla, al intervenir en favor de los esclavos, se había condenado ante los suyos. Su propio padre, el Alto Dios del Éter, lo había condenado a muerte. La condena se había llevado a cabo. Adamis había sido ajusticiado, la Asesina de Reyes había sido clavada en su estómago y la muerte lo aguardaba. No había podido sortearla y lo perseguiría hasta alcanzarlo.

Kyra recordó con gran acongojo el terrible momento en que pensó que lo había perdido para siempre. El insondable dolor que sintió y la alegría desbordante que experimentó al recuperarlo. Apenas vivía y estaba muy malherido. Recordaba perfectamente la conversación con la Bruja del Lago que cambió su vida, cuando se le apareció y la llevó a su morada, el templo subterráneo bajo el lago.

—¿Qué hago aquí? ¿Por qué me has traído? —se revolvió Kyra al verse en una cámara circular que le recordó demasiado a la de las Mazmorras del Olvido.

—Llevas días llorando su muerte junto a mi lago.

—No necesito tu compasión.

—Lo sé, puedo ver la fuerza de tu espíritu, joven tigresa. No te he traído para ofrecerte compasión, sino para pedirte ayuda.

Kyra la miró sin comprender.

—¿Mi ayuda? No entiendo… ¿para qué?

—Será mejor que me acompañes. Así podré explicártelo mejor.

—¡Yo no voy a ningún lado contigo! ¿Crees que no sé qué eres? Habrás engañado a los campesinos y leñadores de esta comarca pero yo sé lo que eres, conozco a los tuyos, he vivido entre ellos y os reconozco.

La Bruja soltó una seca carcajada.

—Eres lista, más de lo que tu carácter fogoso deja ver. Me gusta. Creo que nos llevaremos bien.

—Lo dudo mucho, los Áureos son mis enemigos, y tú eres una Áurea.

La Bruja hizo una pequeña reverencia de reconocimiento.

—Sí, lo soy, aunque llevo mucho tiempo ocultándolo.

—Puedes quitarte esa máscara que llevas, sé que esconde piel dorada. Sé que estás con ellos. A mí no me engañas.

—Esta máscara la llevamos los Hijos de Arutan y quizá un día me la quite, pero hoy no es el momento. Y, no, mi joven tigresa, aunque soy un Áureo, no estoy con ellos, más bien estoy contra ellos.

Kyra la observó confusa.

—¿Contra ellos?

—Soy uno de los Ancianos, uno de los líderes de los Hijos de Arutan. Yo estoy del lado de la Madre Naturaleza y en contra de aquellos, hombres o Áureos, que la corrompan. Yo y los míos.

—No me interesan tus motivos. Déjame ir.

—Pero necesito tu ayuda con el Príncipe del Éter.

A Kyra le dio un brinco el corazón.

—¿Qué perversidad vas a hacer con su cuerpo? ¡Déjalo estar, deja que descanse en paz!

—Te equivocas, será mejor que me sigas.

La Bruja se dio la vuelta y abandonó la sala. Kyra dudó un momento. Buscó una salida pero la cámara sólo tenía una puerta y por ella salía la bruja. La siguió. La Bruja la condujo por varios túneles hasta llegar a una cámara plateada de forma esférica. En el centro había un lecho de mármol blanco, y sobre él vio a Adamis tendido.

De pronto el Dios-Príncipe abrió los ojos y gimió de dolor.

Kyra se quedó petrificada, con el corazón en la boca y sin poder respirar.

—¡Por Oxatsi! ¡No puede ser! —exclamó al cabo de un momento.

—Me temo que sí —dijo la Bruja.

Adamis volvió a gemir.

Kyra corrió a su lado y le puso las manos en rostro. Tenía los ojos cerrados y una expresión de sufrimiento inmenso. Estaba frío, y su piel dorada se había vuelto de un color verdusco. Su cuerpo desprendía un olor putrefacto.

—¡Mi amor! ¡Estás vivo! —dijo ella llena de una alegría indescriptible mientras las lágrimas resbalaban por sus mejillas.

—No puede oírte. Está más en el otro mundo que en este.

Kyra lo besó en los labios con dulzura mientras sus lágrimas caían sobre el rostro de Adamis, pero éste no reaccionó.

—¿Cómo lo has salvado? Estaba muerto, no lo entiendo—dijo Kyra sin poder creer lo que sus ojos le mostraban.

—No exactamente… estaba muerto para los hombres, prácticamente muerto para los Áureos. Veras, chiquilla, nuestros cuerpos, si bien similares a los vuestros, funcionan algo diferente. El tiempo se ralentiza en lo referente a nuestro organismo. Por eso vivimos diez veces más tiempo que vosotros. De la misma forma, la muerte no nos llega tan precipitadamente. La Asesina de Reyes lo envenenó y lo matará... eventualmente. Pero cuando me lo trajisteis aún no lo había hecho. Ahora su cuerpo está paralizado y se muere, aunque sigue con vida.

—¿Quieres decir que vivirá? —exclamó Kyra llana de una ilusión incontenible.

—No he dicho eso. El veneno no lo puedo detener, y no existe antídoto. La mayor parte de su cuerpo ha sido corrompido ya por esa nociva sustancia. Pero he conseguido ralentizarlo. He retrasado el final.

—¡Eso nos da esperanza!

—Sí, chiquilla, pero necesito que vuelva a este mundo o su cuerpo no combatirá el veneno y lo perderemos. Lo he intentado por todos los medios que la Madre Naturaleza ha puesto a mi alcance, pero no lo consigo. No consigo hacerlo regresar. Si no despierta morirá.

—¿Por eso me has traído?

—Sí, por eso.

—Y ¿qué interés tienes tú en Adamis? —dijo de pronto Kyra sospechando juego sucio.

—El Príncipe de Éter es importante para los Hijos de Arutan, para nuestra causa. Los Altos Reyes nos persiguen, desean acabar con nosotros, el Príncipe es un aliado importante.

—¿Estamos del mismo lado?

La Bruja asintió.

—Lo estamos.

—Yo lo traeré de vuelta, aunque sea lo último que haga.

La Bruja sonrió.

—Esperemos que antes.

Y por un tiempo que a Kyra le parecieron años, lo intentó todo por despertar a su amado. Pero éste dormía un sueño que parecía imposible romper. Ni sus besos, ni sus caricias, ni sus susurros, ni sus cuidados, nada conseguía despertarlo. Y angustiada empezó a perder la esperanza.

—Despierta, despierta de una vez, príncipe engreído —le dijo furiosa golpeando su pecho. Pero un gemido fue todo lo que recibió por respuesta. Los ojos de Adamis permanecían cerrados.

—Estoy aquí, abre los ojos. Vamos, ábrelos.

Pero Adamis no la veía.

Kyra lo intentó todo, aunque sin éxito. Estaba ahí mismo frente a ella y sus cuerpos se tocaban pero no así sus almas. Y fue entonces cuando la idea brotó en su mente. Sus almas no, pero sus espíritus era algo diferente. Recordó lo que Adamis le había enseñado: su Poder procedía del Éter, del espíritu de las cosas en la naturaleza. No lo pensó dos veces. Sacó el disco de Adamis e invocó su Poder. Se concentró en discernir el poderoso aura de Adamis y en cuanto la tuvo utilizó todo su ser para penetrar en ella. Hasta ese momento siempre había utilizado el Poder para interaccionar con las cosas y personas, para moverlas, lanzarlas, incluso romperlas, pero nunca para penetrar en ellas.

Tal y como se había imaginado, inicialmente le resultó imposible. Pero no se vino abajo y continuó intentándolo. La vida de su amado estaba en juego y ella no se rendiría por nada. Intentando buscar ayuda, le contó lo que intentaba a Aruma. Ésta lo meditó y tras estudiarlo preparó un reactivo para potenciar su concentración y foco. Kyra lo tomó y entonces las cosas empezaron a cambiar. Se concentró en el pecho de Adamis, en un punto en concreto, y su aura comenzó a debilitarse en ese lugar, cambiando de color. Al cabo de un largo rato consiguió abrir brecha. En ese momento Kyra dejó salir su espíritu, como si de un fantasma se tratase, y se coló por el orificio para entrar en el pecho de Adamis.

El espíritu de Kyra halló el de Adamis, y ambos se unieron.

Adamis reaccionó y abrió los ojos en shock. Gritó.

—Kyra… —balbuceó.

Kyra perdió la concentración y su espíritu regresó a su cuerpo.

—Estoy aquí, contigo, mi amor.

Adamis la miró a los ojos.

—Kyra, amor mío.

Y se unieron en un beso rebosante de amor. Las lágrimas de Kyra caían como un torrente. Uno de júbilo.

—Te pondrás bien —le aseguró—. Te salvaremos.

Les llevó todo un año que pudiera bajar del lecho de mármol por sí mismo. Un año de terribles dolores y sufrimiento agónico que Adamis sobrellevó con una entereza y fortaleza incomparables. Con los cuidados de la sabia Bruja y sus conocimientos de curación, poco a poco, consiguieron reponer algo de vitalidad al cuerpo del Dios-Príncipe. Pero le llevaría una eternidad recuperarse medianamente, si es que algún día lo conseguía. Adamis no se quejó ni una sola vez, ni de la mala jugada del destino, ni del sufrimiento que debía sobrellevar cada día para realizar la más mínima acción o movimiento. Cada paso era una agonía, cada gesto un infierno de dolor. Pero nunca protestó. Ni siquiera cuando la Bruja le aseguró que no podría curarlo y que el veneno viviría con él hasta matarlo.

Todavía ahora Kyra sentía aquel lejano instante como si acabara de suceder. Y siempre que lo recordaba se llevaba la mano al pecho. Pues ahí había sentido algo tremendamente intenso y maravilloso cuando sus espíritus se habían juntado. Algo que siempre los uniría. «Cuánto daría por verte, tocarte, sentirte a mi lado, mi amor». Pero aquello tendría que esperar a un momento mejor.

Lobo Solitario se agazapó a su lado. Había aparecido con tal sigilo que Kyra ni se había percatado. Volvió de sus recuerdos y se centró en el presente. El guerrero comenzó a afilar su cuchillo de caza con una piedra de molar. Tenía la costumbre de cuidar de sus armas constantemente.

—Harías mejor en atenderla a ella —dijo Kyra señalando con la cabeza en dirección de Alma, que cuidaba de los caballos.

El guerrero frunció el ceño y puso mirada de no comprender.

—No te hagas el tonto, sabes perfectamente a qué me refiero.

Lobo miró a Alma un instante y de inmediato desvió la mirada.

—¡Por Oxatsi! Si está más claro que el agua. No podéis dejar de miraros, en cuanto estáis cerca el uno del otro saltan chispas. ¿Es que estás ciego?

—Yo… no sé…

—Ya, ya, tan locuaz como siempre. Tendrás que decirle cómo te sientes, ¿no? Porque se te cae la baba, hombretón —le dijo ella con una mueca de desesperación.

—Ella… igual no siente…

—Que sí, que está clarísimo. Que ya te aseguro yo que sí. Si quieres ya se lo digo yo —dijo Kyra con una sonrisa pícara.

—¡No!

Kyra soltó una risita.

—Pues cázale un puma o algo, pero demuéstraselo. La vida es demasiado corta y está llena de demasiadas calamidades para no aprovechar los pocos buenos momentos que tenemos y compartirlos con aquellos que queremos. Hazme caso.

Lobo asintió. Miró a Alma y volvió a asentir, como intentando convencerse a sí mismo.

Kyra le dio una palmada en su fuerte espalda.

—Ya llegan —dijo Lobo de pronto señalando con su brazo hacia el este.

—Una docena de jinetes, como habíamos acordado.

—Cuatro Grandes Jefes y sus campeones —dijo Alma, que apareció para situarse junto a ellos dos.

Kyra resopló aliviada.

—Si os digo la verdad, no estaba segura de que se presentaran.

—Dieron su palabra —dijo lobo Solitario como ofendido.

Alma le puso la mano en el brazo.

—No todos entre los nuestros conocen el honor, ni respetan su palabra, como lo haces tú.

Lobo la miró a los ojos y bajó la cabeza.

—Sí, hay hombres sin honor.

—Esperemos que estos lo tengan —dijo Kyra.

—Confiemos —dijo Alma—. Son los cuatro Jefes más importantes de esta Comarca. Los necesitamos a nuestro lado. Controlan más de un centenar de tribus. Lo que ellos decidan será crucial.

Los doce jinetes se acercaron levantando una ligera polvareda a sus espaldas. Entraron en la cañada y bajaron hasta el riachuelo.

—Bienvenidos —les saludó Kyra con los brazos abiertos.

Los jinetes la observaron sin desmontar.

—Hola, Espíritu-que-camina-dos-mundos —dijo uno de los cuatro Jefes. Era delgado y tenía una afilada nariz muy prominente, como el pico de un ave. Tenía el cabello blanco y largo. Era de edad avanzada y no parecía estar en condiciones de ir a la batalla pero irradiaba sabiduría. Kyra lo reconoció de la reunión de Jefes.

—Así me llaman ahora en las estepas.

—Yo soy Búho Blanco, de la Quinta Comarca.

—Te recuerdo.

—Y estos mis hermanos de sangre. Estamos aquí. Di mi palabra en el consejo de Jefes y mi palabra es sagrada como el sol que calienta las estepas.

—Te honra. ¿Tus fuerzas?

—Esperan algo más al este.

—¿Cuál es el plan? —intervino uno de los Jefes. Era joven, el único joven pues los otros dos eran de edad y aspecto similar a Búho Blanco. De cuerpo atlético, no era muy fuerte pero sí parecía ágil y decidido. Tenía los ojos claros y una nariz pequeña. Su cara tenía un toque de belleza femenina que se acentuaba con el pelo castaño y liso que llevaba suelto cayéndole hasta los hombros.

—Debes perdonar a mi sobrino, Gacela Veloz, está impaciente por empuñar un arma contra los opresores.

—Esos cerdos traidores mataron a mi padre, tu hermano, y juré a la luna en rito sagrado vengar su muerte. No quedará un Procurador ni un Guardia con vida cuando termine —dijo empuñando un hacha corta y ligera.

Búho bajo la cabeza y sus ojos se llenaron de melancolía.

—Mi hermano era un gran hombre, un gran Jefe. Hizo llegar el mensaje de la libertad a su tribu, consiguió que calara, y eso le costó la vida.

—Y la venganza será ahora mía.

Búho Blanco le hizo un gesto para que aplacara su ardor y el cuerpo de Gacela Veloz pareció relajarse un poco, aunque su mirada ardía.

Kyra miró a los dos Jefes y respondió.

—Nos dirigiremos al gran río —dijo señalando al norte—. Allí nos encontraremos con las fuerzas de Puma Loco de la Sexta Comarca. Águila Plateada y los guerreros de la Cuarta Comarca han partido ya al punto de encuentro.

Los Jefes asintieron.

—Con nuestras fuerzas de la Quinta Comarca eso hace la mitad de las tribus. ¿Pero y la otra mitad? No me fío ni lo más mínimo de Zorro Pardo y aún menos de Cuervo Gris, y ellos controlan la Primera y Segunda Comarcas.

—Acudirán —dijo Kyra sin mucha convicción.

Búho Blanco se irguió en su montura.

—No estoy tan seguro. Los dejaste en ridículo delante de todos los

Grandes Jefes, no lo olvidarán, nunca te lo perdonarán. Su orgullo es tan grande como las praderas que pisamos y su odio tan amplio como el firmamento sobre nuestras cabezas.

—Si no aparecen iré a buscarlos yo misma y los traeré a rastras por sus partes bajas.

Los Jefes rieron de buena gana.

—Me caes bien. Tienes valor y honor. Y los espíritus de las estepas te han bendecido con su Poder. Esperemos que no se echen atrás, o lo que es peor, que nos traicionen.

—La suerte está echada. Hoy comienza la Rebelión. Lo conseguiremos. De una forma u otra alcanzaremos la libertad —les aseguró Kyra.

El viejo Jefe sonrió y su rostro arrugado mostró toda su edad.

—Yo te sigo, Espíritu-que-camina-dos-mundos, condúcenos a la batalla.

Kyra fue a contestar cuando llegó el aviso de Lobo Solitario.

—Peligro, al oeste.

Todos se volvieron. Coronando una ondulación aparecieron jinetes y tras ellos una polvareda.

—¿Quiénes son? —preguntó Kyra llevándose la mano sobre los ojos para ver mejor.

Búho Blanco suspiró pesadamente.

—Son la Guardia. Un centenar de hombres. Vienen a por nosotros. Hemos sido traicionados.

Kyra miró a Lobo y este le hizo un gesto afirmativo.

—¿Cómo lo sabes? Están demasiado lejos para distinguirlos, quizás sean cazadores de paso —dijo Kyra.

—Por la polvareda que levantan. Sus monturas tienen silla y herradura, no como las nuestras, nosotros montamos a ras pelo. Y vienen a cazarnos, ¿o acaso hay alguien más en esta zona confabulando contra el Regente y los Dioses?

Kyra volvió a mirar a Lobo y este asintió.

—Tiene todo el sentido —dijo Alma.

—Entonces alguien nos ha delatado —aseguró Kyra—. Y el traidor tiene que estar aquí entre nosotros. Nadie más sabía del lugar de encuentro. Kyra observó a los Jefes y sus campeones con una mirada dura y fría pero ninguno hizo el más mínimo ademán de huir.

—No tenemos tiempo —dijo Lobo señalando a los primeros jinetes que avanzaban a galope tendido hacia ellos.

—Huyamos antes de que nos atrapen —dijo Kyra a Lobo.

Pero Búho Blanco se bajó del caballo. Y con él, sus tres campeones. Al cabo de un momento los otros Jefes y sus campeones también desmontaron.

—¿Por qué desmontáis? ¡Tenemos que huir! —les urgió Kyra.

Alma le susurró al oído:

—Los Jefes son demasiado viejos, no conseguirían huir.

Kyra lo entendió. Aquellos bravos hombres tenían demasiado orgullo como para dejarse humillar siendo cazados como conejos mientras huían.

Lobo llegó con los Caballos.

—Vamos, veo Cazadores en cabeza.

—Pero… —Kyra miró a los Jefes y luego al enemigo al que ya distinguía perfectamente cabalgando raudo hacia ellos.

Búho Blanco clavó su lanza en el suelo.

—Hoy moriré aquí. En mi tierra. Luchando por alcanzar la libertad. No me arrepiento. Es un final glorioso, el final deseado por todo guerrero. He vivido una vida de esclavo y moriré una muerte de guerrero, libre.

Al oír aquello a Kyra se le aguaron los ojos.

—Quizás lo consigamos —le dijo.

El gran Jefe la miró con ternura.

—Gracias pero no, os condenaríamos a todos. Poneos a salvo. Escapad hoy para luchar mañana. Esta es la suerte que las praderas me sirven y la voy a abrazar —dijo abriendo los brazos—, luego se volvió hacia los otros jefes—.Me honra que os quedéis a luchar junto a mí hasta el final. Nos conocemos de toda una vida y no podría pedir una compañía mejor para el viaje al mundo de los espíritus.

Los otros jefes asintieron y clavaron sus lanzas en el suelo.

—Será un final glorioso —dijo Gacela Veloz.

—No para ti, mi sobrino. Tú debes sobrevivir.

—¡Yo lucharé a tu lado! Somos familia, sangre de la misma sangre. Moriré luchando junto a los míos.

—Pero no será hoy. Tú eres el mejor jinete en las estepas. Nadie puede darte alcance. Necesito que los guíes hasta nuestras fuerzas —dijo señalando a Kyra, Lobo y Alma.

—Pero, tío, no puedo dejarte.

—Nos han tendido una trampa. Buscan cortar la cabeza del león antes de que pueda dar un zarpazo. Si morimos todos los Jefes aquí, ¿quién guiará a nuestros guerreros que nos aguardan para que los conduzcamos a la batalla? No, tú y el Espíritu-que-camina-dos-mundos debéis sobrevivir y llegar a nuestras fuerzas para guiarlas a la guerra. Sé digno hijo de mi hermano y acata mi deseo por el bien del Pueblo de las Estepas.

Gacela Veloz contempló a su tío y luego al resto de los Jefes.

—Honraré los deseos de mi tío.

—¡Marchad, rápido! —dijo Búho Blanco.

Kyra saludó con un gesto de respeto a los Jefes.

—Os prometo que conseguiremos la libertad, vuestro sacrificio no será en vano.

Alma Cálida y Lobo Solitario salieron a galope tendido.

Búho Blanco asintió a Kyra y ésta salió cabalgando tras sus amigos.

Gacela Veloz montó de un salto y sus campeones con él.

—Guíalos a la victoria —le dijo su tío.

—Tienes mi palabra.

Salieron galopando a una velocidad vertiginosa. En nada alcanzaron al resto que huía como almas llevadas por el diablo y los sobrepasaron.

—¡Espíritu-que-camina-dos-mundos, sígueme! ¡Yo, Gacela Veloz, te llevaré con los guerreros de mi pueblo!

Kyra echó la vista atrás. Los Cazadores llegaban al bosquecillo de olmos. Pronto se arrojarían sobre los Jefes.

«Esperemos que los guerreros sigan allí, aunque tengo un muy mal presentimiento».

Capítulo 5

—¡Hay que tomar las puertas de la ciudad! —gritó Ikai con toda la fuerza de sus pulmones. Llovía a mares y una ráfaga de viento le llenó la boca de agua.

—¡Adelante, Guerreros de las Tierras Altas! —gritó Burdin a su lado.

Dos saetas se clavaron en el escudo de Ikai y otra en el de Burdin con golpes secos pero potentes. Varios hombres frente a ellos cayeron muertos y se quedaron tendidos en el lodazal en el que se había convertido el suelo que pisaban.

—¡Vamos, empujad el ariete! —gritó Ikai bajando el escudo lo suficiente para librar los ojos y que le permitiera ver lo que sucedía frente a él. Se encontraban a cien pasos de las puertas de la ciudad y llovía muerte desde las almenas.

—¡Con pundonor! ¡Pujad! —gritó Burdin con todo su ser.

El colosal ariete avanzaba sobre las ocho ruedas de madera reforzadas con acero con un chirriar estridente y forzado. Lo empujaban más de un centenar de guerreros-lobo dando todo lo que sus jóvenes cuerpos tenían. El peso de la enorme máquina de asedio y el barro sobre el que avanzaban, estaban convirtiendo el último tramo en una tarea titánica.

—¡Vamos! ¡Hoy os haréis hombres! ¡Hoy os convertiréis en osos! —los animaba Burdin.

Frente al ariete, más de diez mil guerreros embravecidos intentaban tomar las puertas y la sección sur de la muralla en un asalto a la capital poco más que suicida. Ikai apenas podía pensar en medio del griterío ensordecedor y el azote de la tormenta.

Una nueva lluvia de flechas comenzó a descender sobre el ariete y los bravos que lo empujaban.

—¡Escudos arriba! —gritó Ikai.

A su orden los jóvenes guerreros dejaron de empujar y levantaron a una el brazo izquierdo donde llevaban atado el pequeño escudo circular de madera. Se escuchó el silbido de las saetas cortando el aire y, como el rayo al que anuncia al trueno, llegó la muerte desde los cielos. Las saetas se clavaron en escudos y hombres con casi el mismo sonido hueco. Seco el primero, mullido el segundo. Una veintena de jóvenes cayeron entre ahogados quejidos.

Burdin se volvió.

—¡Apartad a los caídos! ¡Relevadlos! —ordenó a los que avanzaban tras el ariete.

De inmediato una nueva camada tomó puesto y se volcó a empujar el ariete.

—Va tan rápido como un caracol —se quejó Burdin.

Ikai calculó la distancia hasta la puerta.

—No queda mucho, lo conseguirán.

Una nueva lluvia de saetas cayó sobre los guerreros que habían conseguido llegar al pie de la muralla. Las primeras líneas no consiguieron colocarse para escalarla, cayeron muertos antes de poder intentarlo.

—Más vale, nos están masacrando.

Ikai se llevó la mano a los ojos y los protegió de la lluvia. Oteó la zona este de la muralla. Más de diez mil guerreros se abalanzaban sobre ella portando escalas y cuerdas con garfios. Al oeste la escena se repetía entre gritos salvajes. Desde su posición no podía verlos, pero sabía que otros diez mil hombres estaban atacando la muralla norte.

—Y está tormenta no nos ayuda nada—dijo Burdin quitándose el pelo mojado de los ojos con el antebrazo.

—Tampoco nos desfavorece tanto. Al menos no de momento.

—No entiendo. Escalar esas murallas bajo la lluvia va a ser muy complicado.

—También lo es tirar con el arco y acertar en estas condiciones. Además, no pueden usar fuego contra nosotros en medio de la tormenta.

—Ya veo...

—De momento el plan funciona. Ya estamos al pie de las cuatro murallas y las bajas son menores de las que había previsto.

—Ya, pero empezarán a amontonarse si no consiguen escalar las paredes.

—Por eso el ariete es la clave. Tiene que llegar hasta las puertas. Debemos impedir que lo destruyan.

—Descuida, lo conseguiremos.

Ikai, inconscientemente, se llevó la mano al cuerno que llevaba a la cintura.

—¿Y ese cuerno? ¿No será para tocar retirada? ¡No nos retiraremos!

—Es por si acaso…

—¿Por si acaso? No me gusta cómo suena eso. No nos retiraremos, tomaremos la capital o moriremos aquí.

—Tranquilo, recuerda que yo ya he vivido esto en mi Confín…

Burdin lo observó contrariado. Luego bufó.

—Está bien. Tú siempre sabes lo que va a pasar. Si es por si acaso, que así sea.

—Gracias, amigo. Espero equivocarme, pero si no es así, lo necesitaremos.

—Tú eres el Liberador. Yo te sigo.

Burdin comenzó a avanzar hacia el ariete cuando un cuerno de alarma sonó a sus espaldas. De inmediato el guerrero miró a Ikai. Este negó con la cabeza.

—No soy yo.

Los dos se volvieron y encararon el sonido. El cuerno volvió a sonar con una cadencia acuciante.

—Los vigías del sur anuncian peligro —dijo Burdin estirando el cuello para intentar descubrir qué era lo que sucedía.

—¿Ves algo? —preguntó Ikai.

—¡Nada con esta maldita lluvia! —bramó el guerrero.

Burdin se puso de puntillas y estiró el cuello.

—¡Cuidado!

Un rocío mortal de saetas descendió sobre ellos. Ikai se lanzó a proteger la espalda de Burdin y lo cubrió con el escudo. Los proyectiles alcanzaron a varios hombres a su alrededor y dos se clavaron en el escudo de Ikai.

—Gracias —dijo Burdin volviéndose y resoplando.

—Tú cuidas de mi espalda y yo de la tuya —le dijo Ikai con un guiño.

Una nueva oleada de flechas volvió a castigarlos. Los escudos hicieron su labor, pero cada vez eran más los guerreros que resultaban alcanzados, algunos heridos, otros, para no volver a levantarse.

Ikai miró al cielo. La fuerte lluvia comenzaba a volverse llovizna.

—La tormenta está amainando.

—Entonces es hora de tomar las murallas.

El cuerno volvió a sonar y esta vez la urgencia era manifiesta. Los dos volvieron a encarar al sur y entonces lo vieron. Un enorme ejército de la Guardia avanzaba en dirección a ellos.

—¿Pero qué es esto? ¿De dónde salen? —clamó Burdin.

—Es una trampa —dijo Ikai con resignación.

—No puede ser. No han podido salir de la ciudad.

—No lo han hecho. Nunca han estado dentro. Son los refuerzos de las capitales de comarca.

—¡Maldición! ¡Creímos que se habían desbandado! ¡Estaba seguro de que habían huido!

—Nos han preparado una trampa. Mientras nuestro ejército está dividido atacando las cuatro murallas, ellos vienen a atacarnos por la espalda donde más daño pueden hacernos, aquí, frente a las puertas de la ciudad.

—¡Serpientes traidoras!

Los hombres a su alrededor se volvieron al ver la nueva amenaza que se cernía sobre ellos. Todos se volvieron para encararlos y defenderse. Fueron formando tras Ikai y Burdin. El ariete detuvo su avance hacia las puertas. Los hombres que lo empujaban corrieron a formar junto al resto.

El ejército enemigo avanzaba con paso firme, y avanzaba rápido. Más de 15.000 hombres bien adiestrados y pertrechados venían a darles muerte.

—¿Qué hacemos? —preguntó Burdin a Ikai con urgencia en la voz.

Ikai observó al ejército enemigo y luego a sus hombres. Miró al este y al oeste, donde los guerreros ya asaltaban las murallas. Meditó un momento. Burdin y el resto de los guerreros esperaban sus órdenes en tensión, con los ojos clavados en Ikai y aferrando sus armas. Pasó un instante, una eternidad para a aquellos bravos guerreros, e Ikai se volvió y avanzó un paso hacia el enemigo.

—Liberador… —insistió Burdin.

Todos los ojos estaban clavados en Ikai.

—Haremos lo contrario de lo que esperan —dijo Ikai con tranquilidad, como si el ejército enemigo, que ya tenían casi encima, no le causara ni la más mínima impresión.

—¡Tus órdenes! —pidió Burdin ahora con mucha premura.

—Burdin, escúchame bien, tienes que derribar las puertas, es la única opción que tenemos.

—¿Estás seguro? —dijo él mirando primero a Ikai y luego de reojo al ejército enemigo.

—Lo estoy. Yo me encargo de ellos —dijo Ikai señalando al enemigo—. Tú hazte cargo del ariete y derriba las puertas. Si no lo consigues estaremos muertos.

Burdin contempló a Ikai un instante y se decidió.

—Está bien. Lurama quiere que siga tus órdenes y así lo haré. ¡Guerreros-lobo, conmigo al ariete!

Ikai los vio marchar. En cuanto cogieron el arma de asedio una nueva carga de flechas cayó sobre ellos.

—Buena suerte, amigo.

—Liberador, ya vienen —le dijo uno de los guerreros junto a él con tono nervioso. Ikai observó a los hombres y mujeres que le acompañaban: no eran guerreros, le habían dejado los campesinos. Los guerreros estaban luchando en las murallas.

—¡Tranquilos todos, formad tres líneas detrás de mí!

Todos obedecieron de inmediato. Ikai contó unos 3.000 hombres con él.

—¡Escuchadme bien! Quiero que clavéis las piernas. Flexionad la de apoyo, clavad la de atrás. Escudo alzado. Lanza y espada al frente.

Los rebeldes asustados, siguieron sus órdenes.

—¿Qué hacemos, Liberador? Son muchos... —le preguntó otro hombre.

—¡Luchar como hijos de las Tierras Altas que somos! —le dijo una de las mujeres con pelo de color cobrizo.

—¡Acabemos con esos traidores! ¡Por nuestros hijos! —gritó otra mujer de cabellera rubia.

Ikai sonrió. Aquellas mujeres tenían verdaderas agallas.

—Lo que necesito —dijo volviéndose hacia ellas— es que mantengáis la línea. No luchéis, no avancéis ni corráis en ninguna dirección. Aguantad como si fuerais un muro.

—¿No les atacamos? —preguntó la mujer de pelo cobrizo.

—No, aguantamos. ¿Entendido?

—Entendido.

—¿¡Qué hacemos!? —preguntó Ikai en un grito que esperaba respuesta.

—¡¡Aguantamos!! —gritaron todos.

Ikai encaró al enemigo que ya llegaba. Se llevó la mano al cuerno a su cintura.

—Es el momento del *"por si acaso"*.

Hizo sonar el cuerno tres veces y se retiró tras sus guerreros.

El ejército de la Guardia llegó hasta ellos y chocó contra la muralla humana que Ikai había preparado.

—¡Aguantad! —ordenó a los suyos.

El choque causó numerosas bajas entre los rebeldes, pero aguantaron. Como la pared de una presa, contuvieron el aluvión enemigo. La Guardia presionó sobre la línea defensiva pero los rebeldes no cedieron ni un palmo. No retrocedían, no rompían filas. Presionaron y presionaron, intentando romper la línea y llegar al ariete y los hombres de Burdin. Pero fueron retenidos un tiempo corto pero invaluable. Los hombres y mujeres de la línea sacrificaban sus vidas por evitar la avalancha y salvar la retaguardia de los rebeldes.

Y eso era lo que Ikai necesitaba. Ganar el tiempo necesario para que Burdin y el ariete llegaran a las puertas de la ciudad. Y para algo más, algo que el enemigo no esperaba. A la espalda del ejército de la Guardia, en silencio, por sorpresa, aparecieron las fuerzas que asediaban la muralla norte de la ciudad. O más exactamente, dos tercios de ellas. Ikai había enviado únicamente un tercio de las fuerzas dispuestas a tomar la muralla norte. Los otros dos tercios los había ocultado en los bosques a la espera, por si acaso era necesario. «De sabios es recordar y aprender del pasado» se dijo, pues recordaba con cristalina claridad la emboscada que los suyos sufrieron al atacar los ejércitos de Sesmok y cómo su hermana Kyra los había salvado apareciendo bajo la bruma en el último momento.

La línea de defensores fue finalmente sobrepasada. Cayeron ante la superioridad numérica. Una docena de soldados enemigos se abalanzaron sobre Ikai. Con calma, Ikai sujetó el disco de Adamis en su mano, se concentró, y utilizó el Poder. Ante los ojos llenos de incredulidad de los soldados, el cuerpo de Ikai comenzó a tornarse translúcido. Se volvió de éter, como si fuera un espíritu y desapareció frente a ellos.

Los soldados no tuvieron tiempo de reaccionar. A sus espaldas los rebeldes se le echaban encima. El ejército enemigo intentó bascular y hacer frente al ataque sorpresa, pero era demasiado tarde. Los guerreros de las Tierras Altas se lanzaron sobre ellos con aullidos y rugidos aterradores y comenzaron a descuartizarlos como bestias salvajes de las montañas.

Ikai se acercó a los caídos y descubrió los cadáveres de las dos mujeres que tan bravamente le había apoyado. La mujer de cabello cobrizo había muerto clavando un cuchillo en el cuello a un soldado. La mujer de cabellera rubia yacía a su lado con una lanza clavada en el estómago.

«El horror de la guerra. Nunca me acostumbraré. Y por mi bien, que siempre me revuelva el estómago y me encoja el alma». Observó un instante la encarnizada batalla y marchó hacia el ariete. Allí ya no le necesitaban, el ejército enemigo había caído en una contra-emboscada y estaba condenado.

Burdin avanzaba hacia las puertas escudo en alto. rodeado de un millar de compatriotas bajo una lluvia de flechas. A su espalda estaban el ariete y los bravos guerreros que pujaban de él. Llegaron hasta las puertas de la ciudad e hicieron paso para que el ariete llegase.

—¡Situadlo! ¡Rápido!

El primer embate del arma de asedio no se hizo esperar. Las puertas vibraron, pero no cedieron. A este le siguieron un segundo y un tercero. Las puertas temblaban, pero aguantaban.

—¡Vamos! ¡Con toda el alma! —gritó a sus jóvenes guerreros.

Una lluvia de lanzas cayó desde las almenas sobre los bravos accionando el arma de asedio. Más de la mitad cayeron muertos.

—¡Maldita sea! ¡Sustituidlos! —gritó a sus hombres. De inmediato nuevos guerreros ocuparon el puesto de los caídos y el ariete golpeó las puertas una vez más.

Ikai apareció junto a Burdin.

—Nos están haciendo trizas —le dijo Burdin señalando las almenas. Ahora les lanzaban rocas y lanzas.

—¡Yo me encargo! —dijo Ikai, y cerró los ojos. Llamó al Poder y el disco se elevó sobre la palma de su mano. Emitió un destello casi transparente e Ikai señaló con su dedo las almenas sobre su cabeza. De su dedo surgió un hilo de bruma que se elevó hasta los parapetos. El hilo se extendió, convirtiéndose en niebla, propagándose por toda la almena sobre la puerta. «Más espesa, más sólida» ordenó Ikai al disco, y la bruma se volvió niebla cerrada. Los soldados se vieron envueltos en un manto de niebla que no les permitía ver a un dedo de sus narices.

—¡Por las tres Diosas! —exclamó Burdin.

—Aprovechemos la ventaja —dijo Ikai, y señaló la puerta doble.

—¡Derribad las puertas! —gritó Burdin a sus hombres—. ¡A una todos, vamos! ¡Golpead! ¡Golpead! ¡Golpead!

El ariete castigó la puerta sin descanso al ritmo marcado por Burdin. Los soldados en las almenas tiraban contra los rebeldes, pero sin visibilidad. En medio de la niebla, sus aciertos eran escasos.

Finalmente, con un tremendo estruendo, las puertas cedieron.

—¡Sí! ¡Adelante! —gritó Burdin, y cruzó las puertas seguido por un millar de guerreros.

Ikai se llevó el cuerno a los labios y llamó por cinco veces. Era la señal que todos esperaban. Los rebeldes abandonaron los asaltos a las murallas y se dirigieron prestos a las puertas. Ikai miró sobre su hombro y vio llegar a su espalda a los guerreros de la emboscada. Entraron en la ciudad cual presa desbordada. Miles de rebeldes en busca de su ansiada libertad.

El combate en el interior de la ciudad fue brutal y caótico. Los defensores, desde las almenas, intentaban rechazar a los rebeldes aprovechando su disposición ventajosa pero los hombres y mujeres de las Tierras Altas luchaban como poseídos por los espíritus de brutales bestias. Las murallas estaban cubiertas del rojo líquido de la vida. Al fondo, Ikai distinguió el gran Monolito de los Dioses. Se alzaba hacia los cielos imponente, amenazador. Aquel artefacto divino era idéntico al del Confín de los Senocas e Ikai sintió un escalofrío.

Por las calles de la ciudad las escaramuzas entre guardias y rebeldes se sucedían. La guardia, sobrepasada por la marea rebelde, se retiraba hacia el interior, hacia la plaza mayor de la capital. Ikai buscó a Burdin y lo encontró liderando el asalto a la gran plaza. El guerrero gritaba órdenes a sus hombres. Al norte de la plaza, tras el gran Monolito de los Dioses, Ikai vio un enorme torreón almenado con varios edificios adyacentes de regias paredes y altas torres. Los soldados de la guardia en retirada se dirigían a él.

—¿Y ese edificio? —preguntó a Burdin.

—Es la Fortaleza del Regente. Se ha atrincherado ahí con los nobles y sus últimas fuerzas.

—Será difícil tomarlo. ¡Pero por las diosas que lo haremos! —dijo cerrando el puño con fuerza.

A diferencia del palacio de Sesmok, este no era ostentoso y no había sido construido para vanagloria de su ocupante, sino que era una edificación militar. Y Burdin tenía mucha razón, sería muy difícil tomarlo. «Diferentes hombres, diferentes ideas... aunque sirvan a los Dioses de igual manera». Ikai observó la situación: los rebeldes habían tomado las almenas y la parte sur y central de la ciudad. Sólo quedaba la fortaleza y la parte norte de la capital. Al pensar en la zona norte un escalofrío recorrió su espalda.

—Llama a reunión —le dijo a Burdin.

—¿A reunión? ¡Asaltemos la fortaleza!

—No es una buena idea.

—¡Pero si ya los tenemos!

—No... es una trampa. La fortaleza es el cebo y estás a punto de caer en ella.

Burdin lo miró perplejo. Comenzó a protestar pero al cabo de un momento, resopló y se calmó.

—Está bien. Si dices que es una trampa... lo más probable es que sea una trampa. ¿Qué quieres que se haga?

—Toca a reunión. Quiero a todos los hombres y mujeres aquí en la plaza listos para atacar la fortaleza. Pero debes controlarlos para que no ataquen, aunque les pueda el ansia o moriremos todos.

Los ojos de Burdin se abrieron como platos.

—¡Por la Madre Tierra que no entiendo nada! Pero te haré caso, Liberador. Porque confío en ti, y porque sé que tú eres algo fuera de lo común. No me lo explico, ni quiero hacerlo. Pero lo acepto.

Por varias horas los rebeldes fueron llegando de todas partes de la ciudad. Formaron en la gran plaza y en los aledaños a la espera de órdenes. Miles de hombres y mujeres se arremolinaban inquietos. La orden de atacar la fortaleza no llegaba.

—¿Y ahora? —preguntó Burdin— ¿Vamos a sitiarles?

—No. Ahora necesitamos cuerdas. Largas y fuertes.

—¿Cuerdas? ¡No entiendo nada! —gruñó el guerrero y con un gesto de desesperación fue a cumplir el encargo.

—Y que nadie se lance al ataque o estaremos perdidos.

Burdin se detuvo. Se giró hacia Ikai, sacudió la cabeza y siguió adelante.

—Nadie atacará sin haber dado yo la orden.

Burdin no tardó demasiado con las cuerdas. Lo ayudaban un centenar de Guerreros-oso y todos mostraban caras de contrariedad.

—Sé que queréis asaltar la fortaleza. Pero confiad en mí.

—Yo confío en ti, hermano de otras tierras —dijo Burdin—, y ellos me siguen a mí.

—Gracias, Burdin.

—¿Qué más necesitas?

—Ahora necesito dos mil de tus Guerreros-oso, los más fuertes.

—Esto ya me gusta más. ¿Una fuerza de ataque sorpresa? ¿Escalamos el torreón?

—No. Necesito de su fuerza bruta.

—¡Por la Diosa Sol que daría un ojo por saber qué pasa por esa cabeza tuya! —protestó, y se fue a organizar a los hombres.

Estaba comenzando a anochecer cuando estuvo todo dispuesto. Ikai se encomendó a Oxatsi, y le rogó que salvara a aquel buen pueblo. Suspiró profundamente y dio la orden.

—¡Adelante!

Los dos mil Guerreros-oso tiraron con todo su ser de las cuerdas atadas al gran Monolito de los Dioses.

—No entiendo para qué perdemos el tiempo en esto.

—Pronto lo entenderás, amigo.

Al tercer tirón el monolito empezó a temblar. Y de súbito todo el suelo comenzó a temblar, como si un terremoto se estuviese produciendo. Pero no era un terremoto, era algo mucho peor y más letal. De la parte norte de la ciudad cerca de diez mil Siervos aparecieron a la carrera, lanzas en mano. Sus aciagos yelmos resplandecían al contacto con los últimos rayos de sol. Se hizo un silencio fúnebre en la plaza. Nadie hablaba. Todos estaban mudos de miedo.

—No… no puede ser… —balbuceó Burdin—. Estamos muertos.

—Aún no. Hay que derribar el monolito.

—¿El monolito?

—Créeme. Que los hombres tiren, que tiren con toda su alma.

Burdin se volvió hacia los guerreros.

—¡Tirad! ¡Tirad con todo!

Los hombres reaccionaron y tiraron. Los Ejecutores bajaban ya hacia la plaza abriéndose camino con sus sanguinarias lanzas. Sus armaduras parecían impolutas, sus capas rojas ya preveían la sangre del pueblo que iban a derramar.

—¡Tirad! ¡Derribadlo!

Los rebeldes hicieron frente a los Siervos pero incluso para aquel bravo pueblo de guerreros, la superioridad física y letal de los Ejecutores era manifiesta. Los siervos no tardaron en comenzar a abrirse camino entre las fuerzas rebeldes dejando a su paso un reguero de cadáveres.

—¡Viene hacia aquí! —gritó Burdin.

—Intentan evitar que lo derribemos —dijo Ikai señalando el monolito.

—¡Vamos, hijos de las Tierras Altas! ¡Demostrad lo que valéis! ¡Derribadlo!

Y los hombres de Burdin tiraron y tiraron con toda su alma mientras los Siervos esparcían muerte a su paso en dirección a ellos. Los rebeldes intentaban detenerlos pero eran imparables. Los primeros Ejecutores llegaron hasta los hombres tirando de las cuerdas y sin emitir un sonido comenzaron a darles muerte.

Y se escuchó un enorme crujido. Y a éste le siguió un segundo.

El monolito se tambaleó… Y cayó. Los rebeldes corrieron a apartarse. El artefacto golpeó el suelo con un tremendo estruendo y se partió en mil oscuros pedazos cristalinos. Por un momento, todos se quedaron estáticos, tanto rebeldes como Siervos. Observando lo que sucedía, como si el tiempo se hubiese detenido.

Burdin reaccionó.

—¡A las armas todos!

—No será necesario —le dijo Ikai, y cogiéndolo del brazo le llevó hasta el primero de los Ejecutores, que permanecía estático, mirando al frente.

—¡Pero qué haces! ¿Estás loco? ¡Defiéndete!

—Ya no son una amenaza —dijo Ikai, y se situó frente al Siervo. Todos los rebeldes lo observaban atónitos.

—Los Dioses usan el monolito para controlar a los Siervos. Sin el artefacto, los Siervos quedan a la espera de comunicación. Una que ya no les llega. Ahora son como juguetes rotos.

—¡Por las tres Diosas! ¡Increíble!

—No los matéis. Rodeadlos y conducidlos a prisión.

—¡Ya habéis oído al Liberador!

Las órdenes de Ikai se ejecutaron al momento. Era noche cerrada para cuando consiguieron retirar a todos los Siervos.

—¿Ahora tomamos la fortaleza?

—No, mi amigo. Ahora acampamos y esperamos a que se rindan. No habrá más lucha. Habéis ganado. Es sólo que el Regente aún no se ha dado cuenta. Si hubiéramos atacado la fortaleza los Siervos nos hubieran despedazado. Era una buena trampa. Ese era el plan del Regente. Ahora está rodeado por miles de enemigos y sólo. Se rendirá. Démosle el tiempo que necesita para darse cuenta.

—Yo atacaría y le arrancaría la cabeza de cuajo. Pero seguiremos tus órdenes.

—Gracias, Burdin.

—¿Cómo sabías lo de los Siervos?

—Porque ya lo he vivido…

—Sí... ya sé, en tu Confín. Aun así, no lo entiendo, es como si las Diosas te hablaran al oído y te dijeran cómo salir de cada situación. Eres especial, Liberador, muy especial.

—No lo creas.

—¿Cuánto crees que tardará en rendirse?

Ikai observó la fortaleza.

—No conozco al hombre, pero no más de cinco días.

Al atardecer del cuarto día, el Regente se entregó a cambio de ser perdonada su vida.

Tres días más tarde, junto al fuego bajo del lar de la habitación del depuesto Regente, Ikai calentaba cuerpo y alma. Había sido una gran victoria y todo había salido según sus planes. Aún no se explicaba cómo, pero lo habían conseguido. La estrategia había sido diseñada con mucho cuidado, basándose en lo aprendido e intentado anticipar los movimientos del rival. Pero Ikai sabía que al final del día, por mucho que uno hubiera planificado, pensado y previsto, no habría garantías de éxito. El mejor de los planes podría torcerse de forma irremediable en un abrir y cerrar de ojos. «Gracias, madre Oxatsi, por cuidar de este tu hijo, y por salvar a estas buenas gentes, que no son tu pueblo y adoran a otras diosas, pero que igualmente has protegido».

Mientras se reconfortaba hizo repaso en su mente de todo el tiempo pasado en aquel confín, más de tres largos años de planificación, entrega, lucha y sacrificio. Y habían logrado lo que, en un principio, parecía algo imposible de realizar. Habían conseguido derrocar al Regente y liberar a aquel pueblo de hombres y mujeres fuertes y orgullosos. «Espero que los demás hayan corrido la misma fortuna». Aquel pensamiento hizo que su estómago se encogiera pues hacía mucho tiempo que no tenía noticias de Albana, Kyra, Maruk e Idana. Deseaba con toda su alma que se encontraran sanos y salvos, pero lo dudaba.

De súbito, la pulsera en su mano derecha vibró. Ikai extendió el brazo y la observó. Adamis la había encargado a su erudito, Notaplo. Era un artefacto muy especial. Le permitía comunicarse con los hombres de las Tierras Altas sin necesidad de entender su extraño lenguaje. La pulsera traducía a su mente sus palabras y cuando Ikai hablaba, sólo tenía que pensarlo un instante antes y su boca lo pronunciaba perfectamente en la lengua de aquel pueblo sin que él supiera cómo. Y según le había contado Kyra, le permitiría oír los mensajes mentales de los propios Dioses, aunque él no había podido comprobar tal hecho. Pero aquella pulsera era algo más, algo mucho más importante, les permitía comunicarse entre ellos a grandes distancias usando el Poder de los discos. Aunque lo tenían prohibido, pues de interceptar los Dioses la comunicación, podrían trazar el origen y encontrarlos. Lo que les condenaría a morir.

Y ahora el disco de Poder acababa de emitir un destello. Alguien intentaba comunicarse. Y eso sólo podía significar que corría peligro de muerte. La ansiedad atenazó el pechó de Ikai como una garra de hierro y apenas le permitía respirar. ¿Sería Albana? ¿Kyra? Respiró profundamente e intentó calmarse. Estiró ambos brazos con la pulsera visible en la muñeca izquierda y el disco en la palma de la mano derecha. La pulsera vibró nuevamente y el destello del disco fue más pronunciado esta vez. Una imagen comenzó a formarse frente a él, difuminada, borrosa, como en medio de una bruma gris.

Entrecerró los ojos intentando discernir de quién se trataba, pero le resultó imposible. Esperó un momento y la imagen se volvió algo más definida. Entonces distinguió una figura agazapada junto a un árbol. Vestía una capa con capucha y no podía verle la cara. ¿Quién de los cuatro era? Junto a la rodilla, en el suelo, había un líquido rojo. ¡Sangre! El corazón de Ikai comenzó a latir desbocado. La imagen terminó por definirse. La figura se echó la capucha atrás y dejó al descubierto su rostro.

—¡Maruk! —exclamó Ikai.

Un mensaje llegó hasta su mente.

—*Necesito ayuda. La situación es grave. Algo muy siniestro está ocurriendo aquí. Se escapa a mi entendimiento. No creo que lo consiga. Si fallo, sabed que lo he intentado con todo mi ser. ¡Por Liriana!*

La imagen se volvió borrosa un instante, parpadeo y desapareció.

—¡Maruk! ¡No! ¡Espera!

Ikai intentó reconectar con Maruk usando el disco y la pulsera pero no lo logró. Pensó en contactar con Albana y Kyra pero si lo hacía las pondría en peligro. El mensaje de Maruk era de socorro. Lo habría enviado a todos. «No, no debo contactarlas. Las expondría a un riesgo innecesario. Todos sabemos dónde se encuentra Maruk y lo que estaba intentando hacer».

Dos golpes de llamada en la puerta de roble hicieron que se girara hacia ella.

—Adelante —dijo guardando disco y pulsera.

La puerta se abrió y Lurama, acompañada de Burdin, entró en la habitación.

—¿Cómo te encuentras, Liberador? —preguntó la Matriarca Mayor.

—Repuesto. Gracias por esta habitación, agradezco y mucho el calor del lar.

—Es lo menos que podemos hacer por nuestro héroe —dijo ella con una sonrisa amable.

—No soy ningún héroe, ni ningún liberador. Vosotros lo sois, tu pueblo lo es.

Burdin dio un paso al frente.

—¡Por supuesto que lo eres! —tronó.

—Y por supuesto que nuestro pueblo lo es, también—dijo Lurama.

—Te he visto hacer muchas cosas impensables —gruñó Burdin— y, al principio, no me gustaban ni lo más mínimo. Pero lo que has hecho por nosotros, ha sido… ha sido… como si estuvieras poseído por el espíritu de las tres diosas. Y no, no quiero que me lo expliques, ni quiero intentar entenderlo, me basta con saber que estás con nosotros, que eres uno de los nuestros. Para mí eres como un hermano, un Guerrero-oso de otras montañas poseído por el espíritu de la Diosa Luna.

Se acercó hasta Ikai y le dio un gran abrazo de oso, levantándolo del suelo como si fuera de paja.

—Muy bien expresado, Burdin —aprobó Lurama con un gesto con la cabeza.

Burdin dejó a Ikai en el suelo y Lurama se acercó hasta él. Le dio un sentido abrazo y le besó la frente.

—No lo hubiéramos conseguido sin ti, Ikai.

—El Pueblo de las Tierras Altas es fuerte y orgulloso, lo hubierais conseguido algún día.

—Quizás, pero no así. Te debemos la vida, no sólo la nuestra sino la de miles que hubieran perecido de no habernos guiado tú en la batalla. Soy una mujer mayor, y los años te enseñan a pensar y a reconocer las cosas. También a agradecer. Llegaste y te uniste a nosotros como uno más. Viviste entre nuestro pueblo y nos fuiste indicando el camino. Nos has conducido a la libertad que tanto ansiábamos. No hay palabras para agradecértelo. No pensé que lo vería, no creí que todo esto llegase en mi tiempo. Por todo ello tienes mi más sincera gratitud y te la expreso en nombre de todo mi pueblo al que represento como matriarca —dijo llevándose la mano al corazón.

Las palabras de Lurama le conmovieron.

—Gracias… vine a ayudaros... Estoy feliz y satisfecho de que hayáis logrado la libertad. Ese ha sido mi deseo desde que llegué.

—¿Y ahora? ¿Qué harás? ¿Te quedarás y nos seguirás ayudando?

—Me gustaría, Lurama, pero no puedo. He de partir.

—¿Marchas? —dijo Burdin preocupado—. ¿A dónde?

—He de ayudar a uno de los míos, a un amigo. Ha pedido socorro.

—¿Dónde está? ¿Podemos hacer algo? —ofreció Lurama.

—Está en el Confín de la Casa del Fuego.

—Entiendo. Intentado hacer lo mismo que tú aquí…

—Así es. Debo ir a buscarlo y ayudarle. Mi labor aquí ha concluido.

—Muy bien. Si has de marchar pide cuanto necesites. Me entristecerá verte partir. Esta vieja líder te ha tomado cariño.

—Y este Guerrero-oso también —dijo Burdin—. ¿Quieres que te acompañe y guarde tus espaldas?

—Gracias a los dos. No, Burdin, tienes que quedarte aquí, hay mucho por hacer y te necesitan.

Burdin asintió.

—Sí, el trabajo se amontona.

Ikai los observó a los dos un momento. Representaban a la perfección la sabiduría y la ferocidad de aquel pueblo valiente.

—Llegará el día, pronto, en el que mandaré a buscaros —les dijo.

—Y responderemos —dijo Lurama.

Ikai levantó la mano para que escucharan y entendieran lo que les pedía.

—Os llamaré para enfrentarnos juntos a los Dioses. Será casi un suicidio pero es la única forma de conseguir una libertad que perdure. Os llamaré cuando los hombres se unan.

—Acudiremos. Tenemos una deuda de sangre contigo —aseguró Burdin.

—Cuando el día llegue, puedes contar con el Pueblo de las Tierras Altas —le aseguró Lurama.

Ikai los saludo con respeto y cariño.

—Gracias. A los dos. Partiré al amanecer.

—Que las tres diosas te acompañen —le desearon.

«Lo necesitaré».

Capítulo 6

Kyra arreó su montura pinta colina arriba. En la cima le esperaba Gacela Veloz. Le hacía gestos para que se apresurase. Lobo Solitario y Alma Cálida seguían a Kyra a corta distancia. Habían cabalgado por horas sin descanso alguno.

—¡Espíritu-que-camina-dos-mundos, rápido! —urgió Gacela Veloz.

Kyra detuvo el caballo junto al de Gacela Veloz y oteó con detenimiento. El paisaje, para su sorpresa, era muy rocoso en aquella zona. Grandes formaciones de piedra rojiza con pasos angostos se abrían ante sus ojos por varias leguas. Rodeando aquel extraño fenómeno podía distinguir las estepas.

—Los guerreros de mi pueblo aguardan escondidos en el centro —dijo Gacela.

—Curioso lugar, no esperaba encontrar montañas rojas en las praderas.

—Tenemos que correr —dijo Gacela señalando al este.

Kyra miró en aquella dirección pero no discernió nada más que una mancha oscura y algo de polvareda.

Lobo se irguió en su caballo.

—Guardias y Siervos —anunció.

Kyra no podía ver nada con claridad, pero dio por buena la deducción.

—Traición —dijo Gacela.

—Apresurémonos a avisar a los guerreros —dijo Kyra.

—No lo conseguiremos —dijo Lobo mirando a Kyra y luego a Alma.

—¿Porque somos mujeres?

—Porque sois malos jinetes —dijo Lobo sin inmutarse—. Yo tampoco llegaría a tiempo. Demasiado peso para mi caballo.

—Pero tú sí puedes llegar y avisarlos, ¿verdad? —dijo Kyra a Gacela deseando que la respuesta fuera afirmativa.

Gacela Veloz miró al enemigo, luego al paso rocoso en la distancia, y asintió.

—Entonces, ve, avísalos.

—Les avisaré de la traición y lucharemos —dijo el Jefe.

—No. No les harás frente. Irás al punto de reunión —ordenó Kyra con voz tajante.

Los ojos de Gacela brillaron de rabia.

—Tienen que pagar la muerte de Búho Blanco y los otros Jefes. Lucharemos contra ellos y los venceremos. Los espíritus de las estepas están con nosotros.

—Mi corazón me pide hacer lo mismo que tú deseas, pero mi cabeza me dice que ahora no es el momento. Créeme, nada me gustaría más que enfrentarme a ellos a tu lado, con tus guerreros, pero no es lo que debemos hacer. Debemos dirigirnos al punto de reunión en el gran río. Allí nos esperan las fuerzas de Puma Loco de la Sexta Comarca y las de Águila Plateada de la Cuarta Comarca. Créeme, es lo que debemos hacer.

Gacela Veloz apretó la mandíbula con fuerza y se tragó la rabia que sus ojos delataban.

—Tú eres la que camina entre dos mundos. Búho Blanco te seguía. Yo te sigo. Haré lo que dices —y sin una palabra más salió a galope tendido en dirección a las formaciones rocosas.

Lo vieron cabalgar a una velocidad endiablada hasta que se perdió en la distancia.

—Buena elección —dijo Alma a Kyra con una sonrisa dulce.

—Cada día me parezco más a mi hermano. A este paso pronto no me reconoceré —dijo Kyra, y mirando al cielo sonrió—. Gracias, hermanito, por tus enseñanzas y ejemplo.

—¿Y ahora? —preguntó Lobo.

—Ahora guíame al punto de reunión. Es hora de poner en pie de guerra a los hijos de las estepas.

Días después, sentada con la espalda contra un árbol, Kyra descansaba en mitad del campamento de guerra. Había conseguido por fin dormir un buen rato y su cuerpo parecía haber recuperado algo de energía. Las últimas dos semanas habían sido un verdadero infierno. Tres batallas se habían combatido contra las tropas de la Guardia. Tres victorias sangrientas en su avance desde el sur hacia la capital con las fuerzas unificadas de la Cuarta, Quinta y Sexta Comarcas.

Lobo Solitario se dejó caer junto a ella y sin decir palabra se quedó dormido. Kyra cada vez apreciaba más a aquel pueblo de singular de piel rojiza. Eran salvajes y sangrientos, pero también nobles. Vivían por y para las estepas, en armonía con los espíritus, que según ellos todo ser viviente poseía. Además, adoraban y respetaban a los animales. Desde luego eran muy diferentes a los Senoca. Kyra se rascó la muñeca derecha cerca de su pulsera de comunicación y pensó en usarla, «Daría cualquier cosa por saber que están todos bien, que Adamis está bien…». Pero sabía que no podía arriesgarse. Menos ahora que estaban en pleno alzamiento.

Observó su otra muñeca y allí vio la maldita Argolla. Todavía la llevaban todos, pues la necesitaban para entrar en los confines: si intentaban cruzar sin ella morirían. Adamis se había ofrecido a estudiar con Notaplo una forma de liberarles de ellas, pero las malditas eran un artefacto áureo muy poderoso y bien diseñado. Ni siquiera Notaplo había hallado una forma sencilla de liberarlos. Suspiró profundamente. Pensar en Adamis le había producido una sensación de enorme de añoranza. Recordó el tiempo que pasaron juntos después de la liberación de los Senoca. Un tiempo muy difícil pero muy feliz. Kyra se recostó sobre el hombro de Lobo y se dejó llevar recordando aquellos días.

—¿Has contactado con él? —había preguntado Kyra a Adamis.

Sentado en una silla a unos pasos de su lecho, apenas capaz de mantenerse erguido, el Príncipe Áureo levantó la cabeza hacia Kyra. Tenía una expresión de intenso dolor grabada en su rostro que intentaba disimular.

—Sí, Notaplo se encargará. No te preocupes.

—Te arriesgas demasiado.

Adamis negó con la cabeza.

—Notaplo es quien realmente se arriesga. Si mi padre supiera que nos está ayudando… que está ayudando a los rebeldes escapados, lo decapitaría. O algo peor.

—Notaplo es un gran hombre. Un hombre bueno —dijo Kyra con cariño hacia el viejo sabio.

—Y el mejor Erudito de entre los Áureos. De todas formas, el riesgo aquí en casa de la Bruja del Lago es menor. El templo está protegido. No podrán trazar la comunicación hasta este lugar.

—No sé si lo dices porque es cierto o para que no me preocupe.

Adamis sonrió.

—Ambos. Estate tranquila, arriba, en la superficie, el uso del Poder es identificable, trazable. Aquí abajo, por el contrario, es mucho más difícil de captar. Es por eso por lo que los míos construyen templos subterráneos. Lo hacen para ocultar a las otras Casas lo que en ellos hay y el uso que en esos lugares se hace del Poder.

—Y yo que pensaba que erais una raza fúnebre y de lo más tétrica.

—Eso también, no lo niego —dijo sonriendo—.

—Adamis te dice la verdad —dijo La Bruja entrando en la habitación—

. Es por eso por lo que no me han encontrado, aunque haga uso de mí Poder.

La Bruja ya no portaba la máscara en forma de árbol cubriéndole el rostro. Kyra había descubierto muchas cosas sobre ella y su grupo, los Hijos de Arutan, durante aquel tiempo que habían convivido en el templo subterráneo bajo el lago. La anciana se llamaba Aruma. Tenía un rostro amable y el dorado de su piel era ya casi ocre por completo debido a su longevidad. Los ojos, de un gris suave, brillaban con una sabiduría incontestable. Su carácter, por otro lado, era todo lo contrario: muchas veces se comportaba como si fuera una caprichosa niña pequeña, incluso como si estuviera un tanto ida… Aquello desconcertaba a Kyra que la apreciaba mucho por todo lo que había hecho por ellos.

—Cuanto más aprendo de vosotros menos me gustáis —dijo Kyra, y le sacó la lengua a Adamis. Intentaba por todos los medios animarlo porque, aunque disimulaba constantemente, ella sabía que padecía un sufrimiento enorme.

—¿Han logrado hacer funcionar el monolito de Notaplo? Una idea brillante la de ese erudito aunque un poco arriesgada en mi opinión —preguntó la Aruma soltando una risita.

Kyra se volvió hacia ella.

—El monolito está acabado y según me ha informado Idana, ¡funciona! ¡Todo gracias a Notaplo!

—Y a los Hijos de Arutan —agradeció Adamis a Aruma con una ligera inclinación de la cabeza—. Son ellos los que han conseguido levantarlo y activarlo, no lo olvidemos.

—No lo hago. Causaron el terror entre los nuestros cuando aparecieron para ayudar. Por suerte Ikai supo manejar la situación. Media docena de Dioses, aparecidos de la nada, presentándose así… fue algo impactante.

—No había mucha opción —dijo Aruma—. Adamis está inválido y yo soy demasiado vieja y estoy demasiado loca para esta tarea. Tuve que encomendársela a mis hermanos. Me costó encontrarlos y convencerlos pero ha funcionado. ¿Quién lo hubiera pensado? Hombres y Áureos trabajando mano con mano por un mismo objetivo, como aliados. Algo impensable —dijo, y soltó una risita—. La madre Naturaleza debe estar rebosando de dicha.

—Yo tampoco lo hubiera imaginado nunca —dijo Kyra sacudiendo la cabeza—. Ahora, con el monolito activo, podremos escondernos de los Dioses. Los Senoca han desaparecido de la faz de la tierra.

—Sí, ningún Áureo podrá verlos, ni percibirlos mientras estén dentro del área de efecto del confín protector que genera.

—No te preocupes, te aseguro que no hay ni un solo Senoca lo suficientemente loco para salir al descubierto.

Aruma asintió.

—Es muy inteligente ese hermano tuyo. Me sorprendió mucho la jugada que ideó. Una inesperada y muy bien pensada. Sí, tiene cabeza el joven león. Siempre me ha caído bien.

—¿Jugada? ¿A qué te refieres? —preguntó Kyra sin comprender.

—Al éxodo de los Senoca. Esperaba que huyerais lejos de aquí, pero siempre pensé que lo harías hacia el mar, hacia vuestra madre.

—Y lo hicimos, al final.

—Sí, pero la opción más lógica hubiera sido ir al este, el mar está tan solo a unos días de distancia de aquí. Nos encontramos al borde del continente, completamente al este. Sin embargo, tu hermano se dirigió al oeste hasta llegar al centro del continente y luego se dirigió al sur hasta dar con el mar. Buena jugada, los Áureos os buscaron por toda la costa este y parte de la costa norte. Pero nunca pensaron que os dirigiríais al sur.

—Fue muy duro, perdimos a muchos en el viaje. Pero Ikai estaba convencido de que era la única forma de que perdieran nuestra pista.

—Tu hermano es un buen líder. Lo ha hecho muy bien. Y os tiene a vosotros para ayudarlo. La verdad es que no dejáis de sorprenderme —dijo Aruma con su habitual risita.

Adamis se arrebujó en su manta y no pudo disimular un gesto de dolor.

—De todas formas, debemos prepararnos para lo peor. Tarde o temprano nos encontrarán, tarde o temprano habrá confrontación y debemos estar preparados. Yo debo estar preparado.

El Príncipe-Dios intentó ponerse en pie con la ayuda de un cayado que Aruma le había hecho, pero no pudo y se quedó sentado sobre la silla.

Kyra se apresuró a ayudarlo.

—No. Por favor. Deja que lo haga yo.

—Pero no puedes, mi amor, deja que te ayude.

—Sé que lo haces de corazón pero tu ayuda me hace sentir un inútil.

—No estás lo suficientemente fuerte. Necesitas más tiempo. No deberías intentar ponerte en pie todavía —dijo Kyra llena de preocupación.

Adamis miró de reojo el lecho de mármol a unos pasos y luego la silla donde estaba sentado.

—Casi un año y sólo he conseguido bajar del lecho y arrastrarme hasta esta silla.

—Has logrado muchísimo. Y has sufrido horrores para conseguirlo.

Adamis negó con la cabeza, hizo un esfuerzo e intentó ponerse en pie. Su rostro reflejó puro dolor. Aguantó un gruñido de sufrimiento terrible y antes de que Kyra pudiera sujetarlo, Adamis se fue al suelo. Quedó postrado, incapaz de moverse.

—¡Adamis! —exclamó Kyra intentando ayudarlo.

A Kyra se le partía el alma cada vez que presenciaba los esfuerzos de Adamis por recuperarse. Cada día lo intentaba, sufriendo lo indecible en silencio, sin una queja. Y cada día conseguía recuperar un ápice de la energía que el veneno le había robado. Los primeros días, los más duros, cuando Adamis sólo podía mover el cuello y su cuerpo yacía muerto, le había hecho una promesa: que volvería a ser el que un día había sido. Cada día luchaba por conseguirlo. Y aunque el sufrimiento que padecía era abismal, Adamis no se rendiría. Nunca. Pero aquel castigo inhumano que él mismo se infligía preocupaba a Kyra. Temía que un día llegase demasiado lejos y el cuerpo o la mente de Adamis terminasen por romperse irreversiblemente.

—Te necesitamos con vida, Príncipe del Éter —le regañó Aruma mirando de reojo a Kyra.

—De nada os sirvo en este estado lamentable —dijo Adamis sentándose de nuevo en la silla con gran esfuerzo.

—Los Hijos de Arutan te necesitan. Los Hombres te necesitan. Así que deja de castigar tu maltrecho cuerpo que apenas se mantiene con vida o tendré que azotarte como a un niño desobediente.

Adamis sonrió.

—Y lo harías, no lo dudo.

—Ya lo creo que sí —dijo ella soltando una risita burlona y poniendo cara de complacida.

Kyra agradeció la intervención de Aruma y le dedicó una tierna sonrisa. La sabia líder se marchó dejándolos a solas.

—Prométeme que no te excederás.

Adamis le cogió de las manos.

—Sabes que te quiero más que a la vida, y haré lo que me pidas.

—Ya te he perdido una vez y no podría perderte de nuevo. No voy a pedirte que no lo intentes, sé que va contra tu espíritu luchador, pero ten cuidado, tu cuerpo no lo soportará.

—Gracias por no impedírmelo —dijo él con una mirada llena de amor—. Tendré cuidado, te lo prometo.

Y por meses lo intentó y lo intentó, luchando cada día contra un dolor insufrible, cayendo cada noche roto en el lecho, aguantando lágrimas de sufrimiento y rabia. Pero continuó luchando hasta que finalmente fue capaz de andar. Kyra lo ayudó en cada paso y sufrió con él, siendo testigo de su dolor y de la increíble fuerza de su inquebrantable voluntad. Ahora recordaba aquellos días tan duros con terrible añoranza, pues habían pasado tres largos años en los que no había podido abrazar a su amado.

Y recordando aquello se quedó dormida mientras la noche se ceñía sobre el campamento de guerra. Lobo Solitario la tapó con una manta.

—Gracias —dijo Kyra, y el sueño se la llevó a tiempos pasados, más felices, con su amado Adamis.

El amanecer llegó con la frescura de las estepas y apenas los rayos del sol despuntaron, todo el campamento estaba en pie preparándose para aquel decisivo día. Era la hora de la batalla final.

—Los Jefes quieren hablar contigo —le dijo Lobo Solitario.

Kyra despertó y observó a su guardaespaldas que ya estaba en pie, preparado y armado hasta los dientes.

—Será mejor que no dejes que me maten en la batalla de hoy —le dijo Kyra observando el constante trajín de guerreros y caballos a su alrededor.

—Eso no pasará —dijo el guerrero con total seguridad.

—Es el momento de la verdad. Hoy tomaremos la capital o moriremos.

—Tú no morirás mientras yo viva.

Kyra sonrió.

—Más te vale si no volveré del mundo de los espíritus para atormentarte.

—Apuesto a que sí.

—¿Le has dicho ya a Alma Cálida lo que sientes?

Lobo Solitario se puso rojo como un tomate.

—Yo… bueno… le he regalado una yegua.

—¡Por la Madre Mar! ¿Así cortejáis aquí? ¿Le has regalado una yegua? ¿Y no has añadido unas gallinas para que sea más romántico?

El rostro de Lobo perdió todo color.

—Serás el mejor guerrero de todas las estepas pero desde luego con todo lo que hablas y lo bien que cortejas te vas a quedar sin descendencia.

El guerrero bufó, se dio la vuelta y se marchó ofendido.

Kyra sonrió. Por el rabillo del ojo vio a Alma junto a una tienda que lo había escuchado todo, y la joven se acercó.

—Tráemelo de vuelta con vida, tú que caminas entre los dos mundos.

Kyra asintió.

—Te lo traeré. No te preocupes.

—Y cuando vuelva, yo me encargaré del cortejo —le dijo la joven y le guiñó el ojo.

Kyra soltó una carcajada. Abrazó a Alma y fue a reunirse con los Jefes.

La esperaban sentados en el suelo formando un círculo. Tras ellos aguardaban sus campeones. Saludó a Águila Plateada, Gacela Veloz, Puma Loco y luego al resto. Los Jefes de la Cuarta, Quinta y Sexta Comarcas estaban allí reunidos. Se sentó junto a Águila Plateada y este la recibió con una sonrisa en su marchita cara.

—Bienvenida, la que camina entre dos mundos —le dijo.

Kyra saludó con la cabeza y le dedicó una sonrisa de cariño. Aquel hombre la había acogido como a una hija, y para ella él se había convertido en una auténtica figura paterna a lo largo del tiempo que había pasado allí.

—Todo está preparado —le dijo Puma Loco.

—Y los guerreros esperan la orden para cabalgar —le dijo Gacela Veloz.

—Muy bien —dijo Kyra—. Hoy conseguiremos lo que tanto tiempo llevamos persiguiendo. Hoy lucharemos como hermanos, unidos todos cabalgando sobre las praderas, buscando la libertad. Venceremos al opresor.

No dudéis y seguidme, os aseguro que hoy el Pueblo de las Estepas será libre.

—¡Te seguimos! —exclamó Gacela Veloz.

—¡Por la libertad! —gritó Puma loco.

El resto se unieron al grito por la libertad.

—¡A la batalla! —dijo Kyra.

Los Jefes se reunieron con sus guerreros y montaron. Kyra se acercó a Águila Plateada y le susurró al oído.

—¿Y tú plan?

El viejo hizo un gesto de asentimiento.

—Preparado.

—Espero que funcione.

—Funcionará —le aseguró Águila Plateada.

—Estas cosas de pensar no se me dan tan bien como a mi hermano. Por eso te lo he confiado.

—Este viejo zorro de las praderas ha vivido mucho, no te preocupes, funcionará.

Kyra sonrió al Gran Jefe y lo abrazó con fuerza.

—No te acerques a la batalla —le advirtió—. Lobo y yo nos encargaremos de liderar a tus guerreros. Por favor. Tu pueblo necesita de tu sabiduría no de tu vieja lanza de guerra.

Águila Plateada se volvió y observó a sus guerreros prepararse para la batalla. Eran jóvenes y fuertes, luchadores criados por las duras praderas. Y entonces sonrió a Kyra.

—Tienes razón. Mi brazo ya no es fuerte, pero mi mente todavía lo es.

—Gracias, Gran Jefe —le dijo Kyra y le dio un nuevo abrazo.

Lobo Solitario se acercó hasta Kyra y le ofreció una lanza y un arco con carcaj. Kyra miró a los ojos al guerrero que le ofrecía las mismas armas que los guerreros de la tribu llevarían a la batalla.

—Sabes que soy incapaz de manejar vuestras armas.

—Tú eres la que camina entre dos mundos. Tú eres una de los nuestros. Tú llevarás nuestras armas a la batalla.

Kyra nunca había oído a Lobo hablar tanto seguido.

—Te agradezco el gesto — le dijo algo emocionada.

—Ahora a la batalla —dijo señalando a su espalda donde varios miles de guerreros esperaban sobre sus monturas.

—¡A la batalla! —gritó Kyra.

RENACER

Capítulo 7

Sonó el estridente pitido sostenido y Albana abrió los ojos. Por un instante creyó estar con Ikai en el Refugio. Centró la vista y descubrió unos cuerpos de piel verde-pálido durmiendo junto a ella y entonces supo que no era así. Hubiera vendido su alma por poder estar con Ikai aquella mañana o, de hecho, cualquier mañana. La separación dolía cada amanecer, con un dolor ácido. Al anochecer, sin embargo, se volvía dulce por la esperanza de que un día, no muy lejano, volverían a estar juntos. Hoy ese día estaba más cercano. Los ocupantes de la choza comenzaron a ponerse en pie y desperezarse. Los primeros rayos del sol entraban por la ventana sin cristales de la vivienda familiar construida de ramas, hojas, musgo y barro. Allí no había cristales, ni muchas otras comodidades de una civilización más avanzada.

—Buenos días —le saludó Ilia con el pintoresco hablar cantarín del Pueblo de los Árboles.

Albana toqueteó su pulsera. Le había estado fallando y sin ella no podía entender una palabra de lo que le decían aquellas insólitas personas de piel verde como la hierba de los prados.

—Buenos, aunque mataría al que nos despierta cada mañana con ese pitido insoportable.

Ilia sonrió.

—Pronto, muy pronto. Ten paciencia.

—Se me está acabando y sabes que yo soy de pasar a la acción… —dijo Albana decidida.

—Lo sé, por eso te pido que aguantes un poco más.

—Llevo mucho tiempo aguantando, demasiado. Pero creo que podré aguantar un poco más —le dijo con un guiño y una sonrisa.

Albana comió algo de fruta fresca mientras el resto de la familia se preparaba para descender a trabajar como cada mañana. Miró su reflejo en un cuenco de barro de agua cristalina y vio que el camuflaje aguantaba. Para ocultarla de ojos indiscretos, le habían recubierto todo el cuerpo de una sustancia verdosa, una especie de resina mezclada con hierbas que al secarse le confería la tonalidad de piel de las gentes del Pueblo de los Árboles.

—Los preparativos avanzan según lo previsto. Muy pronto nos alzaremos y lo que tanto deseamos se hará realidad.

—Más vale o empezaré la subversión yo misma —dijo Albana con una sonrisa pícara.

—Confía en mí —le rogó Ilia.

—Lo hago.

La verdad era que lo hacía. En nadie confiaba más Albana en aquel Confín. Aquella raza era salvaje y primitiva, mucho más que los Senoca, y la traición era práctica común. Albana ya lo había experimentado en sus propias carnes. Cuando cruzó la barrera de los Dioses y llegó hasta aquella tribu, fue recibida con saludos amistosos primero y con cuchillos y flechas acto seguido. Debía haberlo previsto... ¡qué se podía esperar de salvajes de caras pintadas en negro vistiendo taparrabos y mocasines! Casi no sobrevive para contarlo y para recordarlo contaba con una cicatriz en la espalda de un cuchillazo traicionero.

Gracias al cielo, Ilia había aparecido en el último momento evitando que se derramara más sangre. Era la hija del Jefe de la Tribu y era considerada una princesa. Ella la acogió. De mente despierta y carácter perspicaz, Ilia escuchó todo cuanto Albana le explicó: el motivo por el que estaba allí, su misión, sobre los Dioses, los otros Confines y la forma de alcanzar la libertad. Para sorpresa de Albana, que no esperaba mucho de aquellos moradores de los interminables bosques, salvajes y semidesnudos, Ilia la creyó, y no sólo eso, sino que la puso en contacto con los subversivos que hacía tiempo que operaban, aunque de forma desmembrada y caótica.

—Vamos, hay que bajar. El Brujo y sus guardias pronto revisarán las casas.

—Ya viene, el muy cretino —dijo Albana sacando la cabeza por la ventana.

Salieron de la cabaña y Albana no miró hacia abajo. No lo hacía nunca, pues estaban en un poblado elevado: construido sobre gigantescos árboles milenarios de más de cuarenta varas de altura. Siguió a Ilia y a su hermano Pilap. Ellos caminaban tranquilamente sobre las plataformas y pasarelas oscilantes, entre ramas y lianas formidables, como si estar viviendo en la copa de un árbol a una distancia abismal del suelo fuera lo más natural del mundo. Albana, sin embargo, luchaba contra el vértigo que aquella altura le producía. Ya lo tenía superado, pero de vez en cuando le seguía atacando y era una sensación realmente horrible.

De las casas entre las ramas gigantes salían el resto de los pobladores de la aldea. Hombres y mujeres de piel verde, ellos con la cabeza afeitada a cuchillo y ellas vistiendo simples tiras de cuero que cubrían sus partes íntimas. Caminaban sobre aquellas superficies inestables que se balanceaban sobre el vacío, inmunes a la altura y capaces de sujetarse casi con la habilidad de un primate. Bajaban portando las herramientas de trabajo. Los hombres hachas y serruchos para talar los bosques y las mujeres cestas para la recolección de frutas, bayas y raíces comestibles. Cada mañana sonaba el pitido y todos en la tribu debían descender del poblado en la copa de los gigantescos árboles para trabajar. Esa era la ley de los Dioses.

Albana miró a su derecha y observó a dos jóvenes sobre una de las plataformas de madera. Parecía que discutían sobre algo pero no podía oír sobre qué. Tuvo el presentimiento de que la discusión pronto escalaría y pasaría de palabras a gritos, y que pronto seguiría por algo más. No se equivocó. Uno de los dos jóvenes pegó un fuerte empujón al otro que ya le gritaba a pleno pulmón. El agredido dio dos pasos atrás, se rehízo y sacó un cuchillo sin pensarlo dos veces. El otro joven hizo lo propio. Se miraron con odio en los ojos, flexionaron rodillas y comenzaron a rodearse buscando asestar un tajo certero.

—Ilia, será mejor que pongas orden. Dos de los jóvenes están a punto de abrirse en canal —le dijo Albana no sin un poco de admiración. Le gustaba aquella raza. Eran unos salvajes, sí, pero tenían sangre caliente y no se achicaban ante nada ni ante nadie. Y eso Albana lo respetaba.

Ilia se detuvo y se volvió a ver qué sucedía.

—Voy —dijo.

Los dos jóvenes intercambiaron varios tajos y cuchilladas y de no ser por la intervención de Ilia, la cosa hubiera terminado muy mal. «Sí, me caen bien estos salvajes verdes, hay que reconocer que tienen agallas y no se dejan pisar».

Continuaron avanzando y Albana se apresuró, debía bajar con ellos pues el poblado era registrado y si la encontraban estaría en serios aprietos. Ilia le pasó una liana descomunal y Albana comenzó a descender por ella. Delante iba Pilap y detrás Lial, su prima. Descender desde aquella altura impensable siempre le agradaba, era excitante. Pilap descendía a una velocidad vertiginosa. Albana no podía seguirle por riesgo a perder el agarre y terminar estampada contra el suelo. Envidiaba la habilidad de aquellas gentes. Incluso usando su Poder, no podía competir con ellos en su hábitat. Pero poco a poco con el paso del tiempo, imitando a sus anfitriones y practicando mucho, Albana había conseguido desarrollar un par de nuevas habilidades que seguro le serían de buen uso.

Al poner pie en el suelo, accidentalmente, Albana pisó a otro joven. Sin mediar palabra y antes de que ella pudiera disculparse, el joven se volvió y la empujó con todas sus fuerzas. Albana aprovechó el empujón para hacer una cabriola y quedar de pie como si nada. Miró desafiante al joven, y este y su amigo desenvainaron cuchillos al momento.

—Desde luego hay que ver qué poca amabilidad dispensáis.

—¿Te ríes de nosotros, perra?

Albana fue a soltar una respuesta satírica pero supo que de hacerlo tendría que matar a aquellos dos hombres. Era temprano en el día y aquellos dos, si bien salvajes, eran jóvenes, demasiado para morir así.

—Sólo me reiría del Brujo —dijo Albana, y empuñó sus dos dagas.

La respuesta desconcertó a los jóvenes. Nadie se enfrentaba a los Brujos, eso era ir contra la ley de los Dioses y se castigaba con la muerte.

Pilap se interpuso.

—Está conmigo —dijo señalando a Albana con su cuchillo en la mano.

Los dos jóvenes bajaron la mirada.

—Si está con el hijo del Jefe, está con nosotros —dijeron, y se marcharon con la cabeza gacha.

—No era necesario, Pilap.

—Lo sé, pero por si acaso.

Albana le guiñó el ojo con cariño y guardó las dagas.

—Además, necesito que sigamos compitiendo, sé que no me ganarás nunca bajando la liana —le dijo Pilap, y soltó una carcajada.

El hermano menor de Ilia tenía 17 primaveras y era fuerte y atlético. Pero sobre todo era de buen corazón, algo que Albana había notado de inmediato. Una característica poco común allí, donde primaba la fuerza bruta y el salvajismo sobre la bondad. Ilia, dos años mayor, también era de buen corazón pero en ella destacaba sobremanera su inteligencia.

—Cada día estoy más cerca, feúcho —le dijo Albana—, en cuanto te despistes te superaré.

—Eso no pasará, forastera —dijo él flexionando sus brazos.

—No presumas tanto —le dijo Lial, y le pegó un empellón.

Pilap sonrió.

—Si no fueras hija del hermano de mi padre, verías.

—Ya, ya... mira como tiemblo —dijo ella y le dio un puntapié.

Lial se comportaba más como un chico que como una chica, en todo, tanto aspecto como forma de actuar. Era un año mayor que Pilap, estaba siempre con él, retándole en cada momento. Y en algunas ocasiones, le vencía. Competían en todo, desde quién podía trepar más alto y más rápido a quién luchaba mejor con cuchillo y hacha. Pero sobre todo a quién tenía mejor puntería con el arco. La camaradería entre ellos era inquebrantable y habían adoptado a Albana como una más de la familia, lo cual ella agradecía de corazón.

Albana observó por un momento los gigantescos árboles que la rodeaban y se quedó maravillada. Ante sí se alzaban los árboles más altos y enormes que cualquier ser humano pudiera imaginar. Había cientos que se extendían formando un bosque de increíble belleza. Todo aquel confín era un bosque insondable, algo que la había sorprendido completamente y la dejaba boquiabierta. Los Dioses habían decidido explotar los recursos del bosque infinito en el que el Pueblo de los Árboles vivía. El paraje era sobrecogedor, cada árbol del bosque era de dimensiones impensables. Sólo la base del tronco era mayor que una casa y la altura de aquellos árboles en muchos casos sobrepasaba las 60 varas. Su magnitud era descomunal. La primera vez que los vio, aquellos seres gigantes de marrón y verde la impactaron tanto que se quedó pasmada sin poder reaccionar. Por lo que había aprendido de ellos, eran seres milenarios y el pueblo de piel verde los adoraba.

Se llevó la mano sobre los ojos y miró hacia las copas. Allí, en la parte superior de los gigantescos árboles, a más de 40 varas de altura, estaban los poblados. Las aldeas estaban construidas alrededor de los enormes troncos de los árboles gigantes, aprovechando las descomunales ramas como soporte, unidos por pasarelas de madera y cuerda. La mayoría de las copas de los árboles que podía ver estaban habitadas, una multitud de pasarelas, tarimas y lianas unían unos árboles con otros. Las casas, construidas sobre ramas y plataformas, albergaban a las familias.

Albana suspiró. Llevaba mucho tiempo viviendo entre ellos pero por más que lo intentaba no llegaba a acostumbrarse. Vivir en aldeas construidas en aquellos majestuosos y gigantescos árboles le parecía todavía algo impensable. El verdor que reinaba por doquier le parecía de ensueño y el aire era tan fresco y lleno de fragancias selváticas que encandilaba los sentidos.

De los árboles descendían los hombres y mujeres a trabajar para los Dioses. En aquella zona había tres poblados y cientos de personas se presentaban. Según había podido constatar, la estructura y la organización socio-económica de aquel Confín era muy similar a la de los Senoca. El territorio estaba dividido en seis comarcas con la capital en el centro. Siervos, Regentes y la Guardia operaban igual que en su antiguo Confín. Había cientos de poblados en cada Comarca, con la característica de que eran elevados. Donde la cosa cambiaba era en la jerarquía dentro de los poblados. En cada poblado había un Jefe y un Brujo. Los Jefes eran los antiguos líderes y los Brujos, los líderes religiosos, habían tomado el poder con la ayuda de los Procuradores. «Así controlan mejor a todo este pueblo. Los Jefes ya no tienen poder y los Brujos se aseguran de controlar los poblados. Y los tienen subyugados a base de sangre y terror. Pero eso está a punto de cambiar».

—¡A formar! —llegó la orden de un Guardia. Tras el Guardia aguardaba un Procurador y otra docena de Guardias. A Albana le resultaba chocante ver a Guardias de piel verde en armadura, en contraposición a sus hermanos trabajadores semidesnudos. Los hombres se separaron en dos grandes grupos y las mujeres en tres. Ella siguió a Ilia y se unió al tercer grupo.

—¡Hombres, grupo uno! ¡A talar! —dijo el Guardia señalando al este.

Se escuchó un gruñido de protesta que se fue intensificando.

—¡A talar! ¡Los Dioses lo ordenan! —gritó el Procurador.

Para el Pueblo de los Árboles talar los bosques para recolectar madera o para despejar áreas y convertirlas en terrenos de siembra era el mayor de los pecados. Algo que los Jefes rechazaban pero los Brujos defendían. Para aquel pueblo el bosque era sagrado y debía protegerse a toda costa.

—¡Sacrilegio! —gritó de pronto uno de los hombres del primer grupo.

—¿Quién ha dicho eso? —preguntó el Procurador.

—Yo —dijo un joven de no más de 20 años, fuerte y decidido, dando un paso desafiante hacia el Procurador—. Es matar nuestra alma.

La protesta del resto de hombres aumentó y los Guardias se tensaron. El Procurador fue a hablar cuando el Brujo de la aldea apareció seguido de tres Guardias.

—Yo me encargo —dijo.

Avanzó y Albana tuvo un muy mal presentimiento. El Brujo vestía una túnica larga completamente forrada de plumas gigantescas de diferentes colores. En la cabeza portaban una máscara con un gran pico que ocultaba su rostro. Siempre que lo veía a Albana le entraban ganas de arrancarle la máscara de cuajo con la cabeza incluida. Pero no podía hacerlo. Todo estaba ya preparado, un movimiento en falso y los planes fracasarían.

—Los Dioses nos ordenan que recojamos el fruto del bosque para alimentarlos y construir su gran ciudad eterna —dijo el Brujo.

—¿Qué Dioses, qué ciudad eterna? —dijo el joven.

—Los Dioses Áureos a los que servimos y a los que debemos lealtad… como muy bien sabes.

—Yo sólo veo hombres de piel verde que ordenan destruir nuestro hogar, cometer sacrilegio.

—Y mientras obedezcamos la ley de los Dioses, ellos nos permitirán vivir en paz y crecer como pueblo. Pero si nos negamos a sus demandas, descenderán sobre nosotros y arrasarán nuestro pueblo. Nadie sobrevivirá. Nadie —dijo gesticulando con los brazos, sacudiendo las plumas de su atuendo ceremonial.

—Escucha a tu Brujo, él conoce la ley de los Dioses —dijo el Procurador.

—El Brujo no sirve a su pueblo —acusó el joven.

Ilia, que estaba junto Albana, dejó escapar una exclamación angustiada.

El Brujo avanzó hacia el joven hasta situar su máscara frente a su rostro, pero él que no se acoquinó y se mantuvo con la barbilla alta.

—El Brujo es la ley en la aldea —dijo el Brujo y con la mano izquierda soltó unos polvos plateados al aire. El joven desvió la mirada hacia ellos y en un movimiento fulgurante, con la mano derecha, el Brujo degolló al joven con su cuchillo ceremonial.

—Nadie puede desafiar mi autoridad y vivir. Yo sirvo a los Dioses, yo soy su voz.

El cuerpo del joven se desplomó al suelo. Varios hombres dieron un paso hacia el Brujo y éste se giró y les lanzó una sustancia rojiza. Al contacto con la piel el veneno penetró en los cuerpos y no consiguieron ponerle la mano encima. Cayeron al suelo retorciéndose en un inmenso dolor. La Guardia rodeó al Brujo para protegerlo y el resto de hombres protestó pero no se atrevieron a actuar.

Albana fue a actuar pero Ilia la sujetó de la muñeca.

—No. Quieta. Hay demasiado en juego —le susurró.

—Tiene a tu padre prisionero y es un salvaje asesino. Hay que matarlo —le dijo Albana al oído.

—Sí y es por eso mismo que no podemos arriesgarnos ahora. Tendrá su merecido. Yo misma se lo daré, por lo que le ha hecho a mi padre, por lo que le está haciendo a nuestro pueblo. Pero no podemos hacerlo ahora. Hay que seguir el plan.

Albana se mordió el labio para calmar la rabia que sentía.

—Está bien. Pero dime cuándo y lo destriparé.

Ilia asintió y soltó la muñeca de Albana. La protesta fue muriendo. Todos conocían el castigo por enfrentarse a los deseos de los Dioses: los degollarían a todos.

—¡Primer grupo de hombres, a talar! —volvió la orden.

Poco a poco, de forma reticente, se fueron marchando.

—¡Segundo grupo hombres, a cazar!

Tras ellos llegó la orden a los grupos de las mujeres. El primer grupo a recolectar fruta, bayas, raíces y tubérculos, todo lo que fuera comestible en los bosques. El segundo, al gran río a pescar y a cazar animales pequeños con trampas, liebres y ardillas principalmente. Para aquel pueblo las ardillas eran un manjar. Y el tercero a arar los nuevos campos de cultivo para la siembra, lo cual les rompía el corazón, pues estaban matando el bosque para producir cosecha. Todos a producir para los Dioses. Producir o morir. La máxima invariable fuera cual fuera el Confín. Pero eso ya había cambiado para los Senoca y estaba a punto de cambiar para el Pueblo de los Árboles. «Yo me encargaré de cambiarlo como que mi nombre es Albana».

Capítulo 8

Erguida sobre su caballo, Kyra observaba desde el sur la ciudad en la distancia. A diferencia de la del confín de los Senoca, aquella capital no era rectangular con cuatro altas murallas y edificios de piedra en su interior, sino circular con una muralla baja rodeándola. En su interior gran parte de los edificios eran en realidad tiendas en forma de conos, muy similares a las de las tribus, aunque de mayor capacidad. Hacia el noreste de la ciudad se distinguían algunos edificios más robustos, y al norte el gran palacio del Regente. «Los nobles y mercaderes adinerados y sus palacetes. Eso no cambia». Como tampoco cambiaba el gigantesco monolito de los dioses. El artefacto se alzaba imponente hacia el cielo frente al palacio del Regente.

—Tan similar y tan diferente.

—¿La ciudad? —preguntó Gacela Veloz situándose a su altura.

—Sí, aunque el diseño en el fondo es el mismo.

Lobo Solitario espoleó su caballo y se situó a su izquierda.

—Enemigos.

Kyra y Gacela Veloz otearon en la dirección en la que señalaba Lobo. Las grandes puertas se habían abierto y una larga hilera de soldados montados salían de la ciudad.

—¿Salen a combatir? —preguntó Kyra sin saber muy bien qué pensar de aquello.

—Luchamos a caballo. Guerrero contra guerrero —dijo Lobo como si fuera un credo.

Kyra observó la muralla. No era muy alta pero sí lo suficiente para que los caballos no pudiesen saltarla.

Gacela Veloz los señaló con su lanza.

—Son los soldados de la Guardia. Forman frente a la ciudad. Creen que nos asustaremos y saldremos corriendo. No saben lo que les espera...

—Los haremos pedazos —dijo Lobo Solitario con convencimiento.

—¿Por qué no defienden la ciudad? —preguntó Kyra buscando una explicación lógica—. ¿Por qué echan a perder la ventaja que las murallas ofrecen?

Los dos guerreros la miraron con cara de extrañeza.

—Dentro de la ciudad no se puede luchar —dijo Gacela.

—No hay espacio para jinete y caballo —dijo Lobo.

—Pero, ¿por qué no luchan a pie protegiendo la muralla?

Los dos hombres intercambiaron una mirada de perplejidad y sacudieron la cabeza.

—Sólo un cobarde o un descastado lucha a pie —dijo Gacela acariciando el cuello de su caballo.

—Luchar a pie es un insulto, una bajeza —dijo Lobo.

Kyra se mordió el labio.

—Los traidores de la Guardia se creen superiores a nosotros. Jamás se rebajarían a luchar desmontados —dijo Gacela.

—No dejáis de sorprenderme —dijo Kyra—. Cuanto más os conozco, más me gustáis —dijo con una sonrisa.

Se volvió de medio lado en su montura y observó a su espalda. Formando una hilera interminable, más de 30.000 guerreros sobre sus caballos pintos aguardaban la orden de ataque. La escena era sobrecogedora. Los guerreros de la cuarta, quinta y sexta comarcas, con cara y brazos pintados en rojo, armados con arcos cortos, lanzas y hachas ligeras, observaban a la Guardia formar en el llano en la distancia.

—Esperan la orden del Espíritu-que-camina-dos-mundos —le dijo Gacela Veloz.

Kyra deseaba con todo su ser lanzarse al ataque. La furia innata que toda la vida la había acompañado empujaba con fuerza en sus entrañas por salir a la superficie y tomar las riendas de la situación. El enemigo estaba ahí delante, y tras ellos, la capital. La libertad estaba al alcance de su mano. «Calma, tranquila», se dijo mientras analizaba la situación como haría su hermano.

—No veo a los Siervos. ¿Dónde están? —dijo con preocupación.

—Aguardarán en el interior de la ciudad… —dijo Gacela.

—Vienen mensajeros —dijo Lobo señalando al norte. Tres jinetes galopaban a la velocidad del rayo en su dirección.

Kyra levantó el puño y los guerreros a su espalda entendieron la orden de esperar. Los mensajeros llegaron hasta Kyra.

—Mensaje… —dijo el primero con voz entrecortada por el esfuerzo. Apenas podía hablar.

—¿Qué sucede al norte? ¿Todo bien? ¿Están preparados los guerreros de la Primera, Segunda y Tercera comarcas?

El mensajero asintió con la cabeza y tragó saliva.

—Todo como pediste.

—Muy bien—dijo, y se giró hacia Gacela—. ¿Cuántos soldados de la Guardia cuentas?

—Unos 40.000. Ya han formado todos.

—Entonces ha llegado la hora de atacar. Da la orden, Lobo.

Lobo Solitario se irguió sobre su caballo y llevándose las manos a la boca imitó el aullido de un lobo, un aullido profundo y descarnado que en el silencio reinante se extendió por todas las filas de guerreros. De inmediato, varios guerreros respondieron con nuevos aullidos. Y a estos siguieron otros a los que se les unieron los de coyotes y miles de gargantas aullaron a los cielos.

Kyra pidió una lanza y Gacela Veloz se la ofreció.

—Sabes lo que tienes que hacer, ¿verdad?

—Sí, no te preocupes —dijo Gacela.

—No te dejes envolver en la locura de la batalla. A mi señal, haz lo planeado.

—No te fallaré.

Kyra asintió con la cabeza. Luego se volvió hacia los guerreros elevó al cielo la lanza y luego apuntó con ella hacia el enemigo.

—¡Al ataque! —gritó con todas sus fuerzas.

30.000 guerreros se lanzaron a galope tendido gritando y aullando como poseídos por espíritus malignos contra las fuerzas de la Guardia. Kyra se lanzó tras ellos. La Guardia, al ver la carga enemiga, cargó a su vez y se lanzó contra ellos. Kyra no había vivido nunca algo tan espectacular, más de 60.000 caballos galopaban sobre la pradera para enfrentarse en un fatídico encuentro. El galope de las monturas pintas generaba un estruendo sobrecogedor, como si se estuviera produciendo un enorme terremoto mientras levantaba una enorme estela de polvo. Los gritos y aullidos de los guerreros se sumaban a la enorme batahola.

La emoción del momento sobrecogió a Kyra. Cabalgaba pegada al cuello de su caballo intentando concentrarse en medio de aquel tremendo alboroto. Tuvo que entrecerrar los ojos para protegerlos del viento, pues la polvareda y su propio cabello de fuego. A galope tendido las dos fuerzas chocaron en medio de las praderas frente a la ciudad. Los gritos se volvieron ahora en unos de furia y dolor. Los guerreros luchaban con la rabia del oprimido y la Guardia con la desesperación del que sabe que su último momento puede ser el siguiente. El combate se volvió furibundo. Aquellos no eran Senocas, eran guerreros de las estepas, duros, curtidos, y sabían luchar. Los golpes de lanza o hacha eran certeros y potentes. Los jinetes eran derribados y rematados sin piedad antes de que pudieran volver a montar o derribar a un jinete desde el suelo.

Kyra buscó a Gacela Veloz y lo encontró rodeado de sus guerreros más fieles abriendo cuña entre las tropas de la Guardia. «Vamos, Gacela, no me falles ahora, recuerda el plan». Algo más al este vio a Puma Loco y sus guerreros abriendo otra cuña. Luchaban como poseídos por el espíritu de un oso enfurecido. A la derecha de Kyra apareció un jinete de la Guardia cargando con su lanza al frente. La punta metálica buscaba el pecho de Kyra. Un hacha apareció frente a los ojos de Kyra y de un potente golpe partió la lanza de madera. Acto seguido un segundo hacha se incrustaba en el pecho del jinete y lo derribaba.

—Yo te protejo —dijo Lobo que con un hacha en cada mano y montando su caballo a pelo parecía el espíritu guerrero de las propias estepas.

Kyra se lo agradeció con un gesto de la cabeza. El combate se estaba enzarzando cada vez más, los guerreros y la Guardia combatían entremezclados y pronto sería un caos total. «Vamos, Gacela, no te dejes llevar por la sangre».

—Mira —dijo Lobo tras despachar a otro jinete de dos secos tajos de sus hachas.

Kyra se irguió en su montura y vio cómo Gacela Veloz y sus guerreros abandonaban la lucha para huir hacia el norte.

—¡Vamos con él! —dijo Kyra.

Lobo dio la señal a los suyos y todos los guerreros de su comarca lo siguieron al instante. Puma Loco vio la maniobra y ordenó a sus guerreros seguir a los de Gacela Veloz.

Los jinetes de la Guardia, al ver a los guerreros huir del combate, se quedaron desconcertados. Aquello era algo impensable, un guerrero jamás abandonaba el combate pues representaba un deshonor con el que no podrían vivir. Pero ante sus atónitos ojos todos los guerreros huyeron hacia el norte. La Guardia tardó un instante en reaccionar, los oficiales no podían creer lo que presenciaban. Y dieron la orden de perseguirlos.

Kyra cabalgaba a rienda suelta, echando ojeadas sobre su hombro para ver qué sucedía a su espalda. La Guardia los perseguía, pero su caballo iba tan rápido que parecía volar sobre la planicie. Todo a su alrededor eran guerreros huyendo a toda velocidad a lomos de sus caballos. La Guardia intentaba darles alcance pero sus monturas eran más lentas. Dejaron la ciudad atrás y se dirigieron a una loma en la distancia. Gacela Veloz, a la cabeza de la huida, comenzó a reducir la velocidad. Los guerreros hicieron lo mismo siguiendo su ejemplo. Kyra miró hacia atrás sobre su hombro y vio que la Guardia se acercaba. Luego miró al frente y vio la extensa loma que tendrían que subir. Las fuerzas de la Guardia les darían alcance en la pendiente. Volvió la cabeza a su derecha y se encontró con Lobo. El guerrero la miró y asintió, transmitiéndole seguridad.

Llegaron hasta el pie de la loma y comenzaron a subirla, pero la Guardia ya se les echaba encima. De pronto, Gacela Veloz se detuvo y con él todos sus guerreros. Alzó el puño y giró su montura para encarar a la Guardia. Al instante, el resto de guerreros detuvieron la huida y se volvieron. Todos excepto Kyra. Ella miraba hacia la cima de la loma. Gacela Veloz se abrió paso hasta situarse al frente de los guerreros y encaró con valentía la carga de la Guardia. Kyra no apartaba sus ojos de la cima. «¿Dónde están? Ya deberían estar ahí». Pero no aparecían. «Les hemos traído hasta la trampa. ¡Vamos, apareced!». Kyra esperaba ver a las fuerzas de las otras tres comarcas que aguardaban escondidas tras la loma, pero nadie apareció sobre la cima.

Y la Guardia se les echó encima. Los guerreros repelieron el ataque entre gritos de furia pero ahora la Guardia tenía la ventaja de la carga e hizo estragos entre los primeros rangos de los guerreros que se vieron sobrepasados. Gacela Veloz y sus campeones luchaban como animales heridos. No había salida. Ya no podían huir, la loma lo impedía y la Guardia había penetrado profunda entre las filas de guerreros. Sólo quedaba luchar como fieras salvajes o morir. Los gritos de dolor y furia se entremezclaban con los relinchos y bufidos desesperados de los caballos. El aire sabía a tierra y apenas se podía respirar en medio de la polvareda que se había levantado sobre la batalla.

Kyra azuzó a su caballo y lo obligó a subir hasta la cima de la loma. El pobre animal protestó bufando pero la remontó. «¿A qué esperáis? ¿Dónde estáis? ¡Os necesitamos!» pensaba Kyra angustiada. Lo que descubrió al otro lado de la loma la dejó de piedra. Los guerreros de la Primera, Segunda y Tercera Comarca luchaban desesperadamente contra un ejército de Siervos. Con ojos como platos, Kyra observó la terrible escena. «¡Por eso no han acudido a la emboscada a la Guardia! ¡Hemos sido traicionados!». Los Siervos, inferiores en número pero muy superiores causando muerte, luchaban en carros plateados tirados por dos caballos contra los guerreros en sus monturas pintas. Aunque los guerreros estaban causando bajas con sus arcos cortos y lanzas, la contienda era demasiado desigual, los Siervos eran demasiado fuertes y letales. Los rebeldes no saldrían de allí con vida. «¡Maldita sea! ¿De dónde han sacado esos carros?».

Se volvió para observar lo que sucedía en su lado de la loma y se encontró con que la situación era igual de crítica. Un caos de jinetes, monturas, sangre y muerte se arremolinaba frente a ella. «¡Nos van a destrozar!». Al ver a los suyos luchar desesperados contra la Guardia, la angustia de Kyra se volvió furia. Una furia que ella conocía muy bien y que había aprendido a contener. Pero ahora no era momento de contenerse. Ahora era momento de dejarla salir. «Lo he intentado a tu manera, hermanito, pero no me ha funcionado. El plan era bueno, lo habíamos pensado mucho y bien, pero no ha salido. Ahora lo haremos a mi manera. Deséame suerte», dijo mirando al sol. Giró la montura, encaró la batalla y gritó:

—¡Por la libertad!

Kyra cargó loma abajo llevada por una furia volcánica. Lobo Solitario la vio y de inmediato se puso a su derecha para protegerla. Puma Loco se puso a su izquierda para proteger su otro flanco. Los tres entraron en el corazón de la batalla como una saeta gigante de lacerante punta propulsada a gran potencia y velocidad. Kyra, con el disco de Adamis a su cuello, usaba su Poder para derribar a quien se pusiera frente a ella. Lobo y Puma repartían muerte a derecha e izquierda, uno con sus dos hachas ligeras y el otro con su lanza y escudo de piel de búfalo. Al ver que comenzaban a abrir cuña entre las fuerzas de la Guardia los guerreros se unieron a ellos formando un triángulo de muerte.

—¡Seguidme! ¡Por la libertad! —gritó Kyra.

Un atronador griterío siguió al de Kyra. Los oficiales de la Guardia gritaban a sus hombres la orden de acabar con ella y la punta del ataque. Kyra usaba su lanza para focalizar su poder y todo enemigo al que apuntaba con ella a menos de tres pasos era enviado contra los que tuviese al lado. Los soldados intentaban matarla pero Lobo y Puma la defendían a muerte. Avanzaron entre las filas enemigas como un cuchillo cortando mantequilla. Los guerreros, contagiados por el coraje de sus líderes comenzaron a decantar la batalla en su favor.

—¡Ahora, todos a una! —gritó Kyra alentando a los suyos.

Y llegaron hasta los oficiales enemigos. Kyra reconoció de inmediato al que debía ser el Comandante de la Guardia por su elegante armadura en plata y blanco. «Ya eres mío». Pero antes de que pudiera usar su Poder sobre él, propulsó su lanza contra Kyra con toda la fuerza de un brazo entrenado. La lanza se dirigió directa al corazón de Kyra que al llevar su lanza alzada dejaba su pecho al descubierto. Intentó cubrirse pero supo que era tarde. Se inclinó a un lado del caballo y vio la lanza llegar. En ese instante, Puma Loco saltó sobre ella y la lanza le alcanzó en su costado. Kyra perdió el equilibrio y se sujetó al cuello del caballo mientras Puma caía al suelo. Dos oficiales cargaron contra Kyra a la orden de su Comandante para darle muerte. Lobo se interpuso y con una maestría letal acabó con ellos antes de que pudiesen alcanzar a su protegida.

Kyra miró atrás y vio a Puma en el suelo, muerto. Rugiendo de rabia clavó sus ojos en el Comandante.

—¡Cerdo! ¡Vas a pagar por esto!

El oficial desenvainó su espada y espoleó su corcel hacia Kyra. Pero esta vez ella pudo captar el aura de su enemigo y se centró en ella. Utilizó su Poder y el Comandante se elevó de su montura y se quedó suspendido en el aire a tres varas del suelo.

—¡Yo soy el Espíritu-que-camina-dos-mundos! —gritó Kyra.

Ante la impensable escena, todos alrededor dejaron de combatir: guerreros y soldados por igual.

—¡Esto es lo que les pasa a los que se enfrentan a mí!

Con un movimiento brusco de su mano, Kyra le partió el cuello.

Nadie combatía alrededor de Kyra, todos observaban lo que sucedía completamente ensimismados unos y aterrados otros. Kyra hizo otro gesto con su mano y dejó caer el cuerpo sin vida. La reacción no se hizo esperar. Los soldados de la Guardia comenzaron a huir despavoridos.

—¿A dónde creéis que vais? —gritó Kyra, y con otro gesto de sus manos levantó una muralla de niebla sólida frente a los soldados. Los caballos, aterrados, se negaron a traspasarla, caían al suelo incapaces de controlar sus monturas. Los guerreros fueron a avanzar sobre ellos pero Kyra los detuvo con un gesto.

—¡Que nadie los toque!

A su orden todos los guerreros se detuvieron y se quedaron observándola.

—¡Escuchadme bien todos! —dijo dirigiéndose a los soldados y señalando al Jefe— Este es Gacela Veloz. Ahora es vuestro Comandante. Los que queráis vivir, le seguiréis a la batalla. Los que queráis morir, decidlo ahora y os concederé vuestro deseo —dijo con un tono tan convincente que no dejó espacio a la duda.

Se produjo un silencio seguido de un murmullo apagado que fue ganando en fuerza. Los soldados comenzaron a acercarse a Gacela Veloz, unos pocos al principio, temerosos de su suerte. Al ver que nadie los dañaba, el resto se unió a ellos.

—Eso está mejor. Ahora subiremos esa loma. Al otro lado nuestros hermanos luchan contra los Siervos. Nos uniremos a ellos. Entre todos les venceremos.

—¡Te seguimos, Espíritu-que-camina-dos-mundos! —dijo Gacela Veloz.

—¡Adelante, por la libertad!

Como una horda de animales salvajes los guerreros y los soldados de la Guardia coronaron la loma y descendieron sobre los Siervos. Kyra cabalgaba en cabeza y a su derecha Lobo.

—¡Gacela, ayúdalos! —dijo Kyra señalando con su lanza a los guerreros que luchaban contra los Siervos y cuyos números menguaban por momentos.

—¡Vamos, por las estepas! —gritó Gacela, y se llevó a los soldados de la Guardia y los guerreros de su comarca con él.

Kyra hizo un gesto a Lobo y se dirigió directa contra un grupo de Siervos que contemplaban la batalla algo apartados. Eran los Ojos-de-Dios en sus carros ligeros, que dirigían la batalla. Al ver que se acercaban a la carga enviaron Ejecutores en carros pesados a interceptarlos.

—¡Lobo, encárgate de ellos!

Lobo Solitario la miró y negó con la cabeza. No quería separarse y dejarla desprotegida.

—¡Haz lo que te digo! ¡Es la única opción que tenemos!

El guerrero maldijo entre dientes y asintió. Levantó el brazo para que sus guerreros lo siguieran y viró para encarar a los Ejecutores que se acercaban a cortarles el paso. Kyra aprovechó el movimiento y se desvió en dirección contraria abriéndose para esquivar a los Ejecutores en sus carros y cargó contra los Ojos-de-Dios.

El combate se volvió frenético. Gacela Veloz y sus hombres intentaban socorrer a los guerreros de las primeras comarcas que estaban siendo diezmados por los Ejecutores. Los gritos furiosos de los guerreros y el galope tendido de los caballos sepultaban el silencio letal de los Ejecutores y el pesado avance de sus carros. Lobo Solitario y sus hombres aullaban al cielo. Los guerreros, con monturas pintas mucho más rápidas y ágiles que los carros pesados, intentaban acercarse lo suficiente a ellos para atacar y desviarse de inmediato antes de ser alcanzados por las lanzas de los Ejecutores. Acercarse a un carro era morir, bien por el poder del Ejecutor o por la embestida del carro.

—¡Atacar y salir! ¡No os acerquéis a los carros! —gritaba Lobo.

Kyra encaró a los Ojo-de-Dios, ya los tenía muy cerca y eran un centenar. Los primeros del grupo, al verla cabalgar en solitario hacia ellos como una loca buscando suicidarse, la observaron extrañados. Kyra sonrió. «¡Ya os tengo! ¡Hora de morir!». Captó el aura de los tres primeros Ojo-de-Dios. Era un aura ocre, corrupta, inconfundible. Comenzaron a reaccionar. Kyra cerró el puño sobre el disco de Adamis a su cuello, se concentró y usó el Poder. Los tres salieron despedidos hacia atrás con una fuerza desmedida fruto de la ira que Kyra sentía. Golpearon los rangos posteriores y tumbaron una decena de Ojo-de-Dios. Los otros reaccionaron y sacaron pequeños discos para usar contra Kyra.

—¡No me detendréis! —dijo Kyra, y creó la esfera defensiva alrededor de su cuerpo.

Los Ojo-de-Dios usaron los discos. Una treintena de descargas eléctricas golpearon la esfera. Pero aguantó. Kyra resopló de alivio, pero sabía que no aguantaría otra descarga. Tenía que hacer algo. Ya estaba casi encima de ellos pero eran demasiados para poder derrotar a unos pocos cada vez. Los discos brillaban en las manos enguantadas de los Ojo-de-Dios y tuvo una idea. «¡Usaré sus propias armas contra ellos!». Detuvo su montura a diez pasos del grupo y los miró desafiante. Esperó a que descargaran nuevamente contra ella y usó su Poder. Se centró en los discos, en su destello al usar el poder, y con un esfuerzo de concentración como nunca antes había hecho, dirigió las descargas que venían contra ella contra los Ojo-de-Dios que las habían originado.

Se escuchó un tremendo trueno y a continuación las descargas sacudieron a los Ojo-de-Dios que, con quejidos chirriantes, cayeron muertos de los carros. Pero Kyra no fue capaz de redirigir todos los ataques. Una decena la alcanzaron y destruyeron la esfera. Kyra y su caballo cayeron al suelo alcanzados por las últimas descargas. El caballo murió entre relinchos de horror y Kyra convulsionaba en el suelo sufriendo un dolor inhumano. Cogió el disco de su pecho y lo puso contra la tierra. Las descargas salieron de su cuerpo por el disco y al tocar tierra se apagaron.

Kyra quedó malherida. No podía moverse. Todo su cuerpo era un sufrimiento inmenso. Por el rabillo del ojo vio avanzar una decena de carros. «No he conseguido acabar con todos». Intentó defenderse pero sufrió una convulsión y el disco de Adamis se le cayó de la mano. Los Carros la rodearon. Iba a morir. Buscó a Lobo pero estaba demasiado lejos luchando con los Ejecutores. Intentó alzarse, pero no pudo. Quedó desvalida en el suelo. La boca le sabía a sangre y tierra.

—Es tu hora, zorra —dijo la voz chirriante de uno de los Ojo-de-Dios.

Un grito de guerra tronó de súbito. Kyra levantó la cabeza del suelo y vio a Águila Plateada y a una treintena de guerreros cargando contra ellos. Kyra no podía creer lo que sus ojos veían. Eran todos guerreros ancianos en una carga desesperada por salvarla.

—¡No, Águila!

Los Ojo-de-Dios se volvieron y atacaron. Hubo un choque, gritos, y más descargas. Luego un silencio. Kyra sintió que varios cuerpos le caían encima. El dolor la castigó de nuevo y perdió la consciencia.

—¡Kyra! ¡Kyra! ¡Regresa!

Kyra abrió un ojo y sintió una agonía tremenda. Todo su cuerpo era dolor. Vio a Lobo que la arropaba.

—Lobo…

—Por fin vuelves del mundo de los espíritus.

—¿Qué…? ¿Qué… ha pasado?

—Hemos vencido —le dijo Gacela Veloz apareciendo frente a ella.

—¿Cómo?

—Los Ojo-de-Dios. Una vez muertos los Ejecutores no supieron qué hacer y poco a poco los fuimos matando. Nuestras monturas son más rápidas y ágiles que sus carros.

Kyra recordó lo sucedido.

—Los Ojo-de-Dios… ¡Águila!

Miró a Lobo y este bajó la mirada.

—Te llevaré con él.

Lobo cogió a Kyra entre sus brazos y la llevó hasta el Gran Jefe. Estaba tendido en el suelo, rodeado de sus guerreros muertos pero él aún respiraba. Lobo dejó a Kyra en el suelo junto al Gran Jefe.

—Águila Plateada, ¿por qué lo has hecho?

—Por ti... por mi pueblo.

Kyra miró su herida y supo que no había nada que se pudiera hacer. El Gran Jefe, al que apreciaba como a un padre, se moría.

—Todos recordarán tu sacrificio, lo que hiciste por el Pueblo de las Estepas —le dijo.

—Que cuenten mi historia... a los niños... las noches alrededor de las fogatas...

—Así se hará —dijo Lobo.

Kyra le acarició la frente manchada de sangre.

—Todos sabrán que fue el Gran Jefe Águila Plateada quién unió a todas las tribus contra los opresores. Todos contarán que Águila Plateada salvó a su pueblo en el último momento con una carga heroica. Todos recordarán que la libertad la alcanzaron porque un gran hombre luchó toda la vida por unir a las tribus y conducirlas a la libertad sacrificándolo todo. Lo sabrán, tienes mi palabra.

—Y la mía —dijo Lobo.

—Lobo...

—Sí, Gran Jefe.

—Cuando yo no esté... tú guiarás a nuestra tribu.

Lobo negó con la cabeza.

—Yo soy sólo un guerrero.

—A mi muerte... serás Gran Jefe.

Lobo suspiró, bajó la cabeza y aceptó.

—Los espíritus vienen a buscarme... veo un águila enorme...

—Adiós, Gran Jefe —le dijo Kyra, y le besó la mejilla con todo su cariño.

Águila Plateada abrió los brazos como recibiendo al espíritu que venía a buscarlo y murió.

Kyra se puso de rodillas lentamente con los ojos llenos de lágrimas y se despidió de aquel gran hombre. Luego se alzó y miró en dirección a la ciudad.

—Lobo, reúne a los guerreros. Vas a tomar la ciudad.

—¿El Regente?

—No, olvídate de él. Está acabado.

—¿Entonces?

—Vas a derribar el maldito monolito.

Lobo la miró extrañado con la frente arrugada.

—¿Quieres acabar con esto? ¿Quieres ser libre? —le preguntó Kyra.

El guerrero asintió y sus ojos brillaron.

—Entonces haz lo que digo. Derriba el artefacto áureo.

—Lo que tú órdenes.

Una hora más tarde, los guerreros supervivientes entraban en la ciudad a galope tendido y se dirigían a la gran plaza donde se alzaba el monolito. El palacio estaba fortificado y en su interior se habían parapetado los altos mandos de la Guardia y los fieles al Regente. Pero tal y como Kyra había ordenado, los ignoraron.

Frente al gran monolito, en su caballo pinto, Lobo dio la orden.

—¡Hay que derribarlo! ¡Atad cuerdas a vuestras monturas y tirad de él hasta que caiga!

Los guerreros registraron la ciudad casa por casa buscando cuerdas. Cuando tuvieron suficientes las amarraron al arcano artefacto de los dioses. Montaron en sus caballos y tiraron todos a una. Por un instante no sucedió nada, sólo se escuchaba el bufido de los animales en su esfuerzo. Volvieron a tirar todos a una, y ahora se escuchó un extraño *"crack"*. Tiraron una tercera vez y el monolito se partió a la altura de la base y se cayó a peso hasta que, al golpear el suelo se partió en mil pedazos cristalinos.

Los guerreros aullaban y gritaban a los cielos en exclamaciones de júbilo y victoria. Miles de gargantas expresaban una alegría incontenible. El Pueblo de las Estepas había logrado la tan ansiada libertad.

Gacela Veloz portó a Kyra hasta la plaza. Estaba tan malherida que tuvieron que usar uno de los carros de los Ejecutores.

—¿Qué hacemos ahora? —preguntó Lobo Solitario.

—Ahora envía cuatro de tus jinetes más rápidos en las cuatro direcciones y que comprueben que el Confín ha caído al caer el monolito.

Los dos guerreros intercambiaron una mirada de sorpresa.

—¿Quieres decir que ya no hay barrera? ¿Que somos libres? —preguntó Gacela.

—Eso es exactamente lo que digo —respondió Kyra con una sonrisa enorme.

—No… no puedo creerlo… Es un sueño.

—Ahora tu pueblo podrá cabalgar por las estepas libre como el viento. No más comarcas, no más Confín, sólo praderas interminables por las que cabalgar.

—Mi espíritu no cabe en sí de alegría —dijo Gacela con ojos aguados.

—¿El Regente y los Siervos? —preguntó Lobo con semblante hosco.

—Los Siervos son ahora inofensivos. Sin el monolito que los gobierne vagarán sin rumbo como locos sin mente. Capturadlos y encerradlos a todos. No los matéis. No merece la pena derramar más sangre. En cuanto al Regente y sus seguidores… sitiad el palacio. Tarde o temprano se entregarán. Cuando lo hagan, a él ajusticiadlo, al resto perdonadlos.

—Pero… esa no es nuestra ley… deben ser degollados todos —dijo Lobo.

—Ya ha habido demasiadas muertes. Perdonadlos. Créeme, no hay nada que me gustase más que pasarlos a todos por el cuchillo para vengar la muerte de Águila Plateada, de Puma Loco y de todos los bravos muertos en la batalla. En mi estómago hay una ira que quiere salir y buscar venganza. La misma que veo en tus ojos, y me cuesta horrores controlarla en este momento, pero creo que es un error. Sí. Es un error.

—Como quieras. Haremos lo que pides.

Kyra suspiró y resopló largamente. La ira fue desapareciendo y una alegría contenida, por haber logrado lo que había venido a hacer, la envolvió. Se sintió bien. Muy bien. Los gritos y aullidos de los guerreros celebrando la victoria eran ahora ensordecedores pero a Kyra le llegaban apagados, como lejanos. Se sentía en calma. Se sentía orgullosa de haberlo conseguido después de tres largos años. «Lo conseguí. Liberé el Confín del Pueblo de las Estepas tal y como me fue encomendado. Ha sido largo y duro, algo que me ha marcado, que me ha cambiado».

—¿Y qué harás ahora? — le preguntó Gacela.

Kyra regresó de sus pensamientos.

—Ahora debo partir a ayudar a un amigo.

—¿Nos dejas? —preguntó Lobo inquieto.

—Sí. Recibí un mensaje de uno de los míos. Está en otro Confín y necesita ayuda. Acudiré a su llamada.

—Iré contigo —dijo Lobo de inmediato dando un paso hacia ella.

Kyra sonrió. El gesto del guerrero le llegó hasta el alma y se le humedecieron los ojos.

—No, Lobo. Te lo agradezco de corazón, pero no puedes acompañarme.

—Mi misión es protegerte.

—Ya no, amigo. Ya no. Ahora tienes que ser un líder. Ya no eres un guerrero. Ahora eres un Jefe. Tienes que guiar y proteger a tu tribu.

Lobo suspiró y asintió.

—Pero volveré —les aseguró Kyra.

—Te esperaremos —dijo Gacela.

—Cuando vuelva os pediré algo. Será algo difícil, para lo que necesito que os preparéis.

—Lo que sea, te lo debemos —dijo Gacela.

—Os pediré que os unáis a mí contra los Dioses.

Los dos guerreros la miraron y callaron por un momento, absorbiendo la gravedad y sacrificio que implicaba.

—Te seguiremos, Espíritu-que-camina-dos-mundos —le dijo Gacela.

—Todos los hombres unidos —les dijo Kyra.

—Venceremos a los Dioses —dijo Lobo.

Y el destino del Pueblo de las Estepas quedó sellado.

Capítulo 9

Albana esperaba a Ilia escondida tras la descomunal raíz de uno de aquellos gigantescos árboles. Estaba comenzando a anochecer y todos habían regresado ya de un duro día de trabajo más en aquellos bosques interminables. Habían subido a descansar a los poblados en las copas de aquellos majestuosos seres milenarios.

Respiró profundamente y disfrutó por un momento del vivo aroma selvático. La misión aquella noche era secreta y Albana se había desplazado al interior del bosque hasta una pequeña escampada junto a un lago de aguas apacibles.

Ya apenas podía divisar las luces de la aldea elevada en la distancia. Siempre le encandilaba observar las miles de lucecitas que se encendían al anochecer en las copas de los árboles. Albana se percató de pronto de que aquello no era algo propio de ella, era una sensiblería, y si algo la definía era precisamente que no era dada a sensiblerías. «Me estoy ablandando» se reprochó y negó con la cabeza. Volvió a inhalar el silvestre aroma del boscaje, mezcla de tierra húmeda y flora fresca. Sonrió con sarna.

Quizás fuera el tiempo de separación, la ausencia que por más de tres años le había apartado de Ikai. Quizás fuera el vivir tanto tiempo entre aquellas gentes tan salvajes y al mismo tiempo honestas, capaces de mostrar amistad e incluso de amor, si uno llegaba a ganarse su respeto. Cosa nada fácil, por otra parte, la verdad era que Albana comenzaba a notar que el amor que sentía por Ikai la había cambiado. Ya no era tan insolente, ni disfrutaba tanto metiéndose con los demás, aunque había de reconocer que algo sí que seguía disfrutando. Su corazón se había ablandado o dulcificado quizás y aquello no terminaba de gustarle demasiado. Seguía siendo quien era: letal, dura y de pensar cínico. Pero ahora, a veces, se sentía algo sentimental.

Recordó el largo viaje desde el Confín de los Senoca al Nuevo-Refugio después de la rebelión. Ikai, una vez más, le había demostrado lo inteligente y fuerte de carácter que era. Se echó toda la responsabilidad sobre sus hombros y aceptó guiar a su pueblo en un éxodo masivo hasta encontrar un lugar donde poder reconstruir y empezar de nuevo. Un viaje que les llevó muchos meses, lleno de dificultades, donde fueron azotados por el cansancio, la enfermedad y la muerte. Pero Ikai nunca vaciló, nunca cedió. Ni en los momentos más desesperados, ni cuando todo parecía perdido, ni cuando su propio pueblo dudó de él y estuvo a punto de darle la espalda.

Rememoró como después de avanzar meses en dirección suroeste, al llegar a la tierra de los incontables lagos, los Senoca no quisieron seguir más a su líder. Deseaban quedarse allí, formar la nueva colonia en aquella tierra pero Ikai nunca se vino abajo, nunca mostró, les convenció para seguir adelante hacia el sur y llegó al lugar al que prometió llevar a su pueblo, junto a la madre mar, lejos de los Dioses, donde ellos no los encontrarían. Cumplió su promesa. Y por ello, Albana no podía amar más a aquel hombre.

—¿Dónde estás, mi amor? —susurró con preocupación.

La brisa del anochecer le acarició el rostro y se llevó con ella parte de sus temores.

—Cuídate. Te necesitamos. Yo te necesito —Albana suspiró profundamente.

«Estará bien, estoy segura. Prometió volver a mí vivo y él siempre cumple sus promesas». Aquel pensamiento la reconfortó. Ikai volvería a sus brazos. Mucho había sacrificado él por su pueblo, una carga que debía sufrir por ser el líder Por un momento, Albana pensó que todo iría a mejor en cuanto fundaran su nuevo hogar. Y, en parte, así fue para la población pero no para ellos dos. No para disfrutar de su amor. Los siguientes meses Ikai no tuvo un momento de respiro. La construcción del Nuevo-refugio, con la interminable cantidad de tareas a organizar, realizar y supervisar, engulleron a su amado y a ella. Días de trabajo extenuante desde el amanecer hasta caer rendidos al ponerse el sol. Apenas pasaban un instante juntos durante el día. Sólo al llegar la noche disponían de un breve respiro para disfrutar el uno de la compañía del otro, para amarse, para adorarse. «Quién iba a decirme que añoraría aquellos días de cansancio y esfuerzo sin fin, pero lo hago, y mucho. Ahora que no te tengo daría cualquier cosa por volver a aquellos tiempos».

Un ruido a su espalda la sobresaltó. De inmediato, Albana desenvainó sus dos dagas y se agazapó ocultándose bajo la raíz. Descendiendo desde un árbol cercano vislumbró dos figuras. Bajaban usando ramas y lianas con la habilidad de un mono. Pero Albana sabía que eran humanos. Usando su Poder desapareció fundiéndose con las sombras.

Las dos figuras llegaron hasta donde había estado ella hacía un momento.

—¿Dónde está? —susurró una de ellas, una voz de hombre.

—Debería estar aquí —dijo la otra, una voz de mujer.

Albana salió de las sombras tras ellos y en un movimiento fugaz les puso las dagas al cuello.

—Un movimiento y os degüello.

—¡Espera! Albana, soy yo, Pilap.

—Volveos, despacio —les dijo Albana apartando las dagas de sus cuellos, pero manteniéndolas alzadas, amenazantes.

Los dos jóvenes se dieron la vuelta y Albana descubrió que eran Pilap y Lial.

—Pero ¿qué hacéis aquí? Podría haberos matado —dijo Albana con ceño fruncido bajando las armas.

—Ilia nos ha dicho que reconozcamos la zona y la avisemos en caso de peligro —dijo Pilap.

—Todo está despejado, no hay espías —dijo Lial señalando los árboles de alrededor.

—Bien, un par de ojos más nunca vienen mal, aunque siempre estén en las copas de los árboles —dijo Albana sonriendo.

—Aquí rara vez verás a alguien en el suelo —le dijo Pilap.

—Ya, tiendo a olvidar que sois como monos. Sobre todo, tú, feucho.

Pilap sonrió y flexionó los brazos.

—Somos como pájaros no como monos —protesto Lial.

—Bueno cuestión de opiniones —dijo Albana con una sonrisa socarrona.

Lial cruzó los brazos sobre el pecho y frunció el ceño.

Albana miró alrededor.

—¿Y dónde está Ilia? No la veo.

—Ni la verás si sigues mirando al suelo —le dijo Lial

Albana entrecerró los ojos y miró hacia las copas de los árboles. Ya apenas quedaba luz y no distinguía mucho, pero no la veía. Se giró hacia Pilap.

—¿Dónde está tu hermana?

Pilap hizo un gesto con el dedo índice señalando hacia arriba. Albana no entendió lo que quería decir pero inconscientemente miró en la dirección en la que señalaba el dedo. Y si Albana creía que ya lo había visto todo: Dioses, Siervos, engendros, razas pintorescas..., lo que vio a continuación la dejo totalmente descompuesta.

Descendiendo desde los cielos apareció un ave absolutamente gigantesca. Planeaba realizando círculos mientras se acercaba a ellos. Parecía un águila descomunal, pero no lo era. Sobre su enorme cuello de plumaje blanco montaba una persona guiando el vuelo. Albana se frotó los ojos con fuerza. «No puede ser, esto no es real». La gran ave era tan formidable como los árboles milenarios de aquellos bosques. La mente de Albana se resistía a entenderlo. Se volvió a frotar los ojos. El ave descendió hasta posarse suavemente frente a ellos. El jinete era Ilia.

—¿Te gusta mi montura? —le preguntó a Albana con tono casual, como si fuera lo más normal del mundo volar a lomos de una especie de águila monstruosamente grande.

—Me... encanta —dijo Albana que todavía no podía creer lo que veía.

El ave la miró con unos ojos grandes y llenos de inteligencia. Albana calculó que por el tamaño del pico de color anaranjado y las dimensiones de la cabeza y cuello, aquella ave podría destrozar a un hombre sin problemas. Su cuerpo era tan grande como cinco hombres juntos y sus garras enormes y fuertes. De pronto, sacudió las alas y levantó una ventolera que hizo volar la melena de Albana, que se vio forzada a cubrirse los ojos con el antebrazo.

—Les llamamos Voladoras. A ella la llamamos Voladora Alegre. Le encanta surcar los cielos.

—Te deja sin respiración.

—¿Verdad?

—Ya lo creo. Nunca he visto nada igual...

El ave sacudió la cabeza.

—Tranquila, Voladora Alegre, ella es una amiga —le dijo Ilia con un gesto de reconocimiento hacia Albana.

—No le gustan los extraños —dijo Pilap acercándose al ave y acariciándole el pico—. Se pone nerviosa.

Albana terminó de recuperarse de la impresión e intentó acariciar el plumaje gris y negro del pecho. Voladora Alegre emitió un graznido en forma de *criack* de advertencia y Albana dio un paso atrás de inmediato.

—Le lleva algo de tiempo hacer amigos —dijo Lial con una sonrisa de malicia.

—Es Albana, es amiga —le dijo Ilia al ave, y le acarició el cuello. Voladora Alegre no quitaba ojo a Albana y movía el cuello, intranquila. Le llevó un momento calmarse.

—Hola, Voladora Alegre —le dijo Albana, y se acercó un poco. El ave la miró pero no graznó.

—Sube —le dijo Ilia señalando la espalda de la Voladora.

—¿Estás segura?

—Sí, no te hará daño. Mientras yo no se lo ordene, claro —dijo Ilia con una sonrisa maliciosa.

—¿Y no podríamos ir a caballo como la gente civilizada?

—¿Caballo? ¿Qué es un caballo?

Albana se llevó la mano a la frente. Siempre se le olvidaba que el Pueblo de los Árboles no tenía caballos. ¿Para qué iba a necesitar caballos un pueblo que vive en bosques insondables y duerme en las copas de árboles gigantes?

—Nada, no he dicho nada —sonrió Albana. Con cuidado montó sobre la espalda del gran pájaro, sujetándose a un arnés hecho con cuerdas dispuestas alrededor de su cuerpo.

—Sujétate bien.

Albana lo hizo.

—¿Y ellos dos? ¿No vienen?

Pilap puso cara de ofendido.

—Mi hermana no quiere que nos veamos involucrados en esto.

—Tu hermana no quiere que os arriesguéis sin necesidad —le respondió Ilia.

—Pero puedes necesitarnos —protestó Lial desenvainando su hacha corta.

—Esperemos que no. Ya me llevo a Albana. Es suficiente ayuda.

—Como quieras, pero no estoy de acuerdo —refunfuñó Pilap nada convencido.

—Volved a la aldea y aseguraos de que no hemos levantado sospechas. Vigilad al Brujo, pero no os acerquéis a él o a sus hombres, ¿entendido?

Los dos jóvenes asintieron a regañadientes.

—¿Preparada? —le dijo a Albana.

—Todavía no puedo creerme que hayas descendido a recogerme desde los cielos con esta ave gigantesca. Es asombroso.

—¡Ja! Pues si eso te ha sorprendido espera a ver lo que viene ahora.

A un comando de Ilia, Voladora se echó a volar portándolas. El bellísimo animal remontó el vuelo con una facilidad pasmosa. Se elevó hacia los cielos en total sigilo y ganó altura, más y más altura. En un abrir y cerrar de ojos ya volaban por encima de los gigantescos árboles del bosque y Albana sintió una excitación y júbilos que hacía mucho tiempo que no experimentaba. Se sintió libre, verdaderamente libre, con el cielo sobre su cabeza y el lejano bosque bajo sus pies. Disfrutó maravillada del vuelo mientras cruzaban el insondable bosque a una altura inimaginable.

—¿Fascinante, eh? —le dijo Ilia con una sonrisa.

La brisa de la noche empujada por la velocidad del vuelo sacudió el rostro de Albana y se sintió dichosa.

—Mucho más que eso. ¿Por qué no me lo habías contado?

—Es un secreto. Los Brujos han prohibido siquiera nombrarlas. Quieren controlarlas, no permiten que nadie las tenga. Antes de los Dioses, las Voladoras eran hermanas de mi pueblo. Cada aldea tenía varias y vivíamos en armonía. Nosotros cuidábamos de ellas y ellas nos llevaban surcando los cielos.

—¿Dónde las tienen ahora?

—Las tienes presas en las capitales de comarca. Encadenadas. Se las han entregado a los Procuradores.

—Entiendo. Os las han arrebatado.

Ilia hizo virar a Voladora Alegre y la dirigió hacia al norte.

—Representan la libertad —continuó Ilia—, no quieren que el pueblo las tenga.

Albana asintió. Al imaginar a aquellas majestuosas aves encadenadas, una tristeza enorme la asaltó.

—Por fortuna, los Jefes consiguieron salvar y esconder algunas. Esta es la Voladora de mi padre.

—Ella está libre, y tu padre preso…

—Uno de los motivos es que se negó a entregarla. Me encomendó esconderla y así lo hice.

—Tu padre es un buen hombre.

Ilia miró al frente y las lágrimas rodaron por sus mejillas. Albana sabía que no eran debidas al viento y la velocidad del vuelo.

—Lo rescataremos, te lo prometo.

—Gracias, Albana.

Ilia hizo girar el ave de nuevo y comenzaron a perder altura.

—¿A dónde vamos? ¿Por qué tanto secreto? —peguntó Albana con su instinto suspicaz avisándole que algo importante se gestaba.

—Ha llegado el día que has esperado por tanto tiempo.

—¿De verdad? ¿Lo dices en serio?

—De verdad —asintió con fuerza ella.

—Ya estamos casi —dijo Ilia señalando una parte muy frondosa del bosque al frente.

Voladora descendió algo más y de repente soltó un graznido e intentó virar a la derecha. Ilia consiguió controlarla y enderezar el vuelo.

—¿Qué le ocurre? —dijo Albana sujetándose con fuerza al arnés.

—La barrera de los Dioses, está muy cerca. No se atreven a acercarse.

—¿Pueden cruzarla?

Ilia negó con la cabeza.

Voladora Alegre volvió a graznar e intentó volver a alejarse, pero Ilia la dominó.

—Vamos, amiga, ya estamos casi —le dijo acariciándole el cuello.

El ave planeo descendiendo y se dirigió hacia unos árboles al norte. Haciendo uso de sus poderosas garras, se posó sobre una enorme plataforma de madera entre tres de los gigantescos árboles. La oscuridad era cerrada pero los entrenados oídos de Albana podían discernir la presencia de otras aves cerca. Se llevó las manos a las dagas.

—Bienvenida, Ilia —dijo una voz en tono amistoso. Era una voz anciana.

Los ojos de Albana se hicieron a la oscuridad reinante. Varios guerreros aparecieron portando luz, una muy tenue que moría al cabo de un par pasos. Albana se percató de que eran luciérnagas lo que utilizaban para crear la luz. «Sorprendente aunque efectivo. Guardan precauciones». El Pueblo de los Árboles no era precisamente dado a la discreción y el sigilo. Más bien todo lo contrario. Era una de las razones principales por las cuales no habían podido avanzar con la subversión. «Parece que por fin están aprendiendo algo de secretismo. Quizás haya una oportunidad».

A un lado de la plataforma descubrió una treintena de aquellas gigantescas aves y varios guerreros atendiéndolas. Al otro lado estaban sus dueños, y no eran unos jinetes cualesquiera. Todos llevaban la cara pintada y marcada con símbolos primitivos que los distinguían como Jefes de tribu. Estaban sentados sobre una de las enormes ramas que cruzaba la plataforma a varias varas de altura sobre esta. Curiosamente, o quizás fuera a propósito, la rama se curvaba sobre sí misma creando una forma similar a la de una concha de mar. Los Jefes estaban sentados formando un círculo, con uno en el centro. «No puedo creerlo, por fin todos los jefes principales reunidos. Es lo que hemos perseguido todo este tiempo y nos ha sido imposible hasta ahora. Por fin hay esperanza».

—Gracias —dijo Ilia mirando hacia arriba a su interlocutor, el jefe en el centro, y desmontó.

Albana hizo lo propio, sin apartar sus ojos de los jefes. No se movió. Uno de los guerreros se acercó a ocuparse de Voladora.

—Ven con nosotros, Ilia, el Consejo de Jefes te espera.

—Es un honor, Jefe Primero —dijo ella con una inclinación, y se acercó.

—Estás aquí en representación de tu padre. Esos Brujos traidores lo tienen prisionero. Nosotros valoramos su sacrificio —dijo otro de los jefes.

Ilia se situó bajo la rama y una liana descendió hasta ella.

—¿Es ella la forastera de la que tanto tiempo llevas hablándonos? — preguntó otro de los jefes señalando a Albana con un cuchillo largo y algo curvado. Llevaba la cara pintada de negro.

—Sí, ella es la forastera, la que viene del otro lado de la barrera de los Dioses.

—Dices que su pueblo se liberó de los Dioses. Queremos saber cómo lo hicieron. Que se una —pidió un tercero con cara pintada de rojo gesticulando con ímpetu.

Albana miró a Ilia y ésta le indicó que se acercara. Cuando llegó junto a ella, Ilia le hizo un gesto hacia arriba con los ojos. Albana asintió. Ilia trepó por la liana hasta la rama con una facilidad pasmosa. Albana sacudió la cabeza y una sonrisa apareció en su boca. «Son como auténticos monos verdes, si se lo cuento a Ikai no me creería». Albana la siguió y pese a su entrenamiento como Sombra y habilidad innata, no consiguió trepar tan rápido ni con la misma soltura de su amiga.

—Ocupa el lugar de tu padre —dijo el Jefe Primero. Ilia se sentó en un espacio que habían dejado para ella entre dos de los jefes con caras pintadas en marrón y gris.

Albana observó a los jefes un instante. Eran hombres duros, podía verlo en sus ojos. Se percató que todos llevaban una pluma gigante de una Voladora en cada brazo.

—Forastera, tú aquí, conmigo —le indicó el Jefe Primero.

Al mirarlo descubrió que llevaba la cara pintada de blanco y un escalofrío le bajó por la espalda. Avanzó saltando por la rama hasta sentarse junto a él.

—Bien. Estamos todos. Veo a todos mis Jefes hermanos, líderes de las tribus de los bosques sagrados. Llevamos mucho tiempo resistiendo a los Brujos y a los Siervos de los Dioses. Ha llegado el momento de dar el paso definitivo.

—Mi tribu está preparada —dijo un jefe de cara pintada de negro—. Y sé que las tribus de mis hermanos —dijo señalando a otros jefes también con caras pintadas en negro— están también listas para matar esos Brujos traidores.

Los señalados lo confirmaron con gestos de pleno convencimiento.

—Nosotros también estamos listos —dijo un jefe de cara pintada en rojo, y al momento el resto de jefes de cara en rojo sacaron sus cuchillos largos y comenzaron a hacer gestos simulando degollar a alguien.

En un momento todos los jefes estaban en pie de guerra, con cuchillos en las manos y los ojos encendidos.

—¡Arranquemos los corazones a esos profanadores que matan nuestros bosques sagrados! ¡Que no quede ni un solo Brujo con vida! —dijo un jefe con cara pintada en marrón.

—¡Que no quede ni un solo Siervo con vida! ¡No serviremos más a los Dioses! —dijo un Jefe de la cara gris—. ¡Matemos a todos los Brujos y Siervos! ¡Seamos libres!

Todos los jefes se unieron a la proclama y volvieron a exhibir sus cuchillos gesticulando con la rabia del que ha sido esclavizado toda su vida, del que ha presenciado impotente la destrucción de su hábitat natural.

El Jefe Primero se puso en pie y les hizo gestos para que se calmaran.

—Forastera, ¿qué opinas?

Albana se puso en pie y los observó mientras los jefes se sentaban y calmaban.

—Veo unos jefes fuertes. Y eso me gusta. Llevo mucho tiempo viviendo entre los vuestros. He conocido al Pueblo de los Árboles y es un pueblo orgulloso, fuerte, que quiere ser libre. Un pueblo que admiro y

puedo aseguraros que yo no soy de corazón blando ni amiga de adulaciones.
Si lo digo es porque lo siento.

Los jefes asintieron contentos.

—¿Cómo acabamos con los Brujos y los Siervos?

Albana suspiró.

—Con la fuerza bruta, atacando como salvajes, no lo conseguiréis.

La reacción no se hizo esperar. Los jefes se pusieron en pie molestos,
protestando.

—Entiendo que queráis matar a los Brujos, que han usurpado vuestra
autoridad, que sólo sirven a los Procuradores. Entiendo que queráis
enfrentaros a los Siervos, pues sois un pueblo valiente y os honra. Pero si lo
hacéis en abierto, fracasaréis. Os matarán.

Las protestas volvieron a incrementarse.

—Pensadlo un momento. ¿Por qué nos ha llevado tanto tiempo llegar a
esta reunión, a este momento en el que todos los Jefes se unen por fin
como uno para levantarse contra el enemigo? Yo os lo diré. Porque el
enemigo os ha tenido vigilados y controlados todo este tiempo y no habéis
sabido cómo actuar en las sombras. Sois hombres valientes, luchadores, y
vuestro impulso es salir en abierto y enfrentaros a ellos. Y eso no os ha ido
bien, no hasta ahora, y no os ira bien en un alzamiento.

El Jefe Primero intervino.

—Lo que dices es cierto. Nos controlan a cada paso y todo lo que
hemos intentado ha fallado. Los Brujos lo ven todo y cuentan con los
Siervos.

—Por eso os digo. Luchar en abierto no es la forma adecuada. Hay que
ganar con astucia, con sangre fría, con espíritu de asesino.

—Te escuchamos.

—No saltaremos a sus cuellos a plena luz del día. Eso sería un suicidio
por muy valientes que seáis. La treta y la noche serán nuestros aliados. Sólo
así tenemos una oportunidad.

—¿Qué propones?

—Usaremos las artes oscuras, precisamente mi especialidad.

—¿Y venceremos?

—He entrenado toda la vida para vencer. Venceremos.

El Jefe Primero se puso en pie.

—Lo haremos como la forastera dice.

El resto de jefes lo meditó un instante y se unieron a su líder.

—¡Venceremos! —gritaron con los cuchillos al aire.

Capítulo 10

Adamis contemplaba la imagen de Notaplo sobre el agua azulada del estanque. Era como si estuviera allí mismo reflejándose en la superficie de las tranquilas aguas. Pero no era así. Allí sólo estaba él. Notaplo estaba muy lejos, en Alantres, la Ciudad Eterna, y Adamis en el templo subterráneo que había sido su hogar forzoso desde que fuera apuñalado por ayudar a los Senoca a liberarse de los Áureos.

La imagen se ondeó y pareció perder fuerza, como si fuera a desaparecer.

—¿Notaplo, estás ahí?

—Sí, Alteza. Voy a calibrar el monolito del conocimiento en mi cámara para intentar fortalecer la señal.

Adamis se sintió algo inútil, no había nada que él pudiera hacer para mejorar la comunicación. Era un sentimiento al que había tenido que acostumbrarse en el largo tiempo de reposo forzoso que había tenido que sufrir. Apoyó el peso del cuerpo sobre el pie derecho y un dolor terrible le subió por la cadera. Aguantó el dolor apretando la mandíbula. Su cuerpo lo castigaba sin piedad en cuanto se descuidaba. Cualquier movimiento o incluso el más mínimo esfuerzo, si no se preparaba antes de hacerlo, desencadenaba un dolor terrible.

Respiró profundamente tragándose el dolor. Había recobrado parte de su movilidad tras mucho esfuerzo, pero el veneno había causado estragos en su cuerpo. Todos los días pasaba momentos difíciles, momentos en que casi deseaba que el veneno hubiera acabado con él. Luego pensaba en Kyra y el pensamiento aciago se desvanecía al instante. «Por Kyra viviré, por ella lucharé, hoy, mañana y siempre, por muy difíciles que sean los días, por terrible que sea el castigo».

—¿Alteza? —dijo Notaplo, y su imagen se volvió más definida sobre el estanque.

—Lo siento, Notaplo, no hay mucho que pueda hacer a este lado para ayudarte. Desconozco cómo interactuar con el Poder del que hacen uso Aruma y los Hijos de Arutan. Aquí no hay monolitos de conocimiento, estoy frente a un estanque, en una cámara subterránea, las paredes están forradas de vegetación —sacudió la cabeza—, no tiene ningún sentido para mí. Todo es muy extraño en este templo, nada es como en Alantres.

Notaplo asintió sonriendo.

—No os preocupéis, Alteza. Si bien en apariencia puede parecer que su Poder es muy diferente al nuestro, en realidad no lo es tanto. Lo que sucede es que el Poder de los Hijos de Arutan es más básico, más elemental y en contacto con la Naturaleza. Por eso utilizan elementos propios de la naturaleza, este estanque por ejemplo, como medio para encauzar su Poder.

—Deberías ver este templo, te encantaría.

Notaplo sonrió.

—Lo que daría por poder estudiarlo una larga temporada...

—Aruma ha pasado gran parte de su vida aquí, por lo que me ha contado, y ha realizado "reformas" como ella las llama. El templo era originalmente uno muy similar a los de nuestra casa, pero deberías verlo ahora. Hay estanques en cámaras circulares, árboles inmensos que se elevan varios niveles. Entra luz natural, no sé de dónde ni cómo; hay riachuelos que discurren entre las cámaras, cascadas entre cámaras a varios niveles, incluso un enorme lago en uno de los niveles más profundos. Y no sólo eso, hay todo tipo de flora que crece por todas las cámaras del templo. Sólo hay tres cámaras que aún resemblan a las de nuestro hogar. Una es mi aposento, la otra el de Aruma y la tercera es una que sirve de antecámara pero puede subdividirse en más aposentos. Pero lo realmente sorprendente, es que nada de todo esto es falso o una ilusión óptica. No. Todo es real, son ríos, árboles, lagos, flora de verdad, natural. ¡En el interior de un templo subterráneo!

—Ciertamente fascinante. Lo que daría por verlo.

—Lo que yo daría por tenerte aquí conmigo, viejo amigo.

Notaplo se ruborizó un poco y se rascó la barba blanca.

—¿Y fauna? ¿Tiene Aruma animales con ella?

—Es curioso, pero no. Dice que los animales deberían correr libres y vivir felices y no hacer compañía a una vieja chiflada en su refugio.

Notaplo rio.

—Aunque déjame decirte que de chiflada, nada de nada. Representa ese papel, pero es muy cabal y extremadamente lúcida.

—Y muy sabia, no olvidemos eso. Es una de los Ancianos, y ellos dirigen a los Hijos de Arutan. Tengo entendido que son áureos muy inteligentes y de gran conocimiento.

—Como tú, mi viejo Erudito.

—Jeje, bastante más que yo, me temo.

—Lo dudo mucho. Y dime, ¿cómo te encuentras? ¿Va todo bien?

De súbito a Adamis le llegó una agobiante sensación de preocupación.

—¿Qué ocurre, viejo amigo? ¿Qué no me cuentas?

Notaplo suspiró.

—Veo que no puedo ocultar mis preocupaciones a mi Príncipe.

—Es este lugar —dijo Adamis señalando las paredes plateadas recubiertas de vegetación de la cámara y luego el estanque —. Transmite mucho más que tu voz y tu imagen, y no encuentro la explicación a cómo es posible.

Notaplo se pasó la mano por las pobladas cejas.

—Un templo secreto de los Hijos de Arutan… He vivido casi mil años y poco me sorprende ya, pero esto lo ha conseguido. Su Poder está tan arraigado en la Naturaleza, es tan fuerte, que transmite mucho más de lo que nosotros somos capaces con nuestros poderes basados en los cinco elementos.

—Me resulta difícil de creer que durante todo este tiempo no supiéramos nada de ellos, que hayan sido capaces de esconderse tan bien.

—Cuando eres perseguido y buscan acabar contigo y todos los tuyos, haces lo imposible por ocultarte. Como ha sido el caso. Los Cinco Altos Reyes los matarían a todos de conocer su existencia. No permitirán que nadie se oponga a ese orden establecido que tan celosamente guardan.

—No creo que los Hijos de Arutan supongan una amenaza real para las Casas.

—Ah, mi joven príncipe, ahí os equivocáis. Representan la mayor de las amenazas, no por su número, que es reducido, no por su Poder, que si bien es grande no es comparable al de los Cinco Altos Reyes…

—¿Entonces?

—Representan una idea que va en contra del orden establecido, una idea que busca derrocar ese orden. Y no hay nada más peligroso en este mundo que una idea en manos de espíritus valerosos, pues por una idea nacieron las Casas y los Altos Reyes y por una idea pueden volver a desaparecer.

—Eres todo un filósofo, Notaplo —dijo Adamis con una sonrisa amable —. Y creo que entiendo lo que tratas de inculcarme.

El viejo Erudito sonrió complacido. Pasó un instante y su rostro se volvió sombrío.

—Me sigue llegando esa sensación de pesar y ahora puedo verla en tu rostro, viejo amigo.

—No se me da bien disimular. Una de esas cosas que uno no consigue aprender, por mucho que viva.

—¿Qué sucede? Cuéntame.

Notaplo suspiró pesadamente.

—Tengo el presentimiento, cada vez más fuerte y cercano, de que algo realmente horrible va a ocurrir.

—¿Las Casas?

—Sí —asintió Notaplo con pesar—. La tensión entre las cinco Casas se está volviendo insostenible. Los Altos Reyes mantienen el control por el momento, pero no sé cuánto tiempo más podrán evitar la confrontación.

—¿Guerra? ¿Realmente crees que habrá una guerra?

—No sé si las cosas irán tan lejos pero me temo que habrá derramamiento de sangre.

—¿Por qué lo crees? Los Altos Reyes han mantenido el control por un milenio.

—La situación… Veréis, la Casa del Quinto Anillo, la Casa del Agua, ha caído en desgracia al perder su Confín, el del pueblo Senoca. No sólo su status y poder se ha visto tremendamente afectado, sino algo mucho más básico y mundano: su economía. Ya no disponen de esclavos, y sin esclavos no hay riqueza, no hay bienestar. Han tenido que pedir ayuda a su casa aliada.

—La de mi padre.

—En efecto.

—¿Y se la ha brindado?

—Sí, la Casa del Éter ha salido en ayuda.

Adamis se quedó pensativo. Aquella noticia le sorprendió. Aun siendo casas aliadas, su padre medía cada movimiento con precisión y con aquel se ponía en una posición de desventaja frente a las otras Casas. Más teniendo en cuenta que ya estaba en una posición debilitada por la traición de su propio hijo.

—Eso debilita aún más a mi padre, a su Casa.

—Y las Casas rivales lo están aprovechando.

—¿La Casa del Fuego?

—Sí, con el apoyo de su aliada, la Casa de la Tierra. Y están presionando mucho. Saben que tienen una gran ventaja. Y eso me preocupa sobremanera. Si siguen las tensiones, y creo que lo harán ya que hay una ventaja manifiesta que no van a dejar escapar. Intentarán doblegar a las dos Casas y si no ceden puede desembocar en conflicto, en derramamiento de sangre.

—Incluso en una guerra… —musitó Adamis ponderando las implicaciones. Una guerra sería devastadora para los suyos. No lo deseaba, no deseaba ver a su familia y amigos sufrir los horrores de la guerra. Por otro lado, en su interior, sabía que una guerra áurea daría una oportunidad a los esclavos. Quizás la oportunidad que necesitaban.

—Eso me temo.

—¿Y qué sabes de la Casa del Aire? La clave la tienen ellos. Si apoyan a unos o a otros, serán los desencadenantes.

—Por fortuna el Alto Rey del Aire es prudente y de momento declina tomar bandos. Siempre se ha mantenido en medio, neutral y de momento mantiene esa posición.

—Pero podría cambiar...

—Sí, Alteza, y hay algo más. Corren rumores de que los esclavos se están sublevando, y en más de un Confín. Las Casas lo niegan para salvar la cara pero los rumores se acrecientan cada día que pasa.

—Kyra...

—Y los demás.

—Sí. Quedan cuatro Confines, cuatro misiones, así lo planeamos.

—Si alguno tiene éxito, desestabilizará la situación todavía más.

—Necesitamos que lo tengan, de lo contrario los hombres no sobrevivirán.

—Cierto, Alteza, pero dependiendo de qué Confín sea y cuándo ocurra, podría provocar la guerra entre las Casas. Eso me preocupa.

—Kyra lo conseguirá, estoy seguro.

—Quizás Ikai también lo consiga, hemos de ser optimistas. La verdad es que los cuatro son unos valientes.

—Más que eso, son unos héroes —dijo Adamis asintiendo.

—Lo conseguirán, quiero creer que lo conseguirán.

—Yo también. Y cuando lo consigan crearán más conflicto entre las Casas y eso nos favorece. Puede que haya derramamiento de sangre, pero no creo que se llegue a una guerra. Los Cinco Altos Reyes no lo permitirán. Saben perfectamente que eso sería ir demasiado lejos. Lo detendrán, detendrán esa locura.

Notaplo suspiró.

—Es cierto que lo han hecho hasta ahora. Lo más razonable es pensar que lo evitarían. Pero creo que algo más está sucediendo, algo que desconozco y no puedo ver pero que mis viejos huesos me avisan está a punto de suceder. Algo terrible...

Adamis echó la cabeza atrás y observó el techo de la cámara mientras intentaba razonar la situación. La tensión entre las Casas era algo que favorecía a los esclavos, no era necesariamente malo pero una guerra entre los Áureos podría ser devastador para todos, incluidos ellos. En las guerras los inocentes siempre sufrían primero.

—Necesitamos más información. Hay que entender a qué nos enfrentamos. Hay que descubrir eso que temes.

—Intentaré obtener la información.

—No te arriesgues demasiado. Te necesito. Sin ti estaría perdido.

—Me halagáis, mi Príncipe.

—Ya no soy tu Príncipe, y es la verdad, mi querido Erudito.

Una sensación de apremio golpeó a Adamis.

—¿Qué sucede?

—Me buscan, vuestro padre ha enviado al Campeón Teslo a buscarme. Debo marchar.

—Ve, rápido, y ten mucho cuidado.

A la mención del Teslo, Adamis sintió un dolor frío en el estómago, donde el Campeón le había acuchillado. Sin embargo, no sentía rencor, no lo odiaba. Él había ejecutado la orden real de su padre. Había llevado a cabo la sentencia de muerte decretada. Se estremeció y un nuevo dolor le azotó toda la espalda, como si hubiera recibido un latigazo de fuego. Cerró los ojos, apretó los dientes y aguantó. Mientras el dolor lo castigaba, el rostro de su padre, el Alto Rey, le vino a la mente. «No te odio, padre, entiendo por qué lo hiciste. Sé que fue por la Casa. Pero tu sentencia duele infinitamente más que este suplicio y siempre será así, hasta el día en que finalmente el veneno me mate».

Abrió los ojos y contempló la imagen de Notaplo desaparecer. El estanque volvió a quedar en calma absoluta y un silencio triste envolvió la cámara. Adamis se volvió despacio y encaró la salida. Mientras pensaba en todo lo que Notaplo le había contado comenzó a andar muy despacio. Estaba tan ensimismado en sus pensamientos que ni siquiera sintió el dolor con que a cada paso su cuerpo le castigaba.

«He de ir a la Ciudad Eterna. Ha llegado el momento de enfrentarme a mis fantasmas y ayudar a los hombres».

Capítulo 11

Albana se arrastró por la pasarela de cuerda y madera con máximo sigilo. Era noche de luna llena, lo que no le favorecía, podía resultar ser un problema para la misión. «Tendré que ir con cuidado y hacer uso de mis habilidades de Sombra». Se ocultó tras una de las casas de la aldea donde una familia dormía apaciblemente. Observó la enorme tarima circular que se abría ante ella como si fuera la plaza mayor de una aldea tradicional. Con la pequeña diferencia de que aquella estaba construida sobre un árbol gigantesco a 40 varas de altura.

Se agazapó y observó a los guardias y la casa del Brujo al fondo. Contó seis guardias apostados en la plaza armados con lanzas y vistiendo armadura. Otros tres estaban en las ramas superiores sobre el edificio de madera, estos portaban arcos cortos. «Tiradores, eso es un problema». En el centro de la tarima, divisó tres tótems en representación de enormes aves. El gran pico amarillo y el plumaje habían sido tallados con detalle sobre el tronco. Pero aquello no le llamó la atención, ya los conocía, representaban a las Voladoras. Sin embargo, los tres hombres sin vida atados a los tótems fue lo que hizo que Albana se llevara las manos a sus dagas. El Brujo los había ajusticiado delante de toda la aldea. Los había dejado allí para que todos supieran qué esperaba a quienes se enfrentaran a él. «Maldito mentecato, tan sádico como hábil y peligroso». Tenía a la aldea aterrorizada. Lo peor de todo era que los tres desdichados no habían cometido ninguna falta. El Brujo estaba simplemente mostrando su poder y ejerciendo terror sobre la población.

Barrió la zona con su mirada experta. Buscaba más vigías o algún otro riesgo que no hubiera reconocido pero no percibió nada más. A la izquierda de la casa de Brujo, en un edificio de madera y hierro, estaba la prisión donde tenían encerrado al padre de Ilia. «Espero que todavía esté con vida». Hacía más de seis meses que nadie lo había visto. Un poco más al fondo estaba la casa del Procurador y adyacente a ella unas barracas donde dormía la guardia. «Hora de actuar». Se puso en marcha. Usó su Poder y desapareció fundiéndose con las sombras que la frondosidad del ramaje le proporcionaba.

Ilia apareció en la entrada de la plaza. Los guardias junto a los tótems se tensaron al verla.

—¿Quién va? —dijo el que estaba al mando, delgado y de cara desagradable.

Al mismo tiempo que habló, Albana apareció por sorpresa a la espalda del primer guarda en las ramas superiores.

—Sabes quién soy —dijo Ilia.

Y con la voz de su amiga, las dagas de Albana acababan con la vida del guardia.

—No puedes estar aquí de noche. Está prohibido.

Albana apareció tras el segundo tirador.

—Soy la hija del Jefe, quiero ver a mi padre.

El guardia sobre ellos murió sin emitir un sonido.

—Sabes que no puede ser, el Brujo lo prohíbe.

Una sombra apareció junto al tercer tirador.

—Hoy las cosas cambian… para siempre —aseguró Ilia sin un ápice de duda en su tono.

—Estás loca.

El tercer tirador moría con un suspiro ahogado.

—No, hoy nos levantamos.

—¿Quién, tú? ¿Qué vas a hacer tú?

—No, no yo, el pueblo.

A un gesto de Ilia, su hermano Pilap y Lial aparecieron junto a ella. Iban armados con cuchillos y hachas cortas. De inmediato, los seis guardias formaron frente a ellos.

—Retiraos y no moriréis. Os dejaré ir por ser familia del Jefe. Pero si dais un paso más, os mataremos —amenazó el guardia.

Ilia, Pilap y Lial dieron un paso al frente desafiantes.

—Os lo habéis buscado. ¡Tiradores, matadlos!

Pero las saetas que debían acabar con ellos nunca llegaron. Los guardias miraron hacia los tiradores en las ramas superiores y sólo encontraron silencio y follaje.

—¡Tiradores! —llamó el guardia mostrando en su voz una mezcla de enfado y sorpresa.

—No responderán —dijo Ilia.

—¿Qué has hecho?

—Lo que debíamos haber hecho hace mucho tiempo.

—¡Te has vuelto loca! ¡Matadla! —ordenó a los otros guardias.

Ilia levantó el brazo. A su señal, un centenar de hombres y mujeres aparecieron a su espalda armados con cuchillos, hachas y arcos cortos. Los rostros verdes mostraban la determinación de un pueblo esclavo cuya libertad no le sería negada más.

—¡Alarma! —gritó el guardia, y se retiró tras los tótems—. ¡Alarma! —gritó con todos sus pulmones.

De las barracas comenzaron a salir guardias armados y formaron junto a sus compañeros en la plaza. El Brujo y sus guardias personales salieron apresuradamente. El Procurador salió al cabo de un momento con su escolta. El Brujo vestía su atuendo forrado de plumas. Al ver lo que sucedía se puso la máscara con el gran pico y se abrió paso entre la guardia para situarse al frente.

—¡Ilia! —clamó con una voz llena de odio y desprecio.

—Brujo —respondió ella con tono gélido.

—¿Te has vuelto loca? ¿Cómo te atreves a desafiarme? ¿A desafiar a los Dioses Áureos?

—Ha llegado tu hora, Brujo. Aquí acaba tu reinado de terror y muerte.

—Si te enfrentas a mí, te enfrentas a los Dioses. Morirás. Todos moriréis.

—No, los espíritus del bosque dicen que ha llegado la hora de levantarnos por nuestra libertad. Su mensaje es claro, lo oigo en el viento, lo susurran las hojas, lo mencionan los riachuelos. Todos lo oímos. Hoy nos alzamos. Hoy luchamos por la libertad.

—Si lo intentas terminareis todos como esos tres —dijo señalando a los desdichados en los tótems.

—Es por ellos que estamos aquí. Para que no vuelva a repetirse jamás.

El Brujo se llevó la mano a la enorme garra de Voladora que llevaba al cuello como trofeo y la mostró a los rebeldes.

—Yo soy la ley en este bosque, yo dirijo esta aldea. Volved a vuestras casas a dormir y olvidaré esta afrenta. Si no, os degollaré a todos, uno por uno, con mis propias manos... a todos. ¡Lo juro por los Dioses!

Ilia volvió la cabeza y observó a los suyos. Ni uno solo se achicó, los ojos de aquellos hombres y mujeres estaban encendidos. Demandaban acabar con el terror, querían libertad.

—El pueblo está conmigo. Tus días de dar órdenes han terminado.

—Te recuerdo que tengo a tu padre y a tu tío prisioneros. Un paso y mando que les arranquen el corazón.

Pilap y Lial se tensaron.

—Quietos... —les dijo Ilia, y luego miró al Brujo con ojos desafiantes —. Y yo tengo a la forastera.

—¿A quién? —dijo él sin entender lo que sucedía.

—A la que viene de otro mundo, como este, donde los hombres ya se han alzado contra los Dioses y han conseguido la libertad. La que camina con las sombras. La que mata con la misma facilidad que la muerte. La que no puede ser vista. La que ha vivido entre los Dioses y ha regresado para contarlo. La que tiene Poder, como los Dioses.

—¡Tonterías! ¡No existe! ¡No conseguirás atemorizarme! No son más que mentiras y cuentos para niños. No creas que no sé qué has estado haciendo correr esos rumores entre la gente. ¡Mentiras! ¡Son todo mentiras! ¡No la creáis! ¡Moriréis por sus mentiras!

—Es todo verdad. Y ellos me creen.

—Procurador, coge tu escolta y tráeme a su padre y tío, voy a degollarlos aquí mismo delante de todos —el Procurador asintió y fue a la cárcel seguido de sus seis hombres de confianza—. ¡Ahora vas a aprender una lección muy valiosa!

Ilia esgrimió una sonrisa torcida.

—Veremos.

El Procurador y su escolta entraron dentro de la cárcel. Hubo un momento de silencio. Todos se volvieron expectantes hacia el edificio pero estaba a oscuras, era imposible ver algo en su interior. Se escucharon unos gritos ahogados y varios golpes huecos y se volvió a hacer el silencio.

—¿Qué ocurre? —preguntó el Brujo encolerizado— ¡Id a ver!

Varios guardias entraron en la cárcel y salieron con rostros asustados.

—El Procurador... está muerto... todos están muertos... y los prisioneros... han huido —balbuceo un guardia.

—¿Qué? ¡No puede ser!

Ilia sonrió.

—Los rumores parecen más ciertos ahora... ¿verdad?

—¡Os pasaré al cuchillo a todos!

—No. Hoy mueres, y la rebelión comienza.

El Brujo fue a dar la orden de atacar a sus hombres. Desde una liana una figura descendió sin emitir un sonido, casi imperceptible al ojo humano hasta situarse a dos palmos de la cabeza del Brujo.

—¡Matadlos a todos! —ordenó el Brujo.

Una mano le agarró del collar con la garra de Voladora y lo elevó dos palmos del suelo. El Brujo miró hacia arriba sin entender, pataleaba al aire. Una daga le quitó la máscara de un golpe. Su rostro y cuello quedaron al descubierto.

—Quiero que me veas. Soy esa mentira que decías no existía.

El Brujo miró a Albana con ojos desorbitados de miedo.

—¡La forastera!

Albana sonrió de oreja a oreja.

—Así me conocen aquí. Y aquí acaba tu suerte.

Con un tajo fulgurante le cortó la garganta y el Brujo moría con una mirada de incredulidad.

Ilia se volvió hacia los suyos.

—¡El Brujo ha muerto! ¡Apresad al resto!

Y toda la aldea se abalanzó sobre la guardia.

En ese mismo instante, en todas las aldeas principales de las seis Comarcas del Confín del Pueblo de los Árboles, de forma simultánea, con la luna llena como testigo, el pueblo se lanzaba contra los Brujos, usando el subterfugio y la noche como aliados. Con la llegada del amanecer, los Brujos y Procuradores dejarían de existir y el pueblo habría dado el paso definitivo para lograr la libertad.

Dos semanas más tarde, al alba, Albana contemplaba la capital del Confín subida a uno de los gigantescos árboles. Una inmensa tristeza invadió su alma. La ciudad la habían construido desforestando una enorme zona circular en pleno corazón del bosque. Los muy cretinos habían talado miles de árboles arrasado hectáreas de bosque. En su lugar, habían levantado una ciudad de piedra y madera a la que protegía una muralla en forma de anillo de 25 varas de altura. Columnas de humo negro se elevaban hacia los cielos. «Forjas y serrerías. Malditos cerdos». Y lo que era aún más sangrante: la existencia de otras seis ciudades como aquella: las capitales de las seis comarcas. «Por fortuna no son tan grandes y el daño a los bosques es algo menor».

Subió a una rama superior para tener mejor perspectiva. Desde su posición, podía ver el enorme monolito de los dioses y el palacio del Regente. Negó con la cabeza. «Hora de hacer una visita al Regente y los Siervos. Una visita inesperada, sangrienta e incómoda». Sonrió y sus ojos brillaron. Se llevó la mano al pecho donde colgaba el disco de los Sombra y lo observó. Cada vez le quedaba menos Poder. Sólo lo utilizaba cuando su propio Poder le fallaba o necesitaba usar una habilidad que todavía no dominaba y, en cambio, el disco le permitía lograr.

Albana entrenaba y experimentaba todos los días con su propio Poder. Entrenaba para mejorar las habilidades que ya había desarrollado usando el Poder que su cuerpo producía como híbrida que era y experimentaba para desarrollar nuevas habilidades. Aquello era lo que más le gustaba. Le llevaba mucho tiempo de fallo y error, y una vez conseguido un éxito, debía entrenar para que se convirtiera en una habilidad instantánea a la que poder llamar. Era trabajo arduo, frustrante, pero a ella le llenaba de alegría descubrir nuevas posibilidades, así que entrenaba y experimentaba sin descanso.

«Será mejor que racione el uso». Una vez agotado quedaría inservible y tendría que lanzarlo. «Tendré que usar mi propio Poder. La cosa se pondrá interesante... pero sin riesgo no hay ganancia. Tengo que confiar en mis propias habilidades y dejar el disco para cuando realmente lo necesite».

La ventaja de usar el disco en habilidades que ya dominaba era que eran más fáciles de controlar y más potentes. Además, Albana odiaba la sensación de absoluto agotamiento que seguía a consumir todo el Poder que su cuerpo atesoraba. «Y se acaba rápido, demasiado rápido». Y tras ello, caía al suelo exhausta, incapaz siquiera de moverse. Unos momentos más tarde, el sueño se la llevaba. El Poder consumido extenuaba el cuerpo sobremanera y necesitaba dormir para recuperarse. «Tendré que andarme con cuidado y no consumir todo mi Poder».

—¿Qué opinas? —le preguntó Ilia que se acercó hasta ella caminando sobre la enorme rama con total naturalidad. La seguían Pilap y Lial.

—Que no será fácil.

—No importa, lucharemos —dijo Pilap con rostro de determinación.

—Estamos listos para tomarla —dijo Lial con ojos encendidos.

Ilia sonrió a su hermano y prima.

—Dejad que Albana hable.

—La explanada circular hasta la ciudad es una gran desventaja. Calculo unos 800 pasos desde el linde hasta la muralla. No podremos asaltarla desde los árboles y nos verán llegar en cuanto pongamos un pie en el suelo. No me gusta.

—La van ampliando. Cada día el circulo es mayor. Hace unos meses no eran más de 500 pasos. Matan nuestros bosques, la madre naturaleza llora desconsolada, los espíritus nos lo transmiten. Debemos detener este sacrilegio —dijo Ilia.

—Hoy esto acaba —aseguró Albana.

—Confiamos en ti, Forastera —le dijo Ilia, y sonrió pero su rostro era uno de preocupación.

—¿Qué tal están tu padre y su hermano?

Ilia suspiró con fuerza.

—Débiles, muy débiles, pero con vida. No podremos agradecerte nunca lo suficiente lo que has hecho por nosotros, por mi familia —dijo abriendo los brazos y señalando a Pilap y Lial.

—No es nada. Me alegro de haberlos encontrado aún con vida.

—Por muy poco —dijo Pilap.

—No lo olvidaremos nunca —agradeció Lial que le dio un abrazo.

Albana, que no esperaba aquel gesto, impropio de aquel pueblo duro y salvaje, se sorprendió y le hizo mella. Se giró y miró a Ilia.

—¿Todo preparado?

—Los Jefes aguardan tus órdenes.

—Pasa la orden: que tomen las seis capitales de las comarcas.

—¿Estás segura? —dijo Ilia con duda en su tono.

Albana asintió varias veces cerrando los ojos.

—Lo estoy.

—Dividimos nuestras fuerzas...

—Es un riesgo que creo hay que tomar. No se esperan un ataque, mucho menos uno coordinado y simultáneo contra todas las ciudades. Y ya hemos eliminado a Brujos y Procuradores de las aldeas...

—Sí, todo el pueblo está con nosotros. Nos siguen mujeres, hombres, ancianos y niños.

Albana sonrió.

—Eso es lo que buscaba. Pero los ancianos y niños no deben luchar hoy. Hazlo saber.

—Así lo haré.

—Ve —le dijo Albana.

Ilia saludó y marchó.

—Vosotros dos, pasad la orden a los nuestros: atacamos cuando el sol esté en lo más alto.

Pilap y Lial asintieron y se marcharon de inmediato.

Albana observó la ciudad un momento más. «Por estos salvajes valientes espero no equivocarme. No dejes que me equivoque» dijo mirando al sol.

Con el sol en lo más alto, un grito ensordecedor partió de todo el linde del bosque. Miles de salvajes de piel verde surgieron de entre los árboles y corrieron por la explanada hacia las murallas de la ciudad como enloquecidos. La alarma sonó en la capital y la guardia tomó posiciones en las murallas. Los rebeldes, por miles, surgían de todas las direcciones, como si el bosque que rodeaba el fatídico círculo talado enviara a sus hijos a acabar con los agresores. Corrían en sus taparrabos, armados con arcos cortos, hachas ligeras y cuchillos largos, sin armadura alguna. Atravesaban la explanada gritando con toda su alma.

En ese mismo instante, en las capitales de las seis comarcas la escena se repetía. La alarma sonaba y los gritos atronadores de los rebeldes la ahogaban. La Guardia no podía creer lo que presenciaba. El Pueblo de los Árboles se había levantado en armas y atacaban. Miles de flechas volaron desde las almenas y los primeros rebeldes cayeron muertos. Sangre fue derramada y ya nada detendría el conflicto hasta su resolución, de una forma o de otra. Bajo una lluvia de saetas y muerte, los rebeldes llegaron hasta la muralla. Pero a diferencia de en otros Confines, para el Pueblo de los Árboles, las murallas no suponían dificultad alguna. Con ayuda de lianas comenzaron a escalarlas a una velocidad vertiginosa y con una facilidad pasmosa.

Decenas de miles de rebeldes asaltaron la capital desde todas direcciones, a una. La Guardia se vio sobrepasada por el empuje salvaje de los rebeldes que luchaban como auténticos demonios verdes. Escalaban la muralla para lanzarse de cabeza sobre los soldados y llevarse por delante a cuantos pudieran. Una vez en el suelo, soltaban tajos salvajes con cuchillo y hacha en un frenesí sangriento. Luchaban con tal rabia y furor, soltando golpes a todo cuanto encontraban que incluso causaban bajas entre sus propios compañeros. Así peleaba el Pueblo de los Árboles, con furor salvaje, y nada los detendría. Y por una buena parte del combate, pareció que así sería.

La Guardia defendió las almenas como pudo, pero los rebeldes les sobrepasaron. Fue entonces, cuando la batalla parecía ganada, cuando todo cambió. De pronto, sonaron cuernos de llamada y a aquel funesto sonido siguió una visión horrible: los Siervos, en formaciones de a tres, comenzaron a tomar posición sobre la muralla. El parapeto estaba ahora lleno de rebeldes que al ver a los Ejecutores en sus armaduras plateadas y colores de sangre, portando sus lanzas de muerte, dudaron. Pero los rebeldes eran valientes y estaban decididos. Se lanzaron contra los Siervos con el mismo furor que contra la Guardia. No se acobardarían por muy grandes y letales que fueran los Ejecutores.

El combate se volvió frenético. Los rebeldes escalaban la muralla para lanzarse ahora contra los Ejecutores. El desenlace, sin embargo, era muy distinto al ocurrido contra la Guardia. Los Ejecutores enviaban a los rebeldes muralla abajo con bestiales golpes de sus poderosos cuerpos. Los rebeldes, muy inferiores en tamaño y habilidad con las armas, no eran rival para aquellos engendros de muerte. A base de brutal fuerza y letal pericia con sus lanzas, los Siervos fueron despejando los parapetos para tomar el control de la muralla. La batalla comenzaba a volverse de su lado.

Los rebeldes no dejaron de atacar, aun sufriendo gran número de muertos. Se lanzaban de tres en tres contra los Ejecutores, para conseguir derribarlos y, una vez en el suelo, poder acabar con ellos. La furia y los golpes salvajes de los rebeldes comenzaron a causar bajas entre los Siervos, pero el coste de vidas estaba siendo abismal. Por cada Ejecutor que conseguían matar los rebeldes, ellos perdían una veintena de hombres. Los Siervos los atravesaban con sus lanzas o los hacían salir despedidos hacia ambos lados de la muralla como si fueran muñecos de trapo precipitándose contra el suelo. La duda comenzaba a hacer mella en su espíritu. La batalla se estaba perdiendo y no parecía que pudieran darle la vuelta.

En un último intento desesperado por tomar las murallas, los rebeldes atacaron a una con todas las fuerzas restantes. Las almenas se volvieron gritos salvajes, combate desesperado y muerte. Los rebeldes luchaban con todo su espíritu y los Ejecutores los rechazaban con brutal eficiencia. Ilia luchaba junto a su hermano y Lial, intentaban abrir brecha entre los Ejecutores con un centenar de valientes.

—¡Vamos! ¡No os rindáis!

Los bravos con ella derribaron a un par de Ejecutores y les dieron muerte sobre el parapeto.

—¡Así, adelante! —gritó Ilia.

Pilap y Lial se lanzaron contra las piernas de un Ejecutor mientras este luchaba contra tres de sus compañeros. La lanza del Ejecutor acabó con la vida de dos de ellos pero Pilap y Lial consiguieron derribarlo.

—¡Ahora, matadlo! —gritó Pilap.

Lial sujetó el brazo de la lanza del Ejecutor con todas sus fuerzas mientras tres rebeldes lo acuchillaban hasta matarlo.

Consiguieron avanzar unos pasos sobre el parapeto pero se encontraron con otro grupo de Ejecutores. Ilia se subió a la almena y observó la batalla. A lo largo de toda la circunferencia que formaba la muralla, los rebeldes luchaban contra los Siervos y para su desgracia iban perdiendo. Ahora la diferencia era clara. En el lado opuesto a su posición, Ilia vio a Albana. Luchaba liderando a un grupo de rebeldes y se habían abierto paso hasta el interior de la ciudad.

Ilia la señaló para que su hermano y Lial pudieran verla.

—¡Lo ha conseguido! —dijo Pilap emocionado—. ¡Ha entrado en la ciudad pese a los Ejecutores!

—Como dijo que haría —apuntó Lial con una sonrisa en su rostro manchado de sangre.

—Es una buena noticia, pero es la única —dijo Ilia mirando alrededor—. Los Siervos nos están despedazando.

—¿Qué hacemos, hermana? —preguntó Pilap con preocupación en su voz.

—No lo sé, Pilap, la batalla se está perdiendo. Quizás debería ordenar retirada.

—Sigamos luchando —dijo Lial levantando su cuchillo ensangrentado.

—Si seguimos luchando moriremos todos —dijo Ilia, y se percató de que sus hombres la contemplaban indecisos.

Pilap miró fijamente a los ojos a su hermana.

—Mejor morir combatiendo que seguir viviendo como esclavos.

—Albana sigue peleando allí abajo —dijo Lial.

Ilia suspiró profundamente. Luego les sonrió.

—Lucharemos hasta el final —dijo, y dio la orden a los suyos—. ¡Hasta el final!

—¡Hasta el final! —gritaron los rebeldes y se lanzaron al ataque.

Gracias al ímpetu de sus corazones valientes consiguieron hacer retroceder a los Siervos. Pero fue como herir a un animal salvaje. Los

Siervos contraatacaron con todo el peso de su superioridad y los rebeldes comenzaron a caer en masa. En medio del caótico combate, Lial fue golpeada con brutal dureza en la cabeza y antes de que Pilap pudiera sujetarla, cayó de la muralla al patio interior. Murió al chocar con el pavimento.

—¡Lial! ¡Nooooo! —gritó Pilap desesperado.

A su espalda se irguió un Ejecutor y alzó la lanza para atravesarlo.

Llena de un horror abismal Ilia intentó avisarlo.

—¡Pilap! ¡Cuidado!

Pero en el estruendo de la batalla su grito se perdió entre los miles más que se alzaban a los cielos.

La lanza bajó a darle muerte. Pilap se volvió. Ilia supo que era demasiado tarde. De súbito, dos enormes zarpas se clavaron en los hombros del Ejecutor y se lo llevaron volando. Con ojos como platos, Ilia contempló como su Voladora, Voladora Alegre se llevaba al cielo al Ejecutor y luego lo dejaba caer para que se estrellara contra el suelo.

—¿Qué…? —balbuceó Pilap sin entender lo que había sucedido.

Se escuchó un agudo *criack*. Al cabo de un momento siguieron otros al sur y al norte de la muralla.

—¡Mira, hermana! —dijo Pilap señalando al cielo.

Un centenar de majestuosas Voladoras descendían desde los cielos para caer por sorpresa sobre los Siervos y auxiliar a los rebeldes.

—No… no puedo creerlo —dijo Ilia al ver a las gigantescas aves luchando contra los Siervos. Los agarraban con sus enormes zarpas y se los llevaban a las nubes para soltarlos o los lanzaban con gran fuerza contra las paredes de las murallas. Los Ejecutores que conseguían revolverse o herirlas eran despedazados en pleno vuelo por su enorme pico.

—¡Créelo, ahora tenemos una oportunidad!

—Ahora entiendo por qué Albana ha ordenado atacar las capitales de las comarcas. Ha sido por esto. Para liberar las Voladoras y enviarlas en nuestra ayuda.

—Una gran treta.

—Y las tretas y estratagemas es lo que dijo que necesitaríamos para ganar.

Voladora Alegre cayó sobre el grupo de Ejecutores frente a Ilia y Pilap como un águila gigante sobre unos reptiles y se los llevó por delante.

—¡Agrupaos, vamos, tenemos que aprovechar la ventaja! —dijo Ilia viendo que tenían una oportunidad.

El combate se volvió una locura. Los rebeldes presionaban mientras de los cielos descendían las Voladoras emitiendo graznidos espeluznantes. Ilia hizo señas a su Voladora y ésta descendió hasta la muralla a recogerla. Se subió a ella y le acarició el cuello.

—Gracias, preciosa.

La gran ave asintió varias veces en reconocimiento.

Pilap cogió un arco y un carcaj y se subió tras su hermana. Remontaron e Ilia pudo apreciar la caótica contienda en todo su esplendor de sangre y muerte. Pilap tiraba contra los Siervos mientras Ilia trataba de encontrar a Albana. Guio al ave hacia el centro de la ciudad. De pronto, un destello blanco-azulado apareció ante ellos como un relámpago, y una descarga golpeó a una de las Voladoras. La gran ave, herida, perdió la orientación y se estrelló contra la pared de la muralla.

—¿Qué es eso? —preguntó Pilap.

Ilia guio su Voladora hasta el lugar y lo vieron.

—¡Es un Ojo-de-Dios y está usando un disco de los Dioses!

Un nuevo relámpago alcanzó a otra de las Voladoras y a éste siguió otra descarga que alcanzó a una tercera.

—¡Las están matando! —gritó Pilap que soltó una saeta alcanzando al Ojo-de-Dios en el pecho antes de que pudiera usar el disco contra ellos. Ilia hizo que Voladora Alegre girara bruscamente y un relámpago pasó a su lado rozando el ala derecha. La voladora se asustó y realizó un quiebro tan brusco que casi pierde a sus dos jinetes.

—¡Tenemos que ayudarlas! —dijo Pilap señalando a otra gran ave que alcanzada en pleno vuelo caía hacia el suelo.

—Pero ¿cómo? —dijo Ilia desesperada. Si las aves morían todos ellos morirían con ellas. Su destino estaba irrevocablemente ligado al de aquellas majestuosas aves.

De pronto, se escuchó un tremendo estruendo que casi la deja sorda. Una sombra enorme pasó frente a ellos. Ilia se quedó perpleja. Estaban a medio vuelo, sobre la ciudad, ¿qué podía generar una sombra a esa altura? Antes de que su mente pudiera resolver el dilema, lo vio. Frente a sus ojos: el gran monolito de los Dioses se derrumbaba en todo su esplendor para hacerse añicos contra el suelo de la ciudad.

—¡Eso es cosa de Albana! —gritó Pilap.

Ilia dirigió a Voladora hacia el centro de la plaza y, efectivamente, encontró a Albana junto a la base del monolito derruido. Muy cerca de ella, una docena de Ejecutores que debían estar dándole caza.

—¡Albana, cuidado! —gritó Pilap.

Pero Albana no parecía temer a los Ejecutores. Los saludó sonriente con la mano ignorándolos por completo.

—¡Dile que se cubra, los Ejecutores! —insistió Pilap.

Albana les hizo señas para que bajaran tan tranquila.

—¿Cómo? ¿Qué?

Ilia hizo posarse a la Voladora junto a Albana.

—Tranquila —dijo mirando a los Ejecutores—, ahora son inofensivos.

—No sé cómo lo has logrado pero no hay gracias en el mundo suficientes para dártelas —le dijo Ilia y la abrazó con todo su ser.

—Ya te dije que con un poco de subterfugio y artes oscuras tendríamos una posibilidad —dijo Albana con una enorme sonrisa de satisfacción.

—¿Por qué no atacan? —preguntó Pilap señalando a los Ejecutores que a unos pasos deambulaban sin rumbo.

—Sin el monolito pierden la cabeza, no sé por qué, pero es lo que les sucede —dijo Albana señalando las almenas donde se repetía la misma imagen ante los atónitos ojos de los rebeldes—. De ahí mi pequeña misión de sigilo y derribo —dijo sonriendo con picardía.

—Hemos… hemos vencido… —dijo Pilap que no podía creerlo.

—¿Somos libres? —preguntó Ilia mirando alrededor incrédula.

Albana asintió con una gran sonrisa.

—¿Cómo podremos pagarte esta deuda, Albana?

La morena miró al cielo donde las Voladoras planeaban y suspirando dijo:

—Un día, no muy lejano, os pediré ayuda.

—Y la tendrás —le aseguró Ilia.

—Será para enfrentarnos a los propios Dioses, todos los hombres, unidos.

Los dos hermanos cruzaron una mirada y asintieron.

—El Pueblo de los Árboles acudirá a tu llamada.

Albana se unió en un abrazo a los dos hermanos.

—Mi misión aquí ha terminado.

—¿Nos dejas?

Albana asintió.

—Es hora de partir. Mis amigos me necesitan.

—Buena suerte —le deseó Ilia.

—¿Puedo ir contigo? —preguntó Pilap.

Albana negó con la cabeza.

—Es demasiado peligroso. Ayuda a tu hermana.

Pilap asintió.

—Está bien.

—Adiós, amigos.

—Adiós, Forastera, que el espíritu del bosque te proteja.

Capítulo 12

Adamis entró en la cámara central del templo bajo el lago y encontró a Aruma sentada sobre una descomunal raíz del gigantesco roble que crecía en el interior del templo subterráneo. Con la espalda contra el tronco, peinaba su larguísimo cabello blanco con un peine de oro mientras entonaba una dulce melodía con la mirada perdida. En aquel momento, a ojos de Adamis, la Sabía Anciana parecía un ser mítico salido de una leyenda. Cantaba al gran árbol que de forma inexplicable se alzaba entre las cámaras subterráneas como un guardián imperecedero de aquel extraño reino meciendo a su reina y señora que le dedicaba una cariñosa canción de cuna. Rodeándolos y extendiéndose por suelo, paredes y techo crecía una extensa vegetación cual bosque de propiedades mágicas. Olía y sentía a bosque, a tierra mojada, a eucalipto, lo cual dejaba a Adamis traspuesto.

Disimulando el dolor que sentía al andar e intentando caminar lo más rígido que le era posible sin sucumbir al castigo, Adamis cruzó la cámara y saludó a su anfitriona.

Aruma regresó de sus pensamientos y lo observó un instante. Guardó el peine en uno de los bolsillos de su túnica verde-amarronada y le sonrió.

—¿Cómo te encuentras hoy, joven Príncipe del Éter? —preguntó entrecerrando los ojos, como intentando analizarlo y deducirlo ella misma.

—Algo mejor que ayer y algo peor que mañana —dijo Adamis con una sonrisa llena de ironía.

Divertida por la respuesta, Aruma inclinó la cabeza.

—Veo que hoy estamos de buen humor.

—De tan buen humor como puede llegar a estar un condenado a muerte con un cuerpo atrofiado que le tortura sin descanso.

—Muy buena respuesta. Parece que poco a poco se te está contagiando mi excelente sentido del humor.

Adamis sonrió.

—Esperemos que no o perderé también la razón —dijo levantando los brazos al aire.

Los dos rieron como buenos amigos. Para el espíritu de Adamis la risa representaba un bálsamo reconfortante, el único del que disponía para aliviar su sufrimiento. Se sentó junto a Aruma cuidando de no hacer ningún movimiento brusco y la miró a los ojos mientras buscaba la mejor forma de comunicarle la decisión que había tomado.

—¿Ha llegado el momento? —le preguntó ella de súbito.

Adamis echó la cabeza atrás con sorpresa.

—¿Cómo lo sabes? ¿Acaso puedes también leer el pensamiento?

—Esta vieja loca puede leerte como un libro abierto.

—¿Tan transparentes son mis pensamientos? ¿Tan obvias mis intenciones?

Aruma sonrió con empatía.

—Para el resto del mundo, no. Puedes estar tranquilo. Pero aquí en mi casa a la sombra de mi hijo —dijo ella abriendo los brazos y acariciando con ternura la corteza del gran árbol— no tienes secretos para mí.

—Quizás sea que pasamos demasiado tiempo juntos.

—Eso también, si te es más fácil aceptarlo así.

—Lo es. No comprendo tu Poder y la relación mística que mantienes con la Naturaleza y sus hijos.

—¡Ah! Pero todos somos hijos de la madre Naturaleza y a ella nos debemos. Mi Poder no es tan diferente del tuyo.

—Yo diría que sí.

—Sencillamente está más en armonía con la Naturaleza. Existe un vínculo directo entre mi Poder y el mundo natural que nos rodea. Una simbiosis. Por eso percibo sentimientos y emociones que tú, mi querido niño, no puedes.

—Me gustaría…

—Para eso tendrías que pasar mucho tiempo estudiando conmigo. No es una tarea fácil y no creo que sea el momento. ¿Me equivoco?

—No, no te equivocas. Pero quizás un día.

—Aquí me encontrarás si las cosas no cambian mucho. Aunque tengo el presentimiento de que lo van a hacer.

—¿Tienes el presentimiento o la información?

Aruma soltó una carcajada.

—Veo que me conoces bien.

Adamis se llevó la mano a la barbilla.

—Los Hijos de Arutan escuchan en las sombras, saben lo que está sucediendo en Alantres, en la Ciudad Eterna, lo que se avecina, y siendo tú una de sus líderes te lo habrán comunicado.

—Muy bien deducido —dijo ella dándole unas palmaditas cariñosas.

—Ha llegado el momento de regresar a Alantres y ayudar a los hombres —le comunicó Adamis.

—Umm… esa es una decisión que ya esperaba, ¿pero crees, joven Príncipe, que estás en condiciones de acometer semejante misión?

Adamis estiró el cuello e intentó parecer lo más entero posible.

—Lo estoy. Llevo mucho tiempo recuperándome y creo que estoy listo. Te lo debo a ti, a tus cuidados y paciencia. Nunca podré pagar lo que has hecho por mí. Te debo la vida, más que eso, te debo la vida y mi salud actual.

—¡Tonterías! —dijo Aruma gesticulando con ambos brazos para quitarle importancia.

—Te lo debo todo y lo sabes. Déjame al menos agradecértelo.

—Soy una vieja Sanadora, nada más. Llevo más de mil años aprendiendo de la madre naturaleza y usando mi Poder en conjunción con los conocimientos que he adquirido. He estudiado la naturaleza, los venenos y toxinas, la sangre, el propio Poder de los Áureos, es por ello que he podido conseguirte algo más de tiempo. Pero mis poderes y conocimiento tienen un límite. No puedo salvarte de la muerte que ahora corre por tu cuerpo y que un día te matará, sólo puedo ralentizarlo. Y el precio a pagar es alto, lo paga el cuerpo y lo sufre la mente.

—Lo soportaré. Gracias por darme este tiempo robado.

Aruma sonrió un instante pero su sonrisa se ensombreció.

—He de confesarte que esta vieja bruja no lo ha hecho por su buen corazón.

—Lo imaginaba —dijo Adamis sin rencor.

—Pedí a Ikai que te trajera aquí por una razón, una muy importante. Por esa misma razón te salvé la vida y por esa razón te he ayudado a recobrar algo de tu pasada salud y fortaleza, la poca que he podido.

—¿Qué razón es esa? Nunca me lo has contado.

—Hay cosas que es mejor aclararlas a su debido tiempo.

—¿Es este ese momento?

—No. Todavía no ha llegado el momento. Pero te adelanto que un día cercano necesitaré que me devuelvas el favor recibido y espero que lo honres.

—¿Qué me pedirás?

—Algo que te será muy difícil hacer. Extremadamente difícil.

—¿Y si no puedo honrar lo que me pides?

—¿Me negarás algo después de lo que he hecho por ti? —dijo ella con una gota de enfado en su tono.

Adamis suspiró. Sabía que no podía negarle nada. Pero… ¿y si le pedía algo que fuera en contra de su honor? ¿Algo tan horrible que su conciencia no le permitiese llevar a cabo? Por desgracia, tenía el presentimiento que sería precisamente eso.

—Nada te negaré, si no va en contra de mi honor.

Aruma le clavó una mirada profunda y su rostro se volvió tan adusto que Adamis supo que sería precisamente eso lo que le pediría y que no aceptaría un no por respuesta.

—Sabes que no soy de las que perdonan ni tienen piedad con aquellos que me traicionan o engañan. La Naturaleza es sabia, pero también es despiadada. Yo sigo sus principios y sus enseñanzas.

Adamis sopesó la situación. Podría negarse, pero Aruma le volvería la espalda. Además, necesitaba de su ayuda para llegar hasta Alantres. Estaba atrapado, no tenía más opción que aceptar.

—Está bien. Cuando llegue el día haré lo que me pidas.

El semblante de Aruma se suavizó y mirando al gran árbol como si éste actuara de testigo del momento, proclamó:

—El trato queda cerrado.

—¿Me ayudarás, entonces?

Aruma se puso en pie y su melena blanca cayó hasta el suelo.

—Veamos si has recuperado todo tu Poder.

—¿Es necesario?

—Sí, lo es. No sobrevivirás si al menos tu Poder, que no tu cuerpo, no está completamente repuesto. Tenemos que comprobarlo —dijo ella con un tono que no dejaba resquicio a una negativa.

Adamis suspiró. Durante los más de tres años que llevaba allí a cada cambio de estación Aruma le hacía la misma prueba. Un aprueba para medir su Poder, para ver cuánto había podido recuperar. Y en cada estación Adamis fallaba la prueba, una y otra vez, sin excepción. Nunca había permitido que aquello lo desmoralizara. Sabía que la batalla por recuperar su cuerpo estaba perdida, nunca sería quien un día fue, pero su Poder sí podía regenerarlo y recuperarlo, y ese pensamiento, esa certeza, lo ayudaban a seguir intentándolo por muy difícil que fuese y duro que le resultase. Muchas veces se preguntaba si Aruma no le habría impuesto la prueba únicamente para motivarlo. Viendo la sonrisa de triunfo que ahora mismo decoraba su rostro, estaba más que seguro de que así era. Pero él no se había rendido nunca, y después de cada fracaso, y habían sido muchos, había continuado trabajando con mayor ímpetu y determinación.

—¿O es que el refinado Príncipe de alta cuna no desea volver a fallar y hacer el ridículo? —dijo ella con una risita burlona—. Ya te lo dije, aquí nadie te dará nada hecho, aquí todo se gana a pulso, con esfuerzo y sufrimiento. Así lo marca nuestra madre Naturaleza. Así es como se aprende a valorar lo que uno tiene en la vida. Aquí, en mi reino, los Príncipes son meros áureos sin privilegios ni cucharas de oro. Te lo advertí el primer día: se acabaron los días en los que todo se te daba hecho, en los que cualquier deseo se te concedía sólo por haber nacido en una Casa poderosa. No más lujos, no más comodidades. Aquí no hay esclavos ni sirvientes. Aquí tus deseos no se conceden por ser quién eres. La Naturaleza es quien aquí gobierna y ella nos enseña que sin lucha, no hay vida.

—Hace tiempo que dejé de ser un Príncipe engreído. Ahora sólo soy Adamis, un tullido. Pero eso no me impedirá ayudar a los míos.

—Muy bien dicho —dijo Aruma con una risita—. Entonces, mi querido tullido, veamos si puedes superar la prueba.

Adamis no se dejó manipular por las palabras de Aruma. Sabía que las decía para desconcertarlo y que volviese a fallar, pero esta vez sería diferente, esta vez pasaría la prueba. Conseguiría detenerla. Hoy lo conseguiría.

Aruma se situó en medio de la cámara. Llamó a su Poder y se elevó quedando suspendida en medio del aire. Miró a Adamis y le hizo una pequeña reverencia. Abrió los brazos en cruz y comenzó a girar sobre sí misma. Rio, con una risa desafiante al tiempo que burlona. La extraña conducta de Aruma en ciertos momentos, como si hubiera perdido la cordura, lo desconcertaba. Pero esta vez no se dejó enredar por el papel de bruja chiflada que representaba. «Es una representación, no es real. Ella es una Sabia, una anciana líder entre los Hijos de Arutan. No te dejes engañar. Concéntrate».

Mientras giraba y reía, el rostro de Aruma destellaba de júbilo, parecía estar divirtiéndose como una niña pequeña jugando en medio del bosque. Adamis se concentró en captar el aura de Aruma, cosa realmente difícil, pues ella la ocultaba y la escondía tan bien que los primeros años Adamis había fracasado en la prueba en cada ocasión al ser incapaz de descubrirla. Pero ahora su Poder era mayor, mucho mayor, y haciendo uso del mismo, intentó discernirla.

Aruma se percató y dejó de reír. Ahora era ella quien se concentraba y usaba su Poder para ocultar su aura a Adamis. La batalla entre ambos comenzó a escalar. Adamis usó más y más de su Poder y consiguió comenzar a discernir ligeramente algo del aura de Aruma. Al instante ella contraatacó usando su Poder y volviendo a hacerla desaparecer.

Adamis no se dejó llevar por la frustración. Era muy consciente de que sería muy difícil, debía ganar a su anfitriona en su propio juego y en su reino. Pero algo comenzó a serle patente, su Poder parecía completamente recuperado. Podía verlo en su interior. Lo que antes era un pozo putrefacto y casi vacío, ahora era un lago profundo lleno de energía. Y estaba repleto. La alegría que sentía era tan intensa que sonrió.

—¿Divirtiéndote, joven principito? —le dijo ella intentando desconcentrarle.

Pero Adamis no se inmutó. Por fin, después de todo aquel tiempo de dolor, había logrado recuperar su Poder, nada aguaría aquella victoria conseguida a base de esfuerzo y determinación. «Ahora tengo que vencerla o no conseguiré ayudar a Kyra, y ella me necesita». Se concentró con todo su ser e hizo uso de su Poder. Y esta vez vio con total nitidez el Aura de Aruma, «Ahí está, ya es mía». Se centró en ella y fue a bloquearla. «¡Te tengo!». Pero sufrió un calambre en la pierna y el intenso dolor hizo que se desconcentrase y perdiese el aura.

—¿El cuerpo nos traiciona? —le dijo Aruma al verlo retorcerse de dolor.

Adamis se irguió con un gesto de sufrimiento, se mordió el labio inferior y aguantó el dolor. No dijo nada. No cayó en la provocación. Dejó que el dolor pasara y volvió a intentarlo con mayor determinación. Esta vez lo logró. Aruma se percató e intentó escabullirse confundiéndose con la vegetación, como un camaleón. Pero Adamis era ahora pura concentración. Un terrible pinchazo en el estómago lo estaba azotando, pero no perdía el foco. Bloqueó el aura y se preparó.

Aruma se percató de que Adamis ya la tenía. Usó su Poder para intensificar la potencia de la rotación pero Adamis comenzó a frenar el movimiento giratorio. Dos seres extremadamente poderosos lucharon de forma titánica, uno rotando y el otro intentando detener las revoluciones. Adamis puso todo su Poder, alma y cuerpo en el esfuerzo. Un dolor extremo lo consumía, pero no cejaría, no ahora que estaba tan cerca de conseguirlo. Dos fuerzas opuestas de enorme potencia lucharon hasta que uno de los dos quedó exhausto y se vio obligado a conceder la derrota.

La rotación se detuvo finalmente. Aruma quedó suspendida en el aire con el rostro marcado por el esfuerzo, y descendió suavemente. Un momento después, Adamis se derrumbó al suelo retorciéndose de dolor.

—Lo has conseguido, señor del Éter.

Adamis no podía hablar, el dolor era demasiado intenso.

—Has conseguido vencerme. Has superado la prueba. Algo realmente remarcable. No pensé que estarías listo. Hay mucho pundonor y determinación en ti, más de lo que pensaba. Me alegro en el alma de haberme equivocado.

—Me… ayudarás… —preguntó Adamis balbuceando.

—Por supuesto. Un trato es un trato. Soy una vieja chiflada, pero mi palabra es sagrada.

Aruma se acercó hasta Adamis y le puso las manos sobre el estómago y espalda. Se concentró y usó su Poder sanador. Una sensación de bienestar arropó a Adamis, sintió como una brisa reponedora le acariciaba el rostro y un olor a eucalipto le llegó a los pulmones. El dolor fue desapareciendo poco a poco.

—¿Cómo… haces eso?

—La madre Naturaleza nos enseña a cuidar del cuerpo, a calmar el dolor.

—¿Me enseñarás… algún día?

Aruma rio con una carcajada amistosa.

—Me ha llevado media vida aprender. No creo que quieras permanecer tanto tiempo con esta vieja loca.

Adamis se puso en pie muy despacio, con cuidado de no extenuar su cuerpo.

—Siempre es un honor y un placer estar en tu compañía.

—Ya lo veo —dijo ella y volvió a reír—. Quizás un día. Ahora tienes mucho por hacer.

Adamis asintió.

—He de regresar a la Ciudad Eterna.

—Sabes que en cuanto pongas un pie en Alantres te capturarán. Y esta vez nada te salvará. Los Altos Reyes te decapitarán.

—Lo sé…

—¿Qué has pensado? Sé que tienes un plan. Puede que seas un principito, pero tienes cabeza —dijo ella guiñándole un ojo.

—Tengo la forma de no ser descubierto. He estado practicando, mucho.

—Muéstrame.

Adamis cerró los ojos, abrió los brazos y llamó a su Poder. De su pecho surgió una neblina blanquecina que lo envolvió por completo. Por un largo momento nada sucedió. Luego el cuerpo de Adamis destelló varias veces con unos brillos cristalinos. Al cabo de un rato, ante los ojos perspicaces de Aruma, el Príncipe del Éter comenzó a diluirse poco a poco hasta fundirse con la neblina y desaparecer en ella. Un momento más tarde la neblina desaparecía y los ojos de Aruma eran incapaces de verlo. Pero Adamis no había ido a ningún lado, permanecía estático donde estaba.

—El poder del Éter es significativo —dijo Aruma—. Te has convertido en el propio Éter, en espíritu. Realmente extraordinario. No creo que haya ninguno entre los nuestros capaz de hacer algo así.

—Mi padre puede. Él me enseñó. —dijo Adamis.

—Te oigo, pero no consigo verte. Ni siquiera usando mi Poder.

—Eso es porque el mío lo contrarresta.

—Pero hay algo que debo decirte. Aunque no te veo, joven amigo, puedo sentir tu presencia.

—Lo temía.

—Quizás sea sólo yo, o los que son afines a la madre Naturaleza, como yo.

—No lo creo. Si alguien usa su Poder para detectar mi presencia, mi propio Poder, me encontrará. Tendré que arriesgarme —dijo, y salió de su estado de Éter para volver a ser visible, poco a poco, cogiendo esencia, volviéndose solido ante Aruma.

—Umm... quizás podamos reducir ese riesgo.

—¿A qué te refieres?

—Al camaleón.

Adamis la miró sin comprender.

—Te ayudaré a esconder tu esencia, como el camaleón se oculta fundiéndose con su entorno.

—¿Podrás?

—Sí y no. Al igual que el camaleón, su camuflaje engaña a la mayoría pero no a todos los depredadores. No podrás engañar a todos. Aquellos con mucho Poder o con mucha percepción te descubrirán. Pero a los menos aptos los podrás engañar. O eso espero —dijo con una sonrisa.

—Gracias, de corazón —dijo Adamis, y quedó con la cabeza gacha en una reverencia.

—Déjame trabajar en ello. Vuelve en tres días y lo tendré preparado. Descansa. Lo vas a necesitar.

Tres días de reposo más tarde, Adamis acudía a ver a Aruma. La encontró en un extraño jardín donde cultivaba flores exóticas y árboles que Adamis jamás había visto antes. La Anciana acostumbraba a hablar con sus plantas, como si fueran sus animales de compañía y la entendieran. A aquellas alturas nada le sorprendía de ella. El jardín estaba en una cámara apartada, una de las pocas que solía cerrar.

La saludó con el brazo desde la entrada. Ella le sonrió. Estaba sentada en una banqueta de madera en una especie de taller con una gran mesa con cuencos y vidrios. Detrás de la mesa había una estante enorme lleno de contenedores de cristal y cerámica de diferentes formas. A un lado había una chimenea con un fuego bajo y en ella cocían varias cacerolas. El humo que despedían y subía por la chimenea era de un color verde nada apetecible.

—Pasa, Príncipe del Éter —le dijo ella que trabajaba sobre un cuenco en el que estaba elaborando algún tipo de substancia viscosa.

—No quiero molestarte…

—No te preocupes estoy desarrollando una de mis *substancias experimentales* —dijo con una sonrisa.

Adamis fue hasta ella y, muy despacio, se sentó a la mesa de trabajo.

—No te acerques a la chimenea, los gases son tóxicos. No me gustaría que sufrieras un accidente.

—Oh, de acuerdo. ¿Puedo preguntar qué es?

Aruma asintió.

—Es un preparado a base de varias plantas y resinas muy especiales, difíciles de encontrar, que yo misma cultivo aquí en mis jardines. Me gusta experimentar con los frutos de nuestra madre Naturaleza, ver qué nuevos usos puedo desarrollar combinando sus frutos.

—¿Es una medicina?

La anciana Áurea negó con la cabeza y una sonrisa maliciosa se dibujó en sus labios.

—Lo que hay en este jardín no se utiliza para sanar, sino más bien para todo lo contrario.

—¿Para herir?

—Dame un momento, déjame terminar y te lo mostraré.

Aruma terminó de crear la substancia y la vertió con cuidado en la cacerola al fuego. La removió por un largo rato, luego la sacó del fuego y la vertió sobre un cuenco de cerámica. Fue hasta el estante y de un pote vertió una substancia gris sobre el compuesto. Esperaron hasta que se solidificó.

—Ya está. Probemos —dijo.

Cogió un cuchillo pequeño sobre la mesa. Con una espátula de madera untó la substancia en el filo del cuchillo. Adamis observaba cautivado.

—¿Listo para ver qué hace?

—Sí —dijo Adamis muerto de curiosidad.

—Levanta dos esferas protectoras. Una contra ataques físicos y otra contra ataques de Poder.

Adamis obedeció. Usó su Poder y se rodeó de ambas esferas de protección. Aruma cogió el cuchillo y acercó la punta a las barreras.

—Los Áureos creen en su ignorancia que son más poderosos que la madre Naturaleza, que su Poder es superior al de nuestra sabia madre. Pero se equivocan los muy vanidosos ególatras.

Empujó el cuchillo y el filo atravesó ambas barreras protectoras como si fueran mantequilla.

—¡Increíble! —dijo Adamis observando el cuchillo—. ¡Nada debería poder traspasarlas!

—Sin embargo, lo hace. Y dime, ¿quién es más sabio y poderoso, el Áureo o la madre Naturaleza?

Adamis asintió. Entendía lo que Aruma trataba de mostrarle.

—La Naturaleza.

—No lo olvides nunca, Príncipe del Éter.

—No lo haré. Te lo aseguro.

La sabia sonrió satisfecha.

—Y ¿qué hay en la otra cacerola al fuego? —preguntó Adamis lleno de curiosidad, más ahora después de lo presenciado.

—¡Ah! La curiosidad nos carcome, ¿eh?

—Sí… un poco.

—Esa preparación es algo que todavía no he conseguido dominar. La madre Naturaleza nos proporciona la materia prima y el conocimiento pero la experimentación es larga y ardua. Llevo muchos años trabajando en esa poción, y algún día lo conseguiré.

—¿Qué es?

—Una toxina, la más potente que jamás se haya desarrollado.

Adamis torció el gesto.

—¿Trabajas en un veneno? ¿Por qué?

Aruma sonrió con malicia y se puso en pie. Avanzó hasta una zona donde había unas flores muy similares a orquídeas pero sus pétalos eran negros.

—Las toxinas, en la naturaleza, tienen dos funciones básicas: se usan con fines depredadores como lo hacen las arañas, serpientes, medusas, y otros, incluso plantas... Pero también se usan como defensa, así lo hacen las abejas, ranas, orugas, setas... Yo llevo toda la vida estudiándolas. Mi objetivo es lograr una toxina que realice ambas funciones simultáneamente cuando es aplicada y que sólo afecte a los Áureos, no al resto de criaturas sobre la faz de la tierra. Todavía no lo he logrado, pero cada día estoy más cerca. Cuando lo logre podré demostrar a los Cinco Altos Reyes que su Poder nada puede contra el de la madre Naturaleza, que el camino que siguen es erróneo pues no somos más poderosos que nuestra madre creadora.

—Entiendo...

—Pero no dejes que mis divagaciones filosóficas te nublen el día.

—Escucharte siempre me proporciona sabiduría. Lo hago encantado.

Aruma le sonrió con dulzura y lo abrazó.

—Tengo unos regalos para ti.

—¿Sí? —dijo Adamis sorprendido.

La sabia buscó junto al estante. Cogió un objeto y se lo mostró a Adamis.

—¿Qué es? —Adamis no conseguía verlo bien, parecía traslucido.

—Un anillo muy especial. Lo he llamado Anillo Camaleón.

—Apenas lo distingo.

—Esa es la idea. Lo he encantado con mi Poder. Sé que es algo que los Áureos ya no hacen, que prefieren sus discos con Poder, pero nosotros seguimos las antiguas tradiciones, como cuando el Poder se pasaba a los objetos y se moldeaban para una función. El anillo hace que la esencia de su portador se funda con el entorno y sea muy difícil de detectar. Póntelo.

Adamis obedeció y se puso el anillo en el dedo índice. Aruma se concentró e intentó captar la esencia del Príncipe.

—Nada, no capto nada. Funciona —dijo con una enorme sonrisa.

Adamis observó su dedo y el anillo se había vuelto invisible, pero estaba allí, como si fuera parte de su dedo.

—No puedes utilizarlo de continuo. Su Poder tiene algunos efectos no deseados...

—¿Cómo cuáles?

—Efectos perniciosos... podría llegar a producirte mareos, distorsión de la realidad, alucinaciones… Úsalo sólo en momentos críticos, cuando no tengas más remedio. Y tengo un último regalo antes de que partas.

—¿Más?

—Este lo necesitarás, es para cuando las cosas se pongan feas. Llévalo siempre contigo, a tu cintura, pero no la desenvaines hasta que la necesites de verdad.

Adamis observó cómo Aruma le daba una espada corta envainada. La empuñadura era de color marrón y verde y la cruceta parecía hecha de madera.

—¿Una espada de madera?

—Sí, pero no una espada cualquiera. La he encantado y lleva varios de mis preparados en su hoja. Te salvará la vida.

—¿Qué hace?

Aruma soltó una risita.

—Mejor que lo descubras por ti mismo. Pero no aquí. Cuando llegue el día en que tu vida corra peligro. La tuya o la de un ser querido.

—Muy bien. Honraré tu deseo. ¿Cómo voy a pagar todo lo que has hecho por mí?

El rostro de Aruma se volvió serio.

—Recuerda tu promesa.

—La recordaré y la cumpliré. Tienes mi palabra.

—Aunque no lo sepas, nuestros caminos avanzan paralelos. Tú eres joven e inexperto y no ves lo que realmente sucede y lo que está en juego. Pero un día lo entenderás. Comprenderás que hay mucho más en juego de lo que jamás pensaste. Y ahora prepárate para marchar. Avisaré a los míos. Te ayudarán a entrar en la ciudad.

—Gracias.

—Y, por la Madre Naturaleza, no dejes que te maten o todo estará perdido.

—Lo intentaré.

—No lo intentes. Consíguelo.

Adamis se despidió de Aruma con un gran y sentido abrazo. Se volvió y abandonó la sala. Mientras salía, solo, tuvo la sensación de dirigirse directo hacia las fauces de la muerte y se le erizó el pelo de la nuca.

—No dejaré que me alcances —desafió a la muerte, pero avanzando con el paso de un tullido, encorvado y arrastrando un cuerpo maltrecho, no daba la impresión de poder escapar de nadie ni de nada y mucho menos de la muerte.

Capítulo 13

Una semana después de haber dejado atrás los dominios del Pueblo de las Tierras Altas, Ikai avanzaba a través del espeso bosque con las primeras luces del día siguiendo el rastro de Maruk. Un destello fuera de lugar en medio de aquel entorno natural captó su atención. «Ahí está la Barrera de los Dioses». Se acercó despacio hasta que pudo verla y se detuvo frente a ella. «Aquí comienza el Confín de la Casa de Fuego. El Confín de Asu». Tragó saliva.

Alzó el brazo izquierdo con la detestada Argolla, la acercó a la barrera y el brazo comenzó a temblar. Adamis se había ofrecido a quitárselas al grupo pero, de hacerlo, no podría garantizar que alguien no muriese en el proceso de cruzar las barreras. Así que habían decidido no arriesgarse. Introdujo la mano con la Argolla en la barrera y un destello dorado le obligó a entrecerrar los ojos. Los temblores se volvieron espasmos mientras cruzaba. «Venceremos» se dijo, y perdió el sentido.

Despertó al despuntar la tarde, dolorido como si lo hubiera vapuleado un grupo de Atormentadores. Estiró los músculos y se ajustó el morral con los víveres y después el arco y el carcaj. Por último, comprobó la espada y el cuchillo largo. Todo estaba en orden para seguir adelante. Se aventuró en el bosque con mucha cautela pues la tarde caía y un mal presentimiento lo perseguía. Él era una persona racional, de los que analizaban mucho las cosas, y sentirse así le resultaba molesto. Pero claro, estaba en el Confín de la Casa del Fuego, y eso lo cambiaba todo. Maruk había decidido encargarse de aquel Confín precisamente por esa razón. No lo culpaba, Ikai sentía que en su lugar hubiera hecho lo mismo. Después de todo fue Oskas quién mató a Liriana y Oskas era el esbirro de Asu. «Quizás no debimos dejarle venir. Pero estaba decidido, no aceptaba un no por respuesta».

Se sacudió y entrecerró los ojos con fuerza. Ahora se sentía incluso peor. Recordar a Oskas le revolvía el estómago. Por más que lo intentaba no conseguía aceptar que aquel engendro maligno fuera en realidad su padre. O más bien, que el que una vez fue su padre. Si realmente era Siul debieron hacerle algo impensable para que terminara convirtiéndose en el fiel espía y asesino de Asu. Algo tan horroroso que lo destrozó en cuerpo y mente. «Al final no quedaba nada de mi querido padre. No lo reconocí. Estaba más allá de cualquier posible salvación». En el fondo Ikai se alegraba de que hubiera muerto. Si un ápice de Siul estaba aún vivo dentro de aquel ser, hubiera pedido a gritos que lo mataran. Respiró profundamente y exhaló con fuerza. «Tengo que centrarme en encontrar a Maruk».

Antes de continuar quiso asegurarse de que no había perdido el rastro de su compañero. Llevaba siguiéndolo desde que habían cruzado el Confín. Sacó un pequeño saquito de cuero y volcó su contenido sobre la palma de su mano izquierda. Observó los cuatro mechones de pelo sujetos con cintas de colores. «Cuatro compañeros, cuatro mechones». Cinta roja para Kyra, azul para Ikai, negra para Albana y verde para Maruk. Cada uno de ellos llevaba los mechones para poder encontrar a sus compañeros de llegar el caso. Para Maruk había llegado el momento e Ikai lo encontraría.

Se llevó el mechón de Albana a la nariz y respiró profundamente intentando captar su olor pero sólo pudo hallar su recuerdo. Suspiró. «Pronto, muy pronto». Dejó el mechón junto a los otros y los metió en el saquito, a excepción del de Maruk que mantuvo en su mano izquierda. Con la derecha sacó el disco de Adamis y lo sostuvo en su palma abierta. Cerró los ojos y se concentró en percibir la esencia del mechón, la esencia de Maruk, tal y como Adamis les había adiestrado a hacer antes de partir. Habían practicado mucho, pues era algo complicado. Por más de media mañana lo intentó sin conseguirlo. El desánimo comenzó a asomar pero Ikai se recordó a sí mismo que nunca ninguno de ellos lo había conseguido en menos de una mañana y media tarde de intentos.

Finalmente, con el sol en lo más alto, el disco emitió un destello dorado e Ikai pudo ver la silueta de Maruk en su mente, borrosa primero y algo más definida al cabo de un momento. Ahora comenzaba la segunda parte: captar su aura. Le costó otro largo rato pero finalmente consiguió captarla y se aferró a ella. La silueta de su amigo desapareció y sólo quedó el reflejo de su aura.

Ikai usó el Poder del disco para rastrear el bosque frente a él en busca del rastro del aura de su amigo. Inicialmente no pudo encontrarla pero no se desanimó y siguió intentándolo. Sabía que debía estar por aquella zona, era cuestión de hallarla. Avanzó por el bosque con los ojos cerrados, barriendo la extensión con su mente. Los árboles, troncos y obstáculos aparecían como formas oscuras que iba esquivando. La vegetación era de un blanco difuso. Avanzó entreviendo la distancia, con cuidado de no tropezar o golpearse. Era como si anduviera en un sueño, solo que estaba bien despierto y sus ojos permanecían cerrados. El Poder del disco era su visión. Al cabo de un buen rato empezó a dudar de hallarse en el lugar correcto, pues ya debería haber encontrado el rastro.

Miró al cielo a través de las ramas frondosas de los árboles y un fuerte dolor en su mente producido por la claridad le indicó que no era buena idea. Al bajar la cabeza captó un destello lejano, como un reflejo plateado y avanzó hacia el lugar. Se veía obligado a andar tan despacio que empezó a impacientarse, pero de abrir los ojos perdería la posibilidad de rastrear y tendría que volver a empezar y ya estaba demasiado cansado para volver a intentarlo. Llegó al lugar del destello y se agachó. Frente a él, sobre el suelo de tierra, descubrió una pisada sobre la que levitaba una burbuja plateada. Ikai la observó y no tuvo duda, era Maruk, había pasado por allí. Levantó los ojos cerrados y a unos veinte pasos descubrió otra burbuja, y algo más adelante, otra más. Sin duda era el rastro de Maruk. «¡Lo encontré! ¡Por fin!».

El rastro lo condujo hasta una aldea tras el bosque. Abrió los ojos, guardó el mechón de Maruk y el disco de Adamis y estudió el poblado desde el linde del bosque. Las casas eran algo mejores que las de los Senocas, mejor construidas, más avanzadas. Estaban pintadas de rojo y amarillo. Era una aldea bastante grande y bien construida y cuidada. Ikai no vio a nadie en la plaza ni junto a las casas por lo que supuse que estarían trabajando los campos. El viento sacudió las hojas de los arboles sobre su cabeza y fue cuando se dio cuenta. No había ningún sonido procedente del poblado. Ni charlas, ni risas, ni discusiones, ni siquiera el ladrido de un perro. Allí no había nadie ni nada.

Se puso en pie y cruzando el camino de tierra frente al bosque entró en la aldea. Estaba vacía, desposeída de toda vida. Un escalofrío le bajó por la espalda y se acercó a una de las casas. La puerta estaba abierta, entró con cuidado y lo que vio lo dejó todavía más intranquilo. No había nadie y todo estaba en perfecto orden. La cocina recogida, los utensilios de madera y acero colgaban de la pared bien ordenados, la ropa doblada en la cómoda, la cama arreglada, las habitaciones recogidas... Ninguna señal de lucha o violencia. Ninguna señal de que hubieran abandonado aquel lugar con prisas ante un peligro inminente. Ninguna señal de nada. Era como si se hubieran volatilizado. Pasó dos dedos sobre la capa de polvo que cubría la mesa junto a la entrada. Aquella casa llevaba mucho tiempo vacía.

Salió a la plaza y registró un par de casas más en busca de pistas pero no halló nada, todas estaban en las mismas condiciones. «¡Qué extraño! ¿Qué habrá sucedido aquí?».

—¡Hola! —gritó con esperanza de que alguien se manifestara.

Solo el silbido del viento le respondió.

—¿Hay alguien? —preguntó a plena voz.

Nada. Era un pueblo fantasma.

El motivo lo desconocía pero probablemente no sería bueno. Desalentado y desconcertado, Ikai decidió seguir el camino hasta encontrar otra aldea donde hallar respuestas a lo que estaba sucediendo allí. Caminó por tres días hasta descubrir otra aldea, la investigó y se encontró con la misma situación: otro pueblo fantasma. Aquello cada vez le gustaba menos. Siguió adelante. Dos días más tarde vislumbró a una nueva aldea. De inmediato se internó en el bosque que se extendía junto al camino para seguir avanzando. No quería sorpresas.

Se acercó oculto entre la maleza temiéndose encontrar un nuevo pueblo fantasma. Pero esta vez sí escuchó voces, voces humanas. La alegría le provocó una sonrisa, pues había gente y estaban vivos. Suspiró al verlos y se relajó. Estudió a los aldeanos: eran de piel blanca, cabellos castaños y oscuros, ojos pardos, en realidad no eran muy diferentes de las gentes del Pueblo de las Tierras Altas. El hecho no le extrañó pues este Confín estaba bastante cerca de aquel. No había necesitado usar uno de los portales subterráneos que Adamis les había marcado en sus mapas para llegar hasta allí, lo había hecho a pie. Si los dos Confines estaban tan cerca era lógico pensar que los pueblos que los habitaban fueran de rasgos similares, al menos en etnicidad. En cultura sería algo que aún tenía que descubrir.

Tumbado en el suelo, contemplaba la actividad en la aldea y algo no le terminaba de encajar, pero no acertaba a saber qué era. Junto a una granja dos ancianos parecían negociar sobre una vaca raquítica que uno parecía querer vender al otro. En el lado opuesto, dos mujeres araban un campo. Ya tenían cierta edad e Ikai sintió lástima por ellas, tendrían que trabajar hasta sus últimos días. «Producir o morir. En este y en todos los Confines. La maldita ley de los Dioses». En la pequeña plaza, alrededor de una solitaria fuente, un grupo de niños y niñas jugaban correteando mientras gritaban sin cesar. Eran demasiado jóvenes todavía para llevar la argolla. «Disfrutad todo lo que podáis. La niñez vuela» les deseó con un sentimiento amargo.

Y en ese instante se dio cuenta de qué era lo que no le encajaba de aquel lugar. «¡No hay jóvenes!». Volvió a barrer la aldea y los alrededores con la mirada buscando alguna persona joven y no pudo encontrar una. «¡Qué extraño!». Ikai se quedó perplejo. Aquello no era normal en absoluto. Incluso cuando se producían Llamamientos masivos, para las minas o campos de trabajo, no se llevaban a toda la fuerza útil de una aldea. Siempre quedaban jóvenes para que la comunidad pudiera subsistir, para seguir generando. Aquello no tenía sentido y su mal presentimiento se intensificó.

Tampoco encontró rastro alguno de Guardias o Siervos. Era una aldea muy pequeña, no mucho mayor que un poblado, con lo que no tenía por qué haber enemigos, razonó. Despacio, dejándose ver, se aproximó. Caminaba con los brazos separados y las manos desarmadas a la vista, de forma que vieran que no tenía malas intenciones. Había dejado su espada y macuto escondidos atrás, junto a un árbol. Por si las cosas se complicaban llevaba el cuchillo listo en el cinturón, a la espalda. Cuando estaba realmente cerca de la plaza comenzó a avanzar aún más despacio.

De pronto uno de los niños lo vio. Se quedó quieto, se llevó las manos a la frente y gritó. Al cabo de un instante el resto de niños hicieron exactamente lo mismo. Ikai levantó las manos para intentar calmarlos. Los niños salieron corriendo alejándose de Ikai hasta desaparecer al otro lado de la aldea.

Ikai miró alrededor. Desde el portal de una de las casas de adobe blanco de la plaza lo observaba una anciana. Vestía de azul oscuro y una cinta negra adornaba su frente arrugada. Tenía ojos grandes y claros e Ikai reconoció el miedo en ellos.

—No voy a haceros daño —le dijo Ikai manteniendo las manos en alto y enseñando las palmas de las manos.

La anciana lo miró en silencio, una trenza gris le colgaba sobre el hombro derecho.

—Me llamo Ikai, no tengáis miedo —dijo él acercándose muy despacio.

La mujer levantó la palma de la mano.

Ikai se detuvo.

—Sólo busco información. De verdad. No os haré daño.

La anciana dijo algo en un lenguaje que Ikai no entendió. Despacio, para no asustarla, golpeó con los dedos suavemente la pulsera de comunicación en su muñeca derecha.

—¿Puedes repetirme lo que has dicho? No he podido entenderte.

—…Vete de aquí.

Ahora la pudo entender. La pulsera funcionaba.

—¿Por qué me rechazas?

—Tú no eres de estas tierras.

—No, vengo de lejos… ¿Qué sucede aquí?

—Vuelve por donde has venido.

—He encontrado aldeas desiertas ¿Qué ha sucedido?

Se encogió de hombros y bajó la mirada gris.

—¿Han hecho desaparecer a la gente?

La anciana se llevó el dedo índice a los labios.

—Entiendo, tienes miedo de hablar.

Ella asintió.

—Todos lo tenemos.

—¿No puedes decirme nada?

Negó con la cabeza.

—Quizás pueda ayudaros de alguna forma.

—Tú eres joven, fuerte pero morirás si intentas ayudarnos.

—¿Dónde están los jóvenes, los hombres y mujeres? ¿Trabajando?

La anciana negó con la cabeza y su rostro arrugado mostró un profundo pesar.

—¿No están trabajando para los Dioses?

—No.

—Este Confín sigue bajo el dominio de los Dioses ¿verdad?

Ella asintió con la cabeza, muy lentamente.

—Entonces, ¿dónde están?

La mujer señaló al este extendiendo el brazo.

—¿En otra aldea?

Se encogió de hombros y bajó la mirada.

—Se los llevaron.

—¿Se los han llevado a trabajar? ¿Un Llamamiento?

—No.

Ikai no entendió la negativa, lo que significaba y una sensación muy desagradable lo asaltó.

—¿Están… están vivos?

La anciana suspiró profundamente y se encogió de hombros. Pero el gesto fue tal que a Ikai le dio la sensación de que era un no.

—Estoy buscando a un amigo, quizás lo hayas visto —intentó sacar información a la desesperada viendo que estaba fracasando—. Llegó hace un tiempo, como he llegado yo hoy —dijo Ikai señalando el bosque a su espalda.

Ella asintió.

—Maruk, se llama Maruk.

—Sí.

—Lo conoces, ¿está bien?

Volvió a encogerse de hombros con el mismo gesto fúnebre.

—¿Dónde está?

—Con los otros —dijo ella señalando de nuevo al este.

—¿No puedes decirme algo más?

—Vete.

—Pero...

—Ahora. Vete. O esta también se convertirá en una aldea fantasma como las otras y será por tu culpa.

Ikai dudó ante la contundencia de aquellas palabras. Quiso rogar que le proporcionase algo más de información pero la anciana había desaparecido en el interior de la vivienda cerrando la puerta tras ella. Intentó encontrar a alguien más que pudiese arrojar algo de luz sobre la situación, pero todas las puertas se le cerraron. Por mucho que lo intentó nadie habló con él. Tenían miedo. Mucho miedo. No quiso forzar la situación y decidió seguir hacia el este. Ya encontraría respuestas en otro lugar. Se despidió y continuó por el camino. A medida que abandonaba aquel lugar tuvo la sensación de tener muchos ojos sobre su espalda.

Caminó por varios días siguiendo el camino. El paraje era bello lo cual Ikai agradeció. Andar sólo por el mundo era una sensación a la que no terminaba de acostumbrarse. Un paisaje ameno reconfortaba el espíritu. Estaba rodeado de grandes campas verdes y algunos bosques de hayas y fresnos. El terreno era predominantemente llano, apenas se veía una colina en la distancia. La brisa era suave, cálida, y el sol brillaba en lo alto calentando pero sin quemar la piel. El clima parecía ser bueno en aquel Confín. Llovía lo suficiente pero no demasiado y la temperatura era muy amena. Un lugar hermoso para vivir. Sólo había un problema: no encontraba gente. Ya había pasado otra aldea desierta y las extrañas palabras de la anciana resonaban en su cabeza. No sabía qué sucedía allí pero no era nada bueno. Debía averiguarlo y debía encontrar a Maruk.

«¿Qué está sucediendo en este lugar?». Y el mal presentimiento volvió a recaer sobre él como una pesada losa funeraria.

Capítulo 14

El portal emitió dos destellos y se activó. Al tercer destello una figura encorvada apareció en medio de la plataforma argéntea. De inmediato el Ojo-de-Dios a cargo del portal se volvió hacia el recién aparecido y le dio el alto.

—¿Quién se presenta? —preguntó con una chirriante voz de sorpresa. Tres Custodios que hacían guardia junto al portal se volvieron con lanza y escudo listos.

La figura se irguió lentamente. Su rostro no era visible bajo la capucha que cubría su cabeza. El Siervo lo observó, intentando deducir quién era, pero el extraño iba envuelto en una capa marrón que ocultaba su cuerpo.

—No hay ningún transporte dispuesto para esta hora —dijo consultando el libro plateado que portaba.

La figura no dijo nada. Observó alrededor, como intentando identificar el lugar donde se hallaba.

El Ojo-de-Dios cerró el libro.

—Esto es muy irregular. No se me ha informado. Debo comunicarme con mi Señor y preguntar si este transporte está autorizado.

Al momento los tres Custodios prepararon las lanzas apuntando al recién llegado.

—*¿Sigue el bueno de Lord Urdin a cargo de los Portales del Quinto Anillo?* —dijo el extraño en un mensaje mental al tiempo que con un gesto casual de su mano dejaba ver al Siervo que el color de su piel era dorado. El dorado de los Áureos.

El Ojo-de-Dios quedó desconcertado. Al darse cuenta de que se trataba de un Áureo, el Siervo se agachó en sumisión y los Custodios se pusieron firmes.

—Lord Urdin ha sido sustituido por Lord Urako. Es a él, mi señor, a quién debo reportar…

—*Y harás bien. Quiero que lleves mis saludos a mi buen amigo.*

El Ojo-de-Dios, con la cabeza gacha y sin atreverse mirarlo, se disculpó.

—Perdonadme, mi señor, nadie me ha informado…

—*Es natural, esta visita no estaba prevista.*

El Siervo abrió el libro plateado.

—¿A quién debo anunciar a mi señor? Es algo tarde para una visita formal…

La figura miró el firmamento lleno de estrellas.

—*Cierto. Es algo tarde para una visita formal. Sin embargo, esta no lo es.*

—No entiendo, mi señor, Sin duda pertenecéis a la Casa…

—*Oh, he olvidado mencionarlo, pero no soy de la Casa del Agua.*

El Siervo comenzó a erguirse lentamente. Los Custodios se pusieron en alerta.

—¿No sois de la Casa del Agua? ¿A qué Casa pertenecéis, mi señor?

—*Umm, interesante pregunta. No lo había pensado. Ya no pertenezco a ninguna Casa.*

—Pero… mi señor… eso es imposible.

—*Para un ser como tú lo es, pues para ti no es concebible el hecho de que un Áureo no pertenezca a una de las Cinco Casas. Pero déjame asegúrate que es así.*

El siervo no supo cómo reaccionar. Estaba ante un Áureo, uno de sus amos, pero no de su Casa y, por lo que le había dicho, no pertenecía a ninguna. Aquello no estaba contemplado en su lógica.

—*¿Confundido?*

—Mi señor… ¿Quién sois? ¿A quién anuncio?

—*Lo siento, pero no debes anunciar a nadie, pues no puedo desvelarte quién soy.*

El Siervo cerró el libro y se quedó mirando al extraño sin saber qué hacer. Al cabo de un momento la orden prioritaria pareció aparecer en su mente.

—Si no sois de la Casa, no podéis estar aquí sin invitación expresa a estas horas de la noche.

El extraño asintió.

—Debo pediros que os identifiquéis a mi señor, Lord Urako.

—*Por desgracia para ti, y para esos tres Custodios que ya me miran con suspicacia, no puedo hacerlo.*

Hubo un momento de silencio. El Siervo se volvió hacia los Custodios.

—Detenedlo —les ordenó.

Los tres enormes guerreros dieron un paso hacia el portal. Al mismo tiempo el extraño refulgió y tres espíritus translucidos surgían del pecho del Áureo. Los espíritus, con caras deformadas por el horror, se precipitaron sobre los rostros de los Custodios, entraron en sus cuerpos y antes de que pudieran dar el segundo paso caían al suelo sin emitir una voz para morir mientras sus almas eran devoradas por los tres horrores.

El Siervo dio un paso atrás.

—Ese tipo de Poder, es de la Casa de Éter —dijo su chirriante voz temblorosa.

—*Veo que cada vez os crean con mayor inteligencia.*

—Por favor, mi señor, no me matéis.

—*Curioso, pensaba que tu función era servirnos. Deberías estar feliz de morir por un Áureo. Si te lo ordeno deberías quitarte la vida gustoso.*

El Siervo buscó en su lógica qué hacer. Por un lado era cierto lo que el extraño le decía, pero por otro lado, no deseaba morir.

—Sois de una casa rival, no puedo seguir esa orden.

—*Bien defendido. En efecto, soy de una Casa rival y por tanto no me perteneces y no puedo ordenarte que te quites la vida.*

El Siervo asintió.

—*Por desgracia, aunque aprecio tu inteligencia, no puedo permitir que se sepa de mi llegada. Y sé que correrás a informar a tu amo, como bien te indica la pepita de Poder que tienes incrustada en tu mente. Por eso, sintiéndolo mucho, no puedo dejarte ir.*

El Siervo fue a volverse para huir y el extraño produjo un chasquido con sus dedos. Antes de que pudiera dar un paso una neblina transparente lo envolvió. Un momento más tarde caía muerto al suelo.

—*Mi nombre es Adamis. Lo lamento, de verdad, pero no puedo dejar que mi presencia aquí sea conocida* —dijo el extraño y avanzó con paso lento entre los cadáveres.

Con las estrellas brillando en lo alto Adamis caminaba con cautela, mirando en todas direcciones de forma furtiva por si aparecían Custodios de guardia. Llegó a una plaza con una fuente en su centro en forma de navío surcando los mares. Una figura aguardaba allí, en la penumbra, ocultando su presencia tras un árbol. Adamis se detuvo. Intentó erguirse, debía simular ser un Áureo poderoso, un Lord. Pero un súbito dolor intenso en el estómago le hizo doblarse. Aguantó el sufrimiento y se irguió, cual noble de aquél anillo. Observó a la figura oculta en las sombras, no se movía, lo observaba.

Adamis no estaba seguro de si avanzar. Usó su Poder para percibir la esencia y asegurarse de que no se dirigía a una emboscada. Percibió el elemento agua, lo cual no le extrañó pues estaban en el Quinto Anillo. «Tiene mucho Poder». Debía prepararse, representaba una amenaza. Pero percibió algo más: era como si mezclado con el elemento agua hubiera restos de los otros elementos, como si estuvieran mezclados. «Ummm esto es muy poco común, el Poder se desarrolla afín a un único elemento, pero este fenómeno ya lo he encontrado antes…». Y entonces supo quién le esperaba.

Se acercó hasta la figura.

—*Bienvenido seáis, Príncipe del Éter* —le llegó a su mente el mensaje de una voz femenina y joven que reconoció.

—Ya no soy un noble de una Casa poderosa, ahora sólo soy un apátrida. Olvidemos los formalismos y hablemos como comunes.

—Como deseéis —dijo ella con un pequeño gesto de reconocimiento.

—Además tú y yo ya nos conocemos, Ariadne, Sanadora de la Casta de los Comunes.

—Veo que el recuerdo de nuestro encuentro bajo el templo de Oriente el día antes a tu destierro permanece intacto.

—Hay cosas que uno no olvida. Pero por si acaso he traído esto —Adamis le mostró una perla a Ariadne.

—Mi perla —sonrió ella al reconocerla.

—Aunque no la he necesitado, te he reconocido por tu esencia. La recuerdo bien.

—Guarda la perla, podrías necesitarla.

Adamis asintió y la guardó.

—Veo que ya no llevas la máscara en forma de árbol de los Hijos de Arutan. Eres una mujer de una belleza notable.

Ariadne se sonrojó.

—Pasearse con ella puesta por el Quinto Anillo llama demasiado la atención.

—Sobre todo siendo perseguidos.

—¿Cómo está mi venerada señora? ¿Se encuentra bien? —preguntó ella de pronto preocupada por su líder.

—Aruma está bien. Muy bien diría yo, no te preocupes. Tengo un mensaje de ella para ti.

De la parte norte del parque aparecieron seis Custodios haciendo la guardia. Bajaban en dirección a la plaza.

—Tendrá que esperar. Tenemos que movernos —dijo Ariadne con urgencia.

—Una vez lleguen hasta el Portal darán la alarma —dijo Adamis echando una mirada en aquella dirección.

—Entonces apresurémonos. Por aquí —le indicó ella.

—¿A dónde me llevas?

—No te preocupes, conozco este Anillo a la perfección, he vivido aquí toda mi existencia. Estaremos a salvo.

Adamis asintió con una leve sonrisa de conformidad.

Los dos Áureos marcharon. Adamis intentaba seguir el ritmo que Ariadne marcaba, pero le era imposible. Su maltrecho cuerpo no le permitía ir tan rápido. La joven disminuyó el paso al percatarse de los problemas del Príncipe.

—Erguido —le susurró—. Cuanto más erguido menos llamaremos la atención de los Custodios.

Adamis asintió e intentó ponerse lo más tieso posible. La posición era una tortura para él, pero la aguantaría. Ariadne le condujo por parques y calles prácticamente desiertas, manteniéndose siempre en la penumbra, evitando los puntos muy iluminados y emplazamientos donde hubiera patrullas. Tal y como había dicho, la joven conocía perfectamente el lugar. Llegaron a una zona de canales y vieron a dos figuras que los esperaban junto a un bote amarrado a un pequeño muelle oscilante de madera.

Adamis dudó al ver que eran esclavos corpulentos.

—Son de confianza —le aseguró Ariadne.

Subieron al bote y se dirigieron dirección sur, navegando entre el laberinto de canales de aquella sección del Quinto Anillo. En aquel anillo, reino de la Casa del Agua, donde debería haber calles y avenidas empedradas, había canales y ríos. Los dos esclavos guiaban la embarcación con maestría y parecían conocer cada recoveco de aquel singular mundo de canalizaciones y lagos en el interior del anillo.

Adamis entrecerró los ojos e intentó vislumbrar hasta donde sus ojos alcanzaban a ver bajo las luces que alumbraban. Siempre le había maravillado la singular composición del reino de la Casa del Agua. Edificios en suaves tonalidades azules flotaban en medio de lagos artificiales. Cascadas a varios niveles que parecían descender desde los propios cielos decoraban palacetes y plazas. Fuentes exuberantes y altos géiseres adornaban excelsos palacios cuyas paredes parecían ser de pura agua. Adamis sabía que eran las residencias de las familias nobles y cuanto más se alejaran de ellas más seguros estarían. Sin embargo, no podía sino admirar el diseño alocado de aquel bello mundo donde la roca era agua.

La pequeña barca navegaba la noche silenciosa. Nadie hablaba y al cabo de un rato, en la tenue luz de las lámparas que iluminaban el trayecto, Adamis comenzó a tener la impresión de hallarse en una embarcación funeraria, como si se dirigieran a un entierro en el mar. Sintió un escalofrío, pero lo sacudió de su cuerpo. «Ya sabías que volver a pisar tu hogar suponía un riesgo inmenso. Ya no hay vuelta atrás».

—Ahí está nuestro destino —dijo Ariadne señalando al frente.

Adamis entrecerró los ojos y consiguió discernir un apartado edificio en medio de la maraña de conductos y pequeños lagos. Al verlo la sensación que había estado experimentado se incrementó todavía más. El edificio era esférico y completamente dorado. Las puertas dobles cóncavas de acceso al interior estaban alumbradas por dos grandes braseros. Lo reconoció al instante: era un templo.

—¿Un Templo del Dogma Áureo? —preguntó a Ariadne lleno de preocupación.

—Sé que te parecerá extraño, pero es el lugar más seguro.

—Habrá sacerdotes del dogma, son vuestros enemigos jurados.

Ariadne sonrió e inclinó la cabeza.

—¿Qué mejor lugar para ocultarse que en la propia casa de tu enemigo? Adamis la miró desconcertado. El riesgo era enorme. Los templos los controlaban los sacerdotes para los que el Dogma Áureo lo era todo y reportaban a la Casa dirigente. Era una locura.

—¿Por qué no ocultarnos en una casa sencilla entre la tercera casta, la de los Comunes?

—Porque ahí es precisamente donde nos buscan —dijo ella negando con la cabeza.

—Pero ahí... —dijo Adamis señalando el lugar de oración y negando con la cabeza—, es demasiado arriesgado.

—Los secretos mejor guardados son aquellos que están a plena vista.

—Ahora hablas como Aruma...

—Lo tomo como un cumplido —sonrió Ariadne.

El bote llegó al embarcadero del templo y los dos esclavos lo amarraron sin decir palabra. Ariadne bajó y le hizo un gesto a Adamis para que se apresurara. El Príncipe hizo cuanto pudo por ir más rápido aguantando el dolor con el que su cuerpo lo castigaba. Ariadne llegó hasta las puertas del templo y con un ligero empujón las abrió. Adamis no se sorprendió. Los templos permanecían siempre abiertos pues los sacerdotes tenían como deber velar por el bienestar de todos los Áureos día y noche, por toda la eternidad, hasta el día que alcanzaran la inmortalidad. Tras un chirrido, una penumbra amenazadora los recibió.

—Vamos —dijo Ariadne, y entró en el templo.

Adamis echó una mirada sobre su hombro y vio a los dos esclavos continuar canal abajo. Desaparecieron entre las sombras de la noche un momento después, tan sigilosos como habían aparecido. Adamis encaró la puerta abierta y entró en el edificio. Todo estaba a oscuras, un silencio sepulcral llenaba la estancia. No había rastro de Ariadne. Decidió usar su Poder para encontrarla y dejó que un hilo de su esencia recorriera la estancia esférica en busca de la Sanadora. Barrió la estancia de suelo a techo, pero allí no había nadie. Aquello lo inquietó. Descubrió una puerta en la pared opuesta. Fue a dirigirse a ella cuando de pronto se abrió una trampilla en el suelo y Adamis se detuvo.

—Soy yo —dijo Ariadne—. Todo en orden. Puedes bajar.

Adamis resopló. Por un momento había supuesto que algo iba mal. Unas escaleras de piedra lo condujeron al sótano del edificio y la trampilla se cerró tras él. Entró en una cámara fría y húmeda iluminada por dos lámparas de aceite. Al fondo se distinguía un lar y un par de sillas de madera.

—No es mucho... —se disculpó Ariadne.

—Es más que suficiente —le dijo Adamis con una cálida sonrisa mientras observaba la estancia. Muy despacio, se sentó en una silla de madera frente al lar disimulando el sufrimiento que aquel simple acto le causaba. Ariadne al ver el dolor del Príncipe reflejado en su rostro dio un paso hacia él para ayudarlo pero Adamis rechazó la ayuda con un gesto de su mano.

—¿Necesitas algo?

—Una manta le haría mucho bien a mi cuerpo. La humedad en este anillo penetra hasta el alma.

—Por supuesto, ahora mismo —dijo ella, y desapareció en la habitación contigua aunque no tardó en volver con dos viejas mantas de lana—. Aquí tienes, te calentarán, yo las uso mucho —le aseguró ella.

—Gracias, Ariadne.

—Estamos en el Quinto Anillo —dijo la Sanadora—, en el reino del agua, la humedad aquí es constante pero uno acaba acostumbrándose.

—Con los años… No creo que dispongamos del tiempo que eso requeriría. Gracias —dijo Adamis y se envolvió en ellas para volver a sentarse.

Ariadne asintió con la cabeza.

—¿Mejor?

—Algo, sí, gracias —dijo Adamis que sentía el calor penetrar su cuerpo aunque no conseguía aplacar del todo el frío embrace de la humedad que incrementaba el sufrimiento con el que su cuerpo le castigaba.

Ariadne se percató del malestar del Príncipe.

—Si me permites examinarte…

—No hay nada que puedas hacer. Aruma ya lo ha intentado todo. Mi cuerpo está corrompido. El veneno es parte de mi sangre, no viviré mucho y el tiempo robado que lo haga deberé pagarlo en dolor.

—Aun así… permíteme, por favor.

Adamis suspiró para ceder a continuación con un gesto afirmativo.

Ariadne usó su Poder. Un haz de luz verde-amarronada partió del pecho de la Sanadora y recorrió el cuerpo del Príncipe de pies a cabeza. Lo examinó detenidamente, sin dejar escapar ningún detalle. Tras un largo rato de análisis, Ariadne detuvo el examen. Miró a Adamis a los ojos, y él reconoció en los de ella una mirada llena de impotencia y pena.

—Lo siento…

—No te preocupes. Conozco mi destino y lo acepto.

—No es justo lo que te ha ocurrido… el suplicio que tienes que padecer con cada movimiento, cada día. Eres un Príncipe Áureo, por tus venas corre la sangre de una de las familias más antiguas y poderosas. Es muy duro verte así.

—Muy pocas cosas en esta vida son justas. No me arrepiento de lo que hice y pagaré el castigo. Este tiempo añadido que Aruma me ha conseguido con su sabiduría y Poder lo utilizaré para el bien. Ya no soy un Príncipe, sólo soy un Áureo más que como tú busca lo mejor para los suyos.

—Y para los hombres… en tu caso.

—En efecto, y para la raza de los hombres —dijo Adamis asintiendo.

—¿Y si tuvieras que elegir? —preguntó de súbito Ariadne.

—¿Entre Hombres y Áureos?

—Sí.

Adamis meditó la pregunta. Era una complicada pues las implicaciones eran profundas.

Finalmente respondió.

—Esperemos que no tenga que tomar esa decisión.

Ariadne asintió pesadamente, y Adamis notó que la respuesta la había preocupado.

—No puedo sanarte, pero hay algo sencillo que sí puedo hacer para hacerte sentir mejor.

Ariadne se volvió hacia el lar.

—Esto nos vendrá bien a los dos—dijo, y comenzó a preparar un fuego bajo para calentarlos. Las llamas no tardaron en prender y Adamis agradeció la reconfortante sensación de calor. Por un momento el dolor desapareció y pudo relajarse. Respiró profundamente y exhaló, disfrutando de aquella agradable sensación.

De súbito se escuchó un *click* metálico y Adamis supo que era la trampilla por la que habían entrado y Ariadne se volvió hacia la escalera. Una figura apareció bajando a la estancia. Vestía una túnica púrpura con un fajín azul. «¡Un Sacerdote del Quinto Anillo!». Adamis se puso en pie y se preparó para atacar.

Ariadne levantó la mano.

—¡No lo dañes! —le dijo a Adamis.

El Sacerdote se detuvo al final de la escalera y no entró en la cámara.

—Es un amigo —explicó Ariadne.

Adamis dudó. Estudió al hombre del Dogma mientras activaba su Poder, listo para acabar con el intruso. Tendría su edad, era delgado, de rostro afilado y nariz aguileña. Su piel era de un dorado pálido. El rostro era seco. Sin embargo, los ojos, verdes-esmeralda, brillaban con un brillo dulce, el de la bondad.

—Está con nosotros —le aseguró Ariadne.

—Es un Sacerdote, está con el Dogma Áureo, con los Cinco Altos Reyes —dijo Adamis señalando el pecho del Sacerdote.

El hombre de fe abrió los brazos.

—No represento ninguna amenaza —dijo él con una voz suave pero asertiva—. Ariadne me ha pedido que le dé cobijo en mi humilde hogar —dijo señalando la cámara.

—Y tú siempre accedes a ayudarme —le dijo ella, y se acercó a abrazarlo. Los dos se fundieron en un embrace casi fraternal.

Adamis los observaba atento.

—¿Quién es? —preguntó a Ariadne.

—Este es Sormacus, un gran amigo mío y de la causa.

—¿Pertenece a los Hijos de Arutan?

—No sólo pertenece, sino que es la Llave.

Adamis hizo un gesto de incomprensión.

—Lo entenderás a su debido tiempo —le dijo Ariadne—. Pero déjame asegurarte que es una persona clave para el nuevo futuro de nuestra raza.

Sormacus dio un paso hacia Adamis y lo observó.

—Es un honor conocer al desterrado Príncipe del Éter.

Los dos cruzaron una mirada, estudiándose el uno al otro.

—Es un placer, Sormacus —dijo Adamis.

Ariadne se situó entre los dos y los miró con ojos llenos de determinación.

—Ha llegado el momento de que los Hijos de Arutan actúen —anunció—. Ha llegado el momento de cambiar la historia de los Áureos.

Capítulo 15

Kyra bajó de su caballo de un salto, lo acarició y le dejó pastar junto al agua. Sacó el disco de Adamis y lo observó ensimismada. La pepita dorada en el interior del objeto cristalino siempre la cautivaba. Allí estaba almacenada una minúscula cantidad de Poder de Adamis, una fracción de él. Lo añoraba tanto que la sorprendía. «Espero que estés bien, mi Príncipe de piel y corazón de oro». Por suerte el carácter de Kyra no le permitía pararse a suspirar, tenía una misión entre manos y era hora de entrar en acción.

Observó el estanque y no parecía nada especial. Un estanque de aguas verde-azuladas bastante grande y de forma circular. No había ningún riachuelo que lo alimentara, o al menos algo que ella pudiese ver. Se encogió de hombros, cerró los ojos y conectó con el Poder en el disco. «Muéstrame el camino». El disco se elevó sobre su mano, quedó suspendido en el aire a un palmo distancia y comenzó a brillar con una luz dorada de gran intensidad. Kyra abrió los ojos y lo observó. El disco emitió un haz de luz plateada en dirección al centro del estanque y al cabo de un momento desapareció.

—¡Qué demontres! ¿Pero qué quieres? ¿Que me dé un chapuzón?

Aquello no tenía ningún sentido. Se concentró de nuevo y ordenó al disco: «Muéstrame el mapa de Adamis».

Se produjo un resplandor y sobre el disco apareció un mapa translúcido. Kyra pudo verse representada en el mapa por una burbuja azulada. Frente a ella el estanque estaba perfectamente retratado y en medio del agua discernió una burbuja negra. «Qué raro, también indica el centro el estanque. ¿Estará roto?». Ordenó al disco que alejara la visión, como si un águila se elevase sobre los cielos. El mapa se extendió y la imagen se alejó.

Ahora veía mucha mayor extensión pero los dos puntos, el azul y el negro, permanecían quietos.

—Buscaré otro templo... —musitó. Pero el disco no reaccionó a su voz.

Suspiró al darse cuenta. «Aleja más la visión, busca otro templo» pidió con su mente, y esta vez sí fue obedecida. El mapa fue expandiéndose al tiempo que los dos puntos se hacían cada vez más diminutos hasta desaparecer en la distancia. De pronto se produjo un destello negro sobre el mapa. «Acércate a él». El disco obedeció y le mostró el nuevo punto negro. «Umm... eso está muy lejos. Tardaría una eternidad en ir hasta allí a caballo», resopló. No tenía más opción que arriesgarse. Tendría que ir al centro del estanque aunque la idea no le gustase.

Guardó el disco y se acercó hasta su montura pinta.

—Es hora de despedirnos, amigo —le dijo acariciándole el hocico, mientras el buen animal le respondió con un bufido—. No puedo llevarte a donde voy —cogió la bolsa con las provisiones y la cruzó a su espalda, luego le dio una palmada en el lomo al caballo para que marchara.

—Cabalga libre, amigo —se despidió, después se acercó al estanque y suspiró—. Hora de un poco de práctica —dijo mirando al sol, pues era su forma de hablar con Adamis aunque él no pudiera oírle—. Y sí, practico todos los días como me rogaste que hiciera. Y sin la ayuda del disco, utilizando mi propio Poder.

Durante el largo tiempo que había permanecido junto a Adamis, cuidándolo, él a su vez le había hecho un regalo inmenso. Uno que ella no imaginaba posible: le había ayudado a aceptar quién era, algo que Kyra se había negado en rotundo a hacer. No podía ni quería aceptar que era hija de aquel monstruo, de Oskas, ni que era una híbrida con Poder, una aberración como su padre. Ahora Kyra sabía quién era y lo aceptaba. Y lo que era más importante, sabía que no tenía por qué ser como él.

Suspiró. «Nunca podré agradecértelo lo suficiente». Ahora estaba en paz consigo misma y se aceptaba. Era una Híbrida con Poder y estaba orgullosa de lo que eso significaba: tenía su propio Poder, un Poder que su cuerpo generaba y podía usar, no necesitaba del disco de Adamis. Y eso la llenaba de una satisfacción enorme. Todavía no había aprendido a usarlo más que en el modo más básico y no podía hacer nada tan grandioso como lo que Adamis y los Dioses eran capaces, pero poco a poco, día a día, aprendía algo más y mejoraba. «Un día podré hacer cosas increíbles».

Cerró los ojos y se concentró. Debía calmarse completamente, apagar el fuego que siempre ardía en su interior y que le impedía usar el Poder. Se recordó que llevaba practicando a diario mucho tiempo para convertirlo un día en un acto casi reflejo. Todavía no había logrado esa soltura, pero un día lo conseguiría pues aun siendo una Híbrida, llegaría a ser tan poderosa como un Dios. «Un día, un Áureo se arrodillará ante mí y lo habré vencido con sus propias armas, en su propio juego».

Se centró en su persona, buscando su aura, su espíritu. Debía hallarla para poder usarla. Poco a poco comenzó a ver una silueta débil… un contorno de luz blanca… pequeña, a lo lejos… La atrajo hacia sí, empujando como si fuera un objeto y quisiera atraerlo. Por fin, al cabo de un momento, un destello blanquecino le recorrió el cuerpo entero. Lo consiguió. «Ya tengo mi aura. Me tengo». Concentrada en el aura, ahora tenía que conseguir encontrar su Poder y usarlo. Esta era la parte más difícil y que todavía no dominaba bien.

Se concentró en su interior, en su pecho, e intentó visualizar su Poder. Esta parte la había tenido que aprender ella misma experimentando pues era diferente para Áureos e Híbridos. Para los Dioses usar su Poder era casi inmediato, como tener un pensamiento que conllevaba una acción, según Adamis le había explicado. Simplemente lo llamaban y al instante sucedía. Cuanto mayor era el Poder de uno más rápido conseguía activarlo y comandarlo. Los Dioses más poderosos, pertenecientes a las cinco Casas reales, eran tan sumamente veloces usando su Poder que podían destruir a un enemigo antes de que este pudiera hacer uso del suyo para defenderse. Kyra no podía ni imaginarlo, pues a ella le costaba horrores conseguir activarlo. Parecía ser que para un híbrido no era tan sencillo llegar hasta su Poder. El Poder era parte de uno, pero estaba en una capa mucho más profunda y difícil de alcanzar. Para un Áureo estaba a nivel de un pensamiento. Adamis usaba el suyo con tal celeridad que Kyra creía que era casi más rápido que un pensamiento.

Continuó intentando encontrar su Poder y empezó a frustrarse. Tuvo que hacer un gran esfuerzo para calmarse y que su carácter de fuego no interfiriera. Se relajó y por fin, al cabo de un largo momento, consiguió estar en calma absoluta. «Por Oxatsi que lo voy a conseguir» se animó. Y finalmente lo vio, brumoso primero para ir despejándose al cabo de un momento. Era como un lago azul en perfecta calma en el interior de su pecho. La primera vez que lo vio, Kyra pensó que estaba perdiendo la razón. ¿Cómo podía ser aquello? Pero Adamis le explicó que no era realmente un lago, sino la representación que la mente hacía del fenómeno. Su Poder se almacenaba bajo su pecho y así lo percibía su mente. Ahora a Kyra ya no le extrañaba verlo. Le frustraba tardar tanto en encontrarlo, pero cuando lo lograba su alegría era inmensa.

—¡Bien! —exclamó, y un pájaro salió volando asustado.

Kyra transmitió la orden a su Poder en su mente, concentrada en su aura. De súbito sintió un hormigueo, uno que comenzaba a conocer bien, la del Poder respondiendo a su llamada. Le siguió una sensación de vacío. ¡Ya lo tenía! Ahora debía controlar su Poder para que hiciera lo que ella deseaba. Concentrándose con todas sus fuerzas ordenó la acción a llevar a cabo. Nuevamente sintió el hormigueo y le siguió una sensación de vacío. «¡Bien! ¡Lo conseguí!». Despacio, Kyra fue elevándose del suelo hasta alcanzar la altura de una vara. «Al centro, muy despacio» ordenó. Avanzó por el aire sobre la superficie en calma de estanque manteniendo la altura de una vara y llegó al centro sin incidencias.

—¡Qué te ha parecido! ¡Sin disco! ¡Yo sola! —gritó eufórica al sol golpeándose el pecho con el puño.

Estaba tan contenta de haberlo conseguido que se hubiera puesto a saltar de alegría de no estar levitando sobre el estanque.

—¡Soy una Híbrida con Poder que no necesita discos! ¡Preparaos Áureos!

De pronto un haz circular de luz dorada surgió del centro del estanque y la envolvió.

—¿Qué demonios?

Y antes de que Kyra pudiera reaccionar la luz parpadeó y se la llevó. Respiró una bocanada de aire y el agua se la tragó, fue succionada hacia el interior del estanque, hacia las profundidades. Perdió la consciencia un instante antes de que el aire se le agotara.

Despertó con un mareo tremendo y estuvo a punto de vomitar. Intentó recuperarse pero no lo consiguió. Se quedó tendida en el suelo, de costado, apoyada sobre un brazo. Se encontraba fatal, respiraba profundamente para calmar el mareo y entonces miró alrededor. Estaba en una cámara circular de paredes plateadas. «Áureos» pensó. La cabeza le dolía horrores.

—Vaya forma de entrar. Podrías haberme avisado —se quejó pensando en Adamis—. Cuando te vea te vas a enterar —amenazó.

Al oír el eco de su voz en la hueca cámara se intranquilizó. Adamis le había advertido que algunos de los templos subterráneos eran usados por los Áureos cuando se desplazaban a través del continente, aunque no lo hacían muy a menudo. Representaban una especie de cruce de caminos con salida al exterior. Cada templo contenía un portal que les permitía viajar una cierta distancia. Saltando de templo a templo se podía cruzar todo el continente de norte a sur y de este a oeste. Kyra no tenía ni la más mínima idea de cuán grande era, pero Adamis le había dicho que era inmenso, de ahí que construyeran los templos dotados con un portal, así eran capaces de recorrer grandes distancias en poco tiempo. Kyra debía reconocer que los Áureos eran tan listos como malvados. Otros templos, más importantes y secretos, tenían que ver con sus creencias religiosas: el Dogma Áureo y ritos religiosos y funerarios. Adamis creía, aunque no podía probarlo, que algunas Casas tenían además templos secretos. En ellos se experimentaba con tecnología prohibida lejos de la Ciudad Eterna, evitando ser descubiertos. Al recordarlo, Kyra sintió un escalofrío.

Miró alrededor y se armó con el disco en una mano y una de sus dagas de lanzar en la otra. «Debo calmarme. En el mapa de Adamis están sólo los templos conocidos, los que se utilizaban como medio de transporte. Ya sería mala suerte cruzarme con un maldito Áureo de tránsito». Nada más pensarlo se arrepintió. No era ella precisamente la más afortunada de las mujeres, pues sus desventuras hablaban por sí solas.

Aguardó en silencio, escuchando, como Ikai le había enseñado a hacer. Nada. Parecía estar sola. «Mejor estar segura». Como no quería arriesgar intentándolo por sí misma, sacó el disco de Adamis y lo usó. Un hilo de neblina casi transparente abandonó el objeto y tomó una forma como la de un espíritu. Sin embargo, no daba miedo, más bien parecía estar allí para servir y ayudar. «Busca» le ordenó Kyra, y el espíritu se desplazó por la estancia. Luego se alejó por la salida de la cámara para perderse en un túnel de paredes plateadas. Kyra esperó alerta a que el espíritu buscador explorase el lugar y volviera para informarle si encontraba algún ser con vida. No tardó demasiado en regresar.

Kyra abrió los brazos en cruz y el espíritu penetró en su pecho para desaparecer en ella. Al cabo de un instante, en la mente de Kyra apareció todo lo que el espíritu había recorrido y visto. «Ahí está el Portal». Los templos eran un pequeño laberinto de cámaras y túneles a varios niveles. Utilizar el espíritu buscador le ahorraba tener que explorar todo el recinto y perderse varias veces. «Un truco magnifico, Adamis, gracias por habérmelo enseñado» agradeció a su maestro y amado.

Más tranquila, al quedarse a solas, se colocó bien la bolsa cruzada y avanzó por los túneles hacia la cámara del Portal. La encontró dos niveles más abajo. Para acceder a ella tuvo que usar el disco de Adamis, al igual que tendría que hacerlo para manipular el Portal. Sólo los Áureos podían operar sus artefactos, ella no podía, pues ya lo había intentado pero su mente no era capaz de descifrar los símbolos y jeroglíficos que se requerían entender para poder accionarlos. Adamis le había explicado que aquel era el lenguaje simbólico de los Áureos y que aprenderlo le llevaría mucho tiempo. Un tiempo del que no disponían. Muy previsor, Adamis había preparado los discos que les había dado a los cuatro con la habilidad de traducir el lenguaje y que sus mentes pudieran entenderlo. De esta forma podrían entrar y salir de los templos y operar los Portales. Pero si Kyra perdía el disco o este era destruido, no podría volver a usar ni templos ni portales.

El Portal refulgía en la pared con una luz plateada tan suave que era casi inapreciable. Kyra usó el disco y volvió a utilizar el mapa de Adamis. Con él abierto, flotando sobre el disco, buscó su destino, el templo más cercano al Confín de la Casa del Fuego. Le llevó un tiempo pero lo encontró. Memorizó su posición e hizo desparecer el mapa. Ahora debía activar el Portal e indicarle el lugar al que deseaba ir. Puso la mano sobre la superficie viscosa del portal, que daba la sensación de ser plata fundida, y lo activó. De inmediato emitió un destello y pareció despertar de un largo sueño. El borde circular de oro destelló y las runas comenzaron a brillar con centelleos dorados. Kyra debía mover las runas y situarlas en el orden correcto y la posición precisa para establecer el destino al que se dirigía. El Portal las proyectaba a su mente como en un mensaje, esperando una respuesta.

Se mordió el labio inferior. Le daba rabia no ser capaz de manipular aquel objeto arcano. La tecnología de los Áureos era más de lo que ella pudiera comprender, ni su hermano podría, y resopló. «No se puede saber todo en un día». Usó el disco y comenzó a traducir los signos. Sin saber muy bien cómo, comenzaron a tener sentido para ella, así que se dejó llevar. Conocía su destino, ahora tenía que indicárselo al Portal. Lo visualizó en su mente. «Ahí» dijo, y su mente con ayuda del disco tradujo la posición al lenguaje de símbolos del Portal. Las runas del Portal se movieron y situaron en la posición correcta. «¡Ya está, genial!».

Kyra se preparó para entrar. De súbito, el Portal emitió un destello y su superficie comenzó a emitir un extraño brillo dorado mientras formaba ondas desde su centro, como una piedra lanzada a un lago.

—¿Qué es esto? —dijo Kyra un tanto alarmada. Nunca había visto que el Portal hiciera aquello.

Y antes de que pudiese entender qué ocurría, una figura surgió del Portal. El corazón de Kyra casi reventó del susto. La figura era esbelta y de piel dorada. ¡Era un Áureo! ¡Un malnacido Dios! ¿Pero qué hacía allí? ¡Maldita suerte!

El Áureo, a su lado, se irguió despacio y se sacudió el efecto de cruzar el Portal. Giró la cabeza y vio a Kyra. Su rostro dorado no pudo esconder la enorme sorpresa. Las finas cejas se arquearon y sus pequeños ojos claros se abrieron como platos. Levantó una mano y la señaló. Kyra reaccionó con toda su energía y se lanzó de cabeza al Portal sin mirar atrás.

Salió al otro lado de otro Portal en un templo a miles de leguas. Rodó por el suelo llena de dolor. Viajar a través de los portales era doloroso para los hombres. Para los Áureos no lo era, pero no podían hacerlo constantemente, debían descansar pues afectaba a su Poder según Adamis le había explicado. Cuando se sacudió el dolor del cuerpo gritó a pleno pulmón.

—¡Por un pelo!

Entonces recordó que estaba en otro de los templos y podría haber otro Dios allí o quizás un Guardián. Los Áureos acostumbraban a situar Guardianes en templos de importancia para proteger su contenido. Pero Adamis le había dicho que no había guardias en los templos con los portales, sólo en los importantes. Se relajó un instante y al cabo de un momento se puso tiesa como una tabla. «¡Oh, no!» el Dios podría seguirla allí con solo tomar el Portal que había dejado. Y podría hacerlo muy pronto.

—¡Por Oxatsi! ¡Tengo que escapar!

Echó a correr como perseguida por un león hambriento. Salió de la cámara, no conocía el camino pero sabía que tenía que subir a los niveles superiores. Corrió en busca de escaleras sin mirar atrás. «Si me coge estoy muerta». Sacó el disco mientras corría por un túnel y llamó al Espíritu de Búsqueda. «Sácame de aquí, rápido», El espíritu salió disparado ante la urgencia de su ama y Kyra tras él.

El mensaje mental fue tan claro que Kyra tuvo que cerrar los ojos y soportar su abrasadora fuerza.

—*No escaparas de aquí con vida* —le llegó el mensaje del Áureo.

«¡Mi suerte! ¡Me ha seguido!». Corrió todavía más rápido. Vio unas escaleras de piedra y las tomó sin pararse a respirar. Según las subía de dos en dos, el espíritu regresó a ella. Kyra se detuvo y abrió los brazos. «¿Por dónde?». El espíritu entré en su cuerpo y Kyra vio el camino en su mente. El camino hacia la salida. «¡Lo tengo!». Iba a echarse a correr nuevamente cuando tuvo un extraño presentimiento. «¡Un ataque!». Miró el disco y ordenó «¡Escudo!». Una protectora esfera translúcida la envolvió.

Fue a volverse cuando por el rabillo del ojo vio un destello de fuego acercarse a gran velocidad. Una zigzagueante flecha ígnea la alcanzó por la espalda. El escudo la protegió, pero Kyra sintió la sacudida del golpe en su cuerpo.

—*¡Muere, esclava!* —le dijo el Dios.

—¡Malnacido! —gritó ella llena de rabia.

—*¿Vives? ¿Cómo has sobrevivido a mi proyectil seguidor de calor?*

Kyra quería responder, más que eso, quería matar a aquel canalla. Pero lo pensó mejor. Nada ganaba enfrentándose a un Dios. No allí, en un Templo Áureo, en su terreno. ¿Y con qué fin? No, sus amigos la necesitaban. Enfrentarse a un Áureo sólo la retrasaría y muy probablemente moriría. No estaba preparada. No todavía. Hubiera dado cualquier cosa por darse la vuelta y vencerlo, pero no era la opción más cabal. Apagó la rabia que le abrasaba el estómago y respiró profundamente. ¿Pero qué hace aquí un Dios de la Casa del Fuego? Al Confín no podía dirigirse. Los Dioses no se dignaban a pisar los Confines, era rebajarse. Entonces ¿qué hacía allí? ¿Era sólo mala suerte el haberse cruzado con él? No, Ikai siempre decía que la mala suerte en la mayoría de las ocasiones tenía una razón de ser. No podía saber cuál en aquel momento, pero una había y probablemente sería mala para ellos.

Miró atrás y consideró. «No sabe que soy una Hibrida con Poder. Estará desconcertado. Dejemos que siga así. Me dará una oportunidad para escapar». Sin decir una palabra echó a correr en dirección a la salida tan rápido como sus piernas le permitían.

—*¿Quién eres?*

Kyra no contestó y siguió corriendo. Tomó un túnel y encaró unas escaleras al final del mismo. La salida estaba al final de las escaleras y tenía que llegar como fuera. De súbito algo la golpeó por la espalda y estuvo a punto de tropezar y caer. La esfera lo había rechazado. No supo qué era. Se recuperó y comenzó a subir las escaleras.

—*Llevas escudo pero no eres una de los nuestros ¿Qué eres?*

El golpe había sido algún tipo de misil. Ahora el Dios estaba realmente confundido. Eso le daba una oportunidad. Ya casi estaba. Unas escaleras más y llegaría a la salvación.

—*Muy bien, como quieras. Analizaré tu cadáver.*

Kyra supo que la muerte venía a buscarla pero se centró en la puerta que tenía delante. Era la salida del templo. Con el disco en una mano y jadeando por el esfuerzo ordenó al disco que la abriera. El disco destelló y llevó acabo al orden. La puerta sonó con un *crack* rocoso y una rendija de luz entró por un costado. Un instante después comenzaba a desplazarse a un lado mientras la luz del exterior iluminaba la entrada del túnel. «¡Vamos, rápido, vamos!».

En un acto instintivo, Kyra se giró y miró a su espalda. La garganta se le atenazó y no pudo tragar. Subiendo las escaleras a gran velocidad rodaba una enorme bola de fuego llenando toda la cabida del túnel, consumiendo el aire a su paso, iluminando las paredes con el resplandor de una muerte ardiente.

—¡No!

Kyra se volvió hacia la puerta y la bola de fuego la alcanzó de pleno. La brutal explosión llenó de fuego el túnel y las escaleras. La puerta terminó de abrirse y Kyra salió despedida al exterior. Rodó por los suelos con violencia y se quedó tendida sobre la hierba. Había perdido el escudo, consumido por la explosión. Un desagradable olor a quemado le hizo llevarse la mano a la nuca. Tenía la nuca y la parte posterior del cuello quemadas. Parte de su cabello largo se había consumido y el dolor de quemadura en su espalda le avisaba que también le había alcanzado ahí. «¡El muy cerdo me ha abrasado!».

La rabia hizo que se pusiera en pie y encarara la entrada al templo. Estaba cavada en la parte inferior de una colina de roca negruzca. Dio un paso hacia la entrada con los puños apretados, dispuesta a enfrentarse al Áureo, pero se detuvo. «No. Piensa. No es el momento. Ya habrá otra ocasión. Cuando seas más fuerte». Se convenció. Dio la vuelta y corrió en dirección contraria como una gacela perseguida por un león.

El Dios de la Casa del Fuego salió del templo y observó la llanura. No había rastro de la esclava. Envió un pulso de Poder para encontrar vida a su alrededor, pero no halló nada.

—*Interesante, muy interesante. Lord Asu querrá saber de este peculiar incidente.*

Capítulo 16

Adamis contemplaba la belleza sin igual de la Ciudad Eterna mientras el navío surcaba las aguas del canal principal en dirección al centro de la ciudad. Atrás dejaban el muelle del Quinto Anillo desde el que habían partido. La brisa marina le acarició el rostro y Adamis suspiró agradecido. Alantres era tan bella como la recordaba, más incluso ahora que la contemplaba con sus propios ojos y no los del recuerdo.

—Más erguido —le dijo Ariadne a su lado mediante un mensaje mental de advertencia.

Adamis captó al momento la urgencia en el menaje de la Sanadora, se irguió y levantó la barbilla. El dolor que siguió al movimiento lo soportó apretando la mandíbula con fuerza.

—Recuerda que eres un Lord y estás entre Áureos.

—Lo sé, lo siento.

Se hallaban en la popa del grácil navío, algo retrasados respecto al resto del séquito, cuando Ariadne hizo un gesto con la cabeza indicando al frente. El centenar de Áureos que formaban la comitiva de la Casa del Quinto Anillo escuchaban las emotivas palabras de su Príncipe. Desde la proa el heredero al reino del Agua arengaba a los suyos sobre el glorioso día de celebración y las maravillas que hoy contemplarían. Adamis reconoció al Príncipe Saxti de la Casa de Aru, la Casa del Quinto Anillo y un escalofrío le bajó por la espalda pues él lo reconocería también, así que debía evitarlo a toda costa.

Asintió a Ariadne.

—Debemos extremar precauciones.

Mientras el Príncipe de la Casa del Agua presumía sobre el intelecto de los Eruditos de su Casa y de los grandes avances tecnológicos logrados,

Adamis estiró el cuello y observó a los miembros de la comitiva que viajaban en el navío de una vela. Todos vestían túnicas blancas con capucha dorada pues así lo establecía la tradición en aquel señalado día. Los anchos fajines azules sobre sus cinturas les señalaban como miembros de la Casa del Agua. Se observó a sí mismo: vestía el mismo atuendo, al igual que Ariadne y Sormacus.

—Hoy es un día señalado —le llegó la clara voz mental del Príncipe Saxti—, hoy es la Festividad del Deslumbramiento Intelectual y todas las Casas lo honramos. Una celebración importante para todos los Áureos pues a través de avances tecnológicos seguimos evolucionando y nos acercamos cada día más a la inmortalidad.

—Hoy celebramos los grandes avances de nuestra gloriosa civilización —le dijo Ariadne con tono sarcástico.

—¿Estás segura de que este es un buen plan? Es muy arriesgado —le respondió Adamis.

—Es la única forma de hacerte comprender las aberraciones que las cinco casas están creando y el abismo al que nos conducen como civilización. Necesito que lo veas por ti mismo. Es muy arriesgado, lo sé, pero te aseguro que cambiará tu visión del futuro de los Áureos.

Adamis suspiró y asintió con un gesto. Él no había asistido nunca a la celebración, si bien su padre le había explicado la verdadera importancia del evento. Se realizaba cada 300 años y aunque se celebraban los avances en conocimiento, no era sino una forma más del peligroso juego político entre las Casas. Cada una presumía ante las otras sobre los avances que había logrado. Al final de la ceremonia se elegían los avances más sobresalientes y se premiaba a las casas en función de ellos. Aquellas con los logros más notorios ganaban posición y poder y las menos avanzadas quedaban relegadas ante las vencedoras.

Adamis sabía que si bien los Eruditos lograban cada cierto tiempo grandes avances en todas las materias, desde la sanación a las bélicas, lo que realmente se celebraba aquel día era otra cosa muy distinta: qué Casa era más poderosa en el ámbito tecnológico. Y aquello no era otra cosa que el peligroso juego político que representaba la mera competición de poder. Y la política y el poder eran sinónimos de sangre y muerte.

El Príncipe Saxti continuó su discurso.

—... y de entre todos los Eruditos de las cinco Casas, la nuestra cuenta con los más sabios e inteligentes. Sus logros nos conducirán a la ansiada inmortalidad. Los avances que han logrado dejarán perplejas y sin habla al resto de las Casas.

Hizo un gesto con la mano pidiendo a sus Eruditos que se unieran a él en la popa. Una veintena de Áureos ancianos, situados alrededor de unos grandes bultos cubiertos con lonas blancas para ocultar su contenido, se unieron al Príncipe del Agua. Adamis se preguntó qué llevarían ahí escondido como si fuera un gran secreto. Los secretos no solían ser buenas nuevas.

Los elogios a sus Eruditos y las bravatas del Príncipe continuaron. Toda la comitiva lo escuchaba sin perder detalle. Adamis, sin embargo, contemplaba de reojo la belleza sin igual de la ciudad de los cinco Anillos sobre las aguas azul-esmeralda mientras el navío avanzaba por el gran canal central. Estaban a la altura del Cuarto Anillo: la Casa de Idnem, Casa del elemento Tierra. Adamis contemplaba los regios y sobrios edificios de roca y granito característicos de aquel anillo. Calles, edificios... todo era de piedra y tierra. Toda la extensión tenía una coloración marrón-anaranjada. Grandes terraplenes habían sido construidos alrededor de descomunales edificaciones a varias alturas a lo largo del Anillo, donde crecía la poca vegetación existente.

En cada extremo de aquel Anillo se alzaban cuatro enormes monumentos que destacaban sobre el resto de edificaciones, unas magnánimas obras arquitectónicas. Al norte se encontraba una soberbia pirámide de 150 varas de altura y 250 de planta construida con bloques de granito. Al sur se situaba la Gran Esfera, de tamaño y materiales similares, cuya construcción resultaba todo un enigma pues su forma era perfectamente esférica. Al este se alzaba la Gran Aguja, cuyo grosor de no más de 15 varas retaba a la lógica por su capacidad para mantenerse en pie incluso cuando soplaban los peores vientos huracanados. Finalmente, al oeste, se alzaba el Rectángulo, una imponente estructura en forma de estadio donde se celebraban los torneos de la Casa de Tierra.

Adamis suspiró entristecido al ver a un numeroso grupo de esclavos trabajando en la construcción de un refuerzo. «¿Cuántos miles de esclavos habrán muerto levantando estos mastodónticos edificios que sólo sirven a la vanidad de unos déspotas?». Pasaron junto al muelle y Adamis vio el elegante navío con la comitiva de la Casa del Cuarto Anillo abandonando el muelle para seguirlos hacia el Gran Monolito, donde tendría lugar la ceremonia. Al ver acercarse a la comitiva del Cuarto Anillo sobre el barco engalanado en motivos marrones y dorados, una pregunta le vino a la mente.

—¿Cómo has conseguido que seamos parte de la comitiva a la ceremonia? —preguntó a Ariadne.

—No he sido yo, él es quien lo ha logrado —dijo ella y con un gesto de la cabeza señaló a su lado.

Adamis siguió el gesto hasta Sormacus. Este le hizo un saludo de reconocimiento.

—Tengo ciertos contactos e influencia dentro del Quinto Anillo —dijo Sormacus.

—Es el ayudante personal del Primer Sacerdote —le aclaró Ariadne.

Adamis lo entendió entonces. El Primer Sacerdote era la figura más poderosa dentro de una Casa aparte de la propia familia real. Se encargaba de todas las ceremonias y muchos de los proyectos reales, así como de otros asuntos de índole delicada.

—Los Sacerdotes Primeros tienen contactos y poder dentro y fuera de las Casas. Eso me permite *arreglar* ciertas cosas. La asistencia a este evento, por ejemplo.

—Los sacerdotes Primeros hablan entre sí y son muy peligroso s— advirtió Adamis —. Dedican más tiempo al juego político que al Dogma Áureo. Deberías tener mucho cuidado, son despiadados.

—Vuestra consideración me honra, pero no debéis preocuparos, sé muy bien que mi cuello está en constante peligro —dijo Sormacus—. He sido testigo de cosas realmente desagradables. Los abusos que se cometen en nombre del Dogma Áureo y el bien de las Casas es una de las razones por las que estoy con los Hijos de Arutan.

—Corréis muchos riesgos, ambos —dijo Adamis que conocía muy bien de lo que eran capaces los Sacerdotes Primeros. No eran otra cosa que traicioneros animales políticos y no dudaban en hacer lo que fuera necesario por ganar el favor de la familia real y, sobre todo, por mejorar su propia posición.

—Los Hijos de Arutan llevamos mucho tiempo trabajando en las sombras, vigilando, protegiendo a Arutan, nuestra Madre Naturaleza, con devoción, con lealtad, respetando sus principios, actuando como sus hijos que somos —dijo Ariadne—. Todos somos conscientes del riesgo que corremos y de lo que se avecina. Muchos no sobreviviremos Pero es nuestro deber salvar a nuestra civilización y a nuestra madre naturaleza, pues nadie más lo hará.

—Nos mantenemos ocultos de los poderosos —dijo Sormacus—, de las familias reales, de la nobleza… pero les vigilamos, nos movemos entre ellos, siempre atentos, escuchando, aprendiendo. Tenemos agentes en todas las casas, a diferentes niveles, sanadoras, sacerdotes, soldados, incluso algunos mercaderes y nobles. Ellos son los ojos y oídos de los Ancianos y nos informan de lo que realmente sucede.

—Los Ancianos… te refieres a Aruma…

—A ella y a los otros sabios que nos lideran.

—¿Cuántos son estos Ancianos que os lideran?

—Cuanto menos sepáis, mejor, menos riesgo corréis.

A Adamis la respuesta no le convenció, pero entendía el motivo. Podrían capturarle y obligarle a delatarlos.

—Está bien —accedió.

Llegaron al Tercer Anillo, reino de la Casa de Aurez, la Casa del Aire. La embarcación con la comitiva salió rauda del puerto en cuanto pasaron frente a ella. Parecía volar sobre el agua, con su vela completamente hinchada aunque apenas había viento, y fue entonces cuando Adamis vio algo que lo dejó consternado. Una gigantesca estatua en forma de molino de viento estaba siendo instalada sobre el propio mar frente al muelle principal. El cuerpo de la estructura era estrecho y espigado, como un gran poste que se elevaba casi 200 pies sobre el mar. En su extremo, una descomunal hélice con tres gigantescas palas rotaba bajo el azote continuo del viento. Pero no fue esto lo que lo consternó, sino los Opresores que descargaban sus látigos contra los esclavos en un castigo continuo y despiadado mientras apuntalaban la base de la estructura. La gran construcción se finalizaba al ritmo del sufrimiento de más de un millar de esclavos que intentaban no morir aquel día.

—Están levantando estatuas y construcciones cada vez mayores, cada vez más desmedidas —dijo Adamis con incredulidad al contemplar el sufrimiento de todos aquellos hombres—. ¿Qué necesidad hay? ¿Por qué todo ese gasto innecesario? ¿Para qué necesitamos estatuas y monumentos descomunales? ¿Para qué tanta muerte?

—Por la mayor gloria de los Áureos —le respondió Sormacus.

—Alantres crece pervertida, desmedida, siguiendo los ideales de engreimiento de sus señores —dijo Ariadne—. Es una locura y sigue creciendo y creciendo, imparable. El precio, después de todo, es barato para los Áureos. ¿Qué importa la esclavitud de millares de personas, su sufrimiento, su muerte? La respuesta es sencilla: nada. Sí, nada.

Adamis suspiró.

—A algunos nos importa —dijo, aunque sabía que Ariadne tenía toda la razón.

—A muy pocos. Pretendemos ser Dioses que realmente no somos y vivir como tales. Nada más nos importa. Buscamos alcanzar la inmortalidad y convertirnos en divinidades y eso lo justifica todo. No importa el sufrimiento que causemos.

—Sin esclavos no seríamos Dioses —dijo Sormacus.

—El camino de la convivencia con las otras razas, con los hombres, no es el camino que marca el Dogma Áureo. No es el camino por el que nos conducen los Cinco Altos Reyes —dijo Ariadne—. Levantamos grandes monumentos en una ciudad corrupta en lugar de respetar a la Madre Naturaleza a la que no protegemos. Vivimos ignorando sus sabias enseñanzas pues nuestros líderes creen ser más listos y poderosos que ella. Hay que abandonar este camino lleno de dolor y muerte, debemos abolir la esclavitud, liberar a los hombres. Hay que detener la búsqueda banal de la inmortalidad para mayor gloria de los poderosos.

—Nunca lo permitirán —dijo Sormacus.

—Lo permitan o no, lucharemos para conseguirlo —les aseguró Adamis.

El navío seguía su curso surcando las aguas con ligereza. La brisa trajo consigo olores a quemado y azufre. Adamis no tuvo que girar la cabeza, sabía perfectamente en qué Anillo estaban: el segundo, la Casa de Aureb, la Casa del Fuego, la de su enemigo jurado, el reino de Asu. Respiró profundamente intentando que el odio que nacía en su interior no lo dominara. Una enorme llamarada hizo que gran parte de la comitiva se volviera a contemplar el espectáculo. Adamis giró ligeramente la cabeza y vio la enorme construcción en forma de volcán junto al muelle principal. Aquella monstruosidad en forma de montaña que se elevaba a los cielos escupía fuego y lava. Era algo nuevo que habían construido durante su exilio.

Se produjo otra explosión de fuego y lava y se escucharon gemidos de temor.

—La perversidad y locura de los dirigentes de las Casas no conoce límite —dijo Ariadne—, acabarán matando a miles.

—O provocando una guerra, lo que sería aún peor —dijo Sormacus.

—No estoy segura de que una guerra entre las Casas sea algo tan malo… —dijo Ariadne—, quizás así aprendan finalmente. La muerte es una maestra severa pero eficaz.

—Una guerra sería desastrosa —dijo Adamis—. Morirían muchos de los Áureos y miles de esclavos. Arrasarían a los hombres tanto aquí en la ciudad como en el gran continente. El derramamiento de sangre sería demasiado grande. Debemos evitarlo.

Sormacus asintió, pero Ariadne no parecía del todo convencida.

—El fuego limpia la maleza y crea abono para la tierra —dijo Ariadne.

—O arrasa todo el bosque —dijo Sormacus.

—Consumiendo toda vida —apuntó Adamis.

—Quizás no haya elección —dijo Ariadne.

—Los Cinco Altos Reyes no lo permitirán —dijo Adamis—. Han mantenido la paz durante mucho tiempo.

—A veces incluso los Reyes no tienen elección ante situaciones extremas —dijo Sormacus.

—A veces incluso los Reyes caen —apuntilló Ariadne.

—Esperemos que no sea así —dijo Adamis pensando en su Padre.

El navío de la Casa de Fuego, engalanado para la ceremonia, abandonaba el muelle con Asu sobre la proa tan arrogante y vanidoso como un Dios inmortal. Adamis sintió un tortuoso dolor y tuvo que agarrarse con fuerza a la baranda del barco. No estaba seguro de si el dolor era físico o se debía a la presencia cercana de Asu, aunque probablemente sería debido a ambos.

—Aguanta, lo lograrás —lo alentó Ariadne al notar su dolor.

Adamis pensó en vengar a Rotec, su Campeón y amigo, y la rabia le ayudó a sobrellevar el dolor punzante. Se irguió aguantando el dolor, como si fuera el más noble de los Áureos. «Algún día conseguiré la justicia que no te fue concebida» prometió a su amigo muerto. «Asu pagará por lo que hizo. Te lo prometo».

Alcanzaron el Primer Anillo, su hogar. Contempló con ojos húmedos su maravillosa ciudad de Éter llena de edificios y monumentos transparentes que relucían bajo un millar de luces. Observó las calles del puerto, de mármol blanco, y los edificios límpidos que se alzaban por todo el Anillo vistiendo la enorme ciudad montaña sobre el mar. Suspiró al contemplar los palacios soberbios, los monumentos, las fuentes y jardines exóticos, todo traslúcido, como si fueran hechos de cristal. Y vio su hogar en la cima, el majestuoso Palacio Real.

Al contemplar el que había sido su hogar durante tanto tiempo, una enorme sensación de melancolía lo inundó. «Tantos y tantos buenos recuerdos... mi infancia feliz, mi familia, mis padres». Y al pensar en su padre la melancolía se volvió tristeza. «Cuánto me duele... cuánto... que no me apoyaras... que me condenaras a muerte». Pero aquel dolor, no físico y que llevaría siempre en su alma, no podía combatirlo con nada. Quemaba como si le hubieran marcado el corazón con un hierro candente y por mucho que lo había intentado, no lograba aplacarlo. Tendría que sufrir, esperar y ver.

Suspiró. Y lo hizo un poco más alto de lo que le hubiera gustado. Alguien se giró extrañado y lo miró. Adamis se irguió más, esperando que la capucha ocultara su rostro al curioso. El Áureo, del grupo de la casta de los Comunes, no pareció sospechar nada y volvió a mirar al frente. El grupo de la casta de los Nobles, más hacia la proa, aplaudía las palabras del Príncipe Saxti. Adamis intentó relajarse. La tensión le estaba venciendo y debía tener mucho cuidado o lo apresarían. «No te odio, padre. Entiendo tus motivos, acato tus acciones, pero me has roto el corazón porque pudiste estar de mi lado y preferiste salvar la Casa a la vida de tu hijo. La tristeza que me produce vivirá siempre conmigo, me juzgaste, condenaste y mandaste ejecutarme. Moriré de tu mano, padre».

Mientras estos dolorosos pensamientos lo sacudían, vislumbró el navío con la comitiva de la Casa de Éter. Se preguntó a quién habría elegido su padre para encabezar la representación, pues él era hijo único. Le intrigaba quién sería, pues fuese quien fuese habría ascendido dentro de la pirámide de poder de su familia y ahora representaba un rival, más que eso, un enemigo que de descubrirlo lo mataría..

Una sombra cubrió de pronto la embarcación, dejándola en la penumbra. Navegaban por uno de los cuatro túneles que cruzaban el Primer Anillo y desembocaban en el corazón de la ciudad, donde se alzaba el Gran Monolito que sustentaba la ciudad y a los Cinco Altos Reyes. Las cuatro embarcaciones los seguían en fila de a uno a corta distancia, en una procesión en orden inverso al anillo al que representaban en dirección al embarcadero al pie del monolito. Ellos, representantes del Quinto Anillo, llegaron primeros al muelle. En breves momentos llegarían el resto de embarcaciones.

Adamis observó el gigantesco monolito negro. «Tanto Poder en ese objeto, el eje sobre el que gira toda nuestra civilización» pensó no sin sentir admiración. Aquel objeto era un logro tecnológico portentoso, mantenía la gran ciudad a flote y a salvo de tormentas y maremotos. Pero era algo más: era un conductor de Poder, un conductor inteligente. Los deseos de sus amos los proyectaba y con él se gobernaban todos los siervos y la ciudad completa. Su valor era aún mayor que su descomunal presencia.

Mientras observaba a los cinco navíos atracar en el muelle echó una rápida mirada a la inmensa base del monolito, donde estaba situada la Cámara de los Altos Reyes. Allí tendría lugar la celebración, como era costumbre. Recordó la Ceremonia de la Vivificación, que se produjo en aquel mismo recinto, y todo lo que sucedió después. «Quién me hubiera dicho que un día estaría aquí así. La última vez que entré en la cámara era el Príncipe heredero de la Casa de Eret. Era poderoso, privilegiado y tenía cuanto deseaba. Pero nunca fui feliz. Ahora soy un maldito, desterrado, con una condena a muerte que no puedo escapar. Pero he conocido la felicidad. Y sorprendentemente ha sido con una esclava, con mi amada Kyra. Esa felicidad junto a ella es algo tan profundo e inmenso que nada podrá nunca igualarlo. Cuando llegue el día moriré feliz, pues Kyra lo es todo para mí y por ella haré lo que sea necesario».

Los navíos finalizaron la maniobra de atraque, nadie desembarcó. Había que esperar la orden de los maestros de ceremonia pues el protocolo así lo dictaba. La gran ceremonia requería que las delegaciones de las cinco Casas entraran agrupadas y en orden para presentarse ante los Cinco Altos Reyes. «Será peligroso para nosotros tres, muy peligroso, un mal encuentro y sería nuestro final».

—¿Qué buscáis realmente? ¿Por qué os arriesgáis tanto? —les preguntó Adamis.

—Veo que al Príncipe del Éter todavía le cuesta confiar en los Hijos de Arutan —dijo Ariadne.

—No me entendáis mal, agradezco toda la ayuda que me habéis prestado pero me cuesta ver que arriesguéis vuestras vidas para ir contra las Casas, contra los Cinco Altos Reyes. ¿Qué esperáis conseguir?

—No te juzgamos —le aseguró Ariadne—. Nuestros sabios dicen que buscamos la armonía. Tan sencillo y tan difícil como eso. Los Hijos de Arutan buscamos restablecer el orden natural de las cosas, aquel del que nacimos, el que significa vivir en armonía y respetando a la Madre Naturaleza, y que hemos abandonado a lo largo de los últimos milenios por los necios deseos de inmortalidad de los nuestros. Buscamos volver a vivir en armonía, todos los Áureos, sin importar Casa, clase, familia o profesión, todos unidos, iguales, como uno. Y buscamos extender esa convivencia en armonía al resto de las razas, a los hombres. Eso es lo que buscamos.

—¿No hay nada más detrás de eso? ¿No hay un deseo de Poder, de reinar en lugar de los Cinco Altos Reyes?

—Puedo darte mi palabra de que no es así —le aseguró Ariadne.

—No vamos a cambiar un sistema corrupto por otro —dijo Sormacus.

—Está bien, os creo. No se hable más de este asunto —dijo Adamis zanjando la cuestión de su desconfianza.

—Gracias. Necesitamos que no dudes de nosotros. El tiempo se agota —le dijo Ariadne.

—Están sucediendo cosas terribles —dijo Sormacus—. El día final se acerca. Nosotros vemos los signos, y son claros, ya no hay duda. Por ello debemos actuar. Por ello debemos mostraros la verdad, Príncipe del Éter. Una vez la veáis con vuestros propios ojos, no tendréis duda.

—El final de los días se acerca —le aseguró Ariadne.

Adamis meditó las palabras de sus dos compañeros. Le habían afectado.

—Pues mostradme lo que he de ver.

Ariadne señaló el templo.

—Ahora lo verás.

—Esperemos que pueda contarlo —dijo Adamis con un dolor punzante en el estómago mientras comenzaban a desembarcar.

Capítulo 17

Al séptimo día de marcha, Ikai llegó a una ciudad amurallada. Era una capital de comarca. Allí encontraría respuestas... o la muerte. Escondido tras un roble observó la entrada sur a la ciudad. Las grandes puertas metálicas estaban abiertas de par en par. No había nadie de la Guardia vigilándolas ni en las almenas. «Qué extraño...». Las murallas eran altas y regias, con varios torreones rectangulares e imponentes. Parecía una edificación más robusta y avanzada que la de los Senoca, capaz de aguantar un asedio sostenido, una ciudad muy difícil de tomar. Edificar algo así habría llevado muchos años de duro trabajo a miles de esclavos. Si habían construido semejante fortaleza, ¿cómo no había nadie vigilándola? Ikai negó con la cabeza, no lo entendía.

Por más de media mañana observó la entrada, atento, intentando obtener información valiosa sobre la cual decidir y actuar. Sin embargo, apenas vio actividad alguna. Unas pocas carretas tiradas por bueyes o caballos fueron cuanto presenció. La actividad en aquella ciudad era inusualmente baja. Pero un detalle sí le había llamado la atención: los comerciantes de las carretas eran hombres entrados en años. Seguía sin ver un alma joven, lo cual empezaba a preocuparle mucho.

Al atardecer cambió de posición y observó la entrada norte. El resultado fue el mismo: unos pocos carros pesados transportando provisiones entraban o salían de la ciudad guiados por hombres de avanzada edad. Ikai suspiró y valoró sus opciones. Llegaba la noche y no tenía suficiente información para saber qué estaba pasando allí. Pensó en entrar en la ciudad como un transeúnte más, pero recordando la reacción que la anciana había tenido, cambió de opinión. No había ninguna garantía de que no le ocurriera de nuevo lo mismo. Siendo una ciudad, aunque no había visto ninguno, debería haber Guardias y lo capturarían. No, no era buena idea entrar por la puerta. Tampoco había gente entrando y saliendo entre la cual mezclarse y entrar de forma desapercibida, lo cual era realmente sospechoso. Al pensarlo, se le erizaron los pelos de la nuca. ¿Dónde estaban la gente y la Guardia?

Comió de sus provisiones mientras reflexionaba y caía la noche. Había explorado los alrededores y el bosque estaba lleno de vida. Había encontrado buena caza, frutos silvestres, incluso un río cercano con truchas. Los pájaros y ardillas revoloteaban sobre su cabeza y la suave brisa no anunciaba ningún peligro. Fuera lo que fuera que sucedía, el bosque no estaba afectado. Por otro lado, no había nadie cazando, ni pescando, ni recolectando, ni granjas en las cercanías. Muy extraño…

Resopló. No podía quedarse de brazos cruzados. Observó las grandes puertas que seguían abiertas de par en par, como invitándolo a entrar en la urbe. Ikai sacudió la cabeza. «No, demasiado fácil, las dejan abiertas por alguna razón. No temen una revuelta. No temen a nada…». Aquel pensamiento lo intranquilizó aún más. Si no temían, por algo sería. Después de darle mil vueltas en la cabeza, decidió lo que iba a hacer. «Lo haremos al estilo de Albana. Es la mejor opción».

La luna brillaba en un firmamento despejado así que Ikai se desplazó en sigilo hacia la muralla buscando las sombras que lo cubrieran. A unos cien pasos de la muralla tuvo que detenerse tras una roca, pues ya no había más cobertura. Sacó la cabeza y observó la almena del torreón. No vio un alma. Pero no podía arriesgarse. Cogió el disco de Adamis y usó el Poder. «Espíritu Oscuro» ordenó. El disco emitió un destello que Ikai tapó con su cuerpo y un hilo negro surgió del disco para tomar la forma de un espíritu con forma humanoide de un color negro mate. «A mí» comandó Ikai, y el espíritu lo cubrió, pegándose a él como si fuera una segunda piel. Aquel espíritu lo había encontrado accidentalmente, mientras practicaba para mejorar su soltura usando el Poder. Por lo general los espíritus que conseguía invocar eran translúcidos o blanquecinos. La Casa del Éter estaba muy relacionada con el mundo espiritual y podía crear diversos espíritus con habilidades muy diferenciadas. Cuanto más aprendía del Poder, más le fascinaba lo que podía llegar a hacerse con él, lo dejaba pasmado. Tal y como Adamis les había pedido, él practicaba todos los días y poco a poco iba mejorando, aunque estaba a años de alcanzar a Kyra, que parecía tener un don natural para ello.

Con el espíritu pegado a su cuerpo, Ikai recorrió el último trecho hasta el pie del torreón. No podrían verlo, de noche y a una distancia sólo verían una mancha negra desplazándose, algo borroso, casi imperceptible, al menos la gran mayoría. Ahora debía escalar la pared de roca viva del torreón hasta alcanzar la almena. Sólo había un pequeño inconveniente, no tenía una cuerda con la que trepar.

Respiró profundamente e inhaló. Cerró los ojos, activó el disco y buscó su aura. Antes le llevaba una eternidad hallarla, pero poco a poco había ido mejorando y ahora casi podía hacerlo al momento. La encontró y la fijó en su mente. Se concentró. Debía tener mucho cuidado. «Arriba, suave, hasta la almena» ordenó al disco. Una bruma blanquecina lo envolvió y su cuerpo comenzó a elevarse dejando el suelo muy despacio, paralelo a la muralla. Sintió un vacío en el estómago. No podía perder la concentración, de hacerlo el disco no le respondería y se iría al suelo rompiéndose la crisma.

Alcanzó las almenas. Con cuidado abrió los ojos y con un paso inseguro pisó el parapeto. Resopló de alivio al verse sobre la muralla. Tal y como esperaba, allí no había nadie de guardia. Decidió inspeccionar el resto de la muralla y los torreones en ella para averiguar qué sucedía. Con sigilo entró en el torreón y bajó por la escalera de piedra en forma de caracol. Llegó a una habitación. La puerta estaba entreabierta. Asomó la cabeza y la retiró al instante. Nada. Vacía. Allí deberían estar apostados miembros de la guardia, aunque fuera durmiendo. Pero no había nadie. Recorrió el resto del torreón, pero lo encontró desierto, y lo que era más extraño, todo parecía indicar que nadie lo había pisado en mucho tiempo.

Salió al parapeto de la muralla, se agachó y observó la ciudad a sus pies. Apenas había unas pocas antorchas prendidas para iluminar las calles principales. Las casas estaban todas a oscuras al igual que las plazas, fuentes y calles secundarias. Ikai se fijó en los edificios. Eran de buena construcción, con paredes de piedra, techos inclinados, todo muy bien acabado. Sin duda edificios mejores y más avanzados que los que él nunca había visto. Las gentes de aquel Confín eran constructores consumados. Incluso la ciudad, al contemplarla desde las alturas, se percibía confirmaba haber sido construida en seis áreas simétricas. Las cuatro primeras estaban completamente a oscuras, como desiertas. Las dos últimas, al norte, tenían algo de luz y decidió ir a investigar.

Avanzó agachado sobre la muralla pegado a las almenas. Pasó dos torreones más y también los encontró vacíos. Se percató de que el Espíritu Oscuro lo había abandonado y ahora podían verle... si es que había alguien de guardia. Decidió no arriesgarse y sacando el disco volvió a invocar al Espíritu Oscuro para que lo cubriera. Ikai no sabía cuánto permanecería con él, al igual que no podía predecir la duración de ninguna de las cosas que conseguía hacer usando el Poder. Tenía claro que alguien tan poderoso como Adamis podía crear espíritus fuertes que persistieran largo tiempo. También tenía la sensación de que cuanto más practicaba, no sólo conseguía que el Poder le respondiera antes y mejor, sino que le respondiera con creaciones y habilidades de mayor potencia. Eso hacía que el espíritu prolongase su existencia. Cuál era el límite lo desconocía, pero esto lo impulsaba a querer experimentar y aprender. Todo aquel mundo del Poder de los Áureos y su manejo lo fascinaba al tiempo que frustraba, pues era algo que escapaba a la lógica y él era un hombre que se guiaba por la lógica y el sentido común. Pero con tiempo encontraría la lógica que gobernaba todo aquello, estaba seguro.

Recorrió toda la muralla hasta que llegó al área más iluminada. Se echó al suelo sobre el parapeto y observó. No vio Guardias, pero por fin sí vio algo que tenía sentido: Siervos. Varios Ejecutores hacían guardia frente a un palacete y algo más al este otro grupo de Ejecutores más numeroso vigilaba un gran edifico rectangular. Ikai se preguntó qué habría allí. Parecía un edificio militar. Un Ojo-de-Dios apareció del interior del palacete y se dirigió al otro edificio escoltado por seis Ejecutores para luego desaparecer en su interior. ¿Qué sucedía allí? ¿Y dónde estaban la Guardia y los Procuradores? ¿En el interior de aquel edificio? Como no tenía respuestas e intentar entrar en aquellos edificios vigilados le pareció demasiado arriesgado, decidió esperar a la llegada del día y ver si conseguía algo más de información. Se ocultó en el torreón tras los dos edificios y esperó al amanecer.

Lo que descubrió con la salida del sol lo dejó tan perplejo como había quedado en la pequeña aldea. La ciudad despertó y sus ocupantes comenzaron a realizar sus labores diarias. Ikai los observó y aquella podía ser perfectamente cualquier ciudad de cualquier Confín con una excepción: todos los habitantes de la ciudad eran ancianos o niños. No había ni una sola persona joven. Tampoco encontró a nadie de la Guardia ni a ningún Procurador. Sólo Siervos y ancianos que cuidaban de niños. Ikai estaba tan perplejo que quiso bajar a preguntar, pero viendo la reacción que había tenido la anciana se lo pensó mejor.

De pronto escuchó el bufido de un caballo. Cruzando la puerta norte llegaban Siervos en una docena de carros pesados tirados por fuertes caballos. Ikai se movió de posición para poder espiar mejor. Los carros se detuvieron frente al edifico rectangular, los Ejecutores se bajaron y esperaron a que un Ojo-de-Dios saliera del palacete. Al llegar dio unas órdenes que Ikai no pudo escuchar y los Ejecutores entraron al edificio. Al cabo de unos momentos Ikai escuchó lloros y gemidos. Prestó toda su atención y lleno de sorpresa descubrió parte del misterio de lo que allí sucedía. Los Ejecutores salían arrastrando a jóvenes que metían a empujones y golpes en los carros pesados. Pero no eran jóvenes campesinos, no, ¡eran los soldados de la Guardia!

Ikai se frotó los ojos, no podía entenderlo. Mientras intentaba razonarlo, los Ejecutores sacaron a los soldados a golpes y los cargaron en los carros. No se había equivocado, el edificio era un edificio militar, el de la Guardia. Lo que no hubiera imaginado jamás es que los Siervos tuvieran prisioneros a la Guardia en sus propias barracas. «¿Pero por qué? En todos los Confines la estructura política era la misma. Los Dioses necesitan a la Guardia. Los Siervos no son suficientes para controlar a toda la población». Y al pensarlo se dio cuenta. «En caso de mucha población», y allí no la había. Desconocía la razón o dónde estaban, pero si sólo había viejos y niños, ¿para qué necesitaban la Guardia?

Miró al sol y suspiró. Tenía un muy mal presentimiento y esperaba con toda su alma que se estuviera equivocando. Llegó un último carro y de éste se bajaron dos Ojo-de-Dios. Conferenciaron con el Ojo al mando y llegaron a algún tipo de decisión. Varios Ejecutores entraron en el edificio y sacaron a empujones a media docena de Procuradores. Ikai los reconoció al momento por sus características túnicas azul y blanca. Los seguía un último hombre al que llevaban encadenado de pies y manos, era alto y vestía una túnica marrón, tenía el pelo moreno y una barba desaliñada. Se detuvo antes de subir al carro y miró al sol. Ikai vio un destello verde en sus ojos, y lo reconoció.

¡Era Maruk! De la impresión movió involuntariamente la rodilla y una piedra cayó a un tejado cercano repiqueteando con fuerza. Ikai se retiró arrastrándose pegado al suelo del parapeto. Uno de los Ejecutores oyó la piedra caer y miró hacia la posición de Ikai. Pudo ver una sombra desapareciendo lentamente. La observó un momento y después dejó de prestar atención. Ikai permaneció quieto como una estatua para no llamar más la atención hasta que escuchó al convoy comenzar a avanzar. «¡Tengo que seguirlos, debo averiguar a dónde se lo llevan!».

Con sigilo se retiró para descolgarse por la pared exterior de la muralla usando el Poder tal y como lo había hecho para entrar. Una vez abajo, corrió arrimado a la pared hasta la esquina y observó al grupo de carros abandonar la ciudad. Media docena de carros marchaban formando una hilera. Ikai contó tres docenas de Ejecutores y dos Ojo-de-Dios. Demasiados para intentar un rescate, pero no se desanimó. «Hora de perseguir Siervos».

Por diez días Ikai siguió a la caravana, siempre oculto y a una buena distancia que no permitiera a los Siervos darse cuenta de que estaban siendo seguidos. Ikai utilizó todo su conocimiento como antiguo Cazador para ocultarse de su presa. Los carros avanzaban lentos y su rastro era inconfundible con lo que no le resultó difícil mantener distancias. Los Siervos apenas descansaban más allá de lo imprescindible para no matar a los caballos y dar de beber a los prisioneros. Ikai estaba acostumbrado a marchar por días con lo que no le resultó un esfuerzo seguir el ritmo de la caravana. Le preocupaba la poca comida que estaban recibiendo los prisioneros. «Sólo con agua y un poco de pan y carne no podrán aguantar un viaje largo». Ikai no sabía hacía donde se dirigían pero temía que para cuando llegaran Maruk estuviese ya muerto.

Al undécimo día, entrando la noche, dejaron los carros en el camino y acamparon junto a un torrente. Para sorpresa de Ikai, encendieron varios fuegos de campamento. Parecía que iban a pasar la noche allí. Se le presentaba una oportunidad de obtener algo de información. Era peligroso y algo temerario pero podía aprovechar para investigar. Lo valoró un buen rato y finalmente decidió actuar. Iba en contra de lo que su mente racional le dictaba, pero a veces había que arriesgar para ganar. Por un momento pensó que era Kyra quién hablaba y no él. «Supongo que todos cambiamos con las experiencias. Mi hermanita se ha vuelto más cautelosa y yo algo menos». Sonrió al pensarlo.

Escondió el morral de las provisiones, el arco, el carcaj y la espada bajo un gran roble. Con mucho cuidado, buscando la penumbra en todo momento y escondiéndose de la luna, se acercó al campamento de los Siervos. Tenía que comprobar el estado de Maruk y obtener algo de información sobre lo que estaba sucediendo. Desde una distancia prudencial, bien oculto, observó el campamento. Encontró a su amigo atado a un abeto. Tenía los ojos cerrados y la cabeza caída, como si durmiera. A los Procuradores los habían atado a un par de gruesos robles. Al resto de prisioneros se los habían llevado al riachuelo a que bebieran y se limpiaran. Ikai se arrastró entre la maleza, con sus sentidos atentos, en dirección al campamento. Llevaba el cuchillo en una mano y el disco en la otra. Sorteó con cuidado a dos Ejecutores apostados a las afueras del campamento. De pronto oyó un ruido y se quedó rígido como una piedra con la cara contra el suelo. Dos Ejecutores que vigilaban el perímetro se acercaban. Ikai aguantó la respiración y sujetó con fuerza cuchillo y disco. Pasaron a dos pasos, sin verlo.

Ikai respiró y tragó saliva. Tenía la boca reseca y el corazón le latía con fuerza. Muy despacio se arrastró hasta situarse detrás del árbol al que estaba atado Maruk. La luz de una de las hogueras lo iluminaba. Ikai lo miró un instante y volvió a esconderse tras el árbol. Tal y como se temía, tenía mal aspecto. Los moratones de las palizas recibidas le cubrían la cara y el cuello y su respiración era muy débil. Estaba muy delgado y sucio.

—Maruk —le susurró al oído.

Pero no abrió los ojos.

—Soy yo, Ikai.

Maruk se agitó como si estuviera en medio de una pesadilla. Esto animó a Ikai que por un momento había temido que ya estuviera muerto.

—Maruk, despierta, soy yo, Ikai —volvió a susurrarle al oído y le sacudió un brazo.

Maruk reaccionó. Abrió los ojos y contempló la hoguera, como ido.

—¿Estás bien? Estoy detrás.

—¡No! ¡No más! —gritó de pronto Maruk. En medio de la calma de la noche el grito sonó como un atronador estruendo.

—¡No grites, soy yo, Ikai!

—¡No! ¡Dejadme! —gritó Maruk como en una pesadilla.

Ikai le tapó la boca con la mano pero ya era demasiado tarde. Del otro lado del campamento aparecieron dos Ejecutores. Ikai tuvo que soltar a Maruk, que volvió a gritar. Los Ejecutores dieron la alarma. Otros tres aparecieron del este. Ikai sopesó sus posibilidades. Enfrentarse a cinco Ejecutores hubiera sido una locura impensable hacía no mucho tiempo. Pero ahora, con la ayuda del disco, era algo que quizás pudiese hacer. La chirriante voz de un Ojo-de-Dios se escuchó algo más al sur. Estaba ordenando a más Ejecutores que subieran al campamento. Esto cambiaba las cosas. No podría con todos ellos, eso lo sabía. Tomo la decisión más racional: ¡huir!

Salió corriendo entre la maleza. Una lanza de Ejecutor le pasó rozando la cabeza. Saltó por encima de un tronco y otra lanza se clavó en el tronco. Con el corazón en la boca corrió esquivando árboles, rocas y raíces para salir a un descampado. Miró a su espalda y vio que lo seguían. Corrió con todo su ser para cruzar el claro y alcanzar el bosque. Quizás pudiera perderlos allí entre la maleza.

Se vio obligado a huir toda la noche, sin apenas descanso, intentado dejar atrás a sus perseguidores. Por momentos pensó que lo había conseguido pero al cabo de un rato oía sus fuertes pisadas tras su pista y se veía obligado a seguir.

Amanecía cuando salió del bosque y se encontró en el camino principal. Los pulmones le ardían y las piernas le dolían del esfuerzo. Tuvo que parar a descansar. Lo había estado haciendo a intervalos variables, intentando dejar atrás a los Ejecutores. Había conseguido algo de ventaja pero sabía que pronto se le echarían encima. Eran como perros de presa y no parecían agotarse nunca. Seguir por el camino no era una opción: lo verían y no podría perderlos. Lo mejor era volver a internarse en los bosques. Inhaló tres veces, profundamente, y exhaló largamente. Algo más recuperado, echó a correr como una centella. Llegó al borde del camino y saltó por encima de un tronco con la vista puesta en el bosque por donde iba a entrar y perder definitivamente a sus perseguidores. Pisó la hierba y su pie derecho se hundió en un agujero tapado por la hojarasca. Ikai tropezó, perdió el equilibrio y se cayó de bruces. Fue a ponerse en pie de inmediato cuando sintió un agudo dolor en el tobillo. Se llevó las manos a la torcedura y se quedó tendido en el suelo entre gruñidos de dolor.

Se puso en pie como pudo e intentó apoyar el pie. Un terrible dolor le subió por la pierna para explotar en su mente. «¡Es una mala torcedura!». Intentó cojear un poco para alejarse, pero tuvo que parar pues el dolor era demasiado intenso. «Tengo que vendarme el tobillo y asegurarlo para poder al menos cojear». No lo pensó más. Se quitó la camisa y la rompió en tiras. Se agachó, se quitó la bota y comenzó a vendarse el tobillo aguantando el dolor. Se lo sujetó bien, con fuerza, y luego se puso la bota. Le dolía horrores, pero ahora al menos podría andar algo.

Por desgracia, era demasiado tarde. Una docena de Ejecutores lo observaban desde el otro lado del camino. «A veces en la vida la suerte no te acompaña» se resignó. «Tendré que luchar. Que Oxatsi se apiade de su hijo». Se irguió y se armó con el cuchillo en la mano derecha y el disco en la izquierda. Flexionó la rodilla e intentó no poner peso sobre el pie herido. «Serenidad y concentración» se dijo.

Tres de los Ejecutores alzaron las lanzas. Ikai reaccionó al momento. Utilizó el disco y levantó una esfera protectora. Las tres lanzas golpearon la esfera con tremenda fuerza debilitándola, pero no consiguieron perforarla. Ikai sintió la potencia en su cuerpo. Los Ejecutores, confusos, vacilaron. Ikai lo aprovechó y utilizó el Poder del disco. Convocó a un Espíritu de Agonía. La creación, de un gris translúcido, vestía una túnica larga hecha harapos y su cuerpo carecía de carne. Parecía salida de una pesadilla de terror. Se mantuvo flotando junto a Ikai, mirándolo con un desencajado rostro de horror que era la mismísima representación de una agonía insondable. Ikai señaló a los tres Ejecutores con el cuchillo y le dio la orden: «Atácalos». El espíritu abrió los brazos, gritó con un gemido cavernoso y salió despedido cayendo sobre los Ejecutores. Estos recibieron el ataque y se defendieron con sus cuchillos, pero el abrazo del espíritu los llenaba de una agonía insufrible. Cayeron al suelo mientras se revolvían intentando rechazarlo. El resto de los Ejecutores dudaron, no comprendían cómo un hombre podía hacer aquello que solo estaba al alcance de los Dioses.

Aprovechando el desconcierto Ikai usó el Poder del disco para crear un Espíritu Oscuro. El disco emitió un destello y un hilo negro surgió del disco para convertirse en un espíritu negro como una noche sin estrellas. Pero esta vez no le ordenó que lo cubriera para ocultarse sino que le dio la orden de atacar. El espíritu se lanzó sobre los Ejecutores y al cubrirlos con su negrura los consumió, devorando su vida.

Los Ejecutores reaccionaron y atacaron a los espíritus. Ikai sólo era capaz de crear unos pocos tipos espíritus diferentes que Adamis le había enseñado a invocar. Aunque sabía que podían crearse más tipos y mucho más fuertes sus espíritus eran débiles, pues aún no dominaba el Poder lo suficiente. Los espíritus, si bien translúcidos, al existir en este mundo eran parcialmente vulnerables a las armas físicas. Los Ejecutores conseguían herirlos e ir acabando con su existencia. El combate entre los Espíritus y los Ejecutores fue brutal y despiadado. Ikai se unió a sus creaciones y entre los tres acabaron con todos los Ejecutores. El último murió destruyendo el último espíritu. Ikai se quedó solo con una docena de cadáveres frente a él.

Resopló aliviado. Se había salvado. Le llegó el galope de un caballo en la lejanía y se giró hacia el sonido pero sólo vio el camino despejado que se perdía tras un recodo. Sintió un golpe en la espalda seguido de una sacudida. «¿Qué?». Una lanza de Ejecutor había golpeado la esfera protectora. Se giró y vio a una decena de Ejecutores saliendo del bosque a la carrera. «¡Oh, no!». Se concentró e invocó un nuevo Espíritu de Agonía pero no tuvo tiempo a más. Los Ejecutores se le echaron encima.

Ikai recibió los primeros golpes de lanza y cuchillo de los Ejecutores, rechazados por la esfera que lo protegía. Pero con cada golpe la esfera se debilitaba algo e Ikai recibía una sacudida dolorosa que se extendía por todo su cuerpo. Envió más Poder a reforzar la esfera. Los ataques iniciales pronto se convirtieron en una tremenda lluvia de golpes. Ikai sintió en su carne la fuerza de los golpes. Intentó volver a usar el disco pero el dolor y las sacudidas le impidieron concentrarse. En mitad de los golpes y sacudidas no conseguía concentrarse lo necesario. «Estoy en un serio aprieto. Tengo que buscar la forma de defenderme o no sobreviviré». Los golpes continuaron con tremenda fuerza. Los Ejecutores atacaban como bestias asesinas cuya presa estaba a punto de caer. El Espíritu de Agonía acabó con tres de los Ejecutores antes de que lo destruyeran.

Una lanza consiguió atravesar la esfera protectora y buscó directa el corazón de Ikai. En un movimiento reflejo, Ikai desvió la afilada punta con su cuchillo. Se había salvado por un pelo pero ahora la esfera estaba quebrada y caería. La siguiente lanza atravesó la esfera a la altura de la cabeza de Ikai. Sin tiempo de reacción, se agachó y la lanza le rozó la cabeza. Al agacharse sintió una aguda punzada de dolor en el tobillo. No pudo usar el disco para protegerse. Los Ejecutores continuaban golpeando la esfera con sus lanzas y cuchillos en forma de media luna.

Ikai intentó usar el disco una última vez antes de que destruyeran la esfera. Agachado, siendo vapuleado, intentó concentrarse cuando oyó el relincho de un caballo a su espalda. No dejó que rompiera su concentración. Consiguió usar el Poder y creó un Espíritu Oscuro. «¡Sí!». Entre los dos podrían con el resto de Ejecutores. Miró a los Siervos. «Atácalos» ordenó. Pero antes de que el Espíritu pudiera atacar, los Ejecutores comenzaron a salir despedidos hacia el cielo para caer a peso contra el suelo muriendo en el impacto. Ikai, la boca abierta por la sorpresa, se volvió.

—¿Metiéndote en líos sin mí? —preguntó una voz familiar con tono jocoso.

Ikai miró al jinete.

—¿Y de dónde ha salido ese espíritu tan feote? Se parece mucho a ti, hermanito.

—¡Kyra!

Capítulo 18

Las comitivas comenzaron a entrar en la cámara en orden inverso al Anillo al que representaban. Adamis junto a Ariadne y Sormacus, al formar parte de la delegación del Quinto Anillo, entraron con el primer grupo liderado por el Príncipe Saxti de la Casa del Agua. La Alta Cámara donde los Cinco Altos Reyes se reunían en las ceremonias importantes, y donde hibernaban, mostraba un aspecto impoluto. En las paredes circulares de oro viejo relucían símbolos de poder grabados en plata. El suelo transparente dejaba apreciar en la distancia la belleza sin igual del turquesa de un océano en plena calma. El techo, de un negro marmóreo, lo constituía la base del Gran Monolito que se alzaba sobre la cámara.

Adamis recordaba bien aquel regio lugar. Jamás olvidaría la última vez que lo pisó: durante la ceremonia de Vivificación, cuando estuvo a punto de perder a Kyra. Aquella construcción siempre lo había impresionado, era uno de los mayores logros de los Áureos, el corazón de Alantres, la Ciudad Eterna, a la que el Gran Monolito alimentaba de Poder.

Llegaron frente a los Cinco Altos Reyes. Adamis se encogió y bajó la cabeza al sentir el inmenso Poder innato que emanaban. Sus todopoderosas majestades aguardaban sentados en elaborados tronos situados sobre una plataforma circular que levitaba a tres varas del suelo. Adamis los observó de reojo un breve instante con su rostro oculto bajo la capucha. Todos vestían elegantes túnicas del color que simbolizaba el elemento al que representaban sus casas, adornadas con impresionantes bordados dorados. Sobre sus cabezas portaban enjoyadas coronas que los reconocían como Altos Reyes de los Áureos. Colgaban de sus cuellos los cinco Medallones ancestrales que los reconocían como Señores de los Elementos.

De izquierda a derecha reconoció primero a su Majestad Edan, de la Casa de Aru, la Casa del Quinto Anillo. El Señor del Agua, siempre le había caído bien, era cauto y razonable y el aliado principal de su Padre. Sentado a su derecha estaba su Majestad Lur, de la Casa de Idnem, Casa del Cuarto Anillo. El Señor de la Tierra, sin embargo, nunca le había causado una buena impresión pues era duro y egoísta. Además, estaba confabulado con la casa del Fuego. A su derecha, estaba sentado su Majestad Kaitze, de la Casa de Aurez, la Casa del Tercer Anillo. El Señor del Aire era listo y sabía que se encontraba en una posición privilegiada. Al estar aliadas las casas del Éter y el Agua por un lado y las de la Tierra y el Fuego por otro, le posicionaba muy ventajosamente a la hora de romper los empates en las votaciones, de lo cual se aprovechaba siempre para obtener beneficio. A su derecha estaba su Majestad Gar, de la Casa de Aureb, la Casa del Segundo Anillo. El señor del Fuego era despiadado y brutal, no se detenía ante nada para conseguir sus objetivos y poco a poco se estaba convirtiendo en la Casa más poderosa. Y finalmente, sentado a la derecha de Gar, estaba su Majestad Laino, de la Casa de Eret, Casa del Primer Anillo, el señor del Éter, su padre. Antes de que un torbellino de emociones lo arrasara, Adamis cerró los ojos e hizo un esfuerzo descomunal por mantenerse en calma.

Los Cinco Altos Reyes saludaron al grupo con una leve inclinación de cabeza. El simple gesto desprendió tal Poder que Adamis y el resto de la comitiva tuvieron que agacharse de inmediato a presentar sus respetos. Edan, Señor del Agua, les dio permiso para levantarse. Adamis, al alzar la vista no pudo aguantar más y miró a su padre. Al verlo en su trono, tan regio, poderoso, incontestable, sintió una tristeza inmensa, sintió tal desolación que olvidó todo el sufrimiento vivido. Gustoso se hubiera acercado a él, a abrazarlo y decirle cuánto había significado para él, cuánto lo había querido. Pero ahora ya nada era igual, ese abrazo jamás se produciría. El dolor se mezcló con la tristeza y el sentimiento de pérdida fue tan profundo, que por un instante no pudo respirar. «Cuánto lamento que nuestros caminos nos hayan llevado hasta estos extremos». Respiró profundamente y exhaló intentando dejar salir todo el dolor y la tristeza. «Espero que nuestros destinos no vuelvan a cruzarse, padre, por el bien de los dos».

Las comitivas de cada Casa fueron entrando y situándose en orden, siguiendo el protocolo establecido. Cada una delante de su Alto Rey mostrando respeto absoluto. Adamis se mantuvo oculto en el anonimato que su comitiva le proporcionaba. Sin embargo, ver pasar a los Príncipes de las Casas y otros nobles que tan bien conocía, estaba poniendo a prueba sus nervios. Recordó el tiempo en el que él era un Príncipe Áureo, cuando nada ni nadie podía tocarlo. Qué lejos quedaban ahora aquellos días…. «Una vez fui un Príncipe estúpido como lo son ellos, incapaz de abrir los ojos y ver lo que los míos son en realidad: crueles, despiadados y ególatras. Por fortuna, Kyra me abrió los ojos y nunca más volveré a cerrarlos». En ese momento vio al Príncipe del Fuego pavonearse frente a su padre. Asu actuaba con una altivez y soberbia desmedidas, incluso para él. Por un instante el odio se apoderó de Adamis y deseó desenvainar el arma que Aruma le había regalado y atravesarlo de una estocada limpia. Por suerte su sentido común se impuso y no se lo permitió. Era una locura. No lo conseguiría.

De pronto, Adamis vio pasar a Notaplo. Le hizo un gesto precipitado con la cabeza. No podía arriesgarse a enviar un mensaje mental, no en presencia de los Cinco Altos Reyes, pues podrían interceptarlo y de hacerlo su padre, lo reconocería. Los mensajes mentales de cada Áureo tenían una voz única, una firma inconfundible. No podía arriesgarse. Ariadne y Sormacus, que permanecía a su lado, ya le habían advertido de aquello. Mientras estuvieran en presencia de los Altos Reyes, no podrían arriesgarse a mantener comunicación. El bueno de Notaplo iba tan ensimismado que no se percató.

Estirando el cuello, Adamis volvió a intentar captar su atención. Pero el que volvió la cabeza fue su propio primo Atasos. Adamis bajó la cabeza al instante y del susto dejó de respirar. Si su primo lo reconocía estaría perdido y de verlo, lo haría. Había estado con él hacía muy poco, durante su destierro en el Templo Secreto de Eret en el continente. Mil pensamientos pasaron por la cabeza de Adamis, pensamientos tortuosos. Pasó un largo momento lleno de tensión. Ariadne le rozó la mano y Adamis levantó la mirada muy despacio. Los ojos de ella le indicaron que el peligro había pasado. Adamis vio como la comitiva de la Casa del Primer Anillo se colocaba en posición frente a su Alto Rey. «Tengo que tener más cuidado» se regañó.

El Maestro de Ceremonias abrió los brazos y anunció a los presentes:

—Bienvenidos todos a la Ceremonia del Deslumbramiento Intelectual. Una festividad clave para el avance de nuestra civilización y que todas las Casas honramos con orgullo. Hoy se premia el intelecto, la brillantez, la sabiduría y sobre todo el afán de superación y conquista de nuevas metas impensables. Esta es la base de nuestro Poder, esto es lo que nos hace reinar sobre el mundo conocido, pues no hay otra civilización tan avanzada ni tan poderosa.

Los componentes de las cinco delegaciones comenzaron a aplaudir de la forma áurea, golpeando las manos contra las pantorrillas. Adamis sonrió y recordó lo singular que le pareció la forma en la que aplaudían los hombres.

El Maestro de Ceremonias continuó.

—Como es tradición en esta señalada fecha y en presencia de sus todopoderosas majestades los Cinco Altos Reyes —se volvió y dedicó una profunda reverencia a los dirigentes Áureos, que no se inmutaron, y el

Sacerdote se volvió a girar hacia las comitivas que lo observaban expectantes— cada Casa dispondrá de la oportunidad de presentar los más importantes avances tecnológicos logrados ante sus majestades y ante los representantes de las otras Casas. Cada logro será aceptado o rechazado por los méritos mostrados y por la aprobación o rechazo del logro en base al criterio de sus majestades.

Los asistentes volvieron aplaudir, expectantes.

—Sin más dilación, que el Erudito Primero de la Casa de Aru, la Casa de Agua, presente los logros conseguidos en la ilustre Casa del Quinto Anillo.

El anciano Erudito, que se acercaba ya a los 900 años, saludó primero al Príncipe Saxti y a su comitiva y avanzó con paso lento, ayudado por un cayado azulado con incrustaciones blancas, hasta llegar al centro de la cámara. Se agachó en una reverencia frente al altar de los Cinco Altos Reyes. Los monarcas lo observaban atentos.

—Con vuestra venia... —dijo, mientras la inflexión de su mensaje mental revelaba la avanzada edad del sabio.

—Adelante —le dio permiso Edan, su Alto Rey.

—En este día tan importante para todos nosotros, los Eruditos en particular y para todos los Áureos en general, mostraré el avance más significativo logrado por nuestra venerada casa.

Los Altos Reyes asintieron dando su permiso para que continuara.

—Es un avance ligado a nuestro deber sagrado como Eruditos Áureos por hallar la clave para alcanzar la inmortalidad. Después de cientos de años de estudio y experimentación hemos logrado un avance muy importante en la técnica de prolongación de la vida por medio de la congelación asistida. Esta tecnología la llamamos: Hibernación Helada. Permitidme mostrarlo —dijo, y se volvió hacia dos de sus ayudantes. Les hizo una seña con la mano y los dos estudiosos llevaron una cápsula hasta el centro de la cámara, que situaron en posición vertical. La parte posterior era de color azulado, metálica. La parte anterior era de cristal y mostraba a un hombre en su interior. Estaba completamente congelado, recubierto de una capa de escarcha blanca.

—Este espécimen lleva congelado 100 años. Lo congelamos con la edad de 20 años. Ahora tendría 120 y, por lo tanto, siendo un hombre, debería estar muerto. Pero aún vive. Y no sólo eso, sino que no ha envejecido un solo día. Permitidme mostrarles lo que nuestra maravillosa tecnología permite hacer.

Accionó varias palancas en los laterales de la cápsula y un destello azul surgió de las ranuras alrededor de la tapa de cristal. Se produjo un *click* metálico y el Erudito aguardó pacientemente mientras el proceso de descongelación finalizaba. Todos los presentes observaban con gran atención.

Finalmente, la capsula se abrió. Una bruma blanquecina abandonó su interior desplazándose hacia el suelo. Los dos ayudantes sacaron al hombre del interior y lo sujetaron para que se mantuviera en pie. Parecía dormido, pero su color era ahora normal. El Erudito le puso un disco sobre el corazón e hizo uso de su Poder. Una luz dorada recorrió todo el cuerpo del esclavo, de cabeza a pies. De súbito, el durmiente abrió unos ojos como platos con una mueca de horror. Respiró una acelerada bocanada de aire pero tragó demasiado, demasiado pronto. Comenzó a toser y a convulsionar. Los dos ayudantes lo sujetaron firmes, manteniéndolo de pie.

—Como todos los presentes pueden observar —continuó el Erudito —, está vivo y en perfectas condiciones —uno de los ayudantes agarró al esclavo de los pelos y tiró de su cabeza hacia atrás para que todos pudieran ver su rostro—. Este es el rostro de un hombre de 120 años que no ha envejecido un solo día.

El Maestro de Ceremonias se dirigió al Erudito.

—¿Atestiguáis la autenticidad del experimento bajo pena de muerte y deshonra para vuestra Casa en caso de perjurio?

—Lo atestiguo —dijo el Erudito con total serenidad y confianza.

—Muy bien, así quedará en los registros de conocimiento —con una seña indicó a los Ojos-De-Dios que anotaran el logro.

El Alto Rey Gar estiró el cuello.

—¿Cuánto vivirá? —preguntó. Tal era su poder que la simple pregunta mental quemaba la mente de quien la recibía. Adamis tuvo que sacudir el pensamiento de su mente.

—Nuestros estudios indican que vivirá una existencia normal para su raza. Alcanzará la vejez y morirá de causas naturales. La congelación no tiene efecto secundario en su organismo.

—¿Cuántas pruebas habéis realizado con éxito para poder asegurar esto hoy aquí? —preguntó Gar.

—Mi señor, más de un millar que no han sido exitosas desde el comienzo de los experimentos. Sin embargo, las últimas cien sí lo han sido. Todo ha sido documentado en nuestra fuente de conocimiento.

El Alto Rey Gar hizo un gesto desganado con la mano para que el Erudito continuara. Adamis, muy disgustado, respiró profundamente. «Más de mil hombres habrán muerto o padecido horrores indescriptibles sólo para el descubrimiento de este avance en tecnología de congelación. Utilizan a los hombres como animales para sus experimentos. Es algo que no se puede consentir. ¡Es cruel! ¡Una barbaridad!». Pero para los Áureos, los hombres no eran más que hormigas con las que hacer lo que quisieran y pisarlas cuando no fueran ya necesarias.

—¿Esa tecnología, es aplicable a los nuestros? —preguntó Kaitze, Alto Rey del Aire, con tono suspicaz.

—Me alegra que Su Alteza haga esa pregunta. Permitidme responder con una demostración —dijo el Erudito, e hizo un gesto a sus ayudantes. Se llevaron al esclavo que ahora temblaba de pies a cabeza. Al cabo de un momento volvieron portando otra cápsula, idéntica a la anterior. Siguiendo el mismo procedimiento, el Erudito la abrió y los ayudantes sacaron al sujeto del interior. Pero esta vez no era un hombre quién surgió, sino un Áureo. Se produjeron exclamaciones de sorpresa, a las que siguieron murmullos de disconformidad. Varias voces se alzaron protestando por semejante ultraje.

—Permitidme demostrar... —dijo el Erudito intentando calmar a los presentes.

Se apresuró a poner el disco sobre el pecho del Áureo, hizo uso de su Poder y una luz dorada recorrió todo el cuerpo del hibernado. De súbito, el durmiente abrió los ojos y su rostro mostró una sorpresa absoluta. Mientras luchaba por respirar con normalidad y dejar de temblar socorrido por los dos ayudantes del Erudito, este explicó.

—Dejadme presentarles a mi ayudante Erreka. Lleva congelado 100 años y como podéis comprobar, está con vida. En unos momentos estará completamente repuesto.

—Te arriesgas mucho, Erudito. La vida de un Áureo es sagrada —dijo el Alto Rey Gar.

Antes de que el Erudito pudiera responder, Edan, el Alto Rey del Agua intervino.

—Mi Erudito conoce perfectamente la ley. No se atrevería a experimentar con un Áureo y poner su vida en riesgo si la tecnología no fuera segura.

Los dos Altos Reyes se retaban en un duelo de miradas. Gar tuvo que retirarse pues el ayudante vivía y no se había quebrado la ley. Hizo un gesto de aceptación, pero sus ojos brillaban con resentimiento.

—Mi ayudante conocía los riesgos y se presentó voluntario. Sin riesgos no se consiguen logros. Esa es la ley primera del desarrollo de una nueva tecnología.

—¿Podremos usar esa tecnología? Me habían informado de que nosotros no podemos usarla, que el Poder continuaría consumiendo nuestros cuerpos —dijo Lur, Alto Rey de la Tierra.

—Vuestra información es correcta, Majestad.... Nuestro Poder continúa alimentándose de nuestro organismo en el estado de Hibernación Helada y, por tanto, seguimos envejeciendo incluso en ese estado. Pero hemos conseguido progresar... y mucho... Ahora somos capaces de ralentizar los efectos perniciosos del Poder durante el proceso de hibernación y, de esa manera, reducir significativamente el deterioro del cuerpo.

—¿Cuánto?

—Hemos logrado reducir a la mitad el deterioro que el cuerpo sufre durante la hibernación.

Kaitze, Señor del Aire intervino.

—Es decir, mientras permanezcamos congelados el cuerpo envejecerá la mitad de rápido. Si me congelo durante mil años cuando despierte... ¿habré envejecido 500?

—Sí, mi señor, correcto.

—No le veo la utilidad —dijo Gar, Señor del Fuego con tono de marcado menosprecio—. ¿Para qué querría congelarme para despertar 500 años más viejo?

—Despertaríais en un nuevo milenio, mi señor...

—Tonterías, a menos que el grado de envejecimiento se reduzca muy significativamente no tiene sentido.

—Pero si logramos reducirlo a una décima parte —dijo Edan, Señor del Agua—entonces seremos prácticamente inmortales. Podríamos vivir miles y miles de años hibernando entre milenios. Y recordad, durante ese tiempo seguiríamos investigando hasta hallar la forma de no envejecer durante la Hibernación Helada, o incluso rejuvenecer... Eso es lo que perseguimos, revertir el proceso, rejuvenecer mientras hibernamos congelados.

Hubo un silencio mientras los Altos Reyes asimilaban las implicaciones de lo expuesto. Finalmente, Laino, el Alto Rey del Éter se pronunció.

—Muy interesante, y con grandes posibilidades. Tiene mi aprobación.

El comentario captó la atención de Adamis. Si su padre lo aprobaba significaba que tenía potencial. «Interesante, tendré que hablarlo con Notaplo». Los Altos Reyes de la Tierra y el Aire dieron su aprobación también. El único que no lo aceptó fue el Alto Rey del Fuego. El maestro de ceremonias hizo una seña y los Ojo-de-Dios tomaron nota.

Se dio paso al siguiente Erudito para continuar con la ceremonia.

—Que el Erudito Primero de la Casa de Idnem, Casa de la Tierra, presente los logros conseguidos en la ilustre Casa del Cuarto Anillo.

El Erudito, también anciano, saludó a los suyos y después con gran solemnidad avanzó para saludar a los Cinco Altos Reyes.

—Lo expuesto por mi colega de la Casa del Agua es ciertamente fascinante y no podría estar más de acuerdo con su visión. Sin embargo, no comparto su método para llegar a alcanzar la inmortalidad, o para ser más exactos, su tecnología. En la Casa de la Tierra hemos estado trabajando en un enfoque muy similar pero con una tecnología muy superior: la de la Congelación en Carbono. Os lo demostraré.

Hizo una seña y varios ayudantes portaron lo que parecía una enorme lápida negra. Al situarla en el suelo sobre un soporte Adamis se percató de que en realidad era un rectángulo de carbono con un esclavo congelado en la extraña aleación.

—¿Cuánto tiempo lleva así? —preguntó Kaitze, Alto Rey del Aire.

—Algo más de 200 años, su Majestad. Hemos conseguido mantenerlo con vida indefinidamente, inyectando Poder en el grafito. Hemos realizado pruebas controladas con un Áureo y los resultados han sido magníficos.

—¿Y qué ventaja representa sobre la tecnología de la Casa del Agua? —quiso saber Gar, Alto Rey del Fuego.

—Veréis, Majestad, hemos logrado reducir el deterioro que el cuerpo Áureo sufre durante el estado de congelación en carbono a un tercio.

—Sigue siendo un deterioro muy alto, inaceptable —protestó Gar.

—Es superior al de la tecnología de la Casa de Agua —defendió Lur, Señor de la tierra.

—¿Y las desventajas? —preguntó Edan, Alto Rey del Agua con los ojos entrecerrados, como si ya supiera que había un impedimento.

El Erudito bajó la cabeza y miró a su señor de reojo. Este asintió.

—La principal desventaja de la tecnología es que requiere enormes cantidades de carbón vegetal para crear la aleación en la que congelar a los sujetos. Hemos intentado realizarla con carbón mineral del que disponemos en grandes reservas en las minas que los esclavos trabajan, pero los resultados no son tan satisfactorios. Por ello nos vemos obligados a quemar grandes bosques para obtener el carbón vegetal.

—No veo el problema —dijo Gar—, mi casa puede ayudaros con el fuego.

—Deforestar grandes territorios tiene efectos muy adversos en la naturaleza —dijo el Alto Rey del Éter—. Sería matar la fauna y flora modificando irreversiblemente el ecosistema de una región.

—Un coste pequeño por alcanzar la inmortalidad —dijo Lur.

—Estoy totalmente de acuerdo —dijo Gar.

—Creo que ahora ya podemos establecer que la Casa del Agua y la Casa de la Tierra compiten en una carrera por alcanzar el mismo fin con dos tecnologías muy similares —dijo Kaitze, Señor del Aire.

Los Cinco Altos Reyes discutieron los pros y los contras de la tecnología y finalmente la tecnología del carbono contó con el apoyo de las Casas de Fuego, Aire y Tierra y con el rechazo de las Casas de Agua y del Éter. Así se anotó.

—Que el Erudito Primero de la Casa de Aurez, la Casa del Aire, presente los logros conseguidos en la ilustre Casa del Tercer Anillo —pidió el Maestro de Ceremonias.

El Erudito se dirigió a los Cinco Altos Reyes.

—El avance que deseo mostrar es uno que ayudará significativamente a Alantres, nuestra maravillosa Ciudad Eterna. Nuestro control del elemento aire y todo lo que a él rodea ha avanzado tanto que ahora somos capaces de controlar sus manifestaciones más negativas en la naturaleza.

—¿A qué te refieres, Erudito? —preguntó el Alto Rey Gar, interesado.

—Me refiero a las tormentas, ciclones y huracanes, ya no volverán a ser un problema para nosotros, para nuestra ciudad.

—Interesante… prosigue —pidió el Alto Rey Lur.

—La Casa del Aire ha logrado la tecnología para controlar estos fenómenos adversos —dijo el Erudito.

Toda la cámara lo observaba con sumo interés. Adamis sabía que para todos ellos uno de los grandes problemas siempre había sido el mar y las tormentas. Vivir en una ciudad sobre el océano tenía esa desventaja. Para protegerse de las inclemencias de la Madre Naturaleza, los Áureos habían diseñado dos defensas, la primera el gran muro en forma de catarata que rodeaba la ciudad y los protegía de las tormentas leves y la mala mar. La segunda, en caso de que se dieran ciclones o maremotos, era una esfera gigante que se levantaba en caso de peligro inminente, envolviendo a toda la ciudad. La producía el gran monolito. El problema era que levantar aquella gigantesca esfera protectora tenía un coste en Poder abismal. A su vez, la barrera en forma de catarata que siempre estaba activa también consumía mucho Poder. Un coste que todas las Casas debían pagar. Poder de miles de Áureos que iba a mantener esas protecciones y los envejecía.

El Erudito se dio la vuelta hacia su comitiva.

—El disco por favor —pidió, uno de sus ayudantes se lo trajo y el Erudito lo dejó sobre el suelo—. Muy bien. Observad, mis señores.

La imagen que proyectó el disco fue la de una gran tormenta formándose en un cielo que se volvía cada vez más negro sobre unos campos despejados. Varios Eruditos manipulaban un monolito blanco. Pero aquel monolito no era una fuente de conocimiento, era algo más. La tormenta se fue gestando y fuertes vientos comenzaron a azotar a los Eruditos. El cielo se volvió completamente negro y la tormenta estalló. Los vientos se volvieron huracanados, un tornado comenzó a formarse sobre sus cabezas. Adamis temió por los Eruditos, si no abandonaban el lugar el tornado se los llevaría.

—Atención, ahora —indicó el Erudito.

Los Eruditos que manipulaban el monolito se apartaron del artefacto que comenzó a emitir destellos blanquecinos, cargando Poder. De súbito se produjo una descarga enorme y un haz de energía salió despedido del monolito hacia el corazón de la tormenta. El haz se mantuvo un instante, ganando potencia. Se produjo una explosión de energía que se expandió por las negras nubes disolviéndolas. La tormenta murió. Murmullos de aprobación llenaron la cámara.

El Alto Rey Kaitze, Señor del Aire, entrelazó los dedos de sus manos.

—Podemos matar tormentas y pronto podremos controlar el tiempo. Ya no estamos a la merced de la naturaleza y sus cambios de humor. Se acabó el temor a las tormentas, los huracanes, los maremotos. Seremos nosotros quienes lo controlemos y establezcamos el tiempo que queramos disfrutar. Más que eso, un día no muy lejano, podremos establecer cuándo y dónde llueve. Podremos hacer que el buen tiempo favorezca los cultivos, la pesca, que todo florezca a nuestra conveniencia. Seremos los amos del clima.

—Pero eso no es todavía una realidad... —dijo Lur.

El Erudito intervino.

—No, su Majestad, todavía no. Pero no estamos muy lejos de conseguirlo —apuntó—. Ya no necesitaremos levantar la esfera protectora que tanto coste en Poder tiene para todos nosotros.

—Eso sería fantástico —dijo Lur.

—Doblegar a la naturaleza me parece un logro del que beneficiarnos sustancialmente —dijo Gar con ojos entrecerrados, tramando las ventajas que podría obtener.

—Y ¿no será peligroso? Manipular así el clima no me parece muy cauto... —quiso saber Edan, Señor del Agua.

—Peligroso, ¿en qué sentido, mi señor?

—Cuando mis Eruditos experimentan congelando grandes extensiones de terreno para, al deshelarlas, obtener energía del proceso, toda la natura muere. Plantas, vegetación, animales, todo. Desestabilizar el clima a nuestra conveniencia, se me antoja que podría tener efectos similares, muy adversos.

—E impredecibles —añadió Laino, Señor del Éter.

El Erudito pensó la respuesta.

—Podría ser, sí, desde luego. No debemos alterar en exceso el clima existente pues podría tener efectos no previsibles. Cierto, peligrosos. Debemos ser prudentes y utilizar este avance sólo en casos puntuales —aclaró el Erudito.

—¡Tonterías! —exclamó Gar, Señor del Fuego—. ¡Hay que usarlo cuando nos plazca!

Se inició un debate entre los Cinco Altos Reyes que discutieron los pros y contras de utilizar aquel avance. Finalmente se llegó a una división de opiniones con los Altos Reyes del Aire, Fuego y Tierra a favor, y los del Agua y Éter en contra. Los Ojo-de-Dios anotaron el resultado. Aquello preocupó a Adamis. Había ganado el sí, por lo tanto utilizarían la tecnología y las repercusiones podían ser atroces de usarse mal, o en demasía. Lo que estaba presenciando cada vez le preocupaba más y comenzaba a entender por qué Ariadne le había dicho en varias ocasiones que estaban siendo conducidos hacia un cataclismo.

La ceremonia continuó.

—Que el Erudito Primero de la Casa de Aureb, la Casa del Fuego, presente los logros conseguidos en la ilustre Casa del Segundo Anillo —pidió el Maestro de Ceremonias.

El Erudito en cuestión hizo una reverencia y se colocó en el centro de la cámara.

—El avance que mostraré hoy aquí con orgullo cambiará el futuro de nuestra civilización. Es un logro como nunca se ha logrado y marca un antes y después en el tratamiento de Poder por los Áureos. Lo mostraré.

Se agachó y sobre el suelo depositó un disco cristalino. Lo activó y se apartó. El disco proyectó una escena en el centro de la cámara: un recio navío con el emblema de la Casa del Segundo Anillo surcaba un mar gélido.

—Es el mar del norte, el mar helado —especificó el Erudito. La imagen avanzó en el tiempo y se vio al barco frente a un enorme iceberg. El navío se detuvo y varios Áureos se acercaron hasta la superficie helada en una barca y ascendieron hasta la cima del descomunal iceberg. La imagen los siguió. Se había desprendido de un glacial cercano. La belleza helada del lugar y su especial crudeza blanca dejó a Adamis boquiabierto. Los Áureos de la expedición clavaron una serie de largas varas metálicas, más de un centenar, en la superficie helada. La imagen sobrevoló la superficie del iceberg y se apreció que formaban un pentágono. Sobre cada vara encajaron una esfera metálica de color rojizo del tamaño de una cabeza. Para finalizar, colocaron una esfera cristalina de unas dimensiones considerables en el centro de la figura. Luego abandonaron el lugar y regresaron a la embarcación.

Adamis observaba muy atento «¿Qué pretenden? No lo entiendo».

—Este es un experimento que se llevó a cabo con la intención de mostrarlo hoy aquí, ante sus Majestades. Lo que están a punto de presenciar es el avance más espectacular jamás logrado en la consecución de Poder —y señaló la imagen.

Las varas clavadas en el iceberg comenzaron a calentarse y unos momentos más tarde comenzaron a ponerse al rojo vivo, ardiendo y derritiendo el hielo que las rodeaba. Continuaron ardiendo y Adamis se percató que las estaban manipulando desde el navío. Los Eruditos de la Casa del Fuego las estaban haciendo arder usando su Poder. Las varas fueron introduciéndose en el interior del iceberg hasta llegar a su centro. En ese momento, los Eruditos hicieron estallar simultáneamente las esferas al final de las varas. Se produjo una explosión devastadora, con la potencia de un volcán en erupción. Una llamarada gigantesca se alzó a los cielos en una columna ígnea que pareció alcanzar el propio cielo. El iceberg se evaporó consumido por la enorme intensidad de la explosión.

Adamis cerró los ojos con fuerza varias veces, no podía creer lo que había sucedido. El iceberg había desaparecido en la gran llamarada. Donde antes había una enorme masa de hielo, ahora sólo quedaba la esfera de cristal flotando sobre el mar con un resplandor dorado. «Han... han destruido todo el iceberg, pero ¿por qué?, ¿para qué?».

—Todos conocemos el poder destructor de la Casa del Fuego —dijo Edan, Señor del Agua, descontento por la muestra de poderío militar—, eso no representa ningún avance para nuestra civilización.

—No hay que saltar a conclusiones precipitadas —le respondió Gar con una sonrisa llena de sarna—. Puede que os equivoquéis, mi querido amigo.

—¿En qué me equivoco?

El Erudito de la Casa del Fuego continuó.

—El experimento no es uno de índole bélica, mis señores. La clave está en esa esfera que flota en el mar —dijo señalando la imagen que se centraba ahora sobre ella —. ¡Traedla! —indicó a sus ayudantes, y desactivó la imagen.

Situaron la esfera frente a los Cinco Altos Reyes que la observaban con rostros mezcla de confusión e interés.

—Si me hacéis el favor, su Alta Majestad de la Casa del Éter, ¿podríais percibir el Poder almacenado en la esfera? Vuestra casa tiene mayor facilidad en percibir el Poder que las otras.

Laino así lo Hizo.

—Esa esfera contiene una cantidad de Poder muy significativa.

—¿Sobre cuántos discos podrían llenarse con el Poder en ella almacenado?

—Más de un millar de discos.

Las exclamaciones de asombro llenaron la cámara. Los propios Altos Reyes no pudieron contenerlas.

—¿Mil discos? —exclamó Lur—. Eso es extraordinario.

Gar se alzó orgulloso.

—Mis Eruditos han conseguido que el Fuego convierta el hielo en agua y en el proceso de transformación recoger la energía liberada y convertirla en Poder. Un Poder que puede almacenarse en discos para nuestro uso y disfrute. Y el Poder que usemos de forma externa no nos consume, no nos envejece. Este sí es un descubrimiento clave pues cambiará nuestra forma de vivir y nos permitirá envejecer más lentamente, pues no tendremos que usar nuestro propio poder, sino el que obtengamos de derretir el hielo de los mares del norte. Y ese mundo helado es gigantesco, un interminable continente. Podremos extraer Poder por miles de años —el señor del Fuego no cabía en sí de gusto.

Los murmullos de aprobación llenaron la cámara.

—Tendrá efectos sobre la naturaleza... —dijo Laino pensativo—, efectos negativos.

—¿Y qué nos importa? —le contestó Gar—. La naturaleza es débil, nosotros fuertes, la dominaremos. Ya casi la dominamos. ¿O acaso no has presenciado lo que la Casa de la Tierra y la Casa del Aire son capaces de hacer? Pueden doblegar a la Naturaleza y pronto, con todo el Poder que obtendremos de derretir el continente helado del norte, doblegaremos a la Naturaleza a nuestro antojo, nada nos detendrá. ¡Seremos verdaderos Dioses!

—Eso es precisamente lo que me preocupa... las consecuencias de deshelar el continente de hielo —dijo Laino, pero su preocupación fue sepultada por las aclamaciones del resto de los presentes. Las exclamaciones tardaron un buen rato en morir. Los Altos Reyes de la Tierra y el Aire dieron su aprobación. El único que no lo aceptó fue Laino. El Maestro de Ceremonias asintió y los Ojo-de-Dios anotaron el resultado.

—Que el Erudito Primero de la Casa de Eret, la Casa del Éter, presente los logros conseguidos en la ilustre Casa del Primer anillo.

Notaplo avanzó hasta el centro de la cámara. Adamis lo observaba con atención. Parecía estar bien: tenía el mismo aspecto que cuando lo vio en persona por última vez. «¿Qué avance presentará ante Los Cinco mi buen Erudito y amigo?» se preguntó lleno de interés. El anciano Erudito saludó con respeto a los Altos reyes y luego se dirigió a su comitiva.

—Marcus, acércate por favor —pidió.

El esclavo dio un paso al frente, dejando el anonimato que la comitiva le proporcionaba. Al ver que todos los ojos se clavaban en él, dudó. Adamis también hincó sus ojos en el esclavo y el miedo le subió por la garganta con un sabor ácido. «¡No, Notaplo, no se lo muestres, no lo entenderán!» pensó, y quiso advertirle de su error. Pero vio a su padre, Laino, atento a cuanto sucedía y supo que de enviarle un mensaje mental de advertencia, su padre lo captaría y sería descubierto.

—No temas, acércate —le dijo Notaplo a Marcus con tono tranquilizador.

El esclavo avanzó con la cabeza gacha, mirando al suelo, casi temblando, hasta situarse junto al Erudito.

—Majestades, este esclavo que veis aquí conmigo, posee la clave de la inmortalidad para nuestra venerada civilización.

El anuncio dejó a todos desconcertados. Los Altos Reyes bufaron incrédulos y entre las diferentes comitivas la duda se manifestó en exclamaciones airosas.

—Este esclavo tiene más de 300 años, por lo que debería haber muerto varias veces ya. Sin embargo sigue viviendo y vivirá todavía otra centuria. Nunca ha sido congelado, ni carbonizado, ni ha sido tratado con ninguna tecnología.

—¿Entonces cómo puede estar con vida? Los esclavos envejecen y mueren rápidamente. Si no fuera porque procrean como conejos de poco nos servirían —señaló el Alto Rey Lur, nada convencido.

—Este espécimen en concreto no es un hombre normal, es un híbrido.

—¿Por qué nos muestras esa vergüenza? —dijo Kaitze—. Las debilidades y los gustos depravados de algunos no deben mostrase así en público.

Los murmullos y protestas volvieron a llenar la sala y Notaplo asintió varias veces dejando pasar las protestas y que fueran apagándose. Adamis sabía lo que Notaplo iba a explicar y cada vez se sentía más nervioso por el buen estudioso. Los Altos Reyes no lo aceptarían.

—Este híbrido no sólo es longevo por sí mismo, sino que tiene una característica especial que es crucial para nosotros —se volvió hacia Marcus y le puso la mano sobre el hombro —. Adelante, enséñales lo que puedes hacer.

Marcus extendió las manos formando un cuenco. Cerró los ojos y concentrándose creó una pequeña bola de fuego que se sostuvo sobre ellas.

Se escucharon exclamaciones de sorpresa que al instante se volvieron de horror.

—¿Qué es esto? —exclamó Gar.

—¡No puede ser! —tronó Lur.

—¿Quién es ese esclavo? —preguntó Edan contrariado.

Notaplo intervino de inmediato para calmar los ánimos.

—El esclavo es una anomalía extraordinaria. Marcus es un híbrido con Poder.

—¿Qué es este ultraje? ¿Cómo te atreves a traer a ese engendro ante nosotros? —bramó Gar.

—¡Es una abominación! ¡No debería existir! —clamó Lur.

—¡Debe morir! ¡Hay que destruirlo! —exclamó Kaitze.

—¡Nadie derramará sangre en esta cámara! ¡Nadie tocará a mí Erudito ni a su espécimen! —advirtió Laino poniéndose en pie. Al levantarse una bruma negra se alzó amenazante tras su cuerpo como un fantasma formidable dispuesto a devorar el alma de quién osase enfrentarse a él.

—Sus Majestades, les aseguro que este el único camino hacia la inmortalidad —continuó explicando Notaplo con energía y convicción—. No necesitamos permanecer congelados o carbonizados como proponen las Casas del Cuarto y el Quinto Anillo. Los híbridos con poder son la clave que nos permitirá dar un paso hacia adelante. Poseen el componente clave que una vez hallado y transferido a los Áureos nos hará realmente inmortales. En Marcus, el paso del tiempo se ha ralentizado sustancialmente. Pero lo que es realmente crucial en Marcus es que posee Poder, como habéis podido apreciar. Esto valida mi teoría: la ralentización natural puede coexistir con el Poder, son compatibles aunque no se de en los Áureos.

—¡Es suficiente! No escucharé una palabra más sobre está abominación —rugió Gar y una llamarada surgió de su cuerpo.

—¡Espera! —dijo Edan—. Quiero saber si el Erudito ha logrado lo que dice. ¿Has conseguido hallar esa clave de la que hablas en tu espécimen?

Notaplo sacudió la cabeza lentamente.

—No, todavía no la he hallado. Es por ello por lo que presento mis descubrimientos hoy aquí, con la esperanza de que el resto de Eruditos adopten este estudio y, entre todos, consigamos hallar la clave. Estoy convencido de que si trabajamos las Cinco Casas juntas, podremos lograrlo.

—Entonces no es más que una teoría. Mi Casa no apoyará semejante locura —dijo Lur.

—Ni la mía. No es más que una aberración —dijo Kaitze.

—Deberíamos matarlos a los dos, Erudito y espécimen, por semejante ultraje —dijo Gar.

—Retírate, Erudito, por tu bien, no deberías haber presentado semejante despropósito —le dijo Edan.

Las reprobaciones de los presentes se volvieron gritos. La cámara se cargó de críticas tajantes que se fueron volviendo cada vez más duras. Notaplo sufrió los abucheos y comentarios hirientes con la cabeza gacha. Comenzaron los insultos y Adamis quiso salir en defensa de su amigo. Hizo un ademán, pero Ariadne lo sujetó del brazo con fuerza. Adamis la miró. Ella negó con la cabeza.

El Alto Rey Laino intervino.

—Mi Erudito os ha explicado con claridad su propuesta. Es su visión para nuestro futuro y en mi opinión es acertada. Si no deseáis participar en su estudio, vuestra es la prerrogativa. Notaplo, retírate.

Adamis entendió en las palabras de su padre: sí creía en Notaplo, pero nada podía hacer por ayudarlo. Las otras Casas no lo aceptarían. Notaplo se retiró entre sórdidas injurias y humillaciones. Adamis tuvo el presentimiento de que Notaplo había firmado su sentencia de muerte, como en una premonición muy poco halagüeña. Sintió un dolor agudo en el pecho. Respiró profundamente intentando que pase, pero no desapareció.

La ceremonia continuó hasta que finalmente se decidió la tecnología vencedora y la Casa más avanzada. El honor recayó en la casa del Segundo Anillo, la del señor del Fuego. La comitiva encabezada por Asu tomó el centro de la cámara entre vítores. Las comitivas de las otras Casas aplaudieron con respeto como estipulaba la tradición. Adamis observó a Asu en el centro, estaba exultante, más soberbio que nunca. Miraba al resto de los presentes con desdén y enemistad. El Alto Rey Gar bajó a saludarlos, altivo, con una sonrisa de satisfacción inmensa. Recibió el trofeo de manos del Maestro de Ceremonias y lo mostró a todos desafiante.

Observando al Rey y Príncipe del Fuego juntos, y conociendo ahora el poder de su nueva tecnología, Adamis sintió como si un fantasma de hielo lo abrazara. Y el presentimiento fue diáfano: «Vamos a morir, todos».

Capítulo 19

Kyra desmontó de un salto y corrió a abrazar a Ikai. Los dos hermanos se fundieron en un abrazo fraternal lleno de amor y cariño.

—¡Cuánto me alegro de verte, Kyra!

—Tienes un aspecto horrible, hermanito.

—He tenido unos días complicados —sonrió él. Apoyó el pie y un gesto de dolor apareció en su rostro.

—¿Qué le pasa a tu pie? —dijo ella preocupada señalando.

—No es grave, una mala torcedura.

Ella sonrió y sacudió la cabeza.

—¿Se puede saber por qué sonríes? Me duele horrores.

—Y más que te va a doler en cuanto se hinche.

Ikai la miró con una mueca de enfado fingido.

—¿Es que te alegras de que me duela?

—No, me alegro de tener un caballo —sonrió ella de oreja a oreja.

Ikai asintió sonriendo y luego negó con la cabeza.

—Eres imposible.

—Lo sé, por eso me quieres tanto, hermanito.

—Si no me doliera tanto el pie y no estuviera tan cansado que no puedo mover mis brazos, te daría un azote.

—¡Ja! En tus sueños.

Ikai rio y volvió a abrazar a su hermana lleno de una alegría indescriptible por estar con ella y encontrarla sana y salva.

—Ha pasado tanto tiempo… empezaba a dudar de que volviéramos a reunirnos.

—Sí, demasiado. Ya sabíamos que llevaría tiempo y sería muy duro. Tú nos lo advertiste. Todos aceptamos la misión y las consecuencias. ¡Cuánto me alegro de volver a verte! —dijo Kyra, y lo achuchó. Ikai gruñó de dolor, pero no podía dejar de sonreír.

—¿Cómo me has encontrado? —le preguntó Ikai.

—No te buscaba a ti, buscaba a Maruk. Estaba siguiendo su rastro con el disco. Me llegó su mensaje pidiendo ayuda.

Ikai asintió.

—A mí también —Ikai se dio cuenta de que había algo raro con el cabello de Kyra—. ¿Y tú melena, te la has cortado?

Kyra se dio la vuelta y le enseñó la quemadura en cuello y nuca.

—¿Qué te ha pasado? —preguntó Ikai preocupado pasando la mano por la herida que ya cicatrizaba.

Kyra suspiró.

—Tenemos mucho que contarnos.

—Sí —Ikai miró a ambos lados del camino—, pero no aquí, puede que vengan más Siervos.

—Está bien. ¿Puedes montar con el tobillo así?

—Creo que sí.

Kyra montó como una amazona experta.

—Sube —le dijo ella ofreciéndole la mano.

Ikai tomó la mano de su hermana y montó de un salto cogiendo impulso con el pie bueno.

—¿A dónde?

—Algo más adelante tengo mis armas escondidas. Recojámoslas. Las necesitaré. Luego vayamos a rescatar a Maruk.

—¿Sabes dónde está? —preguntó ella sorprendida.

—Sí, en un campamento siguiendo el camino.

—Muy bien.

Cabalgaron tan rápido como el caballo podía pero el buen animal estaba agotado y la carga de dos personas era demasiado para mantener un ritmo vivo. Tuvieron que detenerse en varias ocasiones para que el animal descansara o reventaría. Ikai también estaba muy cansado y cayó dormido sobre su hermana. Kyra lo arropó y cuidó mientras descansaba. Su corazón rebosaba de alegría por estar de nuevo en compañía de su hermano mayor.

Reanudaron la marcha y llegaron al campamento de los Siervos, Kyra e Ikai se acercaron con mucho cuidado, en sigilo. Encontraron el lugar desierto. Ikai leyó las huellas y concluyó que hacía un día que habían partido.

—¿Y ahora? —preguntó Kyra.

—Seguimos las huellas. Espero que Maruk lo soporte. Tenía muy mal aspecto. Le habían torturado…

—Lo encontraremos y pagarán.

Ikai asintió.

—Descansemos un poco y continuemos.

—¿Aquí?

—Sí, no regresarán. Fuesen a donde fuesen partieron con mucha prisa y ni siquiera esperaron a los Ejecutores que enviaron tras de mí.

—Sí, qué extraño... ¿Por qué tanta prisa?

Ikai se encogió de hombros.

—Tendrán ordenes de entregar a los prisioneros. Ya sabes lo cabeza cuadradas que son.

—Sí. Siguen las órdenes a ciegas.

—Hay un riachuelo ahí mismo. Repongamos el agua —dijo Ikai.

—Muy bien. Voy yo, no quiero que te tuerzas el otro tobillo, torpe más que torpe —dijo ella entre risas.

Ikai le lanzó el pellejo de agua, riendo.

Prepararon un fuego. Al confort de la hoguera, mientras comían, se contaron todo lo que les había sucedido en su tiempo de separación. Kyra relató todo lo que había vivido con la tribu de las praderas e Ikai hizo lo propio con sus vivencias entre el pueblo de las Tierras Altas. Finalmente, Ikai le relató lo que le había sucedido en aquel Confín. Al finalizar Ikai, Kyra le narró el encuentro con el Dios en el templo subterráneo.

—¿Un Dios de la Casa de Fuego?

—Sí, tengo las quemaduras que lo prueban.

—Es muy extraño. ¿Crees que se dirigía aquí?

—Yo diría que venía de aquí. Ten en cuenta que nos cruzamos.

Ikai asintió.

—Adamis nos dijo que los Áureos no se dignarían a pisar los Confines, que lo consideraban un deshonor.

—Por lo general no. Pero es la casa del Fuego, y ese cerdo de Asu puede estar tramando cualquier cosa.

—Sí, es verdad. Me pregunto el qué... En este lugar ocurren cosas muy extrañas.

—Mejor tener los ojos bien abiertos por lo que pueda suceder.

—¿Qué tal tu control del Poder? Yo todavía no he conseguido dominarlo. Continúo con dificultades.

—Ya puedo usar mi propio Poder con bastante soltura —dijo ella con una sonrisa tan amplia y llena de satisfacción que se le iluminó toda la cara.

—¿De verdad?

Kyra asintió.

—¡Eso es fantástico!

—Poco a poco lo voy dominando. Pero hay mucho más que aprender, estoy sólo en la superficie y siento que hay un lago profundo en el que sumergirme y aprender.

—Me llevas mucha ventaja. Yo soy mucho más torpe. No sé por qué razón, pero me cuesta mucho dominarlo —dijo Ikai sonrojándose al ver que su hermana menor le sobrepasaba.

—Eso es porque piensas demasiado todo lo que haces. Deja de pensar y guíate por lo que sientes, es lo que yo hago.

—Puede que tengas toda la razón. Yo siempre lo cuestiono todo.

—Además, hermanito, estate tranquilo, no puedes ser mejor que yo en todo —dijo Kyra con una risita jocosa.

Ikai asintió sonriendo y los dos hermanos compartieron un momento de júbilo que reconfortó enormemente sus almas, descargándolas de la pesada carga que llevaban.

Con la llegada del amanecer partieron siguiendo el rastro de los carros. Dos días más tarde encontraron la caravana de prisioneros. Tras una loma en el camino divisaron a su objetivo entrando en una ciudad imponente de regias murallas decoradas en rojo y naranja que imitaban llamas ardientes.

—La capital… —dijo Kyra.

—Sin duda. Y también a quién pertenece.

—La casa del Fuego…. Qué lástima..., casi los alcanzamos. Medio día más y hubieran sido nuestros.

—Tendremos que planear cómo entrar ahí. Es una ciudad grande y regia.

—Tú y tus planes. Deberíamos entrar por la puerta y matarlos a todos.

—Gran plan, hermanita —dijo Ikai lleno de sarcasmo.

Kyra lo miró, inclinó la cabeza y sonrió.

Era medianoche cuando Ikai ascendía levitando muy lentamente, con mucho cuidado de no perder la concentración, pegado a muralla de la parte norte de la gran ciudad amurallada. Había utilizado el Espíritu Oscuro para ocultarse en la penumbra y que no fuera visible a ojos de los guardias. Tardó un buen rato pero finalmente llegó a la almena y se arrastró al interior sobre el parapeto. Miró a izquierda y derecha. No había guardias. Ikai no se sorprendió pues las dos grandes puertas de entrada a la ciudad permanecían abiertas y bien iluminadas, como invitando a todos a entrar. Pero en las calles no se veía a nadie. Sólo grupos de Ejecutores patrullando la ciudad.

Al ver que no había peligro, se asomó a la almena e imitó el ulular de una lechuza. Kyra respondió al pie de la muralla. Un instante más tarde Kyra ya había ascendido levitando a una velocidad endiablada. Se detuvo a la altura de la almena, flotaba en el aire tan tranquila.

—¡Escóndete, vamos! —le dijo Ikai con urgencia.

Kyra avanzó hasta el parapeto librando la almena y se dejó caer junto a su hermano.

—Es increíble lo fácil que lo haces parecer —dijo Ikai negando con la cabeza.

—Es cuestión de mantener el control.

—Pues no eres tú precisamente dada a mantener la calma y el control.

Kyra se encogió de hombros y sonrió.

—Pronto tú también podrás hacerlo como yo. A ti te resultará mucho más fácil que a mí. Tú tienes mucho autocontrol. Es algo muy útil para usar el Poder.

—A ver si lo consigo.

—Rescatemos a Maruk y te enseñaré esta y un par de cositas más que he aprendido.

Ikai sonrió a su hermana.

—Vamos.

Hallaron la magna capital iluminada por completo. Era noche cerrada pero no había una sola calle de la enorme ciudad que no estuviera iluminada por antorchas, braseros y grandes hogueras. Las luces que las llamas desprendían bailaban al son de la brisa nocturna. Frente al opulento palacio del Regente se alzaba el gran Monolito de los Dioses. Su base estaba rodeada de braseros y en medio de la plaza mayor una gran hoguera ardía custodiada por una veintena de Ejecutores.

—Qué extraño... mira esa plaza, en lugar de una fuente en su centro han puesto una enorme hoguera —dijo Kyra señalando una plazoleta cercana a la muralla— ¿Para qué? El clima es cálido. No hace falta calentarse.

—Mira más al este —le dijo Ikai señalando—, hay otras dos plazas circulares con dos grandes hogueras. No creo que las usen para calentarse.

—¿Entonces?

—Creo que es por la Casa del Fuego, similar a como es en la Ciudad Eterna, en su Anillo.

—Pues no me gusta nada.

—A mí tampoco. Si bajamos de la almena en esas calles tan iluminadas, nos verán.

—¿Y a dónde vamos? La ciudad es enorme ¿Dónde tendrán a Maruk? —dijo Kyra.

—Tengo la sospecha de que esta ciudad no es diferente a las otras capitales de Confín. Allí está el gran Monolito de los Dioses, detrás el Palacio del Regente y detrás deberían estar los cuadrantes prohibidos de los Siervos. Y allí la entrada a...

—¡A las Mazmorras del Olvido! —interrumpió Kyra que entendió lo que su hermano cavilaba. ¿Crees que lo tendrán allí?

—Sólo se me ocurre ese lugar o las mazmorras de las barracas de la Guardia.

Kyra asintió.

—¿Cuál es el plan?

—Despejar incógnitas. Sígueme. Hay que arriesgar.

Los dos hermanos bajaron de la muralla y recorrieron las desiertas calles de la ciudad agazapados y en sigilo. Si eran descubiertos, no habría donde esconderse, el fuego iluminaba cada calle y cada plaza. Alcanzaron la muralla baja alrededor de las barracas de la Guardia. Ikai le hizo un gesto a Kyra y ésta comprendió. Uso su Poder y comenzó a elevarse en vertical mientras Ikai miraba intranquilo a ambos lados de la calle. Una patrulla de Ejecutores podría aparecer en cualquier momento. Kyra sacó la cabeza por encima de la muralla, observó por un instante el interior y volvió a bajar.

—No hay ni un alma —susurró a su hermano.

—¿Estás segura?

Kyra asintió con fuerza.

—Espérame aquí. No tiene sentido que nos arriesguemos los dos. Vuelvo enseguida.

Ikai llegó a las puertas y se las encontró abiertas. Echó un rápido vistazo al interior y al no ver a nadie se adentró a investigar. Tal como Kyra había dicho, las barracas estaban desiertas. Entró en el edificio militar y lo encontró completamente abandonado. Hacía mucho tiempo que allí no vivía nadie. La capa de polvo de los muebles era de más de dos dedos, olía a rancio y no había una sola pisada en el suelo. Ikai se dirigió a las mazmorras. Bajó las escaleras de piedra y se encontró todas las celdas abiertas. Se habían llevado a los prisioneros. «No hay rastro ni de Guardias ni prisioneros».

Volvió con Kyra.

—Está desierto.

—Entonces nos quedan las Mazmorras del Olvido…

—Vamos.

Se desplazaron con rapidez y en silencio. Una patrulla de Ejecutores apareció en una plaza que estaban a punto de cruzar. Ikai se detuvo y detuvo a Kyra con el brazo. Retrocedieron unos pasos y se escondieron en un portal. La patrulla siguió por otra calle sin descubrirlos. Si daban la alarma tendrían un centenar de Ejecutores sobre ellos antes de contar hasta tres y sería su final. Continuaron con cuidado extremo, deteniéndose en cada esquina para asegurarse de que podían continuar. Sortearon dos patrullas más antes de llegar a la muralla alrededor del cuadrante prohibido de los Siervos. Pegados a la pared llegaron hasta la esquina. Ikai echó un rápido vistazo a la entrada: había media docena de Ejecutores de guardia.

—Cuidado, vigilan —le susurró Ikai a Kyra.

—Por algo será… —respondió ella entrecerrando los ojos.

Ikai asintió. Notó que Kyra se estremecía, algo inusual en ella y se preocupó.

—¿Estás bien? ¿Ocurre algo?

Ella negó con la cabeza, pero su rostro decía otra cosa.

—Es… es el recuerdo de lo que pasé ahí dentro…

—¿En las mazmorras?

—Sí, con Oskas, cuando me capturó y me llevó a las entrañas de ese lugar de horror... Lo que vi... lo que le hizo a Urda... —volvió a estremecerse.

Ikai intentó reconfortarla.

—Eso fue en nuestro Confín, no en este. Además, Oskas está muerto, lo mataste. Estate tranquila.

Ella bajó la mirada y asintió.

—¿Estás preparada? —dijo Ikai mirando la alta muralla que rodeaba el cuadrante.

—Sí, vamos.

Los dos hermanos cerraron los ojos y se concentraron para usar su Poder. Se elevaron pegados a la muralla y se detuvieron cuando sus ojos libraron la muralla del recinto. Observaron los jardines y los edificios, calculando cuándo la patrulla de Ejecutores en el interior desaparecería tras uno de los edificios en su ruta. Esperaron con paciencia a que no hubiera peligro, ambos suspendidos en el aire como dos Dioses y descendieron a los jardines suavemente.

—Mucho cuidado —advirtió Ikai.

Kyra asintió.

Ikai estudió los edificios. Tres de ellos parecían almacenes enormes. Uno de forma esférica y guardado por dos Ejecutores era la entrada a las Mazmorras. Se acercaron a escondidas, pegados a los almacenes, sin hacer ruido, evitando las patrullas, hasta llegar junto a los dos Guardias.

—¿Y ahora? —dijo Kyra.

—Hay que acabar con ellos en silencio. Que no den la alarma.

—Ese no es mi fuerte —dijo ella haciendo una mueca de disculpa.

—Yo me encargo.

Ikai se concentró y convocó dos Espíritus de Angustia. Los envió contra los dos Ejecutores, luego desenvainó espada y cuchillo y fue tras ellos. En menos de un suspiro, los espíritus tenían a los dos Ejecutores en el suelo e Ikai los remató. Kyra corrió a ayudarlo a ocultar los cadáveres en el interior.

Una vez en el edificio bajaron por unas escaleras de piedra. Se encontraron a otros dos Ejecutores de guardia. Ikai no tuvo tiempo de actuar pero Kyra los lanzó el uno contra el otro con tremenda fuerza para luego golpearlos contra las paredes de piedra con tal brutalidad que les rompió todos los huesos del cuerpo.

—¡Shhhh! —le dijo Ikai.

Kyra abrió las manos en un gesto de disculpa.

—Si no nos andamos con cuidado darán la alarma. Y son demasiados.

—Lo sé, pero es que con el Poder hago lo primero que me viene a la cabeza... y generalmente es lanzarlos...

—Pues que sea silencioso.

Kyra abrió los ojos.

—Lo intentaré. Pero no puedo prometer nada.

Avanzaron por un túnel largo y llegaron a una cámara. Al entrar en la cámara Ikai esperaba hallar las celdas-esfera y algunos prisioneros encerrados en ellas, pero lo que encontró lo dejó descompuesto. Los brazos le cayeron a los lados y se quedó en *shock*, con la boca abierta, incapaz de pronunciar una palabra. La cámara circular, de techo y suelo de plata, estaba llena de estrechas cápsulas verticales. Eran de metal con una tapa cristalina. En el interior de cada cápsula había una persona desnuda sumergida en una extraña substancia dorada que les cubría hasta el cuello. Había más de un centenar de cápsulas formando círculos concéntricos. De la parte superior de cada cápsula partía un tubo hacia el techo de la cámara en el que desaparecía.

—¿Qué...? ¿Qué es esto? —preguntó Kyra también en *shock*.

Ikai reaccionó y se acercó a observar a las personas en las cápsulas. Parecían estar con vida, aunque en una especie de sueño. A la altura de los hombros y los muslos tenían clavadas una docena de varillas metálicas, como si se utilizaran para inyectarles algo.

—No lo sé, pero esto tiene muy mala pinta. ¿Tendrá que ver con convertirlos en Siervos? Tú presenciaste lo que le hicieron a Urda. ¿Es así como eran las cápsulas?

Kyra tragó saliva y su mirada se entristeció.

—No —dijo sacudiendo la cabeza—. Las cápsulas que yo vi eran mucho más grandes y eran diferentes, más robustas y metálicas. Ten en cuenta que debían poder albergar un Ejecutor, incluso un Custodio. Estas son mucho más pequeñas y parecen más frágiles.

—¿Un experimento? —aventuró Ikai.

—Puede ser, ¿pero por qué tantos? En todos los experimentos que me mostró Notaplo, los suyos y los de otras Casas, los Dioses sólo usaban unos pocos esclavos. ¿Para qué quieren experimentar con tantos? No sé... no tiene mucho sentido...

—Tienes razón.

Kyra paseó entre las cápsulas observando las personas en su interior.

—Desde luego no son para convertirlos en Siervos. Me pregunto... ¿Por qué los tendrán así si no es para eso? ¿Qué otra maldad se les habrá ocurrido?

—No lo sé, pero los Dioses no son de los que desperdician esfuerzos. Si los tienen así es porque ganan algo con ello.

Ikai golpeó una de las tapas intentando que la persona en el interior despertara pero no hubo forma. Lo intentó con varios más mientras examinaba el resto de las cápsulas buscando a Maruk.

—¿Y ese disco que llevan sujeto a la frente? —preguntó Kyra.

Ikai se detuvo a observar a una mujer en una de las cápsulas. Estaba muy pálida y extremadamente delgada. Estudió el disco cristalino en su frente. Le dio muy mala espina, pero prefirió no decir nada a su hermana.

—Maruk no está aquí. Sigamos buscando —le dijo a Kyra señalando la salida.

Salieron de la cámara por un túnel que les condujo a otra cámara similar. Estaba también llena de cápsulas. Entraron y buscaron a Maruk pero tampoco estaba allí. Entraron en una tercera cámara y frente a ellos se encontraron a tres Ejecutores de patrulla. Kyra e Ikai se detuvieron al instante. Los Ejecutores tardaron un segundo en reaccionar. Kyra aprovechó el desconcierto y actuando por impulso usó su Poder: envió a dos de los Siervos disparados contra el techo. Ikai desenvainó cuchillo y espada y se enfrentó al tercero. No le daría tiempo a usar el disco. Los dos Ejecutores cayeron contra el suelo con un golpe bestial en el mismo punto donde habían estado un instante antes. No se levantaron. Ikai bloqueó la lanza del Ejecutor con su cuchillo y le clavó la espada en el cuello con una fulgurante estocada. El Ejecutor dio un paso atrás pero no se cayó. Ikai se preparó para asestarle otra estocada cuando Kyra lo estampó contra el techo.

Ikai se volvió hacia su hermana.

—Ya lo tenía.

Ella inclinó la cabeza y sonrió. Hizo un gesto descendente con la mano y estrelló al Ejecutor contra el suelo.

—He aprendido no sólo a levantarlos o lanzarlos con fuerza, sino a dirigirlos. Me gusta. Se llevan tal impresión que ni gritan.

Ikai puso los ojos en blanco.

—Deberías probarlo, es de lo más efectivo.

Ikai suspiró.

—Ojalá pudiera, pero no me da tiempo ni a usar el disco… Mucho menos a usarlo así… Tardo una eternidad en concentrarme para usarlo.

—Tranquilo. Ya lo conseguirás —le sonrió ella, y le dio una palmadita en el hombro.

Recorrieron todas las cámaras del primer nivel con mucha más precaución pero no encontraron a Maruk. Lo que sí hallaron era cámara tras cámara llena de cápsulas con personas en aquel estado comatoso, todas ellas con un disco en la frente.

—Tendremos que ir a los niveles inferiores —dijo Ikai con resignación.

—Vamos. Lo encontraremos.

Siguieron un angosto y largo túnel. Tras varios giros el pasadizo desembocó en una sala triangular que ambos reconocieron. El suelo de la cámara era negro y un rectangular monolito de tres varas de altura se alzaba en el centro. El extraño zumbido que emitía les indicó que estaba activo.

—¿Crees que podrás manipularlo? —preguntó Ikai mirando a su hermana.

—Tendremos que probar —dijo ella encogiendo los hombros ligeramente.

Ikai le cedió el honor. Kira estiró el brazo y puso la mano sobre la superficie negra como la noche del artefacto de los Dioses. Nada sucedió. Kyra se concentró intentando usar su Poder. Nada.

—Utiliza el disco de Adamis —le aconsejó Ikai.

Kyra así lo hizo. Al tercer intento, el monolito desprendió un destello que iluminó la cámara.

—¡Lo tengo! —exclamó Kyra triunfal.

—Parece que para activar objetos de los Dioses necesitas el disco, tu Poder no es suficiente —dedujo Ikai.

Kyra asintió contrariada.

—Una pena...

El suelo perdió su color negro y se volvió cristalino. Y como Kyra esperaba, pudieron distinguir el piso inferior, como si techo y paredes se hubieran vuelto de cristal.

—¿Qué está ocurriendo? —preguntó Ikai intranquilo.

—Mira atentamente, vamos a poder ver todo el nivel inferior, al completo.

—Es un laberinto de decenas de cámaras interconectadas por túneles —dijo Ikai asombrado.

—Y están llenas de cápsulas... Debe haber miles de ellas...

El suelo vibró.

—Vamos a descender, tranquilo.

Comenzaron el descenso a los niveles inferiores. Según descendían descubrían que el horror se repetía en cada subnivel, decenas de cámaras con cientos de cápsulas en ellas. Descendieron cinco subniveles más antes de que se detuvieran en el nivel más profundo.

—Este lugar es una pesadilla —dijo Ikai.

Kyra, que ya había vivido aquella experiencia con anterioridad resoplaba pesadamente.

—Pensé que aquel horror no lo volvería a ver repetido. Pero tengo el mal presentimiento que este va a ser incluso peor. Tienen a miles de los nuestros aquí, metidos en esas cápsulas, y no puede ser para nada bueno.

—Esto explica por qué no había ni un alma joven en todo el Confín. Los tienen a todos aquí.

—Encontremos a Maruk y averigüemos qué pasa aquí. Algo terrible planea ese cerdo de Asu, lo siento en mis entrañas.

Entraron en la última planta. Esta era una inmensa cámara. Ante ellos más de un millar de cápsulas se alineaban en filas de a diez. Entre ellas se abría un pasillo largo y en el centro había un monolito rojo. Comenzaron a avanzar hacia el monolito con los ojos bien abiertos, mirando entre las cápsulas. Kyra avanzaba con la daga de lanzar en la mano derecha y el disco de Adamis en la izquierda e Ikai con la espada en la derecha y el disco en la izquierda. La cámara estaba en completo silencio a excepción de un extraño murmullo que las cápsulas producían. Parecía que estaban en una colmena de abejas.

Cuando estaban a diez pasos del monolito, Maruk apareció de pronto frente al artefacto.

—¡Maruk! —exclamó Ikai.

Maruk los miró y con ojos llenos de terror.

—¡No! —gritó, y levantó la mano para que no avanzaran.

Kyra e Ikai se detuvieron.

Una figura apareció de detrás del monolito. Puso una mano sobre el hombro de Maruk y vieron una mano dorada.

—*Bienvenidos, os esperaba* —dijo el Dios con una sonrisa triunfal.

Kyra se llevó la mano a la nuca. Era el Dios que la había atacado en el templo.

—¡Tú!

—*Sí, yo. Y ahora entregadme las armas y los discos.*

Kyra miró a Ikai. ¿Luchar o entregarse?

Un retumbar sobre el suelo, como si fuera un terremoto les indicó lo que se les venía encima. De entre las cápsulas aparecieron un centenar de Ejecutores y los rodearon.

—*Entregaos, no lo repetiré.*

Kyra e Ikai intercambiaron una mirada y tiraron las armas y los discos al suelo.

Capítulo 20

Adamis observó el firmamento nocturno. Estaba despejado y apenas corría una ligera brisa sobre aquella sección del Segundo Anillo. Le dolía la pierna derecha. «Me gustaría poder decir que ya estoy acostumbrado a que algo me duela de improviso y sin remedio, pero la verdad es que no consigo acostumbrarme». Se frotó la pierna, aunque sabía que sería en balde. Sin duda no eran las mejores condiciones para una misión de infiltración en casa de su odiado enemigo, pero debía arriesgarse. Si la información de Sormacus era correcta, aquella noche algo importante sucedería y debían descubrir qué era.

Usó su Poder y una neblina casi transparente surgió de su cuerpo. Se fundió en ella y sobrepasó los altos muros exteriores del palacio del Príncipe del Fuego. Los jardines estaban fuertemente vigilados, había Custodios cada diez pasos, pero los Siervos no podrían detectarlo en aquella forma, pues a sus ojos, era invisible. Los jardines estaban engalanados con motivo de la fiesta en colores escarlata y dorados. Pasó junto a una fuente de fuego rodeada de tres anillos candentes frente a la que unos sirvientes estaban preparando unos toldos dorados. Al fondo, en otro jardín más elevado, vio una catarata de lava que rompía sobre un lago de magma. La imagen del líquido ardiente cayendo con su dorado brillo contra el fondo de la oscuridad de la noche le resultó bella. «Bella y peligrosa, no olvides dónde estás».

Siguió avanzando hacia el ala este del gran palacio. Ahora ya podía oír a los invitados arribando a la fiesta. Llegaban a la majestuosa entrada en forma de boca gigantesca de bestia de pesadilla en elaboradas carrozas que parecían arder según avanzaban. Adamis sabía que pertenecían a nobles de la Casa del Segundo Anillo. La fama de las fiestas que Asu daba en su palacio era por todos conocidas y el término fastuosas se usaba muy a menudo para describirlas. En una ocasión, Adamis había sido invitado y podía atestiguar que no había estado nunca en una fiesta que pudiera rivalizar en lujo, extravagancia, lujuria y gasto innecesario. Asu era un cretino engreído y presumía de su posición y poder siempre que le era posible y de la forma más ostensible y, por desgracia, era tan peligroso y alocado como vanidoso.

Le llegó la música del recibidor. Se mezclaba con las risas llenas de hipocresía de los invitados al ser anunciados en la entrada y encontrarse con conocidos. Las fiestas de la nobleza y las familias poderosas de cada casa eran un espectáculo, no sólo de derroche y ostentación, sino de falsedad y cotilleo. Y sobre todo eran el recinto donde se practicaba el muy peligroso juego de la política. Cada uno de los presentes tenía un mismo objetivo en mente, no perder posición social e intentar ascender en la pirámide de poder de la Casa. Las puñaladas por la espalda de índole político mientras se sonreía a la cara eran una constante pero se volvían realmente letales cuando se producían entre miembros de Casas distintas. Las fiestas a las que acudían miembros de diferentes Casas eran terreno abonado para espionaje, intriga y maniobras políticas. «La verdad es que no echo de menos todo ese mundo de mentiras y confabulaciones».

Por lo que Sormacus había podido averiguar, a la fiesta de Asu acudiría una comitiva de otra Casa, alguien importante al que Asu parecía querer halagar. Y debían averiguar el porqué.

A unos pasos de la pared, Adamis tuvo que detenerse. El edificio estaba rodeado por la guardia personal de Asu. Aquellos no eran Custodios, eran Dioses-Guerrero y eran enormes. Había un centenar de ellos y lo que era peor, también había varios Lores de guardia, Lores poderosos que representaban un serio problema pues ellos sí podrían captar el Poder de Adamis. «Maldito paranoico». Si lo descubrían estaría en serios problemas. Enfrentarse a ellos no era una opción, darían la alarma y medio anillo acudiría en un abrir y cerrar de ojos. Además, aquella era una misión de espionaje y de sonar la alarma no conseguiría la información que buscaba.

Observó la estructura del palacio buscando un lugar por donde colarse sin ser detectado. De pronto las paredes comenzaron a arder, como si el palacio hubiera cogido fuego. Ardían con llamas intensas de un rojo-anaranjado. Sin embargo, ninguno de los Dioses-Guerrero se inmutó y permanecieron en su puesto de guardia. Adamis resopló. «Es una de las frivolidades de Asu para impresionar a sus invitados». Por desgracia, aquel espectáculo le dificultaba aún más colarse en el palacio. «Espero que mi compinche tenga más suerte» pensó mientras rodeaba el edificio en busca de alguna opción para entrar.

Ariadne entró en el palacio de Asu por una de las entradas menores de la parte posterior del grandioso edificio. Los comunes debían usar aquella entrada mientras los nobles y los invitados utilizaban la principal. Saludó a los Dioses-Guerreros apostados junto a las grandes puertas con un leve gesto de cabeza y entró mirando al suelo con actitud dócil. Debía tener mucho cuidado pues siendo una Sanadora del Quinto Anillo, de la Casa del Agua, podrían detectar que se estaba haciendo pasar por una Sanadora de la Casa del Fuego. Si la descubrían la acusarían de espionaje y terminaría en prisión o muerta.

Los Dioses-Guerrero no reaccionaron a su saludo, vigilaban cual portentosas estatuas de oro. Aunque en realidad, no la preocupaban demasiado. Los Guerreros no eran competentes en captar la esencia del Poder de un Áureo y tampoco excesivamente inteligentes en general, así que de momento estaba a salvo. Sin embargo, un noble era otra cosa muy distinta y en aquella fiesta habría muchos.

Pasó frente a un enorme espejo de pared a pared y se miró en él con disimulo. Llevaba un vestido de gala rojo escotado con bordados negros y un complemento en forma de collar sencillo con una cadena de plata con una sola perla. A ella el conjunto le parecía precioso. Apenas reconocía la imagen que le devolvía el reflejo, pero comparado con los vestidos de la nobleza era poco llamativo y de una calidad mediocre.

Entró en una gran sala donde los invitados estaban degustando manjares inimaginablemente deliciosos. Los acompañaban de exquisitos elixires, de diversos colores y afrutados sabores. Ariadne echó una rápida ojeada y contó más de cien invitados sólo en aquella sala grandiosa de recargada ornamentación, en su gran mayoría de la Casa de Fuego y de clase alta. Se puso nerviosa y sintió que el estómago se le revolvía. Respiró profundamente por tres veces, intentando calmarse. Había varios miles de Áureos en el Segundo Anillo, con toda seguridad no se conocían todos entre ellos. No tenían por qué conocer a una Sanadora de los comunes como ella. Además, los nobles rara vez se fijaban en los comunes, incluso los de su propia casa. Pero aun así, estaba nerviosa.

Se acercó a una de las mesas donde varios sirvientes se afanaban en preparar bebidas mientras ojeaba la sala y los invitados. Todo era lujo y exaltación a su alrededor, desde las cortinas de las mejores sedas a los cojines bordados en oro, pasando por los espectaculares vestidos de las damas de la nobleza. No debía dejarse encandilar por tanto esplendor, estaba allí para obtener información y lo haría. Buscó a Asu con la mirada, pero no lo vio. Debía encontrarlo.

—No creo que tenga el placer —le llegó de pronto el mensaje mental de alguien cercano. Ariadne se volvió despacio, con su cuerpo en tensión. Junto a ella estaba un noble de la casa de fuego, y sus ojos de un carmesí anaranjado estaban clavados en ella.

—¿Mi señor? —dijo Ariadne intentando disimular y pasar desapercibida mientras observaba de reojo a su interlocutor. Era joven, apuesto, e irradiaba gran Poder. Vestía una lujosa túnica roja con bordados dorados de exquisita calidad.

—No creo que hayamos sido presentados, recordaría vuestra belleza.

Ariadne forzó una sonrisa.

—Estáis en lo cierto, mi señor —dijo ella y bajó la mirada al suelo—. No hemos sido presentados.

—Este agravio hay que solucionarlo —sonrió el noble con un gesto cautivador—. Soy Lord Erre, primo carnal de Su Alteza el Príncipe Asu —hizo una pausa esperando la reacción de Ariadne a su elevada posición social.

La Sanadora maldijo su mala suerte y de inmediato realizó una elaborada reverencia.

—Es un honor, mi señor.

—El honor es todo mío —dijo él que la observaba con gran interés —. Una belleza fuera de lo normal, creo que he quedado prendado —dijo y le cogió la mano con suavidad.

—Me hacéis sonrojar, mi señor —respondió ella desviando la mirada. Para su sorpresa, se había sonrojado de verdad.

—Tienes manos de Común —dijo examinándolas.

Ariadne no pudo respirar del miedo. Si examinaba su Poder sin duda la descubriría.

—¿A qué clase perteneces?

—Soy Sanadora, mi señor.

—¡Ah! Honorable profesión. Donar Poder de uno mismo para sanar y aliviar el dolor de los demás es algo que siempre he admirado, es extremadamente altruista. Hacer el bien donando Poder acorta mucho la vida. No sé si yo podría hacerlo, he de reconocer, hay que ser muy especial. Bravo por ti.

—Sois muy gentil, estoy segura de que vos lo haríais también pero tenéis obligaciones mucho más importantes —dijo ella asintiendo con la esperanza de que la dejase en paz. ¿Por qué se habría fijado en ella? De todas las damas de la fiesta, ¿por qué ella? La ponía en peligro. Ya había multitud de ojos clavados en ellos, y que un Noble de tan alta cuna mostrara interés por una Común era casi impensable. Ariadne sólo quería que la dejara en paz y desaparecer entre los invitados para poder continuar con la misión. Pero por alguna razón su deseo no se iba a cumplir.

—No me has dicho tu nombre…

—Perdonad, mi nombre es… Ariela —mintió Ariadne.

—Encantado de conocerte, Ariela. ¿Quieres algo para beber? ¿Un elixir azul quizás? —dijo señalando a uno de los sirvientes.

—No, gracias, las Sanadoras no debemos beber, nunca se sabe cuándo podemos ser necesitadas.

—Oh, es cierto. ¡Qué torpeza la mía! No estoy acostumbrado a tratar con Sanadoras —se disculpó él.

«Ni con Comunes» quiso decir Ariadne, pero se calló.

—¡Todos al hemiciclo! ¡Vamos, no querréis perderos el espectáculo! —llegó el mensaje mental de Asu con tal potencia que quemaba la mente al recibirlo. Ariadne entrecerró los ojos y protegió su mente.

—Parece que el Príncipe reclama la atención de sus invitados —dijo Lord Erre, y le ofreció el brazo. Ariadne lo tomó, ¡qué otra cosa podía hacer en aquella situación, no podía rechazarlo! Se dirigió con él a una sala circular en forma de anfiteatro. El piso superior, donde estaban, era una gran grada circular y todos se fueron situando en ella para ver el acontecimiento. Abajo, en el piso inferior, había montada una gran jaula metálica circular sobre el suelo de mármol rojo surcado con betas blancas. Custodios rodeaban la jaula por competo. En el centro aguardaba un esclavo muy alto y grande, llevaba el torso protegido por una cota de malla y los musculosos brazos y piernas cubiertos con protecciones de acero. La cabeza la llevaba cubierta por un yelmo sin visor. La puerta de la jaula se abrió y entró otro guerrero. Este tenía la piel verde y era mucho más delgado y fibroso. Llevaba un cuchillo largo y un hacha corta en las manos y vestía protección de cuero en el torso.

—¿No les harán pelear...? —peguntó Ariadne que temía lo que iba a suceder.

Lord Erre la miró extrañado.

—Sí, es una de las diversiones favoritas del señor de la casa. Lo llama Peleas de Esclavos. Y son a muerte.

Ariadne no pudo ocultar su disgusto.

—¡A muerte! No puedo creerlo.

—No acostumbras a asistir a las fiestas de los miembros de la corte, ¿me equivoco?

Ella tragó saliva.

—No, no soy más que una simple Sanadora. No suelen invitar a muchos Comunes a las fiestas de la nobleza…

—Cierto. Muy cierto. En mi casa rara vez se hace… Pero a mi querido primo Asu le encanta ser magnánimo e invita a unos pocos Comunes a sus extravagantes fiestas —dijo él con una sonrisa extraña—. Le gusta regalar admiración.

Ariadne no supo si se estaba riendo del Príncipe heredero de la casa de Fuego. Probablemente no. No, claro que no, había entendido mal el comentario.

—Pero ¿por qué los va a hacer luchar? Son esclavos…

—Por espectáculo. Mira a todos esos espectadores —dijo señalando a los invitados que se iban colocando alrededor del balcón circular para contemplar el entretenimiento mientras portaban bebidas en finos vasos del mejor cristal y charlaban animadamente entre ellos—. Están deseosos de ver la pelea de esclavos. En cuanto se vierta la primera sangre, se volverán locos de entusiasmo.

Ariadne no dijo nada y bajó la mirada.

—¡Qué comience el espectáculo! —ordenó Asu, y se colocó en la posición de honor. Con él estaban dos nobles y varias mujeres bellísimas. Cortesanas, sin duda. Pero lo que la dejó con la boca abierta fue descubrir quién era el invitado de honor. La información que Sormacus había conseguido era buena. Junto al Príncipe de Fuego estaba no otro que Aize, el Príncipe heredero del Aire. Que Asu diera una fastuosa fiesta no era algo novedoso, pero que lo hiciera para agasajar al Príncipe de una Casa rival, ciertamente lo era, y mucho. ¿Sabrían los dos Altos Reyes que sus herederos se estaban divirtiendo juntos? Ariadne lo dudaba. Lo que los dos Príncipes reales fueran a tramar aquella noche sería muy significativo y debían averiguar qué era para poder estar preparados.

Los dos guerreros se lanzaron al ataque. Erre tenía razón, en cuanto se derramó sangre los Nobles enloquecieron. Gritaban y animaban a su preferido. El combate fue corto y brutal. El gigantón lanzó varios golpes con espada y escudo que su contrincante esquivó rodando por los suelos. Ariadne pensó que el pobre desdichado no tenía ninguna opción contra aquella montaña de músculos pero se equivocó por completo. El hombre de piel verde se movía con una agilidad casi de simio y en un movimiento totalmente inesperado se encaramó al gigantón por la espalda. Antes de que el gigante pudiera quitárselo de encima, su adversario lo degollaba. Cayó como un árbol talado.

Los presentes estaban tan sorprendidos como Ariadne. Rompieron en gritos y aplausos.

—Sorprendente, ¿verdad? —preguntó Asu al público mientras disfrutaba del éxito del combate entre sus invitados.

Al primer combate siguieron otra media docena, con adversarios de diversas razas, tamaños y habilidades con las armas. Ariadne soportó como pudo el horrible espectáculo de muerte sin sentido. Desfilaron guerreros de los cinco confines e incluso otros de razas que Ariadne no conocía. ¿Dónde habría hallado Asu a aquellos hombres? El gran continente era enorme y estaba inexplorado en su gran mayoría, pero seguramente Asu tenía exploradores buscando nuevos esclavos. Y cuando por fin Asu dio por finalizado los combates y Ariadne pensó podría librarse del malestar que sentía en el estómago, algo todavía más horrendo sucedió.

—¡Y ahora queridos invitados! ¡El plato fuerte de la fiesta! —anunció Asu pavoneándose con la barbilla alta y los brazos abiertos mientras recibía los aplausos de sus invitados. Hizo una señal a los Custodios y estos trajeron de vuelta a la jaula a los vencedores de los combates. Ariadne pensó que los haría combatir de nuevo entre ellos pero se equivocaba, Asu había preparado algo mucho más macabro y cruel. A los luchadores los situaron contra un lado de la jaula y a continuación los Custodios salieron.

—¡Traed a mis amiguitos! —dijo Asu entre risas.

—¿Amiguitos? —preguntó Ariadne a Lord Erre.

—Ahora verás a qué se refiere…

De pronto, por el lado opuesto de la jaula, tres descomunales bestias entraron rugiendo llenas de rabia. Eran enormes, parecían leones, al menos su cabeza, pero el cuerpo era del tamaño de un gran caballo. Y lo que la dejó helada fue descubrir que tenían alas, como las de una gran águila. ¿Qué eran aquellas bestias de pesadilla?

—¡Oh! ¡No! —exclamó al ver las aterradoras bestias.

—Tranquila no pueden llegar aquí arriba, sus alas no les permiten volar. Al menos no todavía. Es una de las "especies" que mi Primo y sus Eruditos desarrollan en sus laboratorios.

—¿Especies?

—Híbridos entre animales. No entiendo la fascinación de Asu por crear esas…

—¿Monstruosidades?

—Iba a decir engendros, pero supongo que monstruosidades es adecuado. Es algo que le apasiona. Cuanto más grandes y letales, más orgullosos se siente. Han realizado infinidad de experimentos y por lo que tengo entendido no son los únicos. Se comenta que Lur, el Príncipe de la Tierra y amigo personal de Asu, comparte esta afición y los dos compiten para ver quién desarrolla la especie más poderosa.

—Es un crimen contra la madre naturaleza —dijo Ariadne sin poder contenerse y al instante se arrepintió.

—Puede que lo sea, no lo niego. Y lo peor es que luego los sueltan por el continente para ver cómo reaccionan los otros animales y si pueden sobrevivir por sí mismos en la naturaleza salvaje.

—Eso es horrible.

—Bueno, mi primo tiene estas cosas —dijo Erre, y se encogió de hombros.

—¿Quién ganará? ¿Esclavos o bestias? —preguntó Asu a su público que ya gritaba y jaleaba enfebrecido—. Comprobémoslo… —apuntó con su dedo índice y envió un rayo de fuego contra el suelo tras las bestias. Al ver el fuego las bestias saltaron hacia delante. Los guerreros vieron que se les echaban encima y reaccionaron atacando. Los gritos de los esclavos y los rugidos de las bestias llenaron la jaula y se elevaron por el anfiteatro hasta el gran techo abombado. Ariadne no quiso ver el baño de sangre pero en unos pocos momentos todo había terminado. Los cuerpos descuartizados de los esclavos quedaron esparcidos por el mármol, regando de sangre la sala. Dos de las bestias habían perecido pero una tercera permanecía con vida, triunfadora.

—¡Y la victoria es para mis bestias! —proclamó Asu exultante. El público aplaudía y se divertía a rabiar.

Ariadne no podía mirar, estaba a punto de devolver. Se volvió hacia Lord Erre.

—Ahora sí me tomaría esa bebida — le dijo con la intención de librarse del noble al menos un momento y poder recomponerse.

—Oh, estupendo. Creo que sé qué te sentará bien después de este espectáculo —dijo él sonriendo y se marchó hacia los sirvientes de la cámara anterior. Ariadne aprovechó el momento para clavar sus ojos en su objetivo. Asu gesticulaba y fanfarroneaba ante su invitado de honor mientras la gente aplaudía y vitoreaba al anfitrión. Asu, lleno de falsa modestia, agradecía los elogios de sus invitados. Ariadne sintió de nuevo que se le revolvía el estómago. Aquel ser era pura falsedad y horror.

Los dos Príncipes abandonaron el anfiteatro mientras comentaban los eventos del espectáculo y subieron la escalera de mármol rojo hasta el piso superior. Ariadne quiso seguirlos pero al ver la hilera de soldados apostados contra las paredes tanto en la escalera como en el piso superior, rechazó la idea. Además sería muy sospechoso que una Común subiera sin acompañamiento a las estancias superiores.

—Veo que hay otros Lores más poderosos que te interesan más que yo —dijo Erre a su espalda.

Ariadne se volvió hacia el noble.

—No, no es eso —dijo ella, y vio que Erre sonreía y le ofrecía la bebida.

—Es natural, ellos son Príncipes, yo un noble más.

—Y yo una mera Común.

Se produjo un momento de silencio. Ambos se miraban intentado leer las intenciones del otro.

—Serás de la casta de los Comunes, pero déjame asegurarte que nada en ti es común, muy al contrario, eres excepcional.

Las palabras de Erre la dejaron sin defensa. Volvió a sonrojarse y no supo qué hacer. Él le sonrió.

—Brindemos —dijo alzando la copa con el elixir azulado.

Ariadne alzó su copa.

—Por nosotros —dijo él.

—Por nosotros —respondió ella y brindaron. Al hacerlo miró disimuladamente al piso superior y vio a Asu entrar en un estudio acompañado de su invitado. Tenía que avisar a Adamis. Pero la constante presencia del noble se lo impedía. Bebió dos largos tragos. Tenía que improvisar algo.

—Cuidado, estas bebidas exóticas pueden hacer perder la cabeza —le dijo él en advertencia.

Y le dio la excusa que buscaba. Bebió otro sorbo más y respiró profundamente. Esperó un momento y fingió. Se llevó el dorso de la mano a la frente e hizo como que las rodillas no le aguantaban.

Erre la sujetó de la cintura con una mano.

—¿Te encuentras bien? —preguntó preocupado.

—Sí… tenéis razón, no estoy acostumbrada. ¿Podríais traerme algo de comer? Le hará bien a mi estómago…

—Por supuesto, ahora mismo vuelvo.

Ariadne se enderezó al momento y con la espalda del noble alejándose, sujetó la perla de su collar entre los dedos. Activó su Poder, una pequeña fracción, dirigida a la perla. En un susurro pronunció el mensaje.

—Se dirigen a una habitación en el segundo piso. No puedo seguirles. Hay Guardias por todos lados. Intenta llegar por el exterior.

El aviso de Ariadne llegó hasta Adamis con total claridad. No le sorprendió. Cada vez tenía más claro que el arte de encantar objetos que tenían los Hijos de Arutan era sobresaliente. No entendía cómo eran capaces de hacer aquello y se alegraba, porque sus enemigos tampoco esperaban algo así. Un disco es sospechoso, utilizar el Poder en abierto es extremadamente peligroso en un ambiente hostil. Pero una perla, ¡quién sospecharía de una perla!. Se movió por el tejado, entre varios Dioses-Guerrero. No notaron la extraña presencia de la neblina sobre el tejado. Llegó hasta el borde y observó la altura. El edificio tenía cuatro plantas: la inferior era donde se estaban produciendo los espectáculos, la primera donde se divertían los invitados, la segunda estaba compuesta de estudios y cámaras privadas y la tercera de aposentos y dormitorios. Se descolgó del tejado a la tercera planta y observó. Una luz se encendió en una de las habitaciones centrales con un gran balcón en forma de semiluna. Era tan amplio que parecía un mirador sobre los jardines. «Ahí debe ser». Se acercó con cuidado hasta situarse justo encima. No había nadie en el balcón, estaban dentro.

Se concentró y envió un hilo de su Poder hacia el interior con el objetivo de descubrir quién estaba dentro. Captó la conversación que se estaba produciendo y retiró el hilo para no ser detectado.

—Magnífica fiesta, Asu —escuchó Adamis y supo que era Aize, el Príncipe del Aire. Lo conocía bien.

—Me alegra que te estés divirtiendo en mi pequeña fiesta —dijo Asu altanero. Adamis sintió que le ardía el estómago al reconocer a su enemigo.

—Ya había oído que tus fiestas eran dignas de presenciar, pero sólo he tenido la fortuna de ser invitado a las de tu padre.

Asu sonrió de medio lado.

—El juego de la política... Los Altos Reyes intentan mantener las apariencias invitando a las otras Casas.

—He de decir que sus fiestas no son comparables a esta...

—Mi padre y los otros Altos Reyes no comparten mi afición por el espectáculo y la diversión, una lástima en mi opinión. Son unos viejos estirados, ellos se lo pierden.

—Me ha extrañado mucho esta invitación a mi persona, no a mi padre.

—¿Tanto que has aceptado venir? —dijo Asu con sorna.

—Sí, intrigante, tanto que no me ha quedado más remedio que venir y ver qué es lo que tramas. Porque algo tramas. Tú no haces movimientos a la espalda de tu padre sin una razón poderosa.

Asu sonrió. Una sonrisa maliciosa.

—Salgamos al balcón, estaremos más tranquilos.

Los dos Príncipes salieron a respirar el caluroso aire de la noche. El Príncipe del Aire fue a hablar, pero Asu lo detuvo levantando la mano.

—Asegurémonos de estar solos.

Aize asintió. Ambos cerraron los ojos y se concentraron para usar su Poder.

Adamis captó lo que sucedía y se apresuró a cerrar su mente y contener su Poder. Pero no sería suficiente. «¡Estoy demasiado cerca! ¡Me descubrirán!». Los nervios le pasaron una mala jugada y estuvo a punto de resbalarse y caer. Se sujetó como pudo a un saliente del tejado pero un calambre doloroso le subió por el brazo izquierdo. Maldijo su mala suerte entre dientes intentando dominar el dolor.

Asu produjo una onda de poder que se expandió como una esfera en todas direcciones. Un instante más tarde, lo hizo su invitado. Ambas ondas estaban destinadas a captar Poder en sus inmediaciones. A dos Príncipes reales, de dos de las familias más poderosas y de las Casas más fuertes, nada se les escaparía y mucho menos detectar el Poder de un tercer y poderoso Príncipe.

Las dos ondas se expandieron y en un instante llegarían a Adamis. «¡Estoy perdido!» pensó lleno de aprensión. Y en ese momento de pánico recordó los regalos de Aruma. La espada la llevaba al cinto. Pero el extraño anillo no lo llevaba puesto. Lo cogió del cinturón y un suspiró. Antes de que las ondas lo alcanzaran lo introdujo en el dedo índice de su mano izquierda. Adamis cerró los ojos con fuerza y aguardó el temido contacto. Las ondas llegaron hasta él y siguieron expandiéndose, sin hacer contacto. No habían descubierto su presencia. «¡Increíble! ¡Funciona!». Recordó el nombre que Aruma había dado al anillo: Anillo Camaleón, y ciertamente lo era, Adamis se había fundido con su entorno y no era detectable. Resopló de alivio.

—Estamos solos. Podemos charlar como dos buenos amigos —dijo Asu con una falsa sonrisa.

—Está bien. Hablemos.

—Supongo que ya te han llegado las últimas noticias del continente…

—He oído los rumores, sí.

—¿Rumores? No son rumores, es cierto. Mis espías lo han confirmado —le aseguró Asu.

—Me cuesta creerlo.

—No disimules, Aize, sabes perfectamente que es cierto. Primero fue el Confín de esos ineptos de la Casa del Quinto Anillo, perdieron a sus esclavos en la revuelta. Eso fue algo intolerable que debía haberse evitado ejerciendo toda la fuerza de los Áureos. Si hubiera estado en mi mano habría quemado a todos y cada uno de esos sucios esclavos y arrasado su raza como escarmiento. Te aseguro que con eso se hubiera parado esta apestosa epidemia. Pero no se hizo, y ahora ese mal se ha extendido a dos Confines más como una plaga extremadamente contagiosa.

—La Casa del Agua perdió su Confín y cayó en desgracia. Si no fuera por su alianza con la Casa de Éter, estarían acabados.

—Pero la protección que les ofrece la Casa del Éter no durará mucho. Proteger al débil te convierte en débil… No los mantendrán indefinidamente. Simplemente es un mal negocio. Se hundirían con ellos. Los dejarán naufragar y buscarán otras alianzas.

—Cierto, ambas Casas son ahora más débiles, cosa que nos favorece.

—Además, la plaga de la revolución de los esclavos sigue extendiéndose al resto de Confines, y llegará a la del Éter, si no lo ha hecho ya… Si su confín cae, entonces, ambas casas quedaran en una posición muy endeble, y déjame asegurarte que mi Casa aprovechará esa situación.

—Y la mía.

—Bueno, la tuya no tanto…

—¿A qué te refieres?

—A que habéis perdido vuestro Confín —dijo Asu, y esgrimió una sonrisa triunfal.

—¡Eso son calumnias! —protestó Aize.

—No lo son y tú lo sabes. Pero no estamos aquí para discutir sobre esto.

El Príncipe del Aire se relajó.

—¿No? ¿Entonces para qué?

—Para hablar de una alianza.

Aize respiró profundamente.

—¿Qué tramas?

—Sencillamente busco un aliado para mis planes de futuro.

—¿Yo?

—En efecto.

—Tu Casa, la Casa del Fuego está aliada con la de la Tierra. La Casa del Agua con la del Éter. Mi Casa, la del Aire, se mantiene en el centro, imparcial, manteniendo el equilibrio. Y así debe ser.

—Eso es lo que tu padre, el Alto Rey, te ha enseñado y tú como un buen principito faldero repites.

—¿Cómo te atreves?... —exclamó Aize indignado.

—Me atrevo porque los tiempos cambian. Porque el Poder se desequilibra en mi favor. Tres casas han perdido ya sus Confines, y la del Éter lo perderá pronto. Sólo mi casa mantendrá su confín y por lo tanto será la más poderosa.

—Sólo los Altos Reyes pueden sellar alianzas, lo sabes tan bien como yo. Nada de lo que acordemos tú y yo tiene valor alguno mientras no reinemos.

La cara de Asu se volvió una de plena satisfacción.

—Muy bien dicho —y sonrió de oreja a oreja.

Aize no sonreía. Sus ojos se abrieron como platos.

—¿No pensarás ir contra los Altos Reyes? —dijo al darse cuenta de lo que Asu realmente estaba tramando.

—Es hora de tomar las riendas de nuestra gloriosa civilización y encaminarla hacia un futuro magnánimo. Pero para eso se necesitan líderes fuertes. Los viejos reyes están obsoletos, son débiles, los esclavos se rebelan y no hacen nada, están perdiendo el control. Nos conducen a un futuro de guerra y destrucción. El equilibrio entre las Casas se rompe, pronto habrá derramamiento de sangre, lo sabes tan bien como yo. Es inevitable.

—Los Altos Reyes lo han evitado por más de un milenio.

—Sí, pero su tiempo llega a su fin. Tres Casas debilitadas y dos fuertes, entramos en gran desequilibrio. Reyes más preocupados por prolongar sus últimos días que por gobernar, que no deciden, que no toman acción... Pronto estallará la guerra, créeme...

—Podemos esperar a que abdiquen en nosotros.

—¿Realmente quieres arriesgarte? ¿Con tu Casa debilitada, sin una alianza con ninguna de las otras cuatro Casas? Tu posición es muy comprometida... yo diría que la más comprometida de todas, por no decir desesperada...

El Príncipe del Aire fue a negar la pérdida de su Confín, pero Asu le interrumpió.

—Estoy aquí ofreciéndote mi mano. Ahora que todavía tienes esta opción, si te quedas con tu padre y los Viejos Reyes, tu casa morirá, tú morirás. Te lo aseguro —la amenaza de Asu fue tan contundente que incluso Adamis tuvo la certeza de que su Casa moriría.

Aize se quedó pensativo un largo momento.

—¿Qué me ofreces?

Asu sonrió victorioso.

—Eso me gusta más. Te ofrezco una alianza. Ya cuento con la Casa de la Tierra. El Príncipe Lurra y yo somos muy buenos amigos como ya sabes. Si te unes a mí, uniremos las tres Casas: Fuego, Tierra, Aire, y destruiremos a las Casas del Agua y del Éter.

—Hablas de guerra...

—Es inevitable, sucederá tarde o temprano. Te doy la opción de elegir el bando ganador.

—¿Y los Altos Reyes?

—Esta es una alianza entre Príncipes, no entre Reyes. Nos encargaremos de ellos a su debido tiempo.

—No puedo ir contra mi padre.

—Piénsalo. Es él o tú. Si no te unes a mí ahora, no tendrás reino que heredar.

—¿De cuánto tiempo dispongo?

—Hasta la luna llena.

—Muy bien, tendrás mi respuesta entonces.

—No te equivoques... —le dijo Asu con tono amenazador.

—No lo haré —dijo Aize, y se marchó con paso decidido.

Adamis suspiró muy preocupado. Había presenciado una escena con implicaciones de una gravedad terroríficas. Sabía que Asu no estaba en sus cabales, pero aliarse en secreto con los Príncipes para ir contra los Altos Reyes era algo que jamás hubiera imaginado. Por un momento consideró la opción de descender sobre Asu y matarlo. Pero muy probablemente no lo conseguiría. No en su estado. No allí, rodeado de sus soldados. En ese momento otra figura salió al balcón. Adamis se concentró y observó. ¿Con quién se reunía ahora Asu?

—¿Ha picado el cebo? —dijo el recién llegado.

Asu miró a su interlocutor y sonrió.

—Ha picado, sí.

—¿Aceptará?

—Sí, aceptará. No tiene más remedio.

—Cuando lo haga, deja que sea yo quién me encargue de él.

—Desde luego, mi querido amigo, el honor será todo tuyo.

Capítulo 21

—*Traédmelos* —ordenó el Dios.

Los Ejecutores empujaron con sus lanzas a Kyra e Ikai a lo largo del pasillo entre las cápsulas. Según avanzaban a trompicones Ikai intentaba encontrar sentido a lo que estaba sucediendo. ¡Estaban ante un Áureo! ¡Los Dioses no pisaban los Confines! ¿Qué hacía entonces el Áureo allí? Lo estudió un momento antes de llegar hasta él. Era esbelto y vestía en rica armadura de gala con peto de escamas plata y rojas, llevaba una espada a su cintura y una elegante capa que parecía llamear. No era un soldado ni pertenecía a las castas inferiores. Era un noble y vestía para la guerra. Debía estar allí llevando a cabo una misión para su señor. Y si estaba sólo, sin soldados, debía ser una misión secreta.

El Áureo tocó a Maruk en el hombro. Se produjo un destello dorado en forma de llama y Maruk, sobrecogido de dolor, se dobló y cayó de rodillas.

—¡Déjalo estar! —gritó Kyra.

El Dios levantó la mano y la señaló amenazante con un largo dedo dorado.

—*Compórtate, esclava. De rodillas. Los dos.*

Kyra e Ikai se arrodillaron junto a Maruk.

—Lo siento… —balbuceó Maruk que temblaba—. He fallado…

Kyra lo cogió de las manos.

—Claro que no.

—Has hecho cuanto podías. No te tortures —le dijo Ikai.

Maruk bajó la cabeza y se estremeció.

—Saldremos de esta —le aseguró Kyra.

El Áureo soltó una carcajada prepotente.

—*En verdad que sois resilientes. Sin embargo, este es el final del camino para vosotros* —dijo con tono condescendiente.

—Lo veremos —dijo Kyra llena de rabia.

—*Mi señor me recompensará más allá de todas mis expectativas. Lleva mucho tiempo buscándote, esclava.*

—Déjame adivinar, sirves a ese cerdo de Asu.

El Áureo abrió los ojos como platos, sus finas cejas se arquearon y su semblante se volvió uno de puro enojo.

—*¿Cómo osas hablar así del Príncipe heredero de la Casa del Fuego?* —chasqueó los dedos y una burbuja roja-anaranjada rodeó a Kyra.

—¡Agh! —exclamó Kyra. La temperatura de su cuerpo comenzó a subir y en un momento se convirtió en insoportable, como si la estuvieran cociendo viva.

—Déjala, te lo ruego —dijo Ikai.

—*Debe aprender su lugar. Yo no tolero la falta de respeto.*

Kyra se cayó al suelo y comenzó a gritar.

—Ya basta, por favor. Se comportará —rogó Ikai.

El Dios mantuvo la tortura un momento más. Luego hizo un gesto con su mano y la burbuja se disipó.

Kyra respiró y se miró el cuerpo en busca de quemaduras pero no había rastro de ellas.

—¿Estás bien? —le preguntó Ikai preocupado.

—*Lo está. Pero la próxima vez la asaré viva*

—*Su Alteza no estará complacido, mi señor Lord Beru* —dijo otra voz a la espalda del Dios.

Un segundo Dios apareció junto al monolito. No era un noble, este vestía la túnica de Erudito.

—*Tienes razón, mi buen Erudito. Mejor no hacer enfadar al Príncipe* —se volvió hacia Kyra que se estaba poniendo de rodillas—. *Otro insulto y será tu hermano quién lo pague.*

Kyra no dijo nada. Se mordió el labio.

—*A él, y a éste* —dijo señalando a Maruk—, *puedo entregarlos muertos, ¿no es así, Erudito?*

—*Así es, mi señor. Los Cinco Altos Reyes han dictado su captura y entrega, pero no han especificado su estado. Por lo tanto, pueden ser entregados muertos.*

—*Y torturados.*

—*Desde luego, mi señor.*

—*Muy bien. Todo aclarado entonces.*

Kyra, Ikai y Maruk intercambiaron una mirada de angustia.

—*Traedme sus discos.*

Dos Ejecutores los entregaron a su amo. Beru los examinó con detenimiento. Luego usó su Poder sobre ellos y cerró los ojos, como captando su esencia.

—*Poder de la Casa de Éter… De alguien muy poderoso… mucho…*

Le entregaron un tercer disco, el de Maruk y lo examinó también.

—*Son iguales, los tres. ¿Quién os ha dado estos discos?*

Nadie respondió.

—*Si tengo que repetir la pregunta alguien va a sufrir, y mucho.*

Ikai fue quien habló.

—Nos los regaló Adamis, antes de morir.

Kyra lanzó una rápida mirada a su hermano. Maruk bajó la cabeza.

—*Ese traidor, ¿eh? Tiene sentido. El muy imbécil era muy poderoso.*

Los tres se relajaron. La mentira parecía haber funcionado.

—*¿Para qué os dio a vosotros tres esos discos? ¿Con qué fin?*

Ikai se percató de que aquel Áureo no era tonto. Iba ser complicado engañarle. Lo mejor sería mentir lo menos posible para parecer lo más sinceros que pudieran.

—Nos los dio para que nos ayudaran a liberar los Confines.

El Áureo se irguió y meditó la respuesta.

—*Erudito, ¿pueden estos tres usar el Poder?*

El Erudito se acercó hasta ellos, sacó un disco y una daga de plata.

—*La mano derecha —pidió.*

Los tres se miraron un instante y la extendieron con reticencia. Primero hizo un corte en la palma de Ikai. La sangre cayó sobre el disco, el cristal absorbió la sangre e incontables pequeñas venas surgieron llevando la sangre hasta la pepita dorada en su centro. Cuando la sangre la alcanzó se produjo un destello dorado que iluminó a los presentes.

—*Este, sí.*

Luego fue el turno de Maruk. Pero no hubo destello. El Erudito miró al noble y negó con la cabeza. Finalmente le tocó a Kyra. Se produjo un gran destello.

—*Ella, sí.*

El Erudito se retiró junto al Monolito.

—*Curioso… los hermanos sí, y este no* —comentó Beru—. *¿Cómo lo usabas si no tienes la capacidad?*

—Con… con un guantelete de Ojo modificado.

—*¡Mira que tienen recursos estas ratas!* —dijo aplaudiendo y riendo—. *Es increíble de lo que son capaces. Si nos descuidamos son capaces de llegar quitarse las argollas* —volvió a reír—. *Pensaba que este no tenía valor. Iba a terminar con su mísera existencia* —dijo dando una patada a Maruk—. *Y resulta que tiene cabeza.*

—*No es nada fácil modificar un guantelete* —dijo el Erudito asintiendo.

—*Vivirás por hoy. Mañana ya veremos* —dijo, y volvió a reír.

—Gracias —le dijo Ikai intentando apaciguarlo.

—*Tú eres un esclavo listo. Veo por tu rostro que te has metido en líos y has aprendido de ellos* —dijo haciendo referencia a la cicatriz de Ikai—. *Dime, ¿cuántos Confines habéis liberado ya?*

La pregunta sorprendió a Ikai. Pensaba que a estas alturas todos los Dioses lo sabrían pero parecía no ser así. Si no lo sabían... eso significaba que las Casas estaban ocultando las unas a las otras las pérdidas de los Confines. Aquello era interesante. Significaba conflicto entre las Casas, algo que necesitaban. Ikai meditó la respuesta. Podía mentir, pero no sabía cuánto realmente sabía aquel noble y decidió no arriesgar.

—Hemos liberado todos los Confines excepto este.

La expresión en el rostro del Áureo fue de pura sorpresa un instante y de júbilo al siguiente.

—*¡Increíble! ¡Estas cucarachas son algo digno de estudiar!*

—*Lo son, mi señor. Quién lo hubiera pensado...*

—*Mi Príncipe me bañará en riquezas por esta nueva* —clavó los ojos rojizos en Ikai—. *No te atreverías a mentirme, ¿verdad? No hace falta que te explique las consecuencias.*

—No he mentido. Este es el último Confín. Hemos venido a liberarlo.

El Dios comenzó a reír a fuertes carcajadas y cuanto más reía más subía la temperatura en la cámara.

—*Y de no estar yo aquí hasta lo habríais conseguido* —dijo, y controló su risa—. *Pero no importa. Ahora que el resto de los Confines han caído y nosotros mantenemos el control sobre el nuestro, la Casa del Fuego se convierte en la más fuerte. Asu dominará.*

—*Mi señor* —dijo de pronto el Erudito.

Beru se volvió. El Erudito hizo un gesto con la cabeza para que observara la extremidad del monolito.

—*Es la hora de la cosecha.*

Un aro dorado subía por la superficie del monolito y estaba llegando al extremo superior.

—*¡Excelente!* —se giró hacia los Ejecutores—. *Volved a los niveles superiores y preparaos para la hora de la cosecha.*

Los Ejecutores obedecieron sin dilación. Una docena permanecieron en el último nivel con ellos y el resto desaparecieron por un momento para aparecer empujando unos enormes carros metálicos con ruedas de plata. Eran como los carros que se utilizaban en las minas para transportar el mineral. Se situaron uno al inicio de cada hilera de cápsulas y esperaron la orden de su amo.

Beru abrió los brazos en cruz dirigiéndose a Kyra, Ikai y Maruk proclamó:

—*Os creéis muy listos, pequeñas ratas. Pero la verdad es que nunca, ni dándoos miles de años, seríais capaces de igualar el intelecto ni la inventiva de nuestra civilización. Os lo mostraré. Y así entenderéis lo inútiles que son vuestros intentos de sublevación. Nunca seréis libres. Siempre seréis nuestros esclavos porque nosotros somos inmensamente superiores a vuestra penosa raza en todos los aspectos.*

El aro dorado llegó al extremo y brilló con una luz dorada cegadora que iluminó toda la cámara.

—*Es la hora, mi señor* —dijo el Erudito.

—*Adelante. Recolectemos.*

El Erudito manipuló el monolito. Una por una todas las cápsulas se iluminaron. Ikai observó la que tenía a su lado. De pronto, la mujer en su interior abrió unos ojos desorbitados. El disco con dos círculos plateados sobre su frente emitió un sonoro chasquido metálico y se dividió en dos partes. La inferior quedó sujeta y la superior comenzó a girar mientras emitía destellos a intervalos. Uno por uno todos los discos de todas las personas en las cápsulas se activaron y la cámara se llenó de aquel enfermizo chasquido metálico.

En la cara de la mujer aparecieron venas negruzcas. Ikai tragó saliva. Kyra miraba otra cápsula donde se estaba produciendo el mismo proceso. Gimió horrorizada. Al cabo de unos instantes las venas se fueron volviendo cada vez más negras. La mujer estaba rígida mirando al frente con los ojos perdidos en la nada y la boca desencajada. La negrura se fue extendiendo por las venas de la cara pasando por el cuello al resto del cuerpo. Ikai apretó la mandíbula temiéndose lo peor.

Finalmente, el disco se detuvo con otro sonoro *click*. Los dos círculos sobre el disco se habían vuelto dorados y brillaban con intensidad. Ikai intentó percibir si la mujer aún vivía. Nuevamente los *click* metálicos del resto de cápsulas llenaron la cámara. Ikai sintió un tremendo escalofrío que no pudo disimular.

Beru se percató.

—*No te preocupes por ellos, esclavo, viven. Han servido a sus Dioses y en unos días volverán a hacerlo* —dijo señalando al monolito donde el aro estaba ahora en la parte inferior, tocando el suelo. La cara de Beru era de pura satisfacción.

—*¡Recogedlos!* —ordenó a sus Siervos.

Los Ejecutores se situaron frente a las cápsulas y realizaron dos acciones con movimientos precisos y acompasados. Primero accionaron una palanca en la parte trasera de la cápsula que abrió la parte superior del cristal dejando a la vista la cabeza de la persona en el interior y retiraron los discos cargados de sus frentes para depositarlos en el lado izquierdo del carro. Después cogieron discos vacíos del lado derecho y los colocaron de nuevo en la frente de los desdichados esclavos. Cerraron la tapa de cristal y repitieron el proceso delante de todas y cada una de las cápsulas. Cuando terminaron llevaron los carros frente a Beru. El Dios los examinó y sonrió lleno de satisfacción.

—*Una nueva cosecha, excelente. Mi señor Asu estará muy satisfecho.*

Kyra envió una mirada interrogante a Ikai. ¿Qué estaba sucediendo allí? Ikai leyó la pregunta en los ojos de su hermana. Entender qué era todo aquello y cómo beneficiaba a Asu sería de gran importancia. Debía conseguir información. Se arriesgó a intentar averiguarla.

—¿Permitiréis ahora marchar a los esclavos?

Beru miró a Ikai con expresión de inmensa diversión y se echó a reír de nuevo con grandes carcajadas.

—*¿Dejarlos marchar? ¿Por qué habría de hacer semejante estupidez?*

—¿Para qué vuelvan a sus trabajos? Querréis que cumplan la ley de los Dioses: producir o morir.

—*Desde luego no son tan inteligentes como les damos crédito, estas cucarachas* —le dijo al Erudito.

Se acercó a un carro y cogió uno de los discos cristalinos. Observó los dos círculos dorados indicadores de que estaba cargado y sonrió satisfecho.

—*Ya están produciendo para sus Dioses* —dijo a Ikai señalando los carros con un gesto de la cabeza.

Ikai no entendía qué significaba aquello. ¿Qué estaban produciendo?

—*Veo por tu cara de total confusión que no tienes la más mínima idea de lo que contiene este disco.*

Ikai negó con la cabeza.

—*¿Cómo podrían saberlo? Mi señor* —dijo el Erudito—, *no son más que estúpidos esclavos, nunca entenderían la tecnología Áurea. Y la de la Casa del Fuego es la más avanzada. Mi señor Moltus es una eminencia en el estudio del Poder.*

Beru asintió con vehemencia.

—*Tu maestro es un viejo chiflado, pero viendo los increíbles resultados que ha obtenido no seré yo quien le juzgue. Además, Asu está contento con su loco Erudito y si el Príncipe está contento con él eso es lo que cuenta.*

Luego miró a Ikai y Kyra.

—*Esto, estúpidas ratas* —dijo mostrándoles el disco—, *es lo que los esclavos tienen que producir. Y es mil veces más valioso que todo el oro, el cereal, comida o cualquier otra cosa que podáis crear, recolectar o producir. Esto nos va a convertir en todopoderosos e inmortales. En Dioses incontestables.*

Ikai no podía imaginar a qué se refería. Por más que le daba vueltas en la cabeza no se le ocurría qué podrían estar obteniendo de aquellas pobres almas y mucho menos cómo podía convertirlos en todopoderosos o inmortales. La mirada de Kyra le indicó que ella tampoco lo comprendía.

Beru sacudió la cabeza, disfrutando de su posición de superioridad ante el desconcierto de sus prisioneros.

—*Siguen sin entender nada. Os lo explicaré para que veáis lo inútil de todos vuestros esfuerzos por liberar los Confines. Al final lo único que habéis logrado es reforzar la posición de mi señor. Y con estos discos, será imparable. Dominará no sólo a los esclavos sino a todos los Áureos. Las Cinco Casas serán pronto suyas.*

—No conseguirá vencer a las otras Casas —dijo Kyra convencida.

—*Te equivocas, esclava, completamente. Este disco contiene la energía vital de un esclavo. El Erudito Moltus ha conseguido finalmente desarrollar la tecnología que la extrae de vuestros cuerpos y la almacena en discos para que nosotros, los Áureos, podamos disponer de ella.*

La cara de Kyra cambió de pronto. Pasó de desconcierto a espanto.

—La Ceremonia... de la Vivificación... —balbuceó.

—*Veo que empiezas a entenderlo. Sí, es similar a la Ceremonia de la Vivificación, solo que ya no necesitamos encontrar unas pocas elegidas especiales como tú de las que extraer vida. Ahora tenemos la capacidad de extraer la energía vital de cualquier esclavo. No sólo eso, podemos almacenarlo y consumirlo* —dijo mostrándoles el disco—.

Ikai y Kyra intercambiaron una mirada de horror.

—*La Garra* —pidió Beru.

El Erudito trajo un contenedor plateado y lo abrió. En el interior había un brazalete dorado con el cierre en forma de garra y un círculo en la parte superior. Lo colocó sobre la muñeca derecha de Beru.

—*Adelante, quiero saborear esta cosecha* —dijo Beru, y le pasó el disco al Erudito.

Este asintió y encajó el disco sobre el círculo grabado en el brazalete. Se acopló con un *click*. Al encajarlo, la garra se cerró sobre la muñeca de Beru y de las uñas salieron cinco alfileres que se clavaron en la carne del Áureo. Arrugó su nariz puntiaguda pero no dijo nada. El disco brilló dividiéndose en dos partes. La parte superior comenzó a girar mientras brillaba. En la mano y el brazo del Áureo comenzaron a aparecer venas negruzcas. Al cabo de unos instantes las venas negras alcanzaron el cuello y luego subieron por la cara. Beru abrió los brazos en cruz.

—*Ya siento la esencia de vida en mi cuerpo* —estiró la palma izquierda y creó una potente llama—. *Buena cosecha, sí, repone lo que consumo y mucho más. ¿Entendéis lo que está sucediendo, esclavos? Repone la esencia de vida que el Poder consume de mi cuerpo. ¿Entendéis lo que eso significa? No, claro que no. Significa que puedo usar todo el Poder que quiera, todo el Poder que tengo, sin miedo a ser consumido, sin miedo a que consuma mi vida y morir.*

Ikai entendió al instante las implicaciones y tragó saliva. Aquello que frenaba a los Dioses a usar su Poder, el miedo a envejecer, a ser consumidos, desaparecía. Lo que permitía a los Dioses dar rienda suelta a todo su Poder destructor sin miedo a las consecuencias. Y si eso ya era catastrófico, la tragedia era abismal pues para poder lograrlo necesitaban esclavos. Condenaba a los hombres a terminar en las cápsulas hasta morir. Ikai tragó saliva y un escalofrío le bajó por la espalda.

—*Vamos a cosechar a todos los esclavos, no sólo a los de este Confín, sino a todos los que han huido. Los cazaremos y los meteremos en las cápsulas para extraerles la esencia de vida y reponer nuestro Poder. Tendremos Poder ilimitado, seremos inmortales, todo gracias a vosotros, pequeñas ratas.*

—*Por desgracia no duran demasiado* —dijo el Erudito que examinaba el monolito.

—*¿Cuántos hemos perdido esta cosecha?*

—*Algo más de cien. No ha ido tan mal.*

—*Muy bien. Que busquen reemplazos* —dijo Beru.

—*Apenas quedan ya adultos útiles en nuestro Confín, mi señor.*

—*Entonces tendremos que buscarlos en otro lugar* —se volvió hacia Ikai—. *Y nuestras tres ratas saben dónde encontrar más esclavos. Nos llevarán hasta ellos.*

Kyra bajó la cabeza. Las repercusiones de todo lo que habían descubierto eran tan aterradoras y descorazonadoras que apenas podía respirar. Pero pasara lo que pasara nunca condenaría a ningún ser humano a la cosecha. Antes muerte.

—¡Nunca! —dijo levantando la cabeza con la barbilla alta.

Beru la miró divertido.

—*Lo veremos, ratita, lo veremos. Lleváoslos y encerradlos. Voy a disfrutar jugando con ellos. Cuando termine me habréis dicho todo lo que quiero saber, de una forma o de otra.*

Capítulo 22

La trampilla se abrió y se escucharon unas pisadas sobre las escaleras de piedra. Adamis se incorporó en el catre y lanzó una mirada de advertencia a Ariadne. La Sanadora retrocedió hasta desaparecer en las sombras de la cámara posterior del sótano.

—Traigo noticias —dijo Sormacus.

—Olvidaste dar el aviso... —le recriminó Adamis negando con la cabeza.

—Oh... cierto, las prisas...

—¿Estás bien?

—Sí, ¿por qué lo preguntas?

—Tienes mal aspecto... tus labios tienen un color negruzco...

—Oh, bueno, mucha tensión, sí. He tenido que tomar una tisana para tranquilizarme. Bueno... varias tisanas.

—No sé de qué son esas tisanas, pero el posible que no te hagan el bien que crees.

—Me tranquilizan, que ya es mucho.

—Pues tu rostro y esos labios negros dicen que a tu cuerpo no le sientan muy bien —dijo Ariadne apareciendo de entre las sombras.

—Está bien, lo tendré en cuenta.

—Y dinos, ¿qué sucede? —preguntó Adamis.

—Son malas noticias.

—¿Más aún? —dijo Ariadne negando con la cabeza.

—Hay una gran conmoción en el Primer Anillo.

Adamis cerró los ojos y resopló.

—¿A qué se debe?

—No he podido averiguarlo —dijo Sormacus negando con la cabeza—, pero es algo grave. Varias Casas han enviado Delegaciones Testigo.

—¿Delegaciones Testigo? ¿A la Casa del Éter? Eso no es nada normal —dijo Ariadne.

—Por eso he venido corriendo a comunicarlo.

Adamis se puso en pie con un gesto de dolor.

—¿Dónde es?

—En la Plaza de los Héroes, frente a la gran estatua —dijo Sormacus.

—Iré.

—No, tú no debes ir, Adamis —dijo Ariadne—. Iré yo. Una común pasa más desapercibida.

—Un sacerdote todavía más —apuntó Sormacus presentándose voluntario.

Adamis sonrió agradecido.

—Nadie podría desear compañeros mejores en tiempos tan turbulentos. Ofrecéis vuestras vidas con cada peligro, sin dudar. Os lo agradezco en el alma y estoy seguro de que Aruma y vuestros Sabios también lo hacen. Pero no, es mi Casa, y debo ser yo quien vaya a averiguar qué ocurre.

—Podría ser muy peligroso —dijo Ariadne—. No deben hallarte allí. Te necesitamos.

—Si algo grave está sucediendo debo estar allí presente para entender la razón, y sobre todo la reacción de los Altos Reyes.

Sormacus negaba con la cabeza.

—Nosotros somos prescindibles…

—Nadie es prescindible —le aseguró Adamis—. Una vez yo también pensaba así, cuando era un Príncipe ensimismado, pero Kyra me mostró que cada vida es sagrada, irreemplazable.

Ariadne no estaba convencida.

—Delegaciones Testigo… sólo se envían cuando es algo realmente grave que las Casas desean presenciar o más exactamente que desean que no se tape y salga a la luz.

—Precisamente por eso he de ir. Además, tengo que avisar a Notaplo de lo que hemos averiguado. Tiene que saber que Asu está confabulando a la espalda de los cinco reyes para comenzar una guerra y derrocarlos.

—¿Crees que se lo contará al Alto Rey del Éter? —preguntó Ariadne—. Sé que es tu Erudito de confianza, pero el Alto Rey querrá saber de dónde procede una información tan grave, y puede llegar a usar métodos muy dolorosos para obtenerla.

—Confío plenamente en Notaplo. No revelará la fuente ni siendo torturado. De todas formas, no creo que mi padre vaya tan lejos.

—¿Estás seguro de eso? —dijo Ariadne señalando el estómago de Adamis, donde la daga había penetrado.

Adamis guardó silencio y meditó la situación. No podía quedarse de brazos cruzados mientras Asu llevaba a cabo sus planes, debía avisar a los Altos Reyes, sólo ellos podrían detenerle. Y de los cinco, el único al que podía llegar era su padre. Además, necesitaba ver a Notaplo y advertirle no sólo del peligro que todos corrían sino del peligro que el buen Erudito ya corría. Su intervención en la Fiesta del Alumbramiento Intelectual le había creado enemigos muy poderos, entre ellos Asu. Enemigos que no vacilarían en sabotear sus experimentos, o algo mucho peor.

—Lo he decidido —anunció—. Iré a ver qué sucede y me reuniré con Notaplo.

—Está bien —accedió Ariadne—. Pero voy contigo por si acaso.

Adamis asintió agradeciendo el apoyo.

—Sormacus, ¿pueden tus contactos llegar hasta Notaplo? No quiero arriesgarme a comunicarme con él. Mi Padre podría captar el mensaje.

El Sacerdote miró al techo y lo pensó.

—Creo que puede hacerse.

—Bien, pues pongámonos en marcha.

El trayecto en la pequeña embarcación desde el templo que les servía de guarida en el Quinto Anillo hasta un muelle secundario del Primer Anillo transcurrió sin incidentes reseñables más allá de los encuentros con las patrullas de guardia a la altura de cada anillo. Sormacus, que tenía salvoconducto para realizar las obras del Dogma Áureo en toda la ciudad, les habría paso. En esta ocasión los tres iban vestidos como sacerdotes. Adamis se sentía algo incómodo con el atavío pero tenía que reconocer que no levantaba sospechas. Además, podía caminar con la cabeza gacha como era costumbre entre los Áureos de fe, cosa que su cuerpo agradeció.

Desembarcaron e intentando pasar lo más desapercibidos posible, se acercaron al área con tumulto. La zona estaba acordonada y una multitud observaba lo que sucedía. Las Delegaciones Testigo de las cuatro Casas estaban ya presentes y exigían explicaciones a los representantes de la Casa del Primer Anillo. Adamis no entendía lo que sucedía. Con disimulo se abrieron paso entre los curiosos hasta poder ver qué era lo que tanto revuelo había creado, y cuando finalmente lo vio, lo entendió al instante. Junto al gigantesco pie de la estatua de granito había un cadáver: el de un Áureo.

«¡Han derramado sangre áurea! ¡Impensable! Los Altos Reyes no permitirán que esto quede impune». Ahora entendía el motivo de las Delegaciones, querían estar presentes en las indagaciones. El horror y el descontento de los presentes aumentaba por momentos y los rumores se extendían entre murmullos. Adamis quiso entender qué más sucedía. Abrió su mente y dejó que los cientos de conversaciones que se estaban produciendo a su alrededor entrasen en ella. Le llegó una marabunta de frases dispersas y palabras sueltas y una captó su atención por completo: Hila.

Desconcertado, clavó sus ojos en el cadáver y se abrió paso hasta los Custodios que acordonaban la zona. Debía asegurarse. Observó el atuendo, la palidez del dorado de su rostro, y lo supo: el muerto pertenecía a la Casa desterrada de Hila, la Casa de los Nigromantes. «No puede ser, tienen prohibido pisar la Ciudad Eterna bajo pena de muerte. No arriesgarían un conflicto diplomático». Aquello no tenía sentido. ¿Y por qué en su Casa? Su padre aborrecía la Casa de Hila, nunca les permitiría que uno de sus miembros pusiesen pie en el Primer Anillo.

—¡Qué nadie toque el cadáver! —dijo el Lord de la delegación de la Casa de la Tierra al ver que Sanadores del Primer Anillo se acercaban al muerto.

—Debemos retirar el cuerpo. Ofende a los presentes —dijo Teslo, el Campeón de la Casa del Primer Anillo.

Al reconocer a Teslo, Adamis dio un paso atrás y se ocultó entre la gente. El estómago le dio un pinchazo tremendo, justo donde el Campeón lo había apuñalado. «La mente te hace pasar malos momentos».

—Tenemos derecho a examinar el cuerpo, así lo dicta la ley Áurea —dijo el Lord representante de la casa del Aire.

—Nadie os impedirá examinarlo —dijo Teslo—, pero en un lugar más adecuado y privado.

—¿Cómo sabremos que no manipularéis el cadáver? ¿Que no ocultareis pruebas de lo que aquí ha sucedido? —dijo el Lord de la Casa del Fuego.

—Nadie hará tal cosa. Y la sola insinuación es un insulto a esta Casa —dijo Teslo desafiante.

—Todos creemos en la imparcialidad y buena fe de la casa del Éter —dijo el Lord representante de la Casa del Agua.

—Habla por tu Casa —dijo el Lord de la Casa del Fuego—. Nosotros no creemos en nada. Ese Áureo es de una Casa desterrada. ¿Con quién de la Casa del Primer Anillo venía a reunirse en plena noche? ¿Qué traman la Casa de Hila y la Casa del Éter? ¿Acaso una alianza prohibida?

—¡Cómo te atreves! —dijo Teslo, y desenvainó su espada. Al instante un centenar de Dioses-Guerrero se situaron tras él.

El pánico comenzó a cundir entre los espectadores.

Adamis entendió la jugada. Una jugada muy bien planeada. En un momento de máxima tensión entre las Casas aquel cadáver daba a entender una discusión entre las Casas de Hila y la de su padre o lo que era lo mismo: alta traición. Daba igual quién hubiera cometido el asesinato, la sospecha de la intriga caería sobre su Casa.

—¿Acaso quieres que volvamos con nuestros Guerreros? —amenazó el Lord de la Casa de la Tierra.

—Eso no será necesario —dijo alguien con voz autoritaria. Adamis reconoció a su primo Atasos.

Se acercó hasta el cadáver y lo observó un momento. Luego se volvió hacia las delegaciones

— La Casa del Éter nada tiene que ver con este sujeto ni con su muerte. El Alto Rey Laino os concede permiso para examinarlo. En cuanto a los curiosos, debo pediros que continuéis disfrutando del día y refrenéis rumores indebidos hasta que se aclare lo sucedido.

—Eso está mejor —dijo el Lord de la Casa del Fuego.

—Teslo, que levanten una tienda militar cerrada para que se pueda inspeccionar el cadáver con privacidad. Asegúrate de que sea de gran tamaño. Las Delegaciones querrán atestiguar de todo cuanto suceda.

—A la orden, mi señor.

—¿Todos satisfechos? —preguntó Atasos alzando una ceja, inquisitivo. Nadie protestó y la gente comenzó a dispersarse.

Mientras los esclavos se afanaban en levantar la gran tienda con forma de carpa, Adamis observó a los últimos Áureos partir hacia la zona alta de la ciudad. Entre ellos reconoció a un anciano que marchaba con paso lento y cabeza baja, ayudándose de un cayado: era Notaplo.

—Voy a hablar con él —le dijo a Ariadne.

—¡Es demasiado peligroso, a plena luz del día te reconocerán!

—No te preocupes, conozco muy bien este Anillo y a mi viejo Erudito.

Antes de que Ariadne pudiera volver a protestar, Adamis ya caminaba tan erguido como podía hacia una de las calles que ascendía hacia la zona alta del Anillo.

Ariadne se volvió hacia Sormacus.

—Espero que no lo descubran. Se arriesga demasiado.

—Es valiente e íntegro. Algo muy raro entre los nobles. ¿Qué hacemos?

—Hay que avisar a los Ancianos de este nuevo acontecimiento.

—¿Quién sospechas que lo ha matado? —quiso saber Sormacus.

—El quién es lo de menos —dijo ella sacudiendo la cabeza—. Esto va a precipitar los acontecimientos. Si la Casa del Éter se ha aliado con la Casa de Hila es alta traición. Y si es una trampa, si se han atrevido a tender una trampa a la gran Casa del Éter… En ambos casos me lleva a pensar que ha perdido poder… Puede que ya no esté en control de su Confín.

Sormacus asintió.

—Lo averiguaré.

—Mientras lo haces informaré a los nuestros.

—Ten cuidado.

—Y tú.

Notaplo se detuvo frente al jardín de las Mil Rosas Blancas. Respiró la dulce fragancia que emanaban y dejando la vía que conducía a la zona noble, entró a contemplar aquella maravilla. Avanzó lentamente deleitándose hasta llegar a una de las enormes fuentes en forma de radiante sol.

—Nunca puedes resistirte, ¿verdad, viejo amigo?

El mensaje mental cogió por sorpresa al Erudito que miró en todas direcciones sin encontrar a su interlocutor.

—Detrás de la fuente.

Notaplo avanzó y al bordear la fuente vio a Adamis. Su expresión de susto y júbilo llenaron de alegría a Adamis.

—¡Alteza!

Notaplo se abalanzó torpemente sobre Adamis y lo abrazó.

—Mi Príncipe... ¿Cómo? ¿Qué hacéis aquí? —de pronto su rostro cambió de alegría a miedo y miró en todas direcciones.

—Tranquilo, estamos solos. Lo he comprobado —le dijo Adamis, y lo observó con detalle.

Llevaba la misma túnica blanca y cayado plateado de siempre, y su rostro amable se había marchitado algo más pero sus ojos azules y claros, profundos, llenos de entendimiento y sabiduría brillaban con la intensidad de siempre.

—Te veo, bien, amigo.

Notaplo asintió con la cabeza y dejó de abrazar a Adamis. Lo observó con ojos húmedos.

—No puedo creer que estéis aquí, no me parece real.

—Créelo, mi buen Erudito. Soy yo. O lo que queda de mí —dijo Adamis bromeando.

—¿Cómo os encontráis, mi señor?

—Estoy bien, viejo amigo. No te preocupes —dijo Adamis llevándose la mano al estómago, donde había sido apuñalado—. He aprendido a vivir con ello.

—A sufrir con ello, querréis decir.

—Sigue siendo vivir, y no lo cambiaría nunca por la alternativa.

—Sois fuerte, de espíritu y mente. Siempre lo habéis sido, desde muy pequeño. Me entristece tanto veros así... —dijo Notaplo con amargura.

—Las decisiones del pasado no se pueden cambiar. Eso me lo enseñaste tú —dijo Adamis con una sonrisa—. No me arrepiento. Hice lo que creí era justo y sigo pensando que fue lo correcto. Las consecuencias, las pagaré.

—No soy quién para juzgaros, pero estoy con mí Príncipe.

—Ya no soy tu Príncipe, ni tu señor...

—Para mí siempre lo seréis. Y soy demasiado viejo para cambiar —sonrió Notaplo con alegría.

—¿Qué sabes de Kyra? ¿De los otros? —preguntó Adamis deseoso de oír buenas nuevas.

—No tengo muchas noticias que daros, mi señor. Sé que el Nuevo-Refugio sigue creciendo y prosperando. No han sido descubiertos todavía, aunque los Altos Reyes siguen peinando el continente en su busca. La Casa del Agua está desesperada, está recurriendo a mucho Poder para encontrarlos. Si no los encuentra no salvará la cara ante las otras Casas. Por suerte mi pequeño invento funciona y los mantiene escondidos.

—¿Pequeño invento? —exclamó Adamis con gesto de incredulidad—. ¡Eres un genio!

—Oh, para nada. Una inspiración fortuita. Cuando se crearon los Confines como prisiones me pareció una idea lamentable. Siempre había querido convertirlos en algo positivo. Y se me presentó la ocasión —dijo el Erudito encogiéndose de hombros.

—Si no fuera por ti hubieran sido capturados todos ya, o algo mucho peor. Te deben sus vidas. Y no creas que no sé que arriesgas tu vida cada vez que nos ayudas. Mi padre te matará sin dudarlo si descubre que nos has estado ayudando. No perdonará esa traición, como no perdonó la mía. Te lo agradezco en el alma, y sé que hablo en nombre de todos.

—No es nada —dijo sonrojándose.

—Y de Kyra, ¿has sabido algo? —preguntó Adamis ansioso.

Notaplo negó con la cabeza.

—De mi querida fierecilla no sé nada, y de su hermano tampoco. Pero me han llegado rumores…

—¿Qué rumores?

—Dos Confines más han sido liberados.

Adamis apretó los puños en señal de triunfo.

—¿Ellos dos?

—Sí, creo que son los Confines de Kyra e Ikai.

—¡Fantásticas noticias!

—Son sólo rumores, pero a estas alturas nadie se atrevería a rumorear sobre esto sin haber algo de verdad de fondo.

—Cada noche estoy tentado de comunicarme con Kyra…

—¡No lo hagáis!

Adamis lo miró sorprendido, Notaplo no era dado a sobresaltos.

—No sé la razón, no me preguntéis, pero vuestro padre, el Alto Rey, escucha. Lo he visto usando su Poder en la Cámara del conocimiento. Buscaba interceptar mensajes del continente…

—No es algo normal en él. ¿Por qué lo hace? Eso consume Poder… intentar captar mensajes es malgastarlo en vano… mi padre no consumiría vida sin una poderosa razón… y ¿en el continente?

—Desconozco la razón. Pero lo hace.

—Gracias por el aviso. Mi padre reconocería un mensaje mío al momento. Su Poder es enorme.

Adamis puso sus manos doradas sobre los hombros del viejo Erudito y lo miró a los ojos.

—Me preocupa tu bienestar.

—Estoy bien, mi Príncipe.

—No debiste hablar frente a los Cinco Reyes de tus avances con los híbridos con Poder. No lo van a entender, es más, no lo van a aceptar ni van a permitir que sigas investigando. Has puesto en riesgo tu vida. Yo no te hubiera dejado hacerlo. Es demasiado peligroso. ¿Mi padre no te advirtió para que no lo hicieras público?

—En la vida a veces hay que tomar decisiones difíciles que traerán consecuencias graves. Es la única forma de avanzar. Sí, vuestro padre me advirtió que de hacerlo público crearía gran controversia. Él tenía dudas sobre la conveniencia de contarlo, aunque creo que en el fondo lo aprueba. Finalmente me dio permiso para hacer lo que yo creía mejor. Y eso es lo que hice. Mi Poder se extingue, ya tengo una edad muy avanzada, y es hora de que otros se sumen a mi proyecto. El camino hacia la vida eterna, hacia la gloria de nuestra civilización, pasa por entender qué causa que los híbridos con Poder no envejezcan, estoy completamente convencido. Ese es el camino que tenemos que seguir, no las tecnologías que mostraron, varias de las cuales nos conducirán a la destrucción si no detenemos su desarrollo.

—Sí, yo también lo creo. Pero intentar convencer a los Cinco Altos Reyes para que abandonen sus tecnologías y estudien aquello que aborrecen…

—Lo sé, los híbridos son odiados y los hombres son despreciados. Pero ahí está nuestro gran error porque en ellos reside la clave para alcanzar la vida eterna. Y yo ya no dispongo de mucho más tiempo, necesito que otros Eruditos se unan a mí en esto. Por eso decidí arriesgarme y exponerlo.

—Eres un hombre sabio, bueno, demasiado bueno…

—Gracias, mi Príncipe, me honráis.

—Lo mereces, eso y mucho más.

—No es nada.

—¿Recuerdas cuando era pequeño y quería ir a explorar?

—Ya lo creo, vuestro padre os lo prohibió.

—Pero yo insistí e insistí... Mi padre no cambio de idea, sin embargo, tú me concediste mi deseo.

Notaplo sonrió.

—Erais un niño muy persuasivo. No podía dejaros sufrir encerrado en palacio cuando deseabais tanto explorar el mundo.

—Y me construiste un portal secreto en la Cámara de Conocimiento, fuera del control de mi padre, para que pudiera ir a explorar.

—Sí… qué tiempos aquellos llenos de alegría e ilusión.

—Las aventuras que vivimos… fuimos incluso al gran continente. Nunca te lo he agradecido lo suficiente. Fueron mis años más felices.

—Me alegra que este viejo os hiciera feliz. He de reconocer que yo también disfruté mucho de nuestras escapadas secretas.

—Me hiciste muy feliz, Notaplo. Mucho.

Notaplo asintió con una sonrisa y la mirada perdida en el recuerdo.

—Qué tiempos aquellos…

—Pero tengo que advertirte de algo, en tu bondad no ves la maldad de otros. Lo que serían capaces de llegar a hacer para que no alcances tus metas, para que su verdad sea la única. Por ello destruirán tu verdad y a ti con ella. Debes tener cuidado. No quiero que andes sólo sin escolta por la ciudad. Corren tiempos turbulentos y pronto las cosas tomarán un cariz todavía peor.

—¿A qué os referís?

Adamis narró a Notaplo todo lo que había escuchado en la fiesta de Asu. Según se lo iba narrando la cara del Erudito se iba ensombreciendo. Cuando finalmente terminó, Notaplo sacudió la cabeza como no pudiendo creer lo que había oído.

—Es algo gravísimo, impensable. Ese perturbado joven Príncipe del Fuego siempre me ha preocupado, pero jamás sospeché que llegaría tan lejos en sus delirios de grandeza. Ha perdido la cabeza.

—Quizás, pero está sucediendo.

—¿Deseáis que se lo comunique a vuestro padre? Debería saberlo… es demasiado importante para que se lo ocultemos.

Adamis lo pensó un momento.

—Está bien. Tienes razón. Pero te preguntará cómo has conseguido la información. ¿Qué le dirás? No puede saber que yo vivo. Tendrías que mentir a tu Rey…

Notaplo se llevó la mano a la barbilla.

—No os preocupéis, idearé algo. No sabrá que estáis vivo, no os preocupéis, os doy mi palabra.

Adamis aceptó con un gesto.

—Una cosa más. Creo que hay juego sucio tras la aparición del cadáver de hoy.

—Sí, yo también lo creo.

—Advierte de eso también a mi padre. Tengo el presentimiento de que las cosas se van a poner muy difíciles para todos y muy pronto.

Notaplo asintió varias veces.

—Muy bien, mi señor. Así lo haré, descuida.

—Gracias, viejo amigo —los dos se abrazaron y Notaplo le dedicó una gran sonrisa de afecto.

—Espero veros un día de regreso en palacio, con vuestro título y honores restituidos.

—No creo que ese día llegue, pero no te preocupes, tu amistad es cuanto quiero de mi pasada vida.

—Eso lo tendréis siempre —se despidieron con otro abrazo y Notaplo se marchó sonriendo.

Un rato más tarde Adamis subía a la pequeña embarcación en la que Ariadne lo esperaba.

—¿Todo bien? —le preguntó ella.

—Sí, todo bien. Estoy más tranquilo ahora. He avisado a Notaplo y él sabe qué hacer.

—¿Cómo sabías dónde encontrarlo?

—Mi buen Erudito es de costumbres fijas. Siempre hace el mismo recorrido cuando vuelve a palacio, siempre se detiene en los mismos sitios. Sus lugares favoritos de la ciudad. Ahora mismo estará contemplando la ciudad desde el Mirador de Poniente. Luego tomara la avenida hacia palacio.

Ariadne sonrió.

—Sí, es un lugar muy bonito. Las vistas son espectaculares —dijo, y empujó la embarcación con uno de los remos.

Notaplo observaba la Ciudad Eterna brillar en la noche desde el mirador. Aquella vista lo encandilaba. Qué bella era Alantres, qué bellos eran los grandes logros de los Áureos. Tan ensimismado estaba contemplando su amada tierra que no se percató del asesino a su espalda. Sintió un ínfimo dolor punzante en la nuca, por donde la daga penetró hasta el cerebro, y unos brazos que lo sujetaban. Las piernas le fallaron y la vista se le nubló. «Qué maravillosa es mi ciudad» pensó, y murió.

Capítulo 23

Kyra probó a forzar los barrotes de la celda-esfera aunque sin mucha esperanza. Ya había disfrutado de la hospitalidad de una de aquellas prisiones de los Dioses y sabía que era imposible forzarlas.

—¡Por la luna! —gritó, y su voz retumbó en la cámara circular de suelo y techo de plata. Doce esferas-celda formaban un círculo llenando la estancia. Sólo tres estaban ocupadas.

—Es inútil, no te esfuerces —le dijo Ikai desde otra esfera.

—Ya me conoces, tenía que intentarlo.

—¿Cómo estás, Maruk? —preguntó Ikai mirando a su amigo en el interior de la celda-esfera a su derecha.

—Mejor… veros me ha traído esperanza. Pensaba que ya estaba todo perdido.

—Aguanta. Venceremos, ya lo verás —le dijo Kyra intentando animarlo.

—Por un momento… pensé que perdía la razón…

—Tranquilo —le dijo Ikai—. Ahora estás con nosotros y nada te va a suceder. Saldremos de esta.

Maruk respiró profundamente y luego dejó salir todo el aire en una gran exhalación.

—No sabéis cuánto me alegro de veros.

—Y nosotros a ti —le dijo Kyra.

—Ha sido muy difícil. No sabíamos lo que ocurría… desde que llegué intenté organizar una resistencia sin éxito. La gente desaparecía… para no regresar. Nadie sabía por qué ni a dónde iban. Se los llevaban. Poco a poco se fueron llevando a todos los que estuvieran sanos y fuertes. Sólo quedaron los niños y los ancianos. Se llevaron incluso a la Guardia y a los

232

Procuradores… Cuando eso ocurrió me di cuenta de que algo realmente horrible debía estar pasando. Tuve que esconderme. La gente tenía mucho miedo. Estaban aterrorizados…

—No les culpo —dijo Ikai.

—Ahora ya sabemos lo que ocurre —dijo Kyra.

—Y es peor de lo que me imaginaba —dijo Maruk, y a sus ojos verdes se aguaron con lágrimas.

—Sí. Es como una pesadilla terrible —dijo Ikai.

—De la que vamos a despertar a todos. Te lo aseguro, hermano.

Ikai asintió a Kyra.

—Sí. Hay que detener a Asu o será el fin de hombres y Áureos.

—Necesitamos un plan —dijo Maruk mirando a Ikai.

—Eso, hermanito, piensa algo. Uno de tus planes magistrales nos vendría muy bien ahora.

Ikai sonrió en una mueca.

—Ya, sin presión…

—Esto no es nada para ti. Un par de Dioses, un centenar de Ejecutores y nosotros tres desarmados y encerrados en esferas-celda. Vamos, para ti como coser y cantar.

Maruk no pudo aguantar una carcajada.

—Sí… —dijo Ikai con cara de preocupación—, resolver esto va a ser sencillo…

—Bueno ese engreído sabelotodo de Beru ha descuidado un pequeño detalle… —dijo Kyra mirando a Ikai. Su hermano sabía a qué se refería y le hizo un gesto afirmativo.

—Pagará su prepotencia —dijo Kyra, y sus ojos brillaron.

Se escucharon unos pasos. En la entrada a la cámara aparecieron tres Ejecutores y un Ojo-de-Dios. Uno de los Ejecutores portaba algo de comida en una bandeja y una jarra con agua. Se acercó hasta ellos y ofreció la jarra a Ikai.

—Si nos abres podremos comer y beber mejor —dijo Ikai.

El Ojo-de-Dios emitió un sonido chirriante lejanamente similar a una risa. En su mano llevaba un guantelete.

—Comed y bebed. Rápido. De uno en uno —dijo el Ojo.

—Nos deben tener mucho miedo para tanta precaución —dijo Kyra.

El Ojo se irguió.

—Nosotros servimos a los Dioses. No tenemos miedo a nadie ni a nada.

—Ya. Eso es porque os han incrustado una pepita dorada en la frente. Pero no te preocupes. Yo te ayudaré a quitártela.

El Ojo rio de nuevo.

—Come y calla, esclava.

Pero Kyra no comía. Tenía los ojos cerrados. El Ojo repitió su orden pero Kyra no reaccionó.

—Obedece o haré que sufras —dijo el Ojo, y sacó un disco con una pepita dorada que sujetó con su guantelete.

—Veras, Siervo —dijo Kyra—, a tu gran amo se le ha pasado por alto un pequeño detalle.

—¿Qué detalle?

—Este —dijo Kyra, y usó su Poder.

Lanzó al Ojo contra los otros tres Ejecutores con una fuerza brutal. Los cuatro se quedaron tendidos en el suelo.

—Yo no necesito el disco para usar el Poder. Puedo usar mi propio Poder. ¿Verdad que es una sorpresa? —y volvió a lanzar al Ojo contra los Ejecutores que intentaban levantarse. Golpeó a cada uno con el Ojo una y otra vez hasta que ninguno se levantó.

—Un poco salvaje... —dijo Ikai todavía un poco en *shock* por la brutalidad de su hermana.

—Si quieres salir de aquí con vida no podemos andarnos con tonterías.

—Tiene razón —dijo Maruk.

—Está bien... ¿Y ahora cómo abrimos las celdas? Con Poder no creo que puedas.

—Ummm... no, pero tengo una idea.

Kyra se concentró y trajo al Ojo hasta ella. Tenía todos los huesos del cuerpo rotos. En el fajín encontró la llave de las celdas y se la mostró triunfal a su hermano.

Ikai tuvo que conceder la victoria a su hermana. Abrieron las celdas y cogieron las armas de los Ejecutores. Kyra buscó el disco del Ojo y lo encontró en una esquina. No estaba dañado y se lo pasó a Ikai.

—Mira si puedes usarlo.

—¿Tú crees?

—No veo por qué no. Esa pepita tiene Poder de un Dios, probablemente de uno de la Casa de Fuego. Si hemos podido usar el Poder en el disco de Adamis, deberíamos poder hacerlo con cualquier disco...

—Sí, suena razonable. Lo intentaré.

Ikai se concentró y para su sorpresa, al cabo de un momento, sintió la sensación de hormigueo que le indicaba que había interaccionado con el Poder. El disco refulgió indicando que había sido activado.

—¿Ves?

—Últimamente tienes razón en muchas cosas, hermanita.

—Igual es que voy madurando...

Los tres intercambiaron una mirada de duda.

—Nahhhh, no lo creo —corrigió ella.

Ikai y Maruk sonrieron.

—Tenemos que escapar de aquí y no va a ser nada sencillo —dijo Ikai señalando la salida de la cámara—. Estamos en el nivel más profundo de las mazmorras. Hay un centenar de Ejecutores entre nosotros y la superficie.

—Y dos Dioses... —apuntó Maruk con voz tocada.

—Pero no están todos en este nivel. Ese petulante de Beru los mandó a los niveles superiores a recoger los discos —dijo Kyra—. Además, hace un rato teníamos el mismo problema y estábamos encerrados y desarmados. Ahora ya estamos fuera de las celdas y armados. Esto mejora por momentos.

—Eso es verdad... —dijo Maruk algo más animado.

—Bien, ahora tenemos que escapar sin que nos maten —dijo Ikai.

—Piensa, hermano, piensa. Tenemos las habilidades que nos confiere el Poder. Usémoslas.

—Si las usamos en abierto perderemos. Son demasiados. Y eso sin contar con él... recuerda que es muy poderoso, nada menos que un noble de la casa del Fuego. No podemos enfrentarnos a un Dios, eso es una locura, y menos a este, nos mataría sin ningún problema.

—Si no es en abierto, podemos intentar el subterfugio y escapar —dijo Maruk.

Ikai y Kyra pusieron toda su atención en él.

—¿Qué te ronda en la cabeza? —le preguntó Ikai.

—Bueno, la cámara central tiene dos pasillos que la cruzan, uno de norte a sur y el otro de este a oeste. El monolito está en el centro.

—Sigue... —dijo Kyra.

—Si conseguimos salir por uno de los pasillos sin ser vistos... podríamos escapar... —dijo Maruk con un brillo de triunfo en los ojos.

—Ummm... déjame pensar... —dijo Ikai—, una idea me está viniendo a la cabeza.

Una espesa neblina que cubría tres palmos desde el suelo comenzó a expandirse por toda la planta y fue expandiéndose hasta cubrir todas las cámaras. Los Ejecutores comenzaron a concentrarse en la gran cámara central, donde tenían el monolito y las cápsulas. No comprendían qué ocurría. La neblina les llegaba hasta las rodillas. La observaban a través de sus yelmos de horror sin saber qué hacer.

Uno de los Ojo-de-Dios acudió y comenzó a comprobar el estado de las cápsulas por si el extraño efecto pudiera estar producido por un escape masivo en las mismas. El Ojo comprobaba una cápsula junto al monolito, verificando lo que en su tomo dorado establecía eran los parámetros normales de funcionamiento de la misma. Dos manos se cerraron sobre sus tobillos como tenazas. El Ojo miró hacia el suelo pero todo lo que pudo ver fue la nube baja de niebla blanca cubriendo el suelo.

—¿Qué…? —chirrió con su voz metálica.

Sufrió un fuerte tirón, perdió el equilibrio y se cayó de espaldas al suelo. Se quedó cubierto por la neblina. Se escuchó un gruñido y despareció. Dos Ejecutores vieron lo ocurrido y se apresuraron al lugar donde el Ojo había desaparecido. No lo encontraron. Con sus lanzas comenzaron a buscarlo entre la niebla que era tan densa que parecía nieve pero no encontraron nada. El Ojo había despareció.

—¿Dónde está? —le preguntó uno de los Ejecutores al otro con su voz cavernosa.

Antes de que el otro pudiese responder los dos se cayeron de espaldas con un golpe sordo para desaparecer entre la niebla. No se levantaron. Un tercer Ejecutor salió de entre las cápsulas y vio lo que sucedía. Fue a dar la alarma cuando un Espíritu de Agonía surgió del suelo entre la niebla justo frente a él.

—¿Qué…?

El espíritu se echó sobre el Ejecutor y lo consumió. Dos Ejecutores más aparecieron. Fueron a ayudar a su compañero pero una fuerza brutal los golpeó en los pies y se cayeron de bruces. Antes de que pudieran levantarse otra fuerza los propulsó con inmensa fuerza contra las paredes. Se escuchó un fuerte golpe y los Ejecutores nunca se levantaron ni se vio qué había sucedido. Un Ejecutor apareció al otro extremo de la cámara y el Espíritu de Agonía se zambulló en la niebla. Un momento después resurgía frente al Ejecutor. Lucharon y ambos perecieron despareciendo en la niebla.

Un silenció sombrío se apoderó de la cámara. Los pobres desdichados en las cápsulas, en su estado comatoso, eran testigos mudos de los extraños eventos que estaban sucediendo. La niebla se extendió hasta apoderarse de todos los rincones y con ella los Siervos fueron cayendo y desapareciendo.

De súbito una voz tronó desde el final del pasillo, en la entrada norte.

—*¿Qué sucede aquí? Siervos a mí* —demandó, pero ya no quedaban más siervos en aquel nivel—. *Siervos a mí* —repitió, pero los Siervos no podían responderle, así que el Dios bajó por el pasillo hasta el monolito, observó la niebla y luego activó el objeto áureo—. *Esto no es de las cápsulas. Esto es… ¡Poder!*

Un nuevo Espíritu de Agonía surgió frente al Dios y se abalanzó sobre él, a devorar su rostro áureo. El Dios dio un paso atrás y exclamó sorprendido. Se defendió cubriendo su rostro con las manos. Un momento después de las palmas doradas surgieron dos llamaradas. El Espíritu de Agonía soltó un rugido de dolor, pero siguió atacando y llegó hasta el rostro del Áureo. Ahora fue el Dios el que gritó, un grito de horror y agonía. Las llamas consumieron al espíritu, destruyéndolo. El Áureo consiguió recuperarse y buscó a su alrededor, intentando encontrar a su atacante. Pero todo lo que vio fue la niebla baja y un silencio de muerte.

—¡Muéstrate! —demandó—. ¿Cómo osas atacar a un Áureo de la casa de Fuego en sus dominios?

De la niebla, al final del pasillo al este, surgió Kyra. Se levantó como volviendo a la vida de entre los muertos y encaró al Dios.

—¡Tú!

—Hola, Erudito.

—¡No puede ser! ¿Cómo has escapado?

—Soy muy ingeniosa.

—¡Lo pagarás!

El Erudito extendió las dos palmas de su mano y atacó. De sus manos surgieron dos llamaradas que se extendieron hacia Kyra. Ella no se movió. Cerró los ojos y usó su Poder. Una esfera translúcida la envolvió. Las llamas llegaron hasta la esfera y la chocaron con la protección.

—¿Cómo puedes usar el Poder? ¡No tienes disco!

—Curioso, ¿verdad?

—Me encantaría estudiarte —dijo el Erudito con un destello en sus ojos mientras mantenía las llamas atacando la esfera protectora de Kyra—. Entrégate y te perdonaré la vida a cambio de analizarte.

Kyra sonrió.

—Ya me han estudiado. Y resulta que no necesito de vuestros malditos discos. Tengo mi propio Poder que puedo usar a mi gusto —dijo reforzando la esfera para que no sucumbiera ante las llamas.

—¡Eso no es posible!

—Sí que lo es, Eruditillo. Así que te haré yo una proposición. Ríndete y no te mataré.

—¿Rendirme ante una esclava? ¡Soy un Dios!

—Bueno, eres un Erudito, que en la escala de importancia entre Dioses, no te pone muy arriba. Un poco por encima de Sanadores, si no me equivoco…

—¡Te abrasaré por esto!

Kyra negó con la cabeza.

—Última oportunidad. Ríndete.

El Erudito envió una saeta ígnea a gran velocidad que se clavó en la esfera de Kyra. La punta la atravesó, pero se quedó incrustada sin llegar a su cuerpo.

—Eso no me ha gustado. No podrás decir que no te he dado la oportunidad —Kyra se concentró en el Áureo.

—¡No! —gritó él al darse cuenta de lo que estaba sucediendo.

Kyra consiguió fijar su objetivo y usó su Poder tan rápido como pudo, antes de que el Áureo pudiese reaccionar. El Erudito salió disparado contra el Monolito a su espalda y se estrelló contra el objeto. El golpe fue tremendo. El Erudito se quedó sentado sobre el suelo de espaldas al objeto.

La niebla le llegaba ahora hasta el pecho. De la comisura de sus labios le caía una sangre oscura.

—Có... mo... —balbuceó, pero no pudo formar la frase y gimió de dolor.

Kyra extendió su brazo y cerró su mano, no por completo, como si sujetara un objeto. El Erudito sintió que una fuerza le oprimía el cuello. Kyra cerró un poco más su mano. El Áureo se llevó las manos al cuello, no podía respirar, y Kyra apretó un poco más.

—¡No! Agh... no... por favor...

Kyra observó un instante al Áureo, estaba rendido. Si apretaba un poco más lo ahogaría. Si apretaba con fuerza le partiría el cuello. Estaba a su total merced. La rabia en su estómago le decía que lo matara. Era un Áureo, había condenado a miles de personas a las cápsulas y las exprimía hasta la muerte. Era un ser abominable. Merecía la muerte. Fue a ejecutar la sentencia pero algo en su interior le dijo que se detuviese, que recapacitase. Que pensara en todas aquellas personas. «Lo necesito vivo para rescatar a cuantos aún sea posible. Matarlo no conseguirá nada. Si vive puede ayudarme a salvar a estas pobres almas». Se decidió. Apretó un poquito más, suave, y el Erudito se desmayó por la falta de aire. Entonces Kyra lo soltó.

—*Realmente fascinante* —dijo una voz en un mensaje mental.

Kyra se sobresaltó. Sintió un tremendo escalofrío. Era Beru. Se volvió pero no pudo ver al Dios por las cápsulas. El noble entraba en la cámara por una de las cámaras adyacentes al norte y avanzó por el pasillo hasta el monolito. Se giró hacia el este y encaró a Kyra sin temer nada.

—*Nunca pensé que vería el día en que un esclavo venciera a un Áureo. He de decir que es algo remarcable. Aunque sea un Áureo menor, un Común. Si lo cuento, nadie me creería. No en Alantres.*

—Entrégate y libera a los prisioneros y no te mataré —le dijo Kyra con firmeza. Convencida.

Beru soltó una carcajada enorme.

—*Que hayas derrotado a un Erudito no quiere decir que puedas derrotar a un noble. Yo soy cien veces más poderoso que él. Soy de una familia antigua, no cometas el error de desafiarme. Yo no puedo ser vencido por una esclava.*

—Eso pensaba él.

El Áureo sonrió y negó con la cabeza.

—*Yo tampoco lo hubiera pensado. Sorpresas que se lleva uno en esta existencia. Por algo mi señor Asu está tan interesado en ti. No tengo duda de que captó en ti algo diferente y es por eso por lo que desea capturarte con tanto empeño.*

—Algún día le ajustaré las cuentas a ese ser sin alma.

—*Cuidado con lo que dices, esclava. No vaya a ser que tenga que entregarte con medio cuerpo carbonizado.*

—Eso habrá que verlo.

—*No te lo advertiré una segunda vez, esclava, arrodíllate ante mí o sufrirás.*

—Veras, Áureo vanidoso, tengo una misión que cumplir y tú estás interfiriendo. He venido a liberar a todas estas pobres almas y conducirlas a la libertad y es lo que pienso hacer. Si intentas detenerme será tu final.

Beru comenzó a reír a carcajadas. Kyra aprovechó el momento para fijar su aura. El Áureo dejó de reír al instante y levantó una esfera protectora con una rapidez tal que Kyra no tuvo tiempo para usar su Poder.

—*¿Demasiado rápido para ti, esclava? ¡Yo soy un noble de la Casa del Fuego! Puedo captar tus torpes intentos antes de que los ejecutes. Puedo defenderme antes de que siquiera encuentres tu propio Poder con el que atacarme. Y puedo atacar con la fuerza y rapidez de un cometa.* Extendió el brazo y con un giro de su muñeca creó un proyectil en forma de gran bola de fuego que salió despedido contra Kyra.

La bola de fuego cruzó la distancia que los separaba e impactó contra la esfera protectora de Kyra. La bola estalló al contacto esparciendo fuego alrededor. La explosión dejó a Kyra aturdida y dolorida pero la esfera aguantó.

—*Esa esfera tuya no es lo suficientemente fuerte para protegerte de mí Poder. Tú no puedes enfrentarte a mí, estúpida esclava.*

Un Espíritu de Agonía surgió de la niebla y asaltó a Beru. El Espíritu se topó con la esfera del Áureo y comenzó a atacarla en su intento por llegar al rostro del enemigo.

—*¿Un Espíritu de Éter?* —exclamó Beru sorprendido—. *Esto no lo has hecho tú* —dijo, y se volvió buscando la nueva amenaza, pero todo lo que podía ver eran niebla y cápsulas— *¿Dónde está tu hermano? ¡Malditas ratas escurridizas! ¡Ahora aprenderéis!*

Se agachó ignorando al Espíritu que continuaba atacando su esfera de lava y fuego y puso las dos manos sobre el suelo atravesando la esfera protectora. Murmuró unas palabras. Al terminar, todo el suelo alrededor de Beru comenzó a arder consumiendo la niebla. Volvió a murmurar, por un largo momento, y luego apartó las manos. El fuego a su alrededor comenzó a extenderse por toda la cámara consumiendo la niebla de Éter.

—*Espero que mi Río de Fuego os guste* —dijo complacido.

Las llamas avanzaron entre las cápsulas, inundando la cámara. Ikai estaba tumbado bocabajo en el suelo al final del pasillo sur, escondido en la niebla que lo cubría por completo. El río de fuego avanzaba hacia él. Al ver que no había escapatoria, Ikai usó de nuevo el disco y se cubrió con una esfera de éter. El río lo alcanzó devorando la niebla en la que se escondía y se puso en pie.

—*¡Ahí está la otra rata! ¡Sabía que te haría salir!* —dijo Beru que se giró señalando a Ikai, encantado consigo mismo.

Ikai no perdió tiempo y atacó. Envió una flecha etérea contra la esfera de Beru. El proyectil se clavó en la esfera, pero no consiguió penetrarla.

—*¡Jajaja! ¿Con eso crees que vas a derrotarme?*

Mientras Beru reía, Maruk, que al igual que Ikai había permanecido oculto en la neblina, pero al final del pasillo oeste, se puso en pie un instante antes de ser alcanzado por el fuego y saltó sobre una de las cápsulas. Se encaramó a la parte superior y rezó a Oxatsi para que las llamas del río no lo alcanzaran.

Kyra se recuperó, se concentró y atacó. Creó un prisma de puro éter y lo envió contra Beru. El prisma, al contacto con la esfera de Beru, estalló en una explosión de pura energía sacudiendo al Dios y debilitando su esfera.

—*¡Cómo te atreves!*

Ikai creó un nuevo Espíritu y lo envió a atacar mientras Kyra preparaba otro prisma de energía. Maruk, al ver que el río de fuego desaparecía, descendió de la cápsula, cogió las lanzas de los cadáveres achicharrados de tres Ejecutores y se preparó. Beru clamó lleno de rabia y reforzó su castigada esfera protectora.

Kyra envió su prisma de Éter, Ikai su saeta de éter y Maruk lanzó con toda su alma la lanza de uno de los Ejecutores. Beru recibió los tres impactos y gritó fuera de sí.

—*¡Os asaré! ¡Malditos esclavos!* —el Áureo miró a Kyra al este, a Ikai al sur y a Maruk al oeste, lo tenían rodeado excepto la entrada norte por la que había llegado—. *¡Os creéis muy listos con vuestras pequeñas estratagemas! ¡Nada puede con Áureo, con un Dios!*

De nuevo, los tres atacaron a la vez y los proyectiles alcanzaron a Beru desde las tres direcciones. El Áureo alzó la mano derecha y la dirigió a Kyra. Luego alzó la izquierda y la dirigió a Ikai. Se concentró y murmuró algo. Un momento después, bajo los pies de Kyra e Ikai se formó un pozo de lava ardiente. Kyra abrió los ojos como platos. Parecía que la iba a devorar. Un calor abrasador le subía por las piernas. La esfera comenzó a agrietarse en la parte inferior. Si se rompía caería a la lava. Ikai sufría la misma suerte. Kyra puso las manos sobre la esfera, cerró los ojos y envió Poder de su interior a reforzarla. Ikai hizo lo mismo usando el disco. Pero la cantidad de Poder que el disco guardaba era pequeña y comenzaba a agotarse.

—*Ahora veremos* —dijo Beru con ademán triunfal.

Maruk envió una última lanza contra la esfera de Beru. El Dios giró la cabeza pero mantuvo su brazos alzados y su concentración en los dos pozos de lava. Los dos hermanos luchaban por mantener sus esferas y no perecer. Ikai consumió todo el Poder del disco. Con un último destello el disco se apagó. Miró la lava bullendo bajo sus pies y supo que estaba perdido. Desesperado, intentó encontrar su poder interno y utilizarlo. Cerró los ojos y lo buscó. «¡Por favor, Oxatsi, ayúdame a encontrarlo!». Pero como tantas otras veces antes, no lo consiguió. Falló y la esfera que lo protegía se destruyó. En el último instante se tiró hacia delante con todo su ser. Salvó la lava por un dedo y se quedó tirado de bruces sobre el pasillo.

Beru lo señaló con el dedo.

—*Hora de morir, cucaracha* —fue a usar su Poder para matar a Ikai cuando Maruk saltó sobre su espalda. Armado con dos cuchillos de medialuna de los Ejecutores saltó con todo su ser y los clavó en la deteriorada esfera protectora del Áureo.

—*¡Serpiente traidora!* —gritó enfurecido, y lo miró mientras Maruk golpeaba una y otra vez la esfera con los cuchillos. Los ojos de Beru se volvieron de un rojo candente. Murmuró algo y dos rayos de fuego salieron de los ojos del Áureo y alcanzaron a Maruk en el pecho, atravesándolo. Maruk dio un paso atrás dejando los dos cuchillos clavados en la esfera y se miró el pecho. Se llevó las manos a la herida que lo había matado y se cayó de rodillas.

—Voy con Liriana… me espera… —dijo.

—¡Noooooooooo! —gritó Ikai desde el suelo desesperado.

—¡Maldito! ¡Nooooo! —gritó Kyra, y puso toda su alma en cubrir el pozo de lava bajo sus pies con un manto de Éter.

Maruk exhaló y murió.

Beru alzó la mano izquierda hacia Ikai mientras con la derecha mantenía el pozo bajo Kyra y sonrió satisfecho. Envió una bola de fuego contra Ikai. Sin protección la bola lo mataría. Ikai se lanzó entre las cápsulas con todas sus fuerzas. La bola estalló donde Ikai estaba hacía un instante. La explosión destruyó varias cápsulas. Llamas, pedazos de metal y carne quemada salieron despedidos.

—¡Ikai! —gritó Kyra que ya había acabado con el pozo de lava y corría por el pasillo hacia su hermano. Pasó a la carrera frente a Beru sin mirarlo y cogió el pasillo sur hasta el lugar de la explosión. Ikai yacía en el suelo entre cápsulas destruidas. Tenía la espalda en llamas.

—¡No! —Kyra creo una capa de Éter y la puso sobre su hermano apagando las llamas. Ikai estaba aturdido y tenía varias quemaduras.

Una nueva bola de fuego explotó sobre Kyra que, debido al impacto, tuvo que retroceder dos pasos. Miró de reojo a su hermano. La explosión no lo había alcanzado.

La risa de Beru resonaba en la cámara.

—*¡Estúpidos! ¡Yo soy un Dios y vosotros unas cucarachas!*

Volvió a enviar otra bola de fuego y Kyra retrocedió dos pasos más. Frente a Kyra se creó una llama gigante de una intensidad terrorífica.

—*¡Hora de terminar con esto! ¡Nadie desafía a un Áureo y vive!* —dijo Beru sonriendo.

La defensa de Kyra comenzó a romperse ante la llama gigante que intentaba abrasarla. Envió más poder a la esfera protectora pero sabía que no aguantaría mucho. Del esfuerzo clavó una rodilla en el suelo y con las dos manos extendidas continuó aguantando el ataque.

—*Es inútil, esclava.*

Kyra entrecerró los ojos por el esfuerzo y al hacerlo discernió algo tras Beru. Una negrura se acercaba desde la entrada norte y bajaba por el pasillo. El Áureo, concentrado en vencer a Kyra, no se percató.

—Bienvenida. Te ha costado lo tuyo llegar —saludó Kyra.

Beru la miró sin comprender. Miró a derecha e izquierda pero no vio a nadie.

—*¿Qué nueva treta es esta? No conseguirás engañarme.*

—No me lo habéis puesto fácil. ¿No había una mazmorra más profunda donde esconderse en todo este Confín? —dijo una voz seductiva llena de sarcasmo.

Beru se volvió. Encaró el pasillo norte. Frente a él, rodeado de una extraña negrura, una morena de rostro felino armada con dos dagas negras lo miraba.

—*¿Quién eres tú?* —dijo Beru sorprendido.

—Mi nombre es Albana y soy tu muerte, Áureo.

El Dios murmuró algo y abrió la boca. Albana usó su poder. De la boca del Áureo salió una bocanada de fuego ardiente. Pero Albana desapareció frente a él para aparecer a su espalda. Mientras Beru proyectaba su aliento de fuego al vacío, Albana clavó sus dagas con toda la potencia de su Poder donde Maruk había clavado los cuchillos. La castigada esfera no aguantó y se rompió en mil pedazos.

Beru se volvió raudo. Miró a Albana y abrió la boca. Una llama comenzó a salir proyectada. De súbito la boca se cerró y la llama se apagó. Los Ojos de Beru miraron la mano de Albana bajo su mandíbula. La morena le había clavado la daga penetrando por la barbilla hasta el cerebro. Los Ojos de Beru se abrieron desorbitados.

—Te lo dije —le dijo Albana, y lo remató clavándole la otra daga en el cráneo hasta la empuñadura.

El Áureo cayó muerto.

Albana se giró y vio el cadáver de Maruk, y luego a Kyra de rodillas agotada, incapaz de mantenerse.

—¿Ikai? —preguntó con aprensión.

—Allí —señaló Kyra.

Albana corrió.

Capítulo 24

—¡Ikai! —llamó Albana desesperada corriendo hacia él. Pero Ikai no respondió. Estaba tendido en el suelo boca abajo, con la parte posterior de la ropa quemada y sangre en la cabeza. Albana se asustó. Se dejó caer a su lado y le cogió la cabeza entre sus manos.

—¡Vamos, Ikai! Respóndeme —pero Ikai no reaccionó.

Kyra se acercó hasta Maruk. Se sentó junto a él y con llena de tristeza comprobó que había muerto.

—¡Malditos! ¡Os mataré a todos! ¡Juro que os mataré a todos! ¡Por Yosane, por Liriana, por Maruk y por todos los demás! ¡Lo pagaréis!

Albana dio la vuelta a Ikai e intentó reanimarlo. Le limpió la herida de la cabeza. Parecía haberse golpeado contra una cápsula al salir despedido en la explosión.

—¡Vuelve conmigo! ¡No puedes dejarme ahora!

Kyra se acercó y observó con el corazón en un puño.

—Dime que no está…

Albana intentaba por todos los medios que Ikai regresara al mundo de los vivos.

—No dejaré que se vaya —dijo, y comenzó a insuflarle aire en la boca.

De súbito, Ikai comenzó toser con fuerza y abrió los ojos desorbitados.

—¡Vive! —gritó Kyra llena de júbilo.

Ikai miró a Albana sin poder centrar la visión.

—¿Albana? ¿Es esto un sueño?

Las dos mujeres rompieron a reír.

—Sí, un sueño. A ver si te parece esto real —dijo Albana, y lo besó con tal pasión que provocó que Ikai volviera a toser.

—Menudo susto nos has dado —dijo Kyra.

—Entonces es real… ¿estás aquí?

—Sí, he venido a rescatarte, mi amor.

—Y menos mal que lo has hecho —dijo Kyra.

—¡El Dios! —dijo Ikai espantado al comenzar a recordar.

—Tranquilo. Está muerto —le aseguró Albana.

Ikai se relajó y se llevó la mano a la cabeza. Le dolía horrores.

—Tenemos que mirarte esas quemaduras de la espalda —le dijo Albana.

—Cada día estás más guapo, hermanito. No sé cómo Albana ni te mira, entre la cicatriz en la cara y las nuevas quemaduras en la espalda vas a estar precioso.

—Para mí siempre serás bello —le dijo Albana con una sonrisa llena de amor.

Ikai se ruborizó.

—Será por dentro —dijo Kyra jocosa.

—Más todavía —dijo Albana y cogiendo el rostro de Ikai entre sus manos, lo besó de nuevo.

—Mejor buscamos algo para sanar esas heridas —dijo Kyra.

Encontraron una manta en una de las cámaras adyacentes y taparon el cadáver de Maruk. Los tres se arrodillaron alrededor de su camarada y agarrados de las manos pidieron a Oxatsi que acogiera a su valiente hijo en su seno, que le permitiera reunirse con su amada Liriana para que pudieran ser felices juntos por toda la eternidad. Rogaron a Oxatsi que aceptara sus súplicas por aquel valiente que tanto había sacrificado y soportado en vida. Maruk de los Senoca: un amigo, un valiente, un luchador incansable por la libertad.

Kyra lloró, cosa rara en ella, y provocó que a Ikai se le humedecieran los ojos. Tenía un enorme nudo en la garganta y no podía tragar.

Albana suspiró.

—Sabíamos que no todos lo conseguiríamos cuando aceptamos partir a liberar los Confines.

—No se merecía morir así —dijo Kyra.

—Ninguno lo merecemos, pero es el riesgo que corremos y aceptamos —dijo Albana.

Ikai las contempló.

—Si algo os sucede a vosotras… —y no pudo continuar pues las lágrimas lo asaltaron.

—Si ha de ser, que así sea —dijo Kyra secándose las lágrimas—. Si muero luchando no derraméis ni una lágrima por mí. Habré muerto por lo que creo y estaré junto a Oxatsi, contenta.

—No digas eso —le regañó Ikai.

—No podemos detener a la muerte, pero sí burlarla —dijo Albana—. Yo me encargaré de que sigamos con vida un poco más, hasta haber acabado con los malditos Áureos.

Lo dijo con tanta convicción que Ikai y Kyra terminaron sonriendo a la morena.

Se pusieron en pie, secaron las lágrimas y se recompusieron.

—Hay que tomar los niveles superiores hasta llegar a la superficie —dijo Albana.

—Habrá muchos Siervos… —dijo Kyra meneando la cabeza.

—Se me ocurre un plan, uno probado y exitoso —dijo Ikai.

Utilizaron la treta de la niebla baja. Despacio, con cuidado, fueron limpiando todos los niveles, uno por uno, hasta llegar a la superficie. Con Kyra y Albana colaborando con su Poder para dar muerte a los Siervos e Ikai creando la niebla, los Ejecutores morían antes de que pudieran darse cuenta de lo que estaba sucediendo. Trabajaron con cuidado, en sigilo y sin arriesgar. Les llevó todo el día. Al anochecer consiguieron alcanzar los jardines de las Mazmorras del Olvido. Respiraron el agradable soplo del viento nocturno y despejaron la zona con la eficiencia de consumados asesinos. Albana se encargó de los Guardias en la puerta y todo se quedó en un silencio de muerte. Escondieron los cadáveres pues en la ciudad habría aún muchos Siervos.

Ikai no podía apartar la vista de Albana. Tenerla de nuevo junto a él, después de tanto tiempo de separación, le llenaba el corazón de una alegría inmensa y al mismo tiempo de preocupación por los peligros a los que se enfrentaban. Era perfectamente consciente de que nadie sabía cuidar de sí mismo mejor que Albana, pero no podía evitar preocuparse cada vez que se enfrentaba a un Siervo.

—Despejado —dijo Kyra que había peinado la zona.

Albana regresó al cabo de un momento.

—La zona está libre de Siervos. Las Mazmorras son nuestras.

—Muy bien, ahora debemos salvar a los desdichados en las cápsulas —dijo Ikai.

—¿No deberíamos liberar la ciudad primero? No vaya a ser que nos encuentren o sospechen que algo anda mal aquí y un millar de Ejecutores se nos echen encima. —dijo Kyra.

—Sólo somos nosotros tres… —dijo Ikai poco convencido.

Albana asintió.

—Salir a las calles y enfrentarnos a los Siervos nosotros tres es demasiado arriesgado. Habrá cientos por la ciudad y si se da la alarma estaremos perdidos.

—No podremos con todos ellos —dijo Ikai que ya buscaba una alternativa en su mente.

—Pero yo sé cómo arreglar este problema —dijo Albana—. Ya lo he hecho antes. Necesitaré un ayudante —dijo, y miró a Ikai con picardía.

—Muy bien, cuenta conmigo —dijo Ikai, que luego se giró hacia su hermana—. Kyra, tú vigila al Erudito. No lo mates, lo necesitamos vivo para salvar a las personas en las cápsulas.

—Y si intenta algo…

Ikai negó con la cabeza.

—No lo mates, lo necesitamos. Por favor.

—Está bien... —dijo Kyra dejando caer los hombros.

Era media noche cuando se produjo un gran estruendo en la plaza central de la capital. Fue tan sonoro que se alzó hacia el firmamento y se expandió por todas las calles de la ciudad. El Gran Monolito de los Dioses había caído. Albana guiñó un ojo a Ikai y le sonrió. La misión de sabotaje y destrucción había sido un éxito.

—Eres fantástica —le dijo Ikai a Albana y la besó.

—Ummm, me gusta. Tendré que planear más misiones secretas para que me beses así —dijo Albana con una gran sonrisa.

—Sabes que te besaré igual haya misión o no.

—Este beso llevaba carga extra de emoción.

—No sé por qué dices esas cosas, yo siempre te beso con el corazón.

—Lo sé, tonto, pero me gusta hacer que te pongas colorado.

Ikai sacudió la cabeza y puso los ojos en blanco.

—Me hace feliz enredarte —le dijo ella, y su sonrisa se volvió pícara.

—Un día me volverás loco —dijo él dando el tema por imposible.

Albana rio y lo besó con todo su ser.

—Te amo.

—Y yo a ti.

—¿Porque destruyo monolitos y beso muy bien?

—Sí, por eso precisamente —dijo Ikai sonriendo—. Venga, volvamos antes de que Kyra pierda la paciencia con el Erudito —le dijo Ikai, y le acarició la mejilla.

De pronto, dos Ejecutores aparecieron en la plaza. Ikai se tensó y Albana desenvainó las dagas. Los Ejecutores pasaron a su lado sin verlos, caminaban sin rumbo, mirando a la luna, perdidos.

—Ha funcionado. Sin el Monolito son inofensivos —dijo Albana.

—Volvamos.

Encontraron a Kyra en el último nivel de las Mazmorras. Tenía una daga en la mano y estaba sentada en el suelo con las piernas cruzadas. Frente a ella tenía al Erudito atado contra el monolito. Kyra tenía su esfera protectora alzada.

—Kyra… —le dijo Ikai.

—Tranquilo, hermanito, estamos jugando a verdad o muerte.

—Me encanta ese juego —dijo Albana.

—¿Qué juego es ese? —dijo Ikai que tenía la clara sensación de que se lo estaban inventando.

—Es un juego sencillo. Yo le hago una pregunta y él responde. Tiene la opción de elegir entre verdad o muerte.

Ikai lanzó una mirada de desconcierto a su hermana.

—¿Y quién decide si ha dicho la verdad o no?

—Yo, por supuesto.

Ikai frunció el ceño.

—Claro. Esto va terminar muy bien. Seguro.

El Erudito abrió los ojos de par en par y su rostro mostró el terror que sentía.

—Creo que no le gusta la idea de estar prisionero en manos de unos esclavos —dijo Albana jugando con una de sus dagas negras.

—¿Te gusta la idea? —preguntó Kyra.

—*No… No* —contestó el Erudito.

—Bien. Ha dicho la verdad. Creo que va entendiendo el juego. Dime. ¿Cómo es que un par de Dioses se han ensuciado las manos viniendo hasta aquí?

El Erudito vaciló.

—*Yo… No debería… es alto secreto.*

—Oh, sí deberías, créeme —le aseguró Kyra.

—*El Príncipe Asu me matará si hablo* —dijo asustado.

—¿Qué crees que voy a hacer yo contigo? —le dijo Kyra—. Y yo estoy aquí y con ganas de sacarte las tripas.

El Áureo se asustó.

—*Está bien… Nos ha enviado el Príncipe Asu en persona…*

Los tres intercambiaron una mirada extrañados.

—¿Por qué? Ya tiene a sus siervos que le hacen sus trabajos sucios.

—*Este es un trabajo de gran importancia… Envió a Lord Beru para que dirigiera la operación personalmente. Y a mí para asegurar que la extracción se realizaba con todas las garantías. Sólo un Erudito con conocimientos avanzados puede manipular el monolito y operar las cápsulas correctamente. Los Siervos no serían capaces, carecen del intelecto necesario* —dijo irguiendo la cabeza.

—No te pongas tieso o te arranco tu "intelecto" —amenazó Kyra y el Erudito se encogió preso del miedo.

—Y hay algo más que no nos cuentas, ¿verdad? —dijo Albana torciendo la cabeza.

—*Yo… bueno… es un rumor…*

—Adelante… —le dijo Albana haciéndole un gesto para que continuara hablando.

—*Se dice… que El Príncipe Asu está haciendo esto a espaldas de su padre el Alto Rey.*

Los tres se miraron de nuevo y esta vez sus miradas eran de preocupación.

—Eso es muy grave… ¿cómo se ha atrevido?

—*El Príncipe tiene sus propios planes…* —dijo el Erudito y se calló al instante como su hubiera cometido un acto de traición.

—Eso es muy interesante —dijo Albana—, mucho.

Ikai intervino.

—¿Cómo sacamos a las personas de las cápsulas sin que pierdan la vida?

El Erudito pensó la respuesta.

—*Yo puedo hacerlo. Puedo sacarlos del estado en que se encuentran y revivirlos. Pero a cambio pido que se respete mi vida.*

Kyra se echó hacia adelante y le puso la daga en el ojo.

—Quieta Kyra —le dijo Ikai.

—No vamos a negociar con este asesino. Ha matado a cientos de personas.

Ikai se agachó junto al Erudito.

—Si los revives y nos ayudas a sacarlos de aquí, te perdonaré la vida.

—Ikai, no —protestó Kyra.

—Pero si nos traicionas y algo les ocurre, dejaré que mi hermana te corte en trocitos.

—Eso ya me gusta más —dijo Kyra.

—*No… no será necesario, os ayudaré… los liberaré. Todos saldrán con vida.*

—Más te vale —le dijo Kyra, e hizo el gesto de degollarlo con la daga.

Desataron al Erudito y lo dejaron trabajar. Albana y Kyra no le perdían de vista un instante. Erudito o no, era un Áureo y eso lo convertía en muy peligroso pero el Dios estaba tan aterrado que ni las miraba. Se concentró en manipular el monolito o "fuente de saber", como él lo llamaba. Le costó mucho tiempo calibrar el objeto y prepara el proceso. No tenían ninguna intención de revivir a los prisioneros y, por lo tanto, el proceso para hacerlo no había sido previsto. Kyra rabiaba y maldecía y Albana tuvo que calmarla. Los Dioses no malgastaban una onza de energía o Poder en algo que no tenían intención de usar y por desgracia aquel no era más que otro ejemplo.

Finalmente, después de horas y horas de trabajo. El Erudito anunció que estaba listo para comenzar el proceso. Ikai se acercó hasta él.

—Por tu bien espero que no fracases. No podré detenerlas si lo haces —dijo señalando a Kyra y Albana.

—*Voy... voy a probar con una única persona primero. Y si es un éxito lo haré con el resto* —dijo acercándose a comprobar la cápsula más cercana a su derecha.

—Me parece una idea sensata —le dijo Ikai.

—Dentro de esa cápsula hay un ser humano. Una persona buena que jamás ha hecho daño a nadie. Más vale que salga con vida —le dijo Kyra.

El Erudito la miró un instante y apartó rápidamente la vista. Albana sonrió al ver sufrir de miedo al Áureo. Le guiñó un ojo a Kyra y ésta asintió. El Erudito activó el proceso. El monolito brilló y en la primera cápsula comenzó el proceso para revivir a la persona en ella. Por fortuna para todos, el experimento fue un éxito y se recuperó. Era una mujer joven, estaba débil y temblaba de frío. La cubrieron con una manta.

—Vamos a necesitar ayuda —dijo Ikai al verla en aquel estado.

—Yo me encargo —dijo Albana, y se marchó.

El Erudito comenzó a revivir al resto de personas en la última planta. Ikai y Kyra los ayudaban a salir de las cápsulas y los atendían. Al cabo de un rato Albana apareció con un centenar de mujeres y hombres ancianos que portaban mantas, agua, y comida.

—He hecho que se corra la voz. Pronto tendremos un millar de personas ayudando —dijo Albana.

—¡Eso es fantástico! —dijo Ikai, cuya admiración por Albana crecía cada día. Aquello que se proponía, siempre lo lograba de una forma o de otra, por muy difícil o ardua que fuera la tarea.

—Vuelvo a la superficie a organizar a la gente —dijo la morena, y desapareció.

Albana se quedó en la superficie formando una cadena humana de ayuda y organizando provisiones y suministros. Antes de darse cuenta tenía más de dos mil voluntarios dispuestos a hacer lo que fuera necesario por ayudar. Ikai se encargó de la organización en el interior, siguiendo de cerca recuperación de los desdichados que liberaban de las cápsulas y asegurándose de que alguien se encargara de ayudar a cada persona. Kyra por su parte vigilaba al Erudito como si fuera su sombra. Les llevó cuatro días con sus noches liberar y evacuar a todas las personas.

Al anochecer del quinto día, Kyra, Albana e Ikai comían algo alrededor de una hoguera de campamento que habían improvisado en mitad de los jardines, sobre las Mazmorras del Destino. Estaban completamente exhaustos y no habían podido más que dejarse caer allí. Ninguno hablaba. Comían de las provisiones que les habían traído y bebían agua fresca de una jarra que una amable anciana les había llevado.

Ikai se dirigió a varios ancianos que merodeaban tratando de servirlos.

—No os preocupéis por nosotros. Aseguraos que todos son atendidos y cobijadlos en las casas de la ciudad. Que descansen y se recuperen antes de emprender camino a sus aldeas.

Los ancianos protestaron, pues querían agradecerles todo lo que habían hecho por ellos, pero Ikai insistió. Finalmente los convenció y marcharon.

—Eres un buen hombre —le dijo Kyra.

—El mejor del mundo —dijo Albana con una sonrisa.

Ikai se ruborizó.

—Es lo más sensato. Nosotros podemos arreglárnoslas.

Albana se arrastró hasta él y le beso la mejilla.

—No te cambiaría por nada.

—Ni yo a ti.

Se besaron como si acabaran de darse cuenta de lo mucho que se amaban.

Kyra torció la cabeza.

—Eh, que no estáis solos. Comportaos —bromeó.

Albana e Ikai la miraron y rieron. Los tres compartieron un momento de cariño y camaradería sentados junto al fuego con la luna brillando en el firmamento y una suave brisa acariciando sus cabellos y rostro. Disfrutaron dejando que sus agotados cuerpos descansaran, olvidando los doloridos cuerpos, como si aquella fuera una noche para disfrutar y olvidar todos los males.

Ikai se quedó dormido con un pedazo de pan en una mano y un trozo de queso curado en la otra. Albana lo cubrió con una manta, le besó la frente y se sentó junto a Kyra.

—¿Qué sabes de Adamis? —le preguntó Albana a Kyra.

—Nada... y estoy preocupada. ¿Tú has sabido algo de él?

—No. Nada. Pero si no se ha comunicado es que no corre peligro. En eso quedamos todos —dijo Albana.

—Sí, pero él aunque esté en peligro no nos avisará. Lo conozco bien. No querrá ponernos en peligro a nosotros por su culpa. Preferirá sacrificarse el muy tonto. Y saber eso me corroe las entrañas.

—Eso le honra. Es muy noble.

—Es un bobo.

Albana sonrió a Kyra y la abrazó.

—Estate tranquila. Está bien. Estoy segura.

—Más le vale estar bien o se va a enterar —dijo Kyra enfurruñada, y lanzó un cacho de pan al fuego.

Las dos amigas se quedaron dormidas la una apoyada en la otra. Estaban todos tan cansados que durmieron hasta bien entrada la mañana. Ni el sol, ni el canto de los pájaros, ni los últimos ancianos abandonando el recinto amurallado los despertaron. Por fin Ikai consiguió despertarse y fue a ver si quedaba alguien dentro por evacuar. No encontró a nadie. Los habían puesto a todos a salvo y sintió un alivio enorme.

Albana fue a registrar los almacenes junto a la entrada a las mazmorras para ver si podía encontrar más comida y mantas que llevar a los liberados. Kyra despertó y se fue a comprobar si el prisionero seguía en su sitio. Lo habían encerrado en el último subnivel bajo la amenaza de despedazarlo si intentaba alcanzar la superficie. Encarcelar a un Áureo era una tarea complicada, pero si lo asustabas lo suficiente no era imposible. Lo encontró junto al monolito, no se había movido un ápice.

Ikai observaba el firmamento azul pensando en cuál sería el siguiente paso que deberían dar ahora que ya habían conseguido liberar todos los Confines cuando Albana salió de un enorme edificio donde había estado inspeccionado.

—Será mejor que vengáis a ver esto —dijo con semblante serio.

Kyra e Ikai se apresuraron a entrar con ella. En la penumbra descubrieron cientos de cajas perfectamente almacenadas, listas para ser transportadas.

—Es un gran almacén… —dijo Ikai

—Tendrán víveres guardados que nos vendrán muy bien —dijo Kyra.

Albana negó con la cabeza. Señaló una caja que había abierto. Kyra e Ikai miraron su interior.

—¡Por Oxatsi! —exclamó Kyra.

—¡Está llena de discos cargados! —dijo Ikai cogiendo uno en su mano y examinándolo.

Albana abrió varias cajas más.

—Todas están llenas —anunció con voz ronca.

—¡No puedo creerlo! —dijo Ikai mirando hacia el fondo del enorme almacén lleno de cajas.

—Si todas esas cajas están llenas… eso son miles de discos —dijo Kyra llevándose las manos al a cabeza.

—Imaginad lo que Asu podría llegar a hacer con esto —les dijo Albana.

—Ese debe ser su plan —dijo Ikai entrecerrando los ojos—. Con todos estos discos podría lanzar una guerra contra todos: hombres y Áureos.

—Si gana nos meterá a todos en cápsulas para exprimirnos la vida y conseguir más discos y nunca más veremos la luz del día —dijo Kyra.

—Sin duda —dijo Albana—. Esta tecnología cambia las cosas por completo.

—¿Crees que se atreverá a una guerra? —preguntó Ikai sin mucha esperanza de obtener una respuesta negativa.

Albana asintió.

—Con los discos será imparable. Sus soldados podrán combatir todo el día y reponer la vida consumida sin temor a acortar su vida. El miedo más grande de un Áureo es envejecer, lo cual les cohíbe a la hora de usar su

Poder en toda su potencia. Con los discos sus soldados saldrán a combatir sin nada que temer, usando todo su Poder. El resto de Áureos no lo harán, no podrán igualar la explosión de Poder con la que serán golpeados y por ello perderán.

—Pero lucharán con todo al ver que los demás también lo hacen —dijo Kyra.

—Para cuando reaccionen será demasiado tarde. Asu y sus tropas golpearán por sorpresa y con todo su Poder. Y podrán hacerlo por tanto tiempo como deseen. Sólo tienen que usar los Discos para no perder vida.

—Entiendo... —dijo Ikai muy preocupado.

—Y lo que es peor... estos discos convierten a Asu en inmortal, vivirá por siempre.

—De eso nada. Tiene los días contados. Le voy a arrancar la cabeza —dijo Kyra levantando el puño.

—Cuenta conmigo —dijo Albana, y le guiñó el ojo.

Ikai se quedó pensativo.

—Necesito al Erudito, quiero hacerle una pregunta...

—Yo me encargo —dijo Kyra, que partió al instante. Regresó con el Áureo al cabo de poco. El dorado de su rostro se había vuelto muy pálido y sus ojos mostraban miedo. Caminaba con la cabeza gacha, arrastrando los pies. Ya no parecía un Dios.

Ikai señaló la caja abierta.

—¿Por qué no nos has contado nada sobre esto?

—*No me habéis preguntado...* —dijo mirando a Kyra—. *He respondido la verdad a todo lo que me habéis preguntado* —se apresuró a añadir.

—¿Hay más discos que estos? —preguntó Ikai.

—*No, estos son todos.*

—¿Cuántos se han enviado ya a Asu?

—*Unas pocas cajas para ser testeadas entre sus leales.*

—¿Quieres decir que estamos ante todos los discos cosechados?

—*Sí. Estos son todos.*

—¿Por qué están aquí y no se han enviado todavía?

—*Se iban a enviar cuando el momento fuera el idóneo. El Príncipe Asu enviará a alguien de confianza a recogerlos. Hay muchos espías fuera y dentro de la Casa y el Príncipe no quiere arriesgar que su secreto sea descubierto.*

—Hasta que esté preparado para atacar, quieres decir —intervino Albana.

—*Así es.*

—¡Eso quiere decir que tenemos su arma secreta! —dijo Kyra cogiendo uno de los discos—. Está en nuestras manos, sin ella no podrá comenzar ninguna guerra.

—Cierto —dijo Albana entrecerrando los ojos—. Tenemos su tesoro. Es nuestro.

Ikai observaba las cajas.

—Los discos... ¿pueden usarse en hombres? ¿Tienen algún beneficio en nosotros?

El Erudito negó con la cabeza.

—*Hemos experimentado con ello pero no tiene efecto en vosotros. Vuestros organismos no son capaces de absorber la esencia de vida.*

—En ese caso no nos sirven para nada —dijo Albana—. Deberíamos destruirlos para que Asu no pueda hacerse con ellos.

—Yo también pienso lo mismo —dijo Kyra.

Ikai asintió.

—Es lo más sensato.

—Que el Erudito haga los honores —dijo Kyra mirándolo con una mueca de rabia.

—*¿Yo? No, mi Príncipe se volverá loco de ira... todo el trabajo realizado... el valor incalculable... no puedo...* —balbuceó.

—Dale fuego al almacén —le dijo Albana mostrándole amenazante sus dagas negras.

El Erudito balbuceó nuevamente.

—*No... eso no...*

Kyra dio un paso hacia él con cara de ir a arrancarle la cabeza. El Erudito, asustado, dio fuego a la primera línea de cajas.

—Así está mejor —dijo Kyra, y arrastró al Erudito fuera del almacén. Albana e Ikai les siguieron. Las llamas prendieron en la parte anterior del edificio y subieron por la fachada hasta el techo. Todos contemplaban al fuego devorar el almacén. El Erudito estaba de rodillas en el suelo, vencido.

—Lo que daría por ver la cara de Asu cuando se entere —dijo Kyra.

—Le dará un ataque de ira —dijo Albana—. Ojalá explote en llamas.

—Hemos conseguido acabar con sus planes —dijo Ikai, y suspiró contemplando el firmamento manchado de humo negro.

Los tres observaron cómo la mitad del almacén se derrumbaba bajo las llamas con estrepitosos crujidos. La alegría era patente en sus rostros cuando las llamas comenzaron a consumir la otra mitad del almacén.

Un poderoso mensaje mental llegó hasta los tres.

—*¿Qué está ocurriendo aquí?*

El Erudito levantó la mirada y la dirigió hacia la entrada en la muralla.

—*¡Lord Campeón!*

En la entrada estaba un Dios Guerrero formidable. Ikai lo reconoció al instante. Era el campeón de Asu. Tras él. una docena de Dioses Guerreros y una veintena de Custodios.

—*¡Traición!* —gritó el Erudito.

Albana lo golpeó en la cabeza con las empuñaduras de sus dagas y el Erudito se cayó al suelo sin sentido. Ikai miró a Kyra y a Albana con aprensión.

—¡Corred!

Los tres echaron a correr hacia la muralla posterior cruzando los jardines como gacelas perseguidas por tigres. Varias jabalinas ígneas les pasaron rozando. Kyra usó su Poder y los cubrió en una neblina pesada. Albana usó el suyo y levantó sus espaldas una barrera oscura. Llegaron hasta la muralla. Kyra e Ikai levitaron y libraron la muralla. Albana usó su Poder y escaló la muralla como una araña.

Lo último que vieron antes de huir fue a todos los Soldados y Custodios luchando contra el fuego para salvar lo que quedaba del almacén y su contenido.

Capítulo 25

Asu contemplaba con ojos rojos de furia las cajas con los discos que contenían la esencia de vida de los esclavos. Las paredes de la cámara del conocimiento de la Casa Real del Fuego en el Segundo Anillo parecían sudar ante la ira del Príncipe.

—¿Esto es todo lo que conseguiste salvar? —le preguntó a Iradu. El Campeón aún estaba recobrándose de las heridas sufridas y se movió con un gesto de dolor.

—Sí, mi señor. Cuando llegamos a recoger los discos el almacén ardía. Es cuanto pudimos rescatar.

—¡No es ni un tercio de lo que Beru había recolectado!

—Lo lamento —dijo el enorme guerrero y bajó la cabeza. Su larga trenza se cayó a un lado.

—¡Por las llamas de mis ancestros que les sacaré las entrañas a esos esclavos entrometidos! Cuéntame otra vez lo que sucedió.

Iradu narró todo lo que sucedió y lo que encontró una vez consiguieron apagar el incendio y salvar parte de las cajas.

—¡No puedo creer que esas cucarachas consiguieran matar a mi primo Beru y liberaran a todos los esclavos en las cápsulas!

—Eran tres, mi señor. Pude reconocerlos. La esclava que Adamis ayudó y su hermano. La tercera, si no me equivoco, es una de las Sombras que Oskas entrenó.

—Albana… —dijo Asu—, y los otros dos son la insolente Kyra y su hermano. Sí, sé quiénes son y pagarán con fuego y sufrimiento. ¡Lo pagarán!

Moltus dejó de accionar el monolito rojizo del conocimiento y se acercó hasta las cajas. Cogió uno de los discos.

—¿Qué haces, viejo chiflado?

—Debo comprobar la pureza de la cosecha, alteza —dijo Moltus—. Si Su Alteza me lo permite... —continuó con una torpe reverencia.

Asu le dejó continuar con un gesto de hastío.

—Traedme la Garra —pidió a uno de sus ayudantes.

Le trajeron el brazalete dorado con el cierre en forma de garra y lo colocó en su muñeca derecha. Soltó una risita de anticipación. Colocó el disco sobre el círculo grabado en el dorso del brazalete. Una vez encajado se oyó un *click* y la garra se cerró sobre la muñeca. Los cinco alfileres de las uñas se clavaron en la carne del viejo Erudito. La parte superior del disco comenzó a girar mientras brillaba. En el brazo comenzaron a aparecer venas negruzcas que se fueron expandiendo por todo su cuerpo.

—¿Y? —preguntó Asu impaciente.

Moltus inhaló profundamente y sonrió con satisfacción. Luego miró a ambos lados como si escuchase algo.

—Las voces me dicen que es una cosecha estupenda. Notan la vida retornar a mi cuerpo.

—¡Tú y tus malditas voces!

Moltus se dobló de miedo.

—Dicen que proporcionarán larga vida a los nuestros.

—No a los nuestros, ¡a mí y los míos! —corrigió Asu.

—Por supuesto, Alteza.

—¿Cuánta esencia de vida tenemos en esas cajas?

—Suficiente para llevar a cabo vuestros planes, mi señor... —dijo Moltus asintiendo varias veces.

—¿Estás seguro, viejo loco?

—Sí, mi señor, las voces dicen que hay suficientes discos.

—Más te vale o te pondré una manzana en la boca y te asaré vivo como a un cerdo.

Moltus se encorvó sobre su cayado con la cabeza gacha.

—Puedo enviar tropas al Confín y capturar a los esclavos huidos —sugirió Iradu.

—No. Eso llevaría demasiado tiempo. Pronto tendremos todos los esclavos que queramos. No sólo los de nuestro Confín sino todos los demás.

—¿La campaña contra los esclavos? —preguntó Iradu.

Asu asintió.

—El Ejército de los Cinco Altos Reyes ha partido ya hacia el gran continente. Pronto los esclavos serán nuestros. Bueno, todos los que sobrevivan —dijo con una sonrisa torcida—. Los meteré a todos en cápsulas y los exprimiré hasta que no quede una gota de vida en ellos. Conseguiremos una producción constante de esencia de vida con la que nos alimentaremos para no envejecer.

Moltus tosió.

—No olvidéis, mi amo, que deben reproducirse para generar más cuerpos hábiles de los cuales continuar extrayendo vida.

Asu lo miró con el ceño fruncido.

—Los criaremos como ganado al que exprimiremos la vida. Vete preparando todos los detalles de la cría y producción en grandes cantidades.

—Por supuesto, mi señor, así el circulo se cerrará y obtendremos un flujo infinito de vida —dijo Moltus con una risita triunfal.

—¡Seremos inmortales! ¡Inmortales! —gritó Asu con tal potencia que las paredes de la cámara apenas pudieron contener su ansia de poder y vida eterna.

—Iradu, ¿está todo listo? —preguntó girándose hacia su Campeón.

—Sí, mi Príncipe, como habéis ordenado.

Lord Erre entró en la cámara.

—Alteza —Saludo Lord Erre con una reverencia.

—Primo —respondió Asu con una sucinta reverencia.

—Las reuniones han sido aceptadas.

—¿Cuándo? —preguntó Asu impaciente.

—Esta noche la primera, mañana por la noche la segunda.

—Muy bien. Es hora de sellar alianzas —dijo Asu, y sus ojos destellaron con el fuego de la ambición desmedida.

Adamis esperaba ansioso el regreso de Sormacus. Necesitaba información y la necesitaba con urgencia. Comenzó a pasear por el sótano del templo donde se ocultaban en el Quinto Anillo y un dolor agudo le atacó el estómago. Por una vez, Adamis recibió el castigo con agrado. Por un momento le hizo olvidar un dolor mucho más profundo y sangrante que hacía días que lo torturaba: el de la muerte de Notaplo. Cada vez que pensaba en el final de su mentor y amigo algo en el interior de Adamis ardía y clamaba venganza a los cielos. Pero cuando el sentimiento de rabia pasaba, era reemplazado por uno de intenso dolor y pena insondable que apenas le dejaba respirar.

Miró al lúgubre techo e inspiró profundamente. «Cuánto lo siento, viejo amigo. Gracias por todo lo que me has enseñado, por todo lo que has hecho por nosotros. Pronto me reuniré contigo y podremos seguir filosofando sobre la vida, los hombres, los Áureos, la Naturaleza y la búsqueda de la vida eterna».

Sormacus llegó y descendió las escaleras de modo apresurado. Por la expresión de su rostro no eran buenas las noticias que traía.

—¿Qué has averiguado? —preguntó Adamis sin rodeos.

—La situación se está volviendo crítica —dijo con voz tomada por la preocupación—. Las Casas han llamado a formar a sus Soldados, a los Sanadores también. Se han cerrado los anillos. Nadie puede entrar ni salir, las fronteras de cada Casa están cerradas. Se ha proclamado el estado marcial. Primero ha sido la Casa del Fuego, a la que ha seguido la casa de Tierra. La casa del Éter y la del Agua no han tenido más remedio que reaccionar e igualar la situación.

—¿Y la Casa del Aire?

—Se mantiene neutral pero también ha puesto a su ejército en alerta y no permite que nadie cruce su anillo.

—¿Tan grave? —dijo Adamis muy preocupado.

—Sí. La guerra parece inminente.

—¿Qué ha precipitado esta situación?

—La liberación de los Confines. Se rumorea que han ido cayendo todos y que sólo la Casa del Fuego mantiene el suyo. Esto la convierte en la más poderosa. El equilibrio de fuerzas se ha roto y los viejos rencores afloran. Los nobles de cada casa buscan ganar posición y ven la posibilidad de doblegar a la Casa contraria. En especial la Casa del Fuego con apoyo de la Casa de Tierra.

Adamis negó con la cabeza y se llevó las manos a la espalda.

—¿Y mi padre?

—Está en una situación comprometida. Ha sido acusado de tratar con la Casa Desterrada, la Casa de Hila.

—Mi padre nunca trataría con esos adoradores de la muerte.

—Vuestro Padre ha acusado formalmente a la casa del Aire del asesinato de su Erudito Primero… lo cual ha empeorado todavía más la situación.

—No creo que haya sido la Casa del Aire. Sin duda ha sido Asu. Aunque no pueda probarlo.

—Por desgracia el cuchillo encontrado en el cuerpo de Notaplo pertenece a la Casa del Aire. Tiene el grabado real.

—Una jugarreta para que mi padre acuse a quién no debe y fuerce a la Casa del Aire a dejar su neutralidad.

—Aliándose con la Casa del Fuego y la de la Tierra… —razonó Sormacus.

—Eso parece. Es una buena jugada. Muy hábil.

—Esperemos que vuestro padre no actúe. Un movimiento en falso en esta situación provocaría una guerra catastrófica.

—Mi padre no actuará sin antes meditarlo y mucho. No creo que caiga en la trampa.

—Esperemos que así sea por el bien de todos. Desgraciadamente me será difícil conseguir más información ahora que los anillos han sido cerrados y el estado marcial impera.

—¿Y tus contactos en los otros anillos?

—Escondidos. Los Soldados están registrando los anillos Casa por Casa, en busca de espías. Están encarcelando a cualquiera mínimamente sospechoso o que tenga contactos con las otras casas. Los accesos a los palacios reales han sido sellados. Nadie puede acceder sin expreso consentimiento de la familia real. Hay controles en muchos puntos de cada anillo. Me temo que no podremos contar con ayuda.

—No te preocupes, lograremos salir de este atolladero —le dijo Adamis pero sin demasiada confianza. De súbito sintió un hormigueo en su cintura. Se llevó la mano al bolsillo de su túnica y encontró la perla hechizada de Ariadne. La sacó y la contempló sobre su palma. La perla vibró. Adamis cerró su mano sobre ella y se concentró.

—*Adamis* —llegó el mensaje mental de Ariadne en un susurro.

—Te escucho, Ariadne. ¿Dónde estás? ¿Estás bien? —respondió él.

—*Estoy bien... de momento al menos. Estoy en el Palacio Real de la Casa del Fuego.*

Adamis usó su Poder para proyectar los mensajes de Ariadne de forma que Sormacus pudiera también oírlos.

—¿Cómo has llegado ahí? Tienes que salir, corres grave peligro. Las Casas están en pie de guerra —dijo Sormacus alarmado.

—Lo sé. Pero no puedo salir. Han sellado el palacio. Estoy atrapada.

—¿Te han descubierto? —preguntó Adamis.

—No. De momento estoy a salvo. Soy invitada de Lord Erre, primo del Príncipe Asu. Siente cierta atracción por mí... Ha estado galanteándome, intentando ganarse mis afectos. Me ha invitado a palacio y ha insistido. No he podido rechazarle, pero ahora no puedo salir. Nadie puede salir.

—Tenemos que sacarte de ahí —dijo Adamis.

—No. Puede que esto juegue en nuestro favor —dijo ella—. Aquí puedo obtener información valiosa y en un momento clave.

—Pero es demasiado peligroso. Estás en la boca del lobo. Si te descubren te matarán —dijo Adamis realmente preocupado.

—Ese riesgo lo corremos siempre.

—¿Has conseguido alguna pieza de información interesante? —preguntó Sormacus.

—Sí. Algo extraño sucede. Lord Erre se ha reunido con Asu y otros nobles de la Casa Real por media mañana. Cuando ha vuelto no he conseguido que me cuente lo que está sucediendo pero estaba muy serio, extremadamente serio. Ha llamado a su guardia y ha ordenado que todos se armen. Algo muy grave ocurre.

—Se preparan para la batalla —dijo Adamis.

—Y hay algo más. Cuando le he preguntado si cenaríamos juntos esta noche, me ha dicho que para su pesar no iba a poder ser, que tenía un quehacer importante que llevar a cabo. Que pasaría a verme a la mañana sin falta.

—¿Un quehacer? ¿Esta noche? —preguntó Adamis muy interesado.

—Sí. No sé dónde, pero puedo intentar averiguarlo.

—Es demasiado peligroso, sospechará algo si indagas —dijo Sormacus.

—No te arriesgues más, Ariadne. Intenta sobrevivir y no te arriesgues —le dijo Adamis.

—Viene alguien —dijo Ariadne, y la comunicación se rompió bruscamente.

Adamis y Sormacus se miraron alarmados. Adamis pensó en utilizar la perla pero la pondría en peligro y desechó la idea, así que la guardó.

—Estará bien —le dijo a Sormacus, pero los dos sabían que las posibilidades de Ariadne de salir de allí con vida eran contadas.

Llegó la noche y Adamis se despidió de Sormacus.

—¿Estás seguro? —le dijo el Hijo de Arutan.

—Sí. Asu va a intentar algo esta noche y necesitamos saber qué es.

—Está bien —dijo Sormacus bajando la cabeza.

—Avisa a los Ancianos de Arutan de lo que ocurre.

—Muy bien, avisaré a nuestros líderes.

—Suerte.

—Igualmente.

Capítulo 26

Idana apoyó su mano en el gran monolito translúcido. La primera vez que lo había hecho le había dado miedo, pero ahora la reconfortaba. Aquel artefacto áureo escondía a los Senoca de los Dioses y aquello le transmitió una sensación de protección. Dio gracias a Oxatsi por la ayuda de Notaplo y Aruma en la construcción del objeto allí, en el corazón del Nuevo-Refugio. La boticaria contemplaba desde el acantilado las embarcaciones pesqueras regresar con la captura del día. Era una imagen que siempre la llenaba de alegría, casi tanto como curar a un enfermo con una de sus boticas. No sólo por lo que representaba simbólicamente: el pueblo del Mar volvía a surcar las aguas de la Madre Oxatsi, sino porque representaba alimento, prosperidad.

Siguió a las embarcaciones con la mirada hasta que entraron en la gran ensenada blanca donde comenzaba el puerto. El Nuevo-Refugio, como los Senocas habían llamado a su nuevo hogar, crecía cada día e Idana se maravillaba contemplando el ritmo acelerado con el que lo hacía. Sobre la costa se alzaban miles de pequeñas casas de pescadores que parecían multiplicarse de una semana a otra. Tierra adentro también las granjas y campos dedicados a la labranza y la ganadería se extendían hacia los bosques a sus espaldas.

Observó el muelle, hacía un año era inestable y relativamente pequeño, y ahora, sin embargo, era robusto y grande y desafiaba a la furia de la Madre Mar. Más de un centenar de personas se afanaban sobre él preparándose para la llegada de los pesqueros. Se volvió hacia las casas de los pescadores a su espalda, cada día algo más grandes, algo mejor cuidadas. Los Senoca trabajaban día y noche por mejorar, por crear un hogar digno donde vivir en libertad y armonía. Y poco a poco, con muchísimo esfuerzo y tesón, lo estaban consiguiendo. Idana suspiró, cuánto amaba aquel lugar y a sus gentes.

—Ya regresan —comentó Oltas, jefe de los guerreros y su guardaespaldas personal.

—¿No deberías estar haciendo algo más importante que seguirme a todos lados? —le dijo Idana, aunque bien conocía la respuesta que recibiría.

—Tú eres ahora nuestra Líder, y debemos protegerte.

Idana suspiró. Detrás de Oltas la media docena de guerreros que la acompañaban a todos lados aguardaban prestos.

—Líder sólo porque los otros no están…

—Líder porque eres uno de los Héroes y porque ellos así lo establecieron antes de partir.

—No dejarás que me libre, ¿verdad?

—Ni ahora, ni nunca. Eres demasiado valiosa para todos nosotros —le dijo Oltas con una sonrisa en su cara poblada de barba negra.

De súbito unos gritos provocaron que todos miraran hacia los bosques. Un chico joven apareció corriendo ladera abajo, agitaba los brazos y gritaba algo que Idana no pudo entender. El muchacho llegó hasta ellos, estaba sin resuello. Jadeando, con su frente bañada en sudor y su rostro poseído por el miedo, intentó hablar.

—Boticaria… ayuda… —consiguió articular.

—¿Qué te ocurre?

—¡Ven conmigo, rápido!

—¿Pero qué ocurre? ¿Un accidente?

—Mi familia, tenemos que ayudarles —dijo él con rostro desencajado por la preocupación mientras tiraba del brazo de Idana.

—Está bien. Llévame hasta ellos —dijo Idana temiéndose un accidente. Los Senoca seguían expandiéndose a los territorios adyacentes y en su afán de construir y mejorar, no medían bien los riesgos y los accidentes eran comunes.

—¿Dónde están? —preguntó Oltas.

—Tras los bosques del oeste, junto al río.

—Muy bien, conozco el lugar. Vamos —dijo Oltas.

El grupo siguió al muchacho que echó a correr hacia los bosques. Llegaron a la carrera a una explanada junto al rio tras cruzar los bosques y lo que se encontraron dejó a Idana sin habla.

—¡Por Oxatsi! —exclamó Oltas, y los guerreros prepararon las armas.

—¿Qué… ha sucedido…? —consiguió mascullar Idana.

—No lo sé. Los encontré así —dijo el muchacho entre lágrimas.

Frente a ellos, de pie, estaban el padre, la madre y las dos hermanas del muchacho. Estaban inmóviles, congeladas en vida, cual estatuas de hielo.

—Están… congelados… —farfulló Oltas sin poder salir de su asombro.

Idana se acercó a ellos y los examinó. En efecto, los habían congelado según estaban. Por sus expresiones y la posición de los cuerpos, ni se habían dado cuenta.

—¿Los salvarás, verdad? —dijo el muchacho en un ruego desesperado.

Idana le sonrió.

—Haré cuanto pueda. Necesitaremos leña para un fuego.

—¡Claro! —el muchacho se volvió y salió corriendo a por ella.

Idana se volvió hacia Oltas.

—¿Fuego? De verdad crees que…

—No. No se puede hacer nada por ellos. Ahora escúchame bien. Es muy importante. Quiero que corras a Nuevo-Refugio y des la alarma. Hazlo en silencio y que todos sigan el procedimiento.

—¿La alarma? ¿En todo el Nuevo-Refugio?

—Sí. Esto no lo ha hecho un hombre. Esto es obra de un Dios.

Oltas abrió los ojos como platos. Miró a la familia congelada viva y finalmente comprendió.

—Se hará como órdenes.

—Una cosa más. Envía rastreadores. Hay un Dios dentro de nuestro Confín.

—¿Nos han encontrado? —dijo Oltas con ojos hundidos y tono de gran preocupación.

—Sí. Eso me temo.

—¿Vienen?

—Vendrán, muy pronto.

—De acuerdo, voy de inmediato. ¿Y qué harás tú?

—Pedir ayuda.

Muy lejos del Nuevo-Refugio, al oeste del continente, Kyra salía del portal y caía al suelo retorciéndose de dolor. Esperó a que el efecto dañino pasara y se puso en pie. Ikai y Albana la observaban. Habían cruzado un momento antes y estaban ya repuestos.

—¿Y ahora? —preguntó Albana.

—Ahora subimos a la cámara superior del templo y de ahí salimos a la superficie. Bueno, a un lago que está sobre el templo. Así que preparaos para un chapuzón —dijo Kyra señalando hacia arriba con su dedo índice.

—Démonos prisa —dijo Ikai—. Si este es el único templo cercano con un Portal puede que los Áureos lo hayan usado también para llegar hasta aquí.

—Y que lo vuelvan a usar —apuntó Albana.

—¿Crees que nos siguen? —preguntó Ikai.

—Les dejamos ocupados con el incendio, pero en cuanto lo tengan bajo control vendrán tras nosotros.

—Entonces salgamos de aquí.

Los tres echaron a correr y poco después alcanzaron la superficie. Tal y como Kyra les había advertido terminaron saliendo a las aguas del lago. Nadaron hasta la orilla y se internaron en un bosque y desaparecieron en él. La noche los encontró lejos del templo. Pararon en un descampado junto a unas grandes rocas entre las cuales corría un riachuelo, bebieron y se derrumbaron a descansar, pues estaban al límite de sus fuerzas. Ikai y Albana se miraban pero eran incapaces de pronunciar palabra. Kyra miraba la luna entre las nubes y los ojos se le cerraban. Los eventos de los últimos días y la huida los había dejado exhaustos. Durmieron hasta el amanecer cuando el canto y revoloteo de los pájaros los despertó.

Kyra tenía la sensación de necesitar una semana más de sueño.

—Voy a darme un baño, lo necesito —le dijo Ikai haciendo un gesto de que olía fatal.

Kyra sonrió. Los tres olían fatal.

—¿Y Albana?

—Ha ido a comprobar que no nos siguen. Volverá pronto.

—Muy bien —dijo Kyra, y se incorporó despacio. Su hermano se alejó un poco buscando una zona más profunda y cuando la encontró, se zambulló en el río de cabeza.

Kyra observó los alrededores. Era un paraje bonito, verde, lleno de vida. . De súbito, la pulsera en su mano derecha comenzó a vibrar. Sorprendida, Kyra la observó entrecerrando los ojos. «La pulsera de comunicación… qué extraño… No puede ser nada bueno. Tenemos prohibido usarlas para comunicarnos a menos que sea algo grave…». Sacó su disco y se preparó para recibir el mensaje. El disco de Poder emitió un destello. Alguien intentaba comunicarse. «Algo va mal. ¿Quién será? ¿Idana?». Su estómago comenzó a revolverse y Kyra maldijo por no poder controlar sus nervios. La pulsera vibró y el disco destelló de nuevo casi simultáneamente. Una silueta empezó a dibujarse ante sus ojos en medio de una bruma gris. No era un mensaje mental, era una manifestación. Ahora estaba realmente nerviosa. La figura terminó de formarse ante sus ojos. Kyra la reconoció y gritó:

—¡Adamis!

—Hola, mi princesa, mi amada —dijo el Príncipe Áureo. Sus ojos brillaban con la intensidad del amor que sentía.

—¡Adamis, qué alegría verte!

—Más me alegro yo de verte bien. ¿Qué le ha pasado a tu pelo?

Kyra se llevó la mano al cabello, a la zona que se había quemado.

—Es una larga historia. Ya te la contaré. ¡No puedo creer que estés frente a mí! ¡No sabes cuánto te he echado de menos! ¡Las ganas que tenía de verte!

—Y yo a ti, mi preciosa.

De repente Kyra se dio cuenta de algo.

—Espera. ¿Estás bien? ¿Qué sucede? ¿Por qué contactas? —dijo Kyra, y una sensación de miedo le apretó el pecho.

—Tranquila. Estoy bien, no me ocurre nada —dijo Adamis, y le hizo un gesto con las manos para calmarla.

—¿Seguro? ¿No me engañas? Pactamos contactar sólo si la situación era realmente peligrosa…

—No te engaño, estoy bien. La situación es peligrosa pero no para mí. Lo es para vosotros, para los Hombres. Por eso he establecido contacto. Para avisaros.

Kyra lo miró a los ojos intentando leer el alma de su amado. Algo no iba bien.

—¿Dónde estás? No estás a salvo recuperándote con Aruma, ¿verdad?

Adamis repitió el gesto para que Kyra se tranquilizara.

—Te lo contaré todo. No dispongo de mucho tiempo, podrían interceptar el mensaje, así que iré a lo esencial. Tienes que prometerme que no te dejarás llevar por tu temperamento. Tenemos muy poco tiempo. Tienes que controlarte. Prométemelo.

—Está bien —asintió Kyra—. Adelante.

Adamis le narró con rapidez y precisión todo lo que había vivido y la información que había descubierto desde que se habían separado. Cuando terminó vio que Kyra hacía un esfuerzo sobrehumano por controlar su enfado.

—¡Estás en la Ciudad Eterna! ¡En la boca del lobo!

—Kyra…

Ella suspiró profundamente, pateó el suelo y consiguió calmarse.

—Cuando estemos juntos me vas a oír.

Adamis sonrió y bajó la cabeza.

—Has de avisar a todos. Los Áureos van a enviar un ejército de Dioses a acabar con los Hombres. Irán Dioses de las cinco Casas. Es una maniobra de los Altos Reyes para ganar tiempo mientras completan su plan.

Kyra asintió.

—Avisaré a todos. No te preocupes.

Adamis sonrió y le lanzó un beso.

—Te amo, mi Príncipe engreído.

—Y yo a ti, mi fierecilla rebelde.

Kyra extendió su mano para tocar a Adamis. Él extendió la suya y sus manos se acercaron hasta casi tocarse.

—Daría cualquier cosa por estar contigo —dijo Kyra.

—Y yo contigo, mi amor.

—Y ahora me dirás que no podemos, que hay cosas más importantes que nuestra felicidad en juego, que debemos sacrificarnos y luchar por el bien de los nuestros.

—Yo no lo he dicho, lo has dicho tú...

—¡Maldita sea! —refunfuñó Kyra arrugando la nariz y poniendo morros.

Adamis esgrimió una enorme y dulce sonrisa. Su bello rostro resplandeció con el dorado Áureo.

—No me sonrías así que pierdo la cabeza.

—Te sonrío con la alegría y el amor que siento por ti. No puedo evitarlo. Cuando estoy contigo soy feliz.

—Y yo contigo. Me llenas el corazón. Quiero abrazarte, tocarte... besarte... —Kyra acercó más la mano y la imagen parpadeó. Su mano traspaso la de Adamis y no pudo más que suspirar profundamente, llena de melancolía y frustración.

—Yo también, no hay nada que desee más que tenerte entre mis brazos. Pero este no es el momento.

Kyra sacudió la cabeza, testaruda.

—Sabes que tengo razón. Nos debemos a la causa por la que luchamos. No podemos dejarnos llevar por el egoísmo por mucho que nos amemos, por mucho que queramos estar juntos.

—Te prefería cuando eras un Príncipe Áureo insoportable. Ahora eres peor que mi hermano.

Adamis rio.

—Lo tomaré como un cumplido.

—Sé que tienes razón pero me gustaría que no fuera así.

—Tenemos que ser fuertes, el final se acerca. Debemos salvar a los nuestros del terrible fin que se avecina.

Kyra se enderezó y miró a Adamis a los ojos.

—No te fallaré.

Adamis la observó un instante.

—Lo sé, fierecilla. Tengo que irme.

—No...

—Pronto estaremos juntos.

—Prométeme que sobrevivirás. Prométeme que estaremos juntos.

Adamis asintió lentamente.

—Te lo prometo.

La imagen de Adamis se volvió borrosa y desapareció por completo dejando a Kyra sumida en la tristeza. Una bandada de aves de plumaje azulado voló sobre su cabeza. Kyra las observó.

—¡Por la libertad! —exclamó.

Un momento después Ikai llegaba hasta ella. Llevaba el pelo mojado y parecía refrescado.

—¿Con quién hablabas? —preguntó extrañado con la frente arrugada.

—Con Adamis. Ha contactado. Tenemos problemas serios.

El rostro de Ikai se ensombreció y se preparó para las malas noticias.

—Vaya novedad —llegó la respuesta sarcástica de Albana apareciendo por el bosque—. El día que tengamos buenas noticias moriremos de la impresión —dijo sonriendo con ironía.

—¿Nos persiguen? —le pregunto Ikai.

Albana negó con la cabeza y llegó hasta ellos.

—¿Qué te ha dicho Adamis? —preguntó Albana.

Kyra les narró todo lo que Adamis le había contado. Al terminar, Albana resopló. Ikai se quedó callado, pensativo, rumiando las implicaciones de lo que su hermana les había transmitido.

De pronto, las pulseras en sus manos derechas comenzaron a vibrar. Kyra miró a Ikai y este le devolvió una mirada de sorpresa.

—Otra comunicación —dijo Kyra.

Ikai sacudió la cabeza, pues sabía que serían más malas noticias. Los dos hermanos sacaron sus discos. Las pulseras vibraron y los discos destellaron. Una forma humana comenzó a tomar forma entre ellos dos. Kyra e Ikai esperaron llenos de ansiedad a que la forma terminara de aparecer. Finalmente, la imagen vibró y terminó de formarse. Idana apareció ante ellos.

—¡Idana! —exclamó Kyra—. ¿Estás bien?

Idana asintió.

—¿Y el Nuevo-Refugio? —preguntó Ikai de inmediato con preocupación.

—Bien de momento. Pero me temo que no por mucho tiempo.

—Si nos has contactado es grave. ¿Qué ocurre? —preguntó Albana.

—Ya vienen —dijo Idana, y los tres comprendieron.

Idana les narró lo que había presenciado. El Nuevo-Refugio estaba en estado de Alerta, todos los Senoca se habían armado y ocultado como habían establecido cuando esta situación llegase.

—Adamis nos ha confirmado que los Áureos enviarán un ejército… —le dijo Kyra.

—¡Oh, no! Tenía la esperanza de que fuera una falsa alarma. Que hubiera otra explicación…

—No, nos han encontrado y pronto atacarán —dijo Ikai.

—Tenemos que prepararnos —dijo Albana.

—Necesitaremos ayuda, toda la que podamos encontrar… —dijo Idana cabizbaja.

—Muy cierto —dijo Ikai—. Es hora de llamar a nuestros amigos, de unir a todos los Hombres y luchar por nuestra supervivencia.

—Iremos a buscarlos —dijo Kyra.

Albana observó la naturaleza a su alrededor.

—Y no sólo a los hombres. Hay que avisar también a Aruma y a los Hijos de Arutan.

—No podemos perder un instante —dijo Ikai a sus tres compañeras—. Partiremos ahora mismo. Nos encontraremos en el Nuevo-Refugio.

—Apresuraos —les rogó Idana con ojos hundidos de preocupación.

—Llevaremos a todos a través de los Portales —dijo Ikai mientras meditaba su viabilidad.

—Será complicado —dijo Albana—. Son muchos y los templos estrechos.

—De otro modo no llegaremos a tiempo. Nos llevaría una eternidad alcanzar el Nuevo-Refugio a pie. El Pueblo de las Tierras Altas y el del Oeste están demasiado lejos, necesitarían meses.

—Tienes razón, hermano. Será difícil organizarlo pero es la única forma.

—Cruzará primero con una avanzadilla —sugirió Ikai— y les enseñará el camino. Luego volveremos al Portal para asegurar que todos cruzan. Es el punto más complicado. Una vez sepan el camino, la avanzadilla guiará al resto.

—Muy bien, lo haremos así — dijo Albana.

—Por Oxatsi, no os entretengáis. Tengo un mal presentimiento —dijo Idana.

Ikai la miró a los ojos.

—Idana, sé que es mucho pedirte…

—Aguantaré hasta que lleguéis —dijo ella asintiendo—. No dejaré que destruyan el Nuevo-Refugio y con él a los Senoca.

—Gracias… sé que odias el conflicto y el derramamiento de sangre…

—Soy la Líder de los Senoca en vuestra ausencia. Cumpliré con mi deber. No os preocupéis.

Kyra sonrió.

—Cada vez eres más fuerte, pronto hasta te gustará liderar.

—De eso nada —dijo Idana negando con la cabeza—, lo aborrezco, las decisiones duras me revuelven el estómago, pero hemos pasado mucho y eso te enseña a hacer de tripas corazón y seguir adelante. Si me veo forzada a tomar decisiones difíciles, las tomaré.

—Bien dicho —le dijo Albana.

—Si los Dioses llegan, entretenlos, que no alcancen el Nuevo-Refugio hasta que lleguemos nosotros o no tendremos oportunidad —le dijo Ikai.

—Entendido. Así lo haré. No fallaré.

—Suerte —le desearon los tres.

Idana les sonrió con su natural dulzura. La imagen se fue desvaneciendo hasta desaparecer.

Un momento después Kyra se despedía de su hermano y Albana.

—Ten mucho cuidado —le dijo Ikai.

—Y tú, hermanito —le dijo ella, y con una sonrisa partió a la carrera.

Ikai suspiró lleno de angustia.

—No le sucederá nada —le dijo Albana—. Es como un torbellino, no podrán detenerla.

Ikai asintió, pero cada vez que se separaba de su hermana sentía que podía ser la última vez que se vieran.

—Hora de despedirnos —le dijo Albana con una sonrisa triste.

Ikai la miró a los ojos negros y sujetándola por la cintura la besó con todo su ser.

—Veo que me echarás de menos —le dijo ella con ojos brillando de pasión y júbilo.

—Ten mucho cuidado. Regresa a mí sana y salva.

—Yo siempre tengo mucho cuidado —dijo Albana con una mueca divertida.

—Sé perfectamente que no es así. Por eso te lo digo. No te arriesgues y vuelve a mí.

Albana sonrió y besó a Ikai con un beso que rebosaba pasión y amor. Sin decir más le guiñó el ojo y corrió hacia los bosques.

Ikai resopló.

—El principio del fin —murmuró, y se puso en marcha.

Capítulo 27

Adamis salió del templo y se ocultó en las penumbras. Tenían una pequeña embarcación escondida no muy lejos en un muelle apartado y se dirigió hacia ella. Tuvo que sortear varias patrullas y no de Custodios sino de Soldados de la Casa del Agua. Sormacus estaba en lo cierto, el ejército patrullaba las calles. Adamis no recordaba haber visto algo así en sus años como Príncipe de la casa del Éter.

De súbito, la perla de Ariadne volvió a vibrar. Adamis la cogió en su palma y se concentró. Un mensaje llegó hasta su mente.

—La Alta Cámara.

—¿Qué ocurre, Ariadne?

—No puedo explicarlo, corro peligro.

—¿Asu?

—Ve a la Alta Cámara, Adamis.

Una voz sonó detrás de Ariadne y llegó hasta Adamis a través de la perla.

—¿Qué haces? ¿Con quién te comunicas?

—Con nadie, Lord Erre. Os confundís.

—Sí, me he confundido. ¡Contigo, zorra!

El sonido de un golpe llegó hasta Adamis.

—¡Ariadne! ¿Estás bien? —preguntó Adamis alarmado.

Sólo le llegó silencio. La comunicación había muerto.

Adamis suspiró. Los riesgos que los Hijos de Arutan corrían eran inmensos. «Gracias, Ariadne. Espero que esta información no te haya costado la vida». Por desgracia, Adamis tenía la horrible sensación de que así era. Intentó sacudírsela de encima, pero no lo consiguió.

Le llevó una eternidad y tuvo grandes dificultades para sortear las patrullas y llegar hasta el epicentro de la Ciudad Eterna, donde el gigantesco monolito que alimentaba de Poder a la ciudad se alzaba a los cielos. Bajo su base estaba la Alta Cámara, el lugar donde los Cinco Altos Reyes se reunían y regían el destino de los Áureos. En medio de una neblina brumosa salió del agua y se acercó al edificio con sumo cuidado, muy atento. Se había visto obligado a abandonar el bote por la imposibilidad de evitar las patrullas en el gran canal mientras avanzaba hacia el monolito central. Había tenido que usar mucho Poder para viajar sobre el agua en medio de la neblina brumosa. En otro tiempo aquello lo hubiera preocupado, pero ya no. Sus días estaban contados, consumir Poder y con ello acortar su vida carecía ya de importancia.

Al acercarse a la base vio que la entrada a la Alta Cámara estaba desierta y las grandes puertas cerradas. Sin embargo, descubrió sombras moviéndose en la parte superior de la cámara, al pie del Gran Monolito. No lo pensó dos veces y usó su Poder para elevarse en medio de la neblina hasta alcanzar el techo de la cámara. Descubrió tres figuras agachadas sobre el techo cristalino. Manipulaban lo que parecían ser dos discos. Adamis se acercó con cuidado a sus espaldas. De pronto una nube libró la luna y los rayos de plata cayeron sobre ellos. Adamis los reconoció y sufrió un escalofrío tremendo. Era Lord Erre, como había imaginado. Pero con lo que no contaba era con que estuviera acompañando a Asu y uno de sus espías, una de sus Sombras, como lo fue Albana, probablemente el sustituto del difunto Oskas.

Adamis reaccionó. No podía moverse o lo verían. Sacó el anillo de Aruma y se lo colocó un momento antes de que la Sombra se volviera en su dirección, como si supiera que estaba ahí espiándolos, como si lo presintiera. Los ojos del espía barrieron la posición de Adamis pero no encontraron nada más que una bruma disipándose. El Anillo Camaleón lo protegió aunque si Asu miraba, estaría perdido, no engañaría al Príncipe del Fuego, era demasiado poderoso. Adamis se pegó al suelo cristalino sin apartar sus ojos de las espaldas de sus enemigos.

—Ayúdame —le dijo Asu a Erre.

El noble se dio la vuelta y siguió la orden de su señor.

—Activa el disco inhibidor para que podamos oír lo que dicen.

—No creo que funcione… —dijo Lord Erre.

—Ese loco Erudito de Moltus dice que funcionará.

—Mayor razón… —dijo Lord Erre.

—Actívalo y veremos, a veces ese chiflado consigue lo que se propone.

Erre así lo hizo y por un momento nada sucedió. Luego una voz llegó hasta Adamis, una voz que conocía muy bien, la de su padre. Instintivamente miró en todas direcciones buscando la procedencia y entonces los vio. Abajo, en el interior de la Alta Cámara, los Cinco Altos

Reyes formaban un círculo. No vestían atuendos de gala, ni llevaban corona, iban armados y vestían armadura real. Los medallones elementales brillaban en sus cuellos. Se miraban en silencio y una terrible tensión iba cargando la atmósfera en el interior. Adamis se dio cuenta de que aquel no era un encuentro amistoso.

—Esto ha ido demasiado lejos —oyó decir a su padre con tono de enorme enojo.

Cómo podía oír a su padre cuando con total seguridad la conversación estaba siendo bloqueada y estaba dirigida únicamente a los cinco Altos Reyes no lo sabía, pero seguro que tenía que ver con el disco y Moltus. «Moltus... el Erudito que me traicionó. Creí que había muerto, pero está con Asu». Había desertado a las filas del enemigo. ¡La muy sabandija! Muy digno de él. Que Asu contara en sus filas con la mente de Moltus eran muy malas noticias. El Erudito era una serpiente venenosa y estaba medio loco, pero era brillante, muy brillante. A saber qué tecnologías habría desarrollado para su enemigo. «Los problemas no paran de crecer a cada paso que doy». Adamis sufrió un espasmo y aguantó una exclamación de dolor. La Sombra se volvió como si se hubiera percatado.

—Quieto, esto es muy importante —le dijo Asu a su espía.

La Sombra echó una mirada con ojos entrecerrados y ceño fruncido y volvió a contemplar lo que abajo sucedía.

Adamis suspiró. «¡Por qué poco!». Se centró en observar lo que sucedía abajo mientras las voces le llegaban desde el disco. Aquella reunión clandestina lo tenía completamente perplejo. ¿Qué hacían los Cinco Altos Reyes reuniéndose en secreto y a puerta cerrada? ¿Buscaban poner fin al escalado de las tensiones? «Quizás la reunión acabe con la posible guerra» pensó esperanzado. Sin embargo, la voz de su padre le sacó de su error.

—¿Es que has perdido la razón? ¿Cómo te atreves a asesinar a mi Erudito? —acusó Laino, Señor del Éter a Kaitze, Señor del Aire. Según amenazaba, a la espalda del Señor del Éter se formó una neblina que se elevó varias varas sobre su cuerpo, tomando la forma de un enorme espíritu de aspecto horripilante. Tal era el Poder del Alto Rey que el espíritu parecía un gigante guardaespaldas salido del mundo de los espectros. Adamis no había visto a su padre tan enfadado en mucho tiempo.

—Yo no he mandado asesinar a tu Erudito. Alguien está intentando culpar a mi Casa —se defendió el señor del Aire y, en respuesta a la amenaza, a su espalda y sobre su cabeza, se formaron unas nubes negras que se alzaron hacia el techo amenazando con una tormenta poderosa. Un rayo zigzagueó en su interior.

—Si no has sido tú, ¿quién? —dijo el Señor del Éter mirando al resto de Altos Reyes.

—Lo más probable es que haya sido él —dijo Kaitze señalando acusador a Gar, Señor del Fuego. Este se irguió y alzó la barbilla, provocador.

—Para acusar deberías tener pruebas —dijo el Señor del Fuego, y a su espalda se fue creando una enorme llama en forma de columna ígnea que se elevaba hacia el techo mientras consumía el aire a su alrededor desprendiendo un humo negro.

—¿Quién ha sido entonces? No toleraré que semejante ataque a mi Casa quede impune —dijo Laino.

Ninguno respondió. Todos se observaban altivos, poderosos, desafiantes. Sus ojos estaban cargados de poder y fuerza. Ninguno reconocería debilidad alguna.

—¿Nadie lo admite?

—Quizás se ha hecho sin expreso consentimiento... —dijo Lur, Señor de la Tierra.

—¿Uno de los nobles? ¿Un Príncipe heredero, quizás? —dijo Edan, Señor del Agua.

De nuevo se hizo el silencio. Más tenso esta vez. Ninguno reconocería no controlar su Casa.

—Tal y como están escalando las hostilidades, queda claro que no podéis controlar a vuestros herederos y a los nobles de vuestras casas —dijo el Señor del Éter.

—No eres tú quién para hablar de herederos fuera de control precisamente —dijo Gar en clara alusión a Adamis.

Laino clavó sus ojos en los de Gar. Adamis pensó que allí acabaría todo. Su padre estaba a punto de atacar al Señor del Fuego. Lur y Edan se tensaron también.

—Estamos al borde de una guerra por esto mismo —dijo Kaitze intentando calmar la situación.

—¡Que mida sus palabras! ¡Yo Soy Alto Rey del Fuego y controlo mi Casa!

—¿Estás seguro de eso? No es lo que mis espías me comunican —dijo el señor del Agua.

—¡Cómo te atreves! —exclamó Gar, y la llama se inclinó hacia Edan como si fuera un ser vivo, dispuesta a atacar. De inmediato a la espalda del Señor del Agua se formó una enorme catarata con fuertes aguas que parecían descender de los cielos.

—¡Quietos todos! —dijo Kaitze—. Los herederos de las Casas Reales y los Nobles están fuera de control. Van a propiciar una guerra si seguimos así. Ven que el rival está debilitado, quieren aprovechar la ventaja y no esperarán a nuestra aprobación mucho más. Nos ven indecisos ante los acontecimientos y eso no podemos permitirlo.

Hubo un momento de tremenda tensión. Finalmente, los Cinco parecieron recapacitar y calmarse.

—En cuanto a tu Erudito —continuó Kaitze dirigiéndose a Laino—, ninguno de nosotros ha ordenado su muerte. No es la satisfacción que buscas, pero tendrá que ser suficiente.

Laino observó a los otros cuatro reyes, los estudió, y finalmente asintió.

—Lo acepto, pero sólo porque toda esta situación pone el Gran Proyecto en peligro.

—Muy cierto —dijo Edan.

—Lo primordial para nosotros cinco es culminar el Gran Proyecto —dijo Laino —. ¿Estáis de acuerdo? ¿O habéis olvidado todo lo que hemos trabajado para sacar adelante esta gran obra?

Los cinco intercambiaron miradas de desconfianza que se convirtieron en unas de conformidad.

—Llevamos mucho tiempo trabajando en este plan en secreto, no podemos echarlo todo a perder ahora cuando estamos tan cerca de conseguirlo, sentémonos y asegurémonos de que reine la cordura —dijo Kaitze.

Los cinco ocuparon sus tronos. Adamis no sabía a qué se refería su padre con el Gran Proyecto y aquel desconocimiento, el hecho de que hubiera guardado aquel secreto incluso a su hijo, lo hirió. Respiró profundamente y continuó observando atento. Necesitaba entender qué era aquel secreto que los cinco Altos Reyes guardaban, incluso de sus propios hijos.

—¿Cómo avanza el plan? —preguntó Kaitze.

—Mi templo funerario en el gran continente está listo —dijo el señor del Agua.

—Y el mío —dijo el señor del Fuego.

El resto de los Altos Reyes asintieron también.

—Excelente. Mi templo ha sido completado también. Ya tenemos la primera parte del Gran Proyecto completada. Es hora de comenzar con los preparativos finales. ¿Estamos todos de acuerdo?

Todos asintieron.

Laino, Señor del Éter usó su poder y llamó:

—Que se presenten los Sacerdotes Guardianes.

De detrás del monolito aparecieron siete figuras vistiendo túnicas blancas con capuchas que impedían verles los rostros. Las túnicas llevaban bordados de oro y cada uno de ellos llevaba un cayado de Poder en una mano y un tomo dorado en la otra. Adamis los observó con ojos como platos. Nunca había visto algo igual. Sin embargo, no tenía duda de que eran Áureos. Adamis cada vez entendía menos lo que allí estaba sucediendo y aquello lo intranquilizó. ¿Cuál era el Secreto que guardaban los Altos

Reyes? ¿Quiénes eran aquellos extraños Sacerdotes? ¿Qué era el Gran Proyecto?

Los Sacerdotes Guardianes se presentaron ante los cinco y se quedaron de rodillas con las cabezas gachas.

—Cinco Guardianes para vigilar los templos y nuestro descanso eterno —dijo el Señor del Éter, e hizo un gesto con la mano.

Cinco de los Sacerdotes se levantaron y dieron un paso adelante. Cada uno se situó frente a uno de los Altos Reyes.

—¿Lo habéis traído? —preguntó Laino.

—Lo hemos traído, a gran coste —dijo Gar, Señor del Fuego.

Los Sacerdotes se acercaron a sus señores y cada Alto Rey entregó a su Sacerdote Eterno un disco de enormes proporciones con una descomunal pepita dorada en su interior. Eran tan grandes que Adamis se quedó totalmente perplejo. El Poder en ellos almacenado debía ser enorme. ¿Para qué necesitaban tanto poder aquellos Sacerdotes?

—Muy bien. Ya sabéis vuestra misión.

—Proteger el descanso eterno de nuestros señores —dijeron los Sacerdotes al unísono.

—¿Hasta cuándo?

—Hasta el día del regreso —dijeron de nuevo al unísono.

El Señor del Éter les hizo una seña.

—Viajad a los templos y disponedlo todo.

—Se hará la voluntad de los Cinco —dijeron de nuevo al unísono, y se retiraron.

Adamis, que cada vez estaba más desconcertado, observaba a los dos Sacerdotes que quedaban. Ambos llevaban un libro de grandes dimensiones en brazos. Uno era de tapas doradas y el otro de tapas plateadas.

—Que se adelante el Sacerdote Guardián del Libro del Sol.

Así lo hizo el Sacerdote y arrodillándose presentó el libro.

—Que se adelante el Sacerdote Guardián del Libro de la Luna.

El Sacerdote se arrodilló presentando el gran tomo.

Los Cinco se levantaron de sus tronos, se acercaron hasta los Sacerdotes y pusieron sus manos sobre los tomos: la derecha sobre uno y la izquierda sobre el otro. Se concentraron y usaron su Poder. Una amalgama de destellos de diferentes tonalidades surgió de sus manos. Por un largo momento el Poder de los Cinco imbuyó el tomo de la Luna y el tomo del Sol. Adamis sabía que los estaban encantando como se hacía antiguamente, pero los Áureos ya no utilizaban aquella vieja técnica. «Todo esto es muy extraño» pensó intentando razonar qué estaba sucediendo allí.

—Marchad y preservad los tomos como habéis sido instruidos.

Los dos Sacerdotes hicieron una solemne reverencia y se marcharon en silencio llevándose los tomos.

Laino hizo un último llamamiento:

—Que se presente el Sacerdote Guardián del Medallón de las Sombras.

Como si surgiera de la propia penumbra, apareció un Sacerdote con un gran medallón al cuello. La joya era casi tan grande como los Medallones Reales que portaban los Altos Reyes a su cuello. Presentó el medallón a los Altos Reyes y estos repitieron el proceso. Una gran cantidad de Poder paso al medallón. Adamis miraba perplejo. Los Altos Reyes no podían permitirse semejante derroche de Poder pues apenas les quedaba vida en sus marchitos cuerpos. Aquellos encantamientos tan poderosos consumirían la poca vida que les restaba y no vivirían para completar el ciclo. El Sacerdote cogió el medallón encantado y se lo llevó.

—Está hecho —dijo Gar con cara y tono oscos, como si no estuviera muy convencido—. ¿Y ahora? —dijo de mala gana.

—Ahora debéis pensar seriamente qué es lo que preferís, la gloria inmediata o la inmortalidad.

—¿A qué te refieres? —dijo Gar, y el resto se unieron a la pregunta con sus miradas al Señor del Éter.

—El equilibrio entre las Casas está roto, es algo que todos sabemos. La liberación de los Confines lo ha propiciado. La guerra está a punto de estallar, pues hay Casas más poderosas que otras en estos momentos. Si lo hace, habrá gloria para los vencedores, cierto. Pero perderán la posibilidad de alcanzar la inmortalidad. Para alcanzar la inmortalidad tenemos que completar el Gran Proyecto y si hay una guerra no podrá terminarse.

—Tú estás muy seguro de que conseguiremos la inmortalidad —dijo Gar—, pero algunos no lo estamos tanto.

—La Cámara Eterna funciona, lo sabéis tan bien como yo. Tenemos varios especímenes de cada Casa hibernados. Funcionará.

—Eres muy optimista, pero yo tengo mis dudas. Muchas cosas pueden salir mal —dijo Gar.

—Eso es cierto —dijo Lur, Señor de la Tierra.

—Sin riesgo no puede haber victoria —dijo Edan, Señor del Agua.

—Tenemos los Templos Funerarios, tenemos los Guardianes y tenemos la Cámara Eterna. Sólo necesitamos ser despertados cuando así lo decidamos.

—Esa es la parte que no me convence —dijo Gar.

—A nosotros cinco se nos acaba el tiempo —dijo Laino—. No veremos un nuevo ciclo. Nuestro Poder se agota y nuestro cuerpo con él. Podemos hibernar y recuperarnos, la Cámara Eterna lo ha demostrado. Todos habéis estado en la Cámara y la habéis probado, sabéis que funciona. Podemos volver dentro de un milenio rejuvenecidos, con algo del Poder que se nos agota. Si nos quedamos y luchamos entre nosotros, moriremos. Da igual qué Casa logre la victoria tras la guerra. Nosotros cinco moriremos consumidos.

Edan asintió. Gar bajó la vista.

—Alguien tiene que despertarnos dentro de mil años —dijo Lur, señor de la Tierra—. ¿Y si deciden no hacerlo? ¿Y si somos traicionados? El riesgo es enorme.

—Hemos conseguido que funcione después de tanto esfuerzo, tiempo y secretos. Ahora que ya estamos listos, ¿es eso lo que os preocupa? —preguntó Laino.

—No quiero hibernar y no poder regresar —dijo Gar—. Ni yo, ni ellos.

Laino asintió pesadamente.

—Nos despertarán. Ha sido arreglado.

—Sí, pero tu sistema nunca me ha convencido.

—Es el más seguro. Si cuentas a alguien de tu Casa lo que estamos haciendo, ¿crees que te despertarán dentro de mil años? ¿O crees que te traicionarán y te dejarán morir? ¿Qué es más probable?

Gar negó con la cabeza.

—El riesgo de traición es demasiado alto. Todos los nobles buscan ser Rey. No, no podemos arriesgarnos a compartir este secreto con nadie de nuestras familias.

—Entonces mi sistema es el más idóneo —aseguró Laino.

Gar protestó entre dientes.

—Está bien. Seguiremos tu sistema. Nadie compartirá esto con sus Casas.

Todos asintieron y acordaron hacerlo así.

—Una última cosa —dijo el señor del Agua—. ¿Qué hacemos para evitar que los nobles de nuestras casas empiecen una guerra?

—Los distraeremos —dijo Laino.

—¿Cómo?

—Dándoles la guerra que buscan.

—¿Contra?

—Contra los hombres —sentenció Laino.

Adamis sintió un miedo terrible por Kyra y el resto. Todo lo que su mente podía pensar ahora era que debía avisarla, tenía que protegerla. Los Cinco Altos Reyes abandonaron la cámara por un pasadizo secreto. Adamis intentó serenarse y pensar en lo que había presenciado y las consecuencias. Su padre había ideado un plan para hibernarse y regresar con Poder regenerado e iba a lanzar una guerra contra los hombres.

La voz llena de furia de Asu llegó hasta Adamis.

—Esos malditos vetustos insidiosos pagarán esta traición con sus vidas.

—Mi señor… —le dijo Erre intentando calmarlo.

—Así que quieren reinar por siempre, ¿eh? Hibernarse y volver repuestos. Y no han revelado a nadie que tienen la tecnología para hacerlo. Sucios tramposos... Nadie va a robarme lo que es mío por derecho propio. Yo soy el futuro, mi padre es el pasado. Lo enviaré a su Templo Funerario para no volver. ¡Lo enterraré en vida! ¡Nadie me traiciona a mí! ¡Nadie me engaña!

—Calmaos, mi Príncipe.

—Yo seré Alto Rey, ese es mi destino y seré el único Alto Rey. Las Cinco Casas serán mías. Mi querido padre puede seguir con sus secretos. Pero está senil si cree que voy a permitir que hiberne y vuelva para quitarme mi corona. ¡Yo reinaré, no él!

—Mi señor, eso es alta traición, controlaos —le advirtió Lord Erre.

—No te preocupes por esos viejos decrépitos. Su tiempo ha pasado. Ha llegado el mío. —hizo un gesto y los tres abandonaron el lugar rápidamente.

Si lo que Adamis había presenciado lo había dejado helado, las palabras de Asu lo habían petrificado. «El fin se acerca».

Capítulo 28

Idana observaba el Confín encaramada a la copa de un árbol el borde del bosque. La bruma matinal que cubría la llanura y la separaba de la barrera comenzaba a desaparecer. La boticaria estaba tan tensa que casi rompe la rama a la que sujetaba.

—Al norte —le indicó Oltas en la rama de abajo.

—¿Seguro? —preguntó Idana a su Jefe Guerrero.

—Eso informaron los vigías. Deberían llegar pronto.

La bruma desapareció y con su despedida llegó la mayor de las desesperanzas. Cruzando el Confín que hasta entonces les había servido de protección, apareció una inmensa hilera de soldados. El corazón de Idana se encogió; no eran soldados cualesquiera, no, eran Dioses.

—¡Por Oxatsi! —exclamó Idana sin poder evitarlo y llena de miedo.

Avanzaban en formación con paso militar. Más de un millar de descomunales Dioses-Guerrero en armadura de guerra avanzaban hacia ellos formando una línea perfecta. Iban armados con lanza en una mano y un enorme guantelete metálico en la otra. Eran tan inmensos y pisaban la hierba con tal poder, que Idana supo que nada podrían hacer para detenerlos. Tras la primera línea pareció una segunda, a esta siguió otra, y a esa, otra y otra más. Idana tragó saliva. Estaban perdidos. Los iban a aniquilar.

—Los Dioses Áureos envían un verdadero ejército… —dijo Oltas con voz temblorosa.

—Un ejército de Dioses-Guerrero… —dijo Idana con la boca abierta en un gesto torcido por la horrible sorpresa.

Tras los soldados aparecieron otros Dioses en carretas doradas tiradas por bellos corceles. Formaban cinco rectángulos compuestos de medio centenar de dioses en cada uno. Vestían elegantes armaduras de gala sobre esbeltos cuerpos y acicalados rostros dorados.

—Cinco grupos de carros... cinco Casas... —dijo Idana intentando poner sentido al insólito grupo—. No se mezclan ni cuando se unen contra un enemigo común...

Al darse cuenta de que ellos eran el enemigo común de los Dioses, Idana sintió tal arrebato de miedo que estuvo a punto de caerse del árbol.

—¿Los oficiales de cada Casa?

Idana negó varias veces.

—Peor, mucho peor. Son Dioses-Lores, nobles de gran poder con unas habilidades devastadoras. Las Casas envían a nobles a dirigir a sus soldados. Eso sólo puede significar que no van a permitir que nada pueda torcerse. Vienen a destruirnos y quieren a asegurarse de ello —Idana resopló.

Los Dioses-Lores irradiaban tal invencibilidad que parecían intocables. Pensó en Asu, y en todo el poder maligno que podía desatar. Sus nobles no le andarían lejos en poder destructor y se estremeció.

—¿Qué piensas? —le preguntó Oltas al verla perdida en pensamientos con el rostro desencajado por el miedo.

—Que Igrali nos tenga en su gloria. Vamos a morir todos —dijo Idana que negaba con la cabeza con los ojos desorbitados ante el terrible ejército que se aproximaba.

—Avanzan sin exploradores, sin cubrir sus flancos ni vigilar su retaguardia. No les preocupa.

—No lo necesitan. No temen a nada. ¿Quién va a cometer la locura de enfrentarse a ellos?

—Cierto...

—¿Cuánto calculas que tardarán en llegar al Nuevo-Refugio?

—No avanzan muy rápido, van a pie. Si descansan las noches tardarán sobre cinco días.

—Cinco días... —dijo Idana desolada.

—Debemos irnos. Ya hemos visto suficiente.

Idana asintió y bajaron del árbol, donde una treintena de vigías y exploradores Senoca los esperaba.

—Vigilad el avance e informad. No dejéis que os capturen —les ordenó Oltas.

Los vigías asintieron y se internaron en el bosque para desaparecer entre la espesura. Idana y Oltas cruzaron el bosque a la carrera hasta el final, donde los esperaban con caballos, montaron y galoparon.

—Hay que ganar tiempo —le dijo Idana a Oltas mientras se pegaba al cuello de su montura.

—Para dirigirse al Nuevo-Refugio tendrán que cruzar los bosques.

Idana negó con la cabeza.

—Los nobles no los cruzarán, es demasiado arduo, buscarán bordearlos.

—Por el paso del este… —dijo Oltas.

—Sí, entre los dos grandes bosques.

Oltas asintió.

—¿Vas a hacerlo?

Idana tragó saliva y suspiró largamente.

—No tengo otra opción, debo hacerlo. Por nuestro pueblo.

—No atenderán a razones.

—Aun así, debo intentarlo. No me perdonaría no intentarlo.

—Estamos contigo y estamos preparados. Todos saben lo que viene. Hace años que lo sabemos.

—Son unos valientes.

—Somos los Senoca, el Pueblo del Mar. Somos libres. Moriremos libres.

Azuzaron las monturas y se dirigieron raudos hacia los suyos.

Al amanecer del segundo día, el ejército de Dioses comenzó a cruzar el paso entre los bosques del este. Avanzaban como lo que eran: Dioses, como si todo cuanto los rodeaba les perteneciese, como si nada ni nadie pudiera detenerlos. Y así era. Pero los Senocas llevaban tiempo preparándose para este momento, pues sabían que llegaría, y aunque el miedo intentaba devorar sus corazones valientes se negaban a huir corriendo. Si habían de morir morirían, pero no entregarían la libertad que tanto les había costado conseguir sin luchar.

El paso entre los bosques era estrecho y los Dioses-Guerrero avanzaban por ella formando una línea de a cuatro. Los cuerpos de aquellos seres eran tan descomunales que con cuatro individuos ya llenaban todo el ancho del paso. A medio camino, en la zona más estrecha y rodeados de los bosques más tupidos, los Dioses se detuvieron. Medio centenar de árboles habían sido derribados cortando el paso. Tras ellos esperaba Idana, con Oltas a su lado y un centenar de guerreros.

Las líneas de Dioses-Guerrero se abrieron y dos Dioses-Lores aparecieron situándose al frente de sus soldados. El primero vestía en colores rojos y el segundo en tonos blancos. Observaron lo que sucedía y luego pareció que conferenciaban, aunque no emitieron una palabra. Miraron a Idana y el grupo con ella.

—*¿Quién es vuestro Líder? Que se presente* —llegó el mensaje mental.

A Idana le temblaron las piernas, pero se rehízo y dando un paso al frente contestó.

—Yo soy la líder —dijo.

—*¿Sabes quiénes somos?*

—Sí, lo sé. Mi nombre es Idana. He estado en la Ciudad Eterna.

—*Tú eres uno de los que escapó... En ese caso, esclava, sabes bien lo que tienes que hacer. Arrodíllate ante tus Dioses y quizás vivas un día más.*

Idana respiró profundamente. Más de un centenar de pasos y una enorme barricada de grandes troncos los separaban de aquellos seres sin alma, pero sabía que no la salvarían de su ira. Aun así, se pronunció.

—Esta es la tierra de los Senoca y es tierra libre. Aquí los hombres viven en libertad y no se arrodillan ante nadie —contestó, y su voz sonó fría, segura, lo cual la sorprendió pues estaba muerta de miedo.

—*¡Cómo te atreves! ¡Arrodíllate, esclava!* —dijo el Áureo fuera de sí, incrédulo por la insolencia de aquella esclava.

—¿Qué queréis? ¿A qué habéis venido? —contestó Idana levantando la barbilla y apretando el estómago para que las piernas no le temblaran.

—*Hemos venido a enseñaros una lección, esclava* —dijo el otro Dios-Lord con frialdad.

—¿Qué lección es esa?

—*Aquel que se opone a nuestros designios, muere* —dijo con tono helado.

—No deseamos que haya derramamiento de sangre. ¿No podemos llegar a un entendimiento? —intentó negociar Idana tratando de evitar la muerte de miles.

Los dos Dioses se miraron y rieron altivos y desdeñosos.

—*No habrá entendimiento. Habéis desobedecido y ahora sufriréis el castigo. Traemos muerte y destrucción. Un castigo ejemplar enseñará a todos lo que ocurre a quien desobedece a sus Dioses.*

Idana suspiró.

—No tenéis derecho. No volveremos a ser esclavos. Lucharemos y si hemos de morir, moriremos.

—*Por supuesto que moriréis.*

Idana asintió a Oltas. El Jefe Guerrero levantó la mano y la giró. Comenzaron a retirarse hacia el bosque seguidos del centenar de sus hombres.

—*Esclava* —dijo el Dios en colores rojos—. *No pensarás que vamos a perdonar tu insolencia...*

La boticaria supo lo que iba a ocurrir. El Dios levantó un dedo y murmuró algo. Se produjo un destello rojizo en su mano y, de pronto, una bola de fuego se formó frente al Áureo. Con un gesto la dirigió hacia el grupo de hombres.

—¡Cuidado! —gritó Oltas, y empujó a Idana hacia al interior del bosque.

La bola de fuego trazó un arco pasando sobre la barricada de troncos y explotó sobre el grupo con grandes llamaradas. Idana salió despedida y se golpeó contra un árbol. En medio de un mareo y dolores terribles vio a Oltas y a la mayoría de sus hombres morir calcinados entre las llamas.

—Desalmados... —balbuceó, y se quedó tendida incapaz de moverse.

El Áureo envió una segunda bola de fuego y acabó con los que quedaban en pie. Los dos Áureos rieron satisfechos mientras los hombres ardían. El Áureo en blanco se concentró y levantando los brazos creó una fuerte corriente de viento, como si fuera una creación viva, y la envió hacia los árboles de la barricada. La mitad salieron volando. El Áureo fue a despejar el resto cuando se oyó un silbido prolongado proveniente de ambos lados del camino. Parecía como si los bosques silbaran una melodía de muerte.

Los dos Áureos se giraron hacia los bosques. Miles de saetas surgieron del bosque al este dirigidas contra la columna de Áureos. Un instante después, del oeste, surgieron también, miles de saetas hacia los Dioses. Los Áureos se defendieron del ataque levantando esferas protectoras y activando los escudos en sus guanteletes. El Dios de la Casa de Fuego consiguió levantar la esfera protectora un instante antes de que medio centenar de saetas lo alcanzaran. Se giró y descubrió al Dios de la Casa del Aire dando un paso atrás. Se trastabilló y cayó al suelo, no le había dado tiempo a defenderse. Tenía el cuerpo lleno de saetas, de pecho a cabeza. La armadura había aguantado pero las saetas en la cara lo habían matado.

—¡No! ¡No puede ser! —gritó lleno de furia e incredulidad.

Los hombres habían matado a un Áureo. A un noble. ¡Algo impensable! Observó a los Guerreros. Muchos de ellos habían sido alcanzados, la mayoría heridos, pero también habían sufrido bajas.

—¡Malditas sabandijas traicioneras! —gritó.

Y en respuesta al grito el silbido letal se repitió. Miles de saetas llovieron sobre el ejército de Áureo, pero esta vez estaban preparados. Se protegieron del ataque con muy pocas bajas.

—¡Atacad los bosques! —ordenó el Áureo.

Los Dioses-Guerrero se dividieron en dos frentes y entraron como una estampida furiosa en los bosques a ambos lados del sendero. Escondidos entre la maleza, miles de Senoca enviaron una última oleada de flechas contra la carga de los Dioses. Estos respondieron enviando lanzas y proyectiles de fuego, hielo y piedra que hicieron estragos entre los valientes esclavos. Un momento después eran alcanzados por la carga de los Dioses-Guerrero que comenzaban a darles muerte sin piedad usando su Poder y la destreza con sus armas elementales.

Idana consiguió llevarse el cuerno a la boca y con sus últimas fuerzas llamó a retirada. El cuerno sonó tres veces.

—Huid... —murmuró ya sin fuerza alguna en un mar de dolor.

Y perdió el sentido.

Los Senoca se dieron a la fuga internándose en los bosques como ciervos perseguidos por depredadores, poniendo distancia entre ellos y sus perseguidores. Extrañamente, los Dioses-Guerrero no los persiguieron, se replegaron de vuelta al sendero donde esperaban los Dioses-Lores. Los Senoca corrían por sus vidas sin mirar atrás intentado cruzar los bosques y ponerse a salvo en el otro extremo.

Una vez los Dioses-Guerrero formaron en el camino, los Lores encararon los bosques en sus lujosas armaduras. Formando cinco grupos abrieron los brazos, se concentraron y murmuraron. Destellos rojos, azules, blancos, marrones y translúcidos salieron de sus cuerpos y unos instantes después los bosques al oeste se convirtieron en un infierno. Varias tormentas de fuego se formaron sobre toda la extensión del bosque cubriéndolo por completo con nubes negras que explotaron en rayos de ascuas. Una lluvia ígnea comenzó a caer sobre los árboles seguida de cientos de proyectiles de fuego que cayeron sobre los bosques desde los cielos. Los Senoca corrían de las explosiones y las llamas mientras el fuego se colaba entre las ramas. Todo era fuego abrasador: a su alrededor, sobre sus cabezas, bajo sus pies...

Los bosques al este se cubrieron de nubes de color ceniza y la temperatura comenzó a descender drásticamente. Se formaron varias tormentas invernales que fueron cubriéndolo todo en hielo y nieve. En pocos instantes todo comenzó a congelarse: tierra, árboles, vegetación, todo quedo cubierto de hielo y escarcha. Los Senocas corrían desesperados para no morir congelados.

Los Lores de la casa del Aire empujaron las tormentas de fuego y hielo creadas por los Lores de las Casas del Fuego y el Agua, hasta cubrir toda la extensión de los bosques. Bajo el empuje del aire, el fuego y el hielo se propagaron con tanta rapidez que alcanzaron a los Senoca en su desesperada huida.

La destrucción fue total. Los grandes bosques murieron y con ellos muchos de los Senoca, pasto de las llamas o congelados en vida mientras intentaban huir. Pero los más veloces consiguieron salir de los bosques. Contemplaron el devastador poder destructivo de los Dioses y lloraron de dolor e impotencia. Nada había que pudieran hacer contra aquellos seres tan poderosos, pues eran la reencarnación del mal. Los hombres estaban condenados.

Capítulo 29

Era media noche cuando el Alto Rey Gar, soberano de la Casa de Aureb, Casa del Segundo Anillo, entraba en la cámara mortuoria. Se encontraba en su Templo Funerario secreto en el gran continente. Lo acompañaban su Erudito Primero, el Sacerdote encargado de proteger el templo, y una docena de Guardias personales.

Gar observó la cámara. Era circular y en su centro estaba situado un ornamentado altar sobre el que reposaba un suntuoso sarcófago presidiendo toda la cámara. Las paredes y suelo eran de un pulido mármol rojo. El propio altar y el sarcófago eran de un rojo similar al de una llama ardiendo. Rodeaba el sarcófago un círculo con jeroglíficos tallados en la pulida superficie del suelo. Contempló las paredes y observó los símbolos Áureos que las recubrían para proteger su descanso eterno.

Se acercó hasta el altar.

—Erudito, ¿está todo listo para la prueba final?

—Sí, Majestad. Con vuestro permiso.

—Adelante —dijo Gar. Mucho dependía de que todo saliera bien. Los cinco Altos Reyes habían planificado la prueba definitiva para aquella noche. Si el resultado resultaba un éxito, los cinco podrían hibernar y recuperar vida y Poder. Si era un fracaso, el templo serviría a su propósito original. Gar deseó con todo su ser que el experimento fuese un éxito, pues no deseaba morir, no todavía.

—Será un éxito, Majestad —le aseguró su Erudito.

—Más vale que así sea. Estar tan cerca de la vida eterna hace que desees morir todavía menos. Me hubiera resignado de no haber una posibilidad... pero ahora... no puedo, sencillamente no puedo. Tengo que conseguir ser inmortal.

—Se ha trabajado durante más de trescientos años, esta noche lo lograremos —aseguró el Erudito.

Gar asintió a su estudioso y subió al sarcófago con la ayuda de sus dos Guardias personales. Muy despacio se recostó en su interior. Alisó la túnica de seda rojiza que vestía y se colocó el medallón del fuego el en centro del pecho.

—Esperaremos a la señal de los otros Altos Reyes —dijo Gar.

El mismo proceso estaba teniendo lugar en otros cuatro templos secretos donde los otros Altos Reyes se preparaban también para la prueba final. Así se había acordado. Todos simultáneamente, la misma noche y en el mismo momento, de forma que nadie lograra el éxito y luego traicionase a los demás. Altos Reyes eran, pero ninguno se fiaba ni de su sombra, y mucho menos de sus rivales. Un momento más tarde su medallón producía un destello. Al primero siguieron otros cuatro.

—Los cinco Altos Reyes están listos —anunció Gar—. Adelante. Quiero ser el primero.

El Erudito se acercó a la pared caminando cinco pasos en una línea recta desde la cabeza del sarcófago. Las paredes de la cámara estaban inscritas con runas y simbología fúnebre de protección para el descanso final del gran rey, así como para ayudarlos en el viaje y la vida eterna en el más allá.

El Erudito se situó frente a una gran runa circular y puso su mano en el centro. Luego usó su Poder y la runa se encendió con el dorado de los Áureos. La empujó. La runa cedió. Un panel de roca se desplazó y dejó al descubierto una docena de orificios circulares en la pared. El Erudito puso un disco con poder en cada uno de ellos y volvió a cubrirlos. La runa destelló varias veces en intervalos cortos.

—El mecanismo ha sido cargado, Alteza.

—Muy bien. Adelante.

El Erudito accionó la runa haciéndola girar sobre sí misma. Se escuchó un sonido metálico y luego el de la roca al rozar con roca. Desde el techo de la cámara descendió lentamente una gran esfera translucida. Bajó hasta quedar a un palmo sobre el cuerpo de Gar.

—Sentiréis frío, mi señor.

Gar asintió.

—Estoy preparado.

El Erudito accionó otra runa sobre el sarcófago que comenzó a llenarse de una sustancia viscosa semi-transparente. Poco a poco el sarcófago se fue llenando hasta cubrir a Gar por completo. Sus guardias colocaron la parte superior del sarcófago y todos se apartaron. La esfera comenzó a rotar emitiendo un peculiar zumbido. Cuando alcanzó la velocidad de rotación requerida, destelló. Un potente haz de luz dorada surgió desde su extremo inferior e imbuyó de Poder al sarcófago.

Gar no supo cuánto tiempo permaneció hibernado. De pronto se abrió la tapa del sarcófago y sobre su cabeza vio la gran esfera. Ya no rotaba.

—¿Ha sido un éxito? —preguntó a su Erudito incorporándose de medio cuerpo. La sustancia viscosa le caía por la cabeza y el tronco superior.

—Responde a tu señor —ordenó una voz que Gar reconoció al instante.

—Sí… sí —respondió el Erudito con tono tembloroso.

Gar miró hacia su Erudito. Tras el estudioso estaba Asu vestido en pesada armadura de guerra. Lo acompañaba Iradu y una treintena de soldados llenaban la cámara. Los guardias de Gar yacían muertos sobre el suelo. Al Sacerdote lo obligaron a abandonar la cámara.

—¿Qué significa esto, Asu? —dijo Gar con tono severo.

—Eso mismo quería preguntarte yo, Padre. ¿Qué significa todo esto? —dijo señalando la esfera y el sarcófago.

Gar se incorporó lentamente y se quedó de pie en medio del sarcófago. La sustancia le caía por el cuerpo. Estaba rodeado de los soldados de Asu.

—Yo soy el Alto Rey de la Casa de Aureb. A nadie debo explicaciones, mucho menos a mi propio hijo.

—Déjame adivinar entonces. Estabas probando la nueva tecnología de hibernación que habéis estado desarrollando en secreto. Ahora entiendo por qué tenías tanto interés en la construcción de este lugar. Y yo creyendo que estabas obsesionado por la proximidad del final de tus días, cuando lo que estabas haciendo era construir esta cámara para burlar la muerte y volver revivido y recuperado. Volver para despojarme de mi reino. De mi derecho.

—Mientras yo viva el derecho es mío, no tuyo.

—¿Y cuál era el plan? ¿Que los cinco Altos Reyes fingieran que se retiraban a su descanso eterno a sus templos funerarios y en lugar de morir, rejuvenecieran? Es un buen plan, no lo niego, pero uno que no me conviene.

Gar echó la cabeza atrás, sorprendido de que Asu supiera todo aquello.

—Lo que yo decida hacer es mi prerrogativa como Alto Rey. Nada tengo que explicar.

Asu torció el gesto.

—Verás, padre, los tiempos en los que eso era así han pasado. Al igual que tu tiempo y el de tu reinado.

—¡Cómo te atreves a hablar así!

—¿Cómo te atreves a conspirar con los otros Altos Reyes a espaldas de tu heredero, de tu propia casa? ¿A desarrollar tecnología con ellos para vuestro beneficio personal?

Gar apuntó a Asu con el dedo índice.

—¡Cuidado con lo que dices e insinúas! ¡No permitiré más insolencias!

Ante semejante gesto los Soldados de Asu encendieron sus espadas ígneas y activaron los escudos en sus brazos.

Gar los contempló atónito.

—¡Bajad las armas ahora mismo! ¡Yo soy el Rey! ¡Me debéis lealtad! ¡A mí, no a él!

Pero los soldados no siguieron la orden de su rey.

—Verás, padre, ellos me son leales a mí, no a ti. Sé que para alguien tan arcaico como tú esto es difícil de entender pero déjame explicártelo. Yo soy el futuro, tú el pasado, un pasado que está a punto de desaparecer para siempre, y ellos apuestan por el futuro. No les puedes culpar.

—Esto es traición. ¿Has perdido la cabeza?

—¿Yo? —negó Asu con la cabeza—. ¿Quién está experimentando con tecnología secreta para poder vivir y reinar eternamente? ¿Quién pacta con el enemigo?

—Piensa bien lo que haces, Asu. Me debes respeto y obediencia sea cual sea mi curso de acción o decisión. Sin dudar ni juzgar.

—Tú me has enseñado a no confiar en nadie, a ser más fuerte que nadie. Tú me has hecho quién soy.

—Soy tu padre, tu Rey, debes obedecer mi mandato.

—Lo siento, querido padre, ya te he obedecido toda mi vida. De aquí en adelante sólo me obedeceré a mí mismo.

—Recapacita. Aún estás a tiempo. Olvidaré que esto ha ocurrido. Te perdonaré este error de juicio.

Asu rio.

—Querido padre, tú no has perdonado nada a nadie en tu larga existencia y no vas a empezar hoy. No permitirás que estropee tus preciosos planes ahora que los conozco.

—Siempre has sido un vanidoso insensato pero nunca creí que llegarías tan lejos.

—Tus palabras me hieren, padre —dijo Asu con un gesto teatral como si le hubieran clavado una saeta en el corazón para luego sonreír de oreja a oreja—. Por suerte hace tiempo que soy inmune a tus despechos.

—¡Bajad las armas! —ordenó Gar.

Los soldados mantenían sus ojos clavados en él. No le obedecieron.

Gar cerró los puños y miró a los soldados.

—Os lo ordenaré una última vez, bajad las armas y apresad a mi hijo o moriréis todos hoy aquí.

—¿Apresarme? ¿Por qué razón harían eso? No lo entiendes, viejo decrepito, tú eres el pasado. Comienza un nuevo tiempo, un tiempo en que la Casa del Fuego reinará sobre todas. Yo reinaré sobre todas las Casas, sobre todos los Áureos.

—¡Eres un demente!

—No, padre, soy un visionario.

—¡No lo hagas, Asu, soy tu padre!

—¡Matadlo!

A la orden de Asu, los treinta soldados se abalanzaron sobre Gar. El Alto Rey hizo un gesto instantáneo con la mano y levantó dos esferas para protegerse. La primera de fuego y la segunda de lava sólida. Los primeros soldados llegaron hasta él y arremetieron con sus espadas ígneas sobre las defensas de su Rey. Gar se giró sobre sí mismo y lanzó una onda del fuego que se expandió partiendo de su cuerpo hacia las paredes de la cámara. El ataque alcanzó a los soldados más cercanos. Algunos consiguieron defenderse con sus escudos, pero varios cayeron muertos consumidos por las llamas de la onda flamígera. Los soldados más atrasados saltaron para evitar ser alcanzados.

Iradu fue a intervenir, pero Asu lo detuvo con un gesto. El Príncipe levantó una esfera protectora e indicó a Iradu que hiciera lo mismo. Al Campeón, un guerrero nato, no le agradó la orden. Él había dedicado su vida a entrenar para momentos como aquel. Protegerse y esperar no era lo que deseaba, menos aun cuando sus hombres morían ante sus ojos. Prefería atacar, pero Asu se lo impidió. La onda pasó sobre ellos, pero sus esferas protectoras aguantaron.

Gar, con los brazos extendidos y los ojos encendidos como brasas candentes, estaba en el altar rodeado por sus esferas, haciendo obvio que era la personificación de un Dios de fuego.

—¡Moriréis todos por esta traición! —gritó lleno de ira.

Los soldados usaron su Poder para generar una explosión sobre el suelo y propulsarse hacia la alta bóveda de la cámara. Desde las alturas enviaron lanzas y jabalinas de fuego contra las defensas de Gar. El Alto Rey sufrió los impactos, pero sus defensas aguantaban. Envió como respuesta una bola de fuego inmensa que explotó contra los soldados frente a él. Cayeron al suelo entre llamas, pues sus escudos no eran suficientes para la potencia del Rey. Los soldados a los lados y espalda de Gar saltaron sobre él y clavaron sus espadas de fuego contra las esferas protectoras. Golpearon una y otra vez con todas sus fuerzas, intentando acabar con la protección del Rey. Gar se giró para encarar los que lo atacaban por espalda, hizo un gesto con los brazos y formó una descomunal ave ígnea. Los soldados lanzaron bolas y misiles de fuego contra la gran ave, pero de nada servía, pues era inmune al fuego. Gar rio, una risa llena de satisfacción. Dio la orden y el ave voló contra los soldados. Al contacto, explotó en enormes llamaradas. Los soldados quedaron carbonizados.

—Atacad todos a la vez —dijo Asu a los soldados restantes.

Los ataques se multiplicaron sobre Gar. El Alto Rey envió gran parte de sus reservas de Poder a reforzar las esferas y los soldados no consiguieron penetrarlas, ni con golpes físicos ni con el uso de su propio Poder de fuego. Gar levantó los brazos hacia el techo y los bajó mientras entonaba unas palabras de Poder. El suelo de la cámara se convirtió en el cráter de un volcán en erupción. Asu reforzó su esfera y pasó parte de su Poder a reforzar la de Iradu mientras los soldados seguían castigando las defensas del Rey con todas sus fuerzas y Poder. Gar levantó los brazos y envió Poder al volcán. Un momento después el volcán estalló en una terrorífica erupción.

Los soldados fueron consumidos por la enorme erupción. Cuando terminó, sólo Gar, Asu e Iradu permanecían en pie.

—¿Acaso creías que podrían conmigo? —le dijo Gar a Asu con desdén—. No estoy tan decrépito como crees.

—Sabía que no lo conseguirían —sonrió Asu, satisfecho—. Ese no era su propósito—. Iradu, es tu turno.

Iradu asintió y saltó sobre Gar. El impulso y la velocidad descomunales dejaron tras de sí una estela de fuego. La espada de Iradu golpeó las esferas y una llamarada surgió del contacto. La fuerza del ataque fue tal que Gar retrocedió medio paso en el sarcófago. De inmediato envió más Poder a reforzar sus esferas. Iradu golpeó con espada de fuego y escudo sin cesar, con todo el ímpetu de su inmenso cuerpo. Con cada ataque las defensas de Gar se debilitaban un poco más y comenzaba a sentir los golpes sobre su marchito y débil cuerpo.

—Duelen, ¿verdad, padre? Tu vetusto cuerpo no soportará tal castigo.

—¡Iradu, yo soy tu señor, no él! ¡Tú eres el Campeón de mi Casa, mi campeón!

Iradu detuvo el ataque. Miró a su Rey. Luego volvió la cabeza hacia Asu.

—Lo siento, Majestad. Él es más poderoso. Abdicad ahora y protegeré vuestra vida.

—¿Abdicar? ¿En él?

—Os prometo que no moriréis, os protegeré con mi vida —le dijo Iradu.

El Alto Rey clavó sus ojos en los de su hijo y en ellos reconoció una codicia desmedida, una ambición desproporcionada, rayando la locura.

Gar bajó la cabeza.

—No puedo, él nos destruirá a todos. Destruirá a los Áureos.

Iradu suspiró. Miró a Asu y este asintió. El Campeón alzó la espada de fuego y golpeó.

El Alto Rey cerró los ojos y se concentró. Mientras Iradu atacaba sin cesar con espada, escudo y enviaba misiles ígneos contra las esferas, Gar utilizó las últimas reservas de su Poder para conjurar a un aliado. Frente a Iradu, se levantó un Elemental de Fuego.

—¡Cuidado! —previno Asu.

Iradu se giró hacia el ser de fuego. Tenía forma ligeramente humanoide, delgado y medía más de dos varas de altura. Todo su cuerpo ardía, tronco, extremidades y rostro, era una llama viviente. El ser golpeó a Iradu con su brazo de fuego y el Campeón se protegió con su escudo. Las llamas le lamieron la cara y dio un paso atrás. El Elemental avanzó hacia él con una velocidad increíble e Iradu se lanzó al ataque.

—Por fin solos —dijo Asu a su Padre con una sonrisa llena de ironía.

Gar sacudió la cabeza.

—Estás enfermo.

—Al igual que lo estás tú. Si no, ¿por qué quieres vivir eternamente? ¿No has vivido y reinado suficiente? Casi un milenio. Yo creo que sí. Pero claro, tú no. ¿Quién es el enfermo aquí?

—¿Hubieras respetado el ofrecimiento de Iradu?

Asu miró a su Campeón que luchaba denodadamente contra el Elemental de Fuego.

—No. Os hubiera matado a los dos. Lo sentiría por Iradu, pero no es culpa mía si tiene una debilidad que no puedo permitirme. No puedo dejar cabos sueltos. Lo que me propongo es demasiado importante.

Gar bajó la cabeza y negó despacio.

—Coronarte Alto Rey de todos los Áureos.

—Así es, padre.

—No lo conseguirás. Estás loco.

—Lo veremos —dijo Asu, y juntó las palmas de sus manos frente al pecho. Un destello rojizo recorrió todo su cuerpo. Un rayo de fuego surgió desde sus manos y atacó las esferas de Gar. Asu mantuvo el haz ígneo y fue incrementando su intensidad, intentando penetrar las esferas en un único punto.

Gar reaccionó. Al borde de consumir sus últimas reservas de Poder, invocó una gran tormenta de fuego. El cielo de la cámara se cubrió de nubes negras como el humo dentro de las cuales truenos y rayos de fuego comenzaban a formarse. Asu miró hacia arriba y sonrió con superioridad. Envió más Poder a su esfera protectora. La tormenta estalló con un estruendo tremendo y fuego pesado comenzó a llover sobre toda la cámara. Rayos ardientes bajaban zigzagueando para atacar a Asu e Iradu. Asu, sin perder el control, mantuvo el rayo mientras reforzaba su esfera contra el fuego de su padre. Su defensa aguantó, pero no así la de Iradu que apenas podía defenderse de la tormenta y el Elemental. Tenía el escudo sobre la cabeza y desviaba con su espada los golpes de los brazos de la criatura de fuego.

—Tus esferas no aguantarán, están a punto de caer —le dijo Asu a su padre.

—¡Aguantarán! —dijo Gar lleno de rabia.

—Me temo que no, querido padre. Tus reservas de Poder están vacías. Ese ha sido el objetivo de los ataques. Consumir todo tu Poder.

—¡Reniego de ti!

Y con ese último grito de ira, las esferas protectoras de Gar cedieron. El rayo de fuego de Asu, las penetró y alcanzó al Alto Rey en el pecho. Lo atravesó de pecho a espalda. Gar, con ojos desorbitados, gimió de dolor, se llevó las manos al pecho y cayó de rodillas en el sarcófago.

—Te... maldigo... —dijo. Murió con un último grito de rabia quedando de rodillas sobre el sarcófago.

Asu se giró hacia Iradu, que estaba en el suelo, malherido. Tenía medio cuerpo quemado por los ataques del Elemental de Fuego. El ser estaba sobre el vencido Campeón. Tenía los brazos levantados para el golpe de gracia. Asu fue a atacar pero el ser se consumió ante sus ojos. Sin su creador, ya no podía existir.

—¡Sacerdote! —llamó Asu.

El Sacerdote entró en la cámara y realizó una reverencia.

—Prepáralo para el viaje final —dijo señalando a su padre.

—Como ordenéis, Alteza.

—Tú velarás con él aquí por toda la eternidad. Nadie debe molestar su descanso.

El Sacerdote asintió.

—Por supuesto. Esa es mi misión. Nadie lo molestará.

Asu rio lleno de satisfacción. Su risa rebotó contra las paredes de la cámara y su disco de comunicación destelló. Lo cogió y lo activó. El disco proyectó una imagen a su derecha, borrosa al principio, algo más clara después. Una cámara muy similar a la que él se encontraba se hizo visible. El suelo estaba cubierto de soldados áureos muertos. En el centro, en el interior de un sarcófago sobre un altar marrón yacía uno de los cinco Altos Reyes. Muerto.

—He aquí la prueba —dijo una voz.

Los ojos de Asu brillaban triunfales. Usó su Poder sobre el disco y envió una imagen de vuelta: la de su padre en el interior del sarcófago. Muerto.

—He aquí la prueba —dijo lleno de satisfacción.

El disco destelló de nuevo y se apagó.

Un momento más tarde el disco volvió a destellar. Asu sonrió de oreja a oreja. La imagen que mostró parecía una copia de la que acababa de presenciar. Asu entrecerró los ojos para asegurarse de que era otra imagen diferente. El suelo estaba también cubierto de soldados áureos muertos y en el sarcófago real, sobre un altar blanco, yacía otro de los cinco Altos Reyes. Muerto.

—He aquí la prueba —dijo otra voz.

Asu cerró el puño con fuerza, en señal de victoria y poder, y envió la imagen de su padre muerto.

—He aquí la prueba —respondió Asu, y guardó el disco. Lleno de un júbilo incontrolable gritó como si hubiera perdido la razón. Pero no, no la había perdido, nada más lejos de la realidad. Había conseguido la primera parte de su plan para la dominación absoluta. Tres de los Altos Reyes habían sido traicionados por sus herederos y habían muerto en sus cámaras subterráneas. Ahora su destino estaba a sólo un paso.

—¡Todo será mío! —gritó levantando un puño con la Garra inyectando la vida de un disco a su muñeca. ¡Mío! ¡Todo!

Capítulo 30

Ikai, con un nudo en la garganta, observaba a Idana sobre la cama. Dos boticarias de los Senocas y una mujer de los Hombres de las Tierras Altas la atendían. Idana se retorcía de dolor por las severas quemaduras que había recibido. Uno de los supervivientes de su grupo la había encontrado con vida. Hacían cuanto podían para que no sufriera, pero era imposible.

—Ikai… —llamó.

Una de las boticarias le indicó que se acercara. Ikai se arrodilló a su lado.

—Estoy aquí, Idana —le dijo Ikai, y le acarició la mejilla con ternura.

—Has venido… —dijo con una mueca de alegría. Tenía la mitad del rostro y parte de la cabeza quemadas.

—Te dije que vendría con refuerzos.

—¿Han venido? ¿Los has convencido para que luchen a nuestro lado? —dijo con esperanza.

Ikai asintió.

—Están fuera. Han venido a luchar con nosotros y pronto llegará Kyra con el pueblo de las estepas y tras ella vendrán Albana y el pueblo de los árboles. Incluso los hombres y mujeres del oeste, que han sufrido las capsulas, incluso ellos vendrán. Todos se unirán a los Senoca.

—Oh… Me gustaría tanto verlo… Todos unidos…

—Lo verás —le dijo Ikai, y le besó la frente.

—¿Lo… he hecho bien?

—¿Bien? Has hecho algo grandioso.

—¿Sí? —dijo, y se retorció de dolor.

—Todos lo comentan. Idana: la esclava que se enfrentó al ejército de Dioses. Idana que hizo frente a los Dioses y no se arrodilló. Que demostró el valor del corazón de los hombres. Que no entregó la libertad de su pueblo. Todos te aclaman.

—Pero murieron tantos... ¿hice lo correcto?

Ikai asintió con fuerza.

—Hiciste lo correcto. Yo no hubiera podido hacerlo mejor. Intentaste negociar y cuando no quedó más remedio, luchaste. Fue lo correcto.

—Gracias...

—Y hay más. Mataste a un Dios-Lord y a varios centenares de Dioses-Guerrero. Nadie había logrado algo así. Y la noticia corre de boca en boca, de pueblo en pueblo. Todos hablan de ello y les llena de esperanza pues los Dioses pueden morir a manos de los Hombres. Y ese descubrimiento les da esperanza, les da alas para levantarse y luchar. Y todo te lo deben a ti, a la Boticaria que hizo frente a los Dioses.

Idana sonrió, pero el dolor regresó a su rostro y se contrajo.

—Además lograste ganar tiempo. El ejército de los Dioses se detuvo al cruzar los bosques y no se ha movido en dos días. Parece ser que sus Lores necesitan descansar para recobrar el Poder gastado.

—Entonces lo conseguí.

—Sí, y nos has dado el tiempo que necesitamos para que todos lleguen.

—Prométeme que me los enseñarás —dijo Idana con un gesto de dolor.

—¿El qué, Idana?

—Al resto de los pueblos de los hombres. Me haría tanta ilusión verlos...

—Te lo prometo.

Con ojos llenos de lágrimas Ikai abandonó la tienda donde atendían a Idana. Lurama, matriarca del Pueblo de las Tierras Altas, y Burdin, su Jefe Guerrero, lo esperaban envueltos en sus características pieles de oso. Tras ellos acampaban 30,000 Guerreros.

—¿Cómo está? —preguntó Lurama.

—Mal...

—Lo lamento...

—Es una gran mujer —dijo Ikai, y se secó las lágrimas de los ojos con la manga de su túnica.

—Ha de serlo para haberse enfrentado a los Dioses... para haber conseguido darles muerte —dijo Burdin con expresión de estar sorprendido.

—Quiero agradeceros que hayáis acudido a mi llamada —dijo Ikai agradecido.

Lurama asintió.

—Te dije que cuando el día llegase podrías contar con el Pueblo de las Tierras Altas y nosotros cumplimos con nuestra palabra.

—Te dijimos que acudiríamos y aquí estamos. Tenemos una deuda de sangre contigo —le dijo Burdin—. Tú nos diste la libertad y no lo olvidamos.

—Gracias de todos modos. Será muy difícil... muchos no sobrevivirán...

—Es el precio a pagar por la libertad —dijo Lurama—, y lo pagaremos gustosos. No volverán a arrebatárnosla.

—Lucharemos hasta el final —dijo Burdin.

Ikai abrazó a Lurama y luego a Burdin.

—Gracias, amigos, de corazón.

—El Pueblo de la Tierras Altas está con los Senoca —le aseguró Lurama.

Ikai asintió agradecido. Alzó la mirada y buscó a los Senoca. Acampaban algo más abajo, cerca de las casas sobre el mar del Nuevo-Refugio. Dos vigías se acercaron hasta Ikai y le informaron de las nuevas. Luego partieron a la carrera hacia los bosques del norte.

—¿Qué noticias hay? —preguntó Lurama.

—Los Dioses se han puesto en marcha...

Lurama miró al cielo.

—¿Tenemos tiempo?

—Sí. Los nuestros ya llegan, estarán aquí antes del anochecer.

—Muy bien. Preparémonos.

Con el atardecer comenzando a dar paso a una luna llena, Ikai volvió a entrar en la tienda de Idana. Con un gesto con la cabeza preguntó a las cuidadoras. La más anciana, con ojos tristes, negó lentamente con la cabeza, algo que Ikai comprendió. Era el final para Idana. Tuvo que tomar un momento para prepararse. Las lágrimas afloraron en sus ojos y tenía tal nudo en la garganta que le impedía tragar saliva. Sentía como si le hubieran atravesado el pecho con una lanza. Respiró profundamente varias veces y consiguió calmarse un poco. Armándose de valor se acercó hasta su amiga.

—Idana —le llamó.

La boticaria abrió los ojos tan solo una rendija.

—Han llegado. ¿Quieres verlos?

Idana abrió los ojos y asintió. Estaba tan débil que ni pudo hablar. Ikai la cogió en brazos y la levantó. Se sorprendió de lo poco que pesaba. Salieron de la tienda y un cielo anaranjado los recibió. La luna llena parecía darles la bienvenida.

—Mira, Idana, ya están aquí —dijo Ikai. La cabeza de Idana reposaba sobre su pecho.

Idana miró hacia el mar al fondo. Vio las casas del Nuevo-Refugio y sonrió. Luego miró a su derecha y descubrió a los Senoca, su querido pueblo. Los supervivientes todavía capaces de luchar formaban allí de pie, armados con arcos y lanzas. Había determinación en su pose, no cederían nunca. Junto a ellos vio a un pueblo que no conocía. Sus gentes vestían en pieles de oso y parecían fieros guerreros. Había miles de ellos de pie formando junto a los Senoca.

—Son el Pueblo de las Tierras Altas —le explicó Ikai—. Les he pedido que acudan a ayudarnos y han venido.

Idana sonrió y miró a Ikai esperanzada.

—No están todos, siguen llegando y seguirán llegando durante la noche y el día de mañana. Vendrán miles a ayudarnos.

Luego señaló a la izquierda donde Kyra acababa de llegar con las primeras fuerzas del Pueblo de las Estepas. Traía miles de guerreros montados en caballos pintos.

—¡Es Kyra!

La pelirroja los vio, desmontó de un salto y corrió a su encuentro. Al acercarse y ver a Idana y el rostro de su hermano se percató de lo que ocurría. Lanzó una mirada disimulada a Ikai y este negó con la cabeza sin que Idana se percatara.

Kyra tragó saliva y respiró profundamente.

—Hola, Pecas, ya estoy de vuelta —saludó Kyra a su amiga con un dolor intenso en el pecho, intentando que las lágrimas no le saltaran de los ojos— ¿Qué te parece todos los guerreros montados que he traído conmigo?

La abrazó con gran cariño y le besó la frente.

—Su piel es roja… —dijo Idana con ojos como platos.

—El Pueblo de las Estepas es de una etnia de piel rojiza y saben montar casi antes de aprender a caminar.

—Fascinante…

—Pero todavía no has visto lo mejor —dijo Ikai, y la giró en sus brazos un poco hacia la izquierda donde Albana estaba formando al Pueblo de los Árboles. Miles de hombres de piel verde en taparrabos, armados con arcos y cuchillos, creaban un verdadero bosque humano sobre la hierba de la planicie.

—Es… increíble… —dijo Idana con la boca abierta.

Kyra hizo una seña a Albana y la morena se apresuró a llegar hasta ellos. No hizo falta que nadie le explicara lo que sucedía.

—¡Hola, Boticaria! He oído que has dado una lección a esos Dioses engreídos y ahora eres no sólo una Héroe de los Senoca sino de todos los Hombres —saludó Albana sonriendo.

Idana sonrió levemente.

—Hablan de construirte una estatua junto al Monolito —dijo Kyra siguiendo la broma de Albana.

La Boticaria sonrió a sus dos amigas y sus ojos brillaron.

—Y allí llegan los supervivientes del Pueblo del Oeste —dijo Ikai señalando con su hombro mientras la sujetaba bien entre sus dos brazos.

Bajo el resplandor de la luna llena las cinco razas de hombres constituyeron una inmensa muralla humana frente al Nuevo-Refugio. Miles de hombres y mujeres de las cinco etnias esperaban observando a los cuatro amigos.

—Ahí lo tienes —dijo Ikai con tono de orgullo—. Todos los hombres unidos como uno dispuestos a enfrentarse a los Dioses, tal como nos propusimos aquella noche de Consejo hace años.

—No creí… que lo vería… —balbuceó Idana.

—Han venido todos. Miles de hombres y mujeres dispuestos a luchar por la libertad, por los hombres. Venceremos, Idana, te lo prometo. Por ellos, por todos, por ti.

—¿Me lo prometéis? —dijo ella mirando a los tres uno por uno.

—Te lo prometemos —le aseguraron los tres.

Idana barrió con la mirada los cinco pueblos de los hombres y sonrió con esperanza.

—Venceremos —dijo, y suspiró. Kyra y Albana la abrazaron y besaron. Idana cerró los ojos y murió.

Con ojos llenos de lágrimas Kyra se volvió hacia los cinco pueblos. Tocó la pulsera de comunicación y proclamó:

—¡Ha muerto Idana, mi amiga, uno de los Héroes! ¡La Boticaria que consiguió matar a un Dios-Lord! Ella dio su vida por nuestra libertad. ¡Recordad su sacrifico, recordad lo que consiguió, recordad que nunca entregó su libertad! —la voz de Kyra parecía emitirse en cinco idiomas diferentes al mismo tiempo, lo que amplificaba su potencia. Hubo un silencio y Kyra no supo si la habían entendido. Aun así volvió a proclamar con toda la fuerza de sus pulmones.

—¡Por Idana! ¡Por la libertad!

Un momento después miles de voces gritaron al unísono en cinco lenguas diferentes:

—¡Por Idana! ¡Por la libertad!

—¡Muerte a los Dioses! —gritó Kyra levantando los puños al cielo.

—¡Muerte! —gritaron todos levantando los puños.

Al amanecer despidieron a Idana en una ceremonia sencilla según la tradición Senoca. La enviaron al mar en una barca fúnebre con todos los honores. Al finalizar la ceremonia una conmoción al otro lado del embarcadero llegó hasta ellos. Temiendo lo peor corrieron a ver qué sucedía. Por el otro extremo de la bahía un enorme navío se acercaba al muelle. ¡Era un navío de los Dioses! Los vigías dieron la alarma y los Senocas se dirigieron raudos a coger posiciones en las casas de pescadores para hacer frente a la amenaza. Ikai, Kyra y Albana se armaron y se ocultaron tras uno de los barcos pesqueros de los Senoca.

El navío llegó hasta el muelle y echó ancla a diez pasos. Todos se tensaron. Ikai asomó la cabeza para ver por qué los Dioses no desembarcaban. Un mensaje mental llegó hasta su cabeza.

—*Será mejor que digas a los tuyos que no ataquen...*

A Ikai la voz mental le resultó familiar pero no supo distinguir a quién pertenecía.

—*No querrás que ocurra un accidente y acribillen a flechas a esta vieja bruja de la naturaleza...*

—¡Aruma!

—*Así me conocen entre los tuyos, sí.*

—¡Alto! ¡Son amigos! ¡Que nadie ataque! —gritó Ikai saliendo al descubierto y haciendo señas a las casas. Kyra y Albana salieron también y enviaron mensajeros para que el resto de las tropas no bajase en tromba al muelle. Pasó un buen rato hasta que Aruma consideró la situación lo suficientemente controlada como para bajar a tierra. Lo hizo en un bote, acompañada de media docena de Áureos. Todos llevaban túnicas marrones y verdes bajo una capa con capucha de la misma tonalidad. En un bosque pasarían completamente inadvertidos.

Al poner pie en el muelle un cuchicheo-murmullo de preocupación y miedo recorrió las casas desde las que observaban los Senocas, arcos en mano.

—No les gustan los Áureos —dijo Aruma abriendo los brazos para dar un abrazo a Ikai.

Ikai la abrazó con cariño.

—¿Y los culpas? —dijo él con una sonrisa irónica.

—Por supuesto que no, joven tigre —dijo ella, y fue a abrazar a Albana y finalmente a Kyra.

—¿Cómo está la joven tigresa? —le dijo a Kyra con un cariño casi fraternal.

—Seguro que no tan bien como la gran bruja de la natura —le respondió ella, y las dos rieron llenas de camaradería.

—¿Sabes algo de Adamis? —preguntó de inmediato Kyra.

Aruma asintió.

—Está bien.

Se llevó a Kyra a un lado y le contó al oído todo lo que sucedía en la Ciudad Eterna. Al terminar el rostro de Kyra mostraba gran preocupación.

—Gracias por contármelo... —dijo Kyra, y miró a Ikai con una mirada de "tenemos que hablar".

Tras los abrazos y viendo que no había peligro, los Senoca se tranquilizaron. Ikai se volvió y lo reiteró por si acaso.

—Estos Áureos son amigos y están aquí para luchar junto a nosotros, no deben sufrir ningún mal.

—Gracias, esta vieja bruja te lo agradece.

—¿Y ese barco?

—Traigo refuerzos. Los Hijos de Arutan vienen conmigo.

—¿Cuántos? —preguntó Kyra emocionada.

—Todos los que he podido llamar. Cerca de un centenar.

—¿Lucharán con nosotros? ¿Contra los suyos? —preguntó Albana con tono de duda.

Aruma asintió con solemnidad.

—Esta es también nuestra lucha.

—Te lo agradecemos en el alma —le dijo Ikai.

—Y yo a vosotros.

—Vamos, tenemos mucho que hablar y planificar y muy poco tiempo.

—Muy bien. Una cosa más, joven tigre…

—¿Sí, Aruma? Lo que necesites.

—Os he traído un regalo. Una de mis… "preparaciones".

Ikai la miró extrañado.

—¿Una preparación?

—Llevo tiempo preparándome para este día. Unos quinientos años —dijo ella con una gran sonrisa y un toque malévolo—. Sabía que un día los hombres se alzarían contra los Áureos. Mi preparación os ayudará. Que traigan carros hasta el barco de carga y que descarguen los barriles que contienen la preparación. Son varios cientos —dijo señalando a un segundo navío más pesado que entraba ahora en la bahía.

—Así se hará —le dijo Ikai que no entendía para qué, pero conociendo las excentricidades de la vieja bruja, prefería no saber más.

Estaba anocheciendo cuando tuvo lugar la gran reunión. Se llevó a cabo en la Casa del Consejo donde los Senoca decidían las cuestiones de la tribu. La presidía Ikai, con Kyra y Albana a su derecha en representación de los Senoca y Aruma a su izquierda en representación de los Hijos de Arutan. Sentados a la gran mesa de roble estaban el resto de los líderes de las otras cuatro naciones. Lurama y Burdin en representación del Pueblo de la Tierras Altas; Lobo Solitario y Gacela Veloz del Pueblo de las Estepas; Ilia y Pilap del Pueblo de los Árboles; y Galdar, del Pueblo del Oeste.

—No tenemos mucho tiempo así que dejaré de lado saludos y formalidades —dijo Ikai—. El ejército de los Áureos avanza hacia nosotros y llegarán mañana al atardecer —hubo murmullos de intranquilidad—. Vienen a destruirnos. Eso ya lo habéis visto y lo sabéis.

—Tienen orden de dar un escarmiento ejemplar —dijo Aruma—. Los cinco Altos Reyes así lo han ordenado. Eso es lo que los míos en Alantres me han trasladado.

—No tendrán piedad con nosotros —apuntó Kyra.

—Lucharemos unidos y venceremos —les dijo Ikai.

—¿Qué has ideado? —le preguntó Lurama—. Tus planes siempre nos han conducido a la victoria.

Ikai suspiró profundamente.

—Esta vez es mucho más complicado…

—Confiamos en ti, Ikai —dijo Kyra.

—Y nosotros seguimos a Kyra —dijo Gacela Veloz.

—Lucharemos todos unidos bajo el liderato de Ikai —dijo Albana.

—Donde vaya Albana el Pueblo de los Árboles irá con ella —dijo Ilia.

—Los Hombres junto con los hijos de Arutan nos enfrentaremos a un ejército de Áureos…, está muy desequilibrado en su favor —dijo Aruma con un gesto funesto al tiempo que se producía un murmullo de desaprobación—. No es mi intención enemistar a nadie, pero esta vieja bruja ha vivido más de un milenio y aunque nunca creyó que llegaría el día en que los hombres se liberaran y se alzaran contra los Dioses, tampoco cree que sea posible vencer al ejército Áureo… no sin un plan brillante —continuó cuando las quejas se hicieron patentes—. Por otro lado, como he dicho, no creí que este día llegaría y me equivoqué así que quizás me equivoque y tengamos una oportunidad.

—Una oportunidad es todo lo que necesitamos, la tomaremos y venceremos —dijo Kyra.

—El problema son los Dioses-Lores —dijo Albana—. Mientras un Dios-Guerrero puede matar a decenas de los nuestros, un Dios-Lord puede exterminar a miles.

—Muy cierto. Los números, aunque están de nuestra parte de cien a uno, no juegan un factor determinante en esta batalla pues la capacidad destructora de los Dioses es todavía mayor factor —dijo Ikai.

—Pensemos estrategias que puedan funcionar —propuso Aruma.

Hasta bien entrada la noche el grupo propuso y estudió diferentes opciones para afrontar la batalla. Analizaron las propuestas y los posibles resultados hasta caer rendidos. Finalmente se acostaron. Todos menos Ikai y Aruma.

—No dejes que el desaliento te pueda —le dijo Aruma.

—Lo intento, pero no encuentro la forma de no perecer mañana.

—No desfallezcas. Habéis llegado muy lejos. La libertad está muy cerca.

—Gracias, Aruma.

—Tengo una última idea que sugerirte, una que seguro sabrás aprovechar bien y después partiré.

—¿Partirás? —preguntó Ikai desalentado.

—Sí, me necesitan en Alantres, la situación allí se precipita.

—¡Pero te necesitamos aquí! ¡Tú Poder es enorme!

—Pero es un Poder que los míos necesitan en la Ciudad Eterna.

—No podremos vencer sin ti…

—Sí, podréis, os dejo a mis hijos y mi regalo. Úsalos bien. Sé que lo harás.

La vieja bruja, Líder de los Hijos de Arutan, murmuró algo al oído de Ikai y partió.

Ikai se quedó desconcertado y desolado. «¡Que Oxatsi se apiade de nuestras almas!».

Capítulo 31

Adamis contemplaba atónito el ataque sobre el Quinto Anillo desde la puerta del templo donde se había estado ocultando.

—¡No puede ser, no puede estar sucediendo! —le dijo a Sormacus lleno de incredulidad.

Las explosiones de Fuego y Tierra se sucedían a lo largo de toda la cara interior del gran Anillo. Una amalgama de colores rojo-amarronados llenaban todo cuanto veía. El estruendo de las explosiones era ensordecedor. Los defensores de la Casa del Agua levantaban descomunales muros defensivos de hielo y agua para protegerse.

Sormacus hundió los hombros y suspiró pesadamente.

—Mucho me temo que sí. La Casa del Fuego y la Casa de la Tierra atacan. Es la guerra.

—Pero, ¿cómo es esto posible? Los cinco Altos Reyes no permitirán semejante locura —dijo Adamis sin poder asimilar lo que sus ojos contemplaban—. No ha habido guerra bajo su mandato, siempre la han evitado.

—Los rumores que me han llegado es que los Altos Reyes ya no están en control de ciertas Casas.

—¡Eso es imposible! —y según lo dijo, se dio cuenta de lo que estaba sucediendo.

—¿Asu?

—Eso dicen mis fuentes.

El cielo sobre sus cabezas se ennegreció. Fuertes destellos en rojo y marrón aparecieron en un firmamento amenazante. Un centenar de tormentas de fuego y roca rompieron y la muerte comenzó a llover desde los cielos sobre la ciudad del Agua.

—¿Un regicidio? —preguntó Adamis mientras contemplaba la destrucción a su alrededor.

—Es más grave que eso, mis informes dicen que al menos dos: Fuego y Tierra.

—¡Inconcebible! —Adamis intentaba razonar la información que Sormacus le transmitía y el ataque que estaba presenciando pero su mente se negaba a creerlo—. Si es cierto y los Príncipes comandan ahora las Casas, entonces nos esperan guerra, muerte y destrucción.

Los defensores levantaban cientos de enormes cúpulas de hielo sólido por todo el anillo para proteger a los habitantes de las tormentas y ataques enemigos. Los muros y cúpulas elementales aguantaban los embates enemigos, pero no lo harían indefinidamente.

—Eso me ha llegado de mis informantes —dijo Sormacus entrecerrando los ojos—. Necesito más información pero la situación se ha vuelto caótica, no creo que los nuestros puedan conseguir más inteligencia. Me temo que están siendo asesinados por agentes de Asu.

Escuadrones de Dioses-Guerrero de la Casa del Agua corrían hacia los muelles y las zonas bajo ataque. Los seguían los Lores rodeados de Custodios. Mientras ellos iban a la batalla, huyendo de la primera línea corrían multitud de Áureos de las castas bajas. Explosiones de fuego y roca se sucedían por doquier. La tierra se levantaba, el aire ardía y la muerte alcanzaba a los Áureos del Agua.

Adamis suspiró profundamente.

—No puedo creer que Asu haya ido tan lejos. Siempre ha sido un demente, ¿pero un regicidio? ¿Guerra entre las casas? Es una locura impensable incluso para él.

Sormacus asintió.

—Esto es lo que ya temíamos que llegaría un día. Muerte y destrucción como nunca antes habíamos conocido. Los Sabios, nuestros líderes, ya lo predijeron. Es el inicio del fin de los Áureos.

Una explosión tremenda derrumbó un edificio junto a Sormacus y Adamis, que tuvieron que resguardarse.

Los Áureos de la Casa del Agua enviaron tormentas y proyectiles descomunales de hielo sobre las tropas atacantes. Miles de explosiones gélidas asolaron los muelles del Cuarto Anillo. Las tormentas gélidas congelaban los navíos desde los que se estaba lanzando parte de la ofensiva.

—La Casa del Agua contraataca —dijo Adamis.

—No creo que puedan defenderse durante demasiado tiempo. ¡Mirad!

Un millar de navíos con velamen de la Casa de Fuego y Tierra se acercaban preparados para asaltar el anillo mientras desde los muelles cientos de Lores enviaban tormentas y proyectiles que arrasaban las primeras líneas defensivas de la Casa del Agua.

—¡Esferas! —dijo Adamis al ver que el suelo bajo sus pies comenzaba a temblar y resquebrajarse.

—No podemos quedarnos aquí, estamos muy cerca de los muelles —dijo Sormacus que nada más cubrirse con su esfera recibió el impacto de una enorme roca proveniente de una explosión cercana.

—Están lanzando roca y bolas de fuego desde el otro anillo. Preparan la invasión, arrasarán toda esta zona —dijo Adamis oteando hacia el agua.

Los edificios de las primeras líneas del anillo, los más interiores, comenzaron a derrumbarse bajo el Poder del fuego y la roca. Los Áureos de la casa del Agua gritaban. La muerte caía sobre ellos y no tenían escapatoria.

—No puedo quedarme cruzado de brazos. Tengo que hacer algo —dijo Adamis poseído por una frustración terrible.

—Abandonad la ciudad. Salvaos.

Las tormentas invernales se cernían sobre los navíos atacantes que se preparaban para asaltar el anillos congelando a los Dioses-Guerrero en ellos. Los Lores del Fuego enviaron tormentas a combatir las gélidas mientras los Lores de Tierra asolaban con su poder las tropas de los Áureos de Agua en los muelles del Quinto Anillo.

—Gracias, Sormacus, pero no puedo. Debo intentar detener esta locura.

—Es demasiado tarde —dijo Sormacus señalando el muelle en llamas donde comenzaban a desembarcar los Dioses-Guerrero de la casa del Fuego.

—Intentaré llegar hasta mi padre. Él podrá ayudarnos. Tiene que haber alguna forma de detener esto.

—Ojalá, pero no lo creo, mi señor. Vuestro padre estará ya bajo ataque. No creo que sobreviva... Está del lado perdedor...

—Aun así, debo intentar detener esta debacle. ¿Qué harás tú?

—Contactaré con los Sabios y llevaré a cabo sus designios como siempre he hecho.

Las explosiones de fuego y roca se multiplicaron. El suelo se volvió inestable bajo los terremotos que estaban produciendo los atacantes. Adamis y Sormacus se mantuvieron en pie a duras penas mientras los edificios se derrumbaban a su alrededor.

—Lo entiendo… Por si no volvemos a vernos... Te agradezco todo lo que has hecho por mí.

—Ha sido un honor.

Los dos Áureos se abrazaron como hermanos de una causa perdida y se separaron con el sentimiento de que no volverían a verse.

Adamis reforzó su esfera y echó a correr mientras todo a su alrededor estallaba en fuego y roca. Vio a medio centenar de Lores de la casa del fuego desembarcando en el muelle principal tomado por más de un millar de Guerreros. Algo más al oeste la imagen se repetía pero esta vez eran las tropas de la casa de Tierra. El poder destructor combinado de ambas Casas era devastador. Las tropas de la casa del Agua se replegaban hacia el Castillo Real.

Un mal presentimiento asoló a Adamis.

—¿Dónde estás, padre? ¿Por qué no socorres a tu aliado?

Capítulo 32

Y llegó el fatídico momento para los Hombres. El majestuoso ejército enviado por los Dioses a darles muerte cruzó los bosques del norte y comenzó el avance final hacia el Nuevo-Refugio. Entre el ejército de Áureos y la costa, donde se alzaban los hogares de los Senoca, se extendía una inmensa planicie cubierta de hierba. Al final de la misma, con los hogares y el mar a sus espaldas, esperaban 300,000 hombres libres armados y dispuestos a luchar hasta la muerte por conservar su libertad.

Los Áureos avanzaban con andar pesado. 5.000 mil Dioses-Guerrero, 1.000 pertenecientes a cada Casa, abrían camino con sus armaduras impolutas. Brillaban bajo los rayos del sol del atardecer con el destello inequívoco de la victoria. Avanzaban sin temor alguno, con barbillas altas, espaldas erguidas y mirada de Dios, y desprendían un aura de poder e invencibilidad tal que empequeñecía los corazones. Los hombres de las cinco naciones sabían que aquellos seres venían a arrasarlos, que no tendrían piedad. Cuando el ejército dorado se hallaba a mil pasos de la horda de hombres se detuvo.

Ikai observaba desde el centro de la primera línea. Dio la orden y el ejército de los hombres comenzó a prepararse. A su lado estaba Burdin, el guerrero de las Tierras Altas le puso la mano sobre el hombro.

—Hoy vamos a matar Dioses —dijo con una confianza que hizo que Ikai asintiera. Miró a los miles de hombres y mujeres de las Tierras Altas a su espalda y se sintió protegido, pero sabía que era una falsa sensación, nada lo protegería del devastador Poder de los Áureos.

—Sí...

—No te preocupes, yo te protegeré, Libertador. Lurama no me lo perdonaría si te pasase algo.

Ikai sonrió al gran guerrero y le agradeció las palabras con un abrazo. Los 300,000 hombres y mujeres inundaban la explanada y se agitaban inquietos con las armas en sus manos sudorosas. Apenas nadie vestía armadura y muy pocos tenían escudos. La gran mayoría empuñaba arcos y lanzas con cuchillos largos en sus cinturones de cuero o cuerda. Parecían una gran horda de campesinos sin orden o dirección, en clara contraposición al disciplinado, perfectamente pertrechado y bien organizado ejército de los Áureos.

Desde la parte posterior de las líneas enemigas hicieron su aparición los Lores en sus carros dorados y se situaron al frente de las líneas de Dioses-Guerrero. Ikai distinguió cinco grupos distintos: uno de cada una de las cinco Casas. Por los colores de sus vestimentas reconoció a qué Casa pertenecía cada grupo. Avanzaron trescientos pasos.

—¿Qué hacen esos malnacidos? —preguntó Burdin.

—Quieren parlamentar.

—Mejor los matamos.

Ikai miró a Burdin con una sonrisa.

—Primero mejor vemos qué quieren.

—Pero luego los matamos.

—Luego los matamos —concedió Ikai, y vio las caras de alegría a su alrededor.

—Iré solo —le dijo a Burdin.

—De eso nada.

—Puedo protegerme a mí mismo. A ti no puedo protegerte.

—Da igual, iré contigo. Y no se hable más.

Ikai negó con la cabeza y se resignó. Avanzó trescientos pasos y se detuvo con Burdin un paso detrás de él. El mensaje mental le llegó como una bofetada.

—*¿Eres tú el líder de esta chusma?* —preguntó el Lord de la Casa del Fuego.

—Sí. Me llamo Ikai.

Los lores cruzaron miradas de sorpresa.

—*A ti se te busca. Escapaste de Alantres.*

—Pues aquí estoy.

—*¿Y los otros fugitivos?*

Ikai se encogió de hombros.

—*Esa actitud no te ayudará. Ni a ti ni a esos esclavos* —dijo señalando detrás de Ikai.

—¿Qué queréis? —dijo Ikai sin inmutarse.

—*Eres un insolente y la insolencia se paga en sangre.*

—No te temo. Ya me he enfrentado a un Lord de la Casa del Fuego y sigo vivo. Él, por el contrario, no.

El rostro de oro del Dios se volvió uno de rabia e incredulidad.

—*¡Eso no es posible!*

—Tampoco lo era llegar hasta la Ciudad eterna, ni salvar a una de las elegidas, ni escapar de allí, ni liberar mi confín, ni liberar a todos los hombres… ¿Quieres que siga?

—*¡Te asaré vivo por esto!*

Ikai no se alteró y clavó sus ojos en los del Áureo.

—¿Vuestra propuesta?

El Dios no conseguía calmarse y hacía un esfuerzo supremo por no atacar a Ikai. El Áureo a su derecha, de la Casa de Éter, intervino.

—*La propuesta es que os entreguéis todos ahora. Sin resistencia. El castigo será acorde al delito cometido. Por supuesto, será ejemplar, pero muchos vivirán para volver a servir. Si os negáis Seréis arrasados por completo. Nadie sobrevivirá. Esas son las órdenes que recibimos de los Altos Reyes antes de partir. Debemos cumplirlas.*

—Lo comunicaré a los míos.

—*Hazles recapacitar. Enfrentarse a nosotros es una locura que les costará la vida a todos. Tú mejor que nadie sabes el poder destructor que poseemos. Lo has visto. Lo conoces. Haz que lo piensen bien, son cientos de miles de hombres los que están a punto de morir. Es un enfrentamiento que es imposible que ganéis* —le dijo el Lord del Éter.

Ikai no dijo nada. Se giró y marchó. Burdin se puso a su espalda para cubrirla con su cuerpo. Los Áureos lo observaron marchar mientras regresaba a la expectante marea de rebeldes. Se plantó frente a los suyos, ignorando a los Áureos que lo observaban desde la distancia, activó la pulsera comunicadora y se dirigió a los cinco pueblos.

—¡Escuchadme! —gritó Ikai, y se hizo un silencio absoluto—. Traigo una propuesta de los Dioses. Quieren que nos rindamos. Dicen que de hacerlo su castigo será severo pero que muchos viviréis para volver a servir como esclavos —un murmullo de protestas comenzó a alzarse y en un instante se volvió un estruendo de negativas—. Si os negáis… seréis arrasados. Nadie sobrevivirá. Nos aniquilarán —Ikai quiso dejarlo muy claro para que todos supieran a lo que se enfrentaban.

Un silencio sepulcral siguió a sus palabras. El miedo era patente en los rostros de muchos. El radiante ejército enemigo estaba frente a ellos. Un ejército de todopoderosos Dioses.

De nuevo un murmullo comenzó a brotar del mar de hombres y mujeres. Un susurro que iba ganando fuerza. El sonido se convirtió en gritos con puños alzados.

—¡No nos entregaremos!

—¡Somos hombres libres! ¡No volveremos a ser esclavos!

—¡Lucharemos!

—¡Moriremos luchando libres!

Los gritos se volvieron ensordecedores, miles de gargantas clamando que no se rendirían, que lucharían. Ikai los escuchaba con el corazón henchido de orgullo. Contra todos los pronósticos, con el mismísimo destino en su contra, enfrentándose a una proeza imposible, sabiendo que morirían todos, y aun así no se rendían.

—¿Cuál es vuestra respuesta? ¿Luchar o Rendirse? —gritó Ikai tan fuerte como pudo.

—¡Luchar! —tronaron trescientas mil gargantas al unísono. El estruendo fue tan grande que el suelo y el cielo parecieron resquebrarse.

Ikai se volvió hacia los Áureos que lo observaban. Abrió los brazos y con un gesto señaló a los hombres y mujeres que con brazos alzados seguían gritando a los cielos con toda su alma.

El mensaje del Lord del Éter llegó hasta Ikai.

—*Lamento que esto termine así* —dijo el Lord del Éter.

—Prefieren la muerte a ser esclavos. La propuesta se rechaza. No nos entregaremos. Lucharemos —dijo Ikai a su pulsera.

—*¿Lamentar? ¡Si muerte es lo que quieren, muerte es lo que recibirán!* —dijo el Lord del Fuego—. *Ah, y gracias por habernos traído a todos los esclavos, nos ahorras el trabajo de perseguirlos y matarlos* —remató con una gran sonrisa de triunfo.

—Veremos al final del día quién muere y quién vive.

Los Lores comenzaron a movilizarse. Ikai se unió al Pueblo de las Tierras Altas y desenvainó su espada. La alzó al cielo y con la otra mano cogió el cuerno de Idana y lo hizo sonar una larga vez. Era la señal para que todos se prepararan. De forma ordenada, el mar de rebeldes se dividió en tres grandes grupos. Ikai se situó en el del centro, tal y como habían planeado. Las líneas de Dioses-Guerrero no se movieron. Sin embargo, los Dioses-Lores avanzaron en sus carruajes hasta juntarse con sus líderes y formaron en cinco grupos delante de sus líneas. Ikai los observó. Contó 250 nobles, 50 de cada Casa, y un escalofrío le recorrió la espalda. El poder destructivo combinado de todos ellos sería aterrador.

—¿Qué hacen? —preguntó Burdin.

—No quieren perder tiempo. Los Lores van a arrasarnos desde la distancia usando su Poder —le dijo Ikai.

—¡Cobardes! ¡Que vengan y luchen cuerpo a cuerpo como lo hace un guerrero!

Ikai negó con la cabeza.

—No se mancharán las manos con nuestra sangre. Para ellos sería una bajeza. Sólo quieren matarnos cuanto antes, de la forma más limpia y menos ardua, para regresar a su Ciudad Eterna.

—¡Cerdos!

Los Dioses-Lores no perdieron tiempo y comenzaron a usar su Poder. Eran tan poderosos que sus auras comenzaron a brillar con un dorado intenso que se hizo visible para todos. Los rebeldes contemplaban en silencio. El viento desapareció de la planicie y con él los pájaros primero y el resto de animales un momento después. Un silencio tétrico se apoderó del campo de batalla. Todos sabían lo que presagiaba. Rodeados de aquel fulgor dorado, y en medio de aquel silencio funesto, los Áureos parecían verdaderos Dioses asesinos.

El resplandor dorado comenzó a cambiar. En los Lores de la Casa de Fuego se volvió rojo; en los de la Casa de la Tierra: marrón; en los de la Casa del Agua: azul; en los del Aire: blanco y en los del Éter: translúcido. Cinco Casas Áureas, cinco Poderes Elementales que llevarían la muerte a los Hombres. Y la destrucción descendió sobre los ellos. Los tres grupos de rebeldes contemplaron cómo el cielo se ennegrecía. Varias tormentas asesinas se formaron sobre sus cabezas mientras el miedo comenzaba a apoderarse de sus cuerpos. Rayos de fuego y relámpagos zigzagueantes precedieron a truenos ensordecedores. Un viento huracanado golpeó a las primeras filas y hombres y mujeres salieron despedidos por los aires. Varios tornados descomunales aparecieron de la nada en mitad de la llanura avanzando hacia ellos. Eran aterradoramente enormes y los vientos que creaban succionaban todo a su alrededor.

Del cielo comenzó a llover fuego sobre Ikai y su grupo en el centro. Sobre el grupo a su izquierda comenzó a descender una tormenta invernal que congelaba todo cuanto tocaba. El suelo bajo el grupo a su derecha comenzó a temblar, estaban provocando un terremoto que los tragaría. Una neblina que devoraría las almas de quién la tocara comenzó a rodear a los tres grupos de forma que no pudieran huir. No había escapatoria: los atacaban desde cielo, tierra y aire. El pánico cundió entre los rebeldes, estaban a punto de ser completamente aniquilados.

Ikai hizo sonar el cuerno dos largas veces. En respuesta, de entre los hombres, se irguieron los Hijos de Arutan. Se habían mantenido agachados y ocultos para no ser detectados. Estaban colocados de forma esparcida, cubriendo la mayor área posible entre ellos en cada uno de los tres grupos de hombres. Levantaron los brazos al cielo y usaron su Poder. Un haz de luz marrón-verde surgió de sus brazos, se elevó y se abrió formando una gran cúpula que descendió hasta el suelo. Un centenar de cúpulas aparecieron cubriendo a los rebeldes en los tres grupos.

—¡Todos dentro de las cúpulas protectoras! —gritó Ikai.

La tormenta de fuego cayó sobre ellos y alcanzó a aquellos que no habían conseguido protegerse a tiempo. Ardieron entre gritos de horror y sus vidas fueron consumieron las llamas. Sin embargo, la tormenta ígnea no pudo atravesar las cúpulas. Los rayos de fuego las golpeaban incesantes, pero tampoco podían atravesarlas. La tormenta gélida descendió sobre el primer grupo, pero se topó con las cúpulas y no pudo traspasarlas. El tercer grupo vio cómo el terremoto desaparecía bajo sus pies dentro de la protección que ofrecían las cúpulas. El anillo de neblina de muerte se precipitó sobre los rebeldes a los que rodeaba. Ikai y Burdin tuvieron que dar un paso atrás. Los desdichados que no habían podido refugiarse fueron consumidos.

Los Lores-Áureos observaron las cúpulas sorprendidos. Aquella jugada no la esperaban, pero reaccionaron y atacaron con mayor intensidad. Lanzaron bolas de fuego de gran tamaño que explotaban al impactar creando llamaradas abrasadoras. Crearon meteoritos de fuego que descendieron de los cielos a velocidades pasmosas para chocar contra las cúpulas con devastadores impactos de roca y fuego. La tormenta gélida creó una lluvia de afiladas estacas de hielo que impactaban contra las cúpulas mientras la temperatura descendía de forma vertiginosa cubriendo la hierba de escarcha. Los hombres se apelotonaban dentro de las cúpulas. Los tornados envestían contra las defensas intentando destruirlas y succionaban a los hombres y mujeres que protegían.

Ikai observaba angustiado. Con cada ataque las cúpulas se debilitaban y los Hijos de Arutan enviaban más de su Poder para reforzarlas. Pero viendo el terrible castigo que estaban recibiendo, no aguantarían mucho. O eran destruidas o sus aliados Áureos se quedarían sin Poder pronto. Era hora de actuar. Se llevó el cuerno a los labios y lo hizo sonar. Tres largas llamadas. El miedo y el caos que invadía a los rebeldes que se apiñaban bajo las cúpulas desapareció al escuchar el cuerno. Aquellos que portaban arcos los armaron y apuntaron contra los Dioses-Lores.

Una de las cúpulas defensivas cedió. Cientos de hombres y el Hijo de Arutan que la mantenía murieron abrasados. Ikai maldijo entre dientes. Con silbidos letales que llenaron el alma de Ikai de esperanza, cien mil saetas abandonaron las cúpulas y surcaron los aires para descender sobre los Dioses-Lores. Ikai observó el vuelo conteniendo la respiración y las flechas descendieron sobre los Lores. Un instante antes del impacto, los Lores se cubrieron a ellos y a sus carros con esferas sólidas. Las saetas golpearon las esferas produciendo un repiqueteo de metal, pero no pudieron traspasarlas.

Ikai suspiró.

—¡Los malditos se cubren! —exclamó Burdin.

—Ya lo habíamos previsto.

—¿Qué hacemos?

—Usaremos el regalo de Aruma.

—¿De la Diosa-Bruja?

—Sí. Confiemos.

—No creo que nos ayude, es uno de ellos, no deberías fiarte.

—En ella confío.

Sin perder la calma, Ikai repitió la llamada. Esta vez los arqueros se llevaron la mano a la cintura donde llevaban contenedores de madera y pellejo. En su interior: la preparación de Aruma. En medio de los grupos, los rebeldes destaparon todos los barriles de Aruma que mantenían cubiertos y untaron las puntas de sus flechas en la preparación. Las tormentas se intensificaron sobre ellos y otra de las cúpulas cedió ante los impactos de uno de los tornados. Medio millar de rebeldes fueron succionados por la devastadora fuerza de los vientos.

Los rebeldes tiraron con sus arcos y otras 100.000 saetas salieron volando desde el interior de las cúpulas para surcar el aire y descender sobre los Dioses-Lores, aunque muchas no llegaron a su destino al ser alcanzadas por las tormentas. Los Dioses-Lores las vieron llegar pero nada temían tras sus defensas y las ignoraron centrándose en destruir a los rebeldes.

¡Y lo impensable sucedió!

Las saetas atravesaron las esferas defensivas de los Áureos. Con gemidos ahogados de sorpresa y horror, los Dioses-Lores fueron alcanzados por las flechas. Caballos y Lores cayeron al suelo retorciéndose de dolor.

Ante la atónita mirada de los Dioses-Guerrero, sus Lores morían acribillados.

—¡Funciona! —gritó Ikai lleno de Júbilo—. ¡La preparación de Aruma funciona!

¡Los Hombres habían matado Dioses-Lores!

¡Había esperanza!

—¡No volveré a hablar mal de la vieja bruja! —dijo Burdin hundiendo su espada en el barril con la extraña substancia plateada

Ikai lo imitó hundiendo la suya y el cuchillo y luego se volvió hacia los suyos y gritó:

—¡Tirad! ¡No dejéis de tirar!

Otra de las cúpulas cedió y varios millares de rebeldes murieron convertidos en estatuas de hielo. Los rebeldes enviaron otra oleada de flechas plateadas. Los Lores reforzaron sus defensas, enviando más Poder a sus esferas sólidas y levantaron nuevas esferas rodeando la que ya tenían para protegerlos de ataques de Poder. Con defensas alzadas contra los ataques físicos y de Poder, nada podría tocarlos. Pero los Dioses Lores se equivocaron. Las flechas llegaron hasta ellos y una vez más atravesaron las esferas y los alcanzaron. Caían entre gritos de dolor y rabia, sus dorados y esbeltos cuerpos acribillados por decenas de saetas. Morían con rostros de pavor e incredulidad insondables.

—¡Tirad de nuevo! ¡Rápido! ¡Vamos! —urgió Ikai viendo la oportunidad.

Las flechas volvieron a volar. Pero los Dioses-Lores supervivientes se dieron a la fuga mientras ordenaban a los Dioses-Guerrero que atacaran para cubrir su retirada. Las saetas alcanzaron a las primeras filas de estos últimos que ya avanzaban a la carrera. Las flechas se clavaban en los enormes cuerpos de los guerreros, pero éstos no se detenían. Únicamente aquellos que habían sido alcanzados por gran cantidad de flechas o en el rostro caían, el resto cargaban con lanza elemental en una mano y guantelete con escudo en la otra.

Gritos de pavor provocaron que Ikai mirase a su derecha. Otra de las cúpulas cedía. El suelo se abría bajo un millar de hombres en un terremoto que creaba abismos a los que se precipitaban los rebeldes entre gritos de terror.

—Maldita sea, tenemos que acabar con los Lores o sus tormentas nos destrozarán.

—Las tormentas se han reducido —dijo Burdin señalando el cielo. Donde antes había diez, ahora sólo había una.

—Al morir sus creadores las tormentas mueren con ellos, pero aún quedan suficientes para devastarnos. Nuestros aliados no aguantarán mucho más —dijo señalando al Hijo de Arutan más próximo que intentaba por todos los medios mantener la cúpula protectora.

—¡Ya llegan! —dijo Burdin señalando a los Dioses-Guerrero que cargaban a una velocidad increíble deslizándose sobre mantos de fuego o hielo.

—¡Preparaos para la embestida! —gritó Ikai cuando una nueva oleada de saetas salía despedida hacia el ejército atacante. Miles de flechas volaron en una parábola corta. Esta vez alcanzaron las primeras líneas de Dioses-Guerrero de pleno y causaron numerosas bajas. Pero ya los tenían encima.

El impacto fue devastador.

Los Guerreros golpearon con tal bestialidad las líneas que hombres y mujeres salieron despedidos como muñecos de trapo. Las cúpulas no podían defenderlos de los ataques físicos. Los Dioses-Guerrero entraron en ellas y comenzaron a despedazar a los rebeldes.

La segunda tanda llegó hasta ellos y saltó por encima de sus compañeros, que despedazaban a los rebeldes de las primeras líneas. Saltaron con brincos gigantescos, propulsados por su Poder elemental para alcanzar alturas impensables y descender en mitad de la horda de Hombres. Al caer y tocar suelo, los Dioses-Guerrero usaban su Poder para amortiguar la caída al tiempo que creaban una explosión elemental a su alrededor. Uno aterrizó cerca de Burdin y todo a su alrededor explotó en llamas matando a un centenar de rebeldes.

—¡Maldito! —gritó Burdin, y fue a por él.

Dioses-Guerrero de la Casa del Agua atacaron al grupo de la izquierda descendiendo sobre ellos con explosiones de hielo al tocar suelo. Los rebeldes a su alrededor morían congelados o atravesados por proyectiles de hielo sólido producidos por la explosión.

—¡Apartaos de ellos cuando desciendan! —gritaba Ikai desesperado.

En el grupo de la derecha los Dioses-Guerrero se posaban entre grandes estallidos de pura roca. Los rebeldes morían lapidados por miles de piedras y rocas provenientes de las explosiones. El caos se apoderó de los hombres, que estaban siendo despedazados.

Mientras el resto de los Dioses-Guerrero sembraban el caos entre los rebeldes, los Dioses-Lores supervivientes llamaron a un millar de ellos para que los protegieran y se retiraron al final de la planicie, cerca del borde de los bosques del norte por los que habían llegado. Únicamente un Dios-Lord de cada diez había sobrevivido. Estaban reagrupándose, atónitos, intentando comprender lo que había sucedido.

Ikai se percató de la oportunidad, una que estaba esperando, y cogió el cuerno. Llamó cinco veces. A su señal, bordeando los bosques desde el este aparecieron 50,000 guerreros sobre monturas pintas a galope tendido.

—¡Vamos, Kyra! —animó Ikai a su hermana. Aquella parte del plan era vital.

A la cabeza de la carga cabalgaba Kyra, a su derecha Lobo Solitario y a su izquierda Gacela Veloz. El resto de los Jefes de todas las tribus del Pueblo de las Estepas cabalgaban algo más atrás liderando a sus guerreros.

—¡Por la libertad! —gritó Kyra.

—¡Muerte a los Dioses! —gritó Lobo Solitario.

Los Dioses-Lores al ver la amenaza dirigirse directamente hacia ellos enviaron a su millar de Dioses-Guerrero a formar una barrera para acabar con la carga montada.

—¡Hoy responderán por sus crímenes ante los espíritus de las praderas! —gritó Gacela Veloz.

Los guerreros de las estepas aullaban, gritaban y clamaban a los espíritus como enloquecidos mientras el galopar de las miles de monturas retumbaba en toda la explanada como si se tratase de un terremoto.

Los Dioses-Lores retrasaron su posición hacia los bosques del norte para no tener que hacer frente a la carga, darían muerte a los salvajes desde la distancia, no volverían a ponerse a tiro de arcos ni lanzas, mucho menos de semejante carga de caballería. A medida que la carga se acercaba a la línea de Dioses-Guerrero, estos comenzaron a enviar proyectiles elementales contra el avance. Jabalinas de hielo y tridentes de fuego golpearon la cabeza llevándose por delante no sólo a jinetes de la primera línea, sino de varias posteriores. Les siguieron las devastadoras bolas de fuego y hielo que al impactar explotaban en llamas y aristas de hielo cortante.

—¡Malditos! —gritó Kyra azuzando su caballo.

Vientos huracanados golpearon a la izquierda de Kyra enviando varios jinetes por los aires. Ella tuvo que sujetarse con todas sus fuerzas al caballo para no salir despedida. Gacela Veloz estuvo a punto de irse con ellos. Espectros de Éter llegaban hasta los caballos y los atacaban. Los pobres animales morían de pánico derribando a sus jinetes. Un proyectil en forma de enorme roca pasó rozando la cabeza de Lobo Solitario que se ladeó en su montura para esquivarla. La roca impactó algo más atrás y explotó en cientos de pedruscos matando a jinetes y caballos por igual.

—¡Vamos! ¡Ya estamos! —gritó Kyra a cincuenta pasos de la línea enemiga.

Los Dioses-Guerrero clavaron piernas y levantaron escudos y lanza formando una muralla de escudos elementales. Una muralla inamovible: usaron su Poder y parte de la muralla que formaban se volvió sólida como la piedra, parte muro de hielo, parte barrera de fuego, parte muralla de vientos.

El choque fue terrorífico.

Miles de caballos impactaron con toda la inercia de la carga contra la muralla mientras sus jinetes atacaban con arco y lanza a los Dioses-Guerrero. Se produjo un estruendo estrepitoso al que siguió el horror. Caballos y jinetes salieron repelidos por los aires tras aquel brutal impacto. Unos eran rechazados sin poder sortearla mientras otros salían volando por encima de la muralla de Dioses-Guerrero para caer a sus espaldas.

La muralla Áurea aguantó los primeros choques. Miles caían intentando sobrepasarla pero unos pocos consiguieron hacer mella y romperla en varios puntos. Kyra fue uno de ellos. Haciendo uso de su Poder desarmó a dos Dioses-Guerrero y los envió volando de espaldas.

—¡Vamos, seguidme! —dijo a los suyos viendo la obertura. Lobo solitario, Gacela Veloz y un centenar de valientes se colaron por ella. Algo más a su derecha, otro centenar de guerreros conseguía penetrar tras matar a unos cuantos Dioses. El combate se volvió frenético.

Los Dioses-Lores, al ver que la línea se rompía, se dispusieron a actuar contra Kyra y los que habían conseguido sobrepasarla. En el linde del bosque, a espalda de los Lores, un par de ojos los espiaban. El Lord Líder de la casa del Éter se percató. Observó los ojos que lo miraban atentamente. De pronto otro par de ojos aparecieron junto a los primeros, y luego otro, y otro más. Pasó un momento y aparecieron un millar más. Todo el linde del bosque eran ojos. Hasta las ramas de los árboles estaban llenas de ojos. Ojos que lo miraban con una única intención: darle muerte. Y en ese instante, el Lord Áureo se dio cuenta de que algo iba mal. Muy mal. El primer par de ojos dio un paso al frente saliendo de la frondosidad del bosque y se dejó ver.

Era Albana.

Levantó sus dagas negras y proclamó:

—¡Muerte a los Áureos!

Se escuchó un silbido prolongado procedente del bosque. Los Dioses-Lores se volvieron hacia Albana en el momento en que miles de saetas salían de entre los árboles buscando darles muerte. Reforzaron sus esferas con rostros poseídos por el horror y el pánico. No tuvieron tiempo para más, las saetas con la preparación de Aruma atravesaron sus defensas y los acribillaron. Murieron con ojos desorbitados de pánico e incredulidad.

Albana llegó hasta el Lord Líder de la casa del Éter que había caído de su carro y se retorcía en el suelo. El Áureo miró a Albana con ojos como platos.

—*Nunca creímos... es imposible... sólo sois esclavos...* —balbuceó.

Y murió.

Los Dioses-Guerrero, en medio del fragor de la batalla, no se percataron de lo sucedido a sus espaldas. Albana dio la orden y 50,000 guerreros del Pueblo de los Árboles salieron gritando como diablos del bosque donde habían estado escondidos para atacar a los Dioses-Guerrero por la retaguardia. La batalla que siguió fue tan sangrienta como apoteósica. Un millar de Dioses-Guerrero se enfrentaron a 100,000 rebeldes que los atacaban por dos frentes.

Kyra luchaba como una semi-diosa al frente de los guerreros de las estepas. Con la ayuda de Lobo Solitario y Gacela Veloz había acabado con varios de los imponentes Dioses-Guerrero y se dispuso a enfrentarse a una mole de la casa del Fuego.

—Te voy a mandar con tus señores —le dijo Kyra.

El enorme Dios-Guerrero sonrió condescendiente y altivo.

—*Jamás, esclava* —dijo, y realizando un movimiento con su lanza de fuego envió una jabalina ígnea hacia Kyra. Ella envió Poder a su esfera translúcida. Cada vez le resultaba más natural usar su Poder, era ya casi instintivo. La jabalina golpeó la esfera y Kyra recibió la sacudida, pero no la traspasó. Los ojos del Áureo se abrieron llenos de sorpresa.

—¿A quién llamas esclava, Áureo? Yo soy una mujer libre.

El rostro del Dios-Guerrero se endureció.

—*No sé lo que eres, tienes Poder, pero te mataré igualmente* —dijo, y le envió una bola de fuego con un movimiento de su escudo.

Kyra se concentró, no podía dejar que explotase o alcanzaría a Lobo y Gacela que estaban a su lado sobre otro Dios-Guerrero acuchillándolo sin piedad con las armas bañadas en la preparación de Aruma. Lobo lo acuchillaba el torso y Gacela la espalda. Otra media docena de guerreros de las praderas colgaban de los pies y cuello del enorme Áureo. Kyra estiró la mano y se concentró en detener la bola de fuego. Nunca había intentado algo así, pero si no hacía algo sus amigos morirían. El proyectil llegó hasta Kyra pero iba perdiendo velocidad. Un instante antes de golpear su esfera protectora, la bola de fuego se detuvo y se quedó suspendida, girando, frente a los ojos de Kyra. «¡Te tengo!». Kyra hizo un movimiento con su mano y envió la bola de vuelta contra el Áureo.

—*¡Maldita esclava!* —bramó el Dios-Guerrero, y la bola explotó sobre él y varios de sus compañeros. Kyra avanzó hasta el guerrero. Sus compañeros, cogidos por sorpresa, yacían en llamas en el suelo. Los bravos de las estepas se les echaron encima a rematarlos.

—¿Te ha gustado el sabor de tu propio poder? Tengo mucho más para ti.

—*No... no es posible... sólo los más poderosos de entre los nuestros pueden hacer... algo así.*

—En ese caso debe ser que soy una de las más poderosas —dijo Kyra que captando el aura del Áureo, se concentró en ella, la fijó, y levantó al gigantón del cuello y lo mantuvo suspendido en el aire.

—*No puede ser... tú eres una esclava...* —dijo sangrando por la boca.

—Veo que no escuchas.

El Dios-Guerrero hizo un movimiento con su lanza de fuego y atacó a Kyra con un rayo ígneo, pero la esfera de Kyra aguantó. Levantó la palma de su mano y comenzó a congelar el rayo de fuego apagándolo.

—*No puede ser... Usas a la vez el Poder del Éter, y el del Agua.*

La verdad era que aquello había sorprendido a la propia Kyra. Sólo quería apagar el fuego. No sabía de dónde había salido el hielo pero disimuló.

—¿Sorprendido de lo que esta humana puede hacer? —dijo Kyra que con un movimiento de su brazo envió una estaca de hielo contra el Áureo atravesándole el pecho de lado a lado.

—*Nooo...*

—Ya te dije que era una mujer libre. Debiste escucharme.

Kyra lo vio morir y lo dejó caer al suelo. Ella no sabía cómo hacía todo aquello pero cada vez le resultaba más fácil llamar a su Poder y crear habilidades letales. Y además notaba que su Poder iba en aumento.

Se giró hacia la muralla de Dioses-Guerrero contra la que estaban muriendo los guerreros de las estepas. «Tengo que ayudarles» se dijo, y avanzó enviando a Dioses-Guerreros por los aires para quebrar la muralla.

Por la retaguardia Albana lideraba a los hombres verdes. Junto a ella estaban Ilia y su hermano Pilap. Un Dios-Guerrero de la Casa del Aire les cortó el paso. Hizo un movimiento con su lanza y envió un rayo zigzagueante contra Albana. Albana usó su disco y se cubrió con una esfera protectora. El Dios-Guerrero envió una fuerte ráfaga de viento que se llevó a Ilia y Pilap volando, que cayeron al suelo a veinte pasos con un fuerte golpe mientras la esfera protegía a Albana.

Con cara de sorpresa al ver que Albana no había sido afectada, el Dios-Guerrero se elevó a los cielos con un enorme salto en medio de una corriente de viento y desde las alturas la atacó con un orbe cargado con la potencia de una tormenta eléctrica. Albana vio venir el orbe emitiendo descargas y se apartó con un Salto Sombrío. El Dios la vio desaparecer en una negrura para aparecer a veinte pasos. El orbe explotó contra el suelo y alcanzó a una docena de guerreros de los árboles que murieron electrocutados.

Albana maldijo entre dientes. Ella no podía elevarse y mantenerse en las alturas como los Dioses-Guerrero pero podía hacerlos bajar para que perdieran la ventaja de la posición elevada. Se concentró y usó su Poder antes de que el Áureo la atacara de nuevo. Con un restallido ahogado, un látigo de una negrura intensa salió del brazo de Albana para enroscarse en el tobillo del Dios suspendido en el aire. De un tirón tremendo lo hizo estrellarse contra el suelo.

El Dios-Guerrero se levantó conmocionado por el golpe y Albana aprovechó la oportunidad, dio otro Salto Sombrío y apareció tras el guerrero que ya se reponía. Con un movimiento simultaneo le clavó las dos dagas por ambos lados del grueso cuello. El Áureo emitió un gruñido y atacó con un golpe de viento ejecutado con su escudo. Albana salió despedida para golpear el suelo de espaldas. El Áureo dio dos pasos con las dagas negras clavadas en el cuello, se tambaleó y cayó de rodillas. Albana se puso en pie intentando recuperar la respiración. El Dios-Guerrero emitió un gruñido y cayó muerto de bruces sobre la hierba.

Albana recuperó sus dagas y corrió hacia donde estaban Ilia y Pilap. Estaban magullados pero vivos. Ilia señaló a su derecha, donde un Dios-Guerrero arrasaba a una veintena de sus guerreros. Albana utilizó el látigo oscuro pero esta vez lo enroscó en el cuello del Áureo. Con un tirón usando su Poder, Albana hizo que el Dios cayera de espaldas.

—¡Rematadlo! —ordenó a los suyos. Al momento Pilap y una docena de guerreros de piel verde saltaban sobre el Dios y lo acuchillaban hasta matarlo.

—¡Todos a una! ¡Atacad todos a la vez! —dijo, y encaró al siguiente Dios-Guerrero con Ilia a su lado.

Capítulo 33

Adamis se ajustó el yelmo de guerra. Era dorado, como a un Lord correspondía. Le cubría toda la cabeza y ocultaba su rostro tras un amplio visor de espejo en el que ardía una llama. Los visores de los yelmos de cada casa reflejaban el elemento al que pertenecían y ocultaban la identidad de quien los portaba. Iba vestido con la armadura de un Lord de la Casa de Fuego al que se había visto obligado a matar. El Lord y su escolta lo habían sorprendido cuando cruzaba del Tercer al Segundo Anillo. Por fortuna el incidente había ocurrido en una zona poco vigilada y no lo habían descubierto. Debía extremar precauciones, estaba solo y en la boca del lobo. Si volvían a darle el alto no viviría para contarlo.

Con fingido andar seguro, se acercó al puesto de mando en el muelle principal del Segundo Anillo. La intención de Adamis era llegar hasta el Primer Anillo, hasta su padre, pero los puentes entre el Quinto y Cuarto anillo y entre el Segundo y el Primero habían sido destruidos. Llegar por mar era imposible, pues los navíos enemigos bloqueaban los accesos con férreos controles. Había buscado algún portal con el que poder transportarse, pero había sido inútil, los portales estaban tomados y fuertemente vigilados.

Observó la frenética actividad a lo largo de todo el Anillo. La Casa de Fuego bullía: tropas y personal de soporte iban de un lado a otro en un incesante movimiento de Áureos y Siervos. El estruendo de la batalla se hacía cada vez más patente según avanzaba hacia la cara interior del Anillo. Se llevó la mano a los ojos e intentó ver su hogar en la lejanía, pero una bruma espesa la rodeaba impidiendo discernir los edificios. Lo que sí pudo apreciar fueron numerosos destellos rojos acompañados de estruendos en medio de la bruma, lo que le indicó que la Casa del Fuego estaba atacando el Primer Anillo.

—¡Fuego! —ordenó un gigantesco guerrero a las puertas del puesto de mando dirigiéndose a las fuerzas desplegadas en el muelle.

Adamis contó más de 3.000 guerreros y medio centenar de Lores desplegados en aquella zona. Incontables Siervos los acompañaban y cumplían las órdenes de sus amos. Los Lores estaban enviando devastadoras tormentas de fuego y grandes proyectiles ígneos. Adamis calculó que alcanzarían los muelles y las primeras líneas de edificios, pero no llegarían tierra adentro, pues el Poder no alcanzaba a llegar a distancias tan grandes. Para atacar el interior del Anillo y el Palacio Real de su padre tendrían que desembarcar, bien por portal o bien por navío. Utilizar portales era muy peligroso en estas situaciones pues al otro lado el enemigo estaría esperando. Lo más lógico era cruzar el canal que separaba ambos Anillos. La escena del ataque a la Casa del Agua le vino a la cabeza.

Se acercó un poco más y descubrió que sus suposiciones eran correctas. Un millar de embarcaciones repletas de guerreros y Siervos a los que comandaban Lores se dirigían al Primer Anillo. Adamis vio con pesar cómo desde los navíos estaban asolando los muelles y las primeras líneas de edificios de la Casa del Éter con explosiones elementales. Y si aquello era grave, lo que Adamis descubrió a continuación lo dejó traspuesto. Más al este, 3.000 navíos de la Casa del Aire habían tomado posición y atacaban el Primer Anillo apoyando la ofensiva de la Casa del Fuego.

Adamis inspiró profundamente y sintió un malestar tremendo. Ahora lo entendía. «Por eso no puede acudir mi padre en defensa de la Casa del Agua. Está siendo atacado por la Casa del Aire y la del Fuego». La situación era mucho más grave de lo que Adamis había imaginado. Una alianza entre las Casas del Fuego y la Tierra era extremadamente preocupante, pero con la incorporación de la Casa del Aire a esta alianza, sería imposible detenerlos. Las Casas del Agua y el Éter se encontraban en clara inferioridad y estaban siendo atacadas al mismo tiempo de forma que no pudieran ayudarse. Un pinchazo el estómago lo obligó a doblarse. Se irguió de inmediato, lo descubrirían si no se comportaba como un Lord de la Casa del Fuego. Tuvo que hacer un esfuerzo inmenso para contener el malestar que sentía.

—¡No les deis un respiro! —gritó el guerrero al mando. Adamis, a un centenar de pasos, lo reconoció y se detuvo. No lo había hecho antes pues su rostro estaba oculto bajo el yelmo de guerra que portaba, pero no tenía duda, era Iradu, el campeón de Asu, y en tiempo de guerra era quien estaba a cargo de dirigir al ejército de la Casa del Fuego. Adamis vio que el descomunal Campeón tenía parte del cuerpo marcado con grandes quemaduras.

Adamis se estremeció involuntariamente ante el horror y destrucción que estaba contemplando. Asu había planeado y ejecutado su golpe con maestría. Debía reconocer que estaba demostrando ser mucho más inteligente de lo que Adamis había imaginado. Sabía que su rival era osado rozando la locura, pero jamás pensó que en sus delirios de grandeza se atrevería a ir tan lejos pero, por desgracia, lo había hecho. Ahora los Áureos y los Hombres sufrirían un destino de horror y muerte.

Al pensar en los Hombres se giró hacia las catacumbas, situadas en zonas más interiores de la ciudad, alejados de los muelles. Allí tendrían a los esclavos. Los imaginó completamente aterrorizados sin poder entender lo que estaba sucediendo. Cuando las tropas desembarcasen, el horror llegaría hasta ellos. No podrían esconderse de la destrucción y la muerte y serían víctimas inocentes de aquella guerra fratricida.

El ataque combinado sobre la Casa del Éter se intensificó. Adamis buscaba una forma de llegar al Primer Anillo, pero no la encontraba. Un Lord en armadura de guerra llegó hasta el puesto de mando. Adamis se acercó cuanto pudo sin llamar la atención del centenar de guerreros que hacían guardia rodeando el puesto. Inicialmente no reconoció al Lord, y utilizó la pulsera de Notaplo para interceptar la comunicación.

—Mi señor, Lord Erre —saludó Iradu con respeto al primo de Asu.

—Campeón de la Casa del Fuego —devolvió el saludo con respeto Lord Erre.

—¿Cuáles son las órdenes de mi señor? —preguntó Iradu sin más rodeos.

—El Alto Rey Asu ordena aumentar el castigo sobre La Casa de Éter.

—¿Y la batalla sobre la Casa del Agua?

—Está ganada. Es cuestión de un poco más de tiempo. Las fuerzas de nuestros aliados de la Casa de la Tierra han sitiado el Palacio Real. Sin la ayuda de la Casa del Éter no podrán salvarse. Por eso es crucial aumentar la presión sobre ellos.

—Entiendo. Así se hará. Cuando estén a punto de caer, el Alto Rey y los suyos huirán por el Portal Real al Palacio del Alto Rey Laino. No podrán apresarlos.

—No importa. Aunque se refugien en la Casa del Éter están condenados. Una vez caiga el Palacio Real del Agua, el ejército de la Casa de la Tierra se unirá al nuestro y al del Aire en el Primer Anillo y acabaremos con ellos.

—Muy bien. Daré orden de intensificar los ataques.

—Me uniré a la fuerza de invasión. Despéjame el camino. Hemos de lograr que se retiren hacia el interior de la ciudad.

—Descuida, se retirarán —dijo Iradu convencido.

—Una cosa más… El Alto Rey Asu desea saber si el plan está preparado.

—Lo está. Lo llevaré a cabo a su orden personalmente.

—Es crucial que no falles… la jugada es arriesgada.

—Yo jamás he fallado en nada, mi Lord. No fallaré hoy.

—Muy bien.

Lord Erre hizo una seña y sus guardias personales se le unieron. Se dirigió al muelle y subió a un impresionante navío de guerra que lo aguardaba.

—¡Destruid las defensas! —ordenó Iradu a las fuerzas atacantes.

Los últimos navíos partían a la invasión del Primer Anillo. Adamis vio que varios Lores se subían a embarcaciones más pequeñas y gráciles. Eran las tropas de asalto. Buscó con la mirada hasta encontrar una que no tuviera Lord que comandarla y se dirigió a ella.

—¡Lord a bordo! —dijo el oficial sorprendido al ver que Adamis subía al navío.

—Tomo el mando —dijo Adamis con confianza.

—Por supuesto, mi señor —dijo el oficial, y dejó que Adamis se situara en medio de la popa.

—Seguid a las fuerzas de asalto.

—A la orden, mi señor —dijo el oficial, e hizo una seña al timonel.

Navegaron hasta situarse a media distancia entre los dos Anillos, donde la batalla estaba en su punto álgido. Los navíos de guerra de la Casa de Fuego atacaban la costa con explosiones de fuego que generaban intensas llamaradas con el fin de arrasar las defensas de la Casa de Éter pero la espesa bruma no les permitía ver si estaban teniendo éxito o no. Varios navíos pesados, cargados con guerreros, Siervos y algunos Lores, habían penetrado en aguas del Primer Anillo, dirigiéndose hacia los muelles principales para terminar de arrasarlos. De pronto, una gigantesca silueta gris-negruzca sin forma definida surgió de las aguas. Unos gigantescos ojos de horror eran cuanto se apreciaba. El espíritu, de proporciones monstruosas, se abalanzó sobre los navíos como si fuera un atroz ser de pesadilla. Adamis sabía perfectamente lo que era, y lo que conllevaba. Los Lores de su padre habían engendrado un gigantesco Espíritu Voraz devorador de vida combinando su Poder.

Los navíos de la casa del fuego se hundieron en medio de los gritos de horror de los devorados por el espíritu. Desde los navíos más retrasados atacaron la creación de Éter con esferas de fuego, saetas y lanzas ardientes, pero el espíritu, herido, atacaba con mayor voracidad. Continuó devorando Áureos y Siervos y destruyendo navíos enemigos. Adamis lo animaba en silencio mientras su navío se apartaba del monstruo para no zozobrar. Desde tierra la Casa del Fuego acrecentaba el castigo sobre el área desde la que había surgido el monstruo. Adamis deseó que los Lores de su Casa hubieran conseguido ponerse a salvo, pero conociendo el poder destructivo del fuego se temió lo peor.

Y entonces discernió algo que le elevó el ánimo: la Casa del Éter se defendía de la invasión. Nuevos Espíritus Voraces aparecieron para caer sobre los navíos. A estos acompañó una niebla de muerte que se expandía desde la orilla. Los barcos que penetraban en la niebla letal alcanzaban la costa con todos sus tripulantes muertos. La toxicidad de la niebla acababa con los Áureos. Los pocos navíos que alcanzaban la orilla intactos eran recibidos por una horda de espíritus de agonía y dolor que se precipitaban a devorar a los guerreros de la Casa de Fuego. Adamis no podía estar más orgulloso de la magistral defensa de los suyos.

Sin embargo, no todo eran buenas noticias. Si bien los navíos de la Casa del Fuego iban perdiendo la batalla, no era así el caso de los de la Casa del Aire. Frente a las embarcaciones, los Lores habían creado varios tifones enormes que se dirigían a la costa, arrasando cuanto encontraban tanto en el mar como en la orilla. Los espíritus de las profundidades eran destruidos por los vientos huracanados. La niebla de muerte era dispersada por grandes vendavales que los Lores producían para defenderse. Y lo que era todavía más grave, sobre tierra firme los navíos más adelantados comenzaban a crear enormes tornados que despejaban las zonas de desembarco obligando al ejército del Éter a replegarse. Adamis maldijo entre dientes. El enemigo natural del Éter era el Aire. A los otros elementos los podrían vencer, pero al Aire…

Los navíos de la Casa del Fuego comenzaron a replegarse a la espera de que los de la Casa del Aire despejaran el camino. La batalla continuó hasta el anochecer cuando finalmente las tropas de la Casa del Éter se vieron obligadas a retroceder hacia el Palacio Real. Adamis desembarcó. Rodeado de guerreros enemigos contemplaba su hogar siendo destruido. La parte inferior de la gran montaña sembrada de edificios cristalinos estaba siendo arrasada por infinidad de torbellinos y vientos huracanados que destruían edificios y Áureos por igual. Estaban abriendo camino hacia las zonas superiores. Entre llamas protectoras desembarcaba el gran ejército del Fuego y pronto lo haría el del Aire. Su destacamento comenzó a tomar una posición más elevada y fue atacado con fuerza por los defensores en retirada.

La niebla cubría ahora únicamente la zona alta del Primer Anillo, donde estaban el Palacio Real y su familia. Las tropas invasoras aseguraron las zonas bajas y se replegaron a esperar órdenes. Las tropas de la casa del Aire tomaron la posición adelantada, formando la primera línea de ataque, a media altura de la gran montaña. Protegían a las tropas de la Casa del Fuego de los ataques que la Casa del Éter lanzaba desde la cima de la montaña. Durante toda la noche llegaron refuerzos de ambas Casas. Los ataques contra la cima no cesaron y castigaron sin descanso las posiciones amuralladas cubiertas por la niebla con el objetivo de facilitar el asalto que llegaría con el amanecer.

Adamis, con un nudo en el estómago cada vez mayor, no veía cómo podrían salir de aquel atolladero. Por más que buscaba una salida no la encontraba y al llegar el amanecer sus pocas esperanzas se fueron al traste. La armada de la Casa de la Tierra llegó victoriosa y se unió a la de la casa del Fuego en los muelles. Aquello significaba que la Casa del Agua había caído y que ahora caería la casa del Éter. Tres descomunales navíos atracaron y de ellos bajaron los tres príncipes regicidas. El primero fue Asu, inconfundible en su ostentosa armadura de guerra roja y dorada. Le siguió Lurra, de la Casa de la Tierra. Y finalmente Aize de la Casa del Aire. Se dirigieron a un fortificado puesto de mando ante la atenta mirada de sus ejércitos. Los seguían sus Guardias de Honor. Desfilaban como todopoderosos pavos reales, erguidos, con la barbilla alta, haciendo ostentación de todo su poder y gloria.

Con mucho cuidado, Adamis se acercó hasta el lugar. Estaba rodeado por un centenar de guerreros de élite de la Casa de Fuego. Activó la pulsera aunque no le hizo falta, Asu estaba tan seguro de su victoria que ni siquiera tomó la precaución de ocultar su conversación.

—¡La victoria es nuestra! —dijo Asu mirando hacia la cima de la ciudad que estaba siendo castigada por explosiones elementales.

—Ni siquiera contraatacan —dijo Aize.

—Se están preparando para la defensa final —dijo Lurra—. Lo mismo sucedió en el asedio al palacio del Alto Rey del Agua.

—Y mira para lo que les ha servido —rio Asu con fuertes carcajadas—. Nadie puede detenernos, somos el futuro de los Áureos.

—El Alto Rey del Agua, la mayoría de sus Lores y algunas de sus fuerzas han huido por el portal real —dijo Lurra.

—¿Crees que se habrán refugiado ahí arriba? —preguntó Aize.

—Sin duda —dijo Asu—. Esas dos momias querrán luchar y defender sus tronos juntos hasta el final. No renunciarán. Pero no os preocupéis, les concederemos su deseo. Los mataremos juntos —rio Asu.

—Si se han refugiado ahí arriba, nos complicarán el asalto —dijo Aize observando sus fuerzas.

—Ese sabelotodo de Laino cree que podrá resistir en su preciada montaña de cristal el muy iluso, no sabe lo equivocado que está. Nadie se resiste a mis planes —dijo Asu lleno de soberbia.

—No quiere que lleguemos hasta el Gran Monolito central. Nos niega su Poder —dijo Lurra.

—He enviado varias patrullas al monolito por los cuatro pasos —dijo Aize.

—¿Y? —quiso saber Asu.

—No han regresado.

—Ese vejestorio planea algo —dijo Asu, al que no le gustó la respuesta.

—Qué más da..., pronto estará muerto —dijo Aize.

—No hay que subestimar a estas momias… llevan vivos tanto tiempo porque son inteligentes —dijo Lurra mostrando ciertas reservas.

—Planee lo que planee, no podrá pararnos —dijo Asu recorriendo las tropas con la mirada—. Ya nada puede. Cuando todas las fuerzas hayan terminado de desembarcar y prepararse, atacaremos.

Lur y Aize asintieron.

—Seguid mis órdenes y venceremos. Todo está saliendo según lo planeado. La victoria está al alcance de nuestras manos. Haced lo que os digo y seremos los tres únicos Alto Reyes.

—Estoy contigo —dijo Lurra.

—Y yo —dijo Aize.

—Preparemos el ataque final —dijo Asu con energía.

Sus dos aliados asintieron y marcharon.

Unas horas más tarde se escucharon cuatro fuertes explosiones seguidas del sonido de roca al derrumbarse.

—¿Qué demonios sucede? —preguntó Asu.

—Los pasos al monolito han sido sellados, mi señor —llegó la respuesta de Iradu que ya había desembarcado.

—Algo trama ese Laino.

Aize y Lurra acompañados de sus campeones y su escolta de guerreros de élite se presentaron en el puesto de mando.

—Pero, ¿el qué? —preguntó Aize

—Mejor no pararnos a averiguarlo —dijo Lurra.

—Atacad la maldita montaña. No dejéis ni una piedra en pie del Palacio Real —dijo Asu cerrando el puño con fuerza.

—¿Y los dos Altos Reyes?

—Dad la orden de matarlos. A quién me traiga sus cabezas decapitadas lo cubriré en riquezas. Pasad mis palabras a las tropas.

Todos partieron de inmediato con las órdenes. El ejército del Aire abrió camino montaña arriba entre los edificios de cristal que ya no eran más que escombros. Los seguía el ejército de la Tierra. Cerraba la tercera línea el ejército del Fuego. Formaban tres anillos concéntricos rodeando una montaña en cuya cima se resguardaban los supervivientes de las casas del Éter y del Agua.

Las tres Casas invasoras castigaban la cumbre con proyectiles y explosiones elementales en su ascenso. Desde abajo los Lores enviaban tormentas elementales sobre la cumbre para allanar el camino a sus tropas. Adamis creó una tormenta de fuego de muy baja intensidad y la envió a la cima. Tenía cerca a la Guardia de Honor de Asu y tenía que actuar como si fuera un Lord de Fuego. Viendo a su enemigo tan cerca la idea de matar a aquel insensato cruzó su mente pero tuvo que descartarla pues estaba protegido por Iradu, su primo Erre y su Guardia de Honor. No podría con todos ellos y menos teniendo tan cerca a todo el ejército enemigo. Era mejor esperar y buscar una oportunidad para entrar en palacio y de alguna forma detener a Asu, aunque en aquel momento le pareció imposible poder lograr algo así.

Las fuerzas de la casa del Aire llegaron a cien pasos de la muralla del castillo. Los tornados y vientos huracanados que los precedían empujaban la niebla mortal hacia el castillo protegiendo a sus guerreros. De súbito, se escuchó un estruendo y la tierra tembló. Un gigantesco ser de hielo con forma humanoide apareció surgiendo del castillo. Era descomunal, de más de 50 varas de altura. Levantó uno de sus enormes pies y pasó por encima de la muralla. El suelo tembló al recibir el peso de aquel titánico ser.

Lo atacaron con los tornados y torbellinos. El ser elemental fue golpeado con fuerza y por un momento pareció que iba a perder el equilibrio y derrumbarse, pero lo recuperó y abrió una gran boca de hielo. De ella salió una tremenda bocanada gélida que congeló todo cuanto alcanzó a más de cien pasos de distancia. Los tornados se quedaron petrificados en hielo, al igual que los guerreros de la Casa del Aire que fueron alcanzados.

El desconcierto se apoderó de los guerreros, que comenzaron a atacar al ser con jabalinas eléctricas y descargas tormentosas, aunque apenas dañaban el cuerpo de hielo del gigante que avanzó usando su aliento gélido para congelar a todos los soldados que atacaban las murallas. Los guerreros se reagruparon para atacarlo y la segunda y tercera líneas comenzaron a enviar bolas de fuego y proyectiles de roca. El suelo volvió a temblar y un segundo ser elemental apareció frente a las puertas de la ciudad, tan inmenso como el anterior, pero este era de Éter y parecía un gigantesco espíritu atormentado.

—¡Gran Elementales! —gritó Asu fuera de sí de rabia.

—¿Cómo pueden ser tan gigantescos? —preguntó Erre sin poder creerlo.

Asu miró a su espalda y luego al cielo. Alantres, la Ciudad Eterna, estaba envuelta en la oscuridad, había dejado de brillar con el poder de los Áureos.

—La ciudad se ha apagado. Han desviado todo el Poder del Gran Monolito. ¡Lo han usado para crear esas monstruosidades elementales!

Los dos Gran Elementales comenzaron a repartir muerte entre las tropas enemigas. Los Guerreros y Siervos de las tres Casas saltaban sobre ellos intentando dañarlos con sus armas pero apenas hacían mella. Con tremendos barridos de brazos y piernas los dos seres enviaban muerte a los soldados.

Cada paso que daban montaña abajo hacia temblar la tierra y derribaba las unidades enemigas.

—¡Malditos ancianos malnacidos! ¡No me venceréis! ¡Ni hoy ni nunca!

—¿Qué ordenáis, mi señor? —preguntó Iradu.

—¡Mis Lores! ¡A mí! —llamó Asu.

Un centenar de Lores se presentaron ante su señor. Todos portaban Garras en sus brazos derechos. Formaron un círculo alrededor de Asu y abrieron los brazos en Cruz, tocándose los unos con los otros.

—A mi orden —dijo Asu.

Los Lores cerraron los ojos y se concentraron. Asu abrió los brazos y dio la orden. Los Lores traspasaron todo su Poder a su señor. Todo, hasta la última gota. Para no morir, activaron de inmediato las garras y se inyectaron esencia de vida de los esclavos almacenada en los discos. Cayeron al suelo exhaustos y perdieron el sentido. Asu, cargado con el Poder de sus Lores, bramó:

—¡Nadie puede detenerme! ¡Nadie!

Se produjo un enorme destello ámbar y un Gran Elemental de Fuego tomó vida. Era tan gigantesco como sus rivales.

—Acaba con ellos —le ordenó Asu.

El Elemental subió por la montaña a enfrentarse a sus congéneres. A su encuentro salió el Gran Elemental de Éter que con cada pisada enviaba por los aires a los guerreros a sus pies. Mientras tanto, el Gran Elemental de Hielo atacaba a las tropas de la Casa del Aire.

Los dos seres se miraron con bestiales ojos dorados imbuidos del Poder de los Áureos. El Gran Elemental de Fuego bramó desafiante y llamas surgieron de su boca. El Gran Elemental del Éter no se achicó y respondió a su vez con un chillido espectral. El ser de fuego atacó y un enorme brazo ígneo se dirigió a golpear el torso de su enemigo pero no atravesó más que un torso inmaterial. El elemental de fuego rugió de rabia e impotencia. El elemental de Éter envío una bocanada letal a su contrincante. La bocanada hirió al ser de Fuego que se vio obligado a retrasarse, pero se recuperó y contraatacó. Abrió la boca y envió una bocanada enorme de fuego contra su enemigo. El ser de Éter recibió las llamas en rostro y pecho y su cuerpo espectral cogió fuego. El elemental de Fuego rugió triunfal mientras el fuego se propagaba por todo el cuerpo del ser de Éter que un momento más tarde caía derribado y envuelto en llamas.

Al ver a su aliado perecer, el Gran Elemental de Hielo detuvo su ataque contra los guerreros para atacar al ser de Fuego. Los dos seres gigantescos intercambiaron golpes descomunales intentando derribarse el uno al otro. El ser de hielo dio dos grandes pasos hacia delante y de un golpe tremendo derribó al elemental de Fuego que cayó de espaldas como si una montaña se derrumbase entre grandes llamaradas. El ser de Fuego intentó ponerse en pie pero ya tenía a su rival encima. Clavó una rodilla y antes de ser golpeado envió una llamarada contra el elemental de Hielo. Pero en esta ocasión la bocanada de fuego no afectó del mismo modo al ser de Hielo. Parte del brazo derecho y del torso se derritieron y se cayeron al suelo convertidos en agua. El elemental de Hielo rugió y con toda su rabia envió una enorme bocanada gélida. Con un bramido de desesperación el ser de Fuego se apagó bajo el poder del Agua. Se quedó de rodillas cual masa humeante. El elemental de Hielo soltó una potente patada y destruyó al elemental de Fuego esparciendo sus restos por el campo de batalla.

—¡No! ¡Maldito! —grito Asu—. ¡Atacadlo todos!

Los guerreros y Lores de los tres ejércitos se lanzaron contra el elemental herido. El gigantesco ser continuó luchando hasta que fue reducido bajo el ataque de miles de guerreros. Cayó al suelo y se rompió en mil pedazos de hielo que un momento después eran sólo agua.

—¡Sí! —gritó Asu eufórico—. ¡Nada me detendrá!

Adamis sintió que era el final para los suyos. Asu llamó a sus dos aliados y se reunieron en el puesto de mando.

—Ya son nuestros —dijo Asu.

—Mis Guerreros están listos para el ataque final —dijo Lurra.

—Mis fuerzas han sufrido un fuerte varapalo —dijo Aize.

—¿Y? —preguntó Asu.

—Que será mejor que sean las fuerzas de Lurra las que abran camino ahora.

Asu miró a Lurra con ojos entrecerrados.

—¿Qué opinas de eso?

Lurra observó el campo de batalla y luego a Aize. Se acercó hasta él y con un movimiento fugaz le clavó la daga de piedra en el ojo hasta la empuñadura. Aize murió con una expresión de total incomprensión y sorpresa. Antes de que su cuerpo tocase suelo, Iradu daba la orden de atacar a la casa del Aire.

—Me lo pediste y te lo concedí —dijo Asu a Lurra con una sonrisa torcida.

—Gracias —dijo Lurra con cara de plena satisfacción, y realizó una pequeña reverencia teatral—. Nunca pude soportar a ese llorón. Tiene lo que se merece.

Asu asintió con ojos llameantes.

—Iradu, que no quede ni un Lord, ni un Guerrero, ni un Siervo del Aire vivo.

—Así se hará, mi señor.

Adamis contempló atónito cómo las fuerzas de la Casa del Fuego y de la Casa de la Tierra traicionaban a las de la Casa del Aire y les daban muerte. Llegó el anochecer y presenció la sangrienta caída de la una vez poderosa Casa del Aire.

Capítulo 34

La batalla entre Hombres y Dioses entró en su fase decisiva. Kyra y Albana habían conseguido acabar con los Dioses-Lores y causar bajas considerables a los Dioses-Guerrero en la parte norte de la planicie. Los tenían rodeados por el Pueblo de las Estepas y el Pueblo de los Árboles.

Por el contrario, Ikai estaba perdiendo la batalla al sur. Si el asalto inicial de los Dioses-Guerrero había sido demoledor, lo que siguió fue aterrador. Una vez en medio de la horda de rebeldes, los Dioses-Guerrero comenzaron a desplegar todo su poder destructor como los increíbles soldados que eran. Los rebeldes caían muertos por sus lanzas de plata y escudos elementales o despedazados alcanzados por explosiones de Poder que creaban para acabar con cuanto les rodeaba. Por cada Áureo que caía, morían cientos de hombres.

En medio de la batalla, Ikai envió Poder a su esfera protectora y encaró el Dios-Guerrero que tenía delante. Pertenecía a la Casa del Éter y había generado una bruma letal a su alrededor. Más de una treintena de desdichados habían muerto a sus pies al ser alcanzados por aquella bruma que parecía devorar sus espíritus. Ikai se concentró y le envió un Espíritu de Agonía. El Áureo, sorprendido, se defendió con escudo y lanza elemental. Pero al ser un engendro del mismo elemento no consiguió dañarlo. Ikai creó un Espíritu de Dolor y lo envió contra el guerrero. Los espíritus lo devoraron.

Una sacudida gélida le avisó de que lo atacaban por la espalda. Se giró para encarar un Dios-Guerrero del Agua. Ikai ordenó a sus dos espíritus que lo atacaran pero esta vez la lanza y escudos de hielo sí los dañaron. El guerrero los destruyó aunque se quedó malherido. Ikai envió un tercer espíritu a rematarlo. Su uso del Poder había llamado la atención de varios

Dioses-Guerreros. Uno de ellos, de la Casa de la Tierra, le lanzó una jabalina de roca con afiladas aristas que golpeó contra la esfera de Ikai con enorme potencia. A su derecha, Burdin saltó sobre la espalda de un Áureo de la casa del Aire. El enorme soldado había creado dos torbellinos de viento con fuertes sacudidas de su escudo que enviaban a los rebeldes por los aires para caer sobre sus compañeros.

Ikai y Burdin luchaban con todo su ser en medio de una batalla caótica que iban perdiendo. Los rebeldes luchaban y morían como valientes, no se rendían, continuaban atacando aun cuando todo indicaba que estaban perdidos. Un Dios-Guerrero de la Casa del Fuego vio a Burdin ponerse en pie junto al cuerpo del Áureo que había matado. Ejecutó un movimiento con su lanza de fuego y de ella partió un látigo ígneo que con un restallido llameante alcanzó a Burdin en la espalda. El guerrero de las Tierras Altas se arqueó de dolor y bramó. El látigo volvió a volar y le golpeó en el pecho con tremenda fuerza. Burdin cayó. No se levantó.

Varios Dioses-Guerrero del Agua avanzaban entre los rebeldes generando olas con un movimiento sincronizados de lanza y escudo. Eran olas gélidas que se expandían a su alrededor. Los rebeldes morían congelados al ser alcanzados. Los pocos que sobrevivían eran despedazados por las lanzas de hielos de los Áureos. Los rebeldes tiraban con arco y lanza pero los Dioses seguían avanzando con infinidad de heridas y seguían matando como titanes de guerra.

Ikai acabó con el Áureo que le atacaba y echó una rápida ojeada alrededor para estudiar la situación. Una veintena de Dioses-Guerrero de la Casa del Fuego avanzaban desde el este arrasando a quien se pusiera a su alcance con bolas de fuego y estallidos de llamas. La batalla estaba perdida. Se secó el sudor de la frente, resopló y dio la orden de retirada. Burdin, herido, le miró desde el suelo implorándole que siguieran luchando. Ikai negó con la cabeza, entendía lo que su amigo sentía y hubiera dado cualquier cosa por continuar luchando pero era un suicidio. Los Áureos eran demasiado fuertes, los estaban destrozando.

—¡Retirada! —gritó a los suyos.

Los supervivientes de entre los Senoca, el Pueblo de las Tierras Altas y el Pueblo del Oeste comenzaron la retirada hacia el Nuevo-Refugio. Se retiraban corriendo por sus vidas mientras los Áureos se reagrupaban para perseguirlos.

Al norte Kyra se percató de que su hermano se retiraba.

—¡Tenemos que ayudarlos! —gritó a Albana.

—Los están masacrando. Acabemos aquí y ayudémosles —dijo Albana asintiendo con rostro grave.

Intensificaron los ataques y consiguieron acabar con los últimos Dioses-Guerrero que resistían al norte.

—¡Lo conseguimos! —gritó Kyra llena de renovada energía.

—Hay que formar y avanzar hacia el sur —le dijo Albana.

Organizaron con rapidez a sus fuerzas. Y comenzaron a avanzar hacia el Nuevo-Refugio. Al fondo veían a Ikai y los suyos retirarse a la carrera mientras más de 2000 Dioses-Guerrero los perseguían formando dos largas hileras, sin romper filas, manteniendo un paso marcial, en perfecta formación.

Ikai ordenó a los rebeldes que tomaran las casas y se refugiaran en ellas. Allí harían su última defensa. Los rebeldes tomaron techos, ventanas y puertas. Sacaron arcos, lanzas, cuchillos y se prepararon para el final. La muerte se acercaba retumbando sobre la llanura, bajo las botas de aquellos enormes soldados elementales de horror y destrucción.

Ikai buscó a su hermana y Albana con la mirada desde el tejado de una de las casas en el centro.

—¿Vienen? —preguntó Burdin tumbado sobre el tejado. Ikai no sabía cómo seguía con vida. Debería estar muerto con aquellas heridas pero se resistía a partir al más allá.

—Vienen, no te preocupes. Los alcanzarán por la espalda.

Burdin sonrió.

—Acabaremos con ellos —dijo con confianza.

Ikai estudió la situación. Incluso con las fuerzas de Kyra y Albana, las posibilidades eran mínimas. Observó el campo de batalla: miles y miles de valientes hombres y mujeres yacían muertos. La rabia y la frustración hicieron que los ojos se le humedecieran. «No pueden haber muerto para nada. No podemos morir todos para nada». Cerró el puño sobre el disco y deseó tener el Poder para detener a aquel ejército de Áureos antes de que aniquilaran a los Hombres. Pero no lo tenía y el final se acercaba de forma inexorable.

A trescientos pasos de las casas, los Dioses-Guerrero se detuvieron. La primera línea dio un paso adelante y formó. La segunda línea se giró en redondo para encarar las fuerzas de Kyra y Albana que llegaban por la retaguardia. Ikai suspiró profundamente. Al ver las dos formaciones supo que no lo conseguirían. Incluso sin sus Lores aquellos soldados sabían lo que tenían que hacer y cómo. Estaban perfectamente adiestrados en el arte de la guerra.

Las fuerzas de Kyra y Albana se detuvieron a una distancia prudencial y esperaron la señal para atacar. Ikai se llevó el cuerno a los labios y fue a soplar pero no lo hizo. Si daba la orden lo más probable era que murieran todos. Su corazón le decía que lo hiciera y su mente racional se lo impedía. Respiró profundamente. Luchar les daba una oportunidad, mínima, pero una. Huir los condenaba a ser cazados como alimañas. Se lo debía a todos los que habían dado ya su vida. Y entonces su corazón venció a su cabeza.

«¡Lucharemos! ¡Por ellos, por todos!».

Respiró y se dispuso a soplar cuando descubrió en la distancia cinco carros Áureos. Entraban en la planicie cada uno por una dirección diferente y el corazón le dio un vuelco. ¡Más Dioses-Lores! No podía creer su mala suerte. Los cinco carros avanzaron por separado hasta tener a la vista al ejército de Áureos y se detuvieron. Ikai los observaba intentado entender el significado de aquello. Ahora los podía ver mejor. No eran Dioses-Lores, eran Ojos-de-Dios, Siervos. Ikai bajó el cuerno desconcertado. Los Ojos-de-Dios extendieron la mano y un disco brilló en ellas, cada uno con el color de su Casa. El fulgor continuó repitiéndose a intervalos.

De pronto, las dos hileras de Dioses-Guerrero rompieron formación. «¿Qué hacen?» se preguntó Ikai extrañado. Se dividieron en las Cinco Casas y cada una se dispuso formando un triángulo. Muy despacio, observándose los unos a los otros, comenzaron a retroceder y separarse. ¿Qué significaba aquello? Ikai observaba perplejo la maniobra militar. De súbito, ante la atónita mirada de todos, del triángulo de la Casa del Fuego salió despedida una enorme bola ígnea que se estrelló contra el triángulo de la casa del Éter explotando en grandes llamaradas. Del triángulo de la Casa de la Tierra una enorme roca salió rodando a una velocidad vertiginosa para estamparse contra el lateral del triángulo de la casa del Agua.

Ikai quedó con la boca abierta. Le costó unos instantes reaccionar. «¡Por Oxatsi! ¡Se están atacando entre ellos!». No podía entenderlo. ¿Qué sucedía? Y lo que era más importante: ¿por qué razón? Le llevó un momento poner sus ideas en orden y asimilar lo que sus ojos estaban presenciando. El triángulo de la Casa del Aire se retiraba mientras las casas del Agua y del Éter se defendían de los ataques recibidos y contraatacaban. De pronto la Casa del Fuego atacó a la del Aire y ésta se defendió atacando a su vez.

Al verlo Ikai dedujo al fin el significado de aquello: eran mensajeros enviados por las Casas Aéreas. Golpeó la pulsera en su mano derecha varias veces con los dedos. Y entonces le llegó el mensaje que el disco repetía una y otra vez:

«*La gran guerra Áurea ha comenzado. Gloria al vencedor*».

—Los Dioses… han entrado en guerra —balbuceó.

—¿Qué dices? —preguntó Burdin pensando que había entendido mal.

—Los Áureos luchan entre ellos —dijo Ikai señalando la batalla que estaba teniendo lugar entre las formaciones triangulares.

—¡Por las tres diosas! ¡Eso nos da una oportunidad! —dijo Burdin.

Ikai asintió.

—Esto lo cambia todo.

Sin desperdiciar un momento Ikai se agazapó. Activó la pulsera y usando el disco de Adamis contactó con su hermana y Albana. Era arriesgado pero la nueva situación lo requería.

—¿Arriesgas una comunicación? Pueden interceptarla —le respondió Albana.

—¿Qué sucede? —le preguntó Kyra casi simultáneamente—. ¿Por qué luchan entre ellos?

—Los Áureos han entrado en guerra —les advirtió Ikai.

—Si están en guerra, nosotros somos ahora el menor de sus problemas. No creo que haya nadie escuchando nuestra comunicación.

—Es probable —dijo Albana recapacitando.

—¡Eso son muy buenas noticias! —dijo Kyra con tono de júbilo.

—No intervengáis. Dejemos que la situación se resuelva.

—Muy bien, es lo más prudente, aunque a gusto los destripaba a todos —dijo Kyra.

—¿Qué hacemos cuando terminen de matarse entre ellos? —preguntó Kyra.

—Esperemos a ver cómo concluye. No nos precipitemos. Estad atentas a mi señal.

—Lo estaremos —le aseguró Albana.

La batalla entre los Áureos fue tan terrible como devastadora. Los Dioses-Guerrero usaron todo su arsenal de Poder elemental sin romper la formación triangular. Los ataques eran concentrados, intentaban romper la formación defensiva golpeando sobre los laterales. El estruendo que generaban era ensordecedor, como si mil tormentas estuvieran concentradas sobre el campo de batalla. Cuando un Dios-Guerrero era abatido otro del interior del triángulo lo sustituía. Poco a poco las tres caras fueron perdiendo efectivos por los devastadores ataques. El primer triángulo en caer fue el de la Casa del Éter. Uno de sus lados se colapsó cuando los últimos guerreros formando barrera cayeron entre llamas y el triángulo se rompió. La Casa de la Tierra los atacó sin piedad con una lluvia de roca y explosiones de piedra. Bajo la presión intentaron retirarse pero la Casa del Fuego los bombardeó y las llamas derivadas de las explosiones acabaron con los últimos efectivos de la Casa de Éter.

Ikai se dio cuenta de que las Casas del Fuego y de la Tierra no se atacaban entre ellas, sino que atacaban conjuntamente a las otras Casas. Aquello era significativo. La Casa del Agua cayó poco después, sus soldados estaban destrozados por llamas y roca. Finalmente se centraron en la casa del Aire. Sus guerreros lucharon creando grandes vendavales y generando cientos de descargas eléctricas sobre sus enemigos. Causaron muchas bajas pero no pudieron con las dos casas aliadas. Y de repente todo se quedó en calma. El estrépito murió y los dos triángulos supervivientes se quedaron inmóviles. Ambos habían sido muy castigados y apenas les quedaban guerreros para sostener la formación. Ikai aguardó pacientemente. No quería precipitarse. ¿Se atacarían?

Los dos triángulos comenzaron a moverse. Avanzaban el uno hacia el otro. Ikai entrecerró los ojos. ¿Qué sucedería? Para su sorpresa, los triángulos de la Casa del Fuego y de la Casa de la Tierra se unieron en uno.

—Hay más de lo que parece detrás de esto… alianzas… —musitó Ikai.

Burdin lo miró sin comprender.

Ikai recapacitó un largo momento. Se decidió y comunicó con Kyra y Albana.

—Acabaremos con los vencedores —dijo Ikai.

—Buena decisión, hermano.

—¿Estás seguro? —preguntó Albana.

—Sí, hay que enviar un mensaje muy claro a la Ciudad Eterna. Si nos atacan serán diezmados.

—De acuerdo —dijo Albana.

—Preparaos, atacaremos a mi señal.

La señal llegó y un mar de rebeldes rodeó el triángulo enemigo. Por un momento nadie atacó. Los Áureos mantuvieron la formación defensiva mientras los rebeldes untaban sus armas con el preparado de Aruma. Muy despacio Ikai dio unos pasos al frente y se situó encarando uno de los laterales del triángulo. Kyra y Albana lo imitaron encarando los otros dos. Los Áureos los observaban. Ikai levantó su esfera defensiva y Kyra y Albana lo hicieron un instante después. Los Áureos no pudieron soportar la provocación y los atacaron, concentrando su Poder elemental en ellos tres. Ikai resopló. Era justo lo que deseaba. Sus esferas aguantarían las primeras descargas y eso evitaría que atacaran los suyos. Envió más Poder a su esfera para reforzarla y dio la orden.

—¡Al ataque! ¡Por la libertad!

El mar de hombres se precipitó sobre el islote Áureo.

Y lo impensable sucedió.

¡Los Hombres derrotaron a los Dioses!

Capítulo 35

—¡Tomad el Palacio Real! —ordenó Asu a sus fuerzas.

Los ejércitos de las Casas de Fuego y Tierra se lanzaron al ataque. La batalla fue atroz. Los defensores de la Casa del Éter con ayuda de los supervivientes de la Casa del Agua lucharon con todas sus fuerzas, Poder y desesperación, sabedores que ceder un paso significaba el final. Los primeros en perecer y desparecer del campo de batalla en ambos lados fueron los Siervos. Cayeron en masa incapaces de hacer frente al inmenso Poder de sus señores.

Los Lores creaban tormentas elementales que castigaban murallas y almenas con el objetivo de allanar el camino a los guerreros. Con estallidos de fuego y tierra los guerreros se propulsaban hasta las almenas enviando proyectiles elementales contra los defensores. Estos, a su vez, los atacaban intentando repelerlos y que no pusieran pie en las almenas. Los guerreros y Lores de Éter se defendían creando espectros de dolor, agonía y muerte acompañados de brumas mortíferas.

Pero el enemigo disponía de un arma secreta además de una superioridad numérica manifiesta.

—¡Usad las Garras! —dijo Asu a los suyos mostrando la que él llevaba en su brazo derecho—. ¡Descargad todo vuestro Poder sobre el enemigo! ¡Las Garras repondrán vuestra esencia de vida! ¡Ahora sois inmortales! ¡Por mi gracia! ¡Atacad sin piedad!

Y poco a poco los defensores fueron cayendo bajo la superioridad del enemigo hasta que llegó la llamada a retirada. Las fuerzas asaltantes consiguieron tomar las murallas, se hicieron fuertes y castigaron a los defensores en retirada hacia el Palacio Real: la última defensa.

—Las murallas son nuestras —comunicó Iradu a Asu—. ¿Atacamos el palacio?

Asu miró a su primo Erre.

—¿Está todo listo?

Éste intercambió una mirada con Iradu que asintió.

—Todo listo, mi señor.

—Entonces aguardamos.

Adamis estaba a punto de marcharse, quería luchar con los suyos y defender el Palacio Real pero aquello lo desconcertó. ¿A qué se refería Asu? ¿A qué esperaba?

Lurra y su Campeón llegaron hasta el puesto de mando. Avanzaban con grandes zancadas seguidos de la Guardia de Honor de Tierra.

—Tenemos un grave problema —anunció Lurra.

Asu se volvió hacia él con gesto de no entender.

—Me informan mis espías que la casa de Hila, la Casa de los Muertos, está atacando los Anillos que hemos dejado desprotegidos —dijo Lurra—. Han aprovechado que estamos luchando aquí para atacarnos a traición.

—¿La Casa desterrada? ¿Cómo se atreven? ¡Esto es un ultraje! —dijo Asu.

—Tenemos que retirarnos y defender nuestras casas —dijo Lurra—. Mientras luchamos aquí por conquistar el Primer Anillo nuestros hogares están indefensos.

—Esa no es una buena estrategia —dijo Asu.

Lurra negó con la cabeza.

—Sé que quieres alzarte con la victoria aquí, yo también, pero no puedo dejar que esos necrófilos ataquen mi Casa y no defenderla.

—En la guerra hay que hacer sacrificios —dijo Asu.

—Lo que me pides no lo puedo hacer. Mi Casa es mi deber primero.

—Imaginaba que dirías eso.

—Me retiro con mis tropas.

—Eso no será necesario —dijo Asu, y su rostro mostró una sonrisa torcida.

—¿Qué quieres decir?

Asu señaló a la espalda de Lurra.

Encabezando a un centenar de siniestros Lores, llegaba Beltz, Rey de la Casa desterrada de Hila. Lo acompañaba Lord Woz, su sobrino. Eran macabramente inconfundibles: vestían de negro de pies a cabeza a excepción de un fajín plateado donde llevaban dos largas dagas curvas. En su dorada frente, sobre la afeitada cabeza y bajo los ojos, llevaban tatuados en negro extrañas símbolos de muerte de sus rituales. Pero lo que los hacía totalmente inconfundibles eran sus ojos: negros, con el iris dorado y la pupila blanca.

—¿Qué es esto? ¿Qué hacen ellos aquí? —balbuceó Lurra con los ojos clavados en los recién llegados sin comprender.

Asu sacó una daga de fuego y sin mediar palabra la clavó en la nuca de Lurra hasta la empuñadura.

—Esto, mi querido Amigo —dijo Asu—, significa que sólo habrá un Alto Rey: ¡yo!

Lurra, con ojos desorbitados, se dio la vuelta e intentó con sus manos llegar a la daga que lo había matado. Se encontró con los ojos rebosantes de codicia de Asu.

—Traidor... debí haberlo sabido...

—Sí, pero no fuiste lo bastante inteligente. ¿O acaso creías que iba a compartir Alantres contigo?

El ahora Rey de la Tierra se desplomó con una expresión de horror en el rostro.

—Estúpido —dijo Asu con un desdén supremo.

—Matad a todos los guerreros y Lores de la Casa de la Tierra, ya no los necesitamos —ordenó Asu.

Iradu, Erre y la Guardia de Honor de Asu ya se habían precipitado sobre la escolta del difunto Rey. El combate fue breve y brutal.

—Es una suerte que yo no tenga aspiraciones —dijo Beltz con una enorme sonrisa torcida.

—Las aspiraciones son muy peligrosas —dijo Asu, y sus ojos refulgieron.

—Alantres y ser Alto Rey no me interesan lo más mínimo, son todo tuyos.

—Me complace oír eso —dijo Asu con una mirada amenazadora—. De lo contrario terminarías como el resto...

Beltz asintió.

—Pero requiero de mi compensación por ayudarte.

—Y la tendrás. Todos los muertos serán tuyos, ahora y en el futuro.

—Estoy seguro de que serán muchos. Mi Casa estará muy complacida —sonrió Beltz.

—Lo serán. Esta es una alianza muy beneficiosa para los dos. Yo reinaré y tú dispondrás de innumerables cuerpos para tus ritos sacrílegos.

—Una alianza perfecta —dijo Beltz con una enorme sonrisa y ojos profundos como la misma muerte.

—Sólo recuerda mantener tus zarpas alejadas de Alantres.

—Los vivos no interesan a mi Casa. Te los cedemos. Cuando terminemos aquí volveremos a nuestra isla.

—Muy bien. De lo contrario… —Asu señaló el cuerpo de Lurra.

Beltz sonrió y abrió los brazos en gesto de acuerdo.

—Ahora tomemos la fortaleza y arrasemos el resto de los Anillos. ¡Que todos sepan quién es el único Alto Rey! ¡Que todos se arrodillen y supliquen por sus vidas ante mí!

Adamis ya había presenciado lo suficiente. Con un sentimiento de angustia sobrecogedor atenazándole el pecho se dirigió a una entrada secreta en los muelles tan rápida y discretamente como su maltrecho cuerpo le permitía. La encontró y se cercioró de que nadie lo veía. La entrada secreta le conduciría a un largo pasadizo subterráneo que desembocaba en los sótanos del Palacio Real. La familia real había dispuesto diferentes pasadizos secretos para poder evacuar el Palacio Real en caso de necesidad y Adamis utilizaría uno de ellos para llegar hasta su padre.

Al alcanzar los sótanos del palacio se quitó el yelmo para que pudieran ver su rostro y reconocerlo por quien era: el Príncipe del Éter. Lo que encontró al llegar le llenó el corazón de inmensa pena. Habían apilado a los miles de muertos en los sótanos. Adamis reconoció a Lores y miembros de su familia. Dos guerreros de guardia le dieron el alto. Adamis se presentó y los guerreros, al reconocerlo, clavaron la rodilla.

Le ofrecieron una armadura en los colores de la casa del Éter para que no fuera confundido con un asaltante. Adamis vistió los colores de su Casa con orgullo y subió en busca de su padre.

A medida que ascendía por las escaleras de mármol blanco, podía escuchar los gritos y explosiones elementales del combate desesperado que se estaba produciendo muy cerca. Encontró a su padre en la sala del trono rodeado de fieles que lo defendían.

Teslo, Campeón de la casa del Éter, le dio el alto.

—¡Quién va! —dijo al verlo acercarse.

—¿No me reconoces, Teslo?

—¡Pero... no puede ser! Yo os di muerte... —dijo el Campeón negando con la cabeza.

—Sí, pero la sentencia aún no se ha consumado.

—Mi señor... yo… —dijo Teslo clavando la rodilla y bajando la cabeza en señal de respeto.

—Lo sé, Teslo, cumpliste con tu deber. Nada te reprocho.

—Gracias, Alteza.

—Os llevaré con vuestro padre.

Laino, Alto Rey del Éter, estaba dando órdenes a sus Lores y no se percató de la llegada de Adamis.

—Padre... —dijo Adamis aguantando un nudo en la garganta con sentimientos contradictorios de amor y odio luchando en su corazón.

El rostro de Laino pasó de la más intensa preocupación al de confusión y negación para al cabo de un momento después mostrar el mayor de los júbilos.

—¡Adamis! ¡Estás vivo!

—Sí, padre —dijo Adamis luchando entre la alegría que sentía por ver a su padre vivo y el dolor por el rechazo y la sentencia a muerte.

—¡No puedo creerlo, es un sueño! —dijo él observándolo con ojos como platos.

—No, padre, estoy aquí y sigo vivo. He venido a ayudar.

—¿Después de lo que hice? ¿Aun así has venido?

—Sí, padre. Esta es mi familia, mi Casa, si me necesita siempre acudiré.

—Pero ordené matarte —dijo, y lágrimas asomaron en sus ojos.

—Eres mi padre… yo siempre te querré… —las palabras le salieron sin pensar y al escucharlas de su propia boca se dio cuenta de que así era y sería siempre.

—¿Cómo pude ser tan necio?

—Hiciste lo mejor para tu Casa, fui yo quien te traicionó ayudando a los esclavos.

—Obré mal, lo supe en el momento que di la orden. ¿Podrás perdonarme algún día?

—Ya lo he hecho, padre. No te guardo rencor.

Y para su sorpresa así era. El dolor fue desapareciendo de su corazón y sólo quedó amor por quien le había dado vida.

—Hijo, lo lamento tanto... Esta guerra sin sentido, este horror era lo que quería evitar. Por eso lo hice, por eso te condené… Y ¿para qué? Para nada. Cuan estúpido me siento. Cuan erróneo ha sido mi proceder ante la soberbia de los Áureos, ante la esclavitud de los hombres. Ante ti.

—Es el pasado. Está olvidado. Miremos al futuro.

—Gracias, hijo. No sabes cuánto significa para mi tenerte aquí de vuelta después de lo que he hecho.

—Asu ha sido muy inteligente y ha dado un golpe que nadie podía prever. Tus acciones han sido justas me condenaste para evitar una guerra.

—Te di el castigo con la esperanza de un milagro... Notaplo me confió que había una oportunidad, por eso elegí la daga Asesina de Reyes.

—Sí, el bueno de Notaplo estaba en lo cierto una vez más, los Hijos de Arutan me salvaron.

—¿Esa secta de traidores? No puede ser. Los creíamos extintos.

—Sí, a ellos debes mi vida. Y mucho más pues han estado velando por el bien de los Áureos desde las sombras.

—En ese caso y por venir de ti, se lo agradeceré si llega el momento.

—Deberías. Y gracias, padre, por darme una oportunidad con la daga…

—No podía matar a mi hijo a sangre fría, no podía... —dijo, y puso sus manos sobre el rostro de Adamis.

Padre e hijo se miraron a los ojos, Laino lloró y las lágrimas de su padre lavaron todo el dolor que Adamis había estado arrastrando. Se fundieron en un abrazo mientras todos en la sala los miraban.

Laino se dirigió a ellos: este es Adamis, mi hijo, heredero al trono, y hoy aquí con vosotros mis fieles como testigos lo restituyo como mi sucesor y heredero.

—¡Salve Adamis! —dijo Laino.

—¡Salve al Príncipe de la Casa del Éter! —dijo Teslo.

—¡Salve! —aclamaron todos.

Las explosiones y gritos en el exterior se intensificaron. Uno de los Lores llegó a la carrera.

—¡Han lanzado la ofensiva final! —anunció.

—¡Defended la Casa! —ordenó Laino a los suyos.

—¿Qué puedo hacer? —preguntó Adamis a su padre.

—No me queda Poder. Lo he consumido todo.

—¿Y el Alto Rey de la Casa del Agua?

—Ha muerto defendiendo las murallas. Se lo han llevado a su templo en el continente para enterrarlo con honor.

—Lo lamento... Sé que erais buenos amigos.

—Toda una vida de aliados. Ha luchado con honor y valentía por salvar a los suyos. Merece nuestro respeto y el descanso final de un Alto Rey.

Adamis asintió.

Laino lo miró con rostro de preocupación.

—Debes salvar a tu madre y los otros.

—¿Dónde está madre?

—En la cámara del portal real. Está organizando la evacuación por si no conseguimos resistir.

—¿Lo conseguiremos?

Laino suspiró profundamente.

—No lo creo. Son demasiado fuertes.

—Entonces lucharemos hasta el final. Estaré a tu lado.

Laino con ojos húmedos y un nudo en la garganta apenas pudo decir:

—Gracias, hijo.

Varias explosiones de fuego muy cercanas hicieron temblar las paredes de la cámara y parte del techo se derrumbó.

—¡Están en las puertas! —llegó el aviso.

Laino sujetó a Adamis por los hombros.

—Ve a ver a tu madre, asegúrate que tenemos una vía de escape.

—Voy ahora mismo.

—Gracias, hijo.

Adamis recorrió los pasillos de palacio entre el estruendo de las explosiones. Los guerreros de su padre se parapetaban tras columnas y barricadas improvisadas para resistir el asalto final.

Al llegar a la cámara del portal la encontró atestada de Áureos de las dos Casas aliadas. Eran los refugiados de la Casa del Agua y los Áureos de la Casa del Éter que no eran aptos para luchar. Pero encontró algo más que inicialmente le obligó a detenerse lleno de temor: en varias cámaras adyacentes había cientos de Áureos de la Casa del Aire e incluso de la Casa de la Tierra. Estaban siendo vigilados por guerreros de la Casa del Éter. «Qué hacen ellos aquí? ¿Cómo han llegado?».

Encontró a su madre frente al gran portal hablando con varios Eruditos.

—Madre... —dijo Adamis con un nudo en la garganta.

Ella se dio la vuelta y lo miró. Al reconocerlo pareció como si estuviera ante una aparición.

—¡Adamis! ¡Hijo mío! —exclamó, y se abalanzó a abrazarlo.

—¡Madre, qué alegría!

—¡Estás vivo! —dijo ella palpando los brazos y rostro de su hijo para cerciorarse de que no era un espíritu—. ¡Vives! —exclamó, y sus ojos se llenaron de lágrimas.

—Estoy bien madre. Vivo.

—Le rogué que no lo hiciera, le supliqué que te perdonara, pero no me escuchó.

—Hizo lo que debía por el bien de la casa.

—Nunca se lo perdonaré. Nunca. Desde que te condenó lo abandoné y jamás volveré con él.

—Madre... me ha restituido.

—Eso me alegra el alma pero no cambia lo que hizo. Estoy aquí por toda esta gente que sufre y morirá si no les ayudo, pero no por él.

—Me dio una oportunidad... la daga…

—¿De no morir? ¿Una? No, jamás le perdonaré.

Adamis la abrazó y ella lo bañó en besos y cariño.

—Mi hijo querido está de vuelta conmigo —dijo entre lágrimas de alegría.

Adamis señaló a los Áureos de las Casas rivales.

—Madre… ¿Qué hacen ellos aquí?

—Han estado llegando en los últimos momentos. Han sido traicionados por la Casa del Fuego y sus Anillos están siendo atacados por la Casa de Hila. Me han pedido refugio y se lo he concedido. No quiero ni pensar las aberraciones que la Casa de Hila hará con ellos. No podía negarme. Era condenarles a un final peor que la muerte. Se han transportado desde sus portales pero hace un momento han dejado de llegar. No sabemos por qué.

Adamis se giró hacia el portal real y se percató de que efectivamente estaba apagado.

—¿Qué sucede con el portal?

—Los Eruditos no lo saben pero parece que no es sólo nuestro portal. Como los refugiados han dejado de llegar sospechamos que sus portales también han dejado de funcionar.

—Muy extraño. Realmente extraño.

—Los portales de la ciudad usan el poder del Gran Monolito. Dicen que algo está impidiendo que funcione.

—¿El enemigo?

—No han llegado hasta el monolito, que nosotros sepamos. Tu padre destruyó los cuatro pasos.

—Iré a averiguar qué sucede.

—No, quédate conmigo. Acabo de recuperarte, no puedes irte todavía.

—Tenemos que ponerlos a salvo o morirán —dijo Adamis señalando a su alrededor. Los rostros de los refugiados estaban tomados por el miedo.

—Está bien, pero ten mucho cuidado —dijo ella con resignación.

—Lo tendré, madre, descuida.

Su madre le dio un sentido beso en la mejilla y Adamis marchó.

Un malestar creciente en su estómago le advertía de lo que se encontraría.

Capítulo 36

Adamis llegó hasta el muelle interior del Primer Anillo y buscó uno de los navíos amarrados. No había señales de lucha, lo cual lo tranquilizó. Pero si el enemigo no había llegado hasta allí, entonces por qué razón habría dejado de funcionar el Gran Monolito. Con esas dudas en su mente embarcó y puso rumbo a la isla central.

Atracó en el muelle y desembarcó tan rápido como le fue posible. Estaba en el centro de la Ciudad Eterna, al pie del gigantesco monolito que alimentaba de Poder Alantres. Miró la base bajo el artefacto y sufrió un escalofrío seguido de un dolor intenso en la espalda. Allí dentro estaba la Alta Cámara, el lugar donde los cinco Altos Reyes se reunían y decidían sobre las vidas de Áureos y Hombres.

Observó la entrada al templo sagrado y se tensó. Frente a la puerta descubrió a los guardias de su padre. Estaban muertos. De inmediato levantó su esfera protectora y se preparó. Algo iba mal, muy mal. Pensó en Asu. ¿Cómo habría llegado hasta allí? Sí tenía el control del gran monolito estarían perdidos.

Con mucha precaución abrió las puertas y entró al interior de la gran cámara. No fue descubierto. Observó y lo que vio lo dejó completamente confundido. No era Asu quién controlaba el monolito como él temía: ¡Eran los Hijos de Arutan! Intentando comprender que sucedía, se quedó quieto, observando.

Adamis reconoció a Aruma rodeada de un centenar de sus acólitos. Formaban dos anillos con la anciana líder en el punto central. En el primer anillo, el más grande, estaban la mayoría de los jóvenes acólitos. En el segundo, sólo había una docena de áureos y por su aspecto y avanzada edad Adamis dedujo que debían ser los Ancianos, los líderes. Estaban practicando algún tipo de ritual ancestral. Todos tenían sus brazos alzados hacia la base del negro monolito y los ojos cerrados en un trance místico. Junto a Aruma, en el centro, había colocado un enorme contenedor transparente en forma de cápsula y en su interior se podía apreciar una substancia líquida de color verde-amarronado.

Adamis no entendía lo que sucedía pero viendo a sus aliados allí decidió hablar con ellos e informarse.

—Aruma, ¿qué hacéis aquí? ¿Qué sucede? —dijo Adamis bajando su esfera protectora.

La vieja bruja se volvió hacia él y lo recibió con una amplia sonrisa.

—El Príncipe del Éter nos ha encontrado, y se halla bien —dijo con tono emocionado—. No pensé que conseguirías llegar hasta aquí, no en medio de la vorágine y horror de esta guerra. Me alegra el alma verte sano y salvo.

Nadie más se volvió, todos continuaron concentrados en el ritual.

—Gracias, Aruma, no ha sido fácil pero lo he conseguido. Yo también me alegro en el alma de verte. ¿Cómo habéis llegado hasta aquí?

—Ya sabes que tenemos nuestros medios... —dijo ella con una sonrisa de malicia.

Adamis imaginó que habrían utilizado algún pasadizo oculto o similar. Muchos eran los secretos de Aruma y los suyos, así que no le sorprendió demasiado.

—¿Qué estáis haciendo al Gran Monolito?

—Es un ritual sagrado a Arutan, nuestra madre Naturaleza.

—Debéis detenerlo, estáis interfiriendo con el Poder del monolito y lo necesitamos para usar el portal real y evacuar a los supervivientes refugiados en mi Casa.

Aruma asintió varias veces, pensativa.

—No habíamos tenido en cuenta esta eventualidad —dijo con tono de preocupación—. Por desgracia no podemos detener el ritual sagrado. Lamento que interfiera con el funcionamiento del portal, de veras que lo siento, pero es imperativo que continuemos.

—Pero Aruma, si no lo detienes miles de los refugiados serán exterminados. El Palacio Real está a punto de caer. Asu no dejará a nadie con vida, lo sabes. Debes ayudarme.

—Me gustaría, Adamis, sabes que en mi corazón lo siento así, pero lamentándolo mucho he de denegar tu petición.

Adamis la contempló atónito.

—No puedo creerlo. No lo dices en serio, ¿verdad?

—El ritual debe seguir adelante. Hay demasiado en juego.

—¡Aruma, no puedes! ¡Los condenas a todos a morir!

—Ya están todos muertos, mi querido Príncipe, todos estamos condenados, es sólo una cuestión de tiempo.

—¡Por Alantres! ¿Qué dices? ¿Pero es que habéis perdido la cabeza? ¡Tenemos que salvarlos! ¡Mi madre! ¡Mi padre! ¡Todos morirán!

—Mi joven amigo, ha llegado la hora final —dijo Aruma, y su rostro se volvió sombrío—. Lo que ya preveíamos que iba a suceder se ha dado. Durante mucho tiempo los augurios nos mostraban que llegaría el día en el que la codicia y soberbia de nuestra civilización nos encaminaría a la destrucción de la madre naturaleza. Ese día ha llegado y es por ello por lo que debemos actuar.

—¿Qué día? ¿Actuar cómo? —preguntó para intentar entender qué estaba sucediendo y encontrar una salida a la situación.

—Hoy es el día en el que los Áureos toman un camino irreversible hacia el final de nuestra existencia. Asu y sus aliados de la Casa de los Muertos vencerán, tomarán el poder y será el fin para nuestra madre. Ya nadie ni nada podrá detenerlos. Destruirán no sólo a los Áureos y los Hombres, sino a la propia madre naturaleza. Hoy es el día en que comienza el tramo final hacia el fin de los tiempos. Y por ello hoy debemos actuar y evitarlo. Mañana todo se habrá perdido.

—Tiene que haber algo que podamos hacer. No está todo perdido, mi padre resiste.

—Sí, hará cuanto pueda por proteger a su Casa y sus aliados, pero al final perecerá. Las Casas del Agua y del Éter están condenadas al igual que ya han perecido las Casas del Aire y la Tierra. Todas serán consumidas por la Casa de la Muerte y su corrupto Poder. Los muertos se alzarán y andarán la tierra para seguir devorando y matando en un ciclo vicioso imposible de romper. La Casa de los Muertos es una aberración que corromperá a los vivos. Pero quien realmente destruirá este mundo será Asu con su codicia desmedida. Utilizará todas las tecnologías que han sido desarrolladas para explotar a la madre naturaleza y crear más Poder con el que convertirse en el ser más poderoso de nuestro universo. Buscará seguir viviendo eternamente, explotando humanos, naturaleza y todo cuanto encuentre. Como un gran agujero negro que todo lo traga: vida, poder... todo.

—¿No puedes destruirlo? ¿Matarlo?

Aruma suspiró profundamente.

—Si pudiéramos ya lo habríamos hecho. Se ha intentado varias veces sin éxito. De todas formas, aunque consiguiéramos matarlo, otro surgiría en su lugar. Otro con las mismas ambiciones de dominación e inmortalidad o incluso peores, pues eso es lo que los Áureos maman desde que nacen y es cuanto saben y a lo que aspiran. Las tecnologías para la destrucción de nuestra madre ya están en marcha, tú lo presenciaste. Con el tiempo desarrollarán otras aún peores en su loca persecución de la inmortalidad y el poder absolutos. La raíz del problema son las creencias y fines de nuestra civilización, que nos avocan al abismo. Nuestra civilización destruirá este mundo.

—Detengamos a Asu, ya pensaremos en el futuro más adelante —dijo intentando ganar tiempo.

Aruma negó con la cabeza.

—Tú mismo has sido testigo del devastador poder de Asu y su nuevo aliado. No podemos detenerlo. Vencerá.

—Entonces... ¿qué vais a hacer? —preguntó Adamis lleno de temor.

—Llevamos mucho tiempo preparándonos para este día. Sabíamos que llegaría ya fuese Asu u otro Áureo el que nos llevara al borde del precipicio. Hemos trabajado mucho buscando la forma de evitar la destrucción de este mundo. Yo misma he dedicado toda mi vida, al igual que lo han hecho ellos —dijo señalando al círculo con la docena de ancianos con una sonrisa de agradecimiento—. Y finalmente encontramos la forma.

—¡Entonces hay una salida! —afirmó Adamis con esperanza.

—Sí, pero requiere de un sacrificio sin igual. Uno que la mayoría de los Áureos no está dispuesto a hacer.

—¿Cuál? Quizás pueda convencerlos.

—Este ritual —dijo señalando a sus compañeros y a la base del gran monolito luego.

—No entiendo...

—¿Recuerdas la toxina con la que llevaba tanto tiempo trabajando?

—Sí... el veneno... —respondió Adamis muy intranquilo al recordar que Aruma buscaba crear una toxina extremadamente potente—. ¿Lo has logrado?

—Sí, por fin lo he logrado.

—¿Qué vas a hacer con él?

—No sólo lo he logrado, sino que he conseguido que sólo cause la muerte a los Áureos y sea inocuo para los hombres, animales y plantas.

—¿Qué planeas? ¿Usarlo contra los ejércitos de Asu? —dijo Adamis viendo que les daría una oportunidad.

—Sí, y no —dijo Aruma, y su rostro se llenó de tristeza.

—¿Qué ocurre? Es una buena idea. Podría funcionar. ¿Cómo lo usamos? —dijo Adamis más convencido.

—Verás, una vez esté en el ambiente no se puede controlar su área de efecto. Matará todo Áureo al que llegue.

—¿Mi madre, los míos?

Aruma asintió pesadamente.

—¡Pueden ponerse a salvo usando el portal real! ¡Pueden ir al gran continente!

La líder de los Hijos de Arutan suspiró profundamente y sacudió la cabeza. Adamis la observó un momento y finalmente lo entendió.

—No quieres que nadie escape, no quieres que lleguen al gran continente. Quieres matarlos a todos aquí, en Alantres.

—Lo has entendido —dijo ella bajando la mirada.

—¡No puedes hacerlo! —gritó Adamis al darse cuenta de la locura que los Hijos de Arutan iban a perpetrar—. ¡Es un genocidio!

—Es el sacrificio que la madre naturaleza exige. Mientras los Áureos reinen sobre este mundo ella correrá peligro. Y es un sacrificio que los nuestros no están dispuestos a realizar.

—¡Vais a matarnos a todos! ¡Es una locura! ¡Detente!

—No a todos, hay unos pocos entre los nuestros que son inmunes a la toxina, ellos se salvarán, el resto morirá. Es la única forma de salvar este mundo. Créeme, no lo haría si hubiera otra solución.

—¡Habéis perdido la cabeza! ¡Nos llevas a la extinción como especie!

—No. Los pocos que sobrevivan comenzarán una nueva etapa. Una basada en la lección aprendida. No repetirán los errores del pasado. No buscarán la inmortalidad y el poder absoluto. Buscarán vivir en armonía con las otras especies y con la madre naturaleza.

—No tienes garantía de que eso ocurrirá así. Podrían igualmente seguir el mismo camino que nos ha llevado aquí —rebatió Adamis.

—Está previsto.

Adamis vio el brillo de inteligencia en los ojos de Aruma.

—Has preparado una salvaguarda.

Ella asintió con una sonrisa torcida.

—Tú eres inmune. Sobrevivirás —dijo Adamis viendo la jugada.

Aruma negó con contundencia. Hizo un gesto y Sormacus apareció de entre las sombras.

—No, no yo. Mis discípulos se encargarán de que el Renacer de los Áureos siga el curso que debe.

Al ver a Sormacus una imagen apareció en la mente de Adamis. Los labios negros que le había visto en varias ocasiones.

—Pensaba que estabas enfermo…

—No, estaba tomando el veneno para inmunizarme —dijo él.

—Sormacus, hazla entrar en razón. Tú eres inteligente, sabes que esto es un error demencial.

Sormacus negó con la cabeza.

—Es la única manera. Hemos estudiado todos los escenarios y alternativas. Lo hemos estudiado por centurias. Ninguna otra opción es viable. El Renacer es la única opción. Es eso o la destrucción total.

—¡No! —gritó Adamis.

—Recuerda que hicimos un trato —le dijo Aruma—. Yo te ayudaba a regresar a Alantres y un día te pediría algo muy difícil de hacer que tendrías que cumplir.

—Lo recuerdo…

—Hoy es ese día. Debes honrar el trato. Te pido que no interfieras.

—No puedo hacerlo, no puedo dejar que los mates a todos.

—Me lo debes. Tienes que honrar lo acordado.

Adamis sacudió la cabeza.

—Me pides algo que no puedo hacer.

—Sabías que así sería.

—Sí, pero no esto.

—Entonces rompes tu palabra, no cumples lo que acordamos y me debes.

—No puedo…

Adamis estaba desesperado al ver que no conseguiría convencerlos y que aquella locura mataría a la mayoría de Áureos. Tendría que luchar contra ellos e impedirlo por mucho que lo odiara. No podía permitir que exterminaran a los Áureos, tuvieran o no razón. Simplemente no podía dejar que cometieran semejante atrocidad. Con los ojos clavados en Aruma, levantó su esfera protectora y se dispuso a atacar.

—Eso no servirá de nada —dijo Aruma.

A la espalda de Adamis, desde las sombras, apareció Ariadne. Adamis se giró para encararla. La espada de Ariadne atravesó la esfera protectora de Adamis y la punta de su filo tocó su cuello.

—Ariadne… —balbuceó Adamis completamente sorprendido—. Tú estás muerta… Lord Erre… La casa del Fuego…

—No, Adamis, estoy viva. Te engañamos.

—¿Tú también?

Ariadne asintió sin despegar los ojos de los de él.

—Y como ves tengo una espada como la que Aruma te regaló y cuelga en tu cintura. Tu esfera de nada sirve. No dudaré en matarte si parpadeas. Yo me debo a los míos, a la causa.

—Al igual que no les servirá a aquellos que intenten protegerse de la toxina. La he mezclado con el preparado para atravesar los escudos protectores. Todo ha sido previsto. El Renacer de los Áureos no puede detenerse.

Adamis se sintió el mayor de los necios. Había participado de sus planes, ayudado a completarlos sin él darse cuenta. Mientras pensaba que estaba siendo ayudado en realidad eran él quien ayudaba a completar el plan de Aruma.

—Me habéis usado desde el primer momento, desde que me enviasteis la perla —dijo lleno de pesar y malestar.

—Necesitábamos de ti y de los Hombres para llevar a cabo nuestro objetivo —explicó Aruma—. Nunca te mentimos, te explicamos lo que sucedía, lo que llegaría…

—¡No me explicasteis esta locura!

—Porque sabía que no lo aprobarías —dijo Aruma—. Por ello Ariadne ha estado siempre cerca de ti. Siguiéndote como una sombra.

—Tiene un anillo de camaleón como el que me regalaste, ¿verdad?

Aruma asintió.

—En efecto —dijo la Líder. Ariadne le mostró la palma de la mano izquierda con el anillo mientras la derecha aferraba la empuñadura de la espada y lo guardó en su túnica.

—Los mismos regalos que tú recibiste de mí, los recibió ella con diferentes objetivos.

Adamis bajó la cabeza.

—No puedo creerlo…

—Lo hacemos por el bien de todos: Áureos y Hombres —dijo Sormacus—. Si hubiera otra forma no sacrificaríamos a tantos de los nuestros, créeme, Adamis.

—Sé que vosotros creéis que esta es la única opción pero estáis equivocados, os lo aseguro. ¡Muy equivocados!

—Sabía que no lo entenderías —dijo Aruma—. No te culpo, no puedes ver el bien mayor.

—No hay bien que justifique esto. ¡Detente!

Aruma inclinó la cabeza y suspiró.

—Si se mueve mátalo —dijo a Ariadne.

La joven asintió y clavó sus ojos en Adamis con una mirada de amenaza tácita.

—Sormacus, ha llegado la hora. Acciona el mecanismo —ordenó Aruma

—¡No! ¡Vas a matar a miles de inocentes! —gritó Adamis.

El centenar de Hijos de Arutan comenzaron un cántico ominoso. Sormacus se acercó hasta el gran contenedor transparente y accionó las palancas de los costados. De la parte superior de la capsula surgió una enorme aguja dorada. El líquido en el contenedor comenzó a hervir y al cabo de un instante se comenzó a volatilizar en forma de gas. El gas surgió por la aguja a presión en dirección a la base del Gran monolito.

Los Hijos de Arutan del círculo exterior concentraron todo su Poder sobre la base del monolito. El vapor tóxico comenzó a penetrar en el monolito. Adamis no entendía qué era lo que los Hijos de Arutan estaban haciendo. Y entonces lo vio por el techo acristalado. Una gigantesca nube tóxica de forma circular se estaba creando alrededor del monolito como un gigantesco anillo de color verde-plateado. Cuanto más Poder enviaban los Hijos de Arutan, mayor y más densa era la nube.

—¡No! ¡Diles que paren! —rogó Adamis, e intentó moverse. La espada le hizo un corte superficial en el cuello. Ariadne negó con la cabeza. Sus ojos decían con claridad que lo mataría si intentaba detenerlos.

Aruma le dedicó una mirada condescendiente.

—Todos ellos se sacrificarán hoy aquí. Enviarán todo su Poder para que la toxina llegue hasta los confines de este mundo. No se detendrán hasta que todo su poder haya sido usado.

Adamis sacudió la cabeza en incredulidad. Estaban todos locos.

—Enviadla —dijo Aruma.

—¡No!

—Nada puede hacerse ya. Mis hijos donan todo su Poder y su vida. Mueren consumidos. Se sacrificarán por un nuevo comienzo, por el Renacer de los Áureos.

Los Hijos de Arutan del círculo exterior usaron todo su Poder y, amplificado por el gran monolito, el anillo tóxico comenzó a expandirse y cubrir todo el terreno a su alrededor. Según iban muriendo, la nube se expandía y lo cubría todo con una neblina húmeda que descendía hasta las entrañas de la tierra.

—¡Déjame salvarlos! —rogó Adamis.

—Si abandonas esta cámara, morirás —le dijo Aruma—. La nube toxica se expandirá por todo Alantres. Todos morirán, tú incluido.

—¿Cuánto tiempo?

—Un día.

—Aun así, déjame ir.

—Te condenas —dijo Aruma negando con la cabeza—. Podrías ser parte del Renacer si te quedas.

—Yo me debo a los míos. Debo ir con ellos. Son mi familia.

—No podrás salvarlos.

—Concédemelo. Por la amistad que nos unió.

Aruma suspiró.

—Lamento que esta sea tu decisión pero te concederé tu deseo. Déjalo ir, Ariadne.

La joven miró a Aruma y esta le hizo un signo afirmativo.

Ariadne bajó la espada.

Adamis salió corriendo y abandonó la cámara.

—Adiós, Príncipe del Éter —se despidió Aruma.

Capítulo 37

Adamis regresó al muelle del Primer Anillo y saltó de la embarcación. Un intenso dolor le castigó el costado y se quedó de rodillas sobre el suelo con la mano en las costillas maldiciendo la fragilidad de su cuerpo. Levantó la mirada para continuar y en ese momento lo sintió: una sensación húmeda, con sabor ácido que le calaba todo el cuerpo, de la cabeza hasta los pies. «Estoy condenado...». Miró al cielo y vio que la gran nube venenosa lo había sobrepasado y se expandía en dirección al Primer Anillo cubriendo cuanto encontraba a su paso.

Todo a su alrededor era ahora bruma tóxica. Fue consciente de que ya no había salvación para él pero no sentía miedo. Quizás fuese porque él llevaba ya tiempo condenado a morir y estaba viviendo un tiempo prestado. Ahora había recibido una segunda sentencia de muerte y moriría en un día. «Me levantaré y lucharé hasta el final» se dijo, y sacando fuerzas del orgullo se puso en pie y se dirigió a buscar a los suyos e intentar salvarlos.

Llegó a la sala del trono en medio del estruendo del combate y encontró a su padre tumbado en el suelo rodeado de los últimos fieles que lo defendían. Parte de la pared y el techo de la cámara se habían derrumbado y por ellos intentaban penetrar los guerreros enemigos pese a los esfuerzos de los soldados de la Casa del Éter, que los rechazaban con todo su ser en una última defensa suicida. El clamor del combate era demencial.

Teslo, Campeón de la Casa del Éter, dirigía la defensa luchando en primera fila. Mataba como un demonio de la bruma a cuanto enemigo osara saltar al interior de la cámara.

Adamis llegó hasta su padre. Estaba muy malherido.

—¡Padre!

—Adamis, mi hijo —dijo con una sonrisa marcada por el dolor—. No es nada, un rasguño —dijo con una mueca de sufrimiento.

Adamis inquirió con la mirada a los dos ancianos Sanadores junto a al Alto Rey del Éter. Éstos negaron con la cabeza con ojos llenos de tristeza. Algo más apartado había un Sacerdote vestido con una extraña túnica con capucha blanca decorada con ribetes dorados que esperaba con pose solemne. Adamis recordó que era un Sacerdote Guardián. Su Padre se moría y no había nada que se pudiera hacer por él.

—Padre, debemos partir. No hay tiempo que perder.

—Yo no podré. Sálvate tú. Salva a tu madre y a cuantos puedas.

Adamis miró a su alrededor. El combate era caótico, desgarrador. Las bajas se amontonaban. Explosiones y proyectiles elementales se producían por doquier. La roca y el mármol estallaban. La cámara se vendría abajo, no aguantaría semejante castigo.

Y en ese momento, como si le pisara los talones, llegó la bruma letal de Aruma. Adamis observó a través de la derruida cúpula y vio la nube pasar expandiéndose hacia el Segundo Anillo. La bruma descendía y penetraba por toda abertura. En unos instantes toda la cámara fue envuelta en aquella sustancia venenosa. El combate se detuvo y los guerreros y Lores de ambos lados observaron el extraño fenómeno confundidos. La humedad y el sabor ácido volvieron a llegar hasta Adamis y con un pesar enorme en el alma supo que estaban todos condenados.

—Lo siento, padre…

Laino pareció entender lo que la bruma significaba en los ojos de su hijo.

—¿Es el final?

—Sí, padre —dijo Adamis bajando la mirada impotente.

—En ese caso, antes de morir, debo confiarte un gran secreto.

—Puedes confiar en mí. Aunque ya nada de lo que me confíes tiene importancia.

—Aun así, quiero que me prometas que respetarás mis deseos.

—Siempre. ¿Cuáles son, padre?

—Me enterrarás en mi templo. Soy el último de los cinco Altos Reyes. Ellos descansan ya en sus templos. Yo también quiero descansar allí para toda la eternidad.

—Lo haré, padre, tienes mi palabra. Te llevaré —dijo Adamis asintiendo varias veces.

—Gracias… escucha, es importante que conozcas nuestro secreto. Los cinco Altos Reyes hicimos un pacto secreto. Un pacto para vivir y reinar eternamente. Construimos una gran cámara secreta donde estuvimos experimentando con la hibernación durante mucho tiempo. Utilizamos todos nuestros recursos, todo nuestro conocimiento y Poder. Y tras enormes fracasos, finalmente lo conseguimos. Descubrimos cómo hibernarnos y regresar revitalizados, rejuvenecidos, hábiles para volver a gobernar otro milenio. Nos llevó una eternidad pero finalmente lo logramos. Llevamos la tecnología a nuestros templos funerarios para que nadie sospechara. Se nos enterraría con todos los honores pero volveríamos.

—Lo sé, padre…

—¿Lo sabes? ¿Cómo es posible? —dijo Laino completamente extrañado.

—Seguí a Asu la noche de vuestra última reunión secreta. Os espiaba. Lo supo todo y yo también.

—Eso explica… muchas cosas.

—No te preocupes, entiendo lo que intentabais hacer. Yo nunca quise reinar. Te hubiera apoyado en tu plan.

—Gracias, hijo… Hicimos un juramento para no confiar en nuestros herederos, en nuestras Casas. La codicia de los Áureos… el riesgo de la traición… eran demasiado altos.

—Sí, lo sé, no tiene límites entre los nuestros. Lo sé muy bien.

—Exacto. Por ello decidimos no confiar en los nuestros para que nos trajeran de vuelta dentro de mil años una vez hubiéramos hibernado en nuestros templos mortuorios. Todos debían pensar que habíamos muerto. Ideé un sistema para no tener que confiar en Áureos para despertarnos al llegar el día.

—¿Un sistema? No entiendo…

—Antes de que te lo cuente debes prometerme que no me juzgarás.

—Yo no soy nadie para juzgar tus actos. ¿Cómo despertarías? ¿Quién lo haría?

—Te sorprenderá: esclavos. Híbridos para ser más exactos.

—¿Híbridos? —dijo Adamis sin poder creerlo.

—Sí. Experimentamos con ellos en el más absoluto secreto. Ni siquiera Notaplo lo sabía. Los Híbridos con Poder, los que Notaplo llamaba una anomalía excepcional son en realidad híbridos nacidos de nuestra semilla, de la semilla de los cinco Altos Reyes.

Adamis no podía creer lo que su padre le contaba. Estaba atónito.

—Pero… pero eso significa… ¿y esas pobres mujeres humanas? No puedo creerlo.

—No sufrieron, puedo asegurártelo. La semilla fue implantada de forma artificial. Ni siquiera fueron conscientes.

—¡Es una atrocidad! ¡Eso no lo hace aceptable! —dijo Adamis con la imagen de Kyra ardiendo en su mente.

—No, pero era necesario. No sufrieron nada. Se cuidó de ellas.

—¡Eso no es excusa! ¡Es una barbaridad!

—Sabía que no lo aprobarías, por eso no te lo confié.

—¡Es totalmente inaceptable! ¡No entiendo cómo pudiste prestarte a hacerlo, mucho menos a idearlo!

—Intentaba evitar esto —dijo señalando los cadáveres de los guerreros que los rodeaban.

Adamis negó con los ojos cerrados, aquella infamia lo sobrepasaba.

—Debes entender mis motivos… una guerra entre las Casas estaba cada vez más próxima, quería evitar la muerte de miles de los nuestros…

—Aun así, padre… no somos Dioses, aunque nos creyéramos serlo no podemos jugar con la vida de los menos poderosos.

Laino asintió con lágrimas en los ojos.

—Ahora lo veo… Me doy cuenta de mis errores… de nuestra prepotencia… Todos mis intentos, aunque bien intencionados, han sido un fracaso. La guerra ha llegado y nos ha asolado. Asu conducirá a los Áureos que sobrevivan a un destino de horror… Te pido perdón por lo que hice.

—No es a mí a quien tienes que pedir perdón… es a los hombres, a todos los esclavos.

—Es ya tarde para eso. Necesito tu perdón antes de partir hacia el descanso eterno. Perdóname, hijo, por esto, por haberte condenado, por todos mis errores…

Adamis inhaló profundamente. No deseaba perdonarlo, lo que había hecho era imperdonable, una abominación inexcusable. Pero se moría, y él quería a su padre. Decidió concederle el descanso que le pedía aunque no lo aprobara.

—Tienes mi perdón —le dijo cogiendo su mano entre las suyas.

—La esclava… Kyra…

—Sí, padre, dime.

—Su padre fue Oskas… Él surgió de la semilla del Alto Rey Gar, de la Casa del Fuego.

Adamis asintió.

—Lo entiendo.

—¿Y la madre de Kyra?

—Una Híbrida con Poder también… Surgida de la semilla de Edan de la Casa del Agua.

—¿Por qué permitir la mezcla?

—Cuanto mayor descendencia, mayores garantías de que acudirían a despertarnos al llegar el día. Ahora mismo hay dos generaciones de Híbridos con Poder que provienen de las semillas de los cinco Altos Reyes. Primero fueron cinco, ahora son muy pocos, una decena, pero habrá más, pues la semilla pasará con la sangre de los hombres. Dentro de mil años habrá varios puñados, y los más fuertes, aquellos en los que el Poder sea más latente, acudirán a la llamada. Ese es el sistema que ideé.

Adamis pensó en Albana. Ella también era un Híbrida con Poder.

—Albana, ¿qué Casa?

—Albana es de nuestra Casa, la Casa de Éter. De mi semilla.

—¿Únicamente? ¿No tiene mezcla?

—Es pura.

Adamis asintió.

—Una cosa más, hijo —se llevó la mano al medallón Real del Éter que colgaba de su cuello—. Este medallón está imbuido de gran Poder, no sólo mío sino de todos y cada uno de los nuestros. Representa el Poder de la Casa del Éter, está hechizado para defender a su portador. Para defender al Alto Rey por si su descanso es perturbado. Sólo alguien digno de nuestra Casa puede llevarlo. Cada uno de los cinco Altos Reyes tiene uno y ha sido encantado de la misma forma.

—Entiendo, pensaba que sólo era una joya, que su valor era lo que representaba, a quién identificaba: el Alto Rey de la Casa.

—No, es mucho más que eso. Mucho, mucho más... Es muy poderoso.

—Entiendo.

—Todo está registrado en dos tomos sagrados: el Libro del Sol y el Libro de la Luna. Esos tomos son la clave del sistema que ideé. Parecen simples registros de conocimiento y hechos. Contienen mucha información sobre nuestra civilización: templos, portales, sobre nuestro Poder y habilidades, de nuestra historia y eventos significativos hasta este momento. Pero oculto entre toda esa información hay algo muy importante... Aquel que sepa buscar podrá descubrir en ellos mi sistema. En ellos está estipulada la forma y tiempo para llamar a los Híbridos para que nos despierten.

—Entiendo... ¿has usado encantamientos ocultos, como se hacía en los primeros tiempos?

—Exacto. Los dos libros están encantados. Usé mucho de mi Poder para ello. Todos usan discos ahora, pero yo usé los viejos métodos.

—Esos libros son la clave entonces para entender tu sistema.

—Los libros y el Medallón de las Sombras.

—¿El Medallón de las Sombras? ¿Cuál es su función?

—La de vigilar desde las sombras. Está encantado e imbuido del Poder de los cinco Altos Reyes. Vigilará nuestro descanso para que no corramos peligro. Si lo hacemos, llamará a los Híbridos con Poder para que actúen. Es el vigilante que evitará una traición o una desgracia natural o fortuita antes del día del despertar.

—Veo que no dejaste nada al azar.

—Siempre se me dio bien pensar... aunque no ha sido suficiente para salvar a los míos —dijo lleno de arrepentimiento.

—No te culpes, nadie podría haber previsto esto.

Adamis se quedó pensativo y una idea comenzó a formarse en su cabeza. Una idea inverosímil que no podría funcionar, pero quizás... ¡Qué podía perder! Estaban todos condenados en cualquier caso con el ejército enemigo asaltando en frente, la nube tóxica sobre ellos y el portal real que no funcionaba. La idea cobró fuerza ante la desesperación que sentía. «Lo voy a intentar. Estamos ya muertos. No tengo nada que perder».

—¿Dónde están? ¿Cómo puedo hacerme con ellos? —preguntó a su padre.

—Están escondidos y guardados por tres guardianes: el Sacerdote Guardián del Sol, el Sacerdote Guardián de la Luna y el Sacerdote Guardián del Medallón…. para que no caigan en las manos que no deben. Te diré dónde… se me van las fuerzas…

Adamis lo abrazó y Laino le susurró la localización.

—¿Están los tres allí ahora?

—Sí, yo los envié cuando comenzó el ataque. Quería ponerlos a salvo.

—¿Cómo podré usarlos y descubrir los pasajes ocultos y encantamientos?

Laino le explicó la forma y con su último aliento, la última gota de vida se agotó. Murió en los brazos de Adamis.

—Gracias, padre —dijo Adamis llorando la pérdida.

Parte de la pared este se vino abajo y varios guerreros de la casa del Fuego entraron saltaron por encima de los escombros lanzando bolas de fuego.

—¡Taponad la entrada! ¡Rechazadlos! —gritó Teslo a sus tropas.

Adamis llamó al Sacerdote que esperaba atento en la distancia.

—Cógelo y sígueme. Lo llevaremos a su Templo Mortuorio como era su deseo.

El Sacerdote asintió y con cuidado cogió a su señor muerto en brazos.

—¡El Alto Rey ha muerto! —gritó Teslo levantando su espada.

Todos los guerreros y Lores alzaron sus espadas.

—¡Larga vida a Adamis, nuevo Alto Rey de la Casa del Éter! —proclamó Teslo.

—¡Larga vida! —gritaron todos, y se pusieron de rodillas.

Adamis los miró lleno de orgullo.

—¡Levantaos y luchad mis fieles! ¡Por la Casa del Éter! ¡Hasta la muerte!

—¡Por la casa del Éter! ¡Hasta la muerte! —gritaron, y volvieron a la lucha.

Adamis se dirigió a su Campeón. Estaba bañado en sudor y sangre.

—Teslo, necesito que me consigas algo de tiempo para evacuar a cuantos pueda.

—A la orden, mi señor.

—No es una orden… es una petición…

—Sois mi Rey, vuestros deseos son mi vida.

—Gracias, Teslo, pero sabes lo que te estoy pidiendo…

—Sí, Majestad. Daré mi vida por mi Casa. Para eso nací, para eso me convertí en Campeón.

—Gracias, Teslo —le dijo Adamis, y lo agarró de los enormes hombros con fuerza—. Gracias.

—Marchad, Alteza. Aguantaremos cuanto podamos.

Adamis echó una última mirada a sus valientes. Todos los guerreros y Lores con vida luchaban con todo su Poder. Ninguno se salvaría. Adamis inhaló profundamente y exhaló. Tenía que seguir adelante, sólo le quedaba una opción remota. Seguido por el Sacerdote se dirigió a los sótanos de palacio.

—¿A dónde nos dirigimos, Alteza? —preguntó el sacerdote.

—A la Cámara del Conocimiento del Erudito primero —respondió Adamis.

«A la cámara de Notaplo».

Alcanzaron la cámara cristalina y sonrió ante los incontables buenos recuerdos que le traía. Junto al translúcido monolito del conocimiento de la Casa del Éter, Adamis distinguió a dos Eruditos. Eran discípulos de Notaplo.

—Acercaos —los llamó.

—Sí, Majestad. ¿Cómo podemos serviros en esta tan grave hora de necesidad? —dijo el más anciano de los dos.

—Cuando era pequeño Notaplo me dejaba jugar aquí con él.

—Lo recuerdo, Majestad.

—Entonces recordarás que Notaplo me permitía "escapar y explorar el mundo".

—Sí, Majestad.

—¿Sabes cómo lo hacía? ¿Podrías replicarlo?

—Creo que sí, Majestad. Mi maestro dotó a este monolito con esa capacidad. Tiene su propia fuente de Poder para no ser detectado su uso. Es un secreto que pocos conocen…

—Por suerte yo lo conozco y lo he recordado. Vamos a "escapar y explorar" —dijo Adamis.

—Muy bien —dijo el Erudito, y comenzó a manipular el monolito.

—¡Tú! —dijo señalando al otro Erudito—. Ve a la cámara real y busca a la Reina Madre. Dile que traiga a todos los supervivientes aquí. Rápido. El enemigo está a punto de sobrepasar la última defensa.

—Al momento, Majestad —dijo, y salió corriendo.

Adamis contempló el cadáver de su padre en brazos del sacerdote.

—Le daremos el descanso real que merece.

—¿A dónde, Majestad? —preguntó el Erudito que manipulaba el monolito.

—Al templo mortuorio de mi padre.

—Muy Bien —el Erudito volvió a manipular el monolito y unas luces doradas y brillantes en forma de anillos recorrieron su superficie. De pronto, con el monolito en medio como si fuera parte de él se formó una circunferencia dorada de dos varas de altura. Un momento más tarde se llenaba de una sustancia de argento, como plata líquida.

—Está activo, Majestad —dijo el viejo Erudito.

El Portal brillaba con destellos de plata.

—Sacerdote, ¿conoces tu deber?

—Sí, Majestad. Soy un Sacerdote Guardián. Velaré por el descanso eterno de mi señor. Nada ni nadie lo molestará.

Adamis hizo una reverencia a al Sacerdote y éste cruzó el Portal con el difunto rey en brazos.

—Adiós, padre... —dijo Adamis, y sintió un gran vacío y dolor en su pecho. Se llevó la mano al lugar y recordó el Medallón Real del Éter que había partido con su padre. Pensó en ir a recuperarlo pero no tenía tiempo, debía salvar a su madre y los otros. Si alguna vez lo necesitaba sabía dónde encontrarlo: en el féretro de su padre en su templo funerario.

Se preguntó si los otros Altos Reyes habrían sido enterrados con sus joyas. «Sí, muy probablemente. Así lo idearon y así habrán sido enterrados. Con sus Medallones en sus Templos Funerarios, con sus Sacerdotes Guardianes. Solo que no volverán del sueño eterno como deseaban. Ninguno de ellos. El plan no funcionó, lo siento, padre».

Se volvió hacia el viejo Erudito.

—Quiero que crees otro portal. El más grande y poderoso que puedas.

—Muy bien, Majestad, pero consumirá todo el Poder de la Cámara de Conocimiento. No podremos volver a usarlo.

Adamis asintió.

—Es un viaje solo de ida. No habrá retorno. No habrá más viajes para nosotros.

—Muy bien. Lo prepararé. Me llevará algo de tiempo.

—Apresúrate. Una vez lleguen todos debemos partir.

Los refugiados comenzaron a llegar. Áureos de las Casas del Agua y del Éter llenaron los pasillos y la Cámara del Conocimiento. Tras ellos esperaban los Áureos de las Casas de la Tierra y del Aire. La Reina Madre llegó hasta Adamis y éste le contó todo lo sucedido con Laino. Los ojos de su madre se llenaron de lágrimas y se arrodilló ante su hijo.

—Larga vida al nuevo Alto Rey de la Casa del Éter —dijo con la cabeza gacha.

—Madre, no es necesario…

—Lo es. Yo como Reina Madre me arrodillo y juro lealtad a mi hijo, el nuevo Alto Rey —dijo mientras todos observaban la escena y se arrodillaban a su vez. Adamis quedó impresionado.

—Poneos todos en pie, por favor —rogó.

Cogió a su madre de las manos y la ayudó a levantarse.

—¿Están todos? —pregunto Adamis.

—Todos cuantos hemos podido reunir. No son muchos… El resto han muerto —dijo su madre con ojos llenos de pesar.

Adamis suspiró.

—Es cuanto podemos hacer.

Se volvió hacia el viejo Erudito.

—¿Está preparado?

—Sí, mi señor.

—Actívalo.

El erudito manipuló el monolito de conocimiento y un enorme portal se formó alrededor del propio artefacto. Un anillo dorado lo contenía. En su interior, la superficie plateada que lo formaba comenzó a vibrar y destellar. El translúcido monolito imbuía de su Poder al portal.

—¡Adelante! ¡Entrad Todos! —ordenó Adamis.

Los Áureos supervivientes de las cuatro Casas comenzaron a cruzar. Adamis los animaba mientras los azuzaba para que fueran más rápido pues no disponían de mucho tiempo. Las fuerzas del ejército de Asu estaban a punto de entrar. Los últimos refugiados cruzaron el portal y Adamis obligó a sus eruditos a cruzar antes de hacerlo él.

Escuchó una terrible explosión en la plata superior y supo que los suyos habían muerto. La última línea de defensa había caído. Su madre aguardaba frente al portal.

—Cruza, madre.

—¿A dónde nos llevas?

Adamis la cogió de la mano le sonrió y dijo:

—A un lugar secreto, a intentar un imposible.

Y cruzaron el portal. El último pensamiento de Adamis antes de abandonar Alantres para siempre fue para Notaplo. «Gracias, viejo amigo».

Capítulo 38

Kyra observaba desolada el campo de batalla. Miles y miles de hombres y mujeres de las cinco razas habían perdido la vida. En medio del clamor de la batalla no se había percatado del gran número de bajas que habían sufrido y ahora contemplaba la planicie frente al Nuevo-Refugio plagada de cadáveres y su alma lloraba.

—Piensa que hemos vencido —le dijo Albana intentando animarla.

—Lo hago, pero el precio que hemos pagado es desolador.

Albana asintió.

—Encoge el alma, lo sé. Pero nadie pensó que podríamos derrotar a los Áureos y lo hemos hecho. Los esclavos han derrotado a los todopoderosos Dioses.

—Se han sacrificado miles para que lo lográramos.

—Y eso les convierte en auténticos héroes. Sabían que la mayoría no sobrevivirían y aun así ninguno dio un paso atrás.

Las lágrimas llenaron los ojos de Kyra.

—Lo sé, les debemos la libertad.

—Y siempre lo recordaremos.

Las dos amigas se abrazaron.

Ikai, que organizaba el traslado de los heridos, se acercó hasta ellas.

—He hablado con los líderes de cada pueblo, los que han sobrevivido. Estamos organizando el cuidado de los heridos y la búsqueda de provisiones. La noche llegará pronto y necesitaremos mantas y alimento.

De súbito, la pulsera de Kyra comenzó a emitir destellos. Observaron como una imagen comenzaba a formarse ante ellos en medio de una bruma. Al cabo de un momento Kyra reconoció quién aparecía en ella.

—¡Adamis! ¿Estás bien, mi amor?

—*Sí, no te preocupes, fierecilla* —dijo el Alto Rey del Éter—. *¿Y vosotros?* —preguntó muy preocupado.

—Sobrevivimos. Tenemos enormes bajas, pero derrotamos al ejército enviado por los Áureos.

Adamis la miró atónito.

—*¿Los habéis derrotado? Eso… es… increíble. Nunca dejáis de asombrarme.*

—Te lo contaré todo en cuanto estemos juntos. ¿Cuándo te veré?

El rostro de Adamis se ensombreció.

—Verás, preciosa, la situación es muy complicada. Por eso comunico contigo.

—¿Qué ocurre?

—*¿Están Ikai y Albana contigo?*

—Sí, aquí estamos —dijo Ikai.

—*Bien, os explicaré lo que ocurre.*

Adamis les expuso todo lo que había vivido: la guerra entre las Casas, las traiciones, la muerte de los Altos Reyes, la caída de todas las Casas, la aparición de la Casa de Hila y el triunfo de la Casa de Fuego. Finalmente les explicó lo que Aruma y los Hijos de Arutan habían hecho.

—¡No puede ser! —dijo Kyra negando con la cabeza sin poder creer lo que Adamis le contaba.

—Lo que han hecho es una verdadera locura —dijo Ikai sin poder entenderlo.

—No puedo creer que hayan llevado tan lejos sus ideales radicales —dijo Kyra.

—*Creedme. Van a matar a todos los Áureos y crear un nuevo Renacer.*

—Pero Aruma nunca nos traicionaría, es nuestra amiga. Nos ha ayudado, hemos vencido al ejército de los Áureos gracias a ella y sus armas.

—*Sí, pero persigue sus propias metas y nada la detendrá. La nube venenosa ya se ha expandido por la ciudad eterna. Ningún Áureo sobrevivirá. Según hablamos sigue expandiéndose, se dirige al continente, pronto os llegará.*

—No puedo creerlo —dijo Kyra negando con la cabeza—. No puede ser, no está tan loca como para hacer algo así.

Albana intervino.

—¿Debemos temer algo de la nube?

—*No, sólo afecta a los Áureos.*

—¿Y tú? —dijo de pronto Kyra con tono de angustia—. Dime que no te ha infectado. Dime que estás lejos a salvo. Sí, ¿verdad?

Adamis negó lentamente.

—*Estamos todos infectados. Moriremos mañana al anochecer.*

—¡Nooooooo! ¡Nooooooo! ¡No puedo perderte una segunda vez! ¡Noooooo! —gritó Kyra desolada, y comenzó a llorar fuera de sí.

—Tiene que haber algo que podamos hacer —dijo Ikai.

—*Gracias, Ikai… no creo…*

Albana entrecerró los ojos.

—Tú mismo lo has dicho, somos increíbles, algo podremos hacer. Te ayudaremos en lo que sea.

—*Tengo un plan…* —dijo Adamis.

—¿Un plan? —dijo Kyra llena de nueva esperanza.

—*Sí. Es una locura, pero vamos a intentarlo…*

—¿Vamos?

—*Sí, he llevado a todos los refugiados emponzoñados a un templo secreto.*

—Te ayudaremos —dijo Kyra de inmediato.

—*No es seguro para vosotros, los Áureos seguimos en guerra.*

—¡No me importa, te ayudaremos! —gritó Kyra.

—Insistimos —dijo Ikai.

—Nos necesitas —dijo Albana.

—*Está bien…* —concedió finalmente Adamis—. *Os enviaré la localización del templo secreto en el que estoy. Sacad el mapa que os di.*

Los tres así lo hicieron usando sus discos y Adamis les marcó el lugar y les dio la combinación de runas necesaria para activar un portal y llegar hasta el templo.

—¿Qué lugar es ese templo secreto? —preguntó Ikai.

—*Es la Cámara de Hibernación secreta de los cinco Altos Reyes.*

Les llevó toda la noche llegar al templo secreto. Finalmente llegaron al alba después de recorrer parte del trayecto a pie y parte usando los portales Áureos. Los cinco Altos Reyes se habían asegurado de que la combinación de runas necesaria para alcanzar el lugar no pudiera ser accionada accidentalmente. Era tres veces más complicada que la de un salto normal a otro templo.

Salieron del portal en el templo subterráneo y avanzaron hasta una extraña antecámara. La estancia era circular con paredes negras y brillantes. El techo, negro como la noche, tenía tallada una constelación desconocida que brillaba intensamente, como si estuvieran a la intemperie contemplando el firmamento nocturno. Entraron y se encontraron con una gran puerta circular sellada al otro extremo. La puerta estaba llena de símbolos Áureos y en el centro tenía una extraña hendidura de forma circular como cerradura.

Ikai fue a estudiarla.

—Aquí encaja un gran disco o una gran joya circular…

—Mirad, qué curioso… —dijo Kyra señalando el centro de la cámara.

Todos observaron un gran zócalo marmóreo que se alzaba presidiendo la sala. Tenía grabados dos grandes rectángulos, uno decorado en oro y el otro decorado en plata.

—Parece un altar —dijo Ikai acercándose.

Albana lo examinó.

—Parece haber sido creado para encajar dos grandes tomos en él —cerró los ojos y se concentró—. Siento Poder. Está imbuido de Poder. Tiene alguna función concreta.

De súbito se abrió la puerta circular.

—*Sirve para sellar esta cámara* —dijo una voz amiga.

—¡Adamis! ¡Mi amor! —Kyra se lanzó a los brazos del Áureo con tanto ímpetu que éste sufrió un intenso dolor en el costado.

—*Agh...*

—Lo siento, lo siento, tenía tantas ganas de verte... —dijo Kyra, y lo bañó en besos y caricias.

Adamis sonrió.

—*Ha sido mucho tiempo sin verte, fierecilla. Demasiado.*

Los dos amantes se fundieron en un beso tan profundo y apasionado que pareció iban a consumir cuerpo y alma. Ikai y Albana los observaron y sonrieron compartiendo la alegría del reencuentro. Luego Adamis los abrazó a ambos con cariño. Intercambiaron abrazos y saludos llenos de afecto y camaradería. Por un instante el sufrimiento, la guerra, la muerte... todo quedó atrás y los cuatro amigos disfrutaron de la alegría del reencuentro después de tanto tiempo y tantas tribulaciones. Kyra y Adamis volvieron a fundirse en un abrazo y se devoraban el uno al otro con ojos llenos de pasión. Les llevó un largo momento romper el embrace pues ninguno de los dos quería dejar los brazos del otro.

Adamis los condujo a la cámara interior atravesando un largo y estrecho pasadizo.

—*Esta es la Cámara de Hibernación.*

Y lo que se encontraron les dejó sin habla. La cámara era circular y muy grande. El suelo y el techo formaban dos anillos dorados. Las paredes eran ligeramente cóncavas y doradas. Tanto el suelo como el techo eran traslúcidos. Una enorme esfera dorada y transparente con símbolos Áureos tallados a lo largo de toda su superficie giraba sobre un sólido pedestal plateado produciendo un sonido similar a un ronroneo. Pero si la cámara era sorprendente, lo que en ella estaba sucediendo lo era aún más. Una docena de Áureos muertos yacían a un lado. Uno de los Eruditos examinaba con la ayuda de una Sanadora a un Áureo tendido sobre una mesa de mármol que todavía permanecía con vida.

—¿Ha empezado ya? —preguntó Kyra muy preocupada.

—*No* —dijo Adamis con un gesto para tranquilizarlos—. *Son voluntarios.*

—¿Para morir? —preguntó Albana confundida.

—*Los Eruditos y los Sanadores han intentado combatir la toxina. Han intentado purgar el cuerpo pero sin éxito. También han intentado atacarla con el Poder pero eso ha resultado incluso más dañino. Cuanto más usa el cuerpo el Poder, más rápido se extiende la toxina por el cuerpo matándolo en momentos.*

—¿Y usando el Poder desde fuera? No el del paciente —preguntó Albana.

—*¿El de otra persona, quieres decir?*

Albana asintió.

—*La toxina se divide y multiplica. Cada vez que un Sanador intenta sanar usando su Poder, la toxina se reproduce y la muerte se acelera.*

—¡Maldita sea, Aruma! ¿Por qué? —clamó Kyra.

—¿Y él? —preguntó Ikai señalando al Áureo que todavía vivía.

—*Él vive, a duras penas, pero vive. Y nos da esperanza. Al ver que la toxina y el Poder están relacionados, hemos intentado el proceso inverso. Hemos reducido el uso del Poder en el cuerpo al mínimo, a un hilo que sostenga la vida, nada más. Vive, pero su cuerpo no funciona. Los Eruditos y Sanadores han constatado que, en ese estado, el avance de la toxina se frena casi por completo. La conclusión a la que han llegado es que se extiende con el uso del Poder que hace nuestro cuerpo.*

—Fascinante —dijo Albana.

—Retorcido y demencial —protestó Kyra.

—Por ello sólo afecta a los Áureos y no a los Hombres —dedujo Ikai.

—*Exacto* —dijo Adamis.

—¿Qué habéis pensado? —preguntó Kyra.

Adamis les explicó el plan:

—*La idea me vino mientras mi padre me desvelaba sus secretos en sus momentos finales. Veréis, los cinco Altos Reyes construyeron esta cámara para desarrollar una tecnología de hibernación que finalmente lograron. La cámara, según me dicen mis eruditos, es completamente funcional. Es más, es tan grande que hay capacidad para todos los refugiados.*

—No entiendo qué quieres hacer… —dijo Kyra.

—*No hay antídoto para el veneno de Aruma, moriremos todos al caer el sol pues la toxina se está extendiendo por nuestro cuerpo.*

—Pero hibernando…. Se detendrá el avance del veneno, se ralentizará —dijo Ikai mirando al paciente Áureo y comprendiendo qué era lo que Adamis pretendía.

—*Eso es. La hibernación ralentiza todos los procesos del cuerpo hasta casi detenerlos. Es como si el cuerpo se apagase. El tiempo, en términos biológicos, prácticamente se detiene. Y eso mismo ocurre con el Poder que consume el cuerpo. Lo reduce al mínimo sostenible.*

—En ese caso la toxina dejará de expandirse al ritmo actual, pasando a hacerlo a un ritmo casi inapreciable —dijo Albana asintiendo—. Podría funcionar…

—¿Pero hasta cuándo? —pregunto Kyra.

Adamis suspiró.

—*Los eruditos me han asegurado que toda toxina natural muere con el paso del tiempo. Sólo tenemos que esperar el tiempo necesario para que la toxina muera. Están trabajando en un medidor. Mientras haya veneno en el cuerpo, se continuará la hibernación. Cuando el medidor marque que no queda rastro de la toxina, se podrá detener la hibernación y despertar a los hibernados.*

—¿Cuánto tiempo? —dijo Kyra

—*Me temo que mucho…* —dijo Adamis con tono abatido.

—¿Cuanto? —insistió Kyra con firmeza.

—*Por lo que han podido analizar de la toxina y su longevidad y teniendo en cuenta cómo funciona nuestros cuerpos tardará 3,000 años en extinguirse.*

Kyra dio un paso atrás como si la hubieran golpeado en la cara con un mazo.

—¡3,000 años! ¡Todos habremos muerto, todo habrá muerto!

Adamis asintió.

—*La toxina tiene una larga vida, Aruma se ha asegurado de que nadie pueda sobrevivir. Al estar el cuerpo hibernado y los procesos ralentizados el tiempo de vida de la toxina también se alarga. Por desgracia lo que nos salva también es lo que hace que tengamos que esperar tanto.*

Ikai lo pensó detenidamente.

—Tiene sentido. Tu plan debería funcionar. Es cuestión de esperar a que la toxina muera durante la hibernación.

—Que muera antes de que os mate —apuntó Albana.

—*Es una locura, lo sé* —dijo Adamis—. *Pero no hay otra vía ni nos queda más tiempo.*

—¡No voy a perderte otra vez! —gritó Kyra llena de furia.

—*No hay otra solución. Es eso o morir al llegar la noche. La toxina está en mi cuerpo, me matará.*

—¡No! ¡Tiene que haber otra forma!

—*Lo siento, fierecilla, pero no la hay.*

Kyra golpeó el pecho de Adamis con los puños mientras las lágrimas le caían por las mejillas.

—No puedo perderte.

—*Sé fuerte. Mientras tú vivas sabrás que estoy aquí abajo, con los míos, con mi pueblo. Donde pertenezco.*

Kyra rompió a llorar y Adamis la consoló. Se fundieron en un abrazo desesperado y Adamis la besó.

—*Te quiero, preciosa.*

—Y yo a ti, con todo mi ser. Por eso iré contigo.

Adamis la miró sin comprender.

—Me hibernaré contigo.

—*¡No, no puedes!* —dijo Adamis separando su cuerpo de el de ella y mirándola a los ojos con firmeza—. *Sólo ha sido probado en Áureos, no sabemos qué efecto tendría la hibernación en tu cuerpo.*

—Yo soy mitad Áurea no lo olvides. Soy una Híbrida con poder.

—*Aun así, es demasiado peligroso. No puedo arriesgarme* —dijo Adamis.

—Es mi decisión.

—*No, Kyra, está vez no, la decisión es mía. Quién se hiberna o no lo decido yo. La respuesta es no. No arriesgaré tu vida sin motivo. Puedes vivir una vida plena aquí, con los tuyos* —dijo mirando a Ikai y Albana, que no intervinieron—. *Puedes volver a enamorarte, formar una familia, ser feliz. Sólo tienes que dejarme aquí abajo, sabiendo que estaré pensando en ti siempre.*

—Déjame acompañarte, Adamis —le rogó ella.

—*No* —dijo negando rotundamente con la cabeza—. *La decisión es final.*

Kyra protestó y maldijo llena de furia pero Adamis se mantuvo firme. No arriesgaría la vida de su amada. Viendo que no se calmaba, Albana se llevó a Kyra a un lado e intentó hacerla entrar en razón. Adamis miró a Ikai y éste asintió con una mirada de agradecimiento.

—¿Dónde está el resto de los tuyos? —le preguntó Ikai.

Adamis señaló el suelo. A través de la superficie cristalina, vieron a los Áureos hibernando. Flotaban en la cámara inferior en medio de una extraña substancia dorada. La imagen lo dejó sin habla, parecía que estuvieran durmiendo en medio de un mar de aguas doradas.

—*Ya han entrado todos. No han querido perder un instante por si la toxina aceleraba su proceso. Sólo faltan los eruditos* —dijo, y señaló al fondo. Junto a la gran esfera cinco eruditos trabajaban sin descanso. Adamis los saludó. El tiempo se agotaba y estaban finalizando todos los preparativos.

—Ellos trabajarán hasta el último instante. Luego se hibernarán, serán los últimos.

—Entiendo —dijo Ikai.

—*Necesito que al salir selléis la cámara y luego aseguréis el templo. Nadie debe saber que estamos aquí abajo. Ni ahora, ni nunca.*

—Nos encargaremos —dijo Ikai—. Queda tranquilo. Nadie molestará vuestro descanso.

—*Gracias* —dijo Adamis—. *Si la hibernación se interrumpe, la toxina continuará su avance y moriremos todos.*

—Yo vigilaré vuestro descanso —le aseguró Albana—. Y cuando mi hora llegue, me aseguraré de que otros continúan la labor en secreto.

—*Ellos os ayudarán a sellar la cámara* —dijo Adamis, y les mostró a los tres Sacerdotes Guardianes que aguardaban al fondo de la cámara en las penumbras, estoicos.

—¿Quiénes son? —preguntó Ikai.

—*Sacerdotes Guardianes con la misión de preservar los Libros del Sol y la Luna y el Medallón de las Sombras que sella esta cámara. Os lo explicaré todo en detalle antes de hibernarme, pero sabed que no estáis solos, ellos vigilarán y protegerán el proceso de hibernación. Así lo estipulo mi padre. He manipulado el medallón para que la llamada, el despertar, ocurra cuando estemos libres de la toxina, no antes.*

—Muy bien —dijo Ikai examinando a los Sacerdotes que parecían espíritus de las sombras en sus túnicas blancas con capucha ocultos en la penumbra.

—*Os lo agradezco en el alma* —dijo Adamis con una pequeña reverencia— . *Sé que es mucho pediros, pedir a los hombres que protejan a los Áureos de la extinción, pero en ese punto nos encontramos.*

—Desde luego se ha dado la vuelta a las tornas —dijo Kyra entrecerrando los ojos—. Si no fuera porque tú entras ahí…

—Kyra… —le dijo Ikai que sabía que era la rabia quien hablaba y no su corazón—. No vamos a cometer un genocidio, nadie lo hará, tienes mi palabra de honor —le aseguró Ikai a Adamis—. El secreto de los Áureos estará a salvo con nosotros.

Adamis asintió en reconocimiento.

—Quién lo hubiera pensado, nosotros salvando a los Áureos —dijo Albana con gestos de incredulidad—. El destino no deja de sorprendernos.

—El destino y las acciones de Áureos y Hombres —dijo Ikai.

—*Muy cierto* —dijo una voz soberbia y condescendiente a su espalda—. *Aunque os queda una sorpresa final que volverá a dejar las cosas como deben ser.*

Se volvieron y la sangre se les heló en las venas. Al final del pasillo esperaba Asu, Alto Rey del Fuego. Y junto a él estaban su primo, Lord Erre, e Iradu, el Campeón de la Casa del Fuego.

Capítulo 39

Los observan desde la antecámara en medio de las penumbras de la oscura estancia.

—*¡Asu!* —exclamó Adamis, y todos los músculos de su cuerpo se tensaron.

—*¡Sorpresa! Mi querido Adamis, qué alegría encontrarte con vida* —dijo Asu con una voz llena de sarcasmo—. *¿No te alegras de verme?* —preguntó con una risita triunfal.

—*En absoluto* —dijo Adamis mientras en su mente evaluaba la situación.

—¡Malnacido! ¡Te voy a sacar los ojos! —gritó Kyra.

Albana desenvainó sus dagas negras y se preparó para atacar. Ikai le lanzó una mirada para que esperara a ver cómo se desarrollaba la situación y Adamis sujetó a Kyra por la cintura que ya se lanzaba hacia Asu.

—*Tan deslenguada como siempre. Ya me encargaré de darte tu merecido luego, esclava. Llevo mucho tiempo deseando hacerlo, mucho* —dijo saboreando el momento— *y por fin mi deseo se verá cumplido.*

Adamis se puso delante de Kyra.

—*No le pondrás un dedo encima.*

Asu sonrió y torció la cabeza divertido.

—*¿Entramos o salís a recibirnos?*

Adamis no quiso arriesgar la cámara ni la vida de los que se encontraban en ella e hizo un gesto a Ikai y Albana para avanzar.

—*Salimos* —dijo Adamis, y avanzaron hasta la antecámara recorriendo el pasillo que las separaba. Se detuvieron en la entrada.

—*Cuánto tiempo sin vernos* —dijo Asu con sus ojos de fuego clavados en Adamis—. *Veo que sigues compartiendo las mismas malas compañías que te llevaron a la perdición. Pero espera… tú habías sido ajusticiado por tu padre… deberías estar muerto… Qué decepción… ¿ves cómo siempre es mejor repartir la justicia con tus propias manos?* —dijo mirando a Lord Erre, que asintió—. *Me has engañado, eso no está nada bien, Adamis, nada bien…*

—¿Qué haces aquí? ¿Cómo nos has encontrado?

—*Me llevé una gran desilusión al llegar a la Cámara Real del palacio de tu padre y encontrarla desierta. Bueno, de gente con vida me refiero, cadáveres había por doquier. Mis informadores me habían asegurado que los supervivientes del resto de las Casas se habían refugiado allí. Iba a enseñarles que nadie puede escapar de mi poder* —dijo con una sonrisa torcida—. *Llegué con la intención de darles una lección final. Los iba a desollar y luego incinerar vivos a todos, bueno, no a todos, iba a dejar a alguno con vida para que recordara la lección. Pero alguien me ha robado la satisfacción de mi victoria final* —dijo con ojos centelleantes de ira.

—¡Eres un asesino despreciable! —dijo Kyra.

—*Esclava, nadie se ha dirigido a ti. Calla y escucha a tus mejores.*

—¡Te voy a abrir en canal! —gritó Kyra.

—*Quieta…* —le dijo Adamis al ver que Iradu daba un paso al frente y Erre desenvainaba su espada ígnea.

—*Como iba diciendo antes de que la esclava interrumpiera* —dijo Asu condescendiente—, *sólo encontré cadáveres. No hallé entre ellos el de tu padre… pero mis espías me aseguran que murió. Al final no era tan listo como pensaba el anciano* —rio Asu.

Adamis se tensó y se mordió el labio intentando contenerse.

—*También encontramos el cadáver de tu Campeón. Luchó muy bien hasta el final, ¿verdad, Iradu?*

—*Con honor hasta el fin, como un verdadero Campeón* —dijo Iradu solemne.

—*Sí, sí… pero algo no encajaba, ¿dónde estaban todos los refugiados? Pensé que habrían escapado al gran continente pero mis Eruditos me informaron que los portales de la ciudad no funcionaban. Así que registré todo el palacio de arriba abajo y encontramos el portal en la Cámara de Conocimiento. ¿Cómo se llamaba aquel Erudito que hice matar? Nota… no sé qué…*

—*Notaplo* —dijo Erre.

—*Sí, Notaplo. Un Erudito inteligente. Una pena que tuviera que morir.*

—*Pagarás por todas las muertes que has causado* —le dijo Adamis cerrando los puños y conteniendo la ira que le devoraba el estómago.

—Déjame matarlo —pidió Kyra con ojos húmedos de la rabia.

—*Quieta…* —le dijo Adamis intentando evitar el enfrentamiento.

—*Sí, quieta, no vaya a ser que te coja fuego ese carácter tuyo… ya sabes lo que me encanta prender esclavos en llamas… Como iba diciendo, encontramos el portal. Mis Eruditos lo examinaron y determinaron que estaba a punto de extinguirse. No nos dio tiempo a nada. Nosotros tres lo cruzamos un instante antes de que se extinguiera. Una lástima, hubiera preferido una entrada más triunfal con mi ejército detrás, pero qué se le va a hacer, no ha podido ser. Aunque creo que ha quedado bastante dramática, ¿verdad?*

Justo cuando pensabais que habíais escapado... —rio con una risa burlona y faltosa.

—*Tu ejército está atrapado en Alantres y no podrá salir. Los portales no funcionan. Morirán todos esta noche* —dijo Adamis.

—*Sí. Eso es justo la otra cuestión que me ha traído hasta aquí* —el rostro soberbio y burlón desapareció para dejar paso a uno de rabia y frustración—. *La nube tóxica que ha envuelto toda la ciudad eterna... que nos ha cubierto a todos... Mis Eruditos dicen que es venenosa, que estamos todos envenenados y moriremos antes de caer la noche. Incluso ese chalado de Moltus, así lo confirma, dice que las voces le han comunicado que llega el final de los días para los Áureos, que sólo queda esperar y morir. El muy cretino se ha quitado la vida para no sufrir lo que viene. Como comprenderás, eso es algo que no puedo permitir que suceda. Y por lo que he podido escuchar, tú ya has hallado la solución a este problema tan peliagudo...*

—¿*Lo has escuchado todo?*

—*Lo suficiente. ¿Así que esta es la cámara donde los vejestorios desarrollaron su tecnología de hibernación? Mi querido progenitor no me confió sus secretos antes de que lo matara* —dijo con un gesto de pena fingida—. *Me imagino que el tuyo sí lo hizo antes de morir, lo cual nos beneficia a todos.*

—¿*Qué quieres?*

—*Sencillo, esta cámara.*

—*No tenemos por qué luchar por ella. Podemos compartirla* —dijo Adamis intentado evitar el derramamiento de sangre.

Asu rio con todo su ser.

—¿*Compartir? Yo no comparto nada. La cámara es ahora mía.*

—*Puedes hibernar con el resto* —insistió Adamis.

—¿*De verdad crees que voy a confiar en ti? ¿Qué voy a confiar en estos esclavos para que guarden el secreto de mi descanso? Si crees eso has perdido la razón.*

—Guardaremos vuestros cuerpos como los del resto. No tienes nada que temer mientras estéis hibernados. Tenéis mi palabra —dijo Ikai reforzando las palabras de Adamis.

Asu volvió a reír.

—*Su palabra, dice el esclavo. Tu palabra no vale nada para mí, al igual que tu vida.*

Albana intervino.

—No malgastéis tiempo. No tiene ninguna intención de dejarnos con vida.

—*Tú eres una Sombra, te recuerdo, la discípula de Oskas, ¿verdad?*

—Tú dejaste morir a mi madre y pagarás. Juré venganza y la tendré —dijo Albana.

—*Oh, sí, creo recordar que osaste pedirme que la salvara... pedirme a mí, tú... una vulgar esclava* —rio Asu.

—*Piénsalo bien, Asu* —le dijo Adamis—, *la toxina se expande por tu cuerpo. Vas a morir. Vamos a morir. No hay necesidad de enfrentarnos. Todavía podemos salvarnos, sólo tenemos que entrar en la cámara e hibernarnos todos.*

Se hizo un silencio tenso. Asu tenía los ojos clavados en Adamis. Al cabo de un momento estiró la espalda y luego abrió los brazos con las palmas abiertas.

—*Todo es mío. Los Áureos son míos. Este mundo es mío. Me ha llevado mucho tiempo y esfuerzo lograrlo pero hoy lo he conseguido por fin, he conquistado todas las Casas. ¡Todo es mío! La ciudad eterna, este continente, Áureos, esclavos... ¡todo! No voy a renunciar a ello ahora que lo tengo al alcance de la mano* —dijo con ojos brillando de codicia y la boca torcida en un gesto sombrío—. *Además, mataros es la culminación de mis planes. Nada podría proporcionarme mayor satisfacción antes del largo viaje que mataros con mis propias manos. Especialmente a vosotros dos: el engreído Príncipe del Éter y su esclava deslenguada. ¡Me hibernaré con vuestras cabezas bajo el brazo!*

Adamis levantó su esfera protectora. Fue el más rápido. Asu envió una bola de fuego contra él un instante después. La Esfera de Adamis protegió a Kyra que todavía estaba levantando la suya.

—¡Te mataré! —gritó Kyra llena de furia.

Iradu activó su lanza de plata y su escudo de brazalete en un único movimiento sacudiendo ambos brazos. Con una explosión de fuego saltó sobre Ikai, recorriendo la distancia que los separaba en un suspiro. Ikai rodó a un lado evitando ser atravesado por la lanza de plata que ahora ardía recubierta de fuego.

Erre encendió su espada de fuego y con su otra mano envió un proyectil ígneo en forma de lanza contra Albana. La morena utilizó su Poder y desapareció en la penumbra de la antecámara. La lanza ígnea atravesó la bruma oscura que dejó tras ella, sin alcanzarla.

—¡*Os convertiré en ceniza!* —gritó Asu, y atacó con una rabia y agresividad inusitadas fruto del intenso odio que sentía hacia sus rivales y la ira que lo consumía. Descargó grandes bolas de fuego de enorme intensidad contra Adamis y Kyra. Los proyectiles cargados de fuego impactaban uno tras otro contra las esferas defensoras de la pareja y explotaban en grandes llamaradas. Las explosiones eran tan fuertes que debilitaban las esferas que los defendían y sacudían con fuerza sus cuerpos en el interior.

Adamis y Kyra aguantaban el ataque enviando Poder a las esferas protectoras para que no colapsaran. Adamis intentó contraatacar pero las sacudidas que su cuerpo recibía y el dolor que le causaban le impedían usar su Poder como deseaba. Asu atacaba maximizando el castigo ofensivo, usando enormes cantidades de Poder como un loco golpeando fuera de sí.

—¡*Voy a asaros vivos! ¡Moriréis retorciéndoos de dolor entre mis llamas!* —dijo con ojos centelleantes de una ira desproporcionada.

Kyra clavó los pies, apretó la mandíbula y aferrando su disco envió una lanza etérea contra Asu. El destello de luz blanquecino del disco en la mano de Kyra alertó a Asu, que tuvo tiempo a levantar una esfera de protección de lava sólida. La lanza golpeó la esfera y cascotes cayeron al suelo, pero no pudo atravesarla.

—*¡Estúpida esclava! ¡Acaso crees que eres rival para un Dios! ¡Eres lenta y torpe!*

—¡Tú no eres ningún Dios! ¡Eres un Áureo despreciable! —gritó Kyra llena de rabia—. ¡Te sacaré los ojos!

Asu rio con una carcajada condescendiente y llena de desdén.

—*¡Para ti, sucia esclava, y para los tuyos siempre seré un Dios! ¡El Dios Máximo!*

El Señor del Fuego pronunció unas palabras de poder y a su espalda una forma comenzó a crearse. Adamis y Kyra aprovecharon el momento para atacar. Adamis lanzó un rayo de intenso éter que mantuvo sobre un punto de la esfera de lava intentando perforarla. Kyra creó una bola de éter, similar a las de fuego, y la envió contra Asu. La bola explotó al contacto generando una explosión de energía pero no logró desestabilizar a Asu que terminó de crear la forma de fuego. Ésta se convirtió en una inmensa ave en llamas que se elevó, sacudió las alas y planeó sobre Adamis y Kyra. Con un graznido de fuego abrió la boca. Un instante después, desde el pico, surgió una larga llamarada parte fuego, parte lava líquida que cayó sobre la pareja. El ave dio la vuelta y realizó otra pasada bañando todo a su paso en lava ardiente.

—*¡Refuerza la esfera!* —le advirtió Adamis a Kyra interrumpiendo su ataque sobre Asu. Kyra lo hizo. Adamis atacó a la gran ave y Kyra lo imitó un instante después.

Ikai se puso en pie sujetando el disco de Adamis en la mano izquierda y con la derecha desenvainó su espada. Iradu cargó contra él a una velocidad y potencia pasmosas, deslizando sus pies sobre una manta de lava que se formaba a su paso, como si resbalase sobre hielo. Ikai vio al gigantesco guerrero Áureo abalanzarse sobre él y por un instante se le heló la sangre. Usó el disco y se rodeó de una esfera protectora. La esfera no pudo protegerlo del todo del terrible impacto de la embestida. Sintió una tremenda sacudida muy dolorosa y acto seguido salió rechazado contra la pared. Al golpearla sintió otra fuerte sacudida y un dolor agudo en todo el cuerpo.

—*Esa esfera es efectiva contra un Lord, pero no te protegerá contra un guerrero en combate cuerpo a cuerpo* —le dijo Iradu como impartiendo una clase a uno de sus guerreros novatos.

Dio un salto enorme y con un movimiento de su lanza a medio vuelo envió un tridente de fuego. Se clavó en la esfera e Ikai sufrió otra aguda sacudida que casi le hace clavar la rodilla.

El descomunal guerrero alzó su lanza para volver a golpear. Ikai rodó a un lado y la lanza golpeó la pared. De inmediato efectuó un golpe de revés con el escudo y alcanzó esfera de Ikai según rodaba. De la potencia del golpe, Ikai salió rodando hasta golpear la pared y se quedó aturdido.

—*Eres ágil y veo que sabes luchar* —dijo Iradu señalándolo con su lanza de plata prendida en fuego—, *pero no podrás evadirme mucho más.*

Ikai aprovechó el respiro para despejar la cabeza y utilizó el Poder del disco aunque temió no conseguirlo en aquel estado. Convocó a un Espíritu de Agonía. Resopló al ver materializarse a aquella creación de pesadilla. De un gris translúcido, en una túnica harapienta y carente de carne, miró a Iradu con un desencajado rostro de horror. El Campeón se preparó e Ikai ordenó al ser demencial: «Atácalo». El espíritu emitió un gemido lúgubre y se precipitó. El gigante puso su escudo frente al Espíritu de Agonía para protegerse de su embrace. Con la lanza de fuego comenzó atacar al espectro que gritaba al contacto con el fuego intentando llegar a la carne del Campeón de la Casa del Fuego.

Con un deslizamiento sombrío, Albana surgió de las sombras a la espalda de Erre. Usó su Poder para potenciar el golpe que se disponía a asestar y un destello negro cubrió sus brazos. Erre sintió el Poder siendo usado a su espalda y comenzó a girarse. Albana golpeó con ambas dagas la esfera de lava que protegía al Lord. Las dagas impactaron con fuerza y trozos de la esfera protectora saltaron por los aires. Dos marcas quedaron visibles donde había golpeado.

Erre terminó de girarse.

—*¡A traición!* —gritó ofendido, y con un movimiento ondulante de su brazo envió una ola de llamas. Albana se retiró con una pirueta dando volteretas hacia atrás con una agilidad asombrosa. Al terminar el movimiento contempló la ola de fuego barrer el suelo en su dirección. Avanzaba como si fuera una ola marina de dos varas de altura con la horrible diferencia de que estaba formada de llamas y abrasaba todo a su paso.

Albana usó su Poder y un momento antes de que la ola la alcanzara dio un gran salto hacia el techo sorteándola. Erre vio el movimiento y lanzó una esfera de fuego. Albana aprovechó la altura y lanzó dos dagas de Poder contra Erre. Las dagas y la esfera de fuego se cruzaron en el aire. Erre recibió el impacto de las dagas en su esfera protectora, que hicieron saltar una capa entera de protección. El Lord maldijo pero su confianza era plena y observó para ver cómo la bola acababa con la Híbrida. La esfera fue a golpear a Albana en la cúpula de la cámara. Una negrura la envolvió y la esfera de fuego atravesó donde Albana estaba para golpear el techo y explotar en llamas.

—*¡Maldita! No podrás esquivar todos mis ataques. Yo soy un Lord de la Casa del Fuego. Mi Poder es cien veces superior al tuyo, Sombra.*

Albana no dijo nada. Apareció a su espalda y volvió a golpear en el mismo punto donde ya había golpeado. Trozos de la esfera protectora de lava sólida volvieron a saltar pero Erre estaba listo para contraatacar y se rodeó de una esfera de fuego. Las llamas lamieron y alcanzaron las manos y brazos de la morena. Con un grito de dolor Albana volvió a las sombras.

Adamis desvió con su Poder una de las enormes bolas de fuego de Asu que recorrió el pasadizo a su espalda y entró en la Cámara de Hibernación. Explotó contra una de las paredes creando un mar de llamas que alcanzaron a dos de los Eruditos que murieron abrasados. Los Sanadores no pudieron hacer nada por ellos. Adamis, viendo que la cámara cogería fuego y todo se perdería, llamó a los Sacerdotes Guardianes.

—*¡Proteged la cámara! ¡Que el fuego no la dañe!* —les ordenó.

Los tres Sacerdotes que aguardaban al fondo de la cámara, avanzaron hasta la entrada ante la llamada de Adamis. El primero llevaba El Libro de la Luna en una mano y un Cayado de Poder en la otra. El segundo el Libro del Sol y otro Cayado similar. El tercero llevaba el Medallón de las Sombras colgado del pecho. Se situaron uno junto al otro, llenando todo el espacio de la puerta, un par de pasos detrás de Adamis. Murmuraron unas palabras de Poder y crearon tres barreras-muro protectoras frente a ellos que bloqueaban toda la entrada desde el suelo hasta la bóveda del techo. Las bolas de fuego y proyectiles del combate se estrellaban ahora contra las barreras y no penetraban en la cámara de hibernación.

Mientras Iradu luchaba contra el Espíritu de Agonía, Ikai usó el Poder del disco para crear dos Espíritus más que lo ayudasen. El primero fue un Espíritu de Dolor. Era similar en apariencia al de Agonía pero su rostro en lugar de agonía mostraba un dolor terrible. El mismo dolor que causaba a sus enemigos. «Defiéndeme» le dijo señalando a Iradu que acaba de destruir al Espíritu de Agonía. El espíritu se situó flotando a la derecha de Ikai y comenzó a enviar proyectiles de esencia de dolor contra el descomunal Campeón. Al recibir el impacto Iradu sintió un dolor terrible que le hizo detenerse. Al tercer impacto consecutivo el dolor fue insoportable para Iradu que clavó la rodilla.

Ikai se concentró y creó el segundo espíritu, un Espíritu de Muerte. Éste situó a la izquierda de Ikai flotando en su túnica rasgada con una fúnebre expresión de hambre insaciable. «Aliméntate» le dijo Ikai señalando al debilitado Campeón. El espíritu se le echó encima. Con cada golpe el Espíritu de Muerte, robaba vida a Iradu mientras el espectro se hacía más fuerte. Iradu bramó de dolor y se protegió tras su escudo, que lo hizo arder. El Espíritu de Muerte se apartó del escudo e intentó atacar al Campeón por el costado. Iradu movió el escudo y atacó con su lanza ígnea. Esta vez fue el Espíritu de Muerte quien rugió al ser alcanzado, pero al mover el escudo quedó abierto al ataque del Espíritu de Agonía. Varios proyectiles de esencia de dolor lo alcanzaron. Iradu quedó debilitado y volvió a clavar la rodilla. Ambos Espíritus atacaban voraces para acabar con él.

Ikai sintió que tenía una oportunidad pero en ese momento el Campeón realizó un movimiento con su lanza y frente a él levantó una muralla de fuego. Alcanzó al Espíritu de Muerte que tuvo que retrasarse. Mientras se cubría con el escudo de fuego del Espíritu de Dolor, usando su lanza, mató al Espíritu de Muerte y las esperanzas de Ikai comenzaron a desvanecerse. Acto seguido, Iradu creó una explosión de fuego bajo sus pies. El Campeón salió despedido hacia el techo propulsado por la explosión y desde las alturas envió dos bolas de fuego contra el Espíritu de Dolor que protegía a Ikai. Las explosiones destruyeron al espíritu y debilitaron la esfera de Ikai que vio cómo Iradu descendía sobre él. Sus esperanzas murieron al ver al gigante guerrero caer sobre él. De un tremendo golpe con el escudo de fuego lo mandó entre llamas contra la pared e Ikai quedó tendido de espaldas en el suelo. Le sangraba la cabeza y todo el cuerpo le dolía como si le hubieran roto todos los huesos.

—*Usas bien el Poder, Híbrido. Esos Espíritus me han debilitado. Pero luchas con un disco, eso te limita. ¿Acaso no puedes usar tu propio Poder?*

Ikai había perdido la esfera y estaba mareado. Se levantó aferrando el disco de Adamis y recogió la espada de suelo. Deseó con todo su ser capaz de usar su Poder en aquel momento pero nunca antes lo había logrado y si lo intentaba quedaría expuesto. Resopló. Sabía que el Campeón estaba a punto de darle muerte y nada le venía a la cabeza que pudiera salvarlo.

Al otro lado de la cámara, Albana surgió de la penumbra a una velocidad pasmosa realizando un movimiento zigzagueante de aproximación a Erre. El Lord del Fuego apenas vio una sombra deslizarse hacia él y atacó enviando dos saetas de fuego a gran velocidad, pero no la alcanzaron.

Albana envió cinco dagas con su Poder mientras terminaba de acercarse. Erre las vio y levantó una muralla de fuego frente a él para defenderse pero las dagas en lugar de volar en una trayectoria recta, lo hicieron en una curva, sobrepasando la muralla defensiva y golpeando la esfera de Erre. El Lord sintió los cinco impactos. Maldijo y atacó.

La morena esquivó un proyectil ígneo y con un salto sombrío desapareció frente a la muralla de fuego para aparecer tras Erre. Usó su Poder una vez más y golpeó nuevamente en el mismo punto de la esfera del Lord, que activó su esfera de fuego haciendo que las llamas se expandiesen a su alrededor formando un anillo de fuego. Albana ya lo esperaba y con un brinco salió del alcance del anillo aunque no logró evitar el fuego por completo y le alcanzó en ambas piernas. Cayó al suelo y rodó entre gruñidos de gran dolor.

—*Nunca podrás romper mi defensa. Mi fuente de Poder es inmensa* —dijo Erre, y envió más poder a reforzar su debilitada esfera.

Albana se quedó tendida en el suelo y se mordió el labio aguantando el intenso dolor. Intentó recuperarse de las heridas pero el sufrimiento le impedía usar su Poder. Erre engrandeció el anillo de fuego y lo hizo expandirse para llegar a donde ella yacía. Las llamas fueron a morder la carne de Albana y ella intentó usar su poder en un último momento de desesperación. Tenía las llamas del anillo a un dedo de distancia y su calor abrasador en su cara. Cogió el disco de las sombras y usó su Poder en lugar del suyo propio, que no respondía. Llamó a una habilidad de escape. Con el contacto del fuego sobre su carne la huida sombría se activó y salió despedida lejos del fuego. Erre la observó rabioso.

—*¡Basta ya de escurrirte! ¡Lucha y muere!* —demandó furioso.

Pero Albana ya se había recuperado del dolor y con la mente más lúcida, usó su Poder y desapareció en las sombras.

Asu continuaba castigando a Kyra y Adamis sin darles un momento de tregua. Adamis contraatacó creando una neblina de muerte alrededor de Asu. La neblina comenzó a carcomer la defensa pero Asu creó una esfera de fuego y produjo grandes llamas que destruyeron la neblina. Rio y lanzó una jabalina ígnea a Adamis.

—¡Acabaremos contigo! —le dijo Kyra para desviar su atención de Adamis que estaba recibiendo la peor parte del castigo.

Asu la miró con ojos destellando odio.

—*¡Vas a saber lo que es verdadero Poder!*

Creó una Llama Elemental. El ser de fuego, de una altura de dos varas, era una llama voraz al servicio de su amo.

—*¡Mátala!* —le ordenó con furia señalando a Kyra—. *¡Quiero que arda!*

La Llama se abalanzó a devorar a Kyra. Ella dio un paso atrás. El ser de fuego atacó lazándose contra su esfera. Su cuerpo ígneo embestía la esfera y la dañaba con cada golpe. Kyra sentía el calor de las llamas a través de la protección y sintió miedo pero no se acobardó. No se dejaría vencer, lucharía. Se armó de determinación y atacó a la llama.

Mientras Kyra luchaba contra el ser elemental de fuego, Asu intensificó su ataque sobre Adamis. Con una frase de Poder creó una llamarada en forma de torbellino ígneo que comenzó a girar a gran velocidad atacando a Adamis mientras giraba y golpeaba su esfera con llamas de gran intensidad. Adamis estiró los brazos y envió más Poder a su esfera. El torbellino ígneo se revolvía alrededor de Adamis golpeando de forma impredecible su esfera en diferentes puntos en su rotación letal.

—*¡Suplicareis de rodillas por vuestras vidas y no habrá piedad! ¡Arrancaré el corazón de vuestros cuerpos quemados!* —gritó fuera de sí.

Asu giró sus manos varias veces y una docena de esferas de aspecto metálico se formaron ante sus ojos y quedaron suspendidas esperando sus órdenes. No eran mayores en tamaño al de una maza y brillaban con un extraño color negro-anaranjado. De súbito las envió a gran velocidad contra Adamis. Cada bola golpeó la esfera en el mismo punto implosionando al contacto. Adamis sintió una fuerte sacudida, a la que siguió otra y otra y otra más. Con cada impacto la esfera se debilitaba y las sacudidas dañaban su frágil cuerpo.

Adamis se retrasó un par de pasos. El poder de los ataques, la voracidad de las llamas y el calor abrasador comenzaban a hacer estragos en su cuerpo. Un dolor terrible le azotaba el costado y le subía por la espalda. Se vio obligado a encogerse e inspirar profundamente para intentar sobrellevar el agudo sufrimiento.

—*¿Esto es lo que queda del engreído Príncipe del Éter? ¿Un lisiado con el cuerpo roto incapaz de defenderse?* —Asu rio con una carcajada profunda cargada de maldad y odio—. *¡Voy a disfrutar de cada instante mientras te aplasto!* —dijo, y volvió a reír al ver que Adamis se doblaba de dolor.

Asu abrió sus manos y entonó una larga frase de Poder. Una negrura apareció sobre Adamis convirtiéndose en la forma de una enorme garra de fuego. Adamis alzó la mirada y levantando el brazo creó un escudo para proteger su cabeza. A una orden de Asu, la garra comenzó a cerrarse sobre Adamis comprimiendo su esfera defensiva ejerciendo una presión insoportable. No le permitía moverse, lo tenía atrapado y la presión era tan fuerte que traspasaba la barrera y el cuerpo de Adamis se retorcía de dolor.

Asu utilizó una enorme porción de su Poder y dio más poder a su Garra de Fuego. Finalmente, la garra consiguió cerrarse por completo sobre la esfera y destruirla. La Garra se consumió en una explosión y Adamis se quedó tendido en el suelo retorciéndose de dolor con parte de sus costados ardiendo.

—*¡Sí!* —gritó Asu al ver su victoria sobre Adamis.

—¡Nooooooo! —gritó Kyra, y se interpuso entre Adamis y Asu para proteger a su amado.

—*Nada le salvara, ni a él ni a ti* —dijo Asu—. *¡Mátala!* —ordenó a su Llama Elemental.

A unos pasos, Iradu miró a Ikai y lo sentenció.

—*Es hora de poner fin a este duelo. Has luchado bien y te daré una muerte digna.*

Ikai usó el disco y revistió su espada de esencia de muerte. Luego creó un escudo como el de su enemigo pero de éter. Si había de morir lo haría luchando.

Iradu le hizo una pequeña reverencia en signo de respeto e Ikai lo imitó. Los dos se lanzaron al ataque. Intercambiaron tajos y estocadas, defendiéndose con los escudos. La potencia de Iradu era igualada por la agilidad de Ikai, pero la maestría de Iradu, el mejor guerrero de los Áureos, se impuso. Atacó con su lanza ígnea la cabeza de Ikai, que la ocultó tras el escudo. Iradu envió una bola de fuego que desestabilizó a Ikai pero algo extraño sucedió: unas venas hinchadas de un color verde-putrefacto comenzaron a aparecer en los brazos y piernas del gigante guerrero. Se detuvo y las contempló.

—*¿Qué es esto? ¿Qué me ocurre?*

Ikai atacó. Iradu se defendió con un barrido de su escudo potenciado por su Poder que tumbó a Ikai. Quedó tumbado de espaldas sobre el suelo perdiendo la espada y el disco.

Iradu dio un paso al frente y se dobló de dolor.

—*¿Qué me sucede? ¿Qué le pasa a mi cuerpo?*

Las venas subían por su cuello y alcanzaban su cara. Con un gruñido levantó la lanza y se dispuso a atravesar a Ikai, que estiró la mano hacia su espada pero no la alcanzó. Intentó coger el disco pero estaba demasiado lejos. La punta de la lanza ardiente descendió hacia su pecho. Ikai, desesperado, viendo la muerte precipitarse sobre él, cerró los ojos y visualizó la espada en su mente con todo su ser. Se produjo un destelló blanquecino en su pecho y de súbito sintió el pomo de su espada en su mano. Abrió los ojos. La punta de la lanza fue a clavarse en su carne. Ikai desvió la lanza con su espada aunque no por completo y se le clavó en el costado.

Ikai se dobló de dolor. En medio de la agonía discernió el aura de Iradu. Era ámbar e irradiaba con gran intensidad. La captó y se concentró en ella. Iradu se percató de lo que Ikai hacía e intentó proteger su aura pero sufrió un espasmo que lo evitó. Las venas ya se habían extendido por todo su cuerpo. Ikai fijó el aura. Usando su propio Poder, con su mano izquierda, tiró de la cabeza de Iradu hacia abajo y según la atraía hacia sí, con la mano derecha le clavó la espada en el cuello hasta la empuñadura.

El gigante soltó la lanza y se llevó las manos a la espada. Dio dos pasos tambaleantes hacia atrás con ojos como platos y se cayó de rodillas. Miró a Ikai.

—*Encontraste... tu Poder... bien luchado...*

Cayó hacia delante y murió.

Tras ellos, Erre maldijo. El Lord del Fuego estaba rodeado de dos anillos de fuego que mantenía con su poder a la vez que su esfera de lava solidificada para defenderse. Había perdido la paciencia.

—*¡Muéstrate!* —gritó a Albana escrudiñando a su alrededor sin poder encontrarla.

Albana sabía que cuanto más tiempo mantuviera al Lord del Fuego a la defensiva, más Poder consumiría. Y por muy grande que fuera su fuente de Poder, tarde o temprano se agotaría. El problema era mantenerse con vida hasta ese instante y que Erre siguiera consumiendo Poder. Si no lo atacaba dejaría de malgastarlo en los anillos y la esfera que mantenía así que tenía que actuar con cabeza. Estaba malherida, tenía los brazos y piernas con quemaduras severas y aunque aguantaba el terrible dolor las fuerzas comenzaban a fallarle. «No me rendiré. Acabaré con él... Como sea».

Erre envió más Poder para mantener sus defensas. Albana lo vio maldecir y se extrañó. Lo observó y notó algo extraño en él. El Lord se doblaba de dolor. Unas venas verdes e hinchadas le recorrían el cuerpo y le subían por la cara.

Era hora de actuar. Erre se recuperó y volvió a increparla.

—¡Sal y da la cara! ¡Cobarde!

Pero aquel no era el estilo de Albana. Su Poder y habilidades estaban desarrolladas para vivir en las sombras, atacar con letal precisión y desaparecer. Así la habían entrenado cuando era una Sombra y así lucharía. Mientras Erre miraba sus hinchadas y putrefactas venas sin entender qué sucedía, maldiciendo, Albana descendía desde el techo sobre él. Descendía en silencio, muy despacio, usando su Poder, como si fuera una enorme y mortífera araña negra.

Erre no la vio, estaba verde y tenía dificultades para respirar. Albana colgaba boca abajo sobre su cabeza. Había burlado los dos anillos de fuego que defendían a Erre y ahora sólo quedaba la esfera de lava sólida. Albana usó su Poder para asestar un golpe salvaje. Erre notó el uso del Poder y miró hacia arriba. Vio a Albana y sus ojos se abrieron como platos. El golpe de Albana lo dirigió con precisión máxima al punto exacto donde había estado debilitando la esfera. Erre envió más Poder a su esfera y aguantó pero se dobló de dolor. Albana ejecutó un nuevo ataque con las dos dagas: el golpe de la araña negra. Y esta vez Erre no tuvo suficiente Poder para repelerlo. La esfera defensiva se rompió en mil pedazos.

Erre levantó las manos para enviar una llamarada de fuego sobre Albana pero ella fue más rápida. Las dos dagas destellaron en negro y se clavaron en los ojos del Lord del Fuego. Erre abrió la boca y emitió un grito ahogado. Los brazos le cayeron, le fallaron las rodillas y cayó muerto al suelo. Albana sonrió triunfal pero las heridas le pudieron y se derrumbó sobre el cuerpo de su enemigo perdiendo el conocimiento.

Asu se dispuso a acabar con Adamis. Kyra se interponía mientras luchaba con la Llama Elemental pero iba perdiendo y no aguantaría mucho más el castigo. A través de la traslúcida superficie y las llamas de aquel ser de fuego maligno, Kyra pudo ver el cuerpo de Adamis tendido en el suelo, malherido, indefenso. Dentro de su esfera el calor era tan sofocante que tenía que invertir cada vez más de su reserva de Poder para que no penetrase su barrera y la asfixia estaba acabando con ella. Sudaba a mares y empezaba a sentir que se cocía dentro de su protección.

Asu movió los brazos en forma circular y creó una enorme roca de fuego sobre el suelo. De pronto se detuvo. En su brazo derecho comenzaron a aparecer una venas hinchadas y verdes.

—¿Qué es esto? —sacudió la cabeza—. ¡Nada me detendrá!

Señaló hacia Adamis con una sonrisa enorme de pura satisfacción. La roca ardiente comenzó a rodar despacio como un enorme peñasco que fuera a aplastarlos. Con cada paso que daba en dirección a ellos mayor era la sonrisa del Señor del Fuego.

—*¡Mata a ese petimetre!*

La roca llegó hasta Kyra y ésta puso las manos frente a ella para defenderse. Pero la roca, al golpear contra su esfera, la echó a un lado con ella en su interior, despejando un paso abierto hacia Adamis.

—¡Noooooo! —gritó Kyra al ver que alcanzaría a su amado.

La roca llegó hasta Adamis y pasó sobre él. Y al hacerlo el cuerpo de su amado se convirtió en una bruma que se disipó al paso de la roca.

—*¡Maldito cobarde! ¡No huyas! ¡Lucha y muere como un Áureo Real!* —gritó Asu fuera de sí.

Kyra suspiró aliviada. Adamis se había hecho uno con la bruma y se había escondido. La llama se le echó encima. Kyra se defendió pero nada parecía afectar al ser de fuego. Todas las habilidades que tenía no conseguían dañar lo suficiente a aquel ser infernal.

—*Utiliza… el Poder del agua…* —le llegó el mensaje mental de Adamis desde algún lugar a su espalda.

—¿Del agua? —Kyra no lo entendía.

El disco le permitía usar Poder del elemento Éter, pues era de Adamis. Y su propio Poder, las habilidades que había aprendido, estaban basadas en ese poder pues las había aprendido con el disco. No sabía usar el Poder del agua.

—*Es lo único… que puede vencer al fuego.*

—Pero yo no puedo.

—*Sí, sí puedes… tu madre… Solma…*

—¿Mi madre?

—*Es hija… del Alto Rey del Agua…*

—¿Qué? ¿Qué dices?

—*El Poder del agua está en tu sangre… úsalo…*

—¿Madre? ¿Cómo? —Kyra estaba confundida, no entendía. Pero amaba a Adamis con toda su alma y en nadie confiaba más. Seguiría sus instrucciones.

Se concentró mientras soportaba el ataque y buscó en su interior su propio Poder. Lo encontró. Lo podía ver en su pecho. Lo usó, pero esta vez se concentró en crear agua, necesitaba agua y con ella podría derrotar al fuego. No lo logró. Lo intentó de nuevo con más urgencia, mayor rabia, su defensa estaba cerca de caer. La risa y los insultos de Asu le llegaban como si los estuviera escupiendo en su cara. Cerró ojos y puños y se centró en visualizar en su mente el elemento agua. El calor era sofocante dentro de la esfera, estaba permeando, no podía mantenerlo fuera, se estaba asando viva.

Y entonces lo consiguió. Un frescor como si se estuviera zambullendo en el mar la envolvió de pies a cabeza. «Agua, para combatir fuego» deseó. A su orden un elemental de agua se formó a su lado. Era muy similar al del fuego en forma y tamaño pero compuesto de agua. Parecía como si una ola del océano hubiera tomado vida. De inmediato se lanzó a luchar contra la llama. Adamis no se equivocó. El Elemental del Agua derrotó a la Llama de Fuego.

—*¡No! ¡Pagarás por esto!* —gritó Asu fuera de sí al ver que Kyra derrotaba a su creación. Con un movimiento de ambos brazos rodeó al elemental de agua en medio de un anillo de intenso fuego pero al hacerlo el brazo izquierdo de Asu comenzó a llenarse de venas verdes.

—*¿Qué es este ultraje?* —gritó Asu, pero esta vez su grito no era sólo de furia, llevaba el timbre de la preocupación.

Kyra quiso liberar a su elemental pero tardó demasiado en buscar la forma. El calor intenso del anillo convirtió el agua del elemental en vapor y lo destruyó.

—*¡Eres una principiante con un Poder ridículo! ¡Jamás me derrotarás, ni en mil años!*

Kyra inspiró profundamente y se concentró en agua, el Poder que de su madre había heredado, lo usaría contra aquel ser abominable. Dejó el disco de Adamis en el suelo y sacó su daga de lanzar. Mirando fijamente a Asu a los ojos le dijo:

—Voy a acabar contigo.

Asu usó la Garra y se inyectó esencia de vida almacenada en el disco.

—*Nada podéis contra mí. Soy más poderoso, más inteligente y poseo la tecnología más avanzada.*

Al ver la Garra, Kyra pensó en los esclavos en las cápsulas.

—Puedes inyectarte toda la esencia de vida que quieras. No te salvará. Te haré pagar por tus crímenes, por todos los que has esclavizado, explotado y asesinado.

—*¿Tú? ¿Una sucia esclava?* —se burló, y rio a risotadas.

—Tú mataste a mis amigas. Prepárate a morir.

Asu soltó una carcajada que retumbó en la cámara. Kyra atacó la esfera de Asu lanzando una docena de estacas de hielo. Las estacas se clavaron en la esfera protectora de lava sólida traspasando la esfera de fuego que la recubría. Asu miró las estacas con ojos de sorpresa. Kyra envió una certera jabalina de hielo que impactó con fuerza debilitando la esfera de Asu. Lleno de ira Asu contraatacó con todo su Poder envolviendo a Kyra en llamas terribles, pero al hacerlo las venas putrefactas subieron por su cuerpo y alcanzaron su rostro. Se dobló de dolor.

—*¡Noooo!* —gritó impotente y fuera de sí.

La esfera protectora de Kyra colapsó y se vio rodeada de llamas que lamieron su piel. En medio del dolor, el miedo la asaltó y se vio perdida. Asu era demasiado fuerte para ella. El rostro de su madre le vino a la mente. Recordó su bondad, su fuerza, el sacrificio que había hecho para criarlos trabajando de sol a sol, enferma, terminando el día vomitando sangre. Y el valor regresó a Kyra. «¡No me rendiré! ¡Tendré justicia para ella, para Yosane, Idana, Liriana, Urda, para todos!».

En medio del infierno que la rodeaba y el dolor que sentía, sorprendiéndose a sí misma, consiguió levantar una esfera de hielo alrededor de su cuerpo y pasó al ataque. Creó una tormenta de hielo sobre Asu. La temperatura descendió vertiginosamente en unos instantes hasta congelar las paredes y la esfera de Asu y Kyra discernió temor en los ojos de Asu, algo impensable. Su ataque estaba funcionando. Tenía que presionar y conseguir ventaja. Se concentró y rodeó a Asu de agua. Al contacto del agua con la tormenta, ésta se congelaba con Asu en su interior. La temperatura continuaba descendiendo y pronto Asu no sería más que una montaña de hielo y escarcha.

Por un momento nada sucedió. Asu estaba enterrado en hielo. Kyra no podía creerlo.

¡Lo había congelado!

Pero de pronto, la montaña de hielo explotó en mil pedazos y bajo ella apareció un volcán en erupción. Asu dio un paso al frente saliendo del centro del volcán y avanzó hasta Kyra que lo miraba con ojos de incredulidad. Avanzó hasta que sus esferas se tocaban.

—*¡Nada puede derrotarme! ¡Soy un Dios! ¡Soy invencible!* —rugió.

Kyra vio las enfermizas venas hinchadas en su enemigo y comprendió lo que estaba sucediendo.

Sonrió.

Asu abrió una boca desencajada, echó la cabeza hacia delante y con un rugido animal envió un cono de fuego sostenido contra Kyra, como si del aliento ígneo de una criatura de fuego se tratara. El fuego comenzó a derretir el hielo de la defensa de Kyra. Ella reaccionó por instinto, abrió la boca y bramó con todo su ser. De su boca salió un cono gélido de hielo como si se tratara del aliento de un gigante de las montañas heladas. Hielo y fuego se encontraron y lucharon por prevalecer. Asu rugía incrementando la intensidad de su cono de fuego pero el hielo de Kyra era más poderoso. El agua vencía al hielo. Poco a poco el cono de hielo fue ganando terreno al de fuego hasta devorarlo.

—*¡Maldita!* —gritó Asu fuera de sí al ver que Kyra lo sobrepasaba.

Asu comenzó a mover los brazos y a pronunciar una larga frase de Poder pero se detuvo, se dobló de dolor y sufrió un espasmo. Kyra supo que algo realmente malo le vendría encima al verlo reponerse y continuar. Estaba a un paso de él. Veía la ira y la locura en sus ojos de fuego.

—*A tu espalda* —le llegó la voz de Adamis.

Kyra se volvió. Adamis surgió de las brumas y le lanzó su espada. La espada que le había regalado Aruma.

—*Ahora o nunca* —le dijo, y se quedó tendido indefenso en el suelo.

Asu sonrió al ver aparecer a Adamis. Sus ojos se llenaron del brillo de la victoria.

—*¡Ya sois míos!* —gritó eufórico.

Kyra cogió la espada por la empuñadura al vuelo. Un instante antes de que un meteorito de roca y fuego cayera sobre Kyra usó la espada y con una certera estocada la dirigió al cuello de Asu. Asu no se inmutó, su rostro mostraba plena satisfacción y confianza.

—*¡El acero nada puede contra mí!*

Pero para la infinita sorpresa de Asu, la espada atravesó su esfera defensiva y la punta de la espada se clavó en su cuello.

En ese instante, el meteorito cayó sobre Kyra con una fuerza descomunal destruyendo su defensa. Kyra se quedó tendida en el suelo retorciéndose de dolor entre roca y fuego.

Asu dio dos pasos atrás, miraba con ojos desorbitados la espada clavada en su cuello.

—*No... puede ser...* —balbuceó Tambaleándose—. *No podéis matarme...*

—Te equivocas —dijo una voz a su espalda.

Asu se volvió. De las sombras surgió Albana. Agarró la espada por la empuñadura y empujó con un golpe seco.

—*¡No!* —dijo Asu con ojos desorbitados de terror llevándose las manos al cuello. Dio un paso atrás. Se recompuso y se arrancó la espada.

Albana se retrasó junto a Kyra y la ayudó a ponerse en pie.

—*¡Esto no me matará!* —dijo Asu, y se tapó la herida con una mano.

Fue a usar su Poder pero un espasmo de dolor le hizo caer al suelo y comenzó a temblar.

—*¡Nooooo! ¿Qué es esto? ¿Qué me sucede?*

—Esto es tu final —le dijo Kyra acercándose con Albana a su lado. Cojeaba y sangraba de varias heridas.

Asu estiró el brazo. Las venas enfermizas se habían hecho con todo su cuerpo.

—*¡Yo soy un Dios, el más poderoso!*

—No eres nada —le dijo Kyra—. Has usado tu Poder sin medida, pensando que la Garra y los discos con la esencia de los esclavos repondrían el precio a pagar por el uso del Poder. Y así es, no envejecerás. Pero en tu arrogancia absoluta y estupidez máxima no has tenido en cuenta que tu cuerpo estaba envenenado, el tuyo y el de todos los Áureos. Y cada vez que hacías uso de tu Poder, el veneno de Aruma se extendía con mayor rapidez por tu cuerpo.

—*¡Nooooo!* —Asu volvió a intentar usar su Poder, pero comenzó a convulsionar.

—La toxina te mata —dijo Albana.

—Es una suerte que nosotras, los Híbridos, seamos inmunes.

—*¡Os mataré!* —gritó lleno de furia, pero el veneno estaba a punto de matarlo. De su boca abierta comenzó a caerle una sangre negruzca.

—No. Tú eres quien va a morir —dijo Kyra, y fue hasta Adamis para ayudarlo a ponerse en pie—. Quiero que mueras sabiendo que Adamis y el resto de los Áureos hibernados se salvarán.

—¡No! ¡Agghhh! —comenzó a toser sangre.

—*Te tendí la mano, te di la oportunidad de salvarte* —le dijo Adamis.

—¡Malditos!

—Ve, mi amor, sálvate —le dijo Kyra a Adamis.

Adamis asintió y abandonó la cámara.

Asu, al verse derrotado y a su enemigo dirigirse a la salvación, gritó con todo su ser.

—¡Noooooooooo!

en pleno ataque de ira comenzó a convulsionar y toser sangre hasta que murió.

—Por mi madre —dijo Albana.

—Por mi madre —dijo Kyra—, y por Yosane, Idana, Urda, Liriana, Maruk y todos los demás.

Las dos amigas contemplaron el cuerpo de Asu un largo momento. Luego intercambiaron una mirada de satisfacción, cogieron la espada y ejecutando un tajo a dos manos lo decapitaron.

Capítulo 40

Y el momento final llegó antes de lo que esperaban. El tiempo voló mientras los Sanadores y Eruditos trataban las heridas del grupo en el la Cámara de Hibernación.

—*Debemos apresurarnos* —dijo el Erudito más anciano—. *Tenemos que hibernarnos ya o será demasiado tarde.*

—*Muy bien* —dijo Adamis poniéndose en pie con un gesto de dolor.

—*Está todo preparado* —continuó el Erudito señalando la gran esfera dorada en el centro de la estancia que ya rotaba con un murmullo rítmico apenas audible—. *La cámara interior se cerrará y quedará sellada. Nadie podrá entrar ni salir de ella hasta que llegue el momento* —dijo señalando la puerta al fondo que daba acceso a la cámara inferior donde el resto de los Áureos ya se habían hibernado.

—*Gracias, entiendo.*

—*Nuestros hermanos nos esperan* —dijo el Erudito señalando al suelo cristalino.

Ikai observó a los durmientes a través del suelo de cristal. La cámara subterránea era inmensa y se perdía en las profundidades. Los Áureos flotaban en medio de una luminiscencia dorada durmiendo un apacible sueño para no morir a la espera de que un día los despertaran para volver a la superficie.

—*Una vez la puerta se cierre no habrá vuelta atrás* —dijo el Erudito.

—Nosotros sellaremos la antecámara —les dijo Ikai—. Nadie llegará hasta esta cámara —aseguró.

—*Un detalle final* —Adamis hizo una seña a los Sacerdotes, que se acercaron—. *Ellos serán los vigilantes del sueño* —les dijo señalando a Ikai y Albana.

Los tres Sacerdotes se acercaron hasta ellos y con solemnidad les entregaron el Medallón de las Sombras, el Libro del Sol y el Libro de la Luna.

—*Los dos tomos se encajan en el pedestal de la antecámara y el Medallón en la puerta circular* —explicó Adamis—. *Una vez los tres estén situados en sus lugares, usad el Poder para activarlos y sellarán esta cámara desde el exterior. Nada ni nadie podrá abrirla. Cuando lo hayáis hecho llevaos los objetos y escondedlos. No deben ser hallados pues son la forma de llegar hasta aquí y abrir de nuevo este lugar…. La única forma.*

—Los protegeremos con nuestras vidas —le aseguró Albana.

Adamis asintió.

—*Gracias. A los dos.*

Los tres Sacerdotes, los Eruditos y los últimos Sanadores cruzaron la puerta circular y entraron en la Cámara de Hibernación.

—Buena suerte —les deseó Ikai.

Adamis era el último Áureo que quedaba por cruzar. Miró bajo sus pies y suspiró profundamente.

—*Espero que sobrevivamos* —dijo —, *sería un triste final para nuestra civilización.*

—Sobreviviréis, el secreto estará a salvo con nosotros —dijo Ikai convencido.

—*Gracias… por todo… no sé cómo agradeceros…* —dijo Adamis emocionado por la despedida.

—No hace falta. Somos amigos —le dijo Ikai, y lo abrazó. El Alto Rey de la Casa del Éter abrazó a Ikai con fuerza. Luego lo hizo con Albana. La morena le beso la mejilla y le susurró al oído:

—Cuidaré de Kyra y cuidaré del Secreto de los Áureos.

—*Gracias, nunca podré pagarlo… Me habéis dado tanto… me habéis enseñado tanto… hemos sido una raza de necios ególatras…*

Kyra se acercó hasta Adamis y lo besó con todo su ser.

—No todos —dijo ella con una gran sonrisa—. Alguno que otro hay entre los vuestros que es de buen corazón y se merece una segunda oportunidad.

—*Te amo* —dijo Adamis.

—Y yo a ti, mi príncipe engreído.

—*Prométeme, mi amor, que vivirás una vida plena. Que no desperdiciarás tu vida por mi recuerdo.*

—Te lo prometo. En cuanto hibernes voy a salir a buscar otro príncipe —dijo Kyra forzando una sonrisa entre las lágrimas que le caían por las mejillas.

Adamis soltó una carcajada.

—*Eres imposible.*

—Por eso me amas —dijo Kyra, y lo volvió a abrazar con todas sus fuerzas.

—*Por eso y por mil razones más.*

Se besaron con pasión en medio de un desgarrador abrazo de despedida. De súbito se escuchó un "crack" y la puerta de la cámara de Hibernación comenzó a descender, se cerraba.

—Ve, rápido —le dijo Kyra señalando la puerta.

Adamis la besó una última vez y fue hasta la puerta circular que bajaba inexorable. Se volvió para despedirse con la mano y entró. La puerta continuó descendiendo, se cerraría en un momento.

—¡Lo siento, hermano, os quiero, cuidaos! —dijo de pronto Kyra, y se lanzó de cabeza hacia la obertura que se cerraba. Su cuerpo patinó por el suelo cristalino y entró en la cámara un instante antes de que la puerta se cerrara tras ella.

—¡Noooooo! —gritó Ikai, y corrió a la puerta. Pero la puerta se había cerrado. Estaba sellada, no podría abrirla.

—¡Kyra! —llamó Ikai.

Albana se acercó hasta él y lo cogió de la mano.

—Tenemos que hacer algo, hay que sacarla de ahí —dijo Ikai.

—No, mi amor. Es su vida, no la nuestra.

—Pero morirá ahí adentro.

—Eso no lo sabemos. Es su decisión. Debemos respetarla.

Y según hablaban, bajo sus pies vieron a Kyra y Adamis flotando, agarrados de la mano, con una expresión de inmensa paz y felicidad en sus rostros.

Ikai suspiró y dejó a su hermana seguir su corazón.

Epílogo

El amanecer encontró a Ikai contemplando a Oxatsi. Ikai abrazaba a su amada y contemplaba la belleza del mar al alba.

De pronto Ikai sintió un dolor gélido en el antebrazo. Sorprendido descubrió que el tatuaje del árbol había despertado y comenzaba a emanar una bruma rojiza.

—La Bruja del Lago —advirtió Albana.

—Sí, Aruma... —dijo Ikai mientras la bruma fue mostrándoles una imagen.

Se fue aclarando y la imagen les mostró a Aruma. Se encontraba bajo el Gran Monolito en Alantres, en la Alta Cámara dónde los cinco Altos Reyes se reunían. Estaba rodeada de dos anillos de sus acólitos con ella en el centro. El primer anillo, más grande, contenía la mayoría de los acólitos. Estaban todos muertos, consumidos. El segundo, compuesto por una docena de Áureos de edad avanzada, aún estaban con vida. Debian ser los Ancianos, los líderes.

—¿Qué querrá?

—Tengo el presentimiento que no será bueno.

La imagen terminó de formarse.

—*El joven tigre y su compañera la pantera. Me alegro de encontraros con vida* —saludó Aruma.

—¿Qué quieres de nosotros? —preguntó Ikai.

—*Quería despedirme.*

—¿Por qué? ¿Por qué de nosotros?

—*¡Ah! Mi joven tigre, porque vosotros sois muy especiales. Tú eres muy especial.*

—Deja ya los juegos. Sabemos que nos has usado para tus planes.

—*Del mismo modo que vosotros habéis usado a esta vieja bruja loca para los vuestros. ¿O no salvé a tu madre o a Adamis y te ayudé cuando os enfrentasteis a los Áureos?*

—Pero al final nos traicionaste.

—*¿Yo? ¿A vosotros? No, mi querido tigre, yo nunca he traicionado a los hombres.*

—Pues a los Áureos —dijo Albana.

—*La pantera tiene algo de razón. Pero no es una traición, es un nuevo amanecer, un renacer. Una nueva época que cambiará el destino de Áureos y Hombres.*

—Podrías haber contado con nosotros.

—*¿Podía?* —dijo ella con una mueca como si lo meditara—. *Yo creo que no.*

—Nunca preguntaste, nunca sabrás cual hubiera sido nuestra respuesta.

—*Por suerte llevo muchos años sobre esta tierra, demasiados, y puedo adivinar cuál hubiera sido esa respuesta.*

—Aun así... —insistió Ikai.

—*Este es el amanecer del Renacer* —dijo abriendo los brazos con rostro lleno de júbilo—. *Un día glorioso. Los Áureos tal como los conocíamos han dejado de existir. Os lo mostraré.*

Aruma les mostró una imagen de la ciudad eterna. Miles de Áureos yacían muertos por toda la ciudad. La imagen era dantesca. Los cinco Anillos cubiertos de cadáveres Áureos.

—¿Cómo has podido causar semejante horror? —dijo Ikai negando con la cabeza.

—*Para ser justos, la mayoría han muerto por la guerra, yo no he tenido nada que ver.*

—¿Y los supervivientes? A esos sí los has matado —le echó en cara Albana.

—*Esos degenerados de la Casa de Hila los estaban matando para usarlos en sus abominables rituales de muerte. Son necrófagos. No hubieran dejado muchos con vida* — la imagen mostró ahora un gran número de Áureos muertos, todos vistiendo ropaje negro, miembros de la casa de la muerte—. *No siento que hayan muerto, la verdad. Adoraban a la muerte, eran una aberración.*

—¿Y el resto de inocentes? —dijo Ikai—. Ellos no se merecían morir.

—*Son el precio a pagar por un nuevo comienzo. Un gran fin requiere de un gran sacrificio.*

—No lo comparto.

—*Lo sé, joven tigre. Pero quizás esto sí lo apruebes* —la imagen cambió y mostró a miles de esclavos sobre las costas del continente. Sus rostros parecían llenos de alegría. Llevaban los brazos en alto y gritaban de júbilo.

—¡Los esclavos de Alantres! —dijo Albana al reconocer sus vestimentas.

—*Sí* —dijo Aruma con una gran sonrisa—. *Los he liberado de las catacumbas. Los míos los han llevado hasta los portales reales y los hemos conducido al continente para que puedan volver a sus hogares.*

Ikai se quedó perplejo.

—Gracias… eso es fantástico, pero no entiendo. ¿Por qué?

—*Porque es lo justo. No habrá esclavos en el Renacer de los Áureos. Tanto los Hombres como los Áureos vivirán libres respetando las leyes de la Madre Naturaleza.*

Ikai y Albana intercambiaron una mirada de desconcierto.

—*¿Y ahora? ¿Sigo siendo una asesina desalmada?* —dijo Aruma con una extraña sonrisa.

—Te agradecemos que hayas salvado a los esclavos —dijo Ikai evitando entrar en el juego de la Líder de los Hijos de Arutan.

—*Esta vieja bruja está segura de que la pantera* —dijo señalando a Albana— *aprobaría matar a todos los Áureos por liberar a los esclavos. ¿Acaso no es eso lo que he hecho? ¿Acaso no lo aprobarías, Albana?*

La morena fue a contestar, pero se calló. Cruzó una mirada con Ikai.

—*¿Ves, joven, tigre? No soy el mal, ni soy el bien.*

—No apruebo lo que has hecho, pero te agradezco que hayas salvado a miles de esclavos. Eso no lo olvidaré —dijo Ikai.

—*Oh, sí que lo olvidarás.*

—Te aseguro que no.

—*Y yo te aseguro que sí* —dijo Aruma con una risita maliciosa.

Ikai se tensó y Albana se llevó las manos a las dagas.

—¿Qué quieres decir? —preguntó Ikai sospechando que algo escondía.

—*He de asegurarme de que no perseguiréis a los Hijos de Arutan. A los hijos del Renacer.*

—Los que han sobrevivido… los que son inmunes a tu veneno —dijo Ikai.

—*A esos. Sólo vosotros sabéis que existen y sólo vosotros podríais ir tras ellos y matarlos.*

—No lo haremos, tienes mi palabra.

—*Me gustaría poder creerte, pero por desgracia no puedo. Tantas cosas pueden suceder en el futuro…*

—Te aseguro…

—*No puedo correr el riesgo.*

—¿Qué vas a hacer?

La vieja bruja rio y su risa fue fría y tétrica.

—*Ha llegado el último paso para el Renacer. Es hora de borrar toda huella de la existencia de los antiguos Áureos de forma que el Renacer sea completo. Comenzaremos de nuevo de la nada, como si nunca hubiéramos pisado esta tierra.*

—¿Cómo vas a lograr eso? —dijo Ikai dudando que pudiera hacerse.

—*Destruiré Alantres y borraré de la memoria de los hombres que los Áureos una vez existieron.*

—¡No! ¡Espera! —dijo Ikai intentando entender qué iba a hacer.

—*Está decidido. Nadie recordará nada de lo que aquí ha sucedido. Adiós.*

La imagen se centró en Aruma, que se dio la vuelta hacia el gran monolito. Hizo una señal a los suyos y todos enviaron Poder hacia él. El primero de los líderes cayó consumido y una descarga de poder recorrió en monolito como si lo hubiera golpeado un enorme relámpago. Uno por uno, los Ancianos fueron sacrificando sus vidas y sobrecargando el monolito con su enorme Poder. Cada sacrificio hacía que el monolito se sobrecargase aún más y desprendiese enormes descargas por toda su superficie.

Ikai y Albana dieron un paso atrás.

—¡Va a estallar! —dijo Albana.

—¡Será devastador! —dijo Ikai, que se cubría el rostro con el antebrazo ya que la imagen era tan real e impactante que parecía que estaba sucediendo allí frente a ellos en el continente en lugar de Alantres.

Ya sólo quedaba Aruma en pie. Elevó los brazos. El Gran Monolito comenzó a brillar con destellos en forma de pulsaciones cada vez más potentes. Aruma envió todo su Poder y cayó al suelo consumida.

Y murió.

—¡No! —gritó Ikai, pero ya era inevitable. Irreversible.

Se produjo una pulsación descomunal. Una gigantesca onda de energía partió del Gran Monolito y se expandió en todas direcciones. Un momento después implosionó para luego detonar hacia el exterior produciendo una explosión devastadora. Ikai y Albana se cubrieron los ojos, era como si el propio sol hubiera estallado. La explosión devastó la ciudad por completo. Los edificios se hicieron añicos y saltaron por los aires. Los cinco Anillos quedaron destruidos en un instante. La violencia del estallido arrasó todo Áureo, roca y mar en leguas a la redonda. Todo fue arrasado, nada sobrevivió.

Y Alantres, la Ciudad Eterna, desapareció en el océano.

—¡Ha destruido el mundo de los Áureos! —dijo Albana todavía sin poder creerlo.

—¡La onda se dirige hacia aquí! —dijo Ikai lleno de preocupación.

La onda recorrió mar y tierra a una velocidad demencial. Alcanzó el continente y lo barrió.

—¡Ya llega! —avisó Albana.

—¡Por Oxatsi! —exclamó Ikai, y abrazó a Albana—. ¡Protejámonos!

Los dos levantaron sus esferas de protección.

La onda los sacudió como un viento huracanado. Casi se fueron al suelo, pero consiguieron aguantar en pie. Y del mismo modo alcanzó al resto de los Hombres sobre el continente. Las Argollas destellaron con un dorado intenso al contacto con la energía de la onda. Todos, hombres, mujeres y niños, cayeron al suelo sin sentido.

Al despertar, descubrieron que las Argollas se habían abierto y se las quitaron. Intentaron recordar qué eran aquellas extrañas argollas, pero no lo consiguieron. Recordaban quienes eran, pero al pensar en las Argollas no recordaban, ni nada relacionado con ellas. Y tampoco podían recordar nada relacionado con los Áureos. Nada. Ni el más mínimo detalle. Ni nunca lo harían. Por obra de Aruma.

Todos excepto dos personas.

—¿Recuerdas? —preguntó Ikai a Albana.

—Lo recuerdo todo. Cada detalle.

—Las esferas nos han protegido —dedujo Ikai.

Albana asintió.

Miraron al mar y luego sonrieron como despertando de una larga pesadilla con el corazón lleno de júbilo.

—¿Y ahora? —preguntó Albana.

—Ahora ayudaremos a los hombres en este nuevo comienzo.

—¿Y el Secreto?

—Lo guardaremos. Nadie sabrá jamás de Kyra, Adamis y los Áureos. Ni de los Hombres, ni los Hijos de Arutan... nadie. Ni ahora, ni nunca.

—Nos llevará más de una vida…

—Nos prepararemos. Por 3,000 años guardaremos el secreto. Nosotros y nuestros descendientes, hasta que el veneno desaparezca de sus cuerpos y puedan regresar.

—¿Nuestros descendientes? —preguntó Albana torciendo la cabeza con una mirada pícara.

—Si así lo deseas…

—Sí, lo deseo, mi amor —sonrió ella y se sonrojó.

—Te amo tanto…

Ella le besó.

—Y yo a ti, mi amor.

Y con aquel beso, el Secreto de los Dioses Áureos quedó sellado.

--FIN--

Autor

Pedro Urvi.

Me encantaría saber tu opinión.

Muchas gracias por leer mis libros..

Me puedes encontrar en:

Mail: pedrourvi@hotmail.com

Twitter: https://twitter.com/PedroUrvi

Amazon: http://www.amazon.com/Pedro-Urvi/e/B00ODEUEAU

Facebook: http://www.facebook.com/pedro.urvi.9

Mi Website: http://pedrourvi.com

Agradecimientos

Tengo la gran fortuna de tener muy buenos amigos y una fantástica familia y gracias a ellos este libro es hoy una realidad. La increíble ayuda que me han proporcionado durante este viaje de épicas proporciones no la puedo expresar en palabras.

Quiero agradecer a mi gran amigo Guiller C. todo su apoyo, incansable aliento y consejos inmejorables. Una vez más ahí ha estado cada día. Miles de gracias.

A Mon, estratega magistral y "plot twister" excepcional. Aparte de ejercer como editor y tener siempre el látigo afilado y listo para que los deadlines se cumplan. ¡Un millón de gracias!

A Roser M. por las lecturas, los comentarios, las críticas, lo que me ha enseñado y toda su ayuda en mil y una cosas. Y además por ser un encanto.

A The Bro, que como siempre hace, me ha apoyado y ayudado a su manera.

A mis padres que son lo mejor del mundo y me han apoyado y ayudado de forma increíble en este y en todos mis proyectos.

A Olaya Martínez por ser una correctora excepcional, una trabajadora incansable, una profesional tremenda y sobre todo por sus ánimos e ilusión. Y por todo lo que me ha enseñado en el camino. Y por el tremendo y excepcional sprint final en este libro.

A Sarima por ser una artistaza con un gusto exquisito y dibujar como los ángeles. No dejéis de visitar su web: http://envuelorasante.com/

Y finalmente, muchísimas gracias a ti, lector, por leer mis libros. Espero que te haya gustado y lo hayas disfrutado. Si es así, te agradecería una reseña y que se lo recomendaras a tus amigos y conocidos.

Muchas gracias y un fuerte abrazo,

Pedro.

Libro 2: REBELIÓN

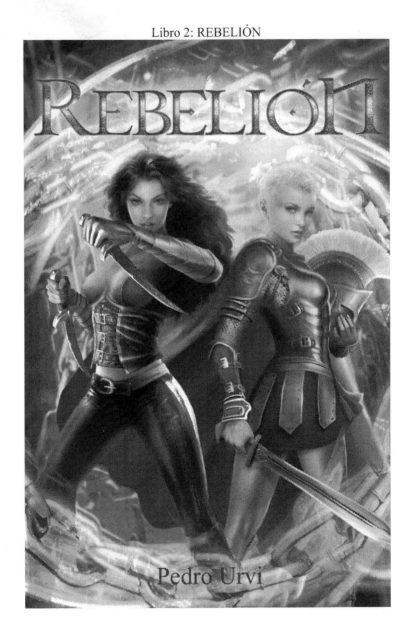

Libro 3: RENACER

Pedro Urvi

Otros libros por Pedro Urvi:

Trilogía El enigma de los Ilenios:
Libro I: MARCADO
Libro II: CONFLICTO
Libro III: DESTINO

58740198R00239

Made in the USA
Middletown, DE
08 August 2019